A Breakthrough Story

LEAP

도약을 경계하라

A BREAKTHROUGH STORY · LEAP

도약을 경계하라

마이클 그럼리 지음 · 이상훈 옮김

화산문화

안드레아, 내 아내이자 모든 일의 동반자에게. 물론 글쓰기도 포함해서.
사람들이 내 이야기가 당신의 손을 거치기 전에 어떤 모습인지 안다면
아마 깜짝 놀랄 거야.

이 책의 읽기 위해 전편이라 할 수 있는 '브레이크스루'를 꼭 볼 필요는 없습니다만, 독자분들의 이해를 돕기 위해 그 내용을 간단히 소개해 드립니다.

카리브해 깊은 바닷속. 미군 핵잠수함 앨라배마호의 음파탐지병은 이상한 소리를 포착한다. 그 후 잠수함은 불과 몇 분만에 GPS상 항로에서 수십 킬로미터 벗어난다. 시스템 결함으로 추정한 함장은 임무를 중단하고 기지로 복귀한다. 해군수사대는 *존 클레이* 중령과 동료인 *스티브 시저*, 컴퓨터 전문가인 *윌 보거*에게 그 사건의 조사를 맡긴다.

마이애미 수족관에서 돌고래 *더크, 샐리* 와의 의사소통을 위한 인공지능 통역시스템(*IMIS*)을 연구 중인 *앨리슨 쇼*와 *크리스 라미레즈*는 컴퓨터 전문가인 *리 켄우드*와 함께 마침내 통역시스템 개발에 성공한다. 인공지능 프로그램은 '안녕', '예', '아니오', '음식' 같은 기초 단어에 이어 간단한 문맥까지 학습하자, 수족관 관장은 TV쇼에 출연하여 돌고래와의 대화를 홍보한다.

클레이와 시저는 해양연구선 *패스파인더호*의 무인 탐사선을 이용해 카리브해 사고 해역을 조사하던 중, 원인 모를 전파방해로 탐사선을 잃는다. 그즈음 남극 대륙에서 큰 지진이 발생하며 얼음층에 커다란 균열이 발생하고, 미 지질조사국 *캐서린 뢰케* 국장은 조사팀을 파견한다.

클레이와 시저는 잠수정을 찾기 위한 지원을 요청하지만 해군이 예산을 이유로 거절하자 다른 방법을 찾아 마이애미 수족관을 방문한다. 바다에서 잠수정을 찾는 일이 돌고래 연구에 도움이 될 거라며 연구원들을 설득한다. 앨리슨은 오래 전 자신의 해양생물 연구 결과를 훔쳐간 해군에 반감을 갖고 있었지만, 수족관의 재정난 해결과 홍보를 위해 해군을 돕기로 한다.

클레이가 연구원들과 함께 잠수함을 수색하는 동안, 시저는 보거와 함께 국방부 연구실에서 잠수정이 실종되기 직전 보내온 영상을 분석한다. 영상에서 이상한 형체를 발견하고 수색 작업 중인 클래이에게 해저에 직경 25km 크기의 원형 고리가 있다는 것을 알린다.

지질조사국 캐서린 뢰케 국장은 백악관을 방문해 남극 지진의 영향으로 남극 빙붕의 붕괴와 그로 인한 초대형 쓰나미의 발생 가능성을 경고한다. 하지만 국가안보보좌관 스티바스는 그녀가 작년에도 해수면이 낮아지고 있지만, 사라진 바닷물이 어디로 갔는지 설명이 없다며 이를 무시한다.

패스파인더호 함교 안, 연구원들은 돌고래와 의사소통 중 잠수정을 발견했다는 소식을 듣는다. 그때 누군가 밖에서 그들을 엿보다 클레이에게 들켜 도망을 치다가 난간 너머로 떨어져 기절한다. 클레이는 그의 몸을 수색하다가 이상한 **은색 직육면체**를 발견한다. 배의 전속의사가 그의 신체 구조가 특이하다는 것을 말하는 순간, 의무실에 광채를 발하는 **포털**, 차원의 문이 열리면서 또 다른 수상한 인물이 나타난다. 그는 자신이 **페일린**이라고 밝히며 부상당한 인물 대신 남겠다고 말한다. 부상당한 인물이 누워 있는 진찰대는 차원의 문 안으로 빨려 들어가고 포털은 사라진다.

잭슨빌 해군항공기지 도착 후, 페일린은 구금되고 클레이는 **랭포드** 제독에게 패스파인더호에서 일어난 미스터리한 일을 설명한다. 그때 보거가 거대한 원형 고리가 음속으로 회전한다는 사실을 알려온다. 긴급 국가안보회의가 열리고 클레이는 차원의 문과 바닷속 고리에 대해 보고한다. 참석자들은 바닷속 고리가 웜홀이고, 페일린은 외계인일지도 모른다고 추정한다.

수족관을 다시 찾은 클레이는 돌고래에게 실종된 잠수정의 위치를 물어본다. 돌고래는 바닷속 도시 가까이 있다는 놀라운 대답을 하고 그 도시 사람들은 물을 원한다고 말한다. 클레이는 국방부 고위층에 돌고래가 말한 이야기를 전하고 페일린을 만난다. 페일린은 자신은 다른 행성에서 왔으며 거대한 원형 고리 역시 거대한 차원의 문이라고 말한다. 클레이가 고리를 통해 위험한 물건을 가지고 올 가능성을 묻자 페일린은 입을 닫는다.

대통령 주변 강경파들은 바닷속 고리를 핵잠수함으로 파괴할 것을 요청하지만 대통령은 무인 잠수정을 회수하여 더 많은 정보를 수집하라 명한다. 클레이와 시저는 소형 잠수정을 타고 실종된 무인 잠수정을 회수한다.

지질조사국 뢰케 국장은 남극의 균열을 조사하던 중 또 다른 지진이 발생하지만 간신히 목숨을 구한다. 뢰케는 남극 기지로 돌아가던 중 대통령을 긴급 호출을 받고 초음속 비행기로 잭슨빌 기지로 향한다. 한편, 보거는 회수한 무인 잠수정의 영상 자료를 조사하던 중 고리를 통해 엄청난 양의 바닷물이 지구 밖으로 빠져나간다는 사실을 알아낸다.

대통령이 참석한 국가안보회의에서 뢰케는 남극 지진의 원인이 빙붕 아래의 바닷물이 부족하기 때문이며, 더 큰 재앙이 일어나기 전에 빙붕 일부를 미리 파괴하여 피해를 최소화해야 한다고 말한다. 안보보좌관 스티바스는 고리를 파괴해서 바닷물 유출을 막아야 한다고 주장하지만 대통령은 평화적 해결을 원한다며 스티바스에게 만일의 사태에 대비해 고리 주변에 핵잠수함을 배치하되 섣부른 행동을 하지 말라고 경고한다.

페일린은 다시 찾아온 클레이에게 자신의 행성은 지구 가까이 있지만 지금의 과학기술로는 볼 수 없고, 현재 소멸해 가고 있으므로 생태계의 멸종을 막기 위해 지구의 물이 필요하다고 말한다. 지구에는 필요로 하는 양보다 물이 많고 극지방 빙원으로 보충이 된다고 덧붙였다. 하지만 클레이는 바닷물을 너무 많이, 빨리 가져가는 바람에 남극의 해수면이 낮아져 빙붕의 붕괴를 초래하고 쓰나미라는 대재앙이 발생할 수 있다고 경고한다.

보거는 그 고리를 파괴할 경우 에너지 터널로 연결된 두 행성 모두 파멸할 수 있다고 클레이에게 알린다. 클레이는 잠수함 공격이 실패할 경우 돌고래의 등에 핵탄두를 묶어 수중 도시에 근접시킨 후 원격 폭발을 시도하려는 예비 계획이 있으며, 대서양에서 수중 핵폭발이 일어날 경우 그 충격파가 남극의 빙붕에 영향을 미쳐 붕괴될 수 있다는 것을 알아낸다.

클레이는 해군기지에 잡혀 있는 페일린에게 고리를 파괴하려는 공격 시도를 알리고 그와 함께 기지를 탈출한다. 그 과정에서 위기를 맞지만 시저가 몰고 온 헬기를 타고 탈출한다. 그들을 좇아 다른 헬기들이 이륙하려고 하지만 특별한(?) 능력을 가진 페일린의 은색 직육면체 덕분에 위기를 모면한다. 대통령의 명령 전에 이미 핵잠수함 12척을 고리 쪽으로 출격시킨 스티바스는 클레이와 페일린의 탈출 소식을 듣고 그들보다 먼저 수족관에서 돌고래와 장비를 빼내올 것을 명령한다.

연구원들이 돌고래와 장비들이 없어진 사실을 알고 분노하는 사이 클레이, 페일린, 시저가 수족관에 나타나 자초지종을 설명한다. 보거는 잠수함 앨라배마호가 시스템 오작동이 아니라 고리 가까이 접근했다가 순간 이동했다는 사실과, 돌고래를 이용한 핵 공격 준비를 알린다. 그때 스티바스가 보낸 군인들이 수족관에 진입하며 전투가 벌어진다. 연구원들은 빠져 나가지만 페일린이 총에 맞는다. 그 순간 페일린의 은색 직육면체가 빛나며 차원의 문이 열린다. 총에 맞은 시저의 엄호 속에 클레이는 페일린을 안고 그 안쪽으로 몸을 날린다.

수족관을 빠져 나간 앨리슨 일행은 돌고래의 폭탄 운반을 막기로 한다. 리는 예비 서버와 백업 파일을 찾아 보트에 설치한다. 앨리슨은 홀로 보트를 타고 돌고래를 찾아 미지의 바닷속 도시를 향해 무작정 떠난다.

고리를 포위하고 있던 12척의 핵잠수함들은 고리를 향해 동시에 어뢰를 발사한다. 하지만 어뢰들은 고리를 통과하며 핵잠수함들을 서로 파괴한다. 그 소식을 들은 스티바스는 선제 공격을 당했다고 착각하며 돌고래를 이용한 핵 공격 명령을 내린다. 비밀기지에서 핵탄두를 등에 장착한 돌고래 더크는 그것이 선물인 줄 알고 바닷속 도시를 향해 헤엄쳐 간다.

앨리슨은 항해를 하며 돌고래에게 계속 메세지를 보내지만, 배터리가 방전되기 직전에야 샐리가 나타난다. 앨리슨은 선물이 위험한 물건이라는 마지막 메세지를 보낸다. 핵폭발의 임박을 직감한 앨리슨은 샐리의 등에 매달려 멀리 있는 암초섬으로 향한다. 더크는 홀로 바닷속 도시로 내려간다. 얼마 후 해저에서 폭발이 일어나고, 그 충격파가 사방으로 퍼져 나간다.

남극에서 굴착 작업을 지휘하던 뢰케 국장은 핵폭발의 충격파로 빙붕이 갈라지자 대원들과 함께 간신히 탈출한다. 핵폭발과 빙붕 붕괴로 인한 초대형 쓰나미가 발생했다는 소식을 전해 들은 대통령은 대서양 연안에 대피령을 내릴 시간이 없다는 사실에 분노하며, 이 사태를 벌인 스티바스에게 주먹을 날린다. 그때 백악관 집무실에 클레이와 페일린이 나타난다.

클레이는 대서양의 한 섬을 폭발시켜 쓰나미를 막을 수 있는 해일을 일으키자고 한다. 가능성 있다는 캐서린 뢰케의 조언을 들은 대통령은 그 섬을 폭발시킬 핵미사일을 발사한다. 초대형 쓰나미가 작은 섬들을 휩쓸며 지나가는 사이, 핵미사일은 대서양의 외진 군도에 있는 트리스탄 섬의 한쪽 면을 폭발시킨다. 절벽이 무너지며 엄청난 해일이 발생하고 해일은 남극에서 출발한 쓰나미와 대서양에서 정면으로 충돌하며 사태는 진정된다.

클레이는 페일린을 따라 바닷속 도시를 방문한다. 그곳 책임자인 *라아나*를 만나 고맙다는 말을 듣는다. 클레이가 품은 많은 의문들에 대해 그녀는 당신들 스스로 답을 찾을 필요가 있고 너무 빨리 지식을 얻는 것은 현명하지 못하다는 말을 남긴다.

앨리슨은 난장판이 된 수족관을 들러보다 섬광과 함께 더크가 돌아온 것을 보고 기뻐한다. 카 대통령은 도난당한 핵탄두로 테러를 일으키려던 시도를 군이 막아냈다는 기자회견을 연다. 술집에서 그 연설을 지켜본 후 거리로 나온 클레이는 죽은 줄만 알았던 스티브 시저와 재회한다.

9

1

"여기로 빨리 내려와 보실래요. 친구가 찾아왔어요."

수화기를 손에 쥔 채 그녀의 두 눈이 휘둥그레졌다. 그녀는 즉시 전화를 끊고 의자에서 벌떡 일어나서 책상을 돌아 문으로 달려갔다. 문을 열어젖히고 카펫이 깔린 복도를 따라 뛰었다. 계단 앞에 이르자 발을 헛디디지 않도록 조심하며 최대한 빠르게 계단을 내려갔다.

새 건물의 구조는 예전 건물과 놀라울 정도로 비슷했다. 하지만 이곳의 냉방 시스템은 푸에르토리코의 무지막지한 습도를 간신히 견뎌내는 수준이었다. 커다란 이중문 앞에 이르자 몸에 전해지는 익숙한 열기 때문에 땀샘들이 슬슬 활동을 하기 시작했다. 그녀는 머리를 숙이고 문에 몸을 기대면서 양쪽 문을 활짝 밀어젖혔다.

익숙한 컴퓨터 음성이 곧바로 들렸다. *안녕 앨리슨.*

앨리슨은 거대한 해수 수조를 보며 활짝 웃었다. "안녕, 샐리." 그녀는 조금 숨이 찬 듯 대답했다. "돌아왔구나."

샐리는 즐거운 듯 꼬리를 흔들었다. *우리 돌아왔어.*

앨리슨은 한쪽 눈썹을 추켜세우며 푸른 바닷물이 담긴 수조의 다른 곳을 훑어보았다. "더크는 어디 있어?"

샐리가 미처 대답하기도 전에 더크는 수조 꼭대기에서 뛰어내리며 큰 물보라를 일으킨 다음, 통 굴리기 묘기를 하며 샐리 옆을 스쳐 지나갔다.

앨리슨은 웃음을 터뜨렸다. 더크는 극적인 등장을 좋아했다. 물론, 수조의 꼭대기 부분을 변경해서 더크가 그렇게 할 수 있도록 허용한 탓도 있지만 말이다.

더크는 바닥까지 계속 내려갔다가 몸을 위로 휙 돌린 후 부드럽게 헤엄치며 샐리 옆으로 다가왔다. *안녕 앨리슨. 안녕 크리스.*

앨리슨은 고개를 살짝 기울이며 히죽 웃었다. "안녕, 더크."

우리는 너를 봐서 행복해.

"우리도 너를 봐서 기뻐." 크리스 라미레즈가 수조 앞에 서 있는 앨리슨 옆으로 다가왔다. 쉴 새 없이 마셔대는 커피 한 잔을 들고. 어떻게 이런 무더위 속에서 온종일 커피를 마셔댈 수 있는지 그녀는 도무지 이해가 가지 않았다.

그들의 새로운 시설은 마이애미에 있는 수족관보다는 규모가 작았지만, 엄밀히 말해 이곳은 순수한 연구 센터이기 때문에 예기치 않은 방해 요소가 거의 없었다. 오래된 통조림 공장이었던 이 건물은 더크와 샐리를 위해 커다란 실내외 겸용 수조를 수용할 수 있도록 내부를 싹 제거한 뒤 새롭게 개조되고 확장되었다. 이제 돌고래들은 원할 때마다 마음대로 드나들 수 있었다. 더 이상 쇠창살은 없었다.

그것은 그녀와 연구팀이 겪었던 그 놀라운 사건 이후 그들이 할 수 있는 최소한의 보답이었다. 그리고 돌고래들은 약속한 대로 정기적으로 돌아왔다. 더크가 엄청나게 음식을 먹어대는 것도 그 약속을 지키는 데 한 몫을 하긴 했지만.

앨리슨과 크리스 뒤편, 멀리 있는 벽에는 수백 개의 불빛들이 깜박거리는 거대한 컴퓨터 시스템이 자리하고 있었다. IMIS, 즉 포유류 간 통역 시스템(Inter Mammal Interpretive System)의 약자인 그 인공지능 컴퓨터 시스템은 더크, 샐리와 처음으로 의사소통을 가능하게 한 것과 동일한 시스템이었다. 하지만 지금의 IMIS는 예전 크기보다 두 배 이상 더 커졌다. 그녀와 연구팀이 푸에르토리코로 이전하며 돌고래의 자연 번식지에 더 가까워진 후, 통역 시스템은 대대적인 업그레이드를 거쳤다. 지금 시스템의 연산 능력과 비교하면, 이전 시스템은 골동품 같다는 생각이 들 정도였다. 그 때문에 연구팀의 수석 기술자인 리 켄우드는 완전히 들떠 있었다. 앨리슨과 크리스는 리가 마치 나사(NASA)의 기술자들에게 자랑하려고 안달나 있는 것처럼 보인다고 농담을 할 정도였다.

앨리슨은 새롭게 업그레이드된 IMIS의 특성을 완전히 이해하지는 못했지만, 리가 '테라플롭스(초당 1조 회 연산을 처리할 수 있는 계산 능력)'라고 부르는 것과 많은 관련이 있다는 것을 알았다. 하지만 그녀에게는 그저 더 크고 더 빠른 시스템일 뿐이었다. 그리고 리는 크기는 두 배 커졌을지 몰라도, 성능은 여덟 배나 더 강력하다고 주장했다. 예전에 IMIS가 하루에 처리할 수 있는 데이터 양은 이제 몇 시간 안에 처리할 수 있었다.

샐리는 수중 마이크 가까이로 헤엄쳤다. *잘 지냈어 앨리슨?*

"나는 아주 잘 지냈어." 그녀가 웃으며 말했다. "너는 잘 지냈어?"

우리 좋아. 너 지금 준비되었어.

"아직은 아니야, 하지만 조만간 준비될 거야."

미소를 짓던 크리스는 커피잔을 들고 한 모금 마셨다. "아직 해야 할 일이 꽤 있어."

"그러게."

음식 지금.

앨리슨은 더크를 힐끗 돌아보았는데, 더크는 흥분한 듯 꼬리를 위아래로 흔들고 있었다. 그녀는 팔짱을 끼며 고개를 저었다.

전 세계가 그들의 지난 번 과학적 큰 발전에 깜짝 놀랐다면, 이번에는 완전히 기절할 정도로 어리벙벙해질 것이다.

2

'해군 항공의 요람'은 플로리다주 펜사콜라 근처에 있는 해군 항공 기지의 비공식 이름이다. 그곳은 미국에 건설된 첫 번째 해군 항공 기지이며 제일차 세계대전 이후에도 잘 유지되고 있었다. 현재는 해군, 해병대, 해안경비대의 조종사와 항공 사관들을 위한 주요 훈련 시설로 알려져 있다. 또한 해군의 유명한 곡예비행대대인 '블루 엔젤스'의 본거지이기도 하다.

32제곱킬로미터가 훨씬 넘는 지역에 펼쳐져 있는 펜사콜라 해군 단지에는 23,000명의 군인들과 7,400명의 민간인들이 종사하고 있다. 그곳은 명실상부한 현대적 첨단 해군 연구 및 실험의 주요 중심지였다.

해군수사대에서 파견 나온 존 클레이 중령과 스티브 시저 중령 또한 지난 이 주 동안 이곳에서 지내고 있었다.

두 사람은 해군교육훈련사령부 건물 삼 층의 반들거리는 복도를 따라 씩씩하게 걸어갔다. 복도 끝에 다다른 그들은 큰 흰색 문 앞에서 걸음을 멈추었다. 존 클레이가 노크를 하자, 문은 지체 없이 안쪽으로 열렸다. 방 안으로 들어선 클레이와 시저는 해군교육훈련사령부 사령관인 데이비드 아인혼 해군 소장에게 거수경례를 했다. 아인혼은 책상 뒤에 앉아 있었고, 그 옆에는 주임 원사가 서 있었는데, 두 사람은 클레이와 시저가 안으로 들어오자 대화를 멈추고 기다렸다는 듯 고개를 들었다. 문을 열어주었던 중위는 조용히 그들 뒤로 걸어 나가며 문을 다시 닫았다.

아인혼은 고개를 끄덕였다. "제군들, 나한테 뭔가 줄 게 있는 걸로 알고 있네만."

"네, 사령관님." 클레이가 대답했다. 두 사람은 책상 앞으로 다가갔고, 클레이만 한 걸음 더 나아가 아인혼 사령관에게 얇은 서류철을 내밀었다. "조사는 끝났습니다, 사령관님. 여기에 서명한 보고서가 들어 있습니다."

아인혼은 그 서류철을 받아 열어젖히며 첫 장을 죽 훑어보았다. "전원 장애? 농담하는 건가?"

클레이는 고개를 가로저었다. "아닙니다, 사령관님."

"드론이 제멋대로 날아다닌 게 어떻게 전원 장애 때문이란 말인가?"

그들은 아인혼의 이런 반응을 예상하고 있었다. 이미 보고서를 온라인으로 전송했고 그 사본을 30분 전에 아인혼과, 그의 직속 상사인 랭포드 제독에게 전달했으니까. 그들이 직접 사본을 전달하는 일은 단지 형식에 불과했다. 아인혼의 반응으로 판단하건대, 그는 이미 온라인으로 전송한 사본을 읽어본 것 같았다.

아인혼은 처음부터 그들이 이곳에 온 걸 탐탁지 않게 여겼다. 드론에서 발생한 고장은 그가 생각하기에 단지 우연한 사고일 뿐이었다. 그의 참모들도 그렇게 생각했다. 하지만 그런 일이 일어나고 말았다. 신형 드론 한 대가 원격 조종사와 12초 동안 접속이 끊겼다. 곧바로 성공적으로 연결이 복구되었기 때문에 별일 아닌 것처럼 보일 수도 있지만, 그 일은 조사가 필요했다. 해군에서 불가피하게 걱정하는 것은 접속 문제가 아니라, 그 12초 동안 일어났을지도 모를 일 때문이었다.

몇 년 전, 프레데터 드론 한 대가 애리조나에 있는 원격 조종사와의 항공 위성 연결이 차단됨으로써 이란에서 포획된 적이 있었다. 더 나쁜 것은, 이란 측에서 드론을 결코 해킹하지 않았다는 점이었다. 그 드론은 연결이 일정 시간 차단될 경우 비상 모드로 강제 전환하게 되어 있었고, 그로 인해 자체적으로 드론을 무사히 지상에 착륙시킬 수 있었다. 그 사건은 단지 소프트웨어 오류일 뿐이었다.

그럼에도 불구하고, 미 국방부에서는 전 세계가 텔레비전을 통해 이란의 군인들이 미국의 400만 달러짜리 비밀 무기 위를 오르내리며 춤을 추는 장면을 두 번 다시 보고 싶어 하지 않았다.

클레이는 헛기침을 하고 아인혼에게 대답했다. "사령관님, 그 장애는 드론의 메인보드 중 하나에서 일어난 전원 변동 때문이었습니다. 송수신기와 안테나를 제어하는 보드입니다. 하드웨어 설계상의 결함이라고 생각하는 이유는 그런 문제가 몇 차례 재현되었기 때문입니다."

아인혼은 서류철을 책상 위에 내려놓고 의자에 등을 기대면서 눈에 보일 정도로 짜증을 냈다. "그러니까, 해킹당했다는 건가?"

"아닙니다, 사령관님."

"나도 그렇게 생각하지 않네." 사령관은 비웃듯 말했다. "난 자네들의 파견이 쓸데없는 일이라고 말했어."

이번에는 클레이와 시저가 서로 쳐다보았다. "그게," 시저가 대답했다. "절대로 해킹을 당하지 않는다는 뜻은 아닙니다, 사령관님."

아인혼은 이마를 찌푸리며 시저를 쳐다보았다. 사령관은 두 사람이 마음에 들지 않았다. 해군에서 가장 중요한 부서 중 하나를 운영하고 있는 그는 조사대에서 나온 이 사내들이 여기저기 파헤치며 간섭하는 것을 좋아하지 않았다. 아인혼은 기분이 썩 좋지 않았지만, 분명 멍청이는 아니었다.

이유는 분명하지 않았지만, 그는 앞에 서 있는 두 중령이 대통령이 새로 임명한 합참의장인 랭포드 제독에게 직접 보고했다는 사실을 알고 있었다. 랭포드는 예기치 않게 공석이 된 국가안보보좌관의 소임을 맡게 위해 자리를 옮긴 그리피스 장군의 후임자가 되었다. 이제 랭포드는 대통령의 최측근이 되었으므로 아인혼은 어리석은 행동이나 말을 조심하려고 했다.

"그래, 자네들의 권고는 뭔가?" 아인혼이 과하게 빈정거리며 물었다.

클레이는 사령관의 말투에 전혀 신경 쓰지 않았다. "추락의 분석입니다. 거기에는 하드웨어 설계 및 소프트웨어의 컴퓨터 코드에 대한 품질 검사가 포함됩니다."

"그걸 하는 데 얼마나 걸리겠나?"

"정확히는 알 수 없습니다, 사령관님. 가용할 수 있는 자원에 따라 다를 수 있습니다." 클레이는 자신이 제시한 어떠한 추정도 아인혼이 마음에 들어 하지 않을 걸 알기에 그냥 그 정도로만 해두었다.

아인혼은 앓는 소리를 내며 서류철을 다시 집어 들었다. "랭포드가 어떻게 진행해야 할지 우리한테 알려줄 거라고 믿네. 그럼 다 된 것 같군, 제군들. 시간 내줘서 고맙네."

클레이와 시저는 가볍게 고개를 끄덕이고 몸을 돌렸다. 그들은 문을 향해 걸어갔고 말없이 방을 나왔다.

시저는 문을 닫은 후 클레이를 쳐다보았다. "이 직업이 힘들기만 하고 얼마나 생색도 안 나는지 우리가 제대로 이야기해 본 적이 있던가?"

"거의 매주." 클레이가 웃으며 말했다. 그가 시저와 보조를 맞춰 걸어가던 중 그의 휴대폰이 울렸다. 걸음을 멈춘 그는 주머니에서 휴대폰을 꺼내 표시된 번호를 보았다. "랭포드야."

그는 전화기를 귀에 갖다 댔다. "클레이입니다." 한참을 듣고 난 후, 간단히 대답했다. "알겠습니다."

시저가 호기심 어린 표정으로 눈썹을 추켜세웠다. "엄청 빠르군."

"화상 회의실을 찾아봐야겠어."

* * *

사실, 랭포드 제독은 합참의장 자리를 결코 원하지 않았다. 하지만 대통령은 고위급 장성인 그에게 그 직책을 맡아 달라고 요청했다. 그리고 솔직히, 자신이 거절할 경우 누구에게 또 요청할지 조금 꺼림칙하기도 했다. 비록 처음에는 의혹을 품긴 했지만, 카 대통령이 불굴의 용기와 윤리 의식을 갖추고 있기에 굳건한 대통령이 될 수 있다고 믿고 결정을 내렸다. 게다가 대부분의 군 지휘관들이 바라던 바이기고 했고.

모진 풍파를 이겨낸 랭포드의 얼굴이 클레이와 시저 앞에 있는 비디오 화면에 나타났다. "자네들이 올린 드론 보고서를 봤네. 아인혼과는 이야기를 해봤나?"

"네, 제독님." 클레이가 고개를 끄덕였다. "저희가 방금 서명한 사본을 전해주었습니다."

"그가 어떻게 받아들이던가?"

시저가 미소를 지었다. "아주 마음에 들어 했습니다!"

"설마 그랬을라고." 랭포드는 비웃을지 눈을 부라릴지 고민하는 듯 보였다. "어쨌거나 그 친구가 자네들을 사무실에서 물리적으로 쫓아내지 않는 걸 보면, 나름 성공적이었다고 봐도 무방하겠어. 자네들이 보기에도 그 친구가 조사에 아주 열성적이지는 않았을 거야."

"저희도 대충 눈치는 챘습니다."

"다행이군." 랭포드는 시계를 힐끗 보며 말을 이었다. "곧 그 친구한테서 연락이 오겠구만." 그는 다시 카메라를 돌아보았다. "그 사이에 자네들을 위해 비행기를 보내겠네. 최대한 빨리 그 비행기를 타게."

"어디로 가는 겁니까?"

"브라질. 그럴 만한 사정이 생겼어. 깜짝 놀랄 만한 일이라고 해두지."

"깜짝 파티는 이제 지겨운데요." 시저가 킬킬 웃으며 말했다.

그 말에 랭포드의 입꼬리가 올라갔다. "긴장 풀게. 깜짝 파티는 아니니까. 조금 수상쩍은 잠수함을 살펴보라는 것뿐이야."

클레이와 시저는 기대감에 차서 화면을 응시했다.

"어젯밤 브라질 해군이 프랑스령 기아나 해안에서 잠수함 한 대를 포획했네. 러시아 잠수함이고, 노벰버급(구소련 최초의 3천 톤급 원자력 추진 잠수함)이야."

두 남자의 표정이 호기심에서 혼란으로 바뀌었다. "노벰버급이요? 그것들은 다 퇴역한 걸로 아는데요."

"우리도 그런 줄 알았어." 제독은 양 팔꿈치 위로 몸을 기울였다. "적어도 한 대는 그렇지 않은 모양이야. 사흘 전 처음 탐지되었고 브라질에서 티쿠나함(브라질 해군의 신형 잠수함) 한 대를 급파했지."

"그리고 그들이 그걸 포획했다고요?" 클레이가 물었다. 한 척의 잠수함이 다른 잠수함을 붙잡는 일은 대단한 업적이었다.

랭포드는 클레이의 표정을 읽으며 미소를 지었다. "실은, 브라질 쪽에서 약간의 도움을 요청했어. 우리 측 보트 두 척이 티쿠나함 뒤에 있었네. 물론 비공식적으로."

"노벰버급 잠수함이 브라질 앞바다에서 뭘 하고 있었을까요?" 시저가 물었다. "그 낡은 잠수함이 단순히 순찰을 나오지는 않았을 텐데요."

"물론 그건 아니겠지. 불행하게 우리도 그 이유를 모르네. 승조원들이 입을 다물고 있으니까. 모두 스물일곱 명이라더군."

"스물일곱?"

"최소한도의 인원이지." 랭포드가 분명히 했다.

시저는 눈썹을 치켜세웠다. "그게 가능한가요?"

"듣기로는."

"러시아 측에선 뭐라고 합니까?"

"아직 물어보지 않았네." 랭포드가 미소를 지으며 대답했다.

"우리더러 승조원들과 대화를 해보라는 건 아니겠죠, 제독님?"

"아닐세, 나는 자네 둘이 그곳으로 가서 그 러시아 잠수함을 살펴보았으면 하네. 우리가 받은 사진들을 보면 그 잠수함에 뭔가 중요한 것이 실려 있는 것 같아, 그리고 그것이 무엇인지 알고 싶네."

3

리 켄우드는 새로운 연구실를 보고 몹시 흥분했다. 마침내 통역 시스템을 주요 관람 구역과 분리할 수 있게 되어서, 다음 프로젝트를 위한 하드웨어 작업을 할 수 있는 여유 공간이 생겼다. 그 프로젝트는 정말 대단한 것이었다.

그는 또한 후안 디아즈라는 푸에르토리코 태생의 컴퓨터 기술자의 연장 근무에도 고마워했다. 대학을 졸업한지 몇 년밖에 되지 않았지만, 그 친구는 빨리 배우는 편인 데다 무척 영리한 친구였다.

리와 후안 두 사람은 큰 탁자 옆에서 일을 하던 중, 앨리슨이 문을 열자 그녀 뒤쪽에서 들려오는 아이들의 시끌벅적한 소리에 고개를 들었다.

"안녕, 앨리." 두 사람이 동시에 말했다. 리는 키보드 버튼 하나를 누르고 결과가 화면에 나타나는 것을 지켜보았고, 후안은 가느다란 컴퓨터 전원선이 부착된 큰 장치를 조심스럽게 들고 있었다.

"안녕." 앨리슨은 문을 닫히도록 놔두고 방을 가로질러 걸어갔다. "어떻게 되어 가고 있어요?"

"아주 좋아. 지금 막 업로드를 끝내고 시험을 시작했어. 목요일 아침까지는 준비가 다 될 것 같아." 그는 화면에서 고개를 들었다. "더크와 샐리가 돌아온 것 같은데?"

"그걸 어떻게 알았어요?"

"바깥이 마치 동물원 같잖아."

'동물원' 같다는 표현은 40여 명의 무척 흥분한 아이들이 소리를 질러 대고 있기 때문이었다. 푸에르토리코로 대규모 이전을 하는 동안 앨리슨과 연구원들은 모든 언론의 조명을 받고 지역의 유명인사로 떠올랐다. 올해 초, 그녀와 연구원들은 몇몇 뉴스 취재진을 위한 시연에서 IMIS 통역 시스템의 놀라운 성과를 공식적으로 공개했다. 예상대로 그 소식은 전 세계로 퍼져 나갔고, 각지의 사람들이 눈으로 확인하기 위해 서둘러 수족관으로 달려왔다. 돌고래와의 의사소통은 여러 잡지들로부터 '공로상'을 인정받았고, 다음 두 달 동안 그녀와 연구원들은 수백 건의 텔레비전과 라디오 인터뷰에 초대받았다. 정신을 못 차릴 정도였지만 그들이 힘들게 겪어왔던 일을 생각하면, 처음에는 반길 만한 기분 전환을 제공해 주기도 했다. 그러나 사람들의 관심과 방문이 전혀 줄어들 기미가 보이지 않았다. 따지고 보면 그들이 미국 플로리다주 마이애미를 떠나 이곳으로 온 것은 단지 연구를 위한 것이 아니라 그들의 정신적 육체적 건강을 위해서였다.

물론 그들이 어디로 가든 많은 주목을 받았을 것이다. 그리고 푸에르토리코도 별반 다르지 않았다. 실제로 이 섬의 남쪽에 있는 폰세(푸에르토리코 남부의 항구 도시) 외곽의 오래된 건물 중 하나가 유명한 '더크와 샐리'를 위한 새로운 연구 센터로 개조될 것이라는 소식에 섬 전체가 열광했다. 놀라운 것은 푸에르토리코 아이들의 반응이었다.

미국에서 연구하던 초창기 시절, 앨리슨과 연구원들은 돌고래들을 보기 위해 현장 학습을 나온 수많은 아이들을 맞이했다. 대부분의 아이들은 무척 흥분했지만, 그렇지 않은 아이들도 있었다. 그런 아이들은 한쪽에 떨어져 앉아 휴대폰 화면에 빠져 있었다. 앨리슨은 처음엔 대수롭지 않게 생각했지만, 현장 학습 때마다 같은 상황이 반복되는 것을 보고 무척이나 의기소침해졌다.

하지만 그녀는 텍사스주 루이스빌에 있는 헤드릭 초등학교에서 온 아주 특별한 5학년생들이 기억에 남았는데, 푸에르토리코의 아이들을 그녀에게 그들을 떠올리게 했다. 푸에르토리코에서는 방문한 모든 아이들이 뛸 듯이 신나했다. 모두가 온종일 코가 납작해질 정도로 수족관의 두꺼운 유리벽에 얼굴을 붙이고 있었다. 아이들은 아무리 봐도 질리지 않아 했고, 그 덕분에 앨리슨과 연구원들도 초창기의 설렘이 되살아나기 시작했다. 그래서 아이들을 위해 뭔가 특별한 것을 해주기로 마음먹었다.

앨리슨은 어느 날 아이디어 하나가 떠올랐고 리와 후안에게 그것을 이야기했다. 시간이 좀 걸리긴 했지만 그들은 방문객들을 위해 작은 통역 서버 한 대를 그럭저럭 설치했다. 거대한 IMIS 시스템보다는 훨씬 더 적은 어휘를 저장하고 있고 새로운 단어를 통역할 수는 없었지만, 아이들에게 놀라운 일을 할 수 있도록 해주었다. 수조 바로 앞에 서서 눈앞에 있는 돌고래와 실제로 이야기를 나눌 수 있도록 말이다.

앨리슨은 아이들이 처음으로 키보드를 두드리던 모습을 지켜보며, 몇몇 아이들은 너무 흥분해서 기절해 버릴 수도 있겠다는 생각을 했다. 그 흥분은 전염성이 있었다. 앨리슨은 더크와 샐리가 그렇게 흥분한 것을 본 적이 없었다. 두 돌고래는 마지막 아이가 떠날 때까지 몇 시간 동안 머물면서 아이들과 이야기를 나누곤 했다.

물론 더크와 샐리는 이제 자유로운 몸이었고, 언제든 원할 때 마음대로 오고 갔다. 그래서 두 돌고래가 오면, 앨리슨과 연구원들은 즉시 근처 학교에 전화를 걸어 방문을 주선하기도 했다. 그리고 아이들뿐만 아니라 더크와 샐리도 전혀 피곤한 기색을 보이지 않았다. 말 그대로 '동물원'이었고 그녀는 그것을 좋아했다.

"그나저나," 그녀 뒤에 서 있던 리가 끼어들었다. "디앤이 너를 찾지 않았어? 아까 보니 너를 찾고 있던데. 오늘 오후에 자기 연구를 좀 도와주었으면 하는 눈치였어."

"아뇨. 제가 이따가 가볼게요."

리는 고개를 끄덕이고 다시 후안을 돌아보았다. 후안은 그에게 모니터에 나타난 뭔가를 보여주었다. 앨리슨이 나가려고 할 때, 그녀의 전화기가 울렸다. 그녀는 액정화면을 보며 즉시 대답했다.

"안녕." 그녀는 소심하게 웃으며 말했다.

"안녕." 전화기 반대편에서 굵고 낮은 목소리가 들렸다.

"어떻게 지내요?"

그녀는 본능적으로 자신을 보며 키득거리는 리와 후안을 피해 돌아섰다. 리는 장난스럽게 두 손으로 입을 막았다. "우리 인사도 전해줘. '안녕'"

그녀는 조용히 해달라고 손짓하며 멀찌감치 떨어졌다. "미안해요."

존 클레이는 혼자 낄낄 웃었다. "난 괜찮아요. 당신은 어떻게 지내요?"

"아주 잘 지내요. 지금 리와 후안에게 컴퓨터에 대한 몇 가지 조언을 해주고 있었어요."

클레이가 크게 웃었다. "당신이 컴퓨터에 대해 조언을 했다고요?"

"날 무시하는 거예요." 그녀는 마음이 상한 척하며 말했다. "나도 웬만큼은 어떻게 작동하는지 안다고요! 그건 그렇고, 어디에요?"

"음, 비행기에 타고 있어요."

앨리슨은 손목시계를 흘끗 보았다. "벌써요? 오늘 저녁때쯤 비행기에 탈 줄 알았는데."

"맞아요, 근데… 안타깝게도, 갑자기 일이 생겨서 갈 수 없을 것 같아요."

앨리슨은 낙담한 표정을 지었다. "아쉽네요. 목이 빠져라 당신을 기다리고 있었는데."

"알아요. 미안해요. 나도 그랬어요. 일이 길어지지 않길 바라야죠."

"어디로 가고 있어요?"

"브라질," 클레이가 대답했다. "하지만 아주 멀리는 아니에요. 당신한테서는 가까운 쪽이에요."

"무슨 일로 가는 건지 말해줄 수 있어요?"

"아쉽게도 그건 힘들 것 같아요. 그냥 낭만적인 휴양지를 찾아다니는 중이라고 생각해 줘요."

"당신도 알죠, 우리가 만난 지 곧 일 년이 되는 거."

"그럼요, 나도 알고 있어요."

물론 알고 있겠지, 라고 그녀는 생각했다. 그 남자는 어떤 것도 잊어버리는 법이 없었다. 또 매사에 이해가 빠른 사람이었다. 실제로 그런 방면으로는 대단히 놀라운 사람이다. 듣는 법을 알 뿐만 아니라 그녀가 십 초 이상한 말도 정말 기억했으니까.

앨리슨은 그를 처음 만났을 때 자신이 예상했던 것과 전혀 달랐다는 사실을 인정할 수밖에 없었다. 그는 해군에서 근무했는데, 그녀가 특히나 혐오하는 군종이었다. 물론 솔직히 말해 그녀는 모든 군종을 싫어했다. 하지만 알고 보니 존 클레이는 단순한 해병대원은 아니었다. 사실 그는 남자다울 뿐만 아니라, 이례적으로 진실한 사람이었다. 그리고 똑똑하고 사려 깊고 무척 잘생겼다. 게다가 어깨도 떡 벌어졌다.

"정말 미안해요, 앨리슨." 비행기가 방향을 틀고 활주로 위로 덜커덩거리며 진입하자, 클레이의 몸이 좌석에서 좌우로 흔들렸다. "내일이나 이틀 후에 전화할게요, 알겠죠?"

"알았어요." 앨리슨은 여전히 얼굴에 찌푸린 흔적을 남긴 채 말했다. "몸 조심해요."

"항상 그래요."

"안녕." 그녀는 통화를 마친 후에도 계속 전화기를 응시했다.

"내가 보기엔 그 친구 못 올 것 같은데." 리가 그녀 뒤에서 말했다.

그녀는 한숨을 내쉬며 전화기를 주머니에 넣었다. "올 거예요."

* * *

비행기는 C-20 걸프스트림 기종이었는데, 랭포드와의 화상 통화를 마친 후 30분도 채 되지 않아 도착했다. 클레이는 전화기 전원을 끄고 가죽으로 된 머리 받침대에 부드럽게 기대면서 눈을 감았다. 그는 앨리슨의 목소리에서 실망감을 느낀 것이 마음에 걸렸다.

어느 정도 시간이 흐른 후, 클레이는 두 사람 사이의 탁자 위에 놓인 러시아 잠수함 관련 보고서 사본이 들어 있는 서류철을 집어 들고 다시 펼쳤다. 그는 조용히 생각에 잠겼다.

"이해할 수 없는 건," 시저가 먼저 말을 꺼냈다. "브라질이 러시아 잠수함, 그것도 그렇게 낡은 잠수함에 대해 대체 무슨 관심을 가지고 있었느냐는 거야?"

"나도 같은 걸 궁금해 하고 있어. 러시아는 브라질과 꽤 좋은 관계를 유지하고 있는데, 왜 비밀로 하는 거지?"

"너도 뭔가 숨기고 싶을 땐 그렇게 하잖아."

"뭘 숨기려고 했던 걸까?" 클레이는 곰곰이 생각했다. "그리고 왜 세상 모든 사람이 퇴역했다고 생각하는 50년도 더 된 잠수함인 거지?"

"모두가 그 잠수함이 퇴역했다고 생각하기 때문이겠지." 시저가 빈정거리는 투로 말했다. 그리고 맥주병을 들고 한 모금 마셨다. "하지만 내가 러시아 측이고 은밀하게 가고 싶었다면, 노벰버급 잠수함으로 그 짓을 하지는 않았을 거야. 그 잠수함은 소음이 크니까."

클레이는 고개를 뒤로 젖히고 멍하니 천장을 바라보았다. "브라질은 아메리카 대륙에서 두 번째로 큰 규모의 해군을 보유하고 있어. 전체 함대와 기반시설도 잘 알려져 있고. 러시아인들이 뭘 알아내려고 한 거지?"

"러시아 쪽에서 아무 말도 하지 않은 것도 이상해."

"동감이야. 정말로 숨기고 싶은 비밀이 있다면, 자기네 승조원들을 빨리 데려오고 싶어 하지 않았을까?"

"해명에 나서지 않으면 상황이 더 나빠질 텐데 말이야." 시저는 맥주병을 기울이며 병 안쪽을 쳐다보았다. "설령 그럴 만한 사정이 있다고 해도, 어째서 여론 조작이나 착오가 있었다는 쪽으로 꾸며대지 않는 거지? 정부들은 항상 그렇게 하잖아."

"맞아. 하지만 그래도 우리는 여전히 같은 질문을 하고 있을 거야. 러시아가 브라질에 대해서 뭘 알고 싶어 하는가?"

시저는 병을 컵 홀더 안에 집어넣고 좌석을 뒤로 젖혔다. "어쩌면 더 단순한 해명이 있을지도 모르지."

클레이는 눈썹을 추켜세우며 기다렸다.

"항해사가 정말 멍청이였다고 말이야."

클레이는 크게 웃었다. 걸프스트림의 듀얼 엔진이 최대 추진력에 도달하고 조종사가 브레이크를 풀자 비행기는 앞으로 굴러가기 시작했다. 항공기는 활주로를 따라 내달리며 계속해서 속도를 높였고 마침내 공중으로 부드럽게 떠올랐다.

지면이 빠르게 멀어져가는 것을 지켜보던 클레이는 긴장을 풀려고 했지만, 뭔가 떨쳐버릴 수가 없었다. 머릿속을 떠나지 않는 그 의문은 보고서에 나와 있어야 했지만 그렇지 않았다.

4

앨리슨은 연구실을 나와 다시 아래층으로 내려갔다. 존을 만날 수 없다는 사실에 실망했지만, 마음 한구석에서는 안도감을 느꼈다. 두 사람은 일 년 가까이 사귀어 왔지만, 각자의 직업적 특성과 그녀가 플로리다에서 이주하느라 바빴던 점을 감안하더라도 최근 들어서는 많은 시간을 함께 보내지 못했다. 두 사람의 관계는 조금씩 소원해지고 있었고, 앨리슨은 자신이 조금씩 불안해하기 시작한다는 것을 인정했다. 그녀가 그를 만나는 일에 흥분하면서도 긴장하는 이유는 바로 그 때문이었다. 결국 용기를 내어 마음에 담아 왔던 문제를 꺼내기로 했다. '독점.'

하지만 지금은 더 중요한 일이 있었다. 그녀는 잠시나마 시간적 여유를 얻어서 안도하며 그 문제를 기꺼이 마음 한구석으로 밀어냈다.

그녀는 계단을 내려와 돌로 된 새로운 복도를 따라가며 바닷물이 담긴 거대한 수조를 지나갔다. 성큼성큼 걷던 그녀는 걸음을 멈추고 수조를 에워싸고 있는 아이들을 지켜보며 미소를 지었다. 크리스가 아이들 옆에서 그들이 키보드를 이용해 더크와 샐리에게 한 차례씩 말을 걸어볼 수 있도록 도와주고 있었다. 그들 머리 위쪽에 달린 큰 모니터에는 모든 사람이 볼 수 있도록 질문이 표시되었다. 지금 키보드 앞에 서서 타이핑을 하고 있는 어린 소년은 여덟 살쯤 되어 보였다. 앨리슨은 모니터에 나타난 소년의 질문을 읽고 미소를 지었다. **너는 얼마나 높이 뛰어오를 수 있어?**

그녀도 들어본 적 있는 도전적인 질문이었다. 더크는 그 질문을 듣고 곧장 수조 안을 쏜살같이 헤엄치며 돌아다니다 날쌔게 수면을 향해 움직였다. 그럼 다음 공중으로 높이 솟구쳐 올랐다. 아이들은 완전히 열광했다.

앨리슨은 싱긋 웃고 나서 다시 걸었다. 그녀는 윙윙거리는 서버들이 거대한 벽을 이루며 모여 있는 곳을 지나쳤는데, 그 서버들이 바로 새로운 IMIS 분산 컴퓨터 시스템의 구성체였다. 모든 장비들은 냉난방이 되는 수십 개의 커다란 유리장 안에 들어 있었다.

그녀는 모퉁이를 돌아 연구센터의 또 다른 구역으로 향했다. 두 번째 복도는 더 길고 어두웠지만, 밝고 넓은 공간으로 이어졌고 오른쪽 면을 따라 유리벽이 늘어서 있었다. 돌고래 수조와 달리, 이 유리벽은 훨씬 더 높고 야생 서식지 공간의 일부를 둘러싸고 있었다. 야생 서식지를 빙 둘러싼 담장의 나머지 부분은 같은 높이의 콘크리트로 만들어졌다. 그 안쪽은 넓고 인공적으로 만든 경사진 언덕이 있었고, 자단을 포함한 다양한 크기의 열대식물들로 울창하게 덮여 있었다. 지면은 수백 종에 이르는 다양한 형태의 덤불과 관목들로 무성하게 덮여 있었고, 울퉁불퉁한 언덕의 비탈을 따라 작은 인공 시냇물이 흐르고 있었다. 머리 위쪽 높은 곳에는 두꺼운 그물망 지붕이 밀림 서식지 전체를 보호하고 있었다. 그곳은 아프리카 열대우림을 완벽, 아니 거의 완벽에 가깝게 재현한 반 에이커 넓이의 복제 구역이었다.

그곳을 둘러싼 담장 꼭대기에는 약 30미터마다 전천후 고화질 동작 감지 카메라들이 설치되어 있었다. 그 카메라들은 격리된 서식지의 거의 모든 곳을 이십사 시간 내내 실시간으로 녹화했다. 그 데이터는 두꺼운 전선을 통해 건물 중심부에 있는 IMIS에 디지털 형태로 전송되었다.

앨리슨은 투명한 유리벽을 통해 안쪽을 들여다보았고 찾고 있던 사람을 발견했다. 디안 드레이퍼, 그녀는 검은 머리에 옅은 카키색 옷을 입은 나이든 여성으로 어린 암컷 고릴라 옆에 쪼그리고 앉아 있었다.

앨리슨은 가장 가까이 있는 카메라를 올려다보았다. 카메라는 키가 큰 자단목 그늘 아래에서 놀고 있는 두 형체를 자동으로 확대하며 초점을 맞추었다. 그들이 활동하고 있는 동안 모든 동작, 얼굴 표정, 소리 또는 몸짓이 녹화되고 장면 별로 나뉘어졌다. 그리고 곧바로 IMIS의 거대한 데이터 드라이브에 저장되었다.

데이터 수집은 기존에 더크, 샐리와 함께 했던 방식과 다르지 않았다. 하지만 일부 차이점으로 인해 IMIS 컴퓨터 코드의 특정 부분을 전면적으로 점검해야 했다. 영장류와의 의사소통은 해양 포유류 경우와는 현저히 다르기 때문이었다. 무엇보다 중요한 것은 소리였다. 일반적인 믿음과는 반대로 고릴라는 매우 조용한 종이었다. 고릴라는 제한된 수의 언어적 소리만 사용했다. 대부분의 의사소통은 몸짓과 복잡한 얼굴 표정을 통해 이루어졌다. 따라서 언어를 포착하는 데 있어 매우 다른 요구 조건이 적용되었다.

디앤은 뛰어난 전문가였다. 앨리슨이 연구 센터와 돌고래들의 책임자였지만, 영장류 연구와 고릴라에 관한 한 디앤 드레이퍼은 앨리슨 못지않게 뛰어난 실력을 가졌다. 앨리슨은 디앤이 연구팀에 있다는 사실을 무척 좋아했다.

생태 서식지 내부, 디앤은 카키색 셔츠 위에 얇은 검은색 조끼를 입고 '둘세' 옆에 앉아 있었다. '둘세'라는 이름은 '달콤한'이란 뜻의 스페인어였는데, 세 살짜리 작은 암컷 고릴라는 그 이름에 완벽하게 들어맞았다. 연한 갈색 눈과 툭 튀어나온 검은 입술에 항상 미소를 짓고 있는 둘세는 흙바닥에 앉아 짧게 킬킬 소리 내어 웃으며 디앤과 장난을 치고 있었다.

생태 서식지가 너무 넓어서 일반적인 스피커는 실용적이지 않기 때문에 통역을 위한 작은 송수신용 스피커가 디앤이 착용한 특별 조끼 속에 내장되어 있었다. 둘세의 말이 IMIS의 기계적인 목소리 어조로 흘러나왔다. *나는 노는 거 좋아한다.*

디앤은 둘세의 움직임을 따라하며 미소를 지었다. "나도 노는 거 좋아한다." IMIS가 디앤의 말을 둘세를 위한 비슷한 소리로 통역하는 데 일 초도 채 걸리지 않았고, 그 소리는 그녀의 조끼를 통해 흘러나왔다.

둘세는 입술을 오므리고 부드럽게 그르렁거리며 흐느적거리는 팔을 머리 위로 흔들었다. *나는 술래잡기 하고 싶다.*

디앤이 통역된 그 소리를 듣고, 지친 기색의 미소를 지었다. "또?"

둘세는 발랄하게 고개를 끄덕이고 입술을 크게 벌리며 이빨이 드러날 정도로 활짝 웃었다. 암컷 고릴라는 놀이 종목을 바꾸려고 애쓰는 디앤의 눈빛을 읽을 수 있었다.

"숫자 놀이 하자."

둘세는 장난스럽게 몸을 흔들며 다시 말했다. *너는 바보야.*

디앤은 미소를 지었다. 그녀는 어리석지 않았다. 생태 서식지 내부의 온도는 38도에 가까웠고, 그녀는 이미 한바탕 뛰어다닌 터라 몹시 피곤할 뿐이었다. "숫자 놀이 하자." 디앤이 다시 말했다. 그녀 가슴에 있는 작은 스피커가 진동하며 문장을 고릴라 소리로 내뱉자마자 디앤은 손을 들어올렸다. 디앤은 손가락 네 개를 보여주면서 물었다. "이게 몇 개야?"

둘세는 이빨이 드러날 정도로 활짝 미소를 지었고, 디앤의 손을 거의 쳐다보지도 않고 그르렁거리는 소리를 내며 대답했다. *넷. 이제 술래잡기 해.*

디앤은 한숨을 쉬고 주위를 둘러보다가 유리벽 건너에서 자신들을 지켜보고 있는 앨리슨을 발견하고 안도했다. 디앤은 그쪽 유리벽을 가리키며 물었다. "저게 누구야, 둘세?"

둘세는 고개를 돌리며 디앤의 손가락이 가리키는 방향을 바라보았다. 암컷 고릴라는 곧바로 흥분했다. *앨리슨!* 둘세는 자리에서 벌떡 일어나더니 팔을 휘두르며 앞으로 달려갔고 그 벽까지 빠르게 이동했다. 둘세는 가무잡잡한 손을 유리벽에 대고 장난치듯 가볍게 두드렸다. 그것은 암컷 고릴라가 유리벽 너머에 있는 사람에게 인사하는 방식이었다.

앨리슨도 둘세에게 미소를 지어 보였고, 앞으로 몸을 숙이며 유리벽을 가볍게 두드렸다. 그녀는 특수조끼를 입은 디앤이 자신들에게 다가올 때까지 기다렸다가 대답했다. "안녕, 둘세."

"왔어요, 앨리." 디앤이 말했다.

"좋은 아침이에요. 리가 그러던데, 저를 찾았다면서요."

디앤이 미처 대답하기 전에 그녀가 입은 특수조끼에 달린 스피커가 시끄러운 신호음을 내면서 마지막 문장이 성공적으로 통역되지 않았음을 알렸다. 디앤은 본능적으로 작은 단추를 눌러 시스템을 일시 정지시켰다.

"응, 오늘 오후에 켈리가 시간이 되면 다자간 통역 작업을 좀 더 연구했으면 해서. 리가 어제 있었던 문제 일부를 해결했다고 하니까 한 번 더 시험해 보려고."

"알겠어요." 앨리슨은 손목시계를 흘끗 보았다. "30분 후쯤 켈리가 더크와 샐리에게 먹이를 줄 예정이에요. 그 후에 보내도록 할게요."

"고마워," 디앤은 앨리슨에게 엉큼한 미소를 지어 보였다. "안으로 들어와서 둘세와 술래잡기 함께 하지 않을래?"

앨리슨은 소리 내어 웃었다. "그러고 싶지만, 목요일을 위해 준비가 잘되었는지 확인해야 해서요, 중요한 날이잖아요." 그녀는 윙크를 덧붙였다.

"알겠어, 그럼 수고해." 디앤은 손을 흔들고 유리벽에서 물러나며 특수조끼에 달린 단추를 다시 눌렀다. 그녀는 둘세를 내려다보았는데, 암컷 고릴라는 그녀를 향해 미소를 짓고 있었다. "좋아, 한 번 더 하자."

앨리슨이 지켜보는 가운데, 디앤은 도저히 따라잡을 수 없을 정도로 앞서 달리는 둘세를 뒤쫓았다. 앨리슨은 리와 후안이 해낸 일에 아직도 감탄하고 있었다. 물론 IBM의 도움을 받긴 했지만. 그 무선 송수신 장치는 IMIS 시스템의 무선 범위 내로 한정되어 있긴 했지만 정말 놀라운 장비였다. 그 특수조끼도 믿을 수 없을 만큼 훌륭했지만, 지금 리와 후안이 개발하고 있는 것은 더욱 놀라운 것이었다. 성능을 향상시킨 데다 방수 기능까지 겸비한 조끼였으니까.

5

둘세는 디앤 맞은편 땅바닥에 앉아 앞에 놓인 커다란 돌림판을 유심히 살펴보고 있었다. 암컷 고릴라는 작은 갈색 다리를 오므린 채 굵은 손가락을 뻗어 널판 위에 나무로 만든 문자반을 돌렸다. 이것은 디앤이 색깔과 모양을 가르치기 위해 만든 게임이었다.

큼지막한 문자반이 큰 빨간색 삼각형 위에서 회전을 멈추자, 둘세는 손뼉을 쳤다. 암컷 고릴라는 그 삼각형을 좋아했다. 흥분한 둘세는 일어서서 돌림판 너머로 팔을 흔들어댔다. 가무잡잡한 손으로 자신의 말을 움켜쥐고 그것을 다음 빨간 삼각형 자리로 옮겼다. 암컷 고릴라는 즉시 고개를 들고 입이 귀에 걸리도록 활짝 웃었다.

"아주 잘 했어, 둘세." 디앤은 암컷 고릴라와 함께 박수를 쳤다.

둘세는 나무판을 다시 살펴본 다음 디앤을 가리켰다.

너 차례 너 차례. 그 말이 특수조끼에 내장된 스피커를 통해 흘러나왔다.

디앤은 웃으며 몸을 앞으로 숙였다. "알아. 알아." 그녀는 손을 뻗어 문자반을 손으로 쓸 듯이 돌렸다. 그것이 검은색 원 위에서 멈추자, 둘세는 갑자기 동작을 멈추고 머리를 흔들었다.

좋지 않아.

디앤이 입을 벌리며 기분이 상한 척 하자, 둘세는 이빨이 드러날 정도로 미소를 지으며 웃기 시작했다. 디앤이 더 이상 참지 못하고 미소를 짓자, 둘세는 돌림판 위를 뛰어넘어 그녀의 무릎 안으로 파고들었다.

둘세는 꽤액 소리를 지르며 두 팔로 그녀를 감싸 안았다. *내가 엄마를 사랑한다.*

디앤은 암컷 고릴라의 등을 꼭 껴안고 자신의 이마를 둘세의 이마에 부드럽게 갖다 댔다. "나도 너를 사랑해."

물론, 둘세는 자신이 인간이 아니라는 것을 이해할 만큼 똑똑했지만, 디앤은 둘세가 아는 어머니 같은 유일한 존재였다. 적어도 기억하는 한에는.

디앤은 앨리슨의 연구팀에 합류하기 위해 푸에르토리코로 올 때 이미 둘세를 돌보고 있었다. 사실 디앤이 그 암컷 고릴라를 발견했을 당시 둘세는 태어난 지 18개월쯤 된 상태였다. 거의 이 년이 지난 지금, 그 둘은 어느 때보다 친밀하게 지내고 있었다. 둘세는 디앤과의 신체적 교감을 통해 입증된 바와 같이, 디앤과 함께 지내기 전의 끔찍했던 정신적 외상을 잊고 다시 인간을 신뢰하게 된 것처럼 보였다. 대부분의 고릴라들은 너무 가까이 다가가면 다정하게 굴지 않거나 매우 위험할 수 있다. 하지만 둘세는 달랐다. 이 암컷 고릴라는 체구에 비해 선천적으로 강했지만, 동시에 부드러운 면도 갖고 있어서 디앤이 지금껏 봐왔던 사람보다 더 인간답게 느껴졌다.

디앤 드레이퍼는 잘 알고 있었다. 그녀는 1990년대 중반, 수화를 배우는 능력으로 세계적으로 화제를 모았던 남부 캘리포니아의 유명한 암컷 고릴라 코코와 함께 몇 년을 보냈으니까. 코코는 영장류들 간의 의사소통에 있어 괄목할 만한 진전이었다. 그러나 코코가 한 걸음 앞으로 나아갔다면, 둘세의 경우는 엄청난 도약이었다.

수화도 놀라운 성취였지만, IMIS는 모든 것을 바꾸어 놓았다. 디앤은 코코 회의론자들이 틀렸다는 것을 증명하기 위해 연구 센터에 왔다. 그러나 앨리슨과 돌고래 샐리 사이의 의사소통을 실제로 목격했음에도 불구하고, 디앤은 IMIS가 궁극적으로 자신이 고릴라 둘세와의 의사소통하는 방식을 혁신할 수 있을 것이라고는 결코 상상하지 못했다.

하지만 실제로 이루어졌다. 몇 달이 걸리긴 했지만, IMIS는 언어의 장벽을 나름의 방식으로 거창하게 무너뜨렸다.

디앤이 암컷 고릴라는 놓아주자 둘세는 돌림판 건너편으로 재빨리 기어가서 문자반을 다시 가리켰다. *내 차례 내 차례*

"나도 알아." 그녀가 인정했다. "네 차례야."

* * *

켈리 칼슨이 한 시간쯤 후 둘세의 점심으로 수 킬로그램의 상추, 셀러리, 케일이 들어 있는 큰 상자를 가지고 도착했다. 그녀는 유리벽 반대편에 있는 제어반에 비밀번호를 입력하고 기다리자 찰칵 하는 소리와 함께 뒤에 있는 생태 서식지의 커다란 유리문이 열렸다. 그녀는 곧바로 뒷걸음치면서 엉덩이로 문을 밀어젖힌 다음 꼼지락거리듯 통과해 들어갔고, 문은 저절로 닫히도록 놔두었다.

앨리슨이 고용한 모든 직원들 중에서 켈리는 가장 활동적인 직원이었다. 날씬한 몸매에 긴 금발 머리를 가진 매력적인 칼슨은 스쿠버 강사, 보트 조종사, 개인 요리사, 그리고 관광 가이드 등 다양한 경력을 가졌다. 그녀는 카리브해의 열대지방에서 자랐고, 섬 열병(섬에 사는 가난한 사람들에게 주로 미치는, 살고 있는 섬에 갇혀 있다는 것을 깨닫는 심리적 질병)을 앓았던 많은 사람들과는 달리, 섬을 떠나고 싶어 하는 어떤 징후도 보이지 않았다. 그녀는 햇볕 중독자였고 대단히 총명했다

켈리는 디앤에게 다가가며 윙크를 한 다음 둘세에게 몸을 돌렸다. 암컷 고릴라는 이미 흥분했는지 펄쩍펄쩍 발을 구르고 있었다. 둘세가 상자 위쪽을 움켜잡는 바람에 켈리가 들고 있는 상자가 거의 찢어질 뻔했다.

"진정해, 둘세." 켈리는 미소를 지으며 상자를 조심스럽게 바닥에 내려놓았다. 그녀는 둘세가 상자를 급하게 찢는 것을 지켜본 후 디앤에게 돌아섰다. "앨리가 저한테 선생님의 다자간 통역 연구를 도와주라고 하던데요."

"맞아요, 고마워요. 그럼 30분 후 어때요?"

"괜찮아요." 켈리가 고개를 끄덕였다. "잠시 후 돌아올게요. 보트에서 확인할 게 좀 있거든요."

디앤은 부드러운 흙 위에 무릎을 구부리고 앉아 둘세가 점심 먹는 모습을 지켜보았다. 장난기가 동했는지 그녀는 이십 킬로그램쯤 나가는 둘세의 작은 몸을 슬쩍 밀었고, 암컷 고릴라는 두 뒷다리로 서 있다가 엉덩방아를 찧으며 넘어졌다. 암컷이 주저앉은 사이 디앤은 재빨리 상자에서 셀러리 한 조각을 꺼내 한 입 베어 물었다. 둘세는 자신이 먹던 줄기를 입에서 꺼내더니 미심쩍은 표정으로 그녀를 돌아보았다. 디앤은 한 입을 더 베어 물고 우습다는 표정을 지었다. 둘세는 그녀를 보고 콧김을 내뿜으며 웃었다.

* * *

그리 멀지 않은 연구실 안, 리는 모니터를 통해 그 둘을 지켜보고 있었다. 그와 후안은 새로운 특수조끼에 대한 검사를 완료하고 지금은 데이터 업로드가 끝나기만을 기다리고 있었다.

리가 보고 있는 자료는 디앤과 둘세의 실시간 영상이 아니었다. 그는 IMIS가 녹화한 이전 영상 자료들을 살펴보고 있었다. 문제 하나가 생겼기 때문이었다. 아주 큰 문제.

현재 재생되고 있는 영상 자료와 함께, 화면 오른쪽에는 영상 자료의 자세한 시스템 기록 정보가 표시되고 있었다. 그가 다양한 기록 정보 항목을 클릭하면 해당 영상과, IMIS가 녹화 중에 확대한 영역을 보여주는 픽셀 정보들이 시시각각 변하면서 강조 표시되었다.

리는 손을 입에 대고 뺨을 톡톡 두드리며 문제의 원인이 무엇인지 파악하기 위해 고심하고 있었다. 일부 기록 정보와 영상 자료가 서로 일치하지 않는 것처럼 보였고 그는 그 원인을 찾을 수 없었다. 다시 말해, 그런 현상이 빈번하게 발생하는 게 아니어서 재현은커녕 예측조차 할 수 없었다. 그 말은 문제 해결이 매우 어렵다는 뜻이었다. 그리고 그가 원인을 분리해 내거나 적어도 신뢰할 만한 단서를 찾아내지 못한다면, 문제를 바로잡으려는 시도조차 할 수 없을 것이다.

그 때문에 리의 불안감은 조용히 커지고 있었다. IMIS의 새로운 컴퓨터 코드에 심각한 문제가 있을 가능성이 점점 더 높아지고 있었다. 초기 시스템과 마찬가지로, IBM 측에서 인공지능 기반의 알고리즘을 포함한 전체 시스템 코드를 프로그래밍 하는 데 도움을 주었다. 그러나 기존의 돌고래 연구 외에 영장류를 연구하는 복잡한 요소가 추가되자 시스템의 일부를 다시 프로그래밍 해야 했다.

영장류는 표현력이 훨씬 더 풍부했고, 의사소통 대부분은 훨씬 더 미묘한 수준에서 이루어졌다. 얼굴 표정만 해도 IMIS는 더크와 샐리를 추적할 필요가 없었다. 돌고래는 인간이나 영장류처럼 얼굴에 무수한 근육을 갖고 있지 않기 때문이었다. 대신 IMIS는 휘파람, 흡착음, 심지어 신체적인 움직임 같은 다른 모든 것들을 추적했다. 그리고 그것들을 기록하고 처리하는 데에만 수년이 걸렸다. 하지만 결국 기술적 관점에서 볼 때, 돌고래 언어를 통역하려는 초기의 노력은 어떤 면에서 영장류 언어의 통역보다 단순했다.

그러나 이제 IMIS가 둘세와 함께 이룬 모든 진전이 의심스러워졌고, 리는 그것을 인지했다. 만약 10퍼센트 미만이라 할지라도 정확도가 손상되었다면, 더 많은 단어들이 상호관계 때문에 잘못 해석될 수 있다는 것을 의미했다. 과학적 방법론은 매우 엄격해야 하는데, 이번 경우 그 결함 가능성의 크기가 점점 더 커지고 있는 것 같았다.

리는 기록 정보 속에서 또 다른 빨간색 오류 표기가 나타나는 것을 지켜보고 의자에 등을 기대며 불안한 듯 머리를 흔들었다.

6

브라질 파라주에 있는 벨렘으로 가는 비행은 5시간 30분이 걸렸다. 석양은 두 시간쯤 지나면 서쪽으로 멀리 보이는 우거진 산들 뒤로 완전히 저물 것이다.

벨렘은 1616년 아마존 강 유역에 최초의 유럽 식민지로, 제트기가 기수를 오른쪽으로 틀며 착륙을 준비하자 그곳의 다채로운 건물들이 아래에서 밝게 빛났다. 클레이는 좌석에 앉아 끝이 안 보일 정도로 펼쳐진 울창한 초록색 열대지방의 풍경을 내다보았다. 너무 무성해서 마치 빛나는 것처럼 보였다. 클레이는 머릿속 어딘가에서 남아메리카의 숲이 전 세계 산소의 20퍼센트 이상을 만들어내고 있다는 글을 읽었던 기억이 떠올랐다. 창문을 통해 보이는 놀라운 광경을 보자 그것을 믿지 않을 수 없었다.

땅덩어리로 따져 네 번째로 큰 대륙인 남아메리카는 세계에서 가장 큰 열대우림과 세계에서 가장 높은 폭포를 포함하여 지구상에서 가장 이국적인 생물체와 놀라운 지형을 가지고 있었다. 그곳은 광활하고 신비로운 땅으로, 20세기 초까지만 해도 거의 완전히 탐험되지 않은 미지의 세계로 남아 있었다. 전설들에 따르면, 수많은 숨겨진 불가사의들이 여전히 발견되기를 기다리고 있다고 했다. 클레이와 시저가 찾아온 이유는 전설이 아닌 사람이 만든 것 때문이었다. 그것은 그들 발밑 수백 미터 아래에 있는 발데카에스 해군 군항 부두에 조용히 떠 있었다.

그 잠수함은 항구로 호송된 이후 삼엄한 경비를 받고 있었고, 러시아 승조원들은 신속히 격리되어 조사를 받았다. 그리고 랭포드의 말에 따르면, 승조원들은 거의 말이 없었다고 했다.

클레이 옆에서 코를 골며 자고 있는 시저는 자신의 요란한 콧방귀 소리에 스스로 깜짝 놀라며 잠에서 깼다. 그는 눈을 껌벅거리며 두 손으로 눈을 문질렀고, 비행기가 하강하는 것을 느꼈는지 잠시 가만히 앉아 있었다. "생각보다 빨리 왔네."

클레이는 히죽 웃으면서 창문에서 얼굴을 돌리고 작은 받침대 위에 있는 서류들을 모았다. 그는 서류들을 가지런히 정리하고 다시 서류철 안에 밀어 넣은 다음 그 서류철을 가방 속으로 단정하게 집어넣었다.

시저는 하품을 하면서 앞으로 몸을 숙이고 가죽 좌석 등받이를 똑바로 세웠다. 그리고 손목시계를 흘끗 보았다. "4시 30분이네. 서둘러야겠는데."

"예상했지만 이 보고서에는 잠수함의 포획에 대해 별로 도움이 될 만한 게 없어."

"그럴 줄 알았어."

"누가 관여되었는지, 무엇을 사용되었는지, 또 어떤 교신이 있는지도 알 수 없어."

"그렇더군." 시저가 대답했다. "내 추측으론 자동전파발신부표(수중의 소리를 탐지하여 무선 신호를 보내주는 부표)일 거야, 그게 능동형인지 수동형인지라도 알면 도움이 될 텐데."

"그리고 어디 쪽 부표였는지도." 클레이는 덧붙였다.

서저가 눈썹을 씰룩거렸다. "설마 그것들이 브라질 게 아니라고 생각하는 거야?"

"나야 모르지. 브라질은 구식 자기이상탐지기(항공기의 대잠수함 탐지 장치)를 많이 사용하거든. 그 부표가 브라질 것일 수도 있지만 우리 쪽 배들도 엄청 빨리 도착한 것 같거든."

"그러니까… 우리 쪽 배들이 이미 이곳에 있었다?"

"어쩌면, 아닐 수도 있고. 우리 쪽 배들이 이미 여기 있었거나 아니면 여기 오는데 이틀 정도 걸렸거나 둘 중 하나야. 그게 나도 궁금해….”

시저는 생각을 정리했다. “그러니까 러시아 잠수함에 대해 얼마나 오래 전부터 알고 있었냐는 거네?”

* * *

두 사람은 비행기에서 내리는 순간, 여름의 무더위와 습기가 환영하듯 그들을 휘감아서 마치 땀을 흘리는 것 같은 느낌이 들었다. 그들은 각자 작은 가방 하나를 어깨에 걸치고 큰 가방 하나를 손으로 잡아끌면서 함께 뜨거운 아스팔트 활주로 위를 가로지르며 활기차게 걸었다.

공항은 대부분의 미국 공항들에 비하면 작은 편이었고, 활주로 맨 끝에는 철제와 유리 구조로 된 오래된 터미널 건물 하나가 덩그러니 자리하고 있었다. 클레이와 시저가 그쪽으로 다가가는 사이, 짙은 녹색 험비 한 대가 갑자기 건물 모퉁이를 돌며 나타났고 그들을 향해 빠르게 달려오다가 거의 미끄러지듯 멈춰 섰다.

젊은 해군 소위 한 사람이 차에서 뛰어내렸고 미안한 표정을 지으며 그들을 향해 달려왔다.

“중령님,” 그가 포르투갈 억양이 심하게 섞인 말투로 호칭을 쓰며 그들을 불렀다. “늦어서 정말 죄송합니다.” 그는 어색한 표정을 지으며 두 사람 앞에 멈춰 섰고, 경례를 해야 되나 말아야 되나 잠시 망설였다. 시저가 그에게 가까이 다가가 미소를 지으며 손을 내밀었고, 그제야 안도한 표정의 소위는 긴장을 풀고 시저의 손을, 이어서 클레이의 손을 잡고 악수를 나누었다. “코스타 소위입니다. 두 분을 모시러 나왔습니다. 가방을 들어드릴까요?”

“만나서 반가워요, 코스타 소위.” 시저는 미소를 지으며 고개를 저었다. “가방은 괜찮아요.”

코스타 소위는 고개를 끄덕인 후 곧바로 차를 향해 돌아섰고 그들보다 몇 걸음 앞서 빠르게 달려가 뒷문을 열었다. 두 사람은 차로 다가갔고 망설임 없이 가방과 짐을 안쪽으로 툭 던졌다. 클레이는 조수석에 올라탔고 시저는 그 뒷좌석을 미끄러지듯 들어갔다. 그들은 냉방장치가 이미 최대한으로 돌아가는 걸 알고 행복한 표정을 지었다.

코스타 소위는 운전석 문을 열고 손을 뻗으며 두 사람에게 각각 물 한 병씩을 건네주었다. 클레이는 고맙다는 인사를 했고 시저는 휘파람을 불었다. "역시. 우리는 중요한 인물이라니까."

소위는 고개를 끄덕이고 클레이 옆 운전석에 올라탔다. 그는 문을 닫고 즉시 차를 몰았다. "비행은 불편하지 않으셨습니까?" 그는 차를 돌려 낡은 터미널을 지나 왔던 길로 되돌아갔다.

"좋았어요, 고마워요." 클레이가 창밖을 내다보면서 대답했다. 기지는 그가 예상했던 것보다 더 오래되어 보였다. 오래되지는 않았더라도 확실히 더 낡고 허름해 보였다. 멀리 보이는 다른 활주로에는 또 다른 제트기가 착륙하고 있었는데 민간 비행기로 보였다. 이곳은 분명 아직도 사용되긴 하는 것 같았다. 코스타가 울퉁불퉁한 아스팔트를 지나 큰 도로로 들어설 때까지 그들은 좌석에서 계속 들썩거렸다.

"잠수함이 있는 곳으로 먼저 데려다 드릴까요, 호텔로 바로 갈까요?"

"잠수함이 이곳에 계류된 지 얼마나 오래 되었죠?" 뒷좌석에서 시저가 물었다.

"음… 이틀입니다." 코스타가 차선을 바꾸면서 대답했다. 그는 백미러를 통해 뒷좌석 쪽을 보았다. "그건 기밀에 속합니다. 두 분은 이곳을 방문한 유일한 미국인이죠."

"왜 기밀로 다루지?" 클레이가 쿡 찌르며 물었다. 그는 이미 답을 알고 있었다. "사람들이 물 위에 떠 있는 그걸 보면 어쩌려고?"

코스타는 아마존 강 하류로 유입되는 넓은 지류들 가운데 하나를 가로지르는 폭이 넓은 고가도로의 꼭대기에 이르자 씩 웃으며 말했다. "맞습니다. 사람들의 눈에 아주 쉽게 띄고 질문도 했을 겁니다. 만약 그게 아직도 여기 있었다면 말이죠."

클레이는 어깨 너머로 시저를 힐끗 보았는데, 그는 궁금하다는 듯 눈썹을 추켜세웠다. "코스타 소위는," 클레이는 화제를 바꿨다. "해군에 들어온 지 얼마나 오래 됐습니까?"

"해군에 구 년째 복무 중입니다. 제 아버지와 할아버지도 전함에서 수병으로 복무하셨죠. 제 증조할아버지는 '브라질 해군 반란'(Revoltas da Armada, 1893~1894년 플로리아노 페이소토 대통령의 권력이 위헌이라고 주장하는 쿠스토디오 호세 데 멜로 제독과 살다냐 다 가마 제독, 그리고 그들의 브라질 해군 함대가 추진한 무장 반란)의 영웅이셨습니다. 우리는⋯," 그는 잠시 멈추고 적절한 말을 생각했다. "대대로 군인 가족입니다."

클레이는 훈훈하게 고개를 끄덕였다. "당신 가족은 틀림없이 당신을 자랑스러워할 겁니다."

코스타는 고개를 끄덕이고 만족한 미소를 지었다. "맞습니다, 가족들은 이 엔리케를 자랑스럽게 생각합니다."

* * *

잠수함은 근처에 없었다. 지금은 작은 강을 따라 북쪽으로 약 30분 거슬러 올라간 곳에 있는 무척 오래되고 버려진 것처럼 보이는 통조림 공장 앞에 억류되어 있었다. 그곳은 그들이 막 착륙한 공항보다 훨씬 더 낡아 보였으며, 통조림 공장의 선착장을 따라 자리한 황폐한 건물들도 언제라도 무너질 것처럼 전체적으로 녹슬어 있었다.

코스타는 낡은 목조 다리 위로 차를 몰았는데, 다리는 지나가는 내내 삐걱거리는 소리를 냈다. 다리 양쪽에는 무장한 군인 두 명이 지키고 있었다. 다리를 건넌 후, 선착장을 지나친 다음 마지막 구조물 근처에서 속도를 줄였다. 목적지에 도착한 코스타는 험비를 멈추고 변속기를 주차 위치로 밀어 올렸다.

차에서 내리며 시저는 클레이의 팔을 툭 치고는 그들 머리 위로 지붕처럼 우거진 브라질 개암나무들을 가리켰다. 수십 그루의 키가 크고 질푸른 나무들이 30미터가 넘는 높이로 솟아 있었고, 꼭대기의 빽빽한 나뭇가지들은 선착장 양쪽을 에워싸며 펼쳐져 있었다. "위성 사진을 차단하기에 적당한 장소군."

"안성맞춤이야."

두 사람이 코스타를 따라 두 건물 사이의 부스러진 콘크리트 도로를 따라 내려가자 몇 대의 군용 차량이 주차된 넓은 지역이 나타났다. 브라질 군복을 입은 몇몇 군인들이 물 위에 움직임 없이 떠 있는 러시아 잠수함 주변을 서성거리고 있었다.

클레이와 시저는 마침내 잠수함의 전경을 보고 그 자리에 죽은 듯 멈춰 섰다. 코스타는 두 사람이 멈춘 것을 알아차렸고 의아한 표정을 지으며 돌아보았다.

클레이와 시저는 조용히 서로를 쳐다보았다. 잠시 후, 클레이가 코스타를 돌아보았다. "전화를 좀 써야겠어."

7

랭포드 제독이 책상에 앉아 전화 통화를 하고 있을 때, 비서가 긴급 전화 신호를 알리면서 제독에게 통화를 끝내 달라고 유도했다.

"무슨 일인가?" 그가 전화선을 바꾸며 말했다.

"제독님, 존 클레이로부터 전화가 왔습니다."

랭포드는 손목시계를 힐끗 쳐다본 다음 널따란 책상 위로 몸을 숙였다. "연결시켜줘요." 그는 익숙한 '찰칵' 소리를 들은 다음 말했다. "클레이?"

"안녕하십니까, 제독님."

"시저와 현장에 있나?"

"네, 제독님, 벨렘에서 조금 북쪽에 있습니다. 지금 막 도착했습니다."

"좋아. 노벰버급인지는 확인했나?"

"그게, 제독님," 클레이가 잠수함을 바라보며 말했다. "분명 옛 소련 잠수함이긴 한데, 핵잠수함은 아닙니다… 다시 말해 노벰버급은 아닙니다."

"노벰버급이 아니라고?"

"네, 제독님, 이건 벨루가급(러시아가 실험용으로 건조한 SSA 디젤 전기추진식 잠수함인 S-553 Forel의 NATO 암호명)입니다."

전화 상대편인 랭포드의 표정이 굳어졌다. "벨루가라고 했나?"

"정확합니다, 제독님. 포렐입니다."

"포렐? 확실한가, 클레이?"

클레이는 시저를 돌아보았는데, 시저는 잠수함 위에 서 있는 세 남자를 지켜보고 있었다. "그렇습니다. 그리고 제독님, 잠수함은 푸른색으로 칠해져 있습니다."

"맙소사." 랭포드는 심호흡을 하고 의자에 등을 기댔다. "클레이, 내 말 잘 듣게. 방금 국무부와 통화했는데, 브라질 정부는 더 이상 우리의 도움을 원하지 않기로 결정한 것 같아. 여기저기 간섭을 하며 훼방을 놓고 있어, 그 말은 자네 둘 말고는 아무도 그곳에 접근하지 못한단 얘기야. 더 중요한 건 시간이 없단 사실이네. 곧 그쪽 고위층에서 자네들이 도착했다는 사실을 알아차리고 다시 공항으로 호송해서 멋진 브라질 방수 모자 하나씩을 쥐어 주고 배웅할 거야."

클레이는 코스타를 바라보았는데, 그는 몇 미터 떨어진 곳에서 참을성 있게 기다리고 있었다. "알아들었습니다."

"그 잠수함이 포렐이라면," 랭포드가 계속 말했다. "그곳 책임자가 연락을 받기 전에 빨리 살펴봐야 해."

"알아들었습니다."

랭포드는 수화기를 움켜쥔 채 다시 앞으로 몸을 숙였다. "그 잠수함에는 우리에게 보이고 싶지 않은 뭔가가 있어. 그러니 빨리 승선해서 가능한 한 많은 정보를 얻도록 하게!"

"네, 제독님." 클레이는 통화를 끊고 귀에서 위성 전화기를 내렸다. 그는 큰 안테나를 접고 전화기를 다시 가방 속에 집어넣었다. 그리고 몸을 돌린 다음 시저를 향해 태평스럽게 다가가 속삭였다.

"서둘러야겠어."

시저은 알았다는 듯 고개를 끄덕였다. 그런 다음 코스타에게 큰 소리로 말했다. "소위, 우린 다 준비됐어요. 길을 안내해 줘요."

코스타는 상냥하게 미소 짓고 잠수함을 향해 돌아서며 그들에게 따라오라고 손짓을 했다.

* * *

구소련의 노벰버급 원자력잠수함은 소형이지만 소음이 심한 발전기를 장착한 반면, 벨루가는 아주 달랐다. 그 잠수함은 디젤 전기기관 시제품격으로, 애초에 새로운 추진 기술과 선체 특성을 시험하기 위해 설계되었다. 그러나 이 프로젝트는 2002년에 폐지된 것으로 여겨졌다. S-553 포렐은 벨루가급 잠수함으로는 유일하게 건조된 것으로 알려졌으며, 1997년 이후로는 보이지 않았다. 지금까지도.

랭포드는 의자에 앉은 채 조용히 생각에 잠겼다. *포렐이 여전히 기동 중이란 말이지. 하지만 무엇 때문에? 게다가 그게 브라질에서 대체 뭘 하고 있었던 거지?* 그는 한 가지는 확실히 알고 있었다. 잠수함을 푸른색으로 칠하는 이유는 오직 하나뿐이었다. 얕은 물속에 숨어 있기 위해서.

* * *

모든 잠수함들처럼 포렐 내부는 매끈한 회색 금속이었지만, 브라질의 덥고 습한 정글 공기 때문인지 러시아 잠수함의 격실에서는 미묘할 정도의 눅눅한 냄새가 풍겼다.

승선하자마자 클레이와 시저는 재빨리 선미 쪽으로 향했다. 그들은 걸음을 멈추고 거대한 디젤 발전기들을 살펴보면서 몇 장의 사진을 찍었다. 발전기들이 좀 더 소형으로 설계되어 현대화된 것을 제외하면, 웬만큼 조사한 후에도 별다른 특이점은 보이지 않았다. 하지만 그들을 놀라게 한 것은 기관실에서 발견되었다.

벽에 기댄 커다란 금속 선반 두 개에는 컴퓨터와 음향 장비가 가득했다. 그 선반에서 뻗어 나온 두껍고 검은색 전선들은 강철 벽을 타고 올라가면서 수십 개의 작은 전선들로 나뉘었다. 그 전선들은 기관실 사방으로 퍼져 나갔지만 마지막에 닿은 지점은 꼬리에 있는 거대한 전기 모터였다.

"이걸 어떻게 생각해?" 클레이는 앞으로 걸어가서 궁금한 듯 손가락으로 전선들을 쓱 훑었다. 시저는 뒤쪽에서 계속 사진을 찍어댔다.

"모르겠는데." 컴퓨터로 가득한 선반들을 사진 찍은 후, 시저는 작은 디지털 카메라를 비디오 모드로 전환하고 녹화를 시작했다. 그는 조심스럽게 몸을 돌려가며 기관실 전체를 촬영했다.

클레이는 다시 선반 쪽으로 돌아섰다. 오늘날 현대 잠수함들은 모두 컴퓨터로 조종이 되지만, 이 같은 컴퓨터 장비를 갖춘 것은 본 적이 없었다. "이것 좀 봐." 그가 시저에게 말했다.

시저는 클레이 옆으로 다가가서 위쪽에 있는 커다란 장치들을 유심히 바라보았다. "저것들은 뭐지, 증폭기인가?"

"잘 모르겠어."

갑자기 앞쪽 격실로부터 금속 바닥을 따라 빠르게 다가오는 발소리들이 들렸다. 시저는 카메라를 끈 다음, 코스타가 출입구에 모습을 드러내기 바로 직전에 그것을 주머니에 집어넣었다. 코스타의 얼굴은 혼란스럽고 긴박한 표정이었다.

"중령님들," 그가 말했다. "죄송하지만, 이 잠수함에서 즉시 떠나게 하라는 통보를 받았습니다."

8

윌 보거는 사무실에 앉아 컴퓨터 모니터를 들여다보고 있었다. 그때 전화벨이 울렸다. 처음 울렸을 때는 복잡한 컴퓨터 코드로 가득한 창 하나를 천천히 내리면서 내용을 신중히 살펴보고 있었기 때문에 그 소리를 알아차리지 못했다. 전화벨이 세 번째 울린 후에야 전화번호를 흘끗 보았고 즉시 눈이 휘둥그레졌다. 그는 곧바로 수화기를 집어 들었다. "네, 제독님."

"보거," 랭포드의 고함치는 목소리가 들렸다. "지금 당장 이리 올라오게."

"지금요?"

"그래, 지금!"

"어, 네, 제독님," 그가 대답했다. "곧 그리로 가겠습니다."

보거는 서둘러 전화기를 내려놓은 다음, 하던 작업을 저장하고 컴퓨터의 창을 닫았다. 그리고 반쯤 마신 콜라 캔을 움켜쥐고 마저 마신 후 셔츠를 내려다보며 바르게 매만졌다.

그는 출발하기 위해 돌아섰다가 뭔가 생각난 듯 손을 뻗어 노트북을 붙잡고 재빨리 전원선을 뽑은 다음 겨드랑이 아래에 끼었다.

윌 보거는 랭포드 제독이 자신을 가리켜 비밀 무기라고 부르는 것을 좋아했다. 그는 클레이, 시저와 함께 해군수사대에서 일했고, 국방부 건물에서 가장 똑똑한 괴짜라고 할 만한 인물임에는 거의 틀림없었다. 랭포드는 승진한 이후에도 자신에게 직접 보고하는 몇 사람의 핵심 인물들을 계속 곁에 두었는데, 보거도 그들 중 한 명이었다.

보거는 엄밀히 따져 계약직 신분이었지만, 랭포드는 전혀 차별을 두지 않았다. 그런 연유로 20킬로그램이나 과체중임에도 불구하고 보거는 지금 제독의 사무실로 달려가고 있었다.

그가 도착하자, 랭포드의 비서가 기다리고 있었다는 듯 문을 열어주었다. 보거를 보자마자 랭포드는 안으로 들어오라고 손짓하고 책상 바로 앞에 있는 의자들 중 하나를 가리켰다.

"좋아, 잠깐만. 보거를 이쪽으로 불렀어. 스피커폰으로 연결하겠네."

랭포드는 전화기의 버튼 하나를 누른 다음 수화기를 제자리에 다시 올려놓았다. "거기 있나?"

"네, 제독님." 클레이가 대답했다.

"그래, 포럴에는 승선했었나?"

"짧게나마요, 제독님 말씀이 맞았습니다. 누군가가 그 말을 빨리 알아들었나 봅니다. 우리는 잠수함에서 깍듯한 호위를 받으며 내렸지만, 비행기에 어떤 긴급 정비가 필요하다는 이유로 아직 출국하지는 않았습니다. 제독님께서 의도하신 일이라고 생각됩니다만."

"그랬네." 랭포드가 투덜거리는 듯 말했다. "거기 있는 자네들에게 시간을 좀 벌어줄 필요가 있었네. 그래서 우리 조종사가 정비가 필요한 중요한 뭔가를 찾아냈지. 지금 어디인가?"

"호텔에 있습니다. 가능한 한 빨리 떠나라는 지시와 함께 우리를 내려주었습니다."

랭포드는 고개를 끄덕였다. "그들은 우리가 떠나기를 원하지만, 그렇다고 신경을 거슬리게 해서 위험을 감수하지는 않을 거야. 잠수함에서 뭔가 좀 알아낸 게 있나?"

"건진 건 있습니다." 클레이는 시저를 바라보았는데, 그는 카메라에 담긴 비디오를 살펴보고 있었다. "그 잠수함에는 상당히 고사양의 컴퓨터 시스템과 수상한 음향 장비로 보이는 것들이 같이 있었습니다. 비디오가 고해상도라서 위성 전화로 전송하려면 시간이 좀 걸릴 겁니다. 보안을 포기

한다면 어딘가에서 무선 랜에 접속하는 것이 더 나을 수도 있습니다."

랭포드가 고개를 들고 책상 너머로 보거를 바라보자, 그는 어깨를 으쓱했다. "누가 그걸 감시하고 있을 것 같지는 않은데요."

"좋아, 그렇게 보내게." 랭포드가 의견에 따랐다. "자네와 시저가 비행기를 타기 전에 우리가 뭘 보고 있는지 알아내면 좋겠군. 그게 뭔지 감이 잡히는 게 있나?"

"아뇨, 제독님. 아직은 아닙니다." 클레이는 시저의 어깨 너머로 그 영상을 힐끔 보았다. "비행기를 얼마나 더 붙잡아 둘 수 있습니까?"

랭포드는 얼굴을 찌푸리며 고개를 저었다. "길게는 안 되네. 그들이 떠밀고 있으니까. 열두 시간쯤 지나고 나면 그들도 무례하게 나올 거야. 브라질 측에서는 그 잠수함에 이득이 될 만한 뭔가가 있다고 결정을 내린 게 분명해. 자네들이 발견한 그 장비와 관련이 있을 거야."

"제 생각도 그렇습니다." 클레이가 대답했다. "월, 자료를 보낼 테니 살펴봐 주세요. 그동안 스티브와 나는 좀 더 알아내도록 해볼게요."

"알았네. 계속 연락 주게." 그 말을 끝으로 랭포드는 전화를 끊었다. 그는 앉은 채로 전화기를 빤히 바라보았다. 이번 일은 정말 이상한 느낌이 들었다. 그 잠수함에는 브라질 정부가 몹시 원하는 뭔가가 있는 게 분명했다. 대체 그게 뭘까? 보통 때라면 그렇게까지 걱정하지는 않았을 것이다. 많은 나라들이 항상 새로운 형태의 아이디어들을 내놓지만 대부분 그것을 생산하는 데까지는 근접하지 못했으니까. 이번 경우 포럴에 관한 두 가지 사실이 그를 괴롭혔다. 하나는 이미 퇴역한 걸로 알려진 잠수함의 이해할 수 없는 부상이고, 다른 하나는 그들이 자랑하는 최고의 수중음파탐지부표가 있음에도 불구하고 이 특별한 잠수함을 무척 찾기 힘들었다는 것이었다.

* * *

호텔은 도시의 식민지풍 지역에 위치해 있었고 벨렘에서 가장 오래된 호텔 중 하나였다. 고풍적인 푸른색 타일 때문에 호텔이라기보다는 역사적인 건물처럼 보였다. 군데군데 벗겨진 도료와 오래된 가구로 미루어 보면, 험비에 올라탔을 때 제공받은 공짜 생수가 그들에 대한 최고 특별대우인 것처럼 보였다.

코스타는 한 차례 더 사과를 하며 그들을 내려주었다. 그는 클레이와 시저가 왜 쫓겨나는지 전혀 모르는 게 분명했다. 그가 비록 명령을 따르고 있지만, 남미 국가들의 시민 대부분은 물론 심지어 군인들까지도 공통적으로 가진 한 가지 성향은 정부에 대한 건전한 회의심이었다.

코스타가 그들을 호텔에 내려주었을 때, 자신의 사촌이 호텔 접수처에서 일하고 있으니 필요한 것이 있으면 부탁하라고 알려주었다. 그녀가 경제적으로 어려운 나라에 사는 대부분의 사람들과 비슷하다면, 의심할 여지없이 도움이 될 것이다.

랭포드와의 통화를 마친 후, 그들은 코스타의 사촌인 마리아나를 찾기 위해 아래층으로 내려갔다. 타일이 깔린 로비 끝에 있는 길고 색 바랜 접수대 뒤에 서 있는 그녀를 발견했는데, 그녀 나이의 절반쯤 돼 보이는 컴퓨터로 일을 하고 있었다.

시저는 그녀에게 다가가서 그가 자랑하는 살인 미소를 지어보였다. "안녕, 마리아나." 그녀는 따뜻하게 미소를 지으며 반겼다.

"안녕하세요." 그녀는 부드러운 포르투갈 억양으로 대답했다. "무엇을 도와드릴까요, 선생님?"

시저는 자연스럽게 카운터에 몸을 기댔다. "엔리케 말로는 당신이 우리를 도와줄 수도 있다고 하던데요." 그 말과 함께 시저는 100달러짜리 지폐 한 장을 꺼내 그녀 앞에 내놓았다.

마리아나는 미심쩍은 표정을 지으면서 잠시 동안 그를 빤히 바라보았다.

"정확히 무엇이 필요하신가요?"

클레이는 시저 뒤에서 슬쩍 엿보다가 웃음을 터뜨렸고, 시저는 그녀가 자신의 요청을 오해했다는 사실을 깨달았다. 시저는 당황해하며 머리를 가로저었다. "아뇨, 아뇨." 그는 고개를 돌리고 클레이에게 인상을 썼지만, 클레이는 여전히 히죽거릴 뿐이었다.

"제 말을 오해하셨나 보네요. 제가 궁금해 하는 건 스쿠버 장비를 빌릴 만한 곳이 있을까 하는 겁니다."

마리아나는 안도하며 다시 미소를 지었다. "아, 네, 배를 타고 싶으신 거군요? 내일 아침에 두 분을 데리러 올 사람을 불러드리겠습니다."

"그게 말이죠, 배는 필요 없고 공기탱크만 필요합니다. 그리고 오늘 밤에 나갈 수 있으면 합니다."

"오늘 밤에요?"

시저는 클레이 쪽을 가리키며 속삭였다. "뭐라고 말해야 하나… 제 친구가 좀 괴팍하거든요."

마리아나는 클레이를 힐끗 쳐다보며 잠시 생각했다. "알겠어요, 아는 사람이 있으니 전화해 볼게요. 이곳에서 그 사람을 만나시겠어요?"

"그러면 좋죠."

마리아나가 전화기를 집어 들자, 클레이는 그녀가 전화를 걸기 전에 앞으로 다가가서 카운터 위에 또 다른 지폐 한 장을 내려놓았다. "한 가지 더요. 인터넷을 사용했으면 합니다."

"이곳에서도 인터넷 연결은 됩니다, 손님."

"여기도 괜찮지만," 클레이는 목소리를 낮추며 말했다. "근처에 인터넷을 사용할 수 있는 다른 호텔이 있지 않나요? 어쩌면 비밀번호도 알고 있는 곳이 있을 것 같은데?"

* * *

클레이와 시저는 보거에게 자료를 전송한 후 호텔로 돌아왔다. 마리아나는 그녀보다 몇 살 많아 보이는 한 젊은 남자와 로비에서 기다리고 있었다.

"신사분들," 그녀가 그들을 발견하고 말을 건넸다. "이쪽은 제 오빠인 루카스에요. 두 분을 위한 스쿠버 장비를 가지고 왔어요."

시저는 미소를 지으며 젊은이와 악수했고, 클레이도 인사를 나누었다. 루카스는 호텔 출입구를 향해 고갯짓을 하며 그들을 밖으로 안내한 다음 건물 모퉁이를 돌았다. 또 한 명의 젊은 남자가 검은색 차 옆에서 담배를 피우며 기다리고 있었다. 그들이 다가오자, 그는 피우던 담배를 바닥에 휙 던지고 차 뒤로 걸어가 트렁크를 열었다.

그들은 낡아 보이는 쉐보레 뒤로 돌아가 트렁크 안을 들여다보았다. 안에는 부력조절기, 호흡기, 공기통으로 구성된 두 조의 스쿠버 장비가 들어 있었다. 클레이와 시저는 각 공기통 옆면에 그려져 있는 '힐튼 벨렘'이란 문구를 보고 서로 쳐다보며 재미있어 했다.

그 장비들 옆에 놓인 커다란 망사 가방 안에는 스노클, 마스크, 오리발, 두 개의 다이버용 손전등이 들어 있었다.

"잠수복도 가져왔죠?"

"당연하죠." 루카스는 고개를 끄덕였다. 그는 공기통 밑으로 손을 넣은 다음 접혀 있는 합성고무 잠수복을 꺼내 그들에게 보여주었다. 루카스는 다시 몸을 바로 세우고 싱긋 웃으며 말했다. "여동생이 그러던데, 오늘 밤에 스쿠버다이빙을 하신다고요?"

시저는 빈정거리듯 눈살을 찌푸렸다. "왜 그렇게 생각하죠?"

루카스는 미소를 지으며 손을 들어올리고 조용히 트렁크를 닫았다. "그 잠수함 때문에 여기 오신 거 맞죠?"

시저는 지갑을 꺼내서 열었다. "그 잠수함에 대해 알고 있나요?"

"많은 걸 알고 있죠."

"왜 안 그렇겠어." 시저는 지갑 속에 남아 있는 돈을 세어본 후 눈썹을 씰룩거리며 클레이를 바라보았다. "너 얼마나 갖고 있어?"

클레이는 지갑을 꺼낸 후 쉐보레를 가리키며 손짓했다. "차도 필요한데."

* * *

루카스가 특별히 알려준 안내 덕분에 그들은 포렐 잠수함이 위치한 장소에서 400미터쯤 떨어진 지점까지 다다르는 오래된 비포장도로를 찾을 수 있었다. 시저의 키는 작지만 근육질인 체형 때문에 잠수복은 최대 허용치까지 팽팽하게 늘어났다. 클레이는 주름 하나 없이 몸에 꽉 끼는 잠수복을 보며 킬킬 웃었다. 그러나 클레이도 잠수복이 두 치수 이상 커서 조금 더 나을 뿐이었다.

해변으로 향하는 오솔길을 찾아낸 후, 해안가에 도착해서 남쪽으로 헤엄치기 시작하는 데 거의 45분이 걸렸다. 수면에 불필요한 파문이나 소음이 생기지 않도록 조심하며 천천히 나아갔다. 오래된 수로의 허물어져 가는 벽에 이르자, 두 사람은 이제 오리발을 거의 사용하지 않고 안쪽으로 부유하듯 들어갔다.

몇 대의 차량들이 어둠 속에서 시동을 켜둔 채 부두를 따라 주차되어 있었다. 앞서 보았던 인원들은 떠난 것처럼 보였고, 포렐 건너편 다리를 지키는 몇몇 군인들만 남아 있었다.

조금 앞서 있던 클레이는 손을 들어올리며 멈추라는 신호를 보냈다. 두 사람은 몇 분 동안 꼼짝도 하지 않고 물에 뜬 채로 귀를 기울였다. 아무 소리도 들리지 않았다.

그들은 계속 앞으로 나아가며 포렐 잠수함의 거대한 수직 꼬리 방향타 쪽으로 접근했다.

100미터 정도까지 접근했을 때, 클레이는 뒤에 있는 시저에게 고개를 끄덕이며 검은색 호흡기를 입에 물었다. 그는 마스크를 착용한 후 엄지손가락을 치켜들고 부력조절기의 공기를 일부 방출하면서 수면 아래로 천천히 가라앉았다.

수면 아래로 어느 정도 내려가자 두 사람 모두 수중용 손전등을 켰다. 손전등은 윗부분을 덮고 묶어 놓은 붉은색 티셔츠 조각 때문에 그들이 선체에 접근하는 동안 어렴풋한 빛으로 주변을 밝혀 주었다.

그들은 잠수함 뒷부분을 보며 당혹스러워했다. 선체 후방인 프로펠러 바로 위쪽 금속 표면에 움푹 파인 작은 함몰부들이 원형으로 나 있었기 때문이었다. 그 원형 함몰부들은 선체를 따라 이어지며 선미 조타면의 평평한 기저부까지 계속 되었다. 그 구멍 안쪽에는 두꺼운 금속 철망이 들어 있었고 잠수함과 똑같은 색으로 칠해진 것처럼 보였다. 함몰부 자국들은 크긴 하지만 워낙 미묘해서 선체 아주 가까이에서 보지 않는 한 알아채기 힘들 정도였다.

클레이는 손가락으로 함몰부 크기를 대충 측정한 후 프로펠러를 좀 더 자세히 보기 위해 몸을 뒤로 밀어냈다. 다른 특이한 사항은 보이지 않았다.

몇 분 후, 시저가 다가와서 머리를 좌우로 흔들며 더 이상 아무것도 발견하지 못했다는 몸짓을 했다. 클레이는 고개를 끄덕이며 그들이 왔던 방향을 가리켰다. 두 사람 모두 조금 더 아래로 내려간 후 다시 바다 쪽으로 향했다.

오전 6시 31분, 눈부신 주황빛 해돋이가 대서양 수평선 위로 시작될 즈음 클레이와 시저를 태운 걸프스트림 제트기가 이륙했다.

9

앨리슨은 들뜬 표정으로 거대한 수조 가장자리에 걸터앉은 채 다리를 따뜻한 물속에 담그고 달랑거렸다. 그녀는 허리에 찬 두꺼운 웨이트 벨트를 편안하게 조절한 다음 어깨 너머로 올려다보았다.

리와 후안이 특수조끼의 양쪽을 각각 붙잡고 그녀 뒤에 서 있었다. 앨리슨이 고개를 끄덕이자 두 사람은 조끼를 내려 그녀가 넓은 끈 안쪽으로 팔을 넣을 수 있도록 도와주었다. 착용을 마치자마자 앨리슨은 어깨를 좌우로 움직이며 불편한 곳이 없는지 확인했다.

그녀가 고개를 끄덕이자, 두 남자는 스쿠버 장비를 바닥에서 들어올려 그녀의 등에 가볍게 밀착시켜서 그녀가 장비의 끈 안쪽으로 양팔을 집어 넣을 수 있도록 해주었다. 리와 후안은 스쿠버 장비의 크기를 측정하고 그들이 만든 특수조끼가 부력조절기 안쪽에서 그녀에게 딱 맞도록 제작했다. 완벽할 정도로 꼭 맞았다.

앨리슨은 부력조절기의 벨크로 띠를 몸에 맞도록 팽팽하게 당긴 후 한쪽 면을 다른 면 위에 부착시켰다. 그녀는 산소탱크의 무게 때문에 뒤로 쏠리는 것을 느끼고 몸을 앞으로 기울여 무게 중심을 맞추었다.

등에 맨 노란 스쿠버 장비는 '폐쇄식 수중 호흡기'였다. 이전의 전통적인 스쿠버 시스템과 달리, 최근의 수중 호흡기는 몇 가지 뚜렷한 이점을 가지고 있었다. 예전 스쿠버 시스템은 '개방식'으로 잠수부가 호흡한 공기를 마우스피스를 통해 거품 형태로 물속에다 내보냄으로써 그 공기를 처리했다. 그 방식은 숨을 내쉬는 공기에 여전히 많은 양의 귀중한 산소가 포함되어 있기 때문에 매우 비효율적인 과정이었다. 산소가 이산화탄소와 함께 거품으로 버려졌고 잠수부가 수중에 머무를 수 있는 시간은 탱크에 남아 있는 공기로 결정되었다. 그러나 최신 수중 호흡기는 내뿜어진 공기를 회수하고 이산화탄소를 제거함으로써 귀중한 산소를 낭비하는 대신 재사용할 수 있는 시스템이었다. 이는 잠수부의 잠수 시간을 급격히 연장시켰다. 게다가, 잠수부가 하강하며 압력이 증가할수록 효율은 훨씬 더 증가했다. 더욱 중요한 점은 최신 호흡기의 경우 사실상 소음이 거의 없어서 통역 과정이 더용이해졌다는 것이었다.

앨리슨은 장비의 무게 때문에 천천히 움직였다. 그녀는 안면 마스크를 쥐고 얼굴에 갖다 대며 공기가 잘 통하는지 짧게 시험해 보았다.

그녀는 고개를 끄덕이며 리를 올려다보았다. "공기는 잘 통해요."

리는 그녀 옆에 구부리고 앉았다. "명심해, 지금은 이 장치와 서버와의 무선 연결을 처음으로 시험하는 거니까 몇 분 동안만 물속에 머무를 거야." 그는 마스크를 다시 집어 들고 뒤집어 보이면서 바닥 면에 붙은 동그란 작은 고무를 가리켰다. "이게 마이크와 카메라야, 말할 때는 반드시 이쪽을 향하고 있어야 해, 그렇지 않으면 IMIS가 제대로 포착하고 통역할 수 없어." 그는 그녀가 착용한 특수조끼를 가리켰다. "그리고 스피커가 어디 있는지 알려줄게, 가운데 바로 여기야."

"알겠어요." 앨리슨은 조끼에 달린 동그란 스피커를 톡톡 건드렸다.

후안은 특별 제작한 이어폰을 리에게 주었고, 그는 그것을 다시 앨리슨에게 건넸다. 그녀가 이어폰을 양쪽 귀에 모두 집어넣자, 리는 마스크를 입으로 가져간 다음 마이크에 대고 부드럽게 말했다. "내 말 들려?"

앨리슨은 고개를 끄덕였다.

그는 모든 장비를 착용한 그녀의 귀여운 모습을 보고 저도 모르게 미소를 지었다.

앨리슨은 앞에 있는 물을 바라보다가 수면 위로 머리를 내밀고 있는 더크와 샐리을 발견하고 미소를 지었다.

"다른 이상은 없지?" 리가 물었다.

앨리슨은 다시 고개를 끄덕였다. 그녀는 마스크를 들어올리고 풍성한 머리카락을 위로 쓸어넘긴 다음 마스크를 다시 얼굴에 착용했다.

그녀는 물속을 내려다보며 말했다. "내 말 들려, 크리스?"

크리스는 관람 구역의 아래층, 수조 바로 앞에 있는 커다란 서버 옆에 서 있었다. "그래." 그가 헤드셋을 통해 대답했다. "크고 깨끗하게 잘 들려."

"좋아. 그럼 간다." 그녀는 리와 후안에게 엄지손가락을 치켜세우고 물속으로 뛰어들었다.

그녀가 수면 아래로 내려가자 따뜻한 소금물이 그녀를 감쌌고 웨이트 벨트 덕에 부드럽게 아래로 가라앉았다. 더크와 샐리도 다시 수면 아래로 쑥 내려가며 가라앉는 그녀를 따라 헤엄쳤다. 돌고래들이 천천히 그녀 주위를 돌며 유심히 지켜보는 동안 그녀는 침착하게 부력조절기의 작은 단추를 눌러 공기를 조금씩 추가하면서 부력을 높였다. 그녀는 오리발을 천천히 움직이며 수평을 유지했다.

앨리슨은 마스크 유리를 통해 샐리를 쳐다보았다. "안녕, 샐리." 방수 조끼 안에 있는 소형 컴퓨터는 마스크에서 나오는 그 소리를 녹음하고 무선 연결을 통해 IMIS로 다시 보냈다. 몇 초 후, 스피커를 통해 자신의 인사말이 일련의 친숙한 흡착음으로 흘러나왔다.

샐리는 곧바로 대답하지 않았다. 대신, 앨리슨과 그녀가 착용한 조끼를 좀 더 자세히 보기 위해 가까이 다가왔다. 몇 인치 앞까지 다가온 샐리는 흥분한 듯 앨리슨 옆을 빠르게 지나쳤다가 급선회를 하며 빙글 돌았다. *안녕, 앨리슨.*

앨리슨은 이어폰을 통해 완벽하게 잘 들리는 샐리의 말을 듣고 빙그레 웃었다. 그녀는 오리발을 차며 앞으로 나아갔고 손을 내밀어 샐리의 매끄러운 몸통을 쓰다듬었다. 그런 다음 더크에게 몸을 돌렸다.

"안녕, 더크."

더크 역시 똑같이 흥분했다. *앨리슨, 너 수영하며 말한다.*

"그래. 이제 수영하며 너희들과 이야기할 수 있어." 그녀는 수조의 투명한 유리벽을 통해 아래를 내려다보며 크리스에게 손을 흔들었다. 그 역시 미소를 지으며 손을 흔들어 화답했다.

더크가 다시 말했다. *너는 수영하며 말하기 위해 금속을 만든다.*

앨리슨은 어깨를 으쓱했다. "리와 후안이 우리가 수영하며 말할 수 있도록 금속을 만들었어."

결국 성공한다, 더크가 대답했다.

그래 정말로 해냈어, 그녀는 속으로 생각했다. 그녀는 두 팔을 벌리고 제자리에서 수평을 유지하며 고개를 들어 수조 주위를 둘러보았다. 물결에 흔들리며 리와 후안의 흐물거리는 모습이 위쪽에 보였는데, 그들은 여전히 수조 가장자리에 서서 물속을 내려다보고 있었다. 그녀가 더크에게 다시 몸을 돌린 순간, 더크가 그녀에게 말을 걸며 그녀 밑으로 빠르게 헤엄쳤다. *우리 이제 놀아.*

앨리슨은 대답하려는 찰나 아래쪽에서 더크의 코가 몸에 닿는 것을 느꼈다. 더크는 곧바로 그녀를 위로 들어올리며 앞쪽으로 밀었다.

"후아!" 앨리슨은 숨을 헐떡이며 세찬 물살에 맞서 몸을 안정시키려고 애썼다. 더크는 거침없이 수조를 돌기 시작했지만, 앨리슨은 몸을 한쪽으로 기울이듯 굴리며 더크의 코에서 벗어났다. "안 돼, 더크!" 그녀가 거의 키득거리듯 웃었다. "난 공이 아니야!"

더크가 이상한 소리를 냈는데, 앨리슨은 무슨 뜻인지 잘 알고 있었지만 통역은 되지 않았다. 그것은 더크의 웃음소리였다.

아주 신났군, 그녀는 속으로 생각한 후 오리발을 힘차게 차며 조용히 지

켜보고 있던 샐리를 향해 나아갔다.

더크는 놀이 좋아해, 샐리는 다가오는 앨리슨에게 말했다.

"맞아, 더크는 그래."

앨리슨, 너는 우리를 좋아해.

이번엔 앨리슨이 피식 웃었다. "음, 잠깐만." 그녀가 무슨 말을 하려는 순간 뭔가 바르게 통역되지 않았음을 알리는 익숙한 신호음이 귀에 들렸다. 그녀는 더크가 막 말을 하고 나서 입을 다문 것을 알아차렸다. 앨리슨은 마스크 안의 카메라가 더크를 정면으로 향하고 있지 않은 것을 깨달았다.

"방금 뭐라고 말했어, 더크?"

맞아, 우리는 네가 수영하며 말하는 것을 좋아해. 더크가 다시 앞쪽으로 헤엄쳐 왔다. 이번에는 좀 더 천천히 다가오며 지느러미 하나를 내밀었다. 앨리슨이 손을 뻗어 지느러미를 장난스럽게 잡아당기려 하자, 더크는 꼬리를 힘차게 움직이며 그녀 발밑에서 빙글빙글 돌았다.

너 지금 와, 샐리가 말했다.

앨리슨은 그것이 질문이라는 것을 알았다. "아직은 아니야, 우리는 금속을 더 시험해야 해." 오류를 알리는 신호음이 그녀의 귀에 또 들렸다. "우리는 금속을 더 사용한다." 그녀가 다시 말했다.

얼마나 더 오래 금속을 사용해.

"딱 며칠만 더."

10

시험은 대성공이었다! 새로운 시스템은 정상적으로 잘 작동되었다. 리와 후안은 특별 제작한 조끼 주위에 모여 다른 문제는 없는지 진단 검사를 했다. 방수 구획 안에 들어 있는 중앙처리장치는 실시간 통역을 더 빠르게 수행하기에는 충분한 전력을 갖추지 못했지만, 문장을 IMIS 슈퍼컴퓨터로 전달하는 데는 아무런 문제가 없었다.

진단 결과는 깔끔했다. 결함도 없고, 무선 끊김도 없고, 전압 문제나 전력 누수의 징후도 없었다. 기대했던 것보다 훨씬 더 좋았다. 하지만 그런 문제들이 앞으로 일어나지 않을 거라는 뜻은 아니었다. 그들은 며칠 더 시험을 해본 후 모두가 그토록 간절히 기다리던 일을 하기로 했다. 드넓은 바다로 특수조끼를 가지고 나가는 것.

* * *

앨리슨과 크리스는 입이 귀에 걸릴 만큼 활짝 미소를 지으며 일층 수조 앞에 서 있었다. 해양생물학자의 꿈이 이루어진 것이었다. 다른 종들과 실제로 의사소통하는 것은 상상만 했던 일이었다. 이제 그 꿈같은 일을 먼 바다, 즉 돌고래들의 자연 서식지에서 할 수 있게 된 것은 해양학 연구에 있어서 엄청난 도약이었다. 그들은 수조 밖에서 무엇을 배우게 될지 꿈에 부풀었다.

그들은 멍하니 선 채 수조 위쪽에서 더크와 샐리가 켈리로부터 먹이를 받아먹는 모습을 유쾌하게 지켜보고 있었다. 그때 누군가가 그들 뒤에서 말을 걸었다. "큰 행사에 너무 늦게 왔나요?"

앨리슨은 그 목소리를 바로 알아채고 환한 미소를 지으며 숨도 쉬지 않고 고개를 돌렸다.

존 클레이가 스티브 시저와 함께 뒤에 서 있었다. 클레이 역시 그녀를 보고 똑같은 미소를 지어보였다.

"브라질에 있는 줄 알았는데요?"

클레이가 그녀를 안아주었다. "생각보다 일찍 끝났어요, 하지만 보거가 지금도 뭔가 조사하고 있어서," 그는 안타까운 표정으로 시계를 바라보았다. "다섯 시간 후에는 워싱턴으로 돌아가야 해요."

앨리슨은 실망감을 감추려고 애썼다. "그래도 잠깐 들러줘서 기뻐요."

"최소한 그 정도는 해야죠." 클레이는 그녀를 꼭 안으며 그녀의 어깨 너머를 바라보았다. "반가워요, 크리스."

"안녕하세요, 존. 어떻게 지내셨어요?"

"좀 바쁘게 지냈어요. 고마워요."

크리스는 시저에게 가까이 다가가 손을 내밀었다. "시저 씨. 다시 만나서 반가워요."

시저는 크리스와 악수를 하며 놀리듯 말했다. "씨? 이거 왜 이래, 크리스, 난 그렇게 부를 만큼 늙지 않았다고." 그는 한쪽 눈을 깜박였다. "클레이 때문에 내가 더 나이 들어 보인다니까."

"이런, 누군가 했더니 당신이군." 그들 모두 고개를 돌렸다. 디앤이 시저를 바라보며 안으로 들어오는 것이 보였다. 그녀는 전에 시저를 몇 번 만난 적이 있었다. 그 두 사람은 서로에게 빈정거리는 농담을 날릴 정도로 금방 친해졌다. "어쩜 이렇게 운이 좋을 수가 있나?"

시저는 그녀를 향해 눈썹을 추켜세웠다. "아, 드레이퍼 박사님. 반가워요. 못 본 사이에… 주름이 많이 늘었네요."

어색한 정적이 흐른 뒤, 두 사람은 천진난만하게 서로 미소를 지으며 웃어댔다. 디앤은 시저의 두껍고 우락부락한 팔을 툭 치며 지나갔다. 그리고 온화한 표정을 지으며 클레이에게 돌아섰다. "다시 만나서 반가워요, 존."

"반가워요, 디앤." 클레이가 말했다. "둘세와는 잘 되어가고 있나요?"

"아주 좋은 진전을 보이고 있어요. 실제로 통역이 점점 더 빨라지고 있답니다. 여기 있는 당신 여자친구가," 디앤은 앨리슨에서 윙크를 하며 말했다. "연구 센터를 바짝 조이며 잘 운영해 나가고 있거든요."

클레이는 앨리슨이 존의 '여자친구'라고 불린 후 디앤에게 보인 초조한 표정은 보지 못했다.

클레이가 말했다. "얼굴 표정을 보아하니 성능 시험은 성공적으로 진행된 것 같네요."

"거의 완벽했어요." 앨리슨이 활짝 웃으며 말했다. "리와 후안이 위층에서 여러 가지를 확인하고 있어요. 겨우 오 분 정도에 불과했지만 완벽하게 작동했어요."

"그럴 줄 알았어요." 클레이가 고개를 끄덕였다. "이건 당신의 위대한 여행을 위한 출정 신호일 거예요."

"제발 그랬으면 좋겠어요. 아직 해야 할 시험이 더 남아 있지만, 큰 문제만 없다면 우리는 며칠 내로 떠날 예정이에요. 그러니 행운을 빌어줘요. 더크와 샐리가 안달나 있는 것 같거든요."

"대단해요, 앨리슨." 시저가 팔짱을 끼며 말했다. "바다 한가운데에서 통역이라니 정말 설레겠어요." 그는 그녀에게 장난기 어린 미소를 지어 보였다. "생각해보니, 뭔가 필요하면 늙은 '물개'에게 도움을 청해도 될 거예요."

클레이가 키득거렸다. 그는 그 말을 들은 랭포드의 반응을 상상할 수 있었다.

시저는 진지한 동작으로 한 손을 들었다. "이봐, 앨리슨이 해군 제독과 연줄이 닿아 있다는 걸 잊지 말자고."

앨리슨은 클레이 곁에서 미소를 지었지만 아무 말도 하지 않았다. 그 말은 사실이었다. 그녀는 랭포드 제독에게 전화를 걸어 몇 가지 부탁을 청할 수도 있지만, 제독에게 부탁할 정도로 어려운 일은 별로 없었다. 그녀는 정말 궁할 때를 대비해서 제독의 호의를 아끼고 있었다. 제독은 시저처럼 그녀의 보트에 올라타서 손에 맥주병을 든 채 빈둥거리며 햇볕을 쬐는 그런 부류는 아니었다. 그렇다고 그녀가 스티브 시저를 싫어하는 건 아니었다. 그는 강인한 데다 맵시가 좋지만, 그녀가 들은 바로는 파티를 쫓아다니는 버릇이 있다고 했다.

그녀는 고개를 돌리고 클레이를 바라보았다. "그럼, 워싱턴으로 떠나기 전까지 시간이 얼마나 남았어요?"

"두어 시간 정도."

시저는 그녀가 약간 실망한 표정으로 찌푸리는 모습을 지켜보았다. 그는 눈을 굴렸다. "아, 참나. 그러지 말고 두 사람은 밖으로 나가는 게 어때? 나는 디앤과 함께 시간을 보내고 있을게." 그는 그녀에게 윙크했다. "게다가 그 친구들이 만든 새로운 휴대용 장치도 보고 싶으니까."

클레이는 눈썹을 실룩거리며 그녀를 바라보았다. "점심을 좀 일찍 먹는 건 어때요?"

"그러는 게 좋겠네요."

"너무 늦지 않게만 저 친구를 데리고 오면 돼요."

클레이는 시저에게 고개를 끄덕였고 다른 사람들에게 손을 흔들고 나서 앨리슨의 손을 잡았다. "하고 싶은 건 뭐든 말해봐요."

두 사람은 시간을 허비하지 않고 문으로 향했다. 그녀는 문을 열어젖히고 밝은 햇살이 비추는 바깥으로 그를 끌어냈다. 그녀는 잠시 멈춰 서서 문이 철컥 소리를 내며 닫힐 때까지 가만히 있었다. 클레이가 무슨 말을 하기도 전에 앨리슨은 그를 가까이 끌어당기며 그에게 키스했다.

11

시저는 디앤을 따라 복도를 지나서 생태 서식지로 향했다. 그녀는 암호를 입력하고 문을 밀어서 연 다음, 시저를 위해 잠시 문을 잡아주었다. 두 사람이 완만한 언덕 위로 올라가자 땅바닥에 앉아 나무로 된 커다란 게임판을 가지고 노는 둘세가 보였다. 그 암컷 고릴라는 재빨리 고개를 들고 시저를 빤히 바라보았다.

"귀여운 내 딸!" 시저가 소리치며 불렀다.

희열에 넘친 둘세는 벌떡 일어섰고 빠르게 거리를 좁히며 뛰어오더니 그의 품안으로 뛰어들었다.

시저는 암컷 고릴라를 껴안은 다음 팔을 뻗어 암컷 고릴라의 머리를 부드럽게 쓰다듬었다. "내 새끼, 잘 지냈어?"

스티브 여기, 스티브 여기, 둘세가 말하자 디앤의 특수 조끼에서 단어들이 흘러나왔다. **내가 너 그리워한다.**

그는 암컷 고릴라를 보며 환한 미소로 호응했다. "나도 네가 보고 싶었어." 그는 암컷 고릴라를 다시 꼭 껴안고 난 후 몸을 뒤로 젖히며 팔에 안겨 있는 사랑스러운 고릴라를 빤히 쳐다보았다. "너 달리기 하고 싶니?"

* * *

한 시간 후, 시저는 탁자 위에 놓인 리와 후안이 제작한 새로운 장비를 내려다보고 있었다. "정말 대단한 친구들인데."

"고마워요." 리가 대답했다. "제작하는 데 약간의 도움을 받긴 했지만, 도안은 거의 우리 손으로 만들었죠. 회로기판은 이 안쪽에 들어가 있어요."

리는 조끼 바깥 재질의 한 부분을 가리켰다. "현장에서 처리해야 할 일도 분명 있겠지만, 그런 일을 최소화하려고 했어요. IMIS가 통역하는 데에 부하가 걸리지 않도록요. 불행하게도 꼭 필요한 운영 체제와 여러 개의 플래시 메모리를 사용하는 데도 불구하고, 여전히 많은 에너지가 소모돼요. 특히 초고속 무선 통신이 항상 연결되어 있어야 하기 때문에 더욱 그렇죠." 리는 손을 뻗어 두꺼운 고무 밀봉을 벗겨내고 배터리 칸의 플라스틱 덮개를 열었다. "물속에서 채 오 분도 쓰지 않았는데 상당한 양의 전력이 소모되었어요. 바다 한가운데에서는 사용 시간에 제한이 있다는 뜻이죠."

시저는 고개를 끄덕이며 큰 직사각형 배터리를 주의 깊게 바라보았다. 그는 손가락으로 배터리를 만지작거리다가 조심스럽게 소켓에서 꺼냈다. "리튬인가요?"

"맞아요."

시저는 배터리를 뒤집어 보며 관련성이 있는지 살펴보았다. "아시겠지만, 해군에는 일부 드론을 위한 새로운 배터리 시제품을 연구하는 부서가 있어요. 그들은 특수한 니켈 코팅 중합체를 사용하고 있는데 저장 밀도가 훨씬 더 높아요. 기회가 되면 몇 개 가져다 드릴게요."

"정말요?" 리와 후안은 흥분한 듯 서로를 바라보았다.

"그럼요. 크기도 비슷한 거 같아요. 며칠 내로 받을 수 있도록 해볼게요. 바다로 나가기 전에 연구할 시간이 조금은 있을 겁니다."

"그러면 너무 좋죠!"

시저는 어깨를 으쓱했다. "별 말씀을. 실제로 연구에 사용하는 주파수를 포함해서 기판과 프로세서의 배선도를 출력해 주면, 클레이와 내가 전력 소모를 줄이는 데 도움을 될 만한 영역이 있는지 살펴봐 드리려고 했어요. 워싱턴에 있을 땐 늘 이런 일을 하니까요. 장담하는데 시제품 배터리의 주파수를 약간 조정하면 작동 시간을 상당히 늘릴 수 있을 겁니다."

"그렇게만 되면 환상적이죠." 리는 후안을 돌아보았는데, 후안은 이미 컴퓨터에서 설계도를 찾고 있었다.

"그리고, 바다로 나갈 때 통역 처리를 하려면 서버도 한 대 가져가야 할 텐데."

"세 대입니다. 사실," 리가 말했다. "IMIS를 보트에 싣기엔 너무 무거워서 작은 서버들 몇 대로 기본적인 작업을 분담시키려고 해요. 작년에 클레이 씨와 함께 패스파인더호에서 했던 작업과 아주 비슷합니다. 물론 지금은 어휘도 훨씬 더 늘어났고, 무선 통신 기술도 갖추고 있죠."

"게다가 보트도 더 믿을 만하고요." 시저가 놀렸다.

리가 웃었다. "맞아요, 확실히 더 믿을 만한 보트죠."

"연구가 어떻게 되는지 기대하고 있을게요. 이거 나도 꽤 설레는데."

"정말 그래요! 함께 갈 수 없어서 아쉽습니다."

시저는 조금 전에 앨리슨에게 했던 농담을 생각하면서 미소를 지었다. "안타깝지만 우리도 한창 뭔가를 하고 있는 중이라서요." 그는 배터리를 다시 끼워 넣은 다음 조끼를 내려놓으면서 포렐 잠수함과 그들이 돌아가야만 하는 이유를 생각했다. 그리고 보거가 그들이 벨렘에서 보내준 자료에 대해 뭐든 알아냈기를 바랐다.

그는 보거가 생각보다 훨씬 많이 파악했다는 사실을 곧 알게 될 것이다.

12

비행기가 이륙하여 섬의 남쪽 끝 너머로 상승한 후 왼쪽으로 선회하는 동안, 클레이는 옆 창문을 통해 푸에르토리코의 메르세디타 공항 활주로가 멀어지는 것을 지켜보았다. 석양이 수정처럼 푸른 카리브해 바닷물 위로 눈부시게 반사되었고, 클레이는 그들 아래에 있는 수십 척의 돛단배를 아쉬운 심정으로 내려다보았다.

그는 아버지가 자신을 데리고 나가 보트에 태워준 첫날부터 바다를 사랑했다. 침구가 없는 소형 배에 불과했지만, 그는 매 순간이 즐거웠다. 그날 이후, 그는 플로리다에 있는 아버지를 방문할 때마다 마치 종교적인 행사처럼 아버지와 함께 항해를 하곤 했다. 궁극적으로 그가 해군에 입대한 배경에는 이 같은 바다와의 깊은 관계가 있었다. 지금 그는 밧줄을 풀어 던지고 영원히 떠날 수 있는 날을 고대하고 있었다. 튼튼한 보트 한 척을 타고 하늘의 별들을 벗 삼아 푸르른 바다를 따라 세계를 여행하는…, 물론 사랑하는 여인과 함께.

클레이는 고개를 뒤로 기대고 앨리슨을 떠올렸다. 자신도 모르게 미소가 지어졌다. 그가 그녀를 보는 것만큼이나 그를 바라보는 그녀는 행복해 보였다. 몇 분 후 그는 심호흡을 하고 바닥에 있는 가방으로 손을 뻗었다.

시저는 맞은편에 앉아 후안이 출력해서 준 설계도를 살펴보고 있었다. 그는 클레이가 가방에서 반짝이는 물체를 꺼내는 것을 알아차렸다. 시저는 창문을 통해 들어오는 햇빛을 받아 반짝거리는 작은 은색 물체를 힐끗 보았다. 카드 한 벌만한 크기였고 클레이는 그 물건을 호기심 어린 눈으로 바라보며 앉아 있었다.

"아직도 그 기념품을 가지고 다니는 거야?"

클레이는 고개를 들지 않았다. 그저 고개를 끄덕이고는 그 물체를 뒤집어서 엄지손가락으로 부드럽게 매만졌다.

"어떻게 작동하는지 알아냈어?"

"아니."

그는 전 세계적 재앙으로 끝날 뻔했던 참혹한 사건 이후 일 년 넘게 그 물건을 가지고 다녔다. 당시 실제로 무슨 일이 일어났는지 아는 사람은 거의 없었다. 정부가 개입했을 때는 항상 그랬으니까.

클레이는 손에 든 물체를 다시 뒤집었다. "보거와 내가 이 물체를 전자현미경으로 살펴봤지만 무엇으로 만들어졌는지 알아내지 못했어. 실리콘으로 도금되어 있었고 중심부가 중수소라는 것 말고는. 나머지는 우리가 식별할 수 없는 요소로 만들어졌더군."

"그게 일종의 융합 장치라는 건 이미 알고 있잖아." 시저가 대꾸했다. "어쩌면 그게 어떻게 작동하는지 알려고 하면 안 되는 건지도 몰라."

클레이는 생각에 잠겼다가 고개를 들고 시저를 바라보았다. "그럼 그 친구는 왜 내가 이걸 갖고 있도록 놔뒀을까?"

"분명 너를 미쳐버리게 만들려고 그랬을 거야."

클레이가 씩 웃었다. "분명하군."

시저는 클레이가 말없이 그 물체를 살펴보는 모습을 지켜보았다. 두 사람은 해군 특수부대인 네이비실에서 같이 복무하기 시작한 이후 20년 넘게 함께 일해왔다. 그들은 나이를 먹어갈수록 끊임없는 육체적 혹사를 신체가 감당하기 힘들어지자 결국 조사 부서로 옮겨가게 되었다. 게다가 위에서 내려오는 수행 임무들 가운데 의문이 드는 역할이 점점 늘어가는 이유도 있었다. 실제로 일부 네이비실 대원들은 자신이 어느 편에 서서 싸우고 있는 건지 의아해하기도 했다.

시저는 친구인 클레이가 여러 번 곤경에 처한 상황을 보아왔다. 전투 중에서는 말할 것도 없고. 그는 이 친구를 속속들이 알게 되었다. 그 모든 과정을 통해 존 클레이에 대해 한 가지 확고한 사실을 알게 되었다. 결코 포기하지 않는 남자라는 걸. 어떤 곤경에 처하든 클레이의 마음가짐은 결코 멈출 줄 몰랐다. 그는 뭔가 알아낼 때까지 비밀을 하나씩 벗겨가면서 그 은색 물체를 계속 연구할 것이다. 문제는 얼마나 오래 걸리는가 하는 것뿐이었다.

시저는 클레이에게 잠시 생각할 시간을 주고 나서 화제를 돌렸다. "들어봐, 내가 앨리슨과 연구원들이 개발한 새로운 조끼의 디자인을 살펴보고 있었거든. 근데 꽤 훌륭해. 예상했던 것보다 훨씬 더 잘 만들었어."

"그래, IBM에서 좀 도와줬대."

"우리가 도와줄 수 있는 것도 몇 군데 있더라고, 특히 무선통신 주변으로 말이야. 그들이 사용하기에 더 좋은 주파수들이 있어, 물론 다른 시제품으로 한번 시험해봐야 하겠지만." 그는 손을 내밀어 클레이에게 설계도를 건넸다.

클레이는 마지못해 은색 물체를 가방 안에 집어넣고, 설계도를 잘 보기 위해 창문 가까이 가져가서 유심히 살폈다. "그러네, 좀 더 빠듯하게 설계하면, 시간을 충분히 사용할 수 있을 것 같아."

* * *

보거는 손목시계를 슬쩍 보고 나서 다시 화면을 돌아보았다. 그는 시간 내에 일을 마칠 수 없을 것 같았다.

그가 작성한 프로그램은 아직도 고속으로 자료를 처리하고 있었지만 랭포드 제독과 만나기로 한 시각까지는 15분밖에 남지 않았다. 일은 지금 절반도 채 되지 않은 상태였다.

펜타곤 지하층에 위치한 그의 사무실 안에는 스미스소니언 박물관에 있는 전시물들을 부끄럽게 만들기에 충분한 컴퓨터들과 신호 장치들이 가득했다. 과학기술에 대한 그의 집착은 일을 넘어 강박관념에 가까웠고, 랭포드는 그의 부탁을 기꺼이 들어주었다. 특히 최근 들어서.

보거는 뒤쪽에서 방문이 열리는 순간 화들짝 놀랐다. 그리고 머리 위의 전등이 갑자기 켜졌다.

"햇빛이 잘 드는 사무실이 필요하겠는데요." 시저가 큰 소리로 말했다. "사람들한테는 어느 정도 비타민 D가 필요하거든요."

보거는 의자에 앉은 채 몸을 빙글 돌렸다. 헐렁한 오렌지색 하와이안 셔츠 위로 불룩 튀어나온 배 위에다 팔짱을 낀 상태였다. "그래서 비타민 알약을 먹고 있지."

시저가 눈썹을 씰룩거렸다. "정말요?"

"아니, 농담이야. 하지만 생각해 봐야겠어." 보거는 시저 뒤로 막 문을 닫고 들어온 클레이를 바라보았다. "어이, 클레이. 브라질은 어땠어?"

"그 나라에서 쫓겨났는데 재미있을 턱이 있나요? 잘 지내셨어요, 윌?"

"아주 잘 지냈지." 보거는 다시 모니터 쪽으로 몸을 돌렸다. "랭포드가 뭔가 부탁을 했는데, 그게 생각보다 시간이 꽤 오래 걸리네."

시저는 작은 철제 의자에 거꾸로 놓고 앉은 다음 의자를 보거 옆으로 움직였다. "이게 뭐죠?"

"북대서양 바다를 정밀 촬영한 거야, 픽셀 단위로."

클레이와 시저 두 사람은 놀랍다는 듯 눈썹을 추켜세웠다. "픽셀 단위로요?"

"대충. 아르고스 정찰 위성이 촬영한 지난 석 달 치 자료를 국가안보국으로부터 받았어." 클레이와 시저는 정부의 최신형 인공위성을 훤히 알고 있었다. 또한 인공위성을 언급할 때 정찰이라는 용어에도 익숙했다. 더 정확한 표현인 '첩보 위성'보다 더 선호되는 용어였다. 아르고스 정찰 위성은 최근에 'NROL-39'라는 일반적인 명칭으로 발사되었으며, 실시간 기능을 갖춘 첫 번째 위성이었다. 이전의 다른 모든 첩보 위성들도 비디오보다 훨씬 더 선명한 사진과 훨씬 더 빠른 프레임 속도로 촬영할 수 있는 능력을 가지고는 있었다. 그러나 주파수 대역폭과 초고화질 사진을 실시간으로 볼 수 있을 만큼 빠르게 지구로 전송할 수 있는 능력은 여전히 부족했다.

그 한계는 마침내 아르고스 정찰 위성에서 해결되었다. 새로운 시스템의 설계 대부분을 전송 용량에 초점을 맞추었기 때문에 아르고스 정찰 위성은 말 그대로 실시간으로 초고화질 영상을 지구로 전송할 수 있었고, 그 영상은 지상에서 하루 이십사 시간 내내 녹화되었다. 게다가 비할 데 없는 시야를 가지고 있었다. 이는 '정찰' 위성의 거대한 기술적 진보였고, 그 능력은 소수의 동맹국들만 알고 있었다.

말할 필요도 없이 픽셀 단위로 정밀 촬영하는 것은 엄청난 작업이었다. 어떤 해변에서 모래알 하나하나를 조사하는 것과 맞먹는 일이었다.

시저는 모니터 가까이로 몸을 기울였다. "도대체 삼 개월 분량의 픽셀 데이터가 필요한 이유가 뭐죠?"

"포렐 때문이겠지." 클레이가 시저 어깨 너머로 들여다보며 중얼거렸다.

"맞아." 보거는 컴퓨터에 다시 명령어를 입력하며 또 하나의 창을 열었다. 그런 다음 마우스를 사용하여 새로운 창을 두 번째 모니터로 끌어다 놓았다. 몇 번 클릭을 하자, 새로운 창은 즉시 짙푸른 대서양의 영상으로 채워졌고, 큰 파도의 하얀 물결을 쉽게 알아볼 수 있을 만큼 상세했다.

클레이와 시저는 컴퓨터가 생성한 얇은 흰색 선을 볼 수 있었고, 그 선은 영상을 가로지르며 한 번에 한 픽셀씩 확대하고 있었다. 오 초도 채 안 되어 그 영상의 정밀 검사를 마치고 또 다른 영상을 조사하기 시작했다. "얼마나 진행되었어요?"

"대략 절반쯤."

"잠망경을 찾고 있는 게 틀림없을 걸." 시저가 말했다.

"아니면 배기가스나."

"또 맞췄군. 러시아에서 브라질까지는 꽤 먼 거리야, 특히 디젤-전기 잠수함으론 말이지. 즉 오래된 배기가스를 배출하고 배터리를 재충전하기 위해 여러 번 수면 위로 떠올라야 한단 뜻이야. 거의 1,000대의 서버가 750 평방킬로미터 구역의 영상 전체를 역추적하고 있어, 가시광선과 적외선을 모두 들여다보면서 말이야."

"뭐 좀 찾았나요?"

"전혀." 보거는 얼굴을 찌푸리며 머리를 좌우로 흔들었다. 그러고는 의자를 다시 그들 쪽으로 빙글 돌리며 미소를 지었다. "하지만 그건 나쁜 소식이야."

"그럼 좋은 소식도 있다는 거네요?"

"좋은 소식은 포렐 잠수함에 탑재된 장비가 뭔지 알 것 같다는 거지." 그는 벌써 또 다른 화면으로 이동해서 시저가 그 잠수함에서 쫓겨나기 전에 찍은 동영상을 불러들였다. 보거는 시저의 카메라가 장비 선반에 초점을 맞출 때까지 동영상을 재생하다가 멈추었다. "펜사콜라에 있는 몇몇 기술자들과 이 동영상을 검토해 봤는데, 모두들 이 장치들이 증폭기라는 데 동의했어. 그리고 이거 보여?" 보거는 화면 아래쪽 가장자리를 가리켰다. "이것들은 전력 전선들로 보여. 다른 이 전선들은," 그는 정지 화면의 구석으로 거슬러 올라갔다. "오디오에 연결되어 있어."

"오디오는 무슨 용도지?"

"아…," 보거가 두 손을 맞잡았다. "백만 달러짜리 질문이군."

시저가 씩 웃었다. "그럼 대답도 백만 달러짜리겠군요."

"그야 물론이지." 그는 잠시 말을 멈추고 그들을 빤히 바라볼 뿐 아무 말도 하지 않았다.

"빨리 말해줘요."

보거는 활짝 웃으며 극적인 효과를 위해 두 손을 들어올렸다. "능동적 소음 제어(Active Noise Control)!"

클레이와 시저 모두 앉은 채로 꼼짝도 하지 않았다. 이해하지 못해서가 아니라 이해했기 때문이었다. 대신 두 사람은 침묵을 지키며 그 가능성을 고려하고 있었다.

클레이는 다시 화면을 쳐다보며 혼잣말처럼 중얼거렸다. "소음 제거."

"빙고!"

보거는 의자에 등을 기댔다. "각국 해군들은 수년 동안 자기네 잠수함에 완벽한 '능동적 소음 제어' 기술 구현을 시도해오고 있지만, 지금까지는 달성할 수 없었어. 내가 보기에 포렐 잠수함을 가지고 그걸 구현할 수 있는 방법을 찾은 것 같아. 단지 소음을 줄이는 게 아니라 완전히 제거하는 거지."

"랭포드가 이 사실을 알고 있나요?"

보거는 다시 고개를 저었다. "아직은."

클레이는 조용히 생각에 잠겼다. 보거의 평가가 갑자기 다른 여러 의문들을 불러일으켰다. 마침내 클레이는 손목을 돌리며 시계를 확인했다. "알릴 때가 됐네요."

13

놀랍게도, 클레이 일행이 회의실에 도착했을 때 랭포드 제독은 국가안보 보좌관인 스탠 그리피스와 함께 이미 그곳에서 기다리고 있었다. 랭포드는 대화를 멈추고 세 사람에게 넓은 탁자 반대편 의자를 향해 손짓했다. 신임 국무장관인 더글러스 바트먼도 그들 바로 뒤에 들어와서 문을 닫았다.

"여러분," 랭포드가 말을 꺼냈다. "존 클레이, 스티브 시저, 그리고 윌 보거를 소개하겠습니다. 이들은 해군수사대에서 저와 함께 일했습니다." 침묵의 끄덕임이 교환되는 동안 랭포드가 말을 이었다. "클레이와 시저는 현지에서 포렐 잠수함을 조사했습니다. 보거 씨는 우리 쪽 컴퓨터 전문가로, 우리가 이 자리에서 보고 있는 것이 무엇인지 정확히 알아내기 위해 애쓰고 있습니다. 클레이, 시작하겠나?"

"네, 제독님." 클레이가 큰 소리로 말했다. 그는 빠르게 벨렘으로의 파견과 포렐 잠수함에의 승선, 이어 그들의 갑작스러운 퇴출에 대해 자세히 말했다. 또한 자신들이 한밤중에 잠수함 바로 밑으로 수중 침투한 일과, 잠수함의 꼬리 주위에서 그들이 본 것에 대해서도 설명했다.

"좋아, 윌, 자네는 저들이 보낸 자료를 봤을 거야. 우리가 이 자리에서 뭘 고려해야 하는지 집히는 게 있나?"

"네, 제독님." 보거는 고개를 끄덕였다. "가동 중인 능동적 소음 제어 시스템을 보고 있는 것 같습니다."

"뭐라고 했나?"

"능동적 소음 제어입니다, 제독님." 보거가 반복해서 말했다. "딱 꼬집어 말할 수 없는 추측일 뿐이지만, 제 생각엔 거의 확실한 것 같습니다."

"그럴 리가 있나."

바트만은 그들 두 사람을 번갈아가며 바라보았다. "그게 뭡니까?"

"소음 제거," 랭포드가 대답했다. "물속에서 잠수함을 조용하게 만드는 수단입니다. 포렐을 그토록 찾기 힘들었던 게 그리 놀랄 일은 아니군."

보거가 말을 이었다. "클레이와 시저의 설명한 바에 따르면, 꼬리 부분 전체에 센서와 작동 장치가 설치되어 있으며, 이는 다른 국가에서 시도했던 시험용 설계의 일부를 모방한 것 같습니다. 우리 쪽 것도 포함해서요."

"그럼 완전히 조용하다는 겁니까?" 바트만이 물었다.

"완전히는 아니지만 거의 그렇습니다."

바트만은 제독의 대답을 곰곰이 생각했다. "하지만 러시아 측이 무엇을 노렸는지는 여전히 모르는군요."

"맞습니다, 하지만 이제 브라질 정부가 무엇을 노리고 있는지는 알 것 같습니다. 왜 그렇게 잠수함에서 빨리 쫓겨났는지도요. 제 추측이지만 이것은 러시아의 새로운 스텔스 잠수함에 사용되는 기술의 작동 시험을 위한 시제품일 겁니다. 브라질 해군도 같은 사실을 막 깨달았을 거라고 생각합니다." 랭포드는 보거를 돌아보았다. "다른 조사에서는 뭐 나온 게 있나?"

"정밀 촬영 영상 말입니까? 아뇨, 제독님. 아직은 아닙니다."

"제독님," 클레이가 큰 소리로 말했다. "러시아 쪽에서 승조원들을 송환해 달라고 요청했습니까?"

모두들 바트먼을 바라보았고, 그는 머리를 흔들었다. "아닐세, 아직 아무런 연락이 없네."

"그것 참 이상하군요."

"매우 이례적이지." 랭포드가 동의했다.

"제독님," 클레이가 말을 이었다. "포렐에 대한 초기 보고서에는 몇 가지 세부 사항이 빠져 있었습니다. 예를 들면, 실질적인 포획 자체에 대한 정보

말입니다. 어떤 이유가 있습니까?"

랭포드는 스탠 그리피스를 쳐다보았는데, 그는 바트먼과 뭔가 아는 듯한 표정을 주고받은 다음 말을 했다. "무얼 알고 싶은 건가, 중령?"

보고서에서의 누락은 의도적인 것처럼 보였다. "누가 정확히 포렐의 위치를 찾아냈습니까?" 클레이가 물었다.

"브라질 정부. 우리도 정확히 어느 기관인지는 모르네."

"그들은 그 잠수함이 어디 있었는지 알았습니까?"

"그렇네."

클레이는 혼란스러운 듯 얼굴을 찌푸렸다. "브라질은 다섯 척의 잠수함을 보유하고 있고, 모두 우리보다 훨씬 가까이 있었습니다. 포렐이 어디 있는지 이미 알고 있었다면, 왜 포획하는 데 우리 도움이 필요했을까요?"

"일종의 호의 표시였네." 그리피스는 한숨을 쉰 다음 클레이를 보며 말했다. "미국과 브라질의 관계는 한동안 서서히 악화되어 가고 있네. 주요 신흥시장인 브라질은 최근 우리의 정치적 경제적 결정에 불쾌감을 표시했지, 그 때문에 서로의 관계가 미묘한 입장에 놓였다네." 그는 어깨를 으쓱했다. "그건 단순한 정치적 호의였을 뿐이야. 그 이상도 이하도 아닐세."

"그러니까 우리 쪽에서는 브라질에 대한 신뢰를 보여주기 위해서 포렐의 포획 전반에 대해 침묵을 지켰다는 말이네요." 시저는 사실 그대로 무덤덤하게 말했다.

"비슷하네."

"동시에 러시아와의 관계 악화도 피하고요."

그리피스는 마지못해 고개를 끄덕였다.

"우리가 그 잠수함에 뭐가 들어 있는지 몰랐다는 것만 빼면요," 클레이는 시저가 빠뜨린 것을 짚었다. "제독님은 포렐의 위치를 파악하는 게 평소보다 어려웠다고 했습니다. 정확히 얼마나 힘들었습니까?"

"네 차례 시도했네."

클레이와 시저 모두 깜짝 놀랐다. "네 차례요? 브라질 쪽에서 어디를 찾아보라고 알려준 뒤에도 말입니까?"

"맞네."

"젠장, 소음 제거가 정말로 효과적이었나 보군." 시저가 중얼거렸다.

클레이는 그리피스와 바트먼을 다시 돌아보며 지금 모두가 생각하고 있는 질문을 던졌다. "그러니까 우리가 그 잠수함을 찾으려고 네 차례나 음파탐지 부표를 투하했고, 우리 음파탐지기가 브라질이 사용하는 자기 이상 탐지기보다 성능이 뛰어나다고 가정할 경우… 브라질이 포렐에 대해 어떻게 알았는지 실질적으로 알고 있습니까?"

한참 동안 말이 없던 바트먼은 머리를 가로저었다. "우리는 묻지 않는 것이 낫다고 생각했네."

랭포드의 얼굴 표정으로 보아 클레이는 이 논의 중 일부는 그에게조차 생소한 사실이란 걸 알아차렸다. 하지만 그 표정은 순간적이었다. 랭포드가 말을 꺼냈다. "자, 러시아 과학 기술의 새로운 시제품으로 보이는 잠수함이 모습을 나타냈습니다. 승조원들은 분명 그 시스템에 대해 잘 훈련되어 있고, 러시아에선 아직 아무 말도 하지 않고 있습니다." 그는 바트먼을 미묘하면서도 수상쩍은 눈으로 쏘아보았다. "그렇다면 그들은 뭔가 말하기를 두려워하거나, 혹은 이미 브라질 정부와 조용히 이야기를 나누었겠죠. 그게 사실이라면, 러시아 승조원들은 조만간 항공기 일등석을 타고 사라질 수도 있습니다." 그는 다른 사람들을 바라보았다. "다른 가능성은요?"

클레이는 멍하니 입술을 깨물고 있다가 고개를 들었다. "한 가지 다른 가능성도 있습니다, 제독님. 가장 단순하고 가장 알기 쉬운 겁니다." 그는 랭포드를 향해 어깨를 으쓱했다. "만일 러시아에서 그 잠수함이 포획되었다는 사실조차 모른다면요?"

14

잠금장치 두 개를 푼 후, 클레이는 문을 밀어 열고 고요하고 컴컴한 자신의 아파트 안으로 들어갔다. 전등 스위치를 켜자 넓고 드문드문 장식된 거실이 드러났다. 마치 몇 달 동안 사용하지 않은 것처럼 보였다. 사실은 그렇진 않았지만.

침실로 들어온 그는 여행용 큰 가방을 침대 옆에 내려놓고 작은 가방은 파란색과 회색 줄무늬가 있는 이불 위에 툭 던졌다. 그는 푹 자고 싶었고 그래야 할 것 같은 기분이었다.

* * *

불행하게도 클레이는 오전 4시 10분, 휴대폰이 울리자 잠에서 깨고 말았다. 그는 침대 옆 탁자 위에 놓인 휴대폰을 집어 들고 눈을 찡그리며 밝은 액정 화면을 들여다보았다.

그는 응답을 하고 끙 하는 신음소리를 내며 일어나 앉았다. "윌, 도대체 잠을 자기는 해요?"

보거는 전화기 반대편에서 낄낄대며 웃었다. "자네보다는 더 많이 잘 걸. 깨워서 미안하지만 중요한 일이라서 그래."

"무슨 일인데요?"

"정밀 스캔 과정에서 뭔가를 발견했어. 내 생각엔 중요한 것 같아." 보거는 전화기를 다른 손으로 바꿔 잡고 마우스를 이용해서 화면 속 사진을 확대했다. "우리가 예상했던 것과 달라."

"랭포드한테 전화하셨어요?"

"응. 몇 분 내로 화상회의를 할 거야. 자네랑 스티브도 호출하라더군."

* * *

칠 분 후, 클레이는 부엌에 있는 의자에 웅크리고 앉아 노트북 화면을 응시했다. 랭포드와 시저도 각자의 집에서 똑같은 행동을 하고 있었다. 그들 모두 보거가 자신의 모니터로부터 공유시켜 놓은 화면을 바라보고 있었다. 보거는 모두가 볼 수 있도록 대서양의 한 사진을 확대했다.

"어젯밤 회의가 끝난 후 연구실로 돌아와서," 보거가 말을 시작했다. "클레이가 언급한 가장 단순한 해답이란 말을 생각해 봤죠. 우리가 찾고 있는 것이 좀 더 명확하다면 어떨까? 우리는 포렐의 흔적을 찾기 위해 수천 킬로미터에 이르는 바다를 자세히 들여다보고 있었죠. 그 잠수함은 여기 오는 데 분명 몇 주는 걸렸을 겁니다. 그리고 오래 나와 있을수록 어떻게든 발각될 가능성이 높다는 것을 알고 있기 때문에 아마도 직선 경로를 택했을 겁니다." 보거는 사진을 더 크게 확대하며 자신이 정밀 스캔하고 있던 영역을 부각시켰다. "하지만 잘못된 관점, 구체적으로 말해서 잘못된 방향으로 접근하고 있다면 어떡하지 하는 생각이 들었죠. 포렐은 이곳에서 포획됐습니다." 밝은 색 원 하나가 브라질 북부 해안에 나타났다. "거기서부터 남쪽은 거의 어디든 브라질 해군이 순찰할 가능성이 높습니다. 그래서 그곳보다 북쪽을 살펴보기로 했죠."

보거는 마우스를 빠르게 두 번 클릭했다. 사진이 다시 한 번 확대되었지만, 이번에는 남아메리카의 북동쪽 해안선에 좀 더 가까워졌다. 브라질 북쪽으로는 프랑스령 기아나, 수리남, 가이아나 등 작은 나라들이 있었고, 그 사진 맨 위에는 비교적 큰 나라인 베네수엘라가 자리하고 있었다.

"또 다른 검색을 실행하기 위해 여기저기 있는 서버들을 동원시킨 다음 북쪽을 살펴봤습니다. 그리고 바로 이걸 발견했죠." 그가 키보드로 뭔가를 입력하자 화면의 지도는 독특한 물결이 보일 정도까지 훨씬 더 확대되었고 그곳에 작은 빨간색 구름 같은 것이 드러났다.

세 사람 모두 각자의 화면을 응시하며 빨간색 이미지를 살펴보았다. "바로 저거군." 랭포드가 말했다.

"네, 제독님." 보거가 대답했다. "포렐의 배기가스죠. 아니면 포렐에서 나오는 열기일 겁니다. 하지만 저것보다 훨씬 더 특별한 것을 발견했죠. 어디서 찾아냈는지 보십시오." 나머지 세 사람이 조용해졌고 그는 또 한 번 화면을 확대했다.

"가이아나?"

"가이아나." 보거가 따라 말했다.

시저는 궁금한 듯 고개를 갸웃하며 영상을 바라보았다. "도대체 가이아나에서 뭘 하고 있었던 거지?"

"그게 이상하다는 거야." 보거는 의자에서 몸을 다시 앞으로 숙이고 키보드를 두드렸다. "이상한 건 포렐이 그 나라 앞바다 속에 숨어 있었다는 것뿐만이 아니야. 얼마나 오랫동안 바닷속에 있었는지도 수상쩍어."

"얼마나 오래 있었는데요?"

"두 달!"

"두 달?" 랭포드가 소리쳤다. "확실한가?"

"네, 제독님. 이걸 발견하자마자, 지난 두 달간 자료를 내려받고 뒤쪽으로 거슬러 올라가 봤습니다. 정확한 위치는 조금씩 다르긴 하지만, 많이 움직이진 않았습니다. 저 러시아 잠수함은 정확히 2개월 하고도 4일 동안 그곳에 눌러앉아 있었습니다."

세 사람이 그 정보를 곱씹어보는 동안 화상회의는 다시 침묵에 빠져 들었다. 물론 현대적인 잠수함은 오랜 기간 동안 한곳에 정지해 있을 수 있다. 하지만 훈련을 실시할 때를 제외하면, 아직까지 어떤 잠수함도 그 정도

긴 시간 동안 그렇게 한 적은 없었다.

"도대체 뭘 하고 있었던 거지?"

클레이가 큰 소리로 말했다. "윌, 잠수함이 어느 방향을 향하고 있었는지 알 수 있나요?"

"물론 알 수 있지!" 보거가 미소를 지었다. *클레이는 역시 예리한 친구야.* "잠수함은 배기가스 배출을 위해 수면에 근접해야 하기 때문에 잠수함의 윤곽을 쉽게 식별할 수 있었어. 잠수함의 방향은 거의 언제나 가장 가까이 있는 도시를 향하고 있었다는 걸 볼 수 있을 거야. 가이아나의 유일한 대도시, 조지타운."

클레이가 포렐이 바라보고 있는 방향에 관심을 갖는 이유는 하나였다. 뱃머리와 선미를 목표와 일직선으로 정렬하면 잠수함은 가능한 가장 작은 윤곽을 가지기 때문이었다.

"그러니까, 잠수함은 조지타운 도시에서 관찰되는 걸 원치 않았다는 말이네요?"

"도시가 아니지." 보거가 바로잡았다. "도시 안에 있는 뭔가겠지."

보거가 다시 키보드를 두드리자 각자의 화면에 있는 사진이 조금씩 남쪽으로 움직이면서 대서양과 데메라라 강의 넓은 하구가 만나는 지점을 지나갔다. 강 상류 쪽으로 약 삼 킬로미터 떨어진 곳에 오해의 여지가 없는 형체가 있었다.

"제가 여러분 모두를 깨운 이유가 바로 이겁니다." 보거가 말했다.

다른 사람들은 다시 침묵에 빠졌고, 이번에는 선명한 이미지의 함선을 유심히 살펴보고 있었다. 그 배는 조지타운에서 데메라라 강을 가로지르는 유일한 다리 근처에 정박해 있는 것처럼 보였다.

"꽤 큰 배네." 시저가 먼저 나섰다. "어디 소속 함선인지 아나요?

"중국." 랭포드가 진지하게 대답했다.

"중국 함선이 가이아나에 뭘 하고 있는 거지?"

화면을 계속 살펴보던 랭포드가 느리면서도 신중한 목소리로 말을 꺼냈다. "몇 주 전 내 책상에 올라온 걸 우연히 본 적이 있어. 그때는 우선순위가 아니었으니까. 중앙정보국에서 수집한 정보로는 이 함선이 대수롭지 않은 수리를 위해 그곳에 있다는 거였어. 폭풍을 만났다고 하더군."

클레이가 큰 소리로 말했다. "어떤 종류의 함선입니까, 제독님?"

"군함. 초계함이네."

"나만 그런가," 시저가 말했다. "중국 군함이 대서양에서 무얼 하고 있는지 궁금한 사람 또 없는 거야?"

제독은 여전히 아무 말 없이 으스스한 불빛을 발산하는 자신의 노트북 화면을 응시하고 있었다.

"윌," 클레이가 분위기를 바꾸었다. "초계함이 그곳에 얼마나 오래 있었나요?"

"나한테는 석 달 치 자료밖에 없어. 하지만 그 기간 내내 그곳에 있었어."

"두 척의 배 모두를 화면에서 볼 수 있도록 다시 축소해 주시겠어요?"

보거는 두 배가 한 화면 안에 두 개의 큰 점으로 보일 때까지 축소했다.

클레이는 종이 한 장을 화면에 대고 비스듬히 기울였다. "조준선."

"잠망경을 통한 이상적인 관찰." 시저가 덧붙였다. "그리고 똑바로 향하고 있다는 건 포렐 입장에선 가장 작은 단면을 노출할 뿐만 아니라, 강어귀로 정확하게 발사할 수도 있다는 거지. 그 함선이 빠져 나오기도 전에 말이야."

긴 침묵이 흐른 뒤, 랭포드 제독은 헛기침을 했다. "몇 군데 전화 좀 걸어야겠군."

15

앨리슨은 잠에서 깨어나 책상 위 불빛이 환한 시계를 향해 몸을 돌렸다.

오전 5시 24분. 그녀는 다시 잠들기를 바라며 눈을 꾹 감고 있었지만 결국 포기하고 말았다. 아무 소용이 없었다. 마음이 진정되질 않았다.

그녀는 어둠 속에서 몇 분 더 누워 있다가 결국 일어나서 딱딱한 침상의 가장자리에 걸터앉았다. 그녀는 그 침상을 종종 이용했는데, 특히 더크와 샐리가 센터에 있을 때는 거의 그랬다. 한숨을 내쉬며 일어선 앨리슨은 불을 켰고 눈부심 때문에 손으로 눈을 가렸다. 그녀는 잠시 기다렸다가 눈에서 손을 떼고 시계를 다시 확인했다.

조용히 문을 연 그녀는 손으로 벽을 더듬으며 컴컴한 복도를 따라 걸어갔다. 계단을 천천히 내려간 다음 다시 복도 끝까지 걸어갔다. 그곳에는 바깥의 달빛에 희미하게 비친 넓은 문이 있었다. 그녀는 그 문을 조심스럽게 열고 안으로 들어갔다.

거대한 수조 안의 물은 부드럽게 찰랑거리고 있었다. 앨리슨은 수조의 수면 부근에서 더크와 샐리의 어두운 형체를 볼 수 있었다. 녀석들은 잠을 자는 건지 움직임 없이 떠 있었다.

돌고래나 고래 같은 해양 포유류의 수면은 매우 독특했다. 바다는 온갖 위험으로 가득 차 있기 때문에 인간처럼 수면 중 뇌를 완전히 정지시키는 관행은 매우 위험한 가망이 있다. 대신 해양 포유류들은 한 번에 뇌의 절반만 기능을 멈추고 잠을 잤다. 이렇게 함으로써 해양 포유류들은 자신을 보호하기 위해 반의식 상태를 유지할 수 있었고 그럼에도 여전히 필요로 하는 여덟 시간의 휴식을 취할 수 있었다.

앨리슨은 돌고래들이 잠자는 모습을 지켜보면서 수조로 다가갔다. 샐리의 눈이 갑자기 떠졌다. 잠시 후 샐리는 꼬리를 아주 부드럽게 흔들며 아래쪽으로 내려갔다. 유리벽 너머로 앨리슨을 쳐다보았지만 아무 말도 하지 않았다. 대신 몸을 돌리고 마이크를 바라보았다.

앨리슨은 눈치를 채고 리의 책상 위에 있는 컴퓨터 화면을 켰다. 그러고 나서 스피커의 소리를 낮춘 다음 마이크에 몸을 기대고 속삭였다. "잘 잤니, 샐리."

샐리는 마이크 가까이로 이동했다. **좋은 아침 앨리슨. 너 잠을 안 잔다.**

앨리슨은 샐리의 말에 고개를 저었다. 그녀는 최근 들어 잠을 푹 잔 적이 거의 없었다. "오늘 밤은 더 잠이 안 오네."

왜 너 안 자?

"일이 너무 많아서." 흥미롭게도 IMIS가 번역하는 데 어려움을 겪는 것처럼 보이는 몇 가지 단어 중 하나가 바로 '일'이었다. 돌고래들의 언어에는 그 단어와 정확히 일치하는 말이 없는 것 같았다. 결과적으로 앨리슨이 '일'이라고 말했을 때, 돌고래들은 그들의 말 가운데 '노력'이라는 발음과 비슷한 소리를 들었다. 그럼에도 불구하고, 샐리는 이해하는 것 같았다.

너는 일이 너무 많아 앨리슨.

"나도 알아." 그녀는 곧 떠오른 생각에 미소를 지었다. 엄마뿐 아니라 돌고래들도 내가 일을 너무 많이 한다고 말하는 거 보면 문제가 좀 있는데.

앨리슨은 샐리가 다시 말을 할 때까지 제자리에 떠 있는 돌고래를 계속 지켜보았다.

너 행복하지 않아 앨리슨.

"뭐라고?"

너 행복하지 않아.

앨리슨은 얼굴을 찌푸렸다. "나는 행복해, 샐리. 단지 피곤할 뿐이야."

샐리는 여전히 수면 부근에서 곤히 자고 있는 더크를 보며 아주 은은한 일련의 흡착음과 휘파람 소리를 냈다. 리의 책상 위에 있는 외부용 스피커는 그 단어들을 통역해서 내보냈다. *난 행복해. 난 더크와 함께 있어.*

앨리슨이 대답하려는 순간 샐리의 다음 말이 그녀의 말을 가로막았다. *너 친구 어디?*

샐리가 말하는 사람은 존 클레이였다. 샐리는 처음부터 앨리슨과 클레이의 관계를 알아챘다. "그 사람도 일하고 있어."

그 사람도 일이 많아.

앨리슨은 수줍게 고개를 끄덕였다.

왜 인간은 일을 많이 해. 샐리가 물었다.

앨리슨은 길게 숨을 내쉬었다. 간단한 질문이었지만, 간단히 대답할 수 있는 문제가 결코 아니었다. 그녀는 그 질문을 곰곰이 생각하다가 마침내 어깨를 으쓱했다. "더 좋은 세상을 만들기 위해서겠지."

샐리는 마치 그녀의 대답을 곰곰이 생각하는 듯 잠시 조용했다. *세상은 지금 좋아.*

앨리슨은 미소를 지었다. "지금보다 더 나은 세상을 만들 수도 있어."

더 나은 게 뭐야.

"더 나은 것은 더 좋게 만든다는 말이야."

샐리는 다시 조용해졌다. 샐리는 물속에 가만히 떠 있는 채로 앨리슨을 바라보며 꼼짝도 하지 않았다. *세상은 예전이 더 좋아.*

그녀는 가만히 서서 샐리를 빤히 바라보았다. 앨리슨은 무서운 생각에 사로잡혔다. *사람들은 더 나은 세상을 만들고 있어, 그렇잖아?* 세상을 바꾸는 것, 그것은 그녀가 진행하는 전체 프로젝트의 핵심이었다. 매일 18시간을 일하고 수많은 난관을 극복해 나아가면서 그녀가 매년 스스로에게 했던 말이었다. *사람들은 세상을 바꾸고 싶어 했다. 하지만 그렇게 했나?*

그들이 IMIS를 통해 이룬 최초의 과학적 약진은 세상을 놀래게 만들었다. 그것은 의심의 여지가 없었다. 그러나 모든 것을 통틀어 그녀를 가장 놀라게 한 것은 걷잡을 수 없는 언론들, 인터뷰들, 그리고 폭주하는 방문객들이 아니었다. 그것은 비평가들이었다. 그녀는 그들의 반발이 그토록 거셀지 상상도 하지 못했다. 과학계의 회의론자들 반응은 어느 정도 예상할 수 있었지만, 다른 많은 분야에 속한 사람들로부터의 험악한 반응은 놀라울 정도였다.

연구원들이 내놓은 자료가 과연 유효한지를 공격하는 기사의 숫자는 엄청났다. 기사들 대부분은 돌고래나 해양 생물학에 대해 잘 알지 못하는 기자들이 쓴 것이었다. 그녀와 연구원들은 처음에는 보수적인 사람들뿐일 거라고 생각했지만, 진보적인 생각을 가진 사람들도 상당수임이 드러났다. 어떤 사람들은 더 많은 관심이나 더 많은 자금 지원을 위한 거짓말이라고 주장하기도 했다. 한 토크쇼 진행자는 정교한 소프트웨어를 이용한 단순한 '기교'이며 오로지 대중을 속일 의도였다고 넌지시 말했다. *뭐 때문에? 도대체 그녀가 무엇을 얻으려고 세상을 속였겠는가?* 당시 그녀는 여론의 감시를 받는 것이 매우 암울한 면을 가지고 있다는 걸 깨달았다. 하지만 다행스럽게도 의혹을 품은 사람들이 있는 반면, 많은 추종자들도 생겨났다. *하지만 그들이 정말로 뭔가를 바꿨을까?*

앨리슨은 꼼짝도 하지 않고 수조의 두꺼운 유리벽에 비친 자신의 모습을 응시했다. 그것은 사실이었다. 그들은 엄청나게 많은 사람들을 흥분시켰지만, 세상이 근본적으로 조금이라도 달라지거나 나아졌는가? 그녀는 샐리가 한 말에 대해서 생각했다. 세상이 더 나아졌을까, 아니면 정말로 더 나빠졌을까?

미국은 사실상 모든 수준에서 최신 기술 발전의 진원지였다. 컴퓨터가 모든 것을 바꿨고, 그 후 인터넷이 등장하며 또 한 번 모든 발전을 빠르게 가속화시켰다. 지금은 모든 사람이 첫 번째 우주 왕복선보다 더 강력한 휴대전화를 가졌다. 텔레비전은 거의 벽 전체만한 크기가 되었고, 비디오 게임은 대부분의 아이들이 현실의 삶을 완전히 지루하게 느끼도록 만들었다. 그 결과 심장병이나 비만과 같은 질병은 사상 최고치를 기록했다.

그녀는 정확히 무엇을 위해 일하고 있었는가? 여러 면에서 세상은 점점 더 나빠지고 있었다. 그녀는 밀려드는 부끄러움에 고개를 떨구었지만, 곧바로 빠져나왔다. 그녀는 해답을 알고 있었다. 이제 그녀는 비평가들이 틀렸다는 것을 증명하기 위해 일하고 있었다. 그 의사소통이 진짜였다는 것을 증명하기 위해서. 그것은 진실이니까. 특수조끼를 만든 이유는 오로지 이것 때문이었다. 돌고래들의 진짜 세계를 보여주고 스스로도 푹 빠져볼 수 있는 야생으로 떠나기 위해서, 그리고 인간이 만든 수조나 어떠한 속임수의 그늘을 벗어난 상태에서도 그렇게 할 수 있다는 걸 보여주기 위해서.

그럼에도 불구하고 샐리의 말 때문에 앨리슨은 불현듯 한발 물러나서 그들이 지금 하고 있는 일이 정말로 과학을 위한 것인지 숙고해 보았다… 아니면 그녀 자신을 위해서인지.

가서 잠을 자 앨리슨. 쉬어. 샐리가 부드럽게 말했다.

앨리슨은 정신을 차리고 간신히 미소를 지었다.

샐리는 수조의 두꺼운 유리벽 너머 어둠 속에 서 있는 앨리슨을 유심히 바라보았다. *내일 우리가 너에게 보여줄게.* 샐리가 계속 말했다. *내일 우리가 너에게 세상이 아름답다는 것을 보여줄게.*

그녀는 여전히 살짝 미소를 띤 얼굴로 한숨을 쉬었고, 부드럽게 손을 뻗어 투명한 유리벽에 손바닥을 갖다 댔다.

샐리는 천천히 앞으로 헤엄쳐 와서 자신의 주먹코를 두꺼운 유리벽이 가로막고 있는 앨리슨의 손바닥에 갖다 댔다.

* * *

앨리슨은 책상 뒤에 앉아 있었다. 창밖을 내다보며 푸에르토리코의 청명한 초록 언덕 너머 아침 하늘로 태양이 떠오르는 것을 지켜보았다. 드문드문 보이는 하얀 구름들이 끝없이 펼쳐진 푸른 하늘을 천천히 흘러갔다. 그녀의 등 뒤로 태양의 따뜻한 햇살이 천천히 사무실 벽을 가로질러 살금살금 지나갔다.

책상 위에 놓인 노트북 컴퓨터 화면에는 상세한 예산 보고서가 드러나 있었다. 그녀는 모든 일을 관리하고 있는 현실이 증오스러웠다. 증오가 너무 강한 단어라면, 원망 정도는 되었다. 마음속 깊은 곳에서는 그 일을 해야만 하는 실상에 분개했지만, 이전 관리자는 세상을 떠나버렸고 그녀만큼 프로젝트의 세부사항에 대해 아는 사람은 아무도 없었다. 처음부터 그녀가 앞장서서 이끌어왔고, 그녀가 바로 원동력이었으니까.

이제 모든 것이 그녀에게 달렸다. 미래상, 실행, 세부 사항, 예산 책정 등 모든 것이 말이다. 문제는 일이 너무 과하다는 것이었다. 수석 연구원으로 있는 것과 실제로 센터를 운영하는 것의 차이는 엄청났다. 그녀는 행정적인 사소한 일에 끊임없이 얽매여 있었는데, 그 일은 그녀가 가장 원하는 한 가지, 즉 자유로워지는 것을 가로막고 있었다. 앨리슨은 순전히 연구만 하는 현장으로 다시 돌아가기를 갈망했다. 대신, 그녀는 하루 종일 사무실에 틀어박혀서 다른 일들이 제대로 돌아가고 있는지 확인하고 있었다. 그녀는 물러날까도 생각했지만, 혹시나 관료적인 인물이 후임을 맡으면 어떡하나 몹시 걱정되었다.

그녀는 고개를 갸웃거리며 아래층에서 아이들이 시끄럽게 웅얼거리는 소리를 듣고 있었다. 내일 있을 중요한 항해 전, 아이들의 마지막 방문 수업이었다. 앨리슨은 수조의 유리벽에 눌린 작고 흥분한 아이들의 얼굴들을 생각하며 미소를 지었다.

잠시 후, 문을 두드리는 소리가 들렸다. 앨리슨의 행정 업무를 도와주는 브루나가 문을 열고 머리를 내밀었다.

"앨리슨?"

"좋은 아침이야, 브루나."

브루나는 미소로 답했다. "여기로 당신을 보러 온 사람이 있어요. 그분이 그러는데 약속은 하지 않았대요."

앨리슨은 눈을 희번덕거렸다. "누가 귀찮게 졸라대는 걸 듣고 있을 기분이 아니야. 뭐가 됐든 관심 없다고 전해줘."

브루나는 눈을 깜박거렸다. "그게… 그분이 당신에게 부탁할 일이 있어서 왔다고 했어요. 사실 그 사람은 디앤 씨도 만나고 싶어 해요."

"무슨 부탁인데?"

"잘 모르겠어요. 하지만 확실히 외판원처럼 보이지는 않아요."

앨리슨은 눈썹을 실룩거렸다. "무슨 뜻이야?"

"그러니까, 그분은 노인이거든요. 그리고 제가 여태껏 본 사람 중 가장 멋진 정장을 입고 있어요."

*　*　*

디앤이 앨리슨의 사무실에 막 들어왔을 때 브루나가 그 노인을 안으로 안내했다. 그 노인은 지팡이를 짚고, 옆에서 공손하게 모시는 젊은 여비서의 도움을 받으며 안으로 들어왔다. 머리카락은 완전히 백발이었지만 뒤로 곧게 빗어 넘겨서 깔끔해 보였다. 얼굴은 햇볕에 그을린 짙은 황갈색이었는데 담황색 와이셔츠 때문에 더욱 두드러져 보였고, 겉에는 짙은 청색의 값비싼 키튼 정장을 입고 있었다. 지팡이도 상아로 만들어진 것처럼 보였다.

그 노인은 앨리슨과 디앤에게 차례로 진심 어린 미소를 지어 보였다. 인사의 표시로 짧게 고개를 끄덕인 그는 비틀거리면서도 빠르게 방을 가로질러 그녀들에게 다가왔다.

"쇼 양과 드레이퍼 양, 이렇게 만나게 돼서 반갑습니다." 사투리가 섞인 억양이었지만 심하지는 않았다. "약속도 잡지 않고 왔는데 만나줘서 정말 고맙습니다. 나름 긴박한 사정이란 걸 너그러이 이해해 주십시오."

그는 그녀들에게 다가가 손을 내밀었다. "마테우스 알베스라고 합니다."

앨리슨은 정중하게 악수를 했다. 노인의 피부는 생각보다 부드럽고 차가웠다. 옆에 서 있던 디앤도 악수를 했다. "저희가 뭘 도와드리면 될까요, 알베스 씨?"

"부탁드리는데," 알베스는 익살스럽게 손을 흔들며 말했다. "마테우스라고 불러주십시오. 제가 젊다고 느끼도록 도와주는 유일한 방법이 바로 제 이름을 불러주는 일이니까요." 그는 옆에 있는 비서를 향해 손짓을 했다. "제 비서인 캐롤라이나입니다. 말이 없더라도 이해해 주세요. 영어를 거의 할 줄 모르거든요."

앨리슨과 디앤 모두 캐롤라이나를 보며 정중한 미소를 지었다.

앨리슨은 책상 앞에 있는 의자를 향해 손짓했다. "좀 앉으시겠어요?"

"고마운 말이네요, 감사합니다." 알베스가 대답했다. 그는 몸을 돌리고 반가운 한숨을 쉬며 의자에 부드럽게 앉았다. "갑작스런 방문을 양해해 주십시오. 내가 방해하지 않았나 모르겠군요."

"괜찮습니다." 앨리슨은 긴장을 풀고 호기심 어린 눈으로 그 남자를 지켜보았다. "그저 여행을 계획하고 있었을 뿐입니까요."

알베스는 지팡이를 들어 태연하게 자기 앞에 세워놓고 지팡이에 몸을 기대었다. "최대한 짧게 말하겠습니다. 여러분도 매우 바쁘실 테니까요. 나는 두 사람 모두를 보러 왔습니다. 두 분이 하는 일의 지지자로서 말이죠. 게다가 열렬한 팬이기도 합니다. 저는 리우데자네이루에서 사업을 하고 있습니다. 여러 개의 호텔을 소유하고 있는데, 짐작하셨겠지만, 꽤 잘 운영하고 있습니다." 그는 자신의 옷차림을 가리키며 겸손하게 손시늉을 했다. "보시다시피 저는 꽤 나이를 먹었습니다. 그래서 소위 말하는, 인생의 말년에 뭔가를 환원하기 위해 노력하는 중입니다."

앨리슨과 디앤은 서로를 힐끗 쳐다보았다. "정말 자비로우시네요, 알베스 씨." 앨리슨은 잠시 말을 끊었다가 다시 이었다. "아니, 마테우스. 그런데 우리는 지금 추가적인 자금이 필요하지는 않습니다. 이미 많은-."

"잠시만요, 쇼 양." 그가 끼어들었다. "내 뜻은 그게 아닙니다. 제가 방문한 건 완전히 다른 이유 때문입니다."

두 여자들 사이에 일순간 당혹감이 흘렀다. 앨리슨은 그에게 계속 하라는 몸짓을 했다.

"제가 나름 박애주의자인건 맞습니다만, 외부보다는 제 고국에서 더 많이 자선 활동을 벌이고 있습니다. 사실, 제가 여러분을 찾아온 이유도 그러한 활동들 중 하나 때문입니다." 그는 캐롤라이나를 힐끗 쳐다본 다음 계속 말을 이었다. "저는 남아메리카의 토착 동물들을 위해 야생동물 보호구역을 만드는 데 수년을 보냈습니다. 애석하게도 지금 이 순간에도 많은 야생동물들이 위협을 받고 있죠. 나는 평생을 남아메리카에서 보냈고 우리 대륙의 아름다움을 미래에도 잘 보존하는 데 도움이 될 만한 무언가를 만들고 싶었습니다. 동물이나 식물 모두 말이죠."

알베스는 잠시 말을 멈추고 숨을 골랐다. "그리고 저는 그곳을 크게 만들고 싶었습니다. 우리 보호구역은," 그는 약간 자랑스러운 기색이 띠며 말했다. "대략 320제곱킬로미터에 달합니다." 그는 그녀들의 표정이 놀랍게 변하는 모습을 지켜보았다. "그것은 내게 많은 것을 준 나라를 위해 내가 할 수 있는 최소한의 일입니다."

앨리슨은 의자에 등을 기대는 알베스를 지켜보았다. "그러면 선생님의 보호구역에 도움이 필요한 건가요?"

그는 씩 웃었다. "뭐 비슷합니다. 하지만 당신이 추측하는 것은 아닙니다. 알다시피, 나는 이 생태학적 오아시스를 건설하기 위해서뿐만 아니라, 그곳을 운영하고 유지하기 위해서 많은 사람들을 고용하고 있습니다. 그들 가운데는 식물학자들, 농업학자들, 심지어 당신 같은 동물행동연구가까지 포함되어 있죠."

앨리슨 옆에 서 있는 디앤은 뭔가 마음에 걸린다는 듯 고개를 갸웃했다. "선생님의 보호구역 위치가 어디라고 하셨죠?"

알베스가 몸을 돌렸다. "아, 제가 말하지 않았군요, 드레이퍼 양. 제 보호구역은 '우리의 세계'라고 부르며, 상루이스(브라질 북동부 마라냥 주의 주도인 항구 도시)에서 북쪽으로 수백 킬로미터 떨어진 곳에 위치하고 있습니다. 그곳은 여러 면에서 이상적인 장소였죠. 여러분도 와 보시면 지루해하지 않을 겁니다. 우리는 그 후 대단히 많은 토착 동물들을 거두어 들였습니다. 뱀, 마코앵무새, 재규어, 그리고 많은 영장류들까지도요. 우리 보호구역의 식구는 계속 늘어나고 있죠."

앨리슨은 약간 혼란스러운 표정으로 알베스를 지켜보면서 납득할 만한 그의 방문 취지를 기다리고 있었다. 그러나 디앤의 얼굴에서 서서히 핏기가 사라져가는 것은 알아차리지 못했다.

또한 알베스가 말을 계속 하는 동안에도 간혹 디앤에게 주의를 돌리는 것도 알아차리지 못했다. "사실, 우리 수석 연구원은 여러분이 이곳에서 하는 연구를 열렬히 추종하는 분입니다. 그 친구는 돌고래들뿐만 아니라, 당신의 어린 고릴라에 특히 매료되어 있죠."

앨리슨은 마침내 고개를 끄덕였다. "아, 그렇군요. 그 사람도 분명 비슷한 연구를 하고 있겠군요."

알베스는 다시 앨리슨에게 시선을 돌렸다. "맞습니다, 아주 잘 보셨습니다. 그는 남미 토종 원숭이인 카푸친 원숭이(꼬리감는원숭이)를 연구해 오고 있습니다. 잘 아시겠지만, 아메리카에 서식하는 영장류들 중 가장 똑똑한 녀석이죠."

앨리슨은 디앤을 돌아보며 뭔가 말을 하려다 그녀의 얼굴 표정을 보는 돌연 멈추었다.

알베스는 잠시 말을 멈추고 심호흡을 했다. 그는 다시 디앤을 빤히 바라보았다. "불행하게도, 우리 연구원에게 사고가 생겼고 현재는 실종된 상태입니다."

디앤이 마침내 나지막이 속삭이듯 말을 했다. "그 사람 이름이 뭐죠?"

알베스는 곧바로 대답하지 않았다. 대신 캐롤라이나를 힐끗 쳐다보고 나서 다시 두 여성을 돌아보았다.

"그 사람 이름이 뭐냐고요?" 디앤이 큰 소리로 다시 물었다.

"루크… 루크 그린우드."

디앤이 그 자리에서 동요하기 시작하다가 한 걸음 뒤로 비틀거렸다. 그녀의 얼굴은 이제 완전히 하얗게 질려 있었다. 앨리슨은 손을 뻗어 그녀의 팔을 붙잡았다. "디앤, 괜찮아요?"

디앤은 눈을 깜빡거리며 앨리슨에게 손을 내밀었다. 눈 깜짝할 사이 디앤은 책상 가장자리에 몸을 기대고 쓰러졌다.

깜짝 놀란 앨리슨은 두 사람을 번갈아가며 바라보았다. "뭐예요? 무슨 일이예요?"

디앤이 끼어들었다. "그 사람한테 무슨 일이 생긴 거죠?"

알베스는 다시 심호흡을 했다. 그가 두려워했던 부분이 바로 이것이었다. 그는 잠시 생각하며 적절한 말을 찾으려고 애썼다. "남아메리카는 무척 아름다운 곳이지만, 또한 매우… 불안한 곳이기도 합니다. 이 말을 먼저 해야겠군요. 제가 사업가로서 매우 부유해지는 동안, 그 몫에 대한 논란의 여지가 전혀 없지는 않았습니다." 알베스의 얼굴에 죄책감의 표정이 나타나기 시작했다. "유감스럽게도 오랜 세월에 걸쳐 정치적으로 많은 적들이 생겨났는데, 그린우드가 그로 인한 피해자가 된 것 같아 두렵습니다."

알베스는 눈길을 바닥으로 떨구고 부드럽게 고개를 저었다. "최근 우리의 보호구역이 공격을 받았습니다. 새로 지은 우리의 보금자리 곳곳이 파괴되었고 많은 동물들이 도살되었죠. 그린우드는 그날 밤 그곳에 있던 유일한 사람이었습니다. 지금 이 주째 행방이 묘연한데, 최악의 상황이 올까 봐 염려됩니다."

디앤은 눈을 감고 울기 시작했다.

앨리슨은 그녀의 손을 꼭 쥐었다. "디앤, 그 사람을 알아요?"

디앤은 두 손을 들어올리고 얼굴 전체를 감쌌다. 그녀의 울음소리는 금세 흐느낌으로 바뀌었다.

알베스가 그녀를 대신해서 대답했다. "쇼 양, 내가 당신을 찾아와서 말하는 이유는 드레이퍼 양이 그린우드 씨를 아주 잘 알고 있기 때문입니다."

16

디앤은 연구실로 통하는 문을 열어젖힌 후 그대로 안으로 뛰어 들어갔다. 그녀는 곧바로 오른쪽 벽에 기댄 채 바닥으로 미끄러지듯 쓰러지며 흐느껴 울었다.

연구실 맨 끝 쪽에 있던 리는 무슨 소리가 들리자 궁금한 듯 작은 공간 밖으로 머리를 내밀었다. 그는 일어서자 디앤이 바닥에 웅크리고 있는 것이 보였다. 리는 걱정스러운 표정으로 그녀에게 다가가기 시작했다. 그때 앨리슨이 연구실 문을 조심스럽게 열고 주위를 둘러보는 것이 보였다. 그녀가 그에게 자리를 비켜 달라는 손짓을 하자, 리는 고개를 끄덕인 후 반대편 구석에 있는 다른 출구를 통해 밖으로 나갔다.

앨리슨은 문을 닫히도록 놔둔 채 디앤 앞에 무릎을 꿇고 앉아 그녀의 어깨에 손을 얹었다. 앨리슨은 아무 말도 하지 않았다. 그냥 기다렸다.

몇 분 후, 디앤의 울음이 잦아들기 시작했다. 그녀는 손등으로 눈물을 닦아내며 코를 훌쩍거렸다. 머리를 벽에 기댄 채 흐릿하게 뜬 눈으로 앨리슨을 바라보았고, 앨리슨은 주저앉아 있는 디앤의 무릎에 손을 내려놓았다.
"괜찮아요?"

디앤은 다시 코를 훌쩍이며 벽에 기댄 머리를 좌우로 흔들었다. "아니."

"그 얘기 하고 싶어요?"

"별로."

"알겠어요."

한참 동안 침묵을 지키던 디앤은 고개를 갸웃하고 천장을 올려다보면서 한쪽 벽에서 반대편 벽으로 연결된 수십여 개의 지지대를 멍하니 보았다.

"루크 그린우드와는 오랫 친구 사이야. 알고 지낸 지는 거의 20년쯤 되었지. 한동안은 보지 못했어." 그녀는 천천히 숨을 내쉬었다. "대학원에서 만났는데 우리 둘 다 박사 과정을 밟고 있었어. 그 사람은 나보다 몇 살 많은데다," 디앤은 앨리슨에게 시선을 돌렸다. "나보다 진도가 한참 앞서 있어서 관심사가 달랐지만, 그래도 그 사람은 내게 많은 조언을 해주었지. 사실 우리는 박사 학위를 받은 후에도 몇 년 동안 함께 일했어. 내가 코코와 함께 일하기 전까지 말이야." 그녀는 추억이 물밀듯 되살아나자 시선을 옆으로 돌렸다. "그는 정말 똑똑한 사람이야."

앨리슨은 자세를 바로잡으며 다리를 꼬고 앉았다. 그리고 몸을 앞으로 숙이며 귀를 기울였다.

잠시 후, 디앤은 다시 그녀를 돌아보았다. "내가 어떻게 둘세를 보살피게 되었는지에 대해 했던 말 기억해?"

"멕시코에서 그 암컷 고릴라를 구조했다고 하셨어요."

"맞아. 제약회사에서 사용하는 한 실험시설에서였어. 그곳은 미국의 규제 밖으로 벗어나 있었고 거의 도살장이나 마찬가지였어. 그들이 동물들에게 하고 있던 일은 끔찍했어. 고문이나 다름없었지."

앨리슨은 고개를 끄덕였다. "저도 그 부분을 기억해요."

"그때가 바로 코코와 고릴라 재단에서 함께 일하다 그곳을 떠난 직후였어. 내가 재단을 떠난 건 더 큰 변화를 만들고 싶었기 때문이었다고 말했잖아. 그 불쌍한 동물들의 삶에 변화를 주고 싶어서였어. 둘세도 그 동물들 중 하나고. 그러나 내 인생의 그 시점에서 그런 변화를 불러일으킨 게 뭔지는 말하지 않았을 거야." 그녀는 앨리슨을 똑바로 바라보았다. "날 떠나게 만든 사람이 바로 루크 그린우드였어."

앨리슨은 호기심 어린 표정을 지었다.

"몇 년 동안 그 사람을 보지 못했는데, 어느 날 그가 재단에 나타났지. 그는 포획되어 학대받는 동물들을 추적해서 구하기 위한 단체를 결성하는 중이라고 말했어. 그리고 내가 함께 하기를 원했고."

디앤은 눈을 감고 한참을 있다가 다시 눈을 떴다. "루크한테는 거절을 못하게 만드는 재주가 있어. 정말 열정적인 사람이거든. 동물들이 고문당하는 걸 보고 엄청 화를 냈지."

"그래서 그와 함께 한 거로군요."

디앤은 고개를 끄덕였다. "내가 떠날 당시에는 나도 그 사람만큼이나 화가 나 있었거든. 그리고 그거 알아?" 그녀가 물었다.

앨리슨은 어깨를 으쓱했다.

"우리는 많은 동물들을 구조했어." 그녀는 깊게 숨을 들이마셨다. "전 세계 곳곳에서 말이야. 그러고 나서 우리는 멕시코에 있는 시설에 대해 알게 되었어. 모두 제약회사의 자금으로 만들어지고 운영되는 곳이었지. 그리고 그들은 누가 그 사실을 알든 말든 상관하지 않았어. 마치 그걸 과시하는 듯 보였지. 우리는 다른 사람들의 도움을 받아 그 장소를 찾아냈고 지켜보면서 계획을 세웠어. 그리고 어느 날 밤, 우리는 그곳을 급습했지."

앨리슨은 눈살을 찌푸렸다. "위험했을 것 같은데."

"그랬어. 무장한 경비들도 몇몇 있었지만 놈들의 허를 찔러 무장을 해제시켜 버렸지." 디앤의 얼굴에 미소가 번졌다. "정말 굉장했어."

"그곳에서 둘세를 발견한 건가요?"

"맞아. 우리는 그날 밤 수백 마리의 동물들을 구조했어. 대부분의 동물들은 그 지역 생태계에서 살아남을 수 있기 때문에 우리는 그 동물들을 자유롭게 풀어주었어. 나머지 동물들은 그곳에서 데리고 나왔고. 우리는 아침 무렵 국경에 도착했는데, 샌디에이고에서 온 한 단체가 그곳에서 우리를 지지하는 일부 정부 관리들과 함께 기다리고 있었어. 그 일로 제약회사들은 큰 타격을 입었지, 경제적인 건 물론이고 정치적으로도 말이야. 또 우리는 그 시설의 영상도 찍었어. 제약회사들 중 한 곳은 언론의 부정적인 비판을 심하게 받은 데다 면밀한 조사를 받고 동물 실험을 완전히 포기했지. 우리가 그들을 박살내 버린 거야. 모두 루크 덕분이었어."

"그 사람은 어떻게 되었죠?"

"동물들을 구조한 후, 나는 둘세가 생각보다 훨씬 더 똑똑하다는 것을 발견했어. 그래서 내가 할 수 있는 가능한 모든 치료를 제공하면서 그 암컷 고릴라와 함께 연구를 하기 시작했지. 언젠가는 그 암컷 고릴라를 야생으로 돌려보낼 수 있기를 바랐지만, 둘세는 결코 떠나고 싶어 하지 않았어. 동시에, 나는 코코와 함께 했던 것보다 훨씬 더 빨리 그 암컷과의 의사소통에서 진전을 보고 있었어. 나는 금세 그 암컷과 사랑에 빠졌지. 하지만 루크는 모든 제약회사들을 두 동강 낼 때까지 멈추지 않겠다고 했어. 나는 그것이 비현실적이라고 생각해서 그를 설득하려고 했지만 그는 들으려고도 하지 않았지. 결국 우리는 헤어지고 말았어, 유감스럽게도 그건 최선의 선택이 아니었어. 나는 늘 그 일을 후회하고 있으니까."

"그게 언제쯤 일어난 일이었죠?"

"대략 일 년 반 전쯤. 내가 마지막으로 들은 바로는, 그 사람이 남미에서 누군가와 함께 일하고 있다는 거였어. 어떤 보호구역에서."

앨리슨의 눈이 휘둥그레졌다. "난 전혀 몰랐어요."

"어떻게 알겠어?" 디앤은 어깨를 으쓱하고 나서 뭔가에 대해 생각했다. "불행히도 한 가지 더 있어. 둘세는 분명한 이유가 있으니까 나를 엄마라고 불러. 하지만 그 암컷이 나를 자기 엄마로 생각한다면, 의심할 여지없이 루크를 자기의 아버지로 여길 거야."

***

"정말 죄송합니다, 드레이퍼 양. 고통을 주려는 의도는 아니었습니다. 그린우드 씨에 대한 그 소식을 좀 더 세심하게 말했어야 했어요. 사과를 드리겠습니다."

디앤은 억지로 공손한 미소를 지었다. "괜찮습니다. 이렇게 흥분한 적은 없었는데." 그녀의 두 눈은 이제 말랐지만 여전히 충혈 되어 있었다. 그녀와 앨리슨은 사무실로 돌아왔고 지금은 알베스와 그의 비서를 마주보며 앉아 있었다. "이곳을 방문하신 이유가 더 있을 거라고 생각합니다만."

알베스는 고맙다는 듯 고개를 끄덕였다. "사실입니다. 마지막으로 루크를 본 게 언제인지 말해주시면 도움이 될 것 같습니다."

"대략 일 년 반 전쯤이에요."

알베스는 잠시 생각했다. "저도 그때쯤 그를 만났습니다. 그가 남아메리카에 도착한 직후였죠. 그 친구는 자금을 마련하기 위해서 내 단체에 접근했습니다. 처음엔 그를 해고할 뻔했지만, 그제서야 그가 왜 그곳에 있는지 정확히 깨달았죠. 포획되어 의료 실험용으로 팔리고 있던 동물들을 구하기 위해서라는 걸 말이죠."

디앤이 씩 웃었다. "의료 실험은 너무 친절한 용어네요."

"그러네요, 맞는 말씀입니다." 알베스가 고개를 끄덕였다. "유감스럽게도 남아메리카의 아름다운 밀림 풍경 뒤에는 어두운 면이 있습니다. 보이고 싶지 않은 것을 감추는 일은 아주 쉽습니다. 그리고 경제적으로 궁핍한 다른 나라들처럼, 우리나라의 동물들 역시 수많은 인도주의적 학대에 시달리고 있죠. 그래서 루크는 문제의 근원으로 곧장 가고 싶어 했죠."

디앤은 앨리슨에게 돌아보았다. "밀렵."

"맞습니다. 실험실에 있는 동물들은 모두 포획된 것입니다. 루크는 그곳을 '고문 실험실'이라 불렀는데, 남아메리카에 그러한 시설들이 많은 건 아니지만 안타깝게도 공급을 기꺼이 제공하려는 밀렵꾼들은 많이 있습니다. 그런 사내들은 암시장에 싸게 내다팔기 위해 정글 깊은 곳을 돌아다니며 다양한 동물들을 포획합니다. 그리고 브라질은 남아메리카에서 면적이 가장 크기 때문에 다른 나라들보다 이런 범죄를 더 많이 저지르는 불명예를 안고 있죠." 그는 비서를 돌아보았는데 그녀는 부끄러운 듯 고개를 떨구었다. 그녀는 분명히 알베스가 무엇을 언급하고 있는지 알 만큼 영어를 충분히 이해하고 있었다.

"그래서 루크가 밀렵꾼들을 뒤쫓았군요."

"어느 정도는 맞습니다. 하지만 그는 혼자 가지 않았어요. 아시겠지만, 루크가 우리에게 와서 돈이 왜 필요한지 설명했을 때, 우리가 상당히 공생적인 관계를 맺고 있다는 것이 명백해졌죠. 그는 야생동물을 구하고 싶어 했고, 나는 야생동물을 안전한 나의 보호구역 안에 두고 싶었으니까요. 이상적인 해결책인 것처럼 보였어요." 알베스는 미묘하게 어깨를 으쓱했다. "그래서 그는 내가 고용한 사람들과 함께 갔습니다."

"그가 급습하는 데 필요한 자금을 대주셨나요?"

"음, '급습'이라는 단어가 다소 극단적인 표현이긴 하지만, 맞습니다. 그에게 자금을 대주었죠. 또 신변 보호도 제공했습니다. 제 개인 경호원들이 그와 동행해서 구조 계획을 도왔죠. 그리고 감히 말하지만 우리는 꽤 성공적이었습니다. 10개월 동안 선적을 준비하고 있던 수백 마리의 포획된 동물들을 풀어주었으니까요. 그 동물들 중 상당수가 제 보호구역에 합류했고, 야생인 그곳에서 안전하고 행복한 삶을 살고 있습니다."

디앤은 얼굴을 찌푸렸다. "그래서요, 무슨 일이 일어난 거죠?"

알베스는 의자에 등을 기댔다. "덱스터가 나타났죠."

디앤과 앨리슨은 눈썹을 추켜세우고 거의 동시에 말했다. "덱스터?"

알베스의 입술이 벌어지며 미소가 나타났다. "덱스터는 우리가 구조한 동물들 중 한 마리였습니다. 수컷 카푸친 원숭이인데, 우리의 마지막 임무 때 구조되었죠." 그의 표정이 다시 진지해졌다. "그 임무는 그때까지 아마

존 열대 우림에서 가장 깊숙한 곳이었어요. 무척 큰 조직을 발견했고 그때 당시의 구조 성과는 정말 놀라울 정도였죠."

두 여성 모두 열심히 귀를 기울이자 알베스 역시 점점 더 흥분하며 몸을 앞으로 기울였다. "루크와 대원들은 항상 밤에 움직였어요. 그 편이 훨씬 더 수월하니까요. 보통은 먼저 상황을 파악하기 위해 며칠 동안 야영지를 관찰하곤 했어요."

"하지만 이번에는 다소 특이한 광경을 봤답니다. 밀렵꾼들은 포획한 수백 마리의 카푸친 원숭이들을 한 곳에 모아놓은 다음 그 원숭이들을 트럭에 실어 해안으로 데려가려고 준비하고 있었답니다. 해안에서 화물선과 접선해서 옮겨 실으려고 한 거죠. 카푸친 원숭이들은 배에 실릴 때까지 개별적으로 우리에 갇혀 있지 않았어요. 산속에서 그렇게 하려면 공간이 너무 많이 필요하니까요. 대신 원숭이들을 거대한 그물 안에 모아놓고 관리했어요. 많은 원숭이들을 그런 큰 그물 안에 몰아놓고 관리하는 데 따르는 여러 문제들을 상상할 수 있을 겁니다. 그리고 루크가 그 야영지를 관찰하는 동안 덱스터를 발견했죠."

"그물 속에 있는 그 원숭이를 말인가요?" 앨리슨이 물었다.

"정확히는 아니에요." 알베스는 이제 거의 익살맞은 미소를 지었다. "덱스터는 포획된 상태가 아니었어요. 적어도 그때까지는요. 녀석은 굵은 밧줄로 얽매어 놓은 그물 바깥에 있었어요." 알베스는 극적인 효과를 위해 잠시 멈추었다. "덱스터는 다른 원숭이들을 풀어주기 위해 애쓰고 있었죠. 좀 더 구체적으로 말하면, 그 녀석은 밧줄의 매듭을 풀려고 했어요."

두 여자의 눈들이 갑자기 휘둥그레졌다. "뭐라고요?" 디앤은 놀란 듯 말했다. "그 원숭이가 매듭을 풀려고 했다고요?"

알베스는 더 활짝 미소를 지으며 고개를 끄덕였다. "맞아요. 하지만 그게 다가 아니에요." 그는 더욱 몸을 앞으로 기울였다. "덱스터는 매듭을 풀려고 했을 뿐만 아니라 거의 풀었으니까요! 밀렵꾼 한 명이 그 녀석을 발견하고 붙잡았지만, 그 밀렵꾼은 덱스터가 무슨 짓을 하고 있었는지 몰랐어요. 루크가 내게 그 얘기를 해주었는데, 자기가 직접 그물을 조사해보니까 덱스터가 용케 그물을 거의 풀어놓은 상태라고 했죠."

디앤은 말문이 막혔다. 그 이야기는 앨리슨에게도 헛되지 않았다. 앨리슨이 영장류 전문가는 아니지만, 그녀조차도 그게 얼마나 놀라운 일인지 잘 알았다. 디앤의 표정은 그것을 확인시켜 주었다.

알베스는 디앤에게 아는 척하는 표정을 지어 보였다. "내가 알기론, 루크 그린우드도 거의 비슷한 반응을 보였어요."

그녀는 그를 빤히 바라보면서 믿을 수 없다는 듯 말없이 고개를 저었다. 마침내 그녀는 두 손을 뺨에 갖다 댔다. "루크가 그 이야기를 들려줬나요?"

"거의 말한 그대로요."

"정말… 놀라운 얘기네요. 그것도 야생에서. 맙소사."

"루크도 똑같은 충격을 받았어요." 알베스가 말했다. "하지만 그는 무척 흥분했어요. 사실, 그 친구는 너무나 매료되어서 본연의 임무를 중단하고 덱스터와 함께 연구를 시작했어요. 그는 당신이 코코와 무슨 일을 하고 있는지 알고 있었고, 그 당시엔 쇼 양과 함께 여기 있는 것도 알았어요. 루크는 당신에게 연락하려고 했는데, 아직 연락하지 않았다는 게 놀랍네요."

"그 사람은 한 번도 연락하지 않았어요." 디앤의 흥분은 금세 실망으로 변했다.

알베스는 앨리슨이 눈살을 찌푸리며 자신을 쳐다보는 것을 알아차리고 그녀를 돌아보았다.

"아직 우리에게 무슨 도움이 필요한지 말씀하시지 않은 것 같은데요." 앨리슨이 그에게 상기시켰다.

그는 인상 깊은 표정을 지으며 그녀를 바라보았다. "두 분 모두 아주 분명하시군요. 내가 여기 온 이유는 이겁니다. 그 친구가 드레이퍼 양만큼 경험이 없다는 건 알지만, 루크는 덱스터와 의사소통을 하는 데 상당한 진전을 이룰 수 있었습니다. 나는 그 친구도 똑같은 관심을 가지고 당신이 이곳에서 하는 연구를 따라하고 있었다고 믿습니다." 알베스의 유쾌한 표정이 서서히 사라지며 슬픈 표정으로 바뀌었다. "하지만 결국 우리 보호구역은 공격이 당했습니다."

"그리고 동물들이 죽었고요."

"네. 그리고 루크도 사라졌습니다." 알베스는 똑바로 앉았다. "하지만 희망이 있을지도 모릅니다. 우리는 덱스터가 살아남아서 다시 보호구역으로 돌아오리라 믿습니다. 나는 그 녀석을 찾는 일에 도움을 청하고자 온 것입니다."

17

"뭐라고요?"

"쇼 양, 이 말이 조금 주제넘게 들릴 수도 있다는 건 알지만, 덱스터를 찾는 걸 도와주셨으면 합니다." 알베스의 표정은 진지했다. "우리는 누가 습격을 했는지, 루크가 어디에 있는지 아직 모릅니다. 비록 아무런 연락을 받지 못했지만, 우리는 여전히 희망을 갖고 있습니다. 하지만 그보다 더 중요한 건, 저는 덱스터가 그날 밤 일어난 일을 봤다고 믿고 있습니다. 그리고 그 녀석은 우리에게 그 일에 대한 중요한 정보를 알려줄 만큼 영리할지도 모릅니다. 얼마나 많은 사람들이 참여했는지? 그들이 무엇을 입고 있었는지? 누구 짓인지 알아내기만 한다면, 장담하건대, 나는 놈들을 추적하고 루크를 찾는 데 드는 비용을 아끼지 않을 겁니다."

"저는…." 앨리슨은 말을 하려다가 디앤을 돌아보았는데, 그녀는 말없이 생각에 잠겨 있었다.

마침내 디앤은 호기심 어린 눈으로 알베스를 다시 바라보았다. "이건 단지 원숭이를 찾는 일이 아니에요. 그 원숭이와 의사소통을 해야 하는 일입니다."

알베스는 고개를 끄덕였다. "그게 정확하겠죠."

"그게 가능할까요?" 앨리슨이 물었다.

디앤은 손가락으로 입술을 부드럽게 문질렀다. "가능할 수도 있어요… 어쩌면요."

"IMIS는 고릴라를 위해 특별히 프로그래밍 되어 있어요. 그 원숭이가 고릴라랑 유사한가요?"

"아뇨." 디앤이 대답했다. "어림도 없죠."

"그럼 IMIS가 그 녀석과 대화할 수 있나요?"

디앤은 고개를 저었다. "불확실해요. 하지만…."

"하지만 뭐요?"

"다른 가능성이 있어요. 둘세는 카푸친 원숭이와 의사소통을 할 수 있을 지도 몰라요."

"농담하는 거죠?"

"아뇨." 디앤은 잠시 말을 멈추고 다시 생각한 다음 말을 이었다. "확신 하진 않지만 가능할 것 같아요. 내가 고릴라 재단에서 코코와 함께 연구할 때, 조앤 태너라는 연구원이 있었어요. 아주 똑똑하고 오랫동안 그곳에서 연구했었죠." 약간 흥분했는지 디앤의 말은 점점 빨라지기 시작했다. "그녀 는 샌프란시스코 동물원에서 고릴라를 촬영하며 10년을 보냈는데 놀라운 사실을 발견했어요. 그곳에 있는 고릴라들은 코코처럼 수화를 배운 적이 전혀 없었지만, 그녀는 그들이 몸짓을 사용한다는 걸 발견했죠. 그녀는 고 릴라가 사용하는 거의 30가지의 일반적이고 본능적인 몸짓을 기록했어요. 그건 영장류 연구에서 있어서 우리 중 몇몇이 어렴풋이 짐작했던 것을 입 증하는 중대한 발견이었죠. 고릴라들은 우리가 알고 있는 것보다 훨씬 더 많은 의사소통을 하고 있어요. 더 중요한 것은, 그녀가 이런 공통적인 몸짓 들이 여러 종에 걸쳐 존재한다는 것을 발견했다는 점이예요. 그리고 여러 종들 가운데 하나가 카푸친 원숭이라고 생각해요."

"일종의 수화 같은 건가요?"

"네, 맞아요. 그리고 둘세와 덱스터 원숭이 둘 다 매우 영리하기 때문에 서로 이야기가 통할 걸로 생각돼요. 가능성이 얼마나 될지는 모르겠지만, 분명히 여지는 있어요. 조앤은 아직 확인되지 않은 몸짓이 더 많다고 확신 했으니까요."

알베스는 디앤의 설명을 듣고 흥분했는지 활짝 웃고 있었다.

"하지만 고릴라를 운송하는 일은 복잡한 문제예요." 그녀는 많은 인원과 장비가 필요한 복잡한 물류를 생각하면서 계속 말했다. "가능한 한 빨라야 해요, 암컷 고릴라가 너무 불안해하거나 긴장하지 않도록 말이죠. 또 암컷 고릴라를 우리 안에 넣어야 할 거예요, 혹시 모르니까요. 둘셋는 어리긴 하지만 힘이 세거든요. 겁을 집어먹게 되면 우리가 상대하기엔 버거워요. 그렇다면 반드시 비행기로 가야 할 텐데."

"필요한 건 뭐든지 제공할 수 있습니다."

"저기, 잠깐만요!" 앨리슨이 한 손을 들며 끼어들었다. 그녀는 방문객들을 바라보았다. "잠깐 실례해도 될까요?"

"물론이죠." 알베스가 대답했다.

그 말이 끝나자마자 앨리슨은 바로 일어나서 디앤에게 따라오라는 손짓을 했다. 두 사람은 방을 가로질러 문을 연 후 복도로 나갔다. 문이 소리를 내며 닫히자 앨리슨은 주저하지 않았다.

"좋아요, 잠깐만요. 지금 정확히 무슨 생각을 하는 거죠?"

"여행." 디앤이 대답했다.

"여행이라." 앨리슨이 따라했다. "갑자기요?"

디앤은 팔짱을 꼈다. "선택의 여지가 별로 없어, 앨리. 시간도 없고."

"좋아요." 앨리슨이 침착하게 말했다. "루크를 걱정하고 있는 거 알아요. 그건 이해해요. 하지만 우리는 이 사람을 방금 만났어요. 저 사람에 대해 아무것도 모른다고요."

"그건 그래, 하지만 저 사람 신원은 쉽게 확인할 수 있을 거야. 내 말은, 저 사람은 왠지 억만장자 거물처럼 보이잖아. 우리가 알아내는데 크게 어렵지는 않을 거야."

"알겠어요, 좋아요. 저 사람이 한 말이 모두 사실이라고 가정해요. 우리는 잘 알지도 못하는 어떤 나라의 밀림 속으로 향하는 거라고요."

"내가 그래야 한다는 뜻이지."

"잠깐만, 뭐라고요?" 앨리슨은 혼란스러웠다.

"내가 밀림 속으로 떠날 거야."

"당신 혼자 떠날 거라고요? 나는 어쩌고요?"

"앨리슨, 너한테는 내일이 아주 중요한 날이잖아. 네가 그걸 모를 리도 없고."

"농담하는 거죠?" 앨리슨이 목소리를 높였다. "당신과 둘세가 아무도 모르는 곳으로 비행기를 타고 떠나면 내가 마음 편히 배를 타고 떠날 수 있을 거라고 생각하는 거예요?"

"그래." 디앤이 단호한 표정을 지으며 대답했다. "이제 모든 것이 준비됐잖아. 더크와 샐리도 그렇고."

앨리슨은 입을 벌리며 반박을 하려고 했지만 얼어붙고 말았다. 아무 말도 나오지 않았다.

"들어봐, 앨리. 나는 논쟁을 벌이고 싶지 않아. 내가 이걸 기발한 착상이라고 생각하는 것 같아? 아니야. 하지만 우리 역시 시간이 많지 않아. 만일 루크가 아직 살아 있을 가능성이 있고 우리가 그를 찾는 걸 도울 수 있다면, 나는 시도를 해봐야만 해." 그녀의 검은 눈동자가 부드러워졌다. "그 삶이 나였다면 그렇게 했을 테니까."

앨리슨은 그녀를 힐끔 쳐다본 다음 눈길을 돌리며 결국 입을 다물었다. 그녀는 체념한 듯 한숨을 쉬었다. "좋아요, 위험하진 않을까요?"

디앤은 그 질문에 대해 생각했다. "무슨 일이 생기면 어떡하냐고, 나한테… 아니면 둘세에게."

"바로 그거에요!"

"뭘 걱정하는지 알겠어. 나나 둘세에게 무슨 일이 생길 수 있다는 거지?

그래. 물론 그럴 수 있어, 하지만 그럴 가능성은 별로 없을 거야. 들어봐, 앨리, 루크에게 이미 무슨 일이 생겼어. 이미 일어난 일을 배경으로 가능성 낮은 일에 대해 이야기하는 거야. 그다지 어려운 결정은 아니야."

"디앤, 그보다 훨씬 더 많은 것들이 연관되어 있어요, 알잖아요."

"나도 알아, 하지만 핵심은 결국 우리가 도울지 말지 여부에 달려 있어. 그리고 나는 우리 둘 모두 그 답이 무엇인지 알 만큼 서로를 잘 알고 있다고 생각해."

앨리슨은 말없이 그녀를 응시했다. 그녀가 머리를 끄덕이기 시작했다. 디앤의 말이 맞았다. 알베스와 그의 경호원들이 잘 보살펴주기만 한다면, 그리 큰 위험은 아니었다. 실질적인 것은 수송에 관한 것이었다. 그리고 그들이 돌아오지 않을 것 같지도 않았다. "그래요, 우리 두 사람이 동시에 간다는 발상은 좋지 않은 것 같네요. 현명해 보이지도 않고."

"우리는 전화로 계속 연락을 취할 수 있어. 보트에 위성 전화가 있잖아."

앨리슨은 다시 한숨을 쉬며 오른손으로 얼굴을 감쌌다. 이번 일은 왠지 느낌이 좋지 않았다. 너무 급했다. 실제로 두 사람은 여전히 아는 것이 거의 없었다. 이렇게 무턱대고 일을 서두르는 유일한 이유는 루크가 살아 있는지 아닌지, 그리고 만약 살아 있다면 얼마나 더 오래 살아 있을지 모르기 때문이었다.

"알베스가 필요한 것들을 제공할 수 있다고 가정하면," 디앤이 말했다. "이제 남은 건 한 가지 밖에 없어."

두 사람은 서로를 쳐다보았고 그런 다음 둘 다 천천히 돌아섰다. 그 한 가지는 무척이나 중요한 것이었다. '만약'.

18

"조끼를 하나 더 만들어 달라고?" 리 켄우드는 금속 작업대 위로 몸을 기울이고 있었고, 후안 디아즈는 반대편에서 전선들을 분리하고 있었다.

앨리슨과 디앤은 작업대 끝에 서서 그들을 지켜보며 있었다. "가능할까요?"

리는 고개를 돌리고 두 사람을 바라보았다. "우리가 해양 실험을 마치고 돌아온 후에?"

앨리슨은 초조하게 디앤을 힐끗 쳐다보았다. "아뇨, 떠나기 전에요."

리와 후안 모두 하던 작업을 멈추었다. "떠나기 전에?"

앨리슨은 살짝 미소를 지었다. "가능해요?"

두 기술자는 서로를 바라보며 생각에 잠겼다. 후안이 먼저 어깨를 으쓱했다. "항상 V2가 있기 마련이죠."

리는 심호흡을 했지만 여전히 생각에 잠겨 있었다.

"V2가 뭐죠?" 디앤이 물었다.

마지못해 리가 대답했다. "예비용을 말하는 거야."

"예비용이요?"

"예비용 방수 조끼."

두 여자의 눈이 휘둥그레졌다. "두 번째 조끼가 있어요?"

"음, '두 번째'라는 말은 좀 과장이고. 장비가 하나 더 있긴 한데, 그건 여분의 부품들을 위한 거야. 그것도 배에 실어서 가지고 갈 계획이었어."

"작동은 돼요?"

리와 후안은 또 다시 시선을 교환했다. "작동은 될 거예요. 하지만 얼마나 빨리 할 수 있을지는 장담 못해요. 자료를 복사해서 저장한 다음 시험을 해봐야 하는데, 생각보다 시간이 오래 걸리거든요. 더 중요한 건, 별도의 서버가 없으면 통역 속도가 매우 느리다는 점이예요. 비상용 조끼 안에 있는 처리 장치의 성능이 낮아서 통역 작업 대부분을 다른 서버로 떠넘겨야 하니까요. 당신과 둘세는 언제 떠날 예정인데요?"

"내일까지 안 될까요?"

리는 눈을 희번덕거렸다. "그때까지는 해낼 수 없을 것 같은데요. 자료를 복사해서 저장하는 데만 거의 그 정도 시간이 걸리니까 사실상 시험할 시간이 없어요. 토요일에 떠나면 안 되나요?"

디앤은 얼굴을 찌푸렸다. "친구가 곤경에 빠졌어요."

"그 친구를 도와주는 데 IMIS 시스템이 필요하단 말인가요?"

"네. 그리고 둘세도."

리가 곰곰이 생각하는 동안 후안이 말했다. "시간 안에 맞춰서 조합할 수는 있겠지만, 그래도 최소한의 시험은 해봐야 해요. 만약 작동하지 않는다면, 여행은 헛걸음이 되잖아요. 또한 해양 실험 중에 문제가 생길 경우, 리한테도 예비용이나 여분이 전혀 없다는 뜻이에요. 기술적 관점에서 보면 예비용을 갖고 있지 않다는 건 정말 말도 안 되는 일이죠."

"첫 번째 조끼에 지금까지 어떤 문제가 발생한 적 있었나요?" 앨리슨이 물었다.

"아직은요."

"고무적인 소식이네요."

"아직은 통제된 환경에 있으니까요. 철저한 시험 없이 두 번째 조끼를 드리는 건, 특히 그걸 그렇게 절실히 필요로 한다니까 더 겁나는 데요."

"음," 디앤이 손으로 입가를 만지며 끼어들었다. "가는 도중에 시험해 볼 수도 있지 않을까." 그들 모두 돌아서며 디앤을 바라보았고, 그녀는 후안을 보며 미소를 지었다. "남미에 가본 적 있어, 후안?"

후안이 미소로 화답했다. "10분 안에 짐을 꾸릴 수도 있어요."

디앤은 앨리슨을 장난기 어린 표정으로 바라보았다. "남자들이란."

"잠깐만," 리가 말했다. 그는 한숨을 내쉬며 손으로 얼굴을 매만졌다. "뭔가가 더 있어요." 리는 작업대 한쪽 끝을 돌아서 컴퓨터로 향했다. "두 사람에게 보여줄 게 있어요."

그는 검은색 의자에 털썩 주저앉고 의자를 앞으로 굴린 다음 키보드 위에 손을 얹었다. "문제가 하나 더 있어요." 그는 모니터 전체를 꽉 채운 창 하나를 열고 어떤 동영상 자료의 정지 화면을 보여주었다. 시스템 기록 항목들의 긴 목록이 동영상 옆에 나타났다. 기록 항목에서 오류를 뜻하는 붉은색의 빈도가 증가하고 있었다. "저걸 추적해서 찾아내려고 했지만, 도저히 찾을 수가 없었어요."

"무얼 찾는데요?"

"이거." 그는 화면에 있는 오류 목록을 가리켰다. "이건 IMIS의 통역 과정을 보여주는 주요 시스템 기록이에요. 식별과 통역이 일어나는 시점이죠. 그리고 빨간색 항목들은 문제가 있다는 걸 나타내고 있어요."

앨리슨은 더 가까이 몸을 기울이며 그 문자를 응시했다. "어떤 문제죠?"

"통역과 관련된 문제들… 이를테면 오류 같은 거."

두 여성의 눈이 커졌다. "오류?"

"맞아." 리는 몸을 돌려 두 사람을 마주보면서 다시 한숨을 내쉬었다. "IMIS가 하는 일에는 많은 것들이 연관되어 있어. 우리 목소리의 아날로그 파장을 디지털 데이터로 변환하는 것부터 시작하지. 그런 다음 그 데이터를 어구들로 나누고 철자법과 문법 규칙에 따라 일치되는지 분석하며 오류를 찾아. 그런 다음 수십 개의 예문에 적용-" 그는 두 여성의 눈이 게슴츠레해지자 갑자기 말을 멈추었다.

"좋아." 그가 말을 다시 이었다. "그러니까 기본적으론 그런 식으로 작동한다는 거고… 하지만 문제는 이거야. 즉 의사소통이 점점 체계적으로 되어가고 있지 않다는 거지. 다시 말하면, 매듭이 풀리듯 흐트러지고 있다는 거야." 리는 다시 화면 쪽으로 몸을 빙글 돌렸다. 그는 마우스를 쥐고 나흘 전의 시간과 날짜가 나타날 때까지 시스템 기록을 따라 내려갔다. "이걸 좀 봐. 오늘만큼 오류들이 많지는 않아." 그러고 나서 그는 며칠 더 거슬러 올라갔다. "그리고 지난주에는 더 적었어."

"그러니까 점점 늘어나고 있다는 거네요?"

"정확해."

"그렇다면 오류들이 뭘 말하고 있는 건가요?" 디앤이 물었다.

"오류들이 가리키는 건 더 이상 일치하지 않는 언어 통역의 숫자가 점점 더 증가하고 있다는 뜻이예요. 시간 동기화, 즉 화면과 음향이 일치되지 않아요. 그 말은 데이터가 수신되고 전송되는 순서가 맞지 않단 뜻이에요."

앨리슨이 몸을 바로 세웠다. "그게 무슨 뜻이에요? 우리는 더크와 샐리, 또는 둘세랑 실제로 이야기하고 있잖아요?"

"그래서 이상하다는 거야. 더크와 샐리의 통역에는 전혀 오류가 없어, 둘세의 경우만 그래. 자기 말처럼 우리는 실제로 암컷 고릴라와 이야기하고 있어, 현재로선." 그는 다시 기록 항목을 아래로 내리며 뒤적거렸다. "하지만 오류들은 분명 증가하고 있고, 이미 스무 번 통역 중 한 번 꼴로 오류가 나타나고 있어. 그리고 그 확률은 점점 더 나빠지고 있어, 그것도 빠르게 말이야."

디앤은 앨리슨에게 걱정스러운 눈길을 보냈다. "뭐가 문제인지 전혀 모르는 거예요?"

리는 멋쩍은 듯 머리를 흔들었다. "모르겠어요. 그걸 알아내려고 애써봤지만, 아직까진 밝혀내지 못했어요. 굳이 추측해 본다면, 둘세를 위해 개발한 논리 배열들 중 하나 또는 그 이상에 문제가 있는 게 아닐까 생각하고 있어요. 영장류에 특화된 것들이니까. 아니면, 알고리즘 자체의 어떤 결함일 수도 있고요. 어느 쪽이든 난해한 문제여서 쉽게 빨리 고칠 수 있는 게 아니란 거죠."

디앤은 심호흡을 하고 크게 숨을 내쉬었다. "그러니까 내가 가져갈 조끼 하나를 더 만들더라도, 그게 제대로 작동하지 않을 수도 있다는 말이네요."

"안타깝지만 그럴 것 같아요. 나도 후안과 같은 생각이에요. 우리가 시간 안에 조끼를 조립하고 그게 잘 작동한다고 쳐요, 게다가 후안이 당신과 동행하며 비행기 안에서 실험을 했다고 합시다. 하지만 어느 순간부터 둘세와 하는 의사소통은 정확성이 점점 더 떨어지게 될 것이고, 결국엔 이해할 수 없는 상태에 이르게 될 겁니다."

"시간이 얼마나 있을 것 같아요?"

"단정지어 말하기는 힘들지만," 리는 어깨를 으쓱했다. "오차가 점점 증가하는 속도로 보아 3~4일 정도."

앨리슨은 팔짱을 꼈다. "그리고 이 문제를 해결하는 데에는 시간이 더 필요하고요."

"그렇다고 봐야지. 손보는 작업을 시작하는 건 고사하고 어디가 문제인지도 파악 못하고 있으니까."

앨리슨은 고개를 돌리고 디앤을 쳐다보았다. "음, 지금 아니면 기회가 영영 없을 거 같네요."

19

월 보거는 청회색 SH-60F '오션호크' 헬리콥터의 옆 창문을 통해 그 아래로 지나가는 푸른 카리브해 바다의 흐릿한 모습을 지켜보았다. 그는 양 무릎 사이에 단단히 끼고 있는 가방의 윗부분을 손가락 마디가 하얘질 정도로 꽉 움켜잡은 채, 눈을 감고 속에서 올라오는 메스꺼움을 억누르려고 애쓰고 있었다.

보거는 비행기 타는 것을 좋아하지 않았다. 특히 헬리콥터는 더더욱. 그는 비행과 관련된 모든 물리학을 이해했다. 기압과 양력의 특성도 잘 알고 있었다. 심지어 비상 착륙을 위한 자동 활공 뒤에 숨겨진 역학도 이해했지만, 그 어떤 것도 전혀 도움이 되지 않았다. 결국, 단순하지만 '치명적인' 중력의 역할에 대한 그의 경외심이 승리했다.

보거는 초조하게 다시 손목시계를 확인했다. 그는 중국 선박에 대한 소식을 전하기 위해 랭포드 제독을 깨운 자신의 명백한 실수를 단계별로 되짚어 보았다. 클레이, 시저와 함께 지금 남쪽으로 향하는 비행기에 타게 되리라곤 예상하지 못했다. 뿐만 아니라 오션호크도 예상하지 못했다. 그레나다에서 대기하고 있던 그 헬리콥터는 그들을 먼 바다로 데려가 이미 가이아나로 향하고 있는 해군 연구선 중 한 척에 내려놓을 예정이었다.

보거는 큰 헤드셋을 통해 무슨 소리를 듣고 창문에서 고개를 돌렸다. 그는 몸을 앞으로 기울이며 가운데 앉아 있는 클레이 너머를 쳐다보았다. 스티브 시저는 좁은 선실의 반대편 벽에 기댄 채 조용히 푹 쓰러져 있었다. 보거는 어이가 없어서 고개를 저었다. 헬리콥터의 우레와 같은 회전날개 소리에도 불구하고, 시저가 곤히 자는 모습을 지켜보는 것도 충분히 괴로운데, 헤드셋을 통해 그가 더없이 행복하게 코를 고는 소리를 들어야 하는 일은 그야말로 어처구니가 없었다.

그들 아래의 흐릿한 바닷물이 점점 느리게 지나가더니 헬리콥터가 왼쪽으로 기울기 시작했다. 헬기가 다시 균형을 잡는 사이, 보거는 아래에 있는 배의 모습을 얼핏 볼 수 있었다. 드디어 도착했다.

미 해군 함정인 보디치호는 해군의 해양 연구선 중 하나로 음향, 생물학, 물리 및 지구물리학적 해양 조사를 위한 연구를 수행하고 있었다. 100미터에 이르는 인상적인 길이에다 선체가 순백색인 그 함정은 해군의 해상수송 사령부에 속해 있는 여섯 척의 '특별 임무' 선박들 중 하나였다.

헬리콥터가 착륙장 위에 부드럽게 내려앉자마자, 보거 옆에 있는 미닫이문이 열렸다. 헬멧과 고글을 착용한 어떤 하사관의 얼굴이 나타났다. 그들 머리 위에서 들리는 강력한 회전날개 소리가 서서히 줄어드는 가운데 세 사람은 허리를 굽히고 짧은 계단을 내려갔다.

보거는 여전히 몸을 구부린 채, 회색 갑판을 가로지르는 클레이와 시저를 따라 배의 함교로 이어지는 두 개의 층계를 올라갔다.

그들은 함교 안으로 들어가자, 키가 크고 군살이 없는 크록스타드 함장이 세 남자 모두에게 고개를 끄덕였다.

"제군들, 보디치호에 탑승한 걸 환영하네."

"감사합니다." 세 사람은 거의 동시에 말했다. 클레이가 앞으로 나서며 손을 내밀었다. "태워주셔서 감사합니다, 함장님."

크록스타드는 클레이와 눈을 맞추며 악수를 했다. "명령이잖아."

클레이는 그 말이 크록스타드의 농담이기를 바랐다. 그는 함장이 실제로 랭포드 제독과 오랜 친구였으며, 여러모로 '힘든' 상황에서 벗어나기 위해 연구선으로 사실상 '은퇴'했다는 사실을 알고 있었다.

문제의 핵심은 크록스타드가 지난 30년 동안 공식적이든, 비공식적이든 수많은 해군의 급습 작전을 겪어왔다는 점이었다. 많은 단련된 고위 장교들이 그렇듯, 그 역시 전투가 대부분의 문제에 대한 해답이 아니라고 판단했다. 정치인들은 결코 이해하지 못하는 것 같았다. 크록스타드 또한 해군에 몸담은 지 오래되었고, 솔직히 말해 활동적인 지휘권을 포기할 생각은 없었다. 그들이 그에게서 그것을 빼앗기 전까지는.

함장은 옆에 서 있는, 하얀색 셔츠와 치마를 깔끔하게 차려입은 젊은 여성 장교를 향해 돌아섰다. "이쪽은 우리의 기술 장교인 닐리 로튼 중령이네. 자네들을 숙소로 안내하고 필요한 모든 걸 도와줄 거야. 헬기가 떠나는 즉시 다시 항행을 시작하겠네." 그가 시계를 흘끗 보았다. "내일 아침까지는 상륙해야 하니까."

그들은 함장에게 다시 감사의 인사를 표하고 로튼 중령에게 고개를 끄덕였다. "반갑습니다, 신사분들." 그녀가 말했다. "저와 같이 가시죠." 그 말과 함께 그녀는 그들을 지나 세 사람이 방금 들어왔던 문을 당겨 열었다.

세 사람은 그녀를 따라 층계 하나를 내려가서 중앙 갑판으로 간 다음 좁은 보행자용 통로를 따라 앞쪽 갑판으로 갔다. 그녀는 그들을 안내하며 여러 개의 복도를 지나 각 선실로 통하는 문들이 있는 복도 끝에 이르렀다.

로튼은 문들을 향해 손짓했다. "편안하게 쉬십시오. 전에 '패스파인더'급 배를 타보신 적 있습니까?"

스티브 시저는 까만 콧수염 아래 그가 자랑하는 이탈리아인의 미소를 번뜩였다. "물론이죠."

로튼은 돌아서려다 멈칫했는데 뒤늦게 시저의 미소를 깨닫고 다시 쳐다보았다. 거의 알아챌 수 없을 정도로 이맛살을 찌푸리고 말을 이었다. "그러면 배의 배치를 알고 계시겠군요. 저는 오후 내내 연구실에 있을 겁니다. 배가 고프시면 구내식당을 이용하시면 됩니다. 조리사가 두어 시간 더 그곳에 있을 테니 여러분에게 뭐든 기꺼이 만들어 드릴 겁니다."

남자들은 그녀에게 고맙다는 인사를 한 후, 로튼이 돌아서서 좁은 통로를 따라 걸어가는 모습을 지켜보았다. 그녀가 시야에서 사라지자, 클레이는 얼굴을 찡그리며 시저를 쳐다보았다.

"네가 바라던 반응은 아니네?" 그는 시저의 등을 철썩 때렸다. "네 미소가 슬슬 매력을 잃어 가는 것 같아."

시저는 코웃음을 쳤다. "그럴 리가!"

* * *

이른 점심 식사를 마치고 남자들은 연구실을 방문했다. 그곳은 배의 중심부에 자리했고 중앙 갑판에서 가장 큰 구획 중 하나였다. 연구실은 서너 개의 작은 창문만 있었지만, 천장에 있는 수십 개의 형광등 불빛 덕에 환하게 밝았다. 벽은 선체와 잘 어울리는 밝은 회색으로 칠해져 있었고, 유리문이 달린 선반들이 늘어서 있었다. 탁자들 위에는 과학용 장비와 컴퓨터가 가득했다.

로튼 중령은 연구실 한쪽, 의자에 앉아 있는 두 명의 연구원 너머에 서 있었다. 세 사람 모두 탁자 위에 단단히 고정된 커다란 컴퓨터 모니터를 들여다보았다. 화면에는 해저의 삼차원 위상 배치도가 띄워져 있었는데, 밝은 오렌지색 점들이 지도 전체에 균일하게 퍼져 있었다.

시저는 밝은색 타일 바닥을 가로질러 그녀 옆에 멈춰선 다음 그들 사이에 끼여 모니터를 들여다보았다. "이게 뭐죠?"

로튼은 화면에서 눈을 떼지 않았다. "우리가 동부 카리브해에 배치하고 있는 새로운 배열의 일환입니다. 오래된 수중 청음기와 비슷하지만, 이것들은 능동적 수중음파탐지 기술을 바탕으로 하고 있죠. 훨씬 더 민감하고 범위도 훨씬 더 넓습니다."

"얼마나 많이 배치했나요?" 클레이가 물었다.

그녀는 몸을 바로 세우고 돌아섰다. "지금까지 수천 평방킬로미터에 달합니다. 지금도 시험을 거치며 미세하게 조정을 하고 있으니까, 몇 년 안에 이 지역에 있는 구명보트보다 더 큰 물체는 모두 감시할 수 있을 겁니다."

시저는 씁쓸한 표정으로 클레이와 보거를 바라보았다. "포렐을 포착하는 데 이걸 이용할 수도 있었을 텐데."

"브라질 해역에서 발견된 그 러시아 잠수함 말인가요?" 그녀가 물었다.

"맞습니다."

"그 잠수함이 어느 방향에서 왔는지 혹시 아십니까?" 로튼이 물었다.

"논란의 여지가 좀 있죠." 시저가 씩 웃으면서 말했다.

"그걸 물어보시는 걸 보니 이쪽 포진을 통과한 것 같지 않습니다." 클레이는 불현듯 포렐에 대해 생각했다. "만약 그랬다면 무슨 일이 벌어졌을지 흥미로웠을 텐데요. 우리는 그 잠수함이 강력한 능동적 소음 저감 시스템을 탑재하고 있는 걸 알아냈습니다. 그게 추진 장치의 소음을 제거하는 데 사용되었다고 추정하고 있죠. 하지만 지금은 수중 음파탐지기에서 나오는 음파와 비슷한 효과를 내는 게 아닐까 궁금해 하고 있습니다."

보거의 눈이 번뜩였다. "와. 그 생각은 못해봤네. 만일 그 스피커들이 잠수함 전장을 따라 설치되어 있다면… 정말 놀라운 일인데."

시저는 뒤쪽에 놓인 두 개의 생물학적 안전 표시가 있는 보관함을 눈여겨보았다. 그것은 초멸균 실험 환경을 제공하는 데 사용되고 있었다. "저, 로튼 중령님, 전공을 물어봐도 괜찮을까요?"

"생물학. 정확히 말하자면, 시스템 생물학입니다. DNA, 단백질, 복합체…, 뭐 그런 것들이죠. 이 배에는 두 명의 생물학자가 타고 있는데 둘 다 생화학자입니다. 우리 과학팀 나머지 분들은 지질학자, 해양학자, 해양 생태학자들로 구성되어 있어요. 기술팀은 전자기기, 음향 및 영상 그리고 몇몇 다른 분야를 다루고 있고요. 전반적으로 우리 팀에는 다방면에 걸쳐 뛰어난 분들이 많이 있습니다."

"확실히 그런 것 같네요."

"말이 나왔으니 말인데, 여러분들이 이곳에 도착한 걸 보고 모두가 약간 궁금해 하고 있습니다. 그 잠수함은 브라질에 있는 걸로 아는데 왜 우리가 가이아나로 가는 거죠?"

"모르시나요?" 클레이가 놀란 듯 물었다.

금발머리를 허리 아래까지 늘어뜨린 로튼은 진지한 표정으로 머리를 흔들었다. "아뇨. 우리가 아는 건 프로젝트 중간에 철수 명령을 받았다는 것 뿐이에요, 별다른 설명도 없어요. 여러분들을 승선시킬 준비를 하고 곧장 가이아나로 향하라는 말만 들었습니다. 여러분들이 상황을 설명해줄 걸로 생각했습니다."

클레이는 시저를 바라보았다. "가이아나 중심부에 중국 초계함이 정박해 있는데, 한동안 아무 활동도 하지 않고 있습니다. 그 함정이 그곳에서 뭘 하고 있는지 알아내는 데 관심을 가진 건 우리뿐만이 아닌 듯 합니다."

"초계함이요?" 로튼이 소리쳤다. "초계함이 대서양에서 뭘 하고 있었던 거죠?"

시저는 어깨를 으쓱했다. "우리도 모릅니다. 신형인데다 어느 정도 레이더를 피할 수 있도록 선체가 설계되어 있어요. 그런데 이 초계함을 러시아 잠수함이 감시하고 있었어요."

"그곳에 얼마나 오래 머물러 있었죠?"

보거가 목소리를 높였다. "아르고스에서 얻은 자료를 보면 적어도 몇 달 정도는 있었어요."

로튼은 깜짝 놀라며 보거를 쳐다보았다. "아르고스에 접속할 수 있어요?"

"우린 가능합니다."

"부럽네요. 그 데이터를 가지고 있나요?"

보거는 그녀에게 미소를 지었다. "물론이죠. 보여드릴까요?"

"부탁드려요."

컴퓨터 사용을 허락받은 보거는 자신의 외부 드라이브에 있는 데이터 자료에 접속한 후 랭포드와의 영상 회의 때 그가 사람들에게 보여주었던 하늘에서 찍은 상세한 사진들 몇 장을 불러들였다.

모두가 하늘 높이에서 초계함을 찍은 사진을 자세히 살펴보고 있을 때, 로튼은 보거가 잠시 쓰고 있는 와이드스크린에 좀 더 가까이 몸을 기울였다. "얼마나 가까이 확대할 수 있죠?"

"아주 가까이요." 보거는 마우스를 이용하여 사진을 점점 확대했고, 어느 정도 확대를 멈춘 다음 사진의 위치를 다시 조정하여 배가 한가운데 보이도록 했다. 사진의 화질은 믿을 수 없을 정도로 놀라웠다. 마치 배 위에 서 있는 것처럼 대함 무기가 선명하게 보였다.

"와." 그녀가 중얼거렸다.

"아르고스는 정말 인상적이죠."

"제가 하고 싶은 말이네요." 로튼은 회전된 사진을 제대로 보기 위해 고개를 갸웃거렸다. 그녀는 시간과 날짜가 표시된 오른쪽 하단 구석을 힐끗 보았다. "한낮인데," 그녀가 말했다. "모두 어디 있죠?"

"좋은 질문이에요. 아직 자세히 검토할 시간은 없었지만, 지금까지는 상부 갑판에서 아무도 보지 못했어요."

"배의 수리를 위해 들어온 것으로 알려졌는데," 시저가 몸을 바로 하고 팔짱을 꼈다. "지금까진 어떤 손상이나 수리 장비도 보이지 않았죠."

시저 옆에 있던 닐리 로튼도 허리를 폈다. "수리를 위해 그곳에 있는 게 아니에요."

클레이와 시저는 서로를 바라본 다음 다시 그녀를 쳐다보았다.

"가이아나에는 저 정도 크기의 배를 수리할 만한 시설이 없어요. 그곳에 가본 적 있거든요. 수도인 조지타운은 오히려 소매 및 행정 중심지에 가까워요. 이름이 알려진 것도 카리콤(CARICOM, Caribbean Community의 약자로 1973년 발족한 카리브해 15개 회원국의 경제 관계와 외교 정책을 위한 협력 기구) 본부가 그곳에 있기 때문이죠."

"그렇다면 다른 목적을 위해 있다는 건데." 시저가 중얼거렸다. "가이아나의 주요 자원은 뭐죠?"

"쌀과 설탕 수출." 클레이가 은근슬쩍 대답했다.

"쌀과 설탕?"

"그리고 약간의 목재와 금도. 하지만 중국 측이 노리는 게 그거라면 화물선을 가지고 왔을 거야, 전함이 아니라. 그 말은…."

"아마 뭔가를 지키고 있다는 얘기겠지." 시저가 마무리지었다.

"배에 아무도 없는데도?" 보거는 앞으로 숙이며 다른 날에 촬영한 동일한 사진들을 훑어보았다. 각 사진은 모두 똑같아 보였다. 몇 장만 구름에 가려져 있을 뿐이었다. 모두들 보거가 뒤쪽 날짜로 계속 거슬러 올라가는 것을 지켜보았다. 보거가 어깨 너머로 고개를 돌렸다. "버려진 게 아닐까?"

클레이는 고개를 저었다. "이런 배는 아니에요."

로튼은 생각에 잠긴 채 지켜보았다. "오늘 날짜로 되돌릴 수 있어요?"

"물론이죠." 보거는 요청에 응하며 가장 최근 이미지로 되돌아왔다.

"이제 다시 뒤로 돌아가 주세요, 일 분당 한 시간 정도 빠르기로요."

마우스를 몇 번 클릭하자 영상은 빠른 속도로 진행되기 시작했다. 선체의 밝기가 구름 조각들 때문에 여러 번 어두워졌다. 그들은 몇 분 동안 조용히 서서 지켜보고 있었지만, 여전히 사람의 흔적은 보이지 않았다. 저녁이 가까워지면서 영상 전체의 해상도가 어두워지기 시작하는 것을 볼 수 있었다.

일 분도 채 지나지 않아 영상은 거의 완전히 어두워졌다. 유일한 예외는 소박한 도시인 조지타운에서 나오는 희미한 불빛으로, 하나둘씩 빛을 발하고 있었다.

"정말 이상하네요." 로튼이 말했다. "왜 우리 과학선을 중간에 가로챘는지 알 것 같아요."

시저가 씩 웃었다. "이제야 우리가 한 배를 탄 것 같네요."

보거는 의자를 빙글 돌리고 그들을 마주보았다. "아르고스에서 더 많은 데이터를 얻을 수 있는지 확인해보고 좀 더 거슬러 올라가 볼게. 그 배가 처음 도착했을 때부터 확대해 볼 수 있다면 무슨 일이 있었는지 알아낼 수 있을 거야."

"그리고 포렐이 어디에서 왔는지도."

"맞아."

"내 생각엔 포렐 잠수함이 저 초계함을 쫓아왔을 것 같아. 뭔가 수상한 일이…." 보거는 클레이와 시저의 표정이 변하는 것을 알아차리고 갑자기 입을 다물었다. 그들의 눈이 휘둥그레졌고 닐리 로튼도 마찬가지였다. 세 사람 모두 보거 뒤에 있는 화면을 응시하고 있었다. 보거가 모니터를 향해 획 돌아서자마자 그의 두 눈은 누구보다 더 커졌다. "와우!"

위성을 통해 보는 듯한 영상은 여전히 재생 중이었고, 어둠이 깔리기 시작한 지 두 시간이 경과할 무렵이었다. 바로 그때 상황이 바뀌었다. 어둠이 깔린 지 두어 시간 만에 이 수수께끼 군함 주변이 마치 크리스마스트리처럼 밝아졌다.

20

"디앤이 뭘 한다고?" 크리스 라미레즈는 입이 떡 벌리며 보트의 푹신한 긴 좌석에 털석 주저앉았다.

앨리슨은 심호흡을 하고 어깨를 으쓱했다. "가겠대."

켈리 칼슨도 깜짝 놀란 표정을 지으며 선장용 의자에 몸을 기댔다.

그 보트는 16미터짜리 쌍동선(선체 두 개를 연결한 빠른 범선)이었다. 앨리슨은 여전히 정부를 그다지 좋아하지 않았지만, 정부의 후한 자금 지원은 확실히 도움이 되었다. 그 덕분에 앨리슨과 연구원들은 낡은 보트를 더 크고 성능이 좋은 모델로 교체할 수 있었다. 항속 거리도 더 길고 기계적인 말썽도 조금 덜한 것으로 말이다. 무엇보다 공간이 넓어서 연구원들이 마치 정어리처럼 비좁게 느끼지 않고 더 오래 바다에 머무를 수 있었다.

"그럼 디앤이 그냥 가도록 내버려두자는 거야?" 크리스가 충격을 받은 듯 물었다.

"지금 당장은 디앤을 막을 수 없어, 그렇잖아?"

"앨리." 크리스가 근심 어린 표정으로 말했다. "난 남아메리카에 가 본적 있어. 파라과이에서 평화봉사단과 함께 거의 삼 년을 보냈다고."

"알아."

"내가 말하지만, 남아메리카는 위험한 곳이야. 대도시에 머무르지 않으면 정말 위험해!"

앨리슨은 아무 말도 하지 않았다. 예전에 크리스가 그녀에게 들려주었던 이야기들을 기억했다. 특히 그들의 야영지가 습격당한 어느 날 밤, 크리스의 동료들 몇몇은 거의 납치될 뻔했고, 다른 단체의 한 젊은 여성은 파라과

이 군인 두 명에게 성폭행을 당했다는 이야기. 생각하는 것만으로도 그녀는 속이 메스꺼웠다.

켈리는 팔짱을 끼고 한 발을 들어 의자의 맨 아래 가로대에 올려놓았다. "그 억만장자에 대해 얼마나 알고 있죠?"

"보면 알지. 그리고 분명 진실해 보였어."

"환장하겠군." 크리스가 머리를 흔들며 중얼거렸다. 그는 디앤이 얼마나 의지가 강한 사람인지 잘 알기 때문에 다른 방법을 취하기로 했다. 실현 가능성. "디앤이 둘세와 어떻게 대화를 할 수 있겠어?"

"리와 후안이 특별 조끼를 만들고 있는 중이야. 독립적으로 사용할 수 있는 걸로."

"말도 안 돼." 크리스는 눈을 굴렸다. "모든 걸 천 번 정도 시험하는 사람들이?"

"그 조끼를 시험해 볼 거야… 물론 가면서 해야 되겠지만."

"도대체 그걸 어떻게 하겠다는 거야?"

앨리슨이 입술을 깨물었다. "후안이 디앤과 같이 갈 거야."

"뭐라고?"

"후안이 함께 갈 거라고. 그 친구가 조끼가 제대로 작동하는지 확인할 거래. 제발 오래 걸리지 않아야 할 텐데."

"그럼 우리는 여전히 더크, 샐리랑 같이 갈 수 있는 거야?"

"그래, 하지만 대신 우리는 금요일에 떠날 거야."

크리스는 고개를 돌리고 믿을 수 없다는 표정을 지으며 켈리를 바라보았다. 켈리는 얼굴을 찌푸렸지만 아무 말도 하지 않았다. "분위기를 망치고 싶진 않지만," 크리스가 말을 꺼냈다. "너와 나는 둘 다 가야 해. 켈리는 선장이야, 그녀가 없으면 우리가 떠날 수조차 없으니 가야 하고. 리도 기술 전문가니까 가야 하고. 그럼… 정확히 누가 남아서 이곳을 지켜?"

"브루나."

"브루나? 걔는 알바생이잖아."

"그녀가 매일 출근할 수 있다고 했어. 그리고 만약 문제가 생기면 언제든지 정비 직원들을 부르면 돼." 앨리슨은 크리스의 이런 반응을 예상하고 있었다. 몇 달 동안 그와 켈리는 더크, 샐리와 함께 신기원을 이룰 항해의 세부 계획을 공들여가며 열심히 세웠다. 문제가 될 만한 모든 사항을 검토했는데, 막판에 이르러 변경한다면 어떤 종류의 문제들이 일어날지 알 수 없었다. 가장 분명한 것은 IMIS는 말할 것도 없고, 연구 센터가 거의 완전히 방치된다는 점이었다. 그리고 후안이 없다면, 백업용 저장 장치를 확인하고 교체할 사람도 없다는 뜻이다. 그 일은 얼마 전에도 그들이 위기에서 모면할 수 있었던 중요한 작업이었다. 또한 후안은 연구원들이 먼 바다에서 심각한 문제에 처할 경우를 대비해 대기하기로 되어 있었다.

크리스는 다시 고개를 저었다. "이건 진짜 문제가 될 수 있어, 앨리."

앨리슨은 두 손을 허리에 얹었다. "그래, 그럼 내가 어떻게 했으면 좋겠어? 디앤에게 전자 발찌를 채우고 못 가게 막을까? 그냥 가둬놓는 방법도 있겠네!" 그녀는 일어서서 그를 노려보았다. "내가 할 수 있는 건 아무것도 없어. 그리고 뭔가 하고 싶지도 않아! 디앤은 친구를 걱정하고 있어, 크리스. 디앤은 너무 늦기 전에 친구를 도울 수 있기만 간절히 바라고 있다고. 우리 중 누가 디앤에게 그렇게 하지 말라고 진심으로 말할 수 있겠어?"

크리스는 시무룩한 표정으로 창피한 듯 눈을 떨구었다. "없어, 당연히 없지. 우리도 똑같이 했을 테니까." 그는 그녀를 올려다보았다. "미안해." 잠시 후 그가 자리에서 일어났다. "디앤은 우리의 지지가 필요할 거야. 그녀를 도와주고 난 다음 계획을 다시 짜보자고."

앨리슨은 마침내 안도의 숨을 내쉬었다. "고마워."

* * *

오래된 사탕수수 밭 위에 지어진 푸에르토리코의 메르세디타 공항은 폰세에서 5킬로미터, 연구 센터에서는 15킬로미터쯤 떨어진 곳에 위치해 있었다. 그 공항은 2차 세계대전 중 확장된 이후 현재 매년 십만 명 이상의 승객이 이용하고 있었다.

마테우스 알베스의 걸프스트림 G550기는 공항 북쪽에 마련된 넓은 전용 구역을 대부분 차지한 채 밝은 태양 아래에서 대기하고 있었다. 비행기의 출입문은 열린 상태였고 짧은 계단이 연결되어 있었다. 얼마 후 알베스가 탄 고급스러운 검은색 세단이 도착했다. 운전사는 재빨리 운전석에서 나와 뒷문을 열었다. 운전사가 서서 기다리는 사이, 알베스와 그의 비서인 캐롤라이나가 차에서 내려 무더위 속으로 나왔다.

그들은 곧바로 콘크리트로 된 주차장을 가로질러 비행기 계단 쪽으로 향했다. 알베스가 계단을 올라가 안락하고 냉방이 잘 된 걸프스트림의 선실 안으로 들어섰고, 그때 그의 휴대폰이 울리기 시작했다.

그는 시원한 에어컨 통풍구 바로 앞에 서서 주머니에 들어 있는 작은 전화기를 꺼냈다. "여보세요?"

"알베스 씨," 상대방의 목소리가 들렸다. "디앤 드레이퍼예요. 당신과 같이 가기로 결정했다는 소식을 알려주고 싶었어요."

"아주 좋은 소식이군요, 드레이퍼 양." 그는 몹시 흥분한 듯 대답했다. "그 말을 들으니 정말 기쁩니다. 준비하시는 데 얼마나 걸리겠습니까?"

"내일 아침엔 그곳에 도착할 수 있을 것 같아요."

알베스는 깜짝 놀랐지만, 겉으로 드러내지는 않았다. "당신과 동료 분들에게 정말 감사드립니다. 제가 도와드릴 일이 있을까요? 자동차라도 보내드리면 어떨까요?"

"공항까지 가는 건 괜찮습니다. 하지만 몇 가지 필요한 게 있습니다. 우선 20킬로그램 정도 음식이 필요합니다. 모두 야채들로요. 푸른잎채소는 대부분 괜찮고, 케일과 셀러리도 될 수 있는 한 많이 부탁드려요. 그리고 딸기류도요."

"알겠습니다." 알베스가 대답했다. "다른 건 필요 없습니까?"

"있어요. 큰 우리가 필요해요. 고릴라는 낯선 환경에서 매우 흥분하는 편이라서 둘세가 여행하는 동안 들어가 있을 우리가 필요해요. 그리고 그 안에 앉아 있을 수 있도록 부드러운 방석 같은 게 있었으면 해요. 제가 암컷 고릴라 옆에 앉아 있어야 하거든요."

알베스는 고개를 끄덕였다. "네, 알겠습니다. 방법을 찾아 부탁하신 것을 마련해 놓도록 하죠. 당신과 고릴라를 맞이할 준비를 해놓겠습니다."

"실제로는 셋이 갈 겁니다. 우리 엔지니어 한 명도 따라갈 거예요."

"잘됐군요. 엔지니어 한 분이 함께 간다니 다행입니다. 그러면 당신과 그분, 고릴라, 이렇게 셋을 위한 준비를 해놓겠습니다. 다른 필요한 것이 있으면 주저하지 말고 전화 주십시오."

"그 정도면 될 것 같아요." 디앤이 대답했다. "큰 우리를 구하는 일만 해도 몹시 바쁘실 거예요."

알베스가 껄껄 웃었다. "그럼 알겠습니다, 드레이퍼 양. 곧 뵙도록 하죠. 다시 한 번 감사드립니다."

그는 전화를 끊고 다시 주머니에 집어넣었다. 그는 캐롤라이나를 힐끗 쳐다본 후 하얀색 가죽 의자들과 소파 세트 너머 객실 뒤쪽에 있는 네모난 물체를 바라보았다.

커다란 우리 하나가 이미 설치되어 있었다.

21

"도대체 저게 뭐지?"

모두가 화면을 뚫어지게 쳐다보며 무엇을 보고 있는 건지 의아해했다. 중국 초계함이 밝은 불빛에 휩싸이며 갑자기 밝아졌다. 사람들이 갑판 아래로부터 나타났고 긴 건널 판자 하나를 부두 쪽으로 재빨리 내리는 모습을 볼 수 있었다.

그러나 정작 당혹스러운 것은 해안에서 이 킬로미터쯤 떨어져 있는 울창한 정글에서 나타난 한 줄기의 불빛들이었다. 불빛의 정체는… 차량들의 전조등이었다.

보거는 영상을 최대한 확대했다. 각 전조등 불빛이 바로 앞에 있는 차량들을 밝게 비추었다. 트럭들이었다.

닐리 로튼의 연구원들까지 가세하여 지켜보는 사이 트럭들은 건널 판자 바로 앞까지 후진했다. 곧이어 배에서 내려온 남자들이 트럭에서 수십 개의 상자들을 하나씩 꺼내 배의 갑판 아래 선창으로 운반했다.

"뭘 하고 있는 거지?"

"뭔가를 내리고 있어요." 클레이가 머뭇거리듯 말했다.

15분 만에 그 작업은 끝났다. 상자들의 이송이 완료되자 밝은 불빛들이 갑자기 사라졌다. 남은 불빛이라곤 트럭 여섯 대의 전조등뿐이었고, 그 트럭들은 연료를 급유한 다음 다시 암흑 같은 정글 속으로 되돌아갔다.

클레이와 시저는 시선을 교환했다. "평범한 일은 아닌 것 같은데."

클레이는 보거를 돌아보았다. "이런 일이 얼마나 오랫동안 벌어졌는지 알아봐주세요." 그는 다시 시저를 돌아보았다. "랭포드에게 연락해야겠어."

＊ ＊ ＊

랭포드 제독은 직업 군인으로 복무하며 온갖 일을 겪었기에 웬만해선 놀라는 편은 아니었지만, 클레이와 시저는 자주 그를 놀래게 만들곤 했다.

"농담 아니지?" 랭포드는 몸을 숙이며 전화기를 귀에 바싹 갖다 댔다.

"아닙니다, 제독님." 클레이가 대답했다.

"상자에 뭐가 들어 있는지 짐작 가는 게 있나?"

클레이는 전화기 건너편에서 고개를 저었다. "없습니다, 제독님. 보거가 이미지를 확대할 수도 있겠지만, 상자들이 봉인된 것처럼 보였기 때문에 더 많은 것을 알아낼 수 있을지는 모르겠습니다."

"수량이 어느 정도였나?"

"48개입니다."

"정리를 해보세. 어떤 군함 한 척이 조지타운 부둣가에 하루 종일 아무것도 안 하고 정박해 있다가 한밤중에 뭔가를 비밀스럽게 받아서 배에 실었단 말이지, 그것도 정글에서 가져온 물건을."

"대충 그렇습니다. 보거가 지금 시간대별 자료를 확보하기 위해 작업 중입니다. 아르고스 위성에서 데이터를 받는데 시간이 좀 걸린 답니다. 우리가 아는 한, 초계함과 포렐 잠수함 모두 이곳에 온 지 꽤 된 것 같습니다."

랭포드는 몸을 뒤로 기대며 생각했다. "일이 점점 이상해지고 있군. 좋아, 가능한 한 빨리 상황을 파악해봐. 내일 아침 다시 전화해서 새로운 상황을 보고하게. 내일 보안회 때 이 이야기를 꺼낼 필요가 있겠어. 왠지 느낌이 별로 좋지 않을 거라는 생각이 드는군."

"네, 제독님. 내일 새벽 즈음엔 가이아나 가까이 가 있을 겁니다."

"좋아." 랭포드는 고개를 끄덕였다. "자네와 시저는 상륙할 준비를 확실히 해두게. 그리고 그 배에 무엇이 실려 있는지 알았으면 하네."

22

크리스와 앨리슨은 대형 승합차를 걸프스트림 제트기 바로 앞에 세우고 문 앞에 서 있는 마테우스 알베스를 보았다. 알베스는 자신의 뒤를 바짝 뒤따르는 비서와 함께 흥분한 듯 계단을 내려가기 시작했다.

앨리슨은 차에서 내리고 뒤로 한 걸음 물러선 후 옆면의 큰 문을 당겨서 열자, 문은 부드럽게 뒤쪽으로 미끄러졌다. 잠시 후 디앤의 머리가 안쪽에서 나타났고 그녀는 차에서 내렸다. 그녀의 손에는 사슬이 들려 있었는데, 고릴라가 호기심 어린 눈으로 바깥을 엿보는 순간 그 사슬이 둘세의 목걸이에 부착되어 있는 것이 드러났다. 디앤은 곧바로 안으로 손을 뻗어 둘세를 품에 안은 다음 몸을 돌리고 비행기를 바라보았다.

안타깝게도 그녀가 기존에 사용하던 통역용 조끼를 센터에 두고 왔기 때문에 의사소통할 방법이 없었다. 둘세에게 그들이 어디로 가는지를 설명한 후, 작은 고릴라는 몹시 흥분한 상태가 되었다. 그녀는 도와주고 싶었지만, 동시에 새로운 친구를 사귈 수도 있겠다는 생각에 똑같이 들떠 있었다. 둘세는 원숭이를 포함한 다른 영장류를 알고 있긴 했지만, 그건 멕시코에서 끔찍한 생활환경에 있을 때였다. 아직도 암컷 고릴라가 어떤 정신적 외상이나 인지적 연관성을 가지고 있는지는 전혀 알 수 없었다. 공황 상태에 빠진 동물들, 특히 고릴라는 예측하기가 매우 어려웠다. 둘세는 준비 과정 동안 비교적 차분해 보였다. 지금은 둘세가 대형 비행기를 불안한 눈으로 관찰하는 모습을 지켜보면서 디앤은 자신이 실수하고 있는 게 아닌가 하는 생각이 들었다. 특히 둘세가 두 팔로 자신을 꼭 끌어안는 것을 느끼자 더욱 그런 기분이 들었다.

둘세 뒤로 후안이 새로 만든 통역용 조끼가 들어 있는 중간 크기의 골판지 상자를 들고 차에서 내렸다. 다른 한 손에는 옷가지들과 컴퓨터 장비가 가득 들어찬 커다란 여행용 가방을 끌고 있었다.

운전석에서 내린 크리스는 승합차 뒤에서 디앤의 여행용 옷가방 두 개를 꺼내서 사람들 쪽으로 움직였다.

알베스와 캐롤라이나는 계단 맨 아래에 멈춰서 정중하게 기다리고 있었다. 앨리슨이 디앤을 돌아보았다.

"이번 일에 대해 정말 확신하는 거죠?"

"그래." 디앤은 둘세의 작고 복슬복슬한 머리 너머를 보며 대답했다. "우린 금방 돌아올 거야."

앨리슨은 미소를 지었지만 대답하지 않았다.

"걱정 마, 앨리. 오래 걸리지 않을 거야. 우리 집은 여기니까."

앨리슨은 미소를 잃지 않고 손으로 둘세의 머리를 부드럽게 쓰다듬었다. 작은 고릴라는 가르랑거리며 뭐라고 말했지만, 무슨 말인지 알아들을 수 없었다. 그녀는 디앤을 바라보며 앞으로 나아가 두 팔로 디앤과 암컷 고릴라를 감싸 안았다.

"보트의 위성전화 번호 가지고 있죠?"

"물론이지."

크리스가 가방 두 개를 끌며 그들 옆으로 다가왔다. "모두 준비됐어요?"

모든 시선이 디앤에게 쏠렸고 그녀는 둘세를 내려다보았다. 그 둘은 아스팔트 바닥을 가로지르며 걸어갔다.

그들이 비행기로 가까이 다가가자, 한 남성 승무원이 나타났고 재빨리 계단을 내려와 그들의 짐가방을 받아주기 위해 기다렸다.

마테우스 알베스는 그들이 다가오자 따뜻한 미소를 지으며 둘세를 내려다보았다. "어서 오세요, 드레이퍼 양. 당신의 도움에 진심으로 감사를 드립니다. 요구하신 것은 다 마련해 놓았으니 편안하게 지냈으면 합니다."

"고맙습니다." 그녀가 말했다. "후안 디아즈를 소개할게요, 우리 센터의 컴퓨터 달인이죠."

알베스는 가지런한 치아를 드러내며 다시 미소를 지었다. "반갑습니다, 디아즈 씨. 함께 가게 되어서 정말 기쁩니다."

"별말씀을요. 드레이퍼 양을 위해 뭐든 돕겠습니다."

알베스가 웃었다. "고맙군요." 그런 다음 그는 앨리슨에게 돌아섰다. "쇼 양, 당신과 연구원들이 하는 일에 방해가 될 텐데 허락해줘서 다시 한 번 고맙다는 말을 하고 싶습니다. 넓은 아량에 그저 감사할 따름입니다."

앨리슨은 미소를 지으며 악수를 했다. 그는 그녀에게 선택의 여지가 없었다는 것을 알지 못했을 것이다.

남성 승무원은 크리스에게서 가방을 받아들고 곧바로 계단을 올라간 후 비행기 안으로 사라졌다.

알베스는 자신의 두 손을 마주 잡았다. "떠날 준비 되셨나요?"

"우린 됐습니다." 디앤은 돌아서서 앨리슨에게 윙크를 한 후 캐롤라이나를 따라 계단을 올라갔다. 후안이 그들의 뒤를 따랐고, 알베스는 앨리슨, 크리스와 함께 서 있었다.

"우리는 곧 돌아올 겁니다, 쇼 양. 약속하죠."

알베스는 눈에 띌 정도로 힘들게 그들을 쫓아 계단을 올라갔다. 마지막 손인사와 함께 하얀 금속 출입문이 당겨지며 닫혔다.

* * *

디앤은 우리의 크기를 보고 뜻밖으로 기분이 좋았다. 생각했던 것보다 더 커서 비행하는 동안 둘세가 꽤 편안하게 지낼 것 같았다. 이륙 후, 디앤은 소파에서 슬며시 일어나 우리의 창살 안으로 조심스럽게 손을 뻗었다.

둘세는 까무잡잡한 손으로 재빨리 디앤의 손을 붙잡았다.

알베스는 그 옆 가죽 의자에 앉아 둘 사이의 애정을 관찰하고 있었다. "암컷 고릴라가 당신을 사랑하는군요."

디앤은 미소를 지었지만 돌아보지는 않았다. "서로 사랑하는 거죠."

"그래 보입니다." 알베스는 몸을 앞으로 기울였다. "죄송합니다만, 유감스럽게도 나는 당신의 연구 프로그램에 대해 루크가 알았던 만큼 잘 알지는 못합니다." 그는 갑자기 말을 멈추고 방금 했던 말을 바로잡았다. "아니, 루크가 아는 것만큼요."

디앤은 그 실수에 대해 아무런 반응도 보이지 않았다. "저는 루크가 우리 연구에 관심을 갖고 있는지 몰랐어요."

"아, 제 말이 부적절하게 들렸다면 용서바랍니다. 하지만 내 생각엔 그 친구가 당신의 연구만큼이나 당신을 계속 지켜보고 있었던 것 같아요."

디앤은 갑자기 알베스를 돌아보며 그의 말을 곰곰이 생각한 뒤 다시 시선을 돌렸다. "저는 그 사람이 어디 있는지조차 몰랐어요."

알베스는 이해한다는 듯 어깨를 으쓱했다. "제가 두 분의 기구한 과거에 대해선 거의 모르지만, 루크가 당신을 무척 아끼는 것 같다고 느꼈습니다. 그건 확신합니다."

"이번 일의 가능성이 희박하다는 건 알고 계시죠?" 디앤이 둘세를 향해 손짓하며 말했다. "솔직히 말해서, 그 카푸친 원숭이를 찾는다 하더라도 그 원숭이가 뭔가 중요한 정보를 갖고 있을 거라고는 상상하기 힘들어서요."

알베스의 두 눈이 부드러워졌다. "나도 솔직해져야 할 것 같군요. 전 아이를 가져본 적 없습니다, 드레이퍼 양. 그래서인지 루크를 아주 좋아하게 되었지요. 그가 다른 사람들, 특히 동물들을 보호하려고 하는 열정과 정의로운 행동을 보고 내가 그를 아들로 대하는 것 같은 감정을 느끼게 되었어요. 그 정도의 연민을 가진 청년은 한 번도 본 적이 없습니다. 그 친구의 여러 신념들이 나를 일깨웠죠, 내가 애초에 그 보호구역을 왜 설립하기로 결정했는지 말이죠. 당신은 나보다 훨씬 더 오랫동안 루크를 알고 있었겠지만, 우리의 목표는 똑같습니다. 나는 그 친구를 찾기 위해 무슨 일이든 할 겁니다, 비록 가능성이 희박할지라도 말이죠."

"우리 둘 다 같은 생각이군요."

잠시 침묵이 흐른 뒤, 두 사람 모두 고개를 돌리며 후안이 자신의 좌석 앞에 있는 작은 탁자 위에 새로운 통역용 조끼를 올려놓는 모습을 지켜보았다. 후안은 그 조끼에 전선 두 개를 부착하고 한쪽 전선 끝을 전원 콘센트에 꽂았다. 다른 쪽 전선은 그의 노트북에 꽂았다. 잠시 기다린 후, 그는 작은 화면에 집중하며 타이핑을 시작했다.

리와 후안은 그들이 공항으로 향하기 전 디앤에게 조끼에 대한 설명을 해주었다. 그 조끼는 그녀가 쓰던 이전 모델보다 더 크고 무거웠다. 더 많은 장치를 조끼 안에 설치해야 했으므로 어쩔 수 없었다. 대부분의 하드웨어는 허리 부분에 조심스럽게 배치되어 있었는데, 앨리슨을 위해 설계한 방수용 조끼와 매우 유사한 형태였다.

하지만 디앤이 사용할 새로운 조끼는 배터리가 달랐다. 배터리 용량이 거의 네 배 커진 완전한 자립형 장치였다. 스티브 시저 덕분이었다. 그가 보내준 배터리 시제품은 리튬류의 배터리보다 훨씬 더 높은 에너지 용량을 가지고 있었다. 또 다른 장점은 무선 통신이 필요 없으므로 에너지 소비를 한층 더 줄였다는 점이었다. 대신, 더 작고 느린 프로세서가 둘세와의 직접적인 의사소통을 위한 모든 작업을 수행해야만 했다. 실험실에서 IMIS를 통해 이미 확인된 기존 통역 데이터만을 사용해서 말이다.

두 조끼 모두에서 겪었던 가장 주요한 제약은 바로 '직선 시야'였다. 디앤의 조끼 앞면에는 마이크와 스피커뿐만 아니라 소형 카메라도 설치되어 있었다. 두 조끼 모두 통역을 하기 위해서는 상대를 응시해야만 했다. 돌고래를 관찰하든 고릴라를 관찰하든, 조끼 안에 내장된 컴퓨터가 상대의 표정과 단어를 정확하게 식별해서 통역할 수 있도록 하는 방법은 그것뿐이었다. 앨리슨 역시 방수용 조끼를 수중에서 시험할 때 이미 그로 인한 고충을 경험한 적 있었다. 디앤과 둘세에게서도 같은 한계를 보일 게 분명했다.

후안은 노트북 화면을 살피며 계속 타이핑를 했다. 리나 후안 모두 앨리슨과 디앤을 놀라게 하고 싶지 않았지만, 번역 오류에 대한 우려는 점점 더 커지고 있었다.

후안은 푹신한 의자에 등을 기대고 화면을 따라 아래로 흘러내리는 정보를 계속 지켜보았다. 지금까지는 아무 문제가 없었다. 그가 슬쩍 고개를 드는 순간 다른 사람들이 자기를 지켜보고 있는 것을 알아차렸다.

"두어 시간 후에 몇 가지 검사를 더 해야 해요." 후안이 디앤에게 말했다.

디앤은 미소를 지으며 침착해지려고 애썼다. 그 순간 그녀는 자신이 둘세와 함께 범했던 심각한 실수를 깨달았다. IMIS 시스템은 다른 어떤 기술보다도 그녀와 둘세 사이를 통역하는 데 놀라울 정도로 효과적이었다. 그 때문에 디앤은 둘세에게 수화를 몇 단어밖에 가르치지 않았다. 만약 그 조끼에 이상이 생긴다면, 그녀는 둘세와 기본적인 수준의 의사소통도 할 수 없을 것이다. 그녀는 몸이 완전히 굳어버린 듯했다.

설상가상으로 둘세가 우리 안에서 매우 불안해하는 모습을 보이기 시작했다.

23

랭포드 제독은 회의실의 크고 반들반들한 회의용 탁자 한쪽 끝에 앉아 있었고, 멀 밀러 국방장관, 더글러스 바트만 국무장관, 스탠 그리피스 국가 안보보좌관도 함께 자리하고 있었다. 랭포드 뒤에 있는 대형 모니터에는 보거에게서 받은 정지된 위성사진이 드러나 있었다.

"우리가 어떻게 이걸 놓쳤지?" 밀러가 제일 먼저 입을 열었다.

"CIA에 따르면, 초계함을 추적한 분석가가 경험이 부족한 친구라고 합니다. 중국과 베네수엘라가 최근 양국 간 무역협정을 체결한 이후 매우 가깝게 지내고 있는 데다, 베네수엘라에서 군사 훈련을 한다는 성명을 발표했어요. 그 분석가는 초계함이 합동 기동 훈련의 일환이라고 생각한 거죠. 하지만 초계함은 가이아나로 계속 향하다가 기계적인 문제를 보고하고 조지타운에 정박했고, 당시엔 그 해명이 진짜라고 판단했답니다."

"그리고 사 개월 넘게 그냥 그곳에 정박하고 있었단 말인가요?"

랭포드는 고개를 끄덕였다.

"맙소사! 그럼 그걸 확인조차 하지 않았단 말인가요?" 밀러는 랭포드가 미처 대답도 하기 전에 손을 들어올렸다. "내가 한 말은 잊으세요. CIA에 대해 얘기한 거니까."

다른 세 사람은 그 말이 농담이 아니었는데도 크게 웃었다.

바트만이 몸을 앞으로 기울였다. "그 배가 도착하고 나서 얼마 후 수수께끼 같은 잠수함이 나타났습니다. 러시아는 그것을 어떻게 알았을까요?"

"우리도 모릅니다. 우리가 아는 건 중국 전함이 조지타운에 나타났을 때 베네수엘라에서 온 것 같은 장비가 대기하고 있었다는 겁니다."

"트럭과 토공용 장비라…," 밀러가 중얼거렸다. "중요한 문제는 이겁니다… 그들이 정글에서 뭘 가져오고 있느냐?"

그들 모두 커다란 모니터를 다시 바라보았다. 정지된 화면에는 상자들이 초계함으로 이송되는 사진이 확대된 채 나타나 있었다.

"이런 일이 오 주 넘게 벌어지고 있었단 말이죠?" 그리피스가 물었다.

"거의." 랭포드가 노트북의 키 하나를 누르자 영상은 느린 동작으로 재생되기 시작했다.

"마약이 아닐까요?" 밀러가 의견을 제시했다.

그리피스는 고개를 저었다. "마약을 싣는 데 오 주나 걸리진 않습니다."

"맞습니다," 바트먼도 동의했다. "중국은 자국에서 생산하는 마약만으로도 충분합니다. 더 많은 양을 위해서 여기까지 올 필요는 없을 겁니다."

"어쨌든 설탕이 아니란 건 내 장담하지!" 밀러는 비꼬듯 쏘아붙였다.

"그 나라에 또 뭐가 있죠?" 그리피스가 물었다.

바트만은 랭포드를 쳐다보고 있었고 그가 대답하기도 전에 그의 입에서 무슨 말이 나올지 알고 있었다.

"금입니다."

그리피스는 숱이 많은 눈썹을 추켜세웠다. "금?"

바트먼은 그 견해를 곰곰이 생각해보았다. "가이아나는 소규모이긴 하지만 금 수출국입니다. 금은 매우 가치 있는 상품인 데다 이동도 쉽죠. 또한 극도의 보안이 설명될 수도 있습니다."

"잠깐만요." 그리피스가 끼어들었다. "가이아나가 금 수출국이라면 이미 그걸 다른 나라에 팔고 있다는 얘긴데, 왜 중국으로의 선적을 비밀로 유지하기 위해 신경을 쓰고 있을까요?"

랭포드는 어깨를 으쓱했다. "어쩌면 다른 나라에서 알리고 싶지 않은 엄청난 매장층을 발견했을지도 모르죠."

모두 그 가능성을 고려해보느라 방안은 조용해졌다. 중국은 지난 몇 년 동안 전 세계에서 금을 사들이며 비축해왔고, 외국의 광산들도 사들이고 있었다. 그들이 금을 간절히 원하는 이유는 아무도 모르지만, 일부는 중국이 세계 경제에 큰 영향을 끼칠 만한 사건을 계획하는 중이라고 의심했다.

"그렇다면 더 큰 배를 가져오지 않았을까요?" 밀러가 물었다. "화물선 같은 거 말입니다. 그리고 트럭도 더 많이 가져오지 않았을까요? 그랬다면, 그게 뭐든 간에 훨씬 더 빨리 빼낼 수 있었을 텐데 말이죠."

"그러면 훨씬 더 많은 주목을 끌었을 겁니다."

랭포드는 생각에 잠긴 채 앉아 있었다. "반대로 생각하면, 중요하지 않은 것일지도 모릅니다."

"그러니까 가이아나 정부가 아예 신경을 쓰지 않는다는 겁니까?"

"맞습니다."

"아니면," 탁자 반대편에서 바트만이 말했다. "가이아나는 그 일이 신경 쓰이지만, 중국 측에서 거절할 수 없는 제안을 했는지도 모릅니다." 그는 잠시 말을 멈추고 의자에 등을 기댔다. "음, 보디치호를 파견한 건 적어도 나쁜 결정은 아니었어요." 국무장관이 추가로 설명할 필요는 없었다. 미국과 중국의 관계는 최근 몇 년 동안 부드럽게 말해 점점 애매해지고 있었다. 오직 소수만이 균열이 가고 있다는 정확한 표현을 감히 사용했다. 미국 입장에서 가장 해서 안 되는 일은 필요 이상의 군사적 긴장을 조성하는 것이었다. 랭포드가 과학연구선인 보디치호를 보낸 것은 그 때문이었다.

회의용 탁자 위에 있는 전화기가 갑자기 울렸다. 랭포드는 사람들을 힐끗 쳐다본 후 전화기로 손을 뻗었다. "이 주제를 논하는 데 다른 사람이 필요하다고 생각했습니다." 그는 전화기의 버튼을 눌렀다. "랭포드네."

"그녀가 연결되었습니다." 비서의 목소리가 인터폰을 통해 들렸다.

"연결해줘요."

잠시 후, 전화기에서 딸깍 소리가 났다. 랭포드는 헛기침을 한 다음 큰 소리로 말했다. "여보세요? 안녕하십니까, 뢰케 박사님."

"네, 제독님. 뢰케입니다. 늦어서 죄송합니다."

"아닙니다, 괜찮습니다. 제가 보낸 정보를 좀 검토해 보셨습니까?"

"그럼요."

"다행이군요. 회의에 참여할 수 있도록 할 테니 조금만 기다려주십시오." 랭포드는 몸을 앞으로 숙이고 복잡한 전화기 조작판을 잠시 들여다본 후 큰 버튼 하나를 눌렀다. 그는 커다란 모니터를 올려다보았고 캐서린 뢰케의 영상이 큰 모니터 위에 작은 창 형태로 나타났다.

캐서린 뢰케는 자신의 카메라를 빤히 쳐다보았다. 그녀의 옅은 안색과 짧은 적갈색 머리카락이 작은 창 대부분을 가득 채웠다.

"뢰케 박사님, 국무장관인 더글러스 바트만을 소개하죠. 다른 분들은 이미 알고 계실 겁니다."

뢰케는 간결하게 미소를 지었다. "네, 알고 있습니다. 만나서 반갑습니다, 바트만 장관님."

장관이 고개를 끄덕이자 랭포드가 운을 뗐다. "박사님, 우린 지금 조지타운에서 보내온 영상에 대해 논의하던 중이었습니다. 좀 더 구체적으로 말하면, 상자들이 초계함에 실리고 있고 그 상자들 안에는 뭔가가 담겨 있습니다. 마약이나 농산물은 현실적이지 않아 보입니다만, 우린 군인들입니다. 박사님이 전문가시니, 박사님의 의견을 듣고 싶습니다."

캐서린 뢰케 박사는 전 세계에서 가장 큰 과학 연구 부서인 미국 지질조사국의 책임자였다. 그녀는 비교적 최근에 그 부서의 운영 책임을 맡았으며, 얼마 전 꽤 어려운 상황 속에서 랭포드 및 그의 참모들과 협력한 경험이 있었다. 랭포드가 그녀를 높이 평가했고, 대통령 역시 마찬가지였다. 또한 그는 그녀가 함부로 다룰 수 있을 사람이 아니라는 걸 잘 알았다.

뢰케는 심호흡을 하며 자신의 화면으로 제공되는 장면을 살펴보았다. "일단 액체나 가스는 아닙니다. 그랬다면 원통형 용기를 사용했을 겁니다. 또한 마약이 아니라는 데에는 저도 동의합니다. 중국인들이 배에 마약을 실은 채 몇 달 동안 정박해 있을지는 의문스럽네요. 마약이라면 빨리 움직였을 테니까요. 다른 원자재라면, 그 양이 상당해야 할 겁니다. 하지만 저것들은 그렇지 않아 보입니다, 특히 중국을 생각한다면 말이죠."

"금 같은 원자재는 어떻습니까?" 랭포드가 물었다.

그녀는 인상을 쓰며 생각에 잠겼다. "금은 원자재라기보다는 화폐입니다. 그리고 남아메리카에서는 많은 채굴이 진행되고 있습니다. 아마 아닐 겁니다. 그게 답인지는 의심스럽습니다."

그리피스가 눈을 가늘게 뜨며 말했다. "확신하십니까?"

"아뇨, 확신하진 않습니다." 뢰케는 어깨를 으쓱했다. "하지만 금은 밀도가 극히 높고 무거운데, 그 상자들은 비교적 컸습니다. 만약 그 상자들이 금으로 가득 찼다면, 두 사람만으로는 그 상자를 절대 운반할 수 없을 겁니다. 물론, 안에 들어 있는 양이 상자에 비해서 아주 적다면 모를까요, 아니면 운반하는 사람들이 삼 미터가 넘는 거인들이거나."

랭포드의 입술이 버릇처럼 오므라들었다. "그러니까 양이 적거나 아니면 다른 거라는 뜻이군요."

"저는 조금 다른 생각입니다. 왜 작은 양의 금을 커다란 상자에 넣었을까요? 그건 공간의 낭비입니다, 특히 상대적으로 작은 배라면요. 게다가 더 큰 문제가 있습니다. 금이나 은을 채굴하는 그런 문제라면 그것을 선적하기 위해 더 작은 단위로 제련을 해야 합니다. 하지만 제련 과정은 많은 공간과 에너지를 필요로 합니다. 정글이나 산에서 그런 공장은 보지 못하셨을 겁니다. 실용적이지 않으니까요."

"그러니까 금은 배제해야 한다는 거로군요."

"네." 그녀가 고개를 끄덕였다. "은이나 백금도요."

"하지만 그들은 뭔가 벌이고 있습니다." 밀러가 말했다. "많은 토공 장비들을 들여온 데다, 그 이후로도 계속 뭔가를 가져오고 있으니까요."

"토공 장비들이요?" 뢰케는 눈썹을 추켜세우며 물었다. "그런 얘기는 듣지 못했는데요."

랭포드가 알려주듯 말했다. "일부 사항은 제 결정권 밖이라서요."

"흠…," 남자들은 캐서린 뢰케가 등을 뒤로 기대며 생각에 잠긴 모습을 볼 수 있었다. 그녀는 한참 동안 아무 말도 하지 않고 있다가 입을 열었다. "뭔가 생각나는 게 있습니다. 금보다 훨씬 더 전략적일 수도 있는 거죠. REE입니다."

"REE가 뭡니까?"

"REE(Rare Earth Elements)란 희토류 원소를 말합니다." 뢰케는 사람들의 당황해하는 표정을 보고 놀라며 다시 몸을 앞으로 숙이고 설명했다.

랭포드는 다른 사람들을 둘러본 다음 다시 화면을 돌아보았다. "좀 더 자세하게 설명을 해주시죠."

"희토류 원소들은 주기율표에 있는 17개의 특정 원소 집단을 말하는데, 현대판 골드 러쉬에 버금간다고 보시면 됩니다. 이 원소들은 매우 특별한 속성을 가지고 있기 때문에 다양한 현대 기술에 있어서 매우 가치가 높습니다. 특히 군사적 응용 기술에서는 더욱 그렇죠. 레이저, 광섬유, 미사일 유도 시스템 등등. 또한 이러한 원소들은 우리가 현대적 삶의 방식을 누리도록 하는 많은 기술적 진보에도 필수적입니다."

그리피스가 말했다. "그래서 그것들이 드문 거로군."

"실제론, 그렇지 않습니다." 뢰케가 대답했다. "희토류 원소는 풍부한 편입니다. 예를 들어, 세륨은 지구상에서 25번째로 풍부한 원소입니다. 그 원소들이 희귀한 것은 존재가 아니라 밀집도 때문입니다. 희토류 원소들은 흔하긴 하지만, 퇴적물 속에 상당히 분산되어 있기 때문에 채굴에 있어 비경제적이라는 뜻입니다. 그러나 현대 기술이 발전함에 따라 희토류 채굴은 좀 더 경제적으로 실현 가능해졌죠. 그래서 그 원소들이 정치적 영향력을 행사하는 데 매우 중요한 부분이 된 겁니다. 특히 중국에게는요."

랭포드가 기억을 떠올렸다. "중국의 수출 금지 조치를 말하는 거군요."

"정확합니다. 중국은 수십 년 동안 희토류 광산을 빨아들이고 있습니다. 결국 중국은 2000년대 초반 시장을 장악하게 되었죠. 아무도 신경 쓰지 않은 이유는 세계 최대의 수출국인 중국이 다른 많은 상품들과 마찬가지로 그것들을 전 세계에 팔았기 때문입니다. 하지만…." 뢰케가 말했다. "2009년에 변화가 일어났죠."

바트먼은 얼굴을 찌푸렸다. "2009년에 무슨 일이 있었습니까?"

"중국이 희토류 원소들의 수출을 중단했죠." 랭포드가 대답했다. "아니, 수출을 제한했다고 말해야 하나."

"맞습니다." 뢰케가 말했다. "대대적으로요. 어느 날 갑자기 중국이 희토류 광물의 주요한 소유주가 되도록 방치한 어리석음이 분명해진 거죠. 전 세계적으로 버려지다시피 했던 수십 개의 비경제적 희토류 채굴 사업들이 다시 한 번 주목을 받았습니다. 오늘날에는 거의 모든 선진국들이 필사적으로 희토류 퇴적층을 찾고 새로운 광산을 건설하려고 애쓰고 있죠."

랭포드는 모니터 상의 뢰케를 지켜보았다. 그녀의 머릿속이 분주하게 돌아가는 것을 알 수 있었다. "그러니까 박사님은 중국인들이 가이아나에서 어떤 매장층을 찾았을지도 모른다는 말씀인가요?"

캐서린 뢰케는 손가락으로 입술을 앞뒤로 지그시 문질렀다. "어쩌면요. 아닌 게 아니라 '어마어마한 매장층(The Deposit)'을 찾았을지도 모릅니다."

"그것들이 전 세계에 걸쳐 두루 분포한다고 말씀하시지 않았나요?"

"그렇긴 하죠. 조금 다른 이야기도 있습니다. 1800년대 초 희토류 연구자들 중 델라폰테인이라는 분이 있었어요. 이름은 매트인지 마크인지였을 겁니다. 어쨌든 그분은 희토류를 40년 넘게 연구했고 새로운 형태의 분광학까지 개발했죠. 그 주제에 대한 논문들도 많이 썼는데, 그 중 하나가 바로 'The Deposit'이라고 칭한 발상이었어요. 희토류는 드물지 않다고 말했었죠. 사실, 많은 희토류들은 군집해 있습니다만, 밀도 면에서는 제각각입니다. 다시 말해 어떤 매장층은 다른 곳보다 밀도가 더 높다는 뜻입니다. 20세기 초로 거슬러 올라가다보면, 놀랄 만큼 낮은 농도의 매장층이 발견된 사례가 몇몇 있습니다. 델라폰테인의 주장은 단순히 산술적 계산이나 어쩌면 우연에 의한 결과겠지만, 아마도 어딘가에 비정상적으로 높은 밀도를 가진 또 다른 매장층이 있다는 것이었어요. 이미 발견된 것과 비교했을 때 '통상적인 기준을 훨씬 넘어선' 것일 거라고요. 그분으로서도 수학적으로는 어쩔 수 없는 일이었죠."

"그러면 그런 매장층이 발견된 적이 있었나요?"

뢰케는 고개를 저었다. "아뇨. 하지만 오늘날 전 세계가 얼마나 기술에 의존하고 있는지 고려할 때, 만약 그런 매장층이 존재하고 발견될 경우, 그것의 전략적, 경제적 가치는 감히 헤아릴 수 없을 겁니다."

모든 사람이 말없이 모니터에 나타난 정지된 영상 화면을 다시 빤히 쳐다보았다. 좀 더 구체적으로 말하면, 옮겨지고 있는 그 상자들을.

"박사님은 중국인들이 가이아나에서 발견한 것이 그것이라는 말인가요? '어마어마한 매장층'?"

"그저 가능성을 지적하는 것뿐입니다. 말씀드렸듯이, 희토류 탐사는 도처에서 진행 중이고, 각 대륙의 지형은 여러 면에서 아주 잘 지도화되어 있습니다. 단 한 곳을 제외하고요. 바로 남아메리카죠. 남아메리카 대부분은 울창한 정글로 뒤덮여 있습니다. 만일 델라폰테인이 말한 그 매장층이 존재한다면, 남아메리카는 그게 숨겨져 있을 거의 유일한 장소일 겁니다."

24

"좋습니다." 랭포드는 얼굴 바로 앞에서 두 손을 깍지 꼈다. "만약 그게 사실이라면… 그러니까 중국인들이 어떤 특별한 희토류 매장층을 발견했다면, 그 상자들 안에는 무엇이 들어 있을까요?"

"암석들이요."

"암석들?"

뢰케가 고개를 끄덕였다. "그럴 가능성이 높습니다. 그 암석들은 일반인들 눈엔 평범하게 보일지 모르겠지만, 전문가들 눈에는 매우 밀도가 높고 희귀한 원소 성분의 흔적으로 뒤덮여 있을 것입니다."

그리피스가 큰 소리로 말했다. "어떤 특수한 장비나 시설이 필요하지 않을까요? 제련 공장은 어떻습니까?"

"아마 아닐 겁니다. 희토류는 추출 과정을 필요로 하지만, 농도가 매우 높을 경우엔 불도저나 포클레인 같은 기본적인 장비만 있으면 됩니다. 그것을 우선 신속하게 꺼내고 추출과 제련에 대한 걱정은 나중에 할 수도 있을 겁니다." 뢰케는 남자들의 표정에 주목했다. "유념하셔야 할 것은 이건 단지 이론일 뿐이란 겁니다. 중국인들이 뭔가 다른 걸 노리고 있을 수도 있겠지만, 거대한 희토류 발견이 어느 정도 공백을 메우는 것 같습니다."

"좋습니다." 밀러가 말했다. "한 발 물러나서 생각해보죠. 중국인들은 엄청난 매장층을 발견했을 수도 있고 그렇지 않을 수도 있습니다. 만약 그렇게 않다면, 또 뭐가 있을까요? 이미 금과 다른 귀금속류의 가능성을 배제했습니다, 농산물까지도요. 그밖에 그들에게 그렇게 가치 있는 것이 또 뭐가 있을까요?"

"'잃어버린 성궤'를 발견한 건지 모르지." 그리피스가 미소를 지으며 말했다. 회의용 탁자 주위의 다른 사람들이 낄낄거리며 웃었다.

랭포드는 웃음을 멈추고 잠시 생각했다. "그게 가능할까요?"

"뭐 말입니까, 성궤 말입니까?"

"아뇨." 제독은 얼굴을 찌푸렸다. "다른 것 말입니다. 다른 미지의 고고학적 발견일 수도 있지 않을까요?" 그는 화면을 돌아보았다. "뢰케 박사님?"

그녀는 어깨를 으쓱했다. "물론 역사적 유물일 수도 있습니다. 확대 해석일 수도 있지만, 그것이 정말로 중요한 유물이라면 유물을 해체하고 조각조각 가져가는 동안 가이아나 정부가 가만히 앉아 있진 않았을 겁니다. 게다가 중국인들이 마야 문명 같은 유물 조각을 가지고 무엇을 원할까요? 제가 고고학자는 아니지만, 숨겨진 사원이나 작은 유적지조차도 몇 달 안에 해체될 수는 없을 겁니다. 또한 토공 장비의 필요성도 설명이 되지 않습니다. 물론 그것을 파괴하려던 게 아니라면, 더욱 말이 안 됩니다."

"고대 보물 같은 건 어떨까요?"

바트먼은 고개를 저었다. "대부분의 고대 보물들은 금이나 은으로 만들어졌지 않았나요?"

"맞습니다. 다시 말하지만, 너무 무겁습니다." 랭포드가 인정했다. "희토류 가설로 다시 돌아온 것 같군요."

캐서린 뢰케는 자신의 카메라를 똑바로 들여다보았다. "희토류 원소들이 생각하면 생각할수록, 더 이치에 맞는 것 같습니다. 중국은 이러한 원소들을 가지고 실제로 다른 나라들을 옥죄고 있습니다. 이 일은 그들에게 장기간에 걸쳐 엄청난 경제적, 기술적 영향력을 가져다 주었습니다. 다른 출처들이 발견되고 가동에 들어가는 동안에도 말이죠. 그러니까, 만약 그곳에 아주 밀도 높은 매장층이 있고 내가 중국인이라면, 꽤나 부리나케 그것을 움켜잡았을 겁니다."

밀러는 랭포드를 돌아보았다. "그럼 그것이 희토류 원소이건 아니건 간에 저 상자들을 들여다볼 필요가 있겠군요, 그것도 빨리."

랭포드는 고개를 끄덕였다. "그건 이미 진행하고 있습니다."

"무슨 뜻입니까?"

랭포드는 손목시계를 확인했다. "제가 두 사람을 파견했고 곧 그곳에 도착할 예정입니다."

밀러는 랭포드를 잠시 빤히 바라본 후 억지로 미소를 지었다. "그 두 사람이 누구죠?"

"존 클레이와 스티브 시저입니다."

"놀랍지도 않군."

* * *

작은 도시인 조지타운은 가이아나의 열대 우림이 우거진 녹색 산들을 배경으로 뚜렷하게 보였다. 보디치호는 여전히 수 킬로미터 밖에 떨어져 있었지만, 지금은 해변에 있는 누구라도 볼 수 있었다. 중국의 초계함 선원들을 포함해서.

함교 밖에 서 있는 크룩스타드 함장은 쌍안경을 내리고 조지타운의 남쪽을 향해서 점점 멀어져 가는 오션호크 헬리콥터의 형체를 지긋이 바라보았다. 함장 옆에 서 있는 로튼 중령도 같은 방향을 응시했다.

클레이와 시저의 정탐과 보거가 찾은 영상을 통한 추가 검증을 통해서 상당한 양의 뭔가가 중국 전함에 실리고 있다는 것을 확인했다. 그러나 상자들은 단단히 봉인되어 있어서 안에 무엇이 들어 있는지 시각적으로 알 수 있는 단서는 전혀 남기지 않았다. 또한 그 전함이 사 개월 전에 도착했다는 것을 확인했고, 확실한 증거를 찾지는 못했지만 러시아 잠수함이 중국 초계함을 쫓아 불과 몇 주 후에 도착한 것으로 의심되었다. 도착하고 나서도 한동안 조용히 자리를 지키며 내내 지켜보고 있었다.

로튼은 자신이 헬리콥터에 타고 있는 존 클레이와 스티브 시저에 대해 일말의 걱정을 한다는 걸 알고 살짝 놀랐다. 그녀는 시저가 확실히 뻔뻔스럽기는 하지만 다소 매력적이라는 걸 마지못해 인정했다.

함장 옆에 선 그녀는 몸을 꼿꼿이 세우며 재빨리 그 생각을 떨쳐버렸다. 그들은 성인 남성들이었다. 별일 없을 것이다. 게다가 그녀에겐 해야 할 일이 많았다.

* * *

눈의 띄지 않을 가능성은 거의 없었지만 그렇다고 해서 교묘하게 행동할 수 없다는 건 아니었다. 헬기가 지상에서 이륙하고 보디치호를 향해 다시 바다로 돌아가자마자, 클레이와 시저는 각자의 배낭을 어깨 너머로 들어올렸다. 시내까지는 한참 걸어야 하므로, 습한 무더위가 기승을 부리기 전인 선선한 이른 아침에 출발하는 것이 유리했다.

그들은 한 시간이 채 되기도 전에 팔 킬로미터를 이동했다. 눈에 띄지 않도록 도로에서 벗어난 점을 감안하면 놀랄 만큼 빠른 속도였다. 또한 조지타운에 도착했을 때 사람들 틈에 빠르게 덧묻혀야 하므로 평상복 차림으로 이동하고 있었다. 둘 다 반바지 차림이었지만 클레이는 편안하고 짙은 초록색 폴로셔츠를 입었고, 시저는 다소 화려한 남방셔츠를 입고 있었다. 그건 보거의 여행용 가방에서 찾아낸 가장 평범한 옷이었다.

두 사람은 나무들 사이들 이리저리 누비며 다닌 터라 두꺼운 나뭇잎에서 나오는 습기를 공기보다 더 많이 들이마시며 이동했다. 그들은 지나가는 자동차 소리에 여러 번 멈추었는데, 대부분 아침 일찍 상업용 물건들을 싣고 뉴 암스테르담에서 북쪽으로 향하는 트럭들이었다. 두 사람은 도시 근처에 이르자, 철로를 건넌 다음 제방 도로를 따라 높은 지대로 올라섰다.

조지타운 인구는 75만 명이었다. 그러나 매년 50만 명의 관광객이 몰려들기 때문에 클레이와 시저는 그들 틈에 쉽게 섞여 들어갈 수 있었다. 원래 네덜란드의 식민지로 조성된 조지타운은 데메라라 강기슭에 위치한 지형적 이유 때문에 1781년 영국의 침략으로 함락되었다. 수십 년간 그 지방의 자치 정부와 조지 왕의 정책 사이에서 정치적 마찰을 겪은 후, 1842년 마침내 도시 국가 지위를 얻었다. 구역들과 거리들의 이름은 네덜란드, 프랑스, 영국 등 역사적으로 그 도시를 통치했던 나라의 언어를 따라 지어졌다. 결과적으로, 어쩌면 더 주목할 만한 점은 가이아나가 영어를 공식 언어로 사용하는 남아메리카 유일의 국가가 되었다는 것이다.

그들은 시내 중심가에 도착해서 외진 곳에 있는 작은 호텔을 찾는 데 두어 시간도 채 걸리지 않았다. 짐을 방에 두고 나온 두 사람은 곧바로 택시를 잡고 뒷좌석으로 미끄러지듯 들어갔다.

나이가 꽤 든 운전사는 백미러로 두 사람을 바라보았다. "어서 오세요." 그는 영국 억양이 약간 섞인 목소리로 말했다.

"안녕하세요, 미스터… 브레넌." 시저는 몸을 앞으로 숙이고 위쪽에 붙어 있는 택시 운전사 자격증을 흘끗 쳐다보며 말했다.

백발이 무성한 운전사가 고개를 돌리고 어깨 너머로 뒤를 돌아보는 사이, 클레이가 뒷문을 닫았다. "어디로 모실까요, 손님?"

두 사람은 뒷좌석에서 서로를 바라보았다. "우리는… 이곳을 처음 방문했습니다. 시내를 한 바퀴 둘러보고 싶은데요."

"아주 좋은 생각입니다." 그 말은 브레넌의 귀에 흥겨운 음악처럼 들렸다. 그는 씩 웃으며 미터기를 조작한 다음 어깨 너머를 힐끔 쳐다보고 나서 도로로 진입했다. "두 분은 '카리콤(CARICOM)'에서 일하십니까?"

카리콤은 카리브해 주변국의 경제와 외교를 위한 협력 기구로, 가이아나, 특히 조지타운은 카리콤 발족 이래 본부가 주재한 곳으로 유명해졌다.

클레이는 그 질문에 고개를 가로저었다. "아닙니다. 저희는 사업상 회의 때문에 이곳에 왔는데, 며칠 개인적인 시간을 보내려고요."

운전사는 고개를 끄덕이고 만델라 대로에서 우회전하며 북쪽으로 향했다. "바닷가에서 휴가를 즐기기에 여기보다 더 나은 도시는 찾을 수 없을 겁니다. 제 가족은 제가 여섯 살 때 조지타운으로 이주했는데, 그때는 지금과는 영 딴판이었죠. 이후로는 줄곧 여기 살고 있습니다."

클레이와 시저는 운전사가 조지타운 등대와 국립박물관 등을 지나가며 도시에 대한 흥미로운 이야기들을 떠벌리는 동안 조용히 앉아 있었다. 클레이는 바닷가에 위치한 유명한 조지타운 '바다 벽'(조지타운을 포함하여 가이아나 해안선을 따라 이어진 450킬로미터의 방파제)에 이르렀을 때쯤 큰 소리로 운전사에게 좌회전을 해달라고 부탁했다.

운전사는 부탁대로 방파제를 따라 차를 몰았다. 방파제는 큰 도로 쪽으로 휘어지며 데메라라 강을 따라 남쪽으로 뻗어 있었다.

브레넌은 30년 넘게 택시를 몰았는데, 이 손님들처럼 두 배의 요금을 받은 때가 마지막으로 언제였는지 기억이 나지 않았다. 딱 꼬집어 말할 수는 없었지만, 이 승객들은 뭔가 달라 보였다. 그는 거울을 통해 승객들을 지켜보며 도시의 가장 주목할 만한 명소 몇 곳을 가리켜 주었다. 흥미롭게도, 뒤에 탄 두 남자는 명소 대부분을 거의 거들떠보지도 않았다.

남쪽으로 방향을 돌린 후, 두 승객은 갑자기 주변 지역에 많은 관심을 보이기 시작했다. 그곳은 조지타운에서 가장 오래되고 가장 낡은 건물들이 모여 있는 지역이었다. 택시가 높은 다리를 향해 나아가자 두 승객은 확연하게 생기가 돌았다. 그들의 시선은 다리를 지나가는 내내 잿빛 중국 군함을 주시하고 있었다.

몇 장의 사진을 찍은 후, 승객들은 다시 정면으로 몸을 돌렸다. "이곳에서 무슨 회의를 하는 겁니까?" 브레넌이 물었다.

시저가 입술을 오므리며 클레이를 흘끗 보았다. 운전사의 질문은 뭔가 알고 있다는 듯한 말투였다. "뭐, 총회 같은 겁니다." 시저가 대답했다.

"그렇군요." 브레넌은 여전히 그들을 지켜보며 대답했다. "어떤 회의인지 물어봐도 실례가 안 될까요?"

"감자 칩입니다."

브레넌이 눈썹을 실룩거렸다. "감자 칩이요?"

"네. 여기서는 그걸 '크리스프(얇게 썬 감자 프라이)'라고 부른다면서요."

운전사는 자세를 바로 하며 거울 속 시저를 들여다보았다. 시저는 활짝 웃고 있었다.

브레넌이 갑자기 웃음을 터뜨렸다. "두 분이 저를 놀리시는군요."

클레이는 손을 앞으로 뻗으며 지폐 한 장을 좌석 위로 떨어뜨렸다. "브레넌 씨, 차를 세울 만한 조용한 곳을 찾을 수 있을 것 같은데요."

운전사의 표정이 호기심에서 초조함으로 바뀌었다. "물론입니다." 그는 양방향 무전기에 부착된 마이크를 내려다보며 말했다. 그리고 다음 사거리에서 좌회전하듯 유턴을 하며 만델라 대로의 분주한 4차선 도로로 되돌아갔다. "특별히 어떤 곳이라도?" 그는 도로를 훑어보며 물었다.

"여기가 좋겠군요." 클레이가 몸을 다시 뒤로 기댔다.

브레넌은 클레이의 손이 뒤로 움직이는 것을 보고 점점 불안해하며 신속히 갓길로 들어가 차를 멈춰 세웠다. 그는 클레이의 손에 닿은 물건이 지갑이라는 사실을 몰랐다. 클레이는 지갑에서 지폐 두 장을 꺼내고 다시 뒷주머니에 집어넣었다.

"브레넌 씨, 당신은 현명한 사람처럼 보입니다. 나와 내 친구가 가능한 한 당신에게 '기억나지 않는' 존재로 남았으면 하는데, 그게 그리 어려운 일은 아닐 겁니다."

"물론입니다."

클레이가 씩 웃었다. "그리고 진정하세요. 당신을 해치진 않을 겁니다."

브레넌은 심호흡을 하고 차분하게 숨을 내쉬었다. "그 말을 들으니 마음이 놓이네요." 운전사는 두 사람이 생각한 것보다 훨씬 더 안도했다. 승객들이 관광객 복장을 하고 있음에도 불구하고, 브레넌은 그들이 날카로워 보인다는 것을 분명히 알 수 있었다. 그들은 예의가 바르지만, 운전사는 두 승객이 필요에 따라 물리적으로 나올 수도 있다고 의심했다.

"음," 브레넌이 익살스러운 말투로 말했다. "손님들은 감자 칩을 사려고 상점을 찾는 건 아닌 듯 하네요."

클레이와 시저 모두 미소를 지었다. "꼭 그런 건 아니지만," 클레이는 준비한 지폐 두 장을 꺼내 운전사에게 보여주었다. "우리는 정보를 얻는 데 더 관심이 있습니다."

나이 든 운전사는 클레이의 손에 들려 있는 돈에 주목하고 침착하게 받아들었다. 그의 표정이 능글맞게 변했다. "아무래도 아까 그 중국 배와 연관이 있는 것 같소만?"

"그렇습니다."

브레넌은 마침내 고개를 저으며 껄껄 웃었다. "염병할!" 그가 하얀 머리칼을 손으로 쓸어넘기며 말했다. "잠시나마 손님들이 나를 없애버리려는 줄 알았소."

시저가 웃으며 말했다. "관광 안내가 그 정도로 나쁘진 않았습니다."

운전사도 따라 웃었다. "어쨌든, 얘기가 잘 풀려서 마음이 놓이는군요." 그는 차를 주차장으로 이동시키고 나서 뒷좌석에 앉아 있는 두 사람을 좀더 잘 보기 위해 자세를 옆으로 바꿨다. "그 배에 대해서 뭘 알고 싶은 거요? 그 염병할 배가 한동안 이곳에 눌러앉아 있어서 사람들도 왜 저러고 있는지 궁금해 하던 참이니까."

"그럼 선생님도 모르시는 겁니까?"

"아무도 몰라요. 아무도 그 배에 가까이 갈 수 없으니까. 아까 손님들이 본 장소가 일반인들이 가장 가까이 접근할 수 있는 곳이죠." 브레넌은 의문이 가득한 눈빛을 하며 그들을 바라보았다. "게다가 밤에는 이쪽 거리에 아무도 출입할 수 없어요."

"왜 그렇죠?" 시저가 물었다.

브레넌은 바깥쪽을 둘러본 다음 목소리를 낮췄다. "트럭들 때문이죠."

"무슨 트럭들이요?"

운전사는 그 말에 씩 웃었다. "이보시오, 손님들. 그 트럭들에 대해 전혀 모른다면 굳이 여기 있을 필요가 없을 양반들 같은데."

클레이는 마지못해 동의했다. "조금은 알고 있습니다만, 많이는 아닙니다. 그 트럭들이 어디로 가는지 아십니까?"

"그건 나도 몰라요. 정부 정책에 따라 정글 전체가 이제 출입 금지 구역이 되었거든요, 그 배가 도착한 이후로 죽 그래왔죠." 브레넌은 두 승객이 서로 눈빛을 교환하는 모습을 지켜보았다.

"그 트럭에 뭘 싣고 다니는지 아십니까?" 클레이가 물었다.

"아니, 아무도 몰라요. 물론 정부는 알겠죠."

"그럼, 정부가 관련되어 있는 건가요?"

"당연하죠." 브레넌은 빈정대듯 말했다. "중국 배가 도착하고 나서 뭔가 달라졌어요. 별 볼일 없는 나이 든 정부 관료들이 요즘 비까번쩍한 신형 자동차를 몰고 다니는 걸 사람들이 눈치챘거든요. 그 사람들 가족들도 그렇고. 그게 다가 아니에요. 요즘 들어 이상한 뭉칫돈이 돌고 있는데, 거의 모든 사람한테 도움이 되고 있어요. 병원, 학교, 연락선, 대형 상점들, 심지어 구멍가게 주인들도 혜택을 본답니다. 게다가 정부가 우리 빚을 탕감해주고 세금 감면에 대해서도 이야기하고 있어요. 내가 당신들한테 감히 말할 수 있는 건, 제 평생 이런 일은 단 한 번도 들어본 적이 없었다는 겁니다."

25

"준비는 다 된 것 같아요." 후안은 전원선들을 모두 뽑은 후 조끼를 들고 일어섰다. 그가 작은 객실을 가로질러 디앤 옆에 서자, 그녀는 기다렸다는 듯 고개를 들었다. 우리 안에 있는 둘세도 셀러리 덩어리를 반쯤 먹다가 눈을 들었다.

"정말?"

"넵."

디앤은 곧바로 앉은 자리에서 일어섰다. 후안이 조끼를 들고 있는 사이 그녀는 팔을 하나씩 안쪽으로 집어넣었다. 그는 양 옆의 잠금장치를 잠근 다음 두꺼운 나일론 끈을 단단히 조였다.

"느낌은 어때요?"

그녀는 앞뒤로 몸을 움직여보았다. "괜찮아. 그런데 좀 무겁네."

"이 킬로그램쯤 무거울 뿐이지만 아마 훨씬 더 무겁게 느껴질 겁니다." 후안은 그녀를 돌려 세우고 조끼의 가장자리 아래로 손을 뻗어 뭔가 걸리는 게 없는지 확인했다. 그리고 손끝으로 두꺼운 재질 안쪽에 있는 전선을 더듬어가며 배터리 연결이 잘 되었는지도 확인했다. 그는 그녀를 다시 돌려세웠다. "좋습니다."

암컷 고릴라는 두 사람을 가만히 지켜보고 있었다.

"전원 스위치는 여기 있어요." 그가 앞면 왼쪽을 가리키며 말했다. "예전과 비슷한 곳이에요. 마이크는 여기 있는데, 스피커에서 최대한 떨어뜨려 놓았어요. 비디오카메라는 가운데, 바로 여기에 있고요." 그는 뒤로 물러나며 팔로 그녀의 몸통을 똑바로 가리켰다. "둘세와 이야기할 때는 똑바로 마주 보도록 하세요. 아니면 카메라가 둘세를 감지하지 못할 수도 있으니까."

"알았어." 디앤은 손가락을 전원 스위치에 갖다 댔다. "지금 켜볼까?"

후안이 고개를 끄덕였다. "해보세요."

스위치를 누르자 딸깍 소리가 났고, 플라스틱 스위치에 연파란색 LED 조명이 들어왔다. 전력 소모를 최소화하기 위해 조치로 조끼에 달린 유일한 표시등이었다.

객실 앞쪽에 있던 알베스가 자리에서 일어났고 좀 더 가까이에서 보기 위해 발을 끌며 다가왔다.

후안이 고개를 한 번 더 끄덕이자, 디앤은 헛기침을 한 다음 큰 소리로 말했다. "안녕, 둘세."

스피커에서 아무 소리도 나오지 않자 그녀의 미소가 금세 사라졌다. 그녀가 무슨 말을 하려고 하자 후안은 그녀에게 조용히 해달라고 손짓했다. 30초쯤 흘렀을까, 마침내 스피커에서 익숙한 음성 체계가 흘러나왔다.

둘세는 환하게 웃으며 재빨리 일어섰다. 암컷 고릴라는 우리의 쇠창살을 움켜쥐고 앞뒤로 흔들면서 대답했다. 디앤이 말했을 때처럼 시간이 지연되었다.

내가 엄마를 사랑해.

디앤은 안도의 한숨을 내쉬고, "기분 어때?"라고 말한 후 기다렸다.

나 지금 행복해.

디앤은 미소를 지으며 후안에게 돌아섰다. 후안은 그녀에게 윙크를 했다. "야후(걸리버 여행기, 말의 나라에서 사람 모양을 한 짐승) 한 쌍 치고는 나쁘지 않네요."

두 사람 모두 웃었다. 그것은 리가 가장 좋아하는 어구였다. 두 사람 옆에서 서 있던 알베스도 활짝 웃고 있었다.

"수고하셨습니다, 디아즈 씨. 고생 많으셨어요."

"감사합니다. 아직 다 끝난 건 아니지만 목적지에 도착할 때까진 마무리가 될 겁니다. 조금 더 손볼 수 있을지 알아보겠지만, 속도가 조금 느린 부분은 시스템의 한정된 처리 능력 때문에 어쩔 수가 없네요."

"이해합니다." 알베스는 후안이 방금 한 말을 알아들은 듯 고개를 끄덕였다. "그 정도만 해도 훌륭합니다."

두 남자는 디앤이 다소 거북하게 자리에 다시 앉는 것을 지켜보았다. 뻣뻣한 조끼 때문인지 그녀는 몸을 비틀고 우리의 쇠창살 가까이로 몸을 기댔다. 그러고는 손을 뻗어 둘세의 손을 잡았다. "너 괜찮니?"

네. 둘세는 신나 보였다. *우리는 새처럼 날아요.*

"그래, 우리는 새처럼 날고 있어."

잠시 침묵이 흐른 뒤, 둘세가 궁금한 듯 주위를 두리번거리는 것처럼 보였다. *나는 변기가 필요해요.*

디앤은 고개를 끄덕이며 다시 일어섰다. 그녀는 우리의 작은 금속 손잡이를 돌리고 문을 바깥쪽으로 열어젖혔다. 둘세는 디앤의 손에 조심스럽게 이끌려 화장실로 향했다. "신사분들," 그녀가 말했다. "곧 돌아올게요."

후안은 그들이 화장실 문으로 가는 것을 지켜보았고, 디앤은 둘세를 위해 문을 열어주었다.

그는 걱정이 되었다. 시험하는 과정에서 이상한 통역 오류 하나가 새로운 조끼에 벌써 나타났다.

그는 이번 여행이 짧게 끝나기를 바랐다. 그 문제가 디앤의 친구 루크를 찾는 일에 영향을 줄 수도 있었다. 오류가 늘어나고 있기 때문이었다. 만약 그와 리가 빠른 시간 내에 그 문제를 손볼 수 없다면, 디안과 둘세가 함께 이룬 모든 통역 과정이 빠르게 무너뜨릴 가능성이 있었다. 다시 말해, IMIS를 처음부터 다시 프로그래밍 해야 될 수도 있었다.

26

클레이가 8×30mm 군용 쌍안경으로 들여다보는 동안, 시저는 조용히 에너지 바의 포장을 뜯고 반짝거리는 포장지를 배낭 깊숙이 쑤셔 넣었다. 그들은 호텔 방으로 돌아와서 장비를 챙긴 후, 도시의 서쪽 끝으로 다시 향했고 눈에 띄지 않는 곳에 몸을 숨긴 채 참을성 있게 기다렸다.

해가 진 후, 두 사람은 은밀히 염탐할 수 있을 만큼 충분히 멀리 떨어진 한 건물을 발견했다. 몇 대의 순찰대가 지나가는 것을 지켜본 다음 건물의 그림자 속을 신속하게 움직이며 이 층짜리 건물의 뒤편 사다리를 올라갔다. 지붕 꼭대기에 오른 그들은, 멀리 떨어져 있지만, 해안가에 움직임 없이 머물러 있는 중국 전함을 명확하게 볼 수 있었다.

"특별한 점은?" 시저는 에너지 바를 한 입 더 베어 물고 다른 건물들 지붕을 둘러보며 움직임이 있는지를 살폈다.

"없어." 클레이가 쌍안경을 조정하며 말했다. "배 위나 내부 전혀 움직임이 없어. 재미있군."

시저는 손목시계의 희미한 붉은 빛을 확인했다. "아직 시간이 조금 남았어." 그는 에너지 바를 한 입 더 베어 문 뒤, 그들 뒤쪽을 한 번 더 돌아보고 나서 지붕 가장자리 아래로 몸을 낮추며 자리를 잡았다. "이러고 있으니 아이티에 있었을 때가 생각나는데."

클레이는 쌍안경 뒤에서 미소를 지었다. "충격전만 빼면."

시저는 드러누워 근육질 팔로 머리를 받쳤다. 그런 다음 주변을 둘러보았다. "지붕은 여기가 더 깨끗하네. 그때에 비하면 호텔 수준이야."

시저는 머리 위를 지나가는 큰 구름 조각 하나를 올려다보았다. 구름이 지나가자 그 뒤에 가려져 있던 별들이 하나둘씩 존재를 드러내며 깜박거렸다. "솔직히 말하면, 아직도 가끔 옛날이 그리울 때가 있어."

"그래, 나도 마찬가지야."

두 사람 모두 아무 말도 할 필요가 없었다. 그들은 군복무 시절 함께 했던 처음 몇 년을 아직도 생생하게 기억하고 있었다. 아이티에서의 임무는 두 사람뿐만 아니라 몇몇 특수부대 동료들에게도 전환점이 된 일이었다.

1994년 아이티에서 수행했던 '민주주의 수호 작전'은 언론에 해명된 것과는 매우 달랐다. 원래는 전투 임무로 계획되었지만, 일종의 평화 유지 활동에 불과하다고 발표되었다. 그 임무는 대중에 알려진 것처럼 1991년 아이티에서 쿠데타를 일으켰던 정권을 제거하고 대통령을 끌어내리는 것이었다. 알려지지 않은 사실은, 새로운 정권이 일반 대중이 모르는 사실을 알고 있었는데, 상황이 계속 악화되어 가자 미국은 긴급하게 그 위험 요소를 무력화시켜야 한다고 판단했다는 점이었다.

그 비밀은, 피로 얼룩진 그 쿠데타가 미국에 의해 조용히 선동되었다는 것이었다. 역설적이게도, 바로 그 나라 미국이 아이티 국민들의 지지를 빠르게 잃어가는 정권을 제거하려고 애쓰고 있다는 것이었다. 물론 언론과 역사책에는 이만 명이 넘는 평화유지군의 배치가 정권의 퇴진을 설득하는 데 결과적으로 도움이 되었다고 기록되었다. 그러나 진실은 외교적인 것과는 한참 거리가 있었다. 극소수만 알고 있는 주요 결정적 요소는 어느 날 밤 그 정권의 수장을 찾아내 조용히 그를 제거한 해군 특수부대였다. 일반 대중은 전혀 눈치채지 못한 반면, 그 일은 몇몇 네이비실 대원들로서는 더 이상 견딜 수 없는 한계가 되었다. 특수부대원들은 지저분한 상황을 뒷수습하는 일에 지쳐버렸다. 특히 바보 같은 정치인들과 무능한 CIA 때문에 벌어진 일일 때는 더더욱 그랬다.

* * *

한 시간도 채 지나지 않아, 클레이와 시저는 기다리던 소리를 들었고, 곧 그것들이 보였다. 예상한 시간에 정확히 나타났다. 저단 기어로 언덕을 힘겹게 내려오는 트럭의 우르릉 소리는 결코 착각할 수 없었다. 몇 분 더 지나자 무성하게 우거진 나무들 사이로 트럭의 번쩍이는 전조등이 보였다. 1.5킬로미터쯤 떨어진 숲을 빠져나온 트럭들이 언덕 아래로 내려왔다. 트럭들이 속도를 높이면서 엔진 소리가 크게 으르렁거렸다. 클레이와 시저는 지붕 가장자리 위로 눈만 드러낸 채 주의 깊게 지켜보았다.

위성 영상에서 본 것처럼 여섯 대였다. 모든 트럭이 일렬로 촘촘하게 늘어서 있었다. 선두의 트럭이 해안가로 방향을 틀자 다른 트럭들도 그 뒤를 쫓았고, 그런 다음 강을 따라 배가 있는 쪽으로 향했다. 트럭들이 클레이와 시저가 잠복해 있는 낡은 건물 앞을 지나가는 동안, 그들은 트럭들을 집중해서 살펴보았다.

"차축이 세 개고 장갑판까지 둘렀어. 러시아의 우랄 타이푼 수송 트럭처럼 보여."

"이 친구들 장난 아닌데." 시저가 대꾸했다.

"장갑판에다 방탄 유리, 방탄용 타이어까지. 예상했던 것과는 다른데."

"그래, 내가 예상했던 것도… 중국 쪽이었어."

클레이는 각 트럭을 눈으로 쫓았다. "안타깝지만, 지금 당장은 어떻게 손을 써보긴 힘들어 보여."

두 남자는 트럭 행렬이 강을 따라 계속 나아가는 모습을 조용히 지켜보았다. 마치 밝은 빛들이 초계함에 승선하기 위해 가는 것 같았다. 두 사람은 지붕선 위로 머리와 쌍안경만 겨우 내민 채 꼼짝도 하지 않았다. 마침내 첫 번째 트럭이 속도를 줄인 다음 방향을 바꾸었다. 트럭은 후진을 하며 배와 부두 사이의 건널 판자 아래쪽에 멈추었다.

"후진 알림이 없어." 시저가 중얼거렸다. "저거 불법인데?"

첫 번째 트럭이 정차하자, 나머지 트럭들은 전조등을 켜고 공회전을 하며 한 줄로 대기했다. 잠시 후, 어둠의 장막에 둘러싸인 배 주변에 한 무리의 사람들이 나타났고 수수께끼 상자들을 나르기 시작했다.

* * *

각 트럭은 하역을 마친 후, 클레이와 시저가 있는 곳에서 그리 멀지 않은 어두운 건물로 이동했다. 높은 철문이 열리자 큰 대형 유조차의 뒷부분이 보였다. 우랄 타이푼 수송 트럭들은 한 대씩 차례로 철문 바로 앞에 멈추고 연료를 다시 채웠다. 클레이와 시저가 보거의 모니터에서 발견하지 못한 것은 각 트럭의 연료통이 다시 채워지는 동안 어둑한 건물에서 더 많은 빈 상자들이 나와 각 타이푼 수송 트럭의 뒤쪽 적재함에 빠르게 실리는 장면이었다.

"효율적인데, 저건 인정해줘야겠어."

"동감이야." 클레이는 쌍안경을 다시 배 쪽으로 돌렸는데, 그곳에서는 마지막 트럭이 하역 중이었다. 그들은 초계함의 밝은 조명을 통해 이전에 좀 더 자세히 보려고 했던 뭔가를 알아챘다. 선원들 형체가 질서 있게 왔다 갔다 하며 움직였지만, 배의 높은 곳에 서 있는 한 인물은 전혀 움직이지 않고 있었다. 그 인물은 다른 사람들을 지켜보고 있거나 감독하는 것처럼 보였다.

그 모습은 아르고스의 영상 자료에서도 알아채지 못한 것이었다. 다른 사람들보다 약간 더 키가 커 보이는 그 인물은 상자들이 옮겨지는 것을 매우 주의 깊게 지켜보고 있었다. 그러나 그 인물 바로 뒤에 있는 밝은 불빛 때문에 그의 얼굴은 보이지 않았다.

몇 분 후, 마지막 타이푼 수송 트럭이 연료를 보충하기 위해 낡은 건물에 도착하자마자, 초계함 갑판과 주위의 전등이 순식간에 꺼졌다. 남은 불빛이라곤 수송 트럭들의 전조등이 유일했는데, 그 중 다섯 대는 이미 언덕을 다시 올라가고 있었다.

마지막 트럭이 출발하자 철문이 내려졌고, 그 지역은 다시 어둠과 침묵 속으로 빠져들었다.

"일이 재미있게 돌아가는데."

시저는 마지막 트럭의 미등이 저 멀리 사라지는 것을 지켜보았다. "트럭이 연료 탱크를 가득 채운 채로 얼마나 멀리 갈 수 있을까?"

클레이는 어깨를 으쓱했다. "오르막길에다 장갑판까지 갖추고 있으니, 500킬로미터 정도. 언덕을 내려올 때는 연료가 많이 소모되진 않을 거야."

"내 생각도 그래."

* * *

몇백 미터 떨어져 있는 중국 전함은 다시 적막함에 휩싸인 채 어둠 속에서 거의 감지할 수 없을 정도로 흔들거렸다. 사람들을 내려다보며 위에 서 있는 수수께끼 남자는 부하들이 다시 갑판 아래로 사라지는 것을 지켜보았다. 그는 피우던 담배를 바닥에 떨어뜨리고 장화 끝으로 짓이겼다.

왕차오 대위는 돌아서서 1.5킬로미터쯤 떨어진 조지타운 시내의 밝은 불빛을 유심히 바라보았다. 그는 인근에 이렇게 많은 인구가 있는 걸 감안할 때 정부가 그 지역의 출입을 얼마나 잘 통제하고 있는지 보고 감탄했다. 돈이 좋긴 좋군, 그가 생각했다.

차오 대위는 다시 몸을 돌리고 바다 저 멀리 보이는 불빛에 주목했다. 그것은 미국의 배였다. 그가 듣기론 과학연구선이었다. 차오는 소리 없이 씩 미소를 지었다. 미국이 그렇게 오래 걸렸다는 사실을 뜻밖이라고 여겼다. 하지만 그것은 중요하지 않았다. 그들은 너무 늦게 도착했다. 차오, 그의 부하들, 그리고 그것들이 적재된 배는 조만간 모두 철수할 예정이었다.

27

장웨이 장군은 전화기를 다시 제자리에 내려놓은 후 책상을 멍하니 바라보았다. 오십 대 후반이지만, 짧게 바싹 자른 백발에 침착해 보이는 눈매를 가진 그는 쉽게 흥분하는 사람은 아니었다. 하지만 지금은 웃지 않을 수 없었다. 그들이 그 일을 해낸 것이었다.

차오 대위가 전화로 사실을 확인해 주었다. 그들은 며칠 내로 일을 마무리할 예정이고, 미국에서 보낸 작은 과학연구선은 이제 막 도착했을 뿐이었다. 그들은 너무 늦었다. 웨이가 기대했던 것보다 더 나은 결과였다. 훨씬 더 일찍 발견되리라고 예상했었기 때문이었다. 위험하긴 했지만 훌륭한 성과를 거두었다. 이제 그들의 앞을 가로막는 것은 아무것도 없었다. 그들은 세기의 발견을 했고 사실상 국제적 논쟁거리도 전혀 없었다. 전 세계가 지금 중국이 손에 넣은 것을 알게 되면, 완전히 충격을 빠질 것이다.

그러나 차오가 전한 희소식과 더불어, 불행한 결말에 이르리란 걸 뻔히 알면서도 웨이 장군이 결국 처리해야 할 문제가 눈앞에 다가왔다. 그는 손을 뻗어 리모컨을 집어 들고 벽에 걸린 커다란 텔레비전 화면을 가리켰다. 전원을 켜고 전에도 여러 번 보았던 특별한 영상 자료를 선택했다.

화면이 재생되면서 정체불명의 장소, 지하 깊은 곳에 있는 암울한 회색 유치장을 보여주었다. 한쪽 구석에 작은 간이침대 하나가 놓여 있었고 그 위에는 한 인물이 누워 있었다. 카메라는 그의 등을 비추고 있었다.

장군은 말없이 화면을 응시했다. 사실 장군은 그 사내에게 일말의 동정심을 느꼈다. 그의 이름은 '장'이었는데, 아마도 중국 삼천 년 역사를 통틀어 누구보다도 최고의 영예를 조국에 안겨준 사람일 것이다. 상황을 더욱 힘들게 만드는 건 장이 진정한 애국자였다는 사실이었다. 그는 인류의 가장 위대한 발견 중 하나를 가지고 고국으로 돌아왔다. 오직 자신이 그토록 사랑하는 조국이 부유해지기만을 바라면서 말이다.

또한, 수 시간 동안 녹화된 심문 영상을 통해 분명히 알 수 있는 것은 자신이 무엇을 잘못했는지, 왜 감금되어 있는지 그가 전혀 알지 못한다는 사실이었다. 그처럼 큰 선물을 전달한 사람이 어떻게 그런 푸대접을 받을 수 있단 말인가? 장은 뭔가 끔찍한 오해가 있었다고밖에는 상상할 수 없었다. 아마도 당국은 그가 이 발견을 오로지 본인의 이익을 위해서 이용하려 한다고 생각했을 것이다. 즉 어떤 종류의 거래나 보상에 활용하기 위해서 말이다. 말이 되는 건 오직 그것뿐이었다.

웨이 장군은 장에게 쏟아지는 질문 공세를 몇 시간 동안 지켜보았다. 그 애국자는 자신의 설명에 한 치도 흔들리지 않았다. 더 중요한 건, 장이 마음에서 만들어낸 설명에서 벗어나 독자적으로 꾸며낼 만한 능력이 전혀 없었다는 점이었다. 어느 지점에서 웨이는 장이 자신의 해명에 뭔가 잘못된 점이 있는지 되묻는 장면을 지켜보았다. 즉, 정부가 가이아나에서 발견한 그것을 찾지 못했는지 여부를 물었다.

웨이는 담배에 불을 붙이고 장이 있는 유치장을 계속 응시했다. 문제는 장이 발견한 것을 찾지 못한 게 아니었다. 오히려 정반대였다. 그가 말한 바로 그 장소에서 그것을 발견했다. 그리고 그건 며칠 안에 차오 대위가 가이아나에 있는 그의 부하들 모두를 죽여야 하는 이유이기도 했다.

웨이는 전화기를 들고 전화를 걸었다. 누군가 응답을 받자 그는 부드럽고 또렷하게 말했다. "끝내."

장의 감방 문이 조용히 열리는 순간, 웨이 장군은 리모컨을 들고 텔레비전을 껐다. 일 분이 채 지나기도 전에 장은 죽었다.

28

앨리슨은 긴장한 건지 아니면 두려운 건지 판단할 수 없어서일까, 스테인리스로 된 난간을 움켜잡았다… 아마 둘 다였을 것이다. 보트의 좌현 쪽을 보니 하늘과 바다를 가르는 수평선 너머로 태양이 떠오르고 있었다. 이른 아침의 바다는 유리처럼 잔잔해서 출발하기엔 완벽했다.

그날은 모두가 오랫동안 준비해온 날이었다. 앨리슨은 바닷물을 가르는 보트의 뱃머리 바로 앞에서 수면 위로 신나게 뛰어오르며 헤엄치고 있는 더크와 샐리를 내려다보았다. 돌고래들은 그녀만큼 들뜬 채 그들의 인간 친구들을 카리브해의 바다로 이끌고 있었다.

해양 연구원이라면 누구나 꿈꾸던 일이 실현되는 순간이지만 앨리슨에게는 더욱 특별했다. 단지 관찰하는 것을 뛰어 넘어 다른 종의 자연 생태계 속에서 소통을 하고 함께하는 일이었다. 돌고래가 경험한 것을 직접 체험하고, 돌고래의 시선으로 세상을 보는 것은 그녀가 상상조차 못했던 일이다. 그런데 지금 그 일이 현실이 되고 있었다. 그 순간 그녀는 그 기분이 긴장이나 두려움이 아니라는 것을 깨달았다. 그것은 이전에 한 번도 느껴본 적 없는 벅찬 흥분이었다. 즉 꿈과 기적이 만나는 바로 순간이었다.

앨리슨 뒤쪽, 켈리 칼슨은 선장석에 앉아 선실의 지붕 너머를 바라보며 바다를 살펴보고 있었다. 그녀는 갈색 야구 모자를 썼고 길고 헐렁한 흰색 티셔츠를 입고 있었다. 켈리는 몸을 앞으로 숙이고 더크와 샐리의 속도를 보며 보조를 맞추었다.

쌍동선의 앞쪽 우현 아래의 선실 내부, 크리스는 서버의 시스템을 점검하고 있는 리의 뒤에 서 있었다. 그래프 상의 소리는 정상치보다 훨씬 높은 위치에서 위아래로 급격히 요동치고 있었다. 그 소리는 수중 마이크가 포착한 보트의 267마력의 디젤 엔진에서 나오는 소음이었다.

리는 고개를 들고 어깨 너머로 크리스를 힐끗 보았다. "이제 시작할게." 그는 엔진 특유의 소리를 식별하고 그 소음을 제거하기 위해 고안된 새로운 알고리즘을 활성화시키는 명령어를 입력했다. 크게 요동치던 곡선이 갑자기 강조되었다가 그래프에서 사라졌고 정상적인 범위의 기준선이 표시되었다.

"그러니까 우리가 돌고래 소리를 들을 수는 있지만, 그 반대로는 안 된다는 거죠?"

"맞아." 리가 고개를 끄덕였다. "우리는 수중 마이크를 통해 소리를 받고 있어, 그 편이 스피커를 통해 소리를 전달하는 것보다 작업하기가 훨씬 쉬워. 이렇게 하면 엔진이 작동하는 동안에도 돌고래들이 우리에게 뭔가 말할 필요가 있을 경우 그 소리를 들을 수 있거든."

"멋지네요. 다른 장비들은 어때요?"

"지금까지는 아주 좋아." 그는 서버들을 힐끔 쳐다보았는데, 그의 발치 바닥에 끈으로 묶인 채 놓여 있었다. 이는 쌍동선 설계의 또 다른 이점이었다. 보트가 웬만큼 기우뚱하거나 기울어지지만 않는다면, 거친 바다에서도 서버가 넘어질 가능성은 많지 않았다.

"굳이 제가 필요 없으면," 크리스가 말했다. "저는 올라가 볼게요."

"그래, 가봐. 나도 몇 가지만 더 확인한 후 조금 있다가 올라갈게."

크리스는 고개를 끄덕이고 리의 어깨를 가볍게 토닥인 후 좁은 타원형 문간을 지나 짧은 계단을 통해 뱃마루로 나갔다. 따뜻한 산들바람을 맞이한 후 뱃머리에 있는 앨리슨을 발견하고 구명 밧줄을 따라 그녀에게 다가갔다. 앨리슨 너머로 더크와 샐리가 보트 앞에서 거침없이 헤엄치는 모습을 볼 수 있었다.

"괜찮아?"

앨리슨은 깊이 숨을 들이쉰 후 미소를 지었다. "이보다 더 좋을 순 없을 걸."

"디앤한테서 소식은?"

그녀는 시계를 흘끗 보았다. "아직까진. 몇 시간 안 지났잖아."

디앤은 전날 밤 늦게 전화를 걸어서 앨리슨과 연구원들에게 자신들은 안전하게 도착했다고 알려왔다. 그들이 알베스의 보호구역에 도착한 건 아홉 시가 막 지나서였다. 성공적인 여행이었고, 둘세도 잘 지내는 것 같았다.

앨리슨은 흥분을 감추지 못했다. 아직 이르긴 하지만, 모든 것이 계획대로 진행되고 있었다. 그녀는 행운을 빌었고 그 행운이 계속되기를 바랐다.

* * *

디앤은 아침 일찍 잠에서 깨어 고개를 돌리며 방을 둘러보았다. 벽이 부드러운 흰색으로, 이른 아침 햇살을 은은하게 반사하고 있었다. 방은 자연을 주제로 세련되게 꾸며져 있었다. 화장대 위에 놓인 아름다운 주황색 꽃을 보고, 꽃 이름이 뭔지 궁금해 했다. 마침내 침대 옆으로 몸을 굴려 일어섰다. 옷을 입고 두툼한 새로운 조끼를 집어든 후 벽에서 플러그를 뽑았다.

그녀는 수색을 시작하기 전 오늘 하루 둘세에게 적응할 시간을 줄 계획이었다. 디앤은 둘세를 너무 몰아붙일 가능성에 대해 걱정했다. 고릴라는 내향적인 동물이어서 둘세가 지나치게 흥분하게 되는 일은 그녀도 결코 원하는 바가 아니었다. 행동적으로 말하면, 그것은 흥분에서 광란으로 가는 아주 작은 발걸음이었다.

알베스는 디앤에게 울타리 구역으로 내려가는 계단에서 가장 가까운 방을 내주었다. 조용히 계단을 내려간 그녀는 바깥문을 살며시 밀어 열고 둘세를 찾아보았다.

울타리가 쳐진 구역은 전날 밤에 본 것보다 더 넓어 보였다. 적어도 폭 300미터, 길이 150미터쯤 되어 보였다. 그녀는 한쪽 구석에 등을 돌린 채 몸을 웅크리고 있는 둘세의 검은색 털을 발견했다. 둘세는 꽃을 한 움큼 뽑아서 냄새를 맡고 있었는데, 먹을 수 있는 건지 아닌지 고민하는 것 같았다.

둘세는 뒤쪽에서 문이 열리는 소리가 들리자 몸을 돌렸다. 암컷 고릴라는 들고 있던 꽃을 내던지고 길게 자란 풀밭 사이를 신나게 달리며 디앤에게 향했다.

너 왔네, 너 왔네.

디앤이 두 팔을 벌리자마자 둘세는 그녀의 품안으로 뛰어들었다. 마지막 순간, 디앤은 새로운 조끼를 떠올리고 몸을 움츠렸지만 둘세의 몸은 쿵 소리가 날 정도로 조끼에 부딪치고 말았다. 그녀는 얼른 둘세를 땅에 내려놓고, "민감한 거야"라고 말하고 조끼를 톡톡 치며 가리켰다. "조심해야 돼."

둘세는 이를 드러내며 씩 웃었다. **좋아, 나는 조심해.** 암컷 고릴라는 디앤의 손을 잡고 앞쪽으로 끌어당겼다. *이리 와. 새 꽃. 예쁘다.*

후안 디아즈는 거의 한 시간 가까이 둘세가 새로운 놀이터 여기저기를 둘러보는 모습을 지켜본 후, 삐걱거리는 철문을 열고 울타리 구역 안으로 발을 들여놓았다. 그는 길게 자란 풀밭을 터벅터벅 걸어갔고 미소를 머금은 채 그들에게 다가갔다.

"잘 잤어요? 디앤."

"좋은 아침이야, 후안."

후안이 지켜보는 가운데 둘세는 작은 나무를 타고 올라가서 가장 낮은 가지 쪽으로 기어갔다. "둘세는 어때요?"

디앤이 말을 하려다가 갑자기 멈추고 조끼를 내려다보았다. "음 소거 단추는 어디 있어?"

"그 장치를 설치할 시간은 없었어요."

디앤은 고개를 끄덕이고 자신의 손가락으로 작은 마이크 위를 막았다. 또 혹시나 하는 마음에 조끼가 둘세로부터 떨어지도록 돌아섰다. "둘세는 잘 지내고 있어. 살짝 불안한 기색을 보이긴 하지만." 그녀는 주변을 손으로 가리켰다. "그래도 함께 바깥에 있으니까 조금은 나아진 것 같아."

"제가 봐도 비행기에서는 둘세가 약간 혼란해하는 것 같았어요."

"맞아. 고릴라는 내향적이라서 겉으로 보이는 건 빙산의 일각에 불과해. 고릴라들이 한계점에 이르러도 우린 경고를 알아차리지 못할 거야."

후안은 디앤의 시선이 바뀐 것을 알아차리고 어디를 보는지 보려고 몸을 돌렸다. 마테우스 알베스가 큰 건물에서 나와 다가오고 있었다. 지팡이를 짚고도 풀밭을 걷는 모습이 힘겨워 보였다. 한 사내가 알베스와 함께 걸어오고 있었는데, 키가 큰 데다 어깨가 넓었고 카키색 반바지와 셔츠를 입고 있었다. 디앤과 후안은 나무 위에서 놀고 있는 둘세를 그대로 놔둔 채 울타리 앞에서 그들을 만났다.

"알베스 씨."

"좋은 아침입니다, 드레이퍼 양. 디아즈 씨. 두 분 모두 잘 주무셨나 모르겠군요." 그는 바로 뒤에 서 있는 남자에게 눈을 돌렸다. "이곳 보안 책임자인 미구엘 블랑코를 소개해 드리죠. 제가 자리를 비울 땐 이 친구가 일이 계속 진행되도록 도와드릴 겁니다."

디앤은 정중하게 미소를 지었다. "만나서 반갑습니다."

"안녕하세요." 후안이 덧붙였다.

"안녕하십니까." 블랑코는 두 사람에게 살짝 고개를 끄덕였다. 검고 매처럼 날카로운 눈과 짙게 그을린 피부를 가진 그는 사복을 입은 노련한 군인처럼 보였다.

알베스는 디앤 너머를 바라보았다. "오늘 아침 둘세는 어떤가요?"

"지금까진 잘 지내고 있습니다." 그녀는 방금 후안과 이야기를 나누었던 둘세의 미묘한 행동 변화에 대해서는 말을 안 하는 게 낫다고 생각했다.

"좋은 소식이군요. 먹을거리를 좀 내어 드릴까요?"

"네, 부탁드려요. 둘세가 꽃들을 다 따먹을지도 모르니까요."

알베스가 웃었다. "둘세가 좋아하는 거라면 뭐든 먹어도 괜찮습니다. 설마 모든 꽃을 다 좋아하지는 않겠죠. 제가 두 대륙 간의 식물 차이를 잘 모른다는 걸 인정해야겠군요. 바로 먹을 걸 가져오라고 하겠습니다. 다른 동물들은 지난 야만적인 파괴 행위 때 많이 도망쳤어요." 그는 울타리 너머 언덕 쪽을 가리켰다. "나머지 보호구역은 야생이라 남아 있던 동물 대부분이 그쪽으로 탈출했죠. 그 동물들을 찾으려면 시간이 좀 걸릴 것 같아 걱정입니다."

"우리가 찾는 카푸친 원숭이도 그쪽에 있을까요?"

"네, 그렇게 믿고 있습니다."

디앤은 여전히 언덕 위를 바라보며 고개를 끄덕였다. 그녀는 어디서부터 어디까지가 보호구역인지 분간할 수 없었다… 역시 브라질다웠다. 눈길이 닿는 곳은 온통 산과 정글이었다. 그녀는 눈앞에 펼쳐진 더없는 광활함에 가슴이 철렁 내려앉는 느낌이 들었다. 마침내 그동안 줄곧 외면해 왔던 생각에 직면했다. 도대체 이 드넓은 곳에서 원숭이 한 마리를 어떻게 찾으란 말이지?

디앤은 크게 심호흡을 했다. 두려워하고 있던 또 다른 문제가 있었다. 그 또한 더 이상 미룰 수만은 없는 노릇이었다. 그녀는 후안에게 돌아선 다음 조끼의 잠금장치를 풀기 시작했다. "후안, 잠시만 둘세를 돌봐줄래?"

"그럴게요."

디앤은 알베스를 바라보았다. "루크의 방을 좀 보여주시겠어요?"

* * *

미구엘 블랑코는 문의 잠금장치를 풀고 밀어 열었다. 그런 다음 디앤이 들어갈 수 있도록 비켜섰다.

블랑코가 그녀 뒤에서 불을 켜자, 디앤은 숨이 턱 막혔다.

알베스가 복도에서 걸어 들어오더니 그녀의 어깨에 살며시 손을 얹었다. "미안합니다, 드레이퍼 양. 공격을 당한 그날 밤 모습 그대로 놔두어야만 했습니다. 수사를 위해서요."

디앤은 멍하니 고개를 끄덕이고 방을 훑어보았다. 여러 집기들이 뒤집혀 있거나 부서져 있었다. 옷가지들은 작은 옷장에서 꺼내어져 바닥에 널려 있었다. 구석에 있는 큰 책상 역시 뒤집혀 있었다.

"맙소사," 그녀가 속삭였다. "무슨 일이 있었던 거죠?" 그녀는 알베스와 블랑코를 향해 돌아섰다. "그 사람들이 뭔가를 찾고 있었나요?"

알베스는 어깨를 으쓱했다. "그런 것 같아요. 하지만 우린 그게 뭔지 모릅니다. 분명한 건 우린 비밀스러운 일을 하고 있지 않다는 겁니다."

디앤은 깨진 전등을 넘어가다가 불현듯 핏자국이 보이지는 않을까 두려운 생각이 들었다. 다행히 그런 것은 전혀 없었다.

알베스는 그녀의 어깨 뒤에서 부드럽게 말했다. "바깥의 발자국을 보면 루크는 끌려 나간 후 사라진 것 같습니다. 거기서 차에 태우고 데려갔을 겁니다. 우리가 알아낸 것을 보면, 모든 게 이 보호구역을 엉망으로 만들기 위해 계획된 고의적인 파괴 행위처럼 보입니다. 냉반방 장치를 비롯한 주요 공조 시스템이 부서졌으니까요."

"왜 당신의 보호구역을 못 쓰게 만들려고 했을까요?"

알베스는 고개를 가로저었다. "저도 모릅니다, 드레이퍼 양. 말씀드렸듯이, 제가 사업에 실패하는 것을 보고 싶어 하는 적들이 많긴 하지만, 이 보호구역은 다릅니다. 이건 제가 우리나라 국민들을 위해 진정으로 애써온 일입니다. 또한 남아메리카의 모든 사람을 위한 일이기도 하고요."

"루크가 뭔가 본 게 아닐까요? 보지 말았어야 했던 뭔가를요?"

"그럴 가능성도 있습니다. 그가 누군가를 알아봤다면, 왜 그를 데려갔는지 설명이 되니까요."

과연 그럴까? 디앤은 속으로 생각했다. *그게 정말 무슨 설명이 되나?* 루크가 아직 살아있다고 간절히 믿고 싶었지만, 그녀는 분석적인 사람이었다. 그녀는 머릿속으로 뻔한 질문을 하지 않을 수 없었다. *만약 루크가 보지 말아야 할 것을 보았다면, 왜 그를 그냥 죽이지 않았을까? 유일한 설명은 그가 뭔가를 보지 못했다는 것이었다… 대신, 아마도 뭔가를 알고 있었을 것이다.*

그녀는 바닥에 널린 물건들을 한참 동안 빤히 쳐다본 후 다시 돌아서서 자신을 초청한 사람을 마주보았다. "그리고 루크가 연구하고 있던 원숭이를 찾으려는 이유가… 정확히 무엇 때문이죠?"

"뭐가 됐든지요." 블랑코가 굵은 목소리로 대답했다. "누가 이런 짓을 했든 간에 종적을 감췄습니다. 우린 카푸친 원숭이가 그들이 누구였는지 단서를 알려주길 바라고 있습니다. 유니폼이든, 휘장이든 뭐든지요. 우린 그 원숭이에게 보여줄 많은 사진들을 가지고 있고, 뭔가를 골라낼 수 있기를 바랍니다. 이 시점에서 우리에게 남은 유일한 선택지니까요."

디앤은 고개를 저었다. 시간이 갈수록 더 불가능하다는 느낌이 들었다. 그녀는 바닥에 뒤집어져 있는 액자 하나를 발견하고 걸음을 멈추었다. 손을 뻗어 액자를 집어 들고 뒤집었다. 사진을 보자 곧바로 옛 기억이 떠올랐다. 그녀와 루크가 수년 전 바닷가에서 무릎 높이의 물속에 서 있는 사진이었다. 둘 다 웃고 있었다.

눈물이 그녀의 눈에 고이기 시작했다. 그녀는 눈을 꾹 깜박이며 눈물을 몰아냈다. 손등으로 재빨리 눈물을 훔쳐낸 디앤은 알베스와 블랑코를 다시 돌아보았다. "덱스터라는 원숭이의 비디오나 오디오 자료가 있나요?"

29

크리스는 또 다시 뱃머리에 서 있는 앨리슨을 발견했다. 그녀는 샌드위치를 먹으며 보트가 제자리에 떠 있는 동안 바다를 바라보고 있었다. 늦은 오후의 햇살이 잔잔한 물결에 반사되어 눈부시게 빛났다. 더크와 샐리가 먹이 사냥을 떠난 터라 얼마간 모두 한가한 시간을 가지게 되었다.

"앨리!" 크리스는 바다로 떨어지지 않도록 조심하며 앞으로 걸어갔다.

그녀가 몸을 돌리자, 크리스가 손에 위성전화기를 들고 다가오는 것이 보였다. "누구 전화야?"

크리스가 미소를 지었다. "누구겠어."

그녀는 전화기를 귀에 갖다대고 대답했다. "여보세요?"

"안녕, 아름다운 아가씨."

앨리슨이 활짝 웃었다. "그쪽도 안녕."

"별일 없죠? 휴대전화를 받지 않기에 바다에 있을 거라고 생각했어요."

"맞아요. 우린 이미 100킬로미터 이상 떠나 왔는데, 멀리 세인트 키츠 섬 (서인도 제도 동부의 영국령 섬)이 눈에 보일 정도예요. 그리고 그걸 기억하고 있다니까 기분 좋은데요. 지금 뭐 하고 있어요?"

클레이는 시저를 쳐다보았는데, 피자 조각을 허겁지겁 먹는 중이었다. "스티브가 먹는 걸 지켜보는 중이에요." 그가 농담 삼아 말했다. 사실, 그들은 지난밤을 꼬박 새우다시피 하며 보냈던 낡은 건물에서 약 1.5킬로미터쯤 떨어진 곳에 있었고 곧 그 건물로 다시 돌아갈 예정이었다.

"가엾어라." 앨리슨은 시저의 왕성한 식욕을 익히 알고 놀려댔다.

"일은 잘 진행되고 있나요?"

"네. 더크와 샐리는 저녁거리를 찾으러 갔고, 켈리는 오늘 밤 당번이라서 지금 낮잠을 자고 있어요. 우린 내일 목적지에 도착할 것 같아요."

"흥분해서 정신이 없겠군요."

"맞아요." 그녀는 바다를 향해 다시 몸을 돌렸다. "정말 그래요. 기대했던 것 이상이에요, 존." 그녀는 잠시 말을 멈췄다. "당신도 여기 함께 있었으면 좋았을 텐데."

"나도 그래요." 그의 중후한 목소리가 스피커를 통해 들렸다. "하필이면 이때 일이 생기는 바람에, 나도 아쉬워요."

"알아요. 성질부리는 건 아니에요. 그냥…," 그녀는 잠시 고심하다가 화제를 바꾸기로 했다. "참, 디앤에 관해서 할 말이 있어요!"

"무슨 얘긴데요?"

앨리슨은 십여 분 동안 클레이에게 알베스가 비서와 함께 방문한 사실, 디앤의 친구에 대한 소식, 그리고 디앤이 둘세를 데리고 그 사람들과 함께 가기로 마음먹었다는 소식을 전했다. 그녀가 이야기를 마치자 클레이는 조용히 생각에 잠겼다.

"그 사람 이름이 뭐라고요?"

"마테우스 알베스. 들어본 적 있어요?"

"들어보진 않았지만, 그건 큰 의미가 없어요."

"리와 후안이 그 사람 신원을 확인해 봤어요. 두 사람의 검색 능력을 고려하면, 꽤 믿을 수 있는 사람 같아요."

클레이는 여전히 생각에 잠겨 있었다. "둘세가 정말로 다른 영장류와 의사소통을 할 수 있을까요?"

앨리슨은 어깨를 으쓱했다. "확실하진 않지만, 디앤은 가능하다고 생각하는 것 같아요. 영장류는 의사소통 방식이 매우 비슷하다고 말했거든요. 솔직히 말하면, 그게 가능하든 안 하든 그녀는 갔을 거예요. 나라도 그랬을 테니까."

"디앤이 떠난 이후로 연락은 왔었나요?" 클레이는 다시 시저를 쳐다보았는데, 그는 두 사람의 대화 주제를 알아차리고 귀를 기울이고 있었다.

"네. 어젯밤에 통화했어요. 무사히 도착했다더군요. 그리고 새로운 통역용 조끼는 잘 작동하는 것 같대요. 운이 좋으면 그녀의 친구에 대해서도 빨리 알아낼 수 있을 거래요."

"희망적으로 들리진 않은 모양이네요."

앨리슨은 한숨을 쉬었다. 그녀는 희망을 갖고 싶었지만, 모든 상황을 고려해 볼 때 가능성은 낮아 보였다. 설령 둘세가 작은 원숭이를 찾고 의사소통을 할 수 있다고 해도, 그 원숭이가 도움이 될 만한 것을 알려준다고는 상상하기 힘들었다. 그녀는 디앤의 친구가 살아 있다고 믿고 싶었지만, 알베스가 묘사한 상황을 보면 확신이 들지 않았다. "나를 알잖아요." 그녀가 클레이에게 말했다. "최악에 대비하되 최선을 희망하자."

반대편에서 클레이가 미소를 지었다. "당신은 정말 현명한 사람이에요, 앨리슨." 그는 손목시계를 흘끗 보았다. "이만 끊어야겠어요. 스티브와 나는 더 늦기 전에 할 일이 좀 있어요. 몸조심해요. 곧 다시 전화할게요."

"알았어요, 전화해줘서 고마워요. 당신도 조심하세요."

"그럴게요."

클레이는 통화를 마치고 전화기를 가방 옆 주머니에 집어넣었다.

시저는 눈썹을 추켜세우며 여전히 지켜보고 있었다. "둘세와 디앤에게 무슨 일이 생겼다고?"

"여행을 간 것 같아."

"여행? 어디로?"

클레이는 옆 주머니의 지퍼를 채우고 가방을 어깨에 걸쳤다. "가자고. 가는 길에 말해줄게."

시저는 고개를 끄덕이며 자신의 가방을 집어 들었다. 어두워지기 전에 목적지에 도착하려면 시간이 많지 않았다. 두 사람은 목적지에 이르자마자 검은색 전투복으로 갈아입고, 위치를 잡기 위해 서둘러 언덕을 올라갔다.

* * *

전날 밤과 마찬가지로 트럭들이 굉음을 내며 좁은 비탈길을 따라 산 아래쪽으로 천천히 움직였다. 저단 기어에도 불구하고 큰 트럭들은 자체 중량이 부담되었는지 변속기가 반항하듯 신음 소리를 냈다. 타이푼 트럭의 밝은 전조등이 마침내 울창한 밀림의 한 구역을 비추었는데, 그곳에는 클레이와 시저가 조용히 엎드린 채 기다리고 있었다.

앞서 랭포드와의 대화에서, 그는 고위관료들이 그 트럭에 무엇이 실려 있는지 가능한 빨리 알아야 할 필요가 있다는 점을 강조했다. 그 말은 두 사람이 즉흥적이고 신속하게 움직여야 한다는 뜻이었다.

첫 번째 트럭이 지나가는 동안, 엎드려 있는 시저는 팔꿈치를 세워 양팔을 받치고 M4 카빈 소총을 어깨에 단단히 고정한 채 꼼짝도 하지 않고 감시 자세를 유지했다. 그는 내리막 비탈길에 있는 탁 트인 지역을 겨누고 있었다. 필요할 경우 클레이를 엄호해 줄 수 있는 곳이었다.

시저보다 조금 더 위쪽 언덕에는 클레이가 쪼그리고 앉아 기다리고 있었다. 계획은 단순했다. 아니, 시간에 쫓긴 상황에서 그들이 생각해 낼 수 있는 가장 단순한 계획이었다. 시저는 클레이보다 사격술을 뛰어났고, 클레이는 시저보다 더 빨리 달릴 수 있었다. 그런 이유로 시저가 엄호를 맡기로 했다.

마지막 트럭이 덜컹거리며 지나가자 클레이는 즉시 벌떡 일어나 경사면을 빠르게 기어올랐다. 단 몇 걸음 만에 비탈길로 들어선 그는 전속력으로 달리기 시작했다. 클레이는 가파른 비탈길을 내려가며 트럭의 거무스름한 윤곽을 뒤쫓았다. 울퉁불퉁한 지형에 발이 걸려 비틀거렸지만, 다시 균형을 잡고 속도를 높여 덜컹거리며 달리는 트럭 뒷부분을 향해 손을 뻗었다.

클레이의 손이 트럭의 뒤 손잡이에 거의 닿으려는 순간, 비탈길의 경사가 완만해지며 트럭이 갑자기 속도를 냈다. 그는 다시 비틀거렸지만 속도를 내며 따라붙었다. 철제 손잡이를 붙잡는 순간, 발이 움푹 파인 곳을 디디는 바람에 발목을 약간 비틀리며 한쪽 무릎이 꿇리고 말았다. 질주하는 트럭 뒤에 매달린 채 땅 위로 질질 끌려가던 클레이는 가까스로 다른 손잡이를 붙잡고 무릎을 가누었다. 그는 손을 번갈아 옮겨가며 몸을 일으켜 세웠고 이제는 발만 끌리는 상태가 되었다. 클레이는 한쪽 무릎을 범퍼에 갖다대고 지탱하면서 마침내 양 무릎 모두를 범퍼 위로 올려놓는 데 성공했다.

그 자세는 질질 끌려가는 것보다는 나았지만, 트럭의 심한 흔들림 때문에 클레이의 무릎은 단단한 금속에 계속 부딪혔다. 그는 다시 힘을 주며 몸을 들어올렸고, 한쪽 발을 받치고 일어선 뒤 시커먼 금속 문에 몸을 밀착시키며 완전히 일어섰다.

뒤쪽으로 이십 미터쯤 떨어진 곳에서 지켜보던 시저는 클레이가 안쓰러운지 뜨고 있는 한쪽 눈을 굴린 다음 다시 조준경 속을 들여다보았다. "카메라가 있었으면 좋았을 텐데."

시저는 트럭에 소총을 계속 겨운 채 거무스름한 형체의 클레이가 손잡이를 비틀고 재빨리 문을 여는 모습을 지켜보았다. 그러고 나서 그는 바로 안쪽으로 사라졌고 그 문은 다시 닫혔다.

어둠 속에서 클레이는 한쪽 다리 주머니에서 작은 손전등을 꺼내 입에 물었다. 고무 끝부분을 꽉 물자 작은 LED 조명이 켜지며 컴컴한 내부가 희미하게 밝아졌다. 비밀스러운 상자는 예상했던 것보다 더 컸다. 상자들은 옆면과 바닥에 두꺼운 나일론 끈으로 고정된 채 쌓여 있었다.

클레이는 재빨리 고정용 끈 하나를 붙잡고 래칫(역회전을 방지하는 톱니 바퀴 장치) 을 느슨하게 하자, 나무상자 하나를 꺼낼 만큼의 여유가 생겼다. 트럭의 변속기가 다시 그렁렁거리며 차가 흔들리는 바람에 클레이는 앞으로 쓰러졌다. 그는 다른 나무상자에 세게 부딪치며 넘어졌지만 곧바로 다시 일어나서 그 상자를 손으로 붙잡았다. 클레이는 매순간 시저의 엄호로부터 더 멀어진다는 사실을 지극히 염두에 두고 있었다.

트럭 운전사는 옆 좌석의 군인을 쳐다보았다. "무슨 소리 못 들었어?"

"뭔가 넘어진 소리 같은데."

운전사는 브레이크 페달을 밟았고 트럭은 끼익 소리를 내며 멈춰 섰다. 그는 다른 발로 비상 브레이크를 밟고 변속기의 동그란 머리 부분에 손을 얹었다. 그러고는 뒤쪽을 향해 고갯짓을 했다. "가서 확인해봐."

* * *

언덕 위쪽으로 꽤 떨어져 있던 시저는 브레이크 등이 켜지는 것을 보고 한쪽 눈을 떴다. 트럭 뒤쪽 주변이 으스스한 붉은 빛으로 빛났다.

"존, 당장 나와." 그가 조용히 중얼거렸다. 잠시 후, 트럭의 비상 브레이크가 걸리는 소음이 들렸다. "당장 나와야 해!"

곧이어 조수석 문이 열렸다.

병사 한 명이 땅에 발을 디디고 나서 총을 어깨에 걸쳤다. 상자가 헐거워져서 넘어지는 일은 그리 드물지는 않았다. 그러나 그들은 아무리 사소한 일이라도 철저히 조사하라는 명령을 받았다. 트럭에 실린 화물을 고려하면, 그들은 절대로 명령을 거스르는 위험을 무릅쓰지 않을 것이다.

병사는 붉은 빛을 온몸에 받으며 트럭 뒤에 섰다. 그는 어깨에서 총을 내리고 트럭 뒷문 쪽으로 고개를 기울였다. 손가락을 방아쇠에 건 채 왼손을 들어올려 뒷문 손잡이를 비틀었다. 그는 재빠른 동작으로 뒷문을 잡아당겨 열었고 뒤로 한 걸음 물러나며 안쪽을 향해 총을 겨누었다.

30

상자 하나가 바닥에 놓여 있었다.

병사는 소총으로 트럭의 컴컴한 짐칸 안을 계속 겨눈 채 상자 주변을 자세히 살폈다. 그런 다음 조심스럽게 뒷문을 열고 올라갔다. 소총을 짐칸 벽에 기대어 놓은 후 병사는 상자를 붙잡고 힘을 주어 들어올리며 다른 상자들 위에 다시 올려놓았다. 그는 느슨해진 끈의 끝을 손에 감싸 쥐고 힘껏 잡아당기며 래칫을 다시 단단하게 조였다.

트럭 운전사는 뒤쪽에서 문이 쾅 소리와 함께 닫히는 것을 느꼈다. 잠시 후, 조수석 문이 다시 열렸다. 동료가 옆에 다시 올라타고 문을 닫았다.

트럭이 앞으로 달리며 언덕 아래로 내려가자, 시저는 방아쇠에서 손가락을 빼내고 숨을 내쉬었다. 그는 조준경이 달린 총구를 이리저리 돌려가며 탐색했다. 몇 분 후, 근처 덤불 속에서 클레이로 보이는 시커먼 형체가 일어서서 주위를 둘러보는 모습이 보였다.

* * *

두 사람 모두 트럭이 시야에서 완전히 사라질 때까지 한동안 움직이지 않았다. 시저가 조준경을 통해 지켜보는 가운데, 클레이는 주의 깊게 귀를 기울인 후 비탈길 쪽으로 다시 걸어 나왔다.

클레이가 언덕길을 다시 올라와 시저 옆에 앉고 나서야 그는 긴장을 풀었다. "조마조마했어."

"게다가 고통스러웠지." 클레이가 대답했다. 그는 바지의 무릎 부분을 살피며 찢어진 부분을 만지작거렸다.

"또 무릎 아프다고 얘기하려는 건 아니겠지!"

"정말로 무릎이 도움이 되지 않았다니까!"

시저는 키득거리며 무릎을 꿇은 채로 몸을 일으켰다. 그는 M4 소총을 오른쪽 어깨 위에 걸쳤다. "그래, 뭐 건진 게 있어?"

클레이는 고개를 끄덕이며 일어섰다. 그는 재킷 안으로 손을 집어넣어 뭔가를 꺼냈다.

시저는 그를 빤히 바라보았다. 클레이가 꺼낸 것을 보고 실망한 듯 눈을 가늘게 떴다. "잠깐, 그게 다야? 그게 그 안에 있던 거라고?"

클레이는 조용히 고개를 끄덕였다.

시저가 고개를 저었다. "농담하는 거지!"

* * *

밝은 조명 아래, 차오 대위는 초계함과 부두를 연결하는 통로를 거침없이 내려와 타이푼 트럭 한 대 쪽으로 달려갔다. 병사 한 명이 마지막 트럭에서 뭔가를 발견하고 다른 사람들에게 소리치며 알렸다.

병사들이 트럭 뒷문 주위로 모여들었고, 차오는 도착하자마자 병사들에게 비키라고 소리치며 그들 사이를 밀치고 나아갔다. 그는 자신의 부하 한 명이 상자를 조사하고 있는 트럭 짐칸으로 올라갔다.

"무슨 일이야?"

"대위님, 상자 하나가 손상되었습니다." 부하는 차오가 자세히 볼 수 있도록 뒤로 물러났다. "운전사가 말하길, 삼 킬로미터 전쯤에 상자 하나가 위에서 떨어졌다고 합니다."

차오는 나무 상자의 모서리 일부가 심하게 갈라진 것을 볼 수 있었다.

"대위님!" 그 부하는 상자 가장자리를 손가락으로 더듬다가 경첩이 달린 상자의 덮개를 들어올리며 차오에게 보여주었다.

차오는 안을 들여다보았다. 그는 즉시 몸을 휙 돌리고 트럭 밖으로 다시 뛰어내렸다. "누군가 침입한 흔적이 있어!" 그가 병사들에게 소리쳤다. "삼 킬로미터라고! 가자!"

차오의 정예 부하들이 즉시 앞다투듯 트럭에 올라 상자들 주위로 모여들었고 최대한 빠르게 상자들을 내렸다. 상자들을 모두 내리자마자, 병사 몇 명이 안으로 올라타 짐칸의 문을 닫았다. 운전사는 기어를 저단에 놓고 차오가 옆 좌석에 올라타는 것을 지켜보았다. 운전사가 브레이크를 풀자 트럭은 앞으로 돌진해 나아갔다.

강력한 엔진이 속도를 올리느라 굉음을 내자, 차오는 소음 너머로 무전기에 대고 소리를 질렀다.

클레이와 시저는 걸음을 멈추었다. 산을 반쯤 내려가고 있을 때 갑자기 소란스러운 소리가 들렸다. 두 사람은 작은 둔덕 위로 뛰어 올라가서 산 아래쪽을 내려다보았다. 트럭들이 다시 오르막길을 빠르게 올라오고 있었다. 두 사람을 향해서.

시저는 클레이를 돌아보았다. "뭐야, 감사 편지라도 남겼어?"

클레이는 배낭을 둘러메고 끈을 단단히 조였다. "무슨 실수를 했나봐."

두 남자는 어두운 숲속 나무들 사이를 갈지자로 달리기 시작했다.

병사들은 앞서 트럭이 멈춘 곳에서 그리 멀지 않은 곳에 있는 문제의 현장을 발견했다. 초목이 짓눌려 있었기 때문에 누군가가 그 자리에서 기다리고 있었다는 사실을 알아차릴 수 있었다. 차오의 부하들은 빠르게 흩어져서 수색을 했지만 어떤 흔적도 찾을 수 없었다. 날이 어두워 어쩔 수 없었다. 비탈길 아래로 멀리 내려간 클레이와 시저의 흔적을 발견할 수 있을 만큼 날이 밝으려면 몇 시간 더 걸릴 것이다.

차오는 손전등으로 주변 지역을 살펴보았다. 아무런 흔적도 남아 있지 않았다. 초목이 평탄하게 눌린 자국뿐이었다. 그는 나지막한 경사면을 올라 다시 비탈길로 돌아온 뒤 트럭 뒤쪽으로 걸어갔다. 손전등으로 뒷문 전체를 비춰본 다음, 아래쪽 범퍼를 따라 불빛을 비추었다.

차오는 범퍼와 트럭의 뒷문 틈새에 끼어 있는 작은 뭔가를 발견하고 가까이에서 자세히 들여다보았다. 그는 손을 뻗어 그것을 붙잡고 억지로 흔들며 강제로 빼냈다. 그것을 손가락 사이에 끼고 문질러보며 주의 깊게 살펴본 후 다시 트럭을 돌아보았다. 그는 그 직물을 잘 알고 있었다.

* * *

장웨이 장군은 잠에서 깨어나 침대 옆 작은 탁자 위에 놓인 휴대전화를 졸린 눈으로 바라보았다. 전화벨이 세 번째 울리고 나서야 손을 뻗어 전화기를 집어 들었다. 어두운 방안이라 전화기 화면이 눈이 시릴 정도로 밝았다. 그는 발신자 번호를 보려고 눈을 가늘게 떴다. 차오였다.

장군은 통화 버튼을 눌렀지만, 암호화 기능이 설정되었는지 확인하기 위해 한쪽 눈을 감은 채 화면을 계속 지켜보았다. 마침내 전화기를 귀에 갖다 댔다. "무슨 일인가?"

차오의 말은 분명하고 오해의 여지가 없었다. "미국 측에서 눈치를 챘습니다."

웨이 장군의 머릿속에서 즉시 안개가 걷혔고, 그는 침대 가장자리에 앉으며 생각에 잠겼다. 그는 놀라지 않았다. 과학연구선이 도착한 이상 그것은 불가피한 일이었다. 미국에서 군함을 보내지 않는 건 현명했다. 웨이 장군은 본능적으로 손을 뻗어 안경을 찾아서 썼다. "하지만 그들이 정말 알아냈을까?"

차오는 위성 전화기를 귀에 갖다 댄 채 트럭 전조등에서 나오는 눈부신 밝은 불빛 너머 어둠 속을 들여다보았다. "아직은 모르겠지만, 곧 알아낼 겁니다. 샘플을 가져갔습니다."

"젠장." 웨이는 화가 난 듯 욕설을 내뱉었다. 그들이 뭘 가졌는지 알아내는 데는 웨이의 수하들이 애초 걸린 것만큼 시간이 걸릴 것이다. 하지만 오래 걸리지는 않을 것이다. 아마도 며칠 정도. "확보한 게 어느 정도지?"

"대략 60퍼센트입니다."

웨이는 어둠 속에서 말없이 고개를 끄덕였다. 그는 더 많은, 훨씬 더 많은 양을 원했지만, 이미 확보한 것이라도 가져와야 했다. 그는 다른 방법이 없을까 생각하며 망설였다. 어쩌면 미국인들은 그것이 뭔지 알아내지 못할 수도 있다. 설령 알아낸다 하더라도 예상보다 오래 걸릴 수도 있었다. 어쩌면 정치인들이 그것에 대한 소문을 듣고 관료적인 다툼을 벌일 수도 있을 것이다. 미국인들이 그렇게 하는 걸로 유명하니까.

제기랄! 그는 다시 고개를 저었다. 모험을 걸 수는 없었다. 미국인들은 과학연구선을 보낸 것이 얼마나 행운인지 전혀 모르고 있었다. 조만간 알게 될 것이다.

웨이는 체념한 듯 한숨을 내쉬었다. "삼 일 더." 그가 말했다. "우리에게 적어도 그 정도 시간은 있어. 그런 다음 남아 있는 걸 파괴하게."

차오는 지시를 확인하고 전화를 끊었지만, 웨이는 전화기를 든 채 여전히 침대 가장자리에 앉아 침통한 표정으로 생각에 잠겼다. 마침내 그는 침대에 드러누웠다. 옆자리는 비어 있었다.

그는 어떤 위험도 감수할 수 없었다. 그것은 일생에 한 번 있을까 말까 한 발견이었다. 아니, 그는 속으로 생각했다. *그건 그보다 더 대단한 거야, 훨씬 더 대단하고말고.*

31

크룩스타드 함장이 함교 안으로 걸어 들어왔다. 늘 그렇듯 셔츠의 마지막 단추까지 채운 모습이었다. 그는 당직 장교의 어깨 너머로 밖을 바라보았다. 이른 아침의 안개가 배를 에워싸고 있어서 묘한 고립감을 주었다.

"그게 어디 있나?" 크룩스타드가 물었다.

당직 장교는 앞쪽으로 고갯짓을 하며 말했다. "좌현으로 대략 3도입니다. 함장님."

"얼마나 빠른가?"

"불쑥 나타났는데, 속도는 대략 오 노트입니다."

크룩스타드는 긴장을 조금 풀며 커다란 창문을 통해 계속 밖을 내다보았다. 누군가가 보디치호를 공격하는 거라면, 터무니없이 느린 공격이었다.

통신 장교가 고개를 돌렸다. "함장님, 위성을 통해 함장님께 전화가 왔습니다."

"누군가?"

"존 클레이입니다, 함장님. 자신이 그 보트에 타고 있답니다." 그 장교는 그런 다음 미소를 지었다. "그리고 쏘지 말랍니다."

크룩스타드는 눈알을 굴렸다. *나 원 참, 뭐가 있어야 쏘든지 말든지 하지?*

십 분 후, 수상한 배가 안개 속에서 서서히 모습을 드러냈다. 크룩스타드는 어떤 배인지 보고 거의 웃음을 터뜨릴 뻔했다. 작은 저인망 어선.

낡고 반쯤 녹슨 저인망 어선은 속도를 늦추고 보디치호의 뱃머리를 미끄러지듯 지나갔다. 곧이어 선장은 두 선박이 거의 닿을 정도로 능숙하게 조종했다. 저인망 어선의 완충재는 내려져 있었지만 굳이 필요하지 않아 보였다. 어선이 점점 더 가까이 미끄러져 오는 사이 보디치호의 정비용 사다리가 선체 바깥으로 내려졌다. 우르릉 소리와 함께 어선의 엔진이 역회전을 했고, 배는 천천히 움직이다가 사실상 정지 상태가 되었다. 어선의 뱃머리 끝이 슬금슬금 가까워졌다. 클레이와 시저는 돌아서서 선장에게 감사를 표한 후 어선 뱃머리에서 보디치호의 외부 사다리로 뛰어올랐다.

두 사람이 사다리 상단에 이르렀을 때, 크록스타드 함장은 팔짱을 낀 채 장교들과 함께 굽어보고 있었다. "물고기는 많이 잡았나!" 그는 히죽거리며 말했다.

클레이는 갑판으로 올라온 후 가방을 풀고 함장에게 경례를 했다. "다소 급하게 떠나야 했습니다. 호들갑스럽게 나타나서 죄송합니다. 위성을 통해 연락을 하는 데 문제가 좀 있었습니다."

크록스타드가 입술을 비죽거렸다. "도대체 뭔 난리야. 더 이상 그런 모닝콜은 받지 않았으면 하네." 그는 그들에게 다가가며 시저에게 고개를 돌렸다. "요란하게 귀환했다는 건 뭔가를 발견했다는 뜻이겠지."

"비슷합니다."

* * *

30분 후, 클레이와 시저, 크록스타드 함장, 월 보거는 작은 금속 탁자 주위에 반원형으로 둘러앉았다. 네 사람 모두 모니터를 향해 앉아 있었다. 항해 중인 선박에서의 회의 기능은 먼저 위성에서 신호를 반사시켜야 하기 무척 제한적이었다. 그러나 모든 기술적 한계를 차치하더라도 화면은 놀랄 만큼 선명했다. 가끔씩 일어나는 모자이크 현상을 제외하면, 랭포드 제독과 밀러 국방장관은 꽤 잘 보였다. 화면의 또 다른 창에는 그리피스 국가안보보좌관과 바트만 국무장관이 있었다. 하지만 클레이와 시저는 미국지질

연구소의 캐서린 뢰케 박사가 세 번째 창에 나타난 것을 보고 깜짝 놀랐다. 두 사람은 지난해 그녀를 만난 적이 있었는데, 돌이켜보면 손에 꼽을 정도로 기억에 남는 만남이었다.

중국 측 트럭에서 발견한 내용물 사진을 업로드한 후 클레이는 제독의 반응을 기다렸다. 그 사진은 지금 화면에 떠 있었고 랭포드의 반응은 클레이가 예상한 그대로였다.

"설마 진심은 아니겠지!" 랭포드가 소리쳤다. "난데없이 식물이라고?"

"맞습니다, 제독님."

그들은 랭포드와 밀러가 못 믿겠다는 표정으로 서로 바라보는 모습을 볼 수 있었다.

"지금 하고 있는 말이," 밀러가 믿을 수 없다는 표정으로 말했다. "이 모든 것이 어떤 식물 때문이라는 건가?" 화면에 있는 다른 세 명의 고위 관료들은 말문이 막힌 듯 그저 바라보고만 있었다.

클레이가 다시 간단하게 대답했다. "맞습니다, 장관님."

랭포드는 고개를 저으며 한 손으로 입을 감싸는 사이 그리피스가 끼어들었다. "이 모든 시간, 이 모든 비밀, 정체 모를 트럭들, 한밤의 추적, 그 모든 것이… 한 다발의 식물 때문이라니." 과장이 심한 수사적 말투였다.

뢰케 박사의 표정만이 유일하게 놀라움에서 호기심으로 바뀌었다. "중령님." 그녀가 클레이에게 말했다. "나머지 상자들 안에도 같은 것이 들어 있는 게 확실한가요?"

"그렇습니다. 틈새가 있어서 내부를 볼 수 있었습니다. 모든 상자 안에는 제가 열었던 상자와 마찬가지로 똑같은 내용물이 들어 있었습니다. 플라스틱에 싸인 큰 식물들 말입니다."

뢰케 박사가 눈썹을 추켜세웠다. "식물들이 얼마만큼 플라스틱에 싸여 있었죠?"

"뿌리를 포함한 식물 전체입니다. 모두 어떤 특별한 매체에 싸여 있는 것처럼 보였습니다. 제가 입수한 걸 보면 알 수 있듯이, 그 식물은 꽤 큽니다. 각 상자 속에 대략 스무 개씩은 들어 있는 것 같았습니다."

클레이가 화면에 올려놓은 사진은 매우 두꺼워 보이는 짙은 초록색 나뭇잎 부분이었는데, 실물은 훨씬 더 큰 것처럼 보였다. 사실, 크다는 점을 빼면 모든 사람 눈에는 평범한 나뭇잎처럼 보였다. 그들은 전에도 그런 큰 잎을 본 적이 있었다. 특히 야자나무 같은 것에서.

"대체 식물 한 다발을 가지고 뭘 원하는 걸까요?" 랭포드가 물었다. 다른 사람들이 침묵을 지키자 랭포드는 크룩스타드에게 말을 걸었다. "이보게, 로그. 자네 쪽 사람들한테 이걸 살펴보라고 하게, 최대한 빨리."

"이미 그렇게 했네. 클레이가 돌아온 후 곧바로 우리 연구원들에게 샘플을 전해 주었어."

"잘했군." 랭포드가 대답했다. "지금까지는 두 가지 가능성이 보입니다. 첫째는 이 식물에 뭔가 특별한 것이 있다는 것이고, 두 번째는 이 식물이 중국 친구들의 주요 목표가 아닐 수도 있다는 겁니다."

"아니면 계략일 수도 있죠." 밀러가 덧붙였다.

랭포드가 그를 돌아보았다. "무슨 뜻입니까?"

"이 식물이 목표의 일부일 수도 있고 아닐 수도 있다는 말입니다." 그는 잠시 말을 멈추고 생각에 잠겼다. "중국인들은 우리가 여기 있다는 걸 알고 있습니다. 바보가 아니라면, 우리가 여기 있다는 건 그들이 무얼 하고 있는지 알아내기 위해서란 걸 잘 알 겁니다. 그리고 뭘 하고 있는지 알아내는 방법은 오직 한 가지뿐입니다. 트럭 안을 들여다보는 거죠."

랭포드는 고개를 끄덕였다. "그러니까 우리가 나타날 것을 예상하고 있었고, 실제로 산에서 가지고 나온 것 대신 식물들이 가득 찬 상자들로 채워놓았다는 말이군요. 일종의 책략으로."

"정확합니다."

랭포드는 그 말을 고려해보았다.

"다만," 그리피스가 말을 이었다. "우리가 언제 몰래 들어올지는 알 수 없었을 겁니다. 따라서 그때까진 많은 화물 상자들을 계책으로 준비해 놓아야 했을 겁니다, 단 한 상자만이 아니라." 그는 의심스럽다는 표시로 팔을 벌렸다. "얼마나 오랫동안 계속 저러고 있었을까요?"

"동의합니다." 바트만이 덧붙였다. "그들이 뭘 가지고 있든 간에, 이번 적출을 상당히 진지하게 대하고 있습니다. 우리를 혼란스럽게 하려는 수작으로 갑자기 모든 트럭에 화초를 잔뜩 싣기 시작했다는 건 상상하기 힘듭니다. 그들은 우리가 가장 먼저 책략을 의심하리란 걸 알고 있을 겁니다. 우리가 지금 그렇게 하고 있으니까요."

"좋습니다." 랭포드가 대답했다. "그럼 두 번째 시나리오로 넘어가죠. 식물은 그들이 노리는 것들 중 단지 하나일 뿐이다." 그는 클레이가 고개를 젓는 걸 눈치챘다. "클레이?"

"그럴 수도 있습니다, 제독님. 하지만 트럭들 전체가 그 식물들로 가득 차 있었습니다. 비록 그것이 적출의 일부라 할지라도, 트럭들 전체에 가득했다는 것은 식물이 큰 비중이라는 걸 뜻합니다. 가능성 있긴 하지만, 대개는 가장 간단한 답이 옳은 답일 때가 많습니다."

"그 말은 그들이 실제로 노리는 게 이 식물이라는 뜻이겠군."

"맞습니다."

클레이 옆에 있는 윌 보거가 헛기침을 했다. "거들어도 될지 모르겠지만, 저는 클레이의 말이 맞는다고 생각합니다. 위성 영상을 유심히 살펴봤는데, 그들이 상자들을 얼마나 빨리 내리는지를 보면, 그리 무거워 보이지 않는 건 분명했습니다. 또한 그 말은 모든 상자들 속에 같은 물건이 들어 있을 가능성을 뒷받침합니다."

"뢰케 박사님? 혹시 다른 의견 있으십니까?"

뢰케는 천천히 고개를 저었다. "잘 모르겠습니다. 저희 부서원들과 상의해봐야 하겠지만, 표면적으로는 그들이 무척 흥미로운 뭔가를 발견했을 가능성은 분명해 보입니다. 생물의 분류학은 다른 어떤 학문보다 현대 사회에 더 많은 기여를 했습니다. 접착제부터 직물, 항생제까지 거의 모든 것이 근원을 거슬러 올라가면…, 바로 뿌리가 있는 식물들이죠."

"그렇다면 어떤 종류의 식물성 발견을 하면 이런 비밀 유지가 타당할 수 있을까요?" 밀러가 물었다.

뢰케는 눈을 깜박이며 생각에 잠겼다. "거의 모든 것이 될 수 있습니다. 첫 번째 추측은 의학적이거나 생물학적인 겁니다."

"또는 기술적인 것." 시저가 끼어들었다.

랭포드가 시저에게 고개를 돌렸다. "기술적인 것?"

"혹시 모르죠?" 시저가 어깨를 으쓱하며 말했다. "중국이 가장 의존하는 게 무엇입니까? 석유입니다. 어쩌면 관련이 있을지도 모릅니다."

"합성 화학!" 보거는 시저가 무슨 생각을 하는지 이해하고 소리쳤다. 그는 다시 모니터를 보았다. "가능성 있는 얘깁니다, 제독님. 게다가 중국인들이 왜 그것을 차지하려고 하는지 설명이 될 수도 있습니다."

"합성 화학이 뭔가?"

"합성 화학은 원래의 유기적인 원천으로부터 복제할 수 있는 거의 모든 화합물을 말합니다. 뢰케 박사가 말한 것처럼, 생물학에서 파생되었죠. '합성 화학'은 인류가 현대적인 수단, 말하자면 어떤 화학적 공정을 통해 우수한 제품을 생산하는 것을 뜻합니다. 석유가 이런 제품들 중 하나죠. 사실, 합성 석유는 2차 세계대전으로 거슬러 올라갑니다. 나치가 보유한 석유가 고갈되어가자 히틀러는 합성 대체물에 대한 연구를 명령했습니다. 그리고 합성 석유를 발명했죠. 그들은 군대가 계속 움직일 수 있도록 엄청난 양의 석유와 고무를 합성으로 만들어 냈습니다. 물론 연료도요. 하지만 그 과정이 그다지 정교하지 않아서 얻는 것보다 훨씬 더 많은 에너지를 필요로 했죠. 물론, 그런 상태가 오래 갈 수는 없었습니다. 그 이후 많은 발전을 이루었죠."

"무슨 뜻이지?"

"바이오 연료." 보거가 대답했다.

"바이오 연료?"

보거는 시저와 화면을 번갈아가며 보았다. "바이오 연료는 합성 연료보다 훨씬 더 자연적이고 공정도 깨끗합니다. 모든 종류의 기업과 정부가 그것을 연구하고 있습니다. 가장 큰 문제는 바이오 연료조차 우리가 필요로 하는 만큼 효율적이지 않다는 겁니다. 지금의 식물들은 충분히 높은 농도의 유기농 기름을 생산하지 못합니다. 우리에게 정말로 필요한 것은 자립형 바이오 연료를 실제로 달성하기 위해 적어도 20% 이상 더 생산 가능한 식물 근원입니다."

"중국인들이 가이아나에서 발견한 이 식물에 더 많은 기름이 들어 있다고 말하는 건가?"

"가능성 있습니다. 정말로 석유에 초점을 맞춘다면요. 하지만 뢰케 박사가 말했듯이, 무엇이든 될 수 있습니다. 어쩌면 광합성일지도 모르고요."

"빛의 흡수를 말하는 건가?"

"네." 보거는 생각을 멈추고 갑자기 흥분한 표정을 지었다. "사실, 광합성이라면 엄청날 수도 있습니다!"

"윌," 제독이 말했다. "집중해서 우리가 좀 알아듣게 말해주겠나."

"죄송합니다, 제독님." 그가 소심하게 대답했다. "아시다시피, 광합성은 식물이나 나무가 햇빛을 흡수하여 에너지로 바꾸는 능력을 말합니다. 이는 생물학적 과정으로 태양 전지판 같은 것으로 달성할 수 있는 것보다 훨씬 더 효율적입니다."

"그리고?"

"우연히도 중국은 태양광 제품의 최대 제조국이자 수출국입니다. 절대적으로 말이죠."

밀러는 인상을 찌푸렸다. "그래서요?"

"그러니까," 보거가 말을 이어갔다. "중국이 광합성에 엄청 효율적인 식물을 발견했다면 어떨까요? 더 나아가, 그들이 그 식물로 유기적인 과정을 더 잘 이해하거나 복제한다면 어떨까요? 그런 제품과 경쟁할 수 있는 다른 태양광 제품은 전 세계 어디에도 없을 겁니다."

"동시에 석유에 대한 의존도를 낮출 수도 있을 겁니다." 시저가 의견을 내놓았다.

"석유는 유한한 상품입니다." 뢰케도 동의했다. "세계에서 가장 큰 유정들 중 일부가 말라붙기 시작하고 있습니다. 멕시코의 칸타렐 유전처럼요. 세계는 어쩔 수 없이 셰일 석유 쪽으로 돌아서고 있죠. 결국에는 근원이 고갈되거나, 부유한 국가들만 이를 감당할 수 있을 정도로 이용하기 힘들게 될 겁니다. 그리고 15억 명의 인구를 가진 중국은 의심할 바 없이 실제적이고 유형적인 자원의 중요성을 절실히 인식하고 있습니다."

랭포드는 얼굴을 찌푸렸다. 전쟁들은 이와 같은 자원을 두고 벌어졌다. 자원이 부족해질 경우, 유일하게 예측 가능한 인간의 반응은 아직 남아 있는 것을 위해 싸우는 것뿐이다. 에너지는 현대 사회의 생명줄이다. 그것이 없다면, 지구상 어떤 나라도 멸망하고 말 것이다. 그리고 장기적으로 그것을 지배한 국가는 승자가 되었다.

"그러니까 석유 또는 광합성이로군." 랭포드가 말했다.

"그건 단지 가능성일 뿐입니다, 제독님. 솔직히 말해서 그것이 일종의 생물학적 발견이라면, 모든 가능성은 열려 있습니다."

랭포드는 밀러를 힐끗 쳐다본 후 의자에 등을 기댔다. "좋습니다." 그는 크룩스타드를 돌아보며 말했다. "로저, 자네 사람들한테 이 식물을 계속 관찰해 보라고 하게. 우리는 답이 필요해. 이 자리에서 말한 내용을 정확히 이해할 필요가 있어. 보거는 그 트럭들이 어디로 가고 있는지 정확한 지점을 좀 알아봐 주게나." 그런 다음 그는 화면 속 뢰케를 바라보았다. "그리고 뢰케 박사님, 현지에 특수 임무 부대가 필요할 때를 대비해서 소규모 전문가 팀을 꾸려주셨으면 합니다. 필요하면 어디서든 데려오시되, 며칠 안으로 준비해 주십시오."

뢰케가 고개를 끄덕였다. "알겠습니다."

랭포드와 밀러는 다시 서로를 바라보았다. 이번에는 똑같이 지친 표정을 지었다. 만약 이번 '발견'이 중국에게 중요한 것처럼 다른 국가에게도 중요하다면, 상황은 매우 추악해질 수 있다. 두 사람은 그렇게 되지 않기를 바랐지만, 표정을 보면 알 수 있었다. 가장 간단한 설명이 옳았다면, 메시지는 분명했다. 중국인들은 이 식물을 위해 많은 수고와 비용을 들였다. 그건 그들 역시 자신을 위해 싸울 준비가 되어 있다는 것을 의미했다.

32

디앤은 마음속에서 불안감이 점점 커지는 것을 느낄 수 있었다. 둘세는 평소와 달리 수다를 떨지 않았는데, 그것이 스트레스나 긴장 때문인지, 아니면 조끼의 컴퓨터 시스템 오류가 증가했기 때문인지 확신할 수 없었다. 후안은 전날 밤 시스템을 살펴보고 오류의 빈도가 여전히 증가하고 있음을 확인했다.

무엇보다 디앤은 카푸친 원숭이를 찾을 가능성이 희박하다는 사실을 깨닫고 마음이 가라앉고 있었다. 알베스의 보호구역은 정말 너무나 넓었다.

그들은 어제 거의 네 시간을 들판에서 보냈다. 알베스와 보안 책임자인 블랑코는 아직 수색하지 않은 보호구역 내 지역으로 그들을 안내했다. 하지만 그곳은 너무나 광활했다. 알베스의 커다란 사륜 구동 차량을 타고 다녔지만 그 지역을 다 둘러볼 수 없었다. 둘세가 원숭이의 소리를 들을 수 있는 유일한 방법은 도로에서 벗어나 정글을 돌아다니는 것뿐이었다. 덱스터가 대충 어디쯤 있을지 전혀 알지 못한 터라 금세 절망감을 느꼈다.

디앤은 지켜보는 가운데 둘세는 많은 나무들을 살펴보았다. 보호구역 안에는 수만 그루의 나무가 있었다. 어쩌면 수십만 그루인지도.

디앤은 조용히, 그러나 마지못해 돌아갈 생각을 하고 있었다. 그녀가 가장 염려하는 것은 조끼였다. 만약 야생에서 겁에 질린 고릴라와 의사소통할 수 있는 능력을 잃게 된다면, 상황은 훨씬 더 나빠질 수 있었다.

그녀는 정신이 딴 데 팔린 것을 깨닫고 둘세를 찾아 뒤를 돌아보았는데, 다행히 둘세는 그녀를 쳐다보고 있었다.

원숭이 없다, 둘세가 아무런 감정 없이 말했다.

디앤은 미소를 지으며 고개를 저었다. "아직은 아니야. 오늘 다시 찾아볼까?"

네, 둘세는 디앤을 올려다보면서 대답했다. *더 찾아보자.*

"그래, 더 찾아보자." 디앤은 미소를 지으며 털이 보송보송한 둘세의 머리에 부드럽게 턱을 대고 등을 쓰다듬었다. "조금만 더 찾아보자."

알베스와 블랑코는 첨단 시설을 갖춘 제일 위층 내부에서 큰 창문을 통해 디앤과 둘세를 관찰하고 있었다.

"얼마나 더 수색하실 겁니까?" 블랑코가 물었다. 어려운 질문이었지만 꼭 물어봐야 할 질문이었다.

알베스는 창문에서 고개를 돌리지 않은 채 대답했다. "필요한 만큼 더."

알베스의 비서인 캐롤라이나가 그들에게 다가왔다. "다 준비됐습니다."

알베스는 고개를 끄덕였다.

캐롤라이나는 뭔가 대답을 기다렸지만, 아무런 말이 없자 말을 이었다. "사람들이 선생님을 찾고 있습니다."

귀찮게 하는군! 알베스는 생각했다. 일 따위는 나중해 해도 된다. 기다리게 둬도 된다. 사업은 한동안 자체적으로 돌아갈 수 있다.

그는 풀밭에 있는 디앤과 둘세를 계속 지켜보았다. 이번 일이 훨씬 더 중요했다. 그가 지금까지 해왔던 일 중 가장 중요한 일이었다. 다른 일은 중요하지 않았다. 아무것도.

블랑코는 납득이 가지 않았다. 그는 다른 방법이 있다고 확신했지만, 그건 그의 몫이 아니었다. 그는 시키는 대로 할 것이다. 적어도 지금은.

알베스 뒤에 서 있던 캐롤라이나는 굳은 표정의 블랑코를 바라보았고, 그도 그녀를 힐끗 보았다. 그 두 사람은 시키는 대로 할 것이다. 현재로선.

* * *

브라질의 수그러들 줄 모르는 습기 때문에 두꺼운 조끼를 착용한 채로는 정말 견디기 힘들었다. 특히 최고조에 이른 오후의 더위 속에서는 더욱 그랬다. 유일한 위안거리는 차량의 열린 지붕 위로 흘러드는 바람뿐이었다. 디앤은 차량이 어떤 모델인지는 알 수 없었지만, 어렸을 때 보았던 오래된 군용 지프차를 떠올리게 했다. 하지만 이 차가 훨씬 세련되고 좋아보였다.

디앤은 몸을 돌려 자신과 후안 사이의 좌석에 앉아 있는 둘세를 바라보았다. 둘세는 내내 미소를 짓고 있었다. 울퉁불퉁한 도로를 달리는 동안 그들은 위아래로 들썩거렸고, 둘세는 마치 놀이기구를 타는 것마냥 좋아했다. 그것은 좋은 변화였다. 어린 고릴라는 근처 나무에서 잽싸게 도망치듯 하늘로 날아오르는 한 무리의 새들을 올려다보았다.

디앤은 여전히 둘세가 매고 있는 목줄을 손에 꽉 쥐고 있었다. 갑작스런 움직임이나 흔들림으로 인해 암컷 고릴라가 차 밖으로 떨어질까 봐 염려해서였다. 그녀는 아이를 낳아 길러보지 않았지만 분명 모성 본능은 가지고 있었다.

블랑코는 차의 속도를 늦추었고 또 다른 훤히 트인 들판에 정차했다. 수백 미터 떨어진 곳에서부터 시작되는 울창한 나무숲이 산 정상까지 드넓은 바다처럼 펼쳐져 있었다.

후안은 재빨리 차에서 뛰어내려 둘세가 내리는 것을 도와주었다. 디앤은 목줄이 조이지 않도록 느슨하게 유지하며 둘세 뒤를 바짝 뒤따랐다. 조끼 안으로 땀이 차는 것을 느끼는 데에는 몇 초밖에 걸리지 않았다.

알베스는 조수석에서 내려 절뚝거리며 뒤쪽으로 돌아 나왔다. "이곳은 루크가 덱스터를 데리고 갔던 또 다른 지역입니다. 그 둘은 지난달에 여기서 며칠을 보냈죠."

디앤은 돌아서서 그 지역을 훑어보았다. 루크는 아마도 덱스터를 안정시키기 위해 주기적으로 데리고 나왔을 것이다. 야생 영장류는 포획된 환경에서 너무 많은 시간을 보낼 경우 종종 동요하기 마련이다. 알베스의 시설만큼 좋은 환경에서도 마찬가지다. 그러나 디앤과 둘세는 정반대의 어려움을 겪고 있었다. 둘세는 사육 상태에서 태어났고 일상적인 환경 밖으로 나온 지금 스트레스를 받고 있었다.

그들은 함께 작은 들판을 가로질러 짙푸른 나무숲 안쪽으로 들어섰다. 그들 일행은 둘세의 뒤를 계속 따라다녔다. 암컷 고릴라는 영장류 특유의 걸음걸이로 이곳저곳을 돌아다니며 주변을 살피거나 귀를 기울였다.

디앤은 다른 사람들을 지켜보았는데 그들은 주변을 한가롭게 훑어보고 있었다. 물론, 알베스를 예외였다. 그는 하루 종일 그래왔던 것처럼 둘세를 열심히 주시하고 있었다. 그녀는 그 점이 조금 이상하게 느껴지기 시작했다. 그의 관심은 단순한 호기심을 넘어선 것처럼 보였다.

후안은 시계를 확인하고 디앤에게 걱정스러운 표정을 지어 보였다. 그는 줄곧 시스템에 대해 생각하고 있었고, 지금은 배터리 수명이 얼마나 남았는지 추산하고 있었다. 오류에 대한 걱정은 두말할 필요도 없었다. 조끼는 여전히 잘 작동하는 것처럼 보였지만, 그렇게 얼마나 더 오래 지속될지는 알 수 없었다.

디앤은 둘세가 땅에 있는 뭔가를 살펴보는 것을 알아차리고 암컷 고릴라 뒤로 걸어가서 살펴보았다. 그녀는 둘세가 새 둥지의 잔해를 보고 있다는 사실을 알고 얼굴을 찡그렸다. 네 마리의 작은 분홍색 사체들이 넓은 바위 위에 놓인 둥지 잔해 옆에 누워 있었다. 디앤은 그들 위에 있는 높은 나무를 올려다보았다. 둥지가 떨어졌고 그 충격으로 부화한 새끼들이 튕겨져 나온 게 틀림없었다. 새끼들은 너무 작아서 스스로 움직일 수 없었기 때문에 바위 위에서 죽었을 가능성이 높았다.

둘세는 거친 갈색 손가락을 뻗어 새끼들 중 한 마리를 만져보았다. 암컷 고릴라는 깃털이 없는 분홍색 몸통을 부드럽게 찔러보고 나서 기다렸다. 아무 일도 일어나지 않았다. 그런 다음 다른 사체들도 하나씩 찔러보았다. 마침내 암컷 고릴라는 슬픈 듯 아랫입술을 축 늘어뜨린 채 디앤에게 돌아섰다. *아기들 죽는다.*

디앤은 얼굴을 찌푸리며 암컷 고릴라 옆에 무릎을 꿇고 앉았다. "그래, 아기들이 죽었어. 정말 슬픈 일이야." 그녀는 둘세가 몸을 돌리더니 바위 위에 있는 네 구의 작은 사체를 살며시 집어 들고 그것들을 자신의 손바닥 위에 올려놓는 것을 보고 깜짝 놀랐다. 둘세는 다시 돌아선 다음 나머지 한 손을 사용해서 부드러운 땅을 손가락으로 파며 작은 구멍을 만들었다. 암컷 고릴라는 사체들 모두를 조심스럽게 구멍 안에 넣고 그 위에다 나뭇잎을 얹어주었다. 마지막에는 흙으로 그것들을 덮기 시작했다.

디앤은 깜짝 놀랐다. 여러 차원에서 방금 자신이 목격한 것을 믿을 수가 없었다.

나는 죽음 좋아하지 않는다.

디앤은 눈앞에 있는 작은 고릴라를 놀라운 시선으로 바라보았다. "나도 그래."

33

다 왔어, 앨리슨.

앨리슨은 미소를 지으며 재빨리 객실에서 뛰어나와 보트의 널찍한 조타석으로 향했다. 그녀는 측면으로 가서 보트의 우현 너머를 기웃거렸다. 샐리가 수면 위로 고개를 내민 채 지느러미로 부드럽게 물장구를 치면서 기다리고 있었다. "다 왔다고?"

더크가 느닷없이 샐리 옆 수면 위로 머리를 내밀었다. *다 왔어 여기야.*

켈리는 즉시 엔진을 껐고 보트는 서서히 움직이다 멈췄다. "다행이네."

정말 다행이야, 앨리슨은 생각했다. 더크와 샐리가 조금만 더 가면 된다고 거듭 약속하는 바람에 그들은 예상보다 훨씬 더 멀리 왔다. 그 '조금 더' 때문에 예상했던 위치보다 훨씬 남쪽으로 내려왔고, 작은 섬나라인 그레나다(서인도 제도의 작은 섬나라)가 거의 눈에 보일 정도였다. 그녀는 돌고래가 거리에 대해 예리한 이해력을 가지고 있는 건 알았지만, 이번에는 의도적으로 모호하게 말한 것처럼 보였다. 이전에 더크나 샐리에게서 전혀 본 적 없는 행동이었다. 연구원들이 내린 결론은 돌고래들의 서식지가 고정되어 있지 않다는 것이었다. 즉 움직인다는 뜻이었다.

와, 앨리슨. 어서 와.

"갈게." 그녀가 살짝 빈정대듯 말했다. "시간을 좀 줘."

* * *

연구원들이 잠수 준비를 하는 사이, 더 많은 돌고래들이 모여들기 시작했다. 아주 많이. 앨리슨은 두 번째 오리발을 착용하고 발을 꼼지락거리면서 바다를 바라보았다. 이제는 수백 마리의 돌고래들이 모여 있었다.

"크리스, 이것 좀 봐." 그녀가 일어서면서 말했다.

"와우!"

그들 앞으로 헤엄치며 들어오는 돌고래들의 숫자는 점점 더 늘어나는 것 같았다.

리는 바다로부터 다시 고개를 돌리고 앨리슨을 바라보았다. 그 역시 새로 제작한 '아쿠아 조끼'가 실제 바다에서 어떻게 작동하는지 보고 싶어서 흥분해 있었다. "어때?" 그가 조끼의 끈을 살펴보며 물었다.

"괜찮아요."

"좋아. 이제 수중호흡기를 착용해." 크리스는 그녀 뒤에 서서 공기탱크와 부력조절기를 들어올리며 그녀가 장비를 쉽게 착용할 수 있도록 도와주었다. 그런 다음, 산소 호스를 앨리슨의 머리 위로 넘겨서 리에게 건네주었고, 리는 호스를 마스크에 맞춰 조정한 후 마스크 아래쪽에 부착했다.

"시험해 봐." 리가 안면 마스크를 앨리슨에게 건네며 말했다.

그녀는 얼굴에 마스크를 대고 숨을 들이쉬었다. "공기는 잘 들어와요."

크리스가 웨이트 벨트를 그녀의 허리에 감아주었고 리는 앞쪽에서 버클을 채웠다.

앨리슨이 마스크 끈을 머리 위로 잡아당기는 사이, 리는 조끼의 어깨 위에 있는 세 개의 표시등을 검사했다. 셋 모두 불이 들어왔고 안정적이었다.

"전력, 통신, 카메라 모두 괜찮아." 그런 다음 리는 배에 실려 있는 서버와의 연결을 확인하기 위해 흰색 탁자 위에 있는 노트북을 쳐다보았다. "괜찮아 보여." 그는 앨리슨을 다시 돌아보았다. "시험할 준비 됐어?"

"물론이죠."

리는 통역 소프트웨어를 작동시키고 그녀에게 말을 해보라고 손짓했다.

"안녕." 앨리슨이 마스크 안에다 말을 했다.

친숙한 휘파람 소리와 흡착음이 스피커를 통해 거의 즉시 들렸다.

"좋아." 그가 그녀에게 상기시켰다. "IMIS가 소리를 포착하려면 돌고래들을 똑바로 봐야 한다는 거 꼭 기억해."

"명심할게요."

리는 앨리슨의 어깨 너머로 크리스를 바라보았다. "다 된 거 같지?"

"넵, 다 좋아요."

"좋아, 앨리. 이제 시작하자고."

그녀는 고개를 끄덕이고 천천히 돌아서서 보트의 우현 끝에 설치된 넓은 계단을 마주 보았다. 그녀는 그들에게 엄지손가락을 치켜들어 보인 다음 계단의 양쪽 난간 윗부분을 움켜잡았다. 조심스럽게 한 걸음 한 걸음 내디디며 수면과 닿아 있는 마지막 계단에 이르렀다. 그녀는 오리발을 착용한 발에 바닷물이 찰랑거리는 것을 느낄 수 있었다.

그녀는 평화로워 보이는 푸른 수평선을 바라보았다. 앨리슨은 깊은 숨을 내쉬며 뛰어내렸다.

* * *

숨 막히는 듯한 더운 공기에 비해 바다는 시원하고 상쾌했다. 방향 감각을 되찾는데 데 몇 초가 걸렸지만, 앨리슨은 몸을 가눈 다음 머리를 물속에 집어넣고 마스크에 물이 새는지 확인했다. 단단히 밀착된 것을 확인한 후, 그녀는 파도 위로 머리를 내밀고 배를 찾아 몸을 돌렸다.

앨리슨은 미소를 지으며 연구원들에게 손가락으로 OK 표시를 한 뒤 다시 얼굴을 물속으로 집어넣었다. 6~7미터 앞, 수백 마리의 돌고래들이 그녀 밑에서 사방으로 빙글빙글 돌며 헤엄을 치고 있었다.

앨리슨이 더크와 샐리를 찾아 두리번거리고 있을 때 샐리가 헤엄쳐 다가오며 뒤에서 장난스럽게 콕 부딪쳤다. *앨리슨, 왔네.*

"나 왔어." 그녀가 대답했다. "네 덕분이야." 잠시 후, 통역 오류를 가리키는 기계음이 들렸다. 하지만 문제될 건 없었다.

"더크는 어디 있어?"

나 여기 있어, 더크는 신이 난 듯 그녀에게 헤엄쳐 가며 대답했다. **우리는 집으로 간다 앨리슨, 우리는 집으로 간다. 우리는 너에게 보여준다.**

앨리슨은 몸의 중심을 앞으로 기울이고 오리발을 차며 돌고래들을 쫓아갔다. "그래, 나도 보고 싶어."

더크와 샐리는 함께 짙푸른 바닷물 아래로 내려갔고 잠시 몸을 돌려 앨리슨을 기다렸다. 앨리슨이 따라잡자 돌고래들은 더 깊이 내려가다가 또다시 멈춰서 기다렸다. *어서 앨리슨.*

그녀는 웃으며 마스크 안에서 눈동자를 굴렸다. "가는 중이라고!"

앨리슨은 부력조절기에서 공기를 더 빼내며 어마어마한 수의 돌고래 떼 중심부로 더 깊이 가라앉았다. 그녀가 위에서 내려다보았던 돌고래들은 이제 사방에서 떼 지어 몰려들었고, 놀라울 정도로 정확하게 그녀 옆을 지나쳐 갔다. 앨리슨은 손을 뻗자 한 마리가 손가락 끝을 스쳐 지나가며 그녀 주위를 미끄러지듯 유영했다. 그녀는 고개를 돌리며 경이로운 눈빛으로 지켜보았다. 돌고래들은 사방에 가득했다.

그녀는 여러 마리의 돌고래들이 서로 부딪친 다음 마치 장난을 치듯 재빨리 달아나는 것을 눈여겨보았다.

믿기지가 않아, 그녀는 통역되어 흘러나오는 말을 들으면서 생각했다.

우리에게 온다

금속

음식 있어

음식 찾으러 가자

어디로

앨리슨은 눈을 깜빡이고 몸을 비틀며 돌아섰다. 더크와 샐리는 보이지 않았고 자신이 돌고래들에게 둘러싸여 있다는 것을 깨달았다. 이어폰을 통해 들리는 재잘거림은 이제 사방에서 들려오고 있었다. "샐리, 더크? 어디 있어?" 그녀는 아래를 내려다본 후 다시 위를 올려다보았다. 보이는 것은 머리 위에 떠 있는 보트의 거대한 그림자뿐이었다.

사람이 여기 있어

그녀가 말한다

나도 말소리 들었어

사람이 말한다

앨리슨이 다시 몸을 돌렸고, 돌고래 여러 마리가 그녀 바로 앞에 멈춰 서서 호기심 가득한 눈으로 그녀를 바라보고 있는 것을 알아차렸다.

너 말한다, 돌고래들 중 한 마리가 말했다.

그녀가 말한다

그녀 누구

그녀가 말하고 있다

앨리슨은 어느 돌고래가 말하고 있는지 확인하려 했지만 개체수가 너무 많았다. 그녀는 더크와 샐리를 찾을 수 없어서 가까이 있는 돌고래에게 다시 몸을 돌렸다.

"안녕." 앨리슨은 간단히 말했다.

돌고래들은 흥분해서 꼬리를 흔들었다. *너 우리에게 말한다. 너는 어떻게 말한다.*

돌고래 무리는 여전히 그녀를 에워싸고 주위를 돌고 있었지만, 이제는 더 많은 돌고래들이 속도를 늦추고 그녀를 빤히 쳐다보고 있었다.

앨리슨은 잠시 생각한 후 천천히 말했다. "내 이름은 앨리슨이야. 나는 이 금속으로 말한다." 그녀는 스피커를 통해 흘러나오는 통역을 들으면서 자신의 이름을 식별하는 휘파람 소리와 흡착음의 색다른 조합에 주목했다. 그것은 아직 불완전하지만 그녀의 이름을 지정하기 위해 연구실에서 만든 독특한 편집물이었다. 횡설수설하는 것처럼 들렸지만, 어쨌든 돌고래들이 따라 말할 수 있는 형태였다.

앨리슨

이름 앨리슨

앨리슨 더크 샐리 친구

다시 말해

"잠깐만." 앨리슨이 말했다. 그녀는 어떤 돌고래가 말하는지 보려고 한 쪽으로 고개를 돌리면 다른 쪽 돌고래의 말이 끊어졌다. 그때 갑자기 뒤에서 돌고래 한 마리가 쿵 하고 부딪쳤는데, 그 돌고래는 그녀의 수중호흡용 공기탱크를 살펴보는 것처럼 보였다. 그녀가 몸을 가누려고 하는 순간, 다시 한 번 그 돌고래와 옆으로 슬쩍 부딪치고 말았다.

금속 여기 내려와서 말한다

앨리슨은 다시 몸을 휙 돌렸다. "잠깐, 진정해!" 그녀는 한 손을 내밀다가 또 다시 부딪치면서 몸이 빙글 돌았다. "나는–."

금속에서 여행 온다 말한다 금속 여기 내려와서 우리와 함께 여행 금속 말한다 말한다 더크 여기 내려온다 샐리

"잠깐! 잠깐만!" 앨리슨은 고개를 저으며 한 손으로 마스크의 옆을 붙잡고 몸을 뒤로 젖혔다. "리, 크리스! 내 말 들려?"

십여 미터 위, 보트에 있던 리가 몸을 앞으로 숙이며 작은 책상 위에 있는 마이크를 낚아챘다. "앨리슨, 무슨 일이야? 내 말 들려!"

그녀는 그의 말을 들을 수 없었다. 시스템이 감당하지 못할 정도로 통역된 단어들이 쉴 새 없이 쏟아지고 있어서 그녀는 어떤 소리도 들을 수 없다. 이제 수십 마리의 돌고래들이 가까이서 그녀를 에워싼 채 말을 걸고 있었다. 그녀의 목소리가 어디서 나오는지 궁금해 하는 돌고래들이 사방에서 몰려들며 계속해서 그녀를 툭툭 건드렸다.

"크리스, 리!" 그녀가 소리쳤다. "내 말 들려?"

금속이 우리에게 온다 많은 친구들이 이야기 여행 온다-

별안간 모든 것이 고요해졌다.

"앨리슨, 내 말 들려?" 그때 리의 목소리만 또렷하게 들려왔다.

"리, 들려요!" 그녀는 여전히 이리저리 떠밀리면서도 자신에게 말을 하고 있는 돌고래들을 바라보고 있었다. "어떻게 된 거예요?"

"통역을 중지시켰어. 마이크와 스피커도 껐고. 수면으로 올라갈 수 있겠어?"

"그럴게요." 앨리슨은 물을 밀어내듯 다리를 빠르게 움직이며 수면으로 올라갔다. 수면 위로 고개를 내민 그녀는 김이 서린 마스크를 통해 주위를 둘러보다가 크리스를 발견했다. 그는 보트의 맨 아래 계단에서 기다리고 있었다. 앨라슨이 손을 뻗자 크리스는 그녀의 손을 꼭 쥐고 힘껏 끌어올렸고, 그 때문에 그녀는 비틀거리며 그의 품안으로 넘어졌다. 곧바로 크리스는 그녀가 쓰고 있는 마스크를 손으로 잡고 머리 뒤로 넘기며 벗겨냈다.

"괜찮아?"

앨리슨은 숨을 가다듬었다. "그-래." 그녀가 뒤를 돌아보니 많은 돌고래들이 그녀를 따라 수면 위로 뛰어오르는 모습이 보였다. 돌고래들은 여전히 흥분한 듯 재잘거리고 있었다.

리가 객실에서 뛰어나와 그녀가 나머지 계단을 오를 수 있도록 도와주었다. 그들은 그녀의 마스크와 등에 매고 있는 탱크를 벗겨 앨리슨이 편히 쉴 수 있도록 해주었다.

"어떻게 된 거예요?" 그녀는 여전히 숨이 헐떡이며 물었다.

리가 얼굴을 찌푸렸다. "IMIS가 혼란스러워 한 것 같아."

"혼란이요?"

"그래. 다른 방향에서 너무 많은 통역을 처리하려고 했어. 그러다 보니 과부하가 걸려서 단어들을 정확하게 동조시킬 수 없을 지경에 이른 거야. 미안해."

앨리슨은 심호흡을 하며 마음을 진정시켰다. "당신 잘못이 아니에요. 저도 그럴 가능성을 예상했어야 했는데."

크리스는 동의한다는 듯 고개를 끄덕였다. "우리가 미처 생각하지 못한 반응이었어요."

"맞아." 리는 무릎을 꿇고 앨리슨이 오리발을 벗도록 도와주었다. "정말 괜찮아?"

앨리슨은 재미있다는 듯 히죽 웃으며 보트의 뒤편 주위로 몰려드는 돌고래들을 힐끔 돌아보았는데, 돌고래들은 아직도 재잘거리고 있었다. "돌고래들이 나보다 더 흥분할 줄은 몰랐어요."

* * *

리가 모니터를 들여다보고 있는 동안, 앨리슨이 차 한 잔을 들고 뒤에서 다가왔다. 바닥에 놓인 휴대용 IMIS 서버와 연결된 모니터에는 그래프와 컴퓨터 기록들로 가득했다. 화면 중앙에 있는 창에는 여러 선들이 이리저리 교차하며 뒤엉켜 있었고, 그것은 앨리슨의 조끼 장비를 통해 IMIS가 통역했던 모든 다양한 대화들을 나타내고 있었다.

"와, 그게 이렇게 보이는구나?"

리는 입술을 오므린 채 그래프를 계속 주시했다. "대충. 문제는 조끼야."

"무슨 뜻이에요?"

"조끼 자체 문제는 아니고. 움직임 때문에 그런 거야. 카메라가 너무 제한적이란 거지. 연구실에서는 여러 대의 카메라가 서로 동조되도록 설치되어 있잖아. 거의 모든 각도에서 수조의 전반적인 상황을 보여주기 때문에 놓치는 게 거의 없거든. 하지만 조끼에는 카메라가 한 대뿐이고 크기도 작아, 즉 상대적으로 시야각이 좁다는 뜻이야. 수조에서처럼 삼차원적 영역을 보는 것과 그 한가운데에서 보는 것은 전혀 다르다는 거야."

"움직이는 대상은 놓치기 더 쉽다는 뜻인가요?"

"정확해." 리는 딱딱한 플라스틱 의자에 등을 기대며 팔짱을 꼈다. "또 다른 문제는 돌고래들이 너무 많다 보니 IMIS가 어떤 돌고래가 무슨 말을 하는지 계속 추적할 수 없다는 거야. 카메라의 한계 때문에 문제가 복잡해진 거지. 그걸 예상했어야 했는데."

앨리슨은 차를 한 모금 마시고 리의 어깨에 손을 얹었다. "모든 걸 생각할 수는 없잖아요."

그는 고개를 저었다. "이런 상황을 생각했어야 했어."

"그럼 이제 어떻게 하죠?"

"안타깝게도, 적어도 여기서는 카메라에 대해 내가 할 수 있는 일이 아무것도 없어. 설계를 손봐야 하고 여러 시험도 해봐야 하니까." 그는 화면 속 어지럽게 뒤섞인 선들을 쳐다보며 한숨을 쉬었다. "하지만 해결책을 찾을 수 있을지도 몰라. 아직 시도해보지 않은 방법이 하나 있어, IMIS가 개별적 음색이나 음조를 듣도록 하는 거지. 지금까진 그럴 필요가 없었거든. 딱 두 마리 돌고래만 신경 쓰면 됐으니까. 하지만 지금처럼 다양한 많은 대화들 사이에선 구별이 거의 불가능할 거야."

"여기 있는 서버들로 그 작업을 할 수 있을까요?"

리는 고개를 끄덕였다. "할 수 있을 것 같아. 방법을 알아낸 다음 코딩 작업을 하면 돼."

"어림없는 일이라는 건 알지만, 제가 도울 수 있는 일이 있을까요?"

리는 고개를 들고 미소를 지었다. "괜찮아, 말이라도 고마워, 앨리. 이건 내가 풀어야 할 숙제야."

"제 생각도 그래요. 대신 저녁이라도 만들어 드릴게요."

"그래주면 나야 고맙지."

앨리슨은 그의 어깨를 다시 토닥이고 나서 좁은 문간을 지나 계단으로 향했다.

객실로 들어선 그녀는 간이 조리기구 앞에 서 있는 크리스 뒤로 다가갔다. 그는 냄비에 담긴 파스타를 휘젓고 있었다.

앨리슨이 몸을 숙이며 냄새를 맡았다. "냄새 좋은데."

크리스가 윙크를 했다. "스파게티는 대충 만들어도 먹을 만하잖아. 리는 뭐 하고 있어?"

"복잡한 대화들을 분리할 수 있는 방법을 찾고 있어."

크리스는 고개를 저었다. "리는 어떻게 그런 것들을 다 계산하는지 모르겠어. 난 이메일만 안 돼도 거의 포기하는데 말이야."

"이메일을 보낸 사람이 나일 때도 그렇지." 앨리슨이 놀렸다.

때마침 미닫이 유리문을 열고 켈리가 안으로 들어왔다. 노을빛 때문에 그녀 등 뒤의 하늘이 진홍색으로 물들어 있었다. "해묘(수심이 깊어 해저에 닻을 내릴 수 없을 때, 바다에 투하하여 배의 표류를 막는 장치)를 내려놓았으니까 오늘 밤에는 멀리 떠내려가지 않을 거예요. 그리고 앞으로 며칠 동안은 날씨가 꽤 좋을 거예요."

"더크와 샐리의 종적은?"

"우리를 보러 두어 번 들렀어요. 통역에 문제가 있다는 걸 알고 있는 것 같아요." 그녀는 잠깐 고개를 갸웃했다. "설마, 더크와 샐리가 맞을 거예요."

앨리슨이 웃었다. "걔네들도 분명 휴식이 필요할 거야." 그녀는 크리스 뒤로 손을 뻗어 접시 몇 개를 집어 들었다. "리가 컴퓨터로 또 한 번 마법을 부렸으면 좋겠어."

* * *

소음 때문에 잠에서 깬 앨리슨은 몸을 뒤척이며 어둠 속에서 한쪽 눈을 억지로 떴다. 여기가 어디인지 떠올리는 데 잠깐 시간이 걸렸지만 결국 보트의 매끈하고 하얀 섬유유리 벽과 천장을 알아보았다. 문을 통해 들어오는 희미한 빛 덕분에 겨우 알아챌 수 있었다.

그녀는 정신을 차리고 불빛을 향해 눈을 가늘게 떴다. 그런 다음 침대 끝 너머로 다리를 내리고 반바지와 민소매 차림으로 일어섰다. 그녀는 수상쩍은 눈빛으로 좁은 복도를 따라 불빛을 향해 조용히 걸어갔다.

그녀는 무엇을 보게 될지 알고 있었지만, 그렇다고 짜증스러운 기분이 나아지진 않았다. 타원형 문을 밀어서 열고 개조된 작은 선실로 들어갔다. "도대체 잠도 안 자고 뭘 하고 있는 거예요?"

리는 빈정거림에 아랑곳없이 흥분한 듯 그녀를 바라보았다. "마침 일어났네!" 그는 의자에서 벌떡 일어나며 말했다. "할 얘기가 있어."

앨리슨은 리를 노려보았다. "해가 뜨려면 아직도 몇 시간이나 남아 있어요, 알아요?"

그는 잠깐이지만 죄책감의 표정을 숨길 수 없었다. "어… 알아, 미안, 도통 잠이 오질 않아서."

졸린 표정의 크리스가 불침번이 거의 끝나갈 무렵 아래층으로 내려왔다. "무슨 일이야?"

"밤새 깨어 있는 사람이 있길래."

크리스는 리를 돌아보았고, 리는 씩 웃고 있었다.

"맞아, 사실이야." 리가 고백했다. "하지만 좋은 소식이 있어!"

앨리슨의 눈이 기대감에 번쩍 뜨였다. "설마 해결했어요?"

"해결했지."

206

"정말요?"

그는 순진하게 어깨를 으쓱했다. "그리 어렵진 않았어. 더크와 샐리의 말투 중 몇몇 분절음을 식별하고 그것을 다른 돌고래들의 말투와 겹쳐 보았어. 그런 다음 그 차이점을 제거했더니 소리의 특색이 보이더라고. 지금 그 특색을 통역 과정에 추가해 놓았으니까 다른 돌고래들로부터 더크와 샐리의 말투를 걸러낼 수 있을 거야. 그러면 IMIS가 혼란스러워 하는 걸 막는데 도움이 되겠지. 안타깝게도, 그렇게 하면 다른 돌고래들이 자네에게 직접 말을 걸 수 없다는 뜻이기도 해. 다른 돌고래들은 더크와 샐리를 통해서만 대화를 할 수 있어. 지금으로서는 이게 최선의 방법이야."

앨리슨과 크리스는 서로를 쳐다보았다. "리, 정말 대단해요!"

"내 아내한테도 그 말 꼭 해줘."

앨리슨은 눈길을 돌리려다 리가 여전히 웃고 있는 것을 알아차리고 멈칫했다. "뭐에요?"

"내가 밤새 작업한 이유는 그것 때문만은 아니야."

그녀는 미심쩍은 눈으로 그를 바라보았다. "그럼 뭘 하고 있었는데요?"

"자네들한테 보여줄 게 있어." 그는 의자를 붙잡고 재빨리 다시 자리에 앉았다. 그는 화면을 새로운 창에 띄웠는데, 앨리슨이 그것을 푸에르토리코에서 본 적 있었다. 화면 한쪽에는 동영상 자료가 있었고, 다른 쪽에는 긴 문자 목록이 나열되어 있었는데, 문자 목록 중 일부는 빨간색으로 강조 표시가 되어 있었다. 동영상에는 디앤과 둘세의 동작이 정지된 화면이 담겨 있었다. "이거 알아보겠어?"

"저번에 알아내려고 했던 통역 오류에 관한 자료 영상 아닌가요?"

"그래, 맞아."

크리스가 눈썹을 추켜세웠다. "뭔가 알아냈어요?"

리는 미소를 지었다. "그런 것 같아." 그는 다시 화면을 돌아보았다. "돌고래들의 음색 문제를 연구하고 있던 중 갑자기 어떤 생각이 떠올랐어. 오늘 앨리슨이 바닷속에 있을 때 문제가 생겼잖아, 나는 둘세한테서 겪고 있는 것과 똑같은 동기화 오류를 또 발견하게 될까봐 걱정했거든. 그러니까 일부 통역된 말에서 시간 정보가 부정확하게 표시되었던 오류 말이야. 다행히 그런 오류는 나타나지 않았어. 대신, IMIS가 데이터를 처리하도록 지시하는 방식에 한계가 드러났지." 그는 다시 그들에게 몸을 돌렸다. "하지만 그 덕분에 이런 생각이 들었어… 둘세에게 일어나고 있는 오류들 역시 실제로는 오류가 아닌 게 아닐까?"

크리스와 앨리슨 두 사람은 이제 귀를 기울이며 듣고 있었다.

"이걸 생각해 봐. 내가 가장 혼란스러워 했던 건 화면에서는 오류가 발생하는 걸 볼 수 있지만, 영상에서는 어떤 음성 관련 오류도 감지할 수 없었어. 디앤이나 둘세 모두 마찬가지고. 따라서 그 오류들이 지각할 수 없을 정도로 미묘하고 여전히 드물게 발생하기 때문에 결국 통역 누락처럼 나타나기 시작하는 거라고 추정했어. 그런데 전혀 그렇지 않았어."

"그러면, 그 오류들이 실제로 일어난 게 아니라는 말인가요?"

"맞아! 내가 말하는 게 바로 그거야!" 흥분한 리의 목소리는 점점 커지고 있었다. "적어도 어떤 의미에서는. 결국 원인은 있는데 결과가 없는 문제가 어떻게 있을 수 있느냐는 거지?" 그는 두 사람을 번갈아가며 쳐다보았다. "정답은… 그게 아니라는 거야. 왜냐면 결과가 문제니까! 다시 말해 결과에서 관찰할 수 없다면 문제될 게 없다는 말이야."

크리스는 이맛살을 찌푸렸다. "무슨 말인지 잘 모르겠어요."

"내 말은, 실제로는 문제가 되지 않는 어떤 일에 대한 원인을 찾으려고 애썼다는 거야."

"하지만," 앨리슨이 리의 모니터를 돌아보며 끼어들었다. "컴퓨터 오류가 문제인 줄 알았는데?"

"나도 그렇게 생각했어." 리는 고개를 끄덕였다. "하지만 그때 내 스스로에게 물어봤어, 만약 컴퓨터가 틀렸다면? 새로운 조끼를 착용한 오늘처럼 컴퓨터가 혼란을 일으킨 거라면?"

"그러니까 아무런 문제가 없다는 말이에요?"

리는 이제야 활짝 미소를 지었다. "맞아,"

"그러면 컴퓨터의 기록들이 틀린 거네요." 크리스가 말했다.

리는 크리스가 말에 대해 불쑥 손가락을 들어올렸다. "실제론 아니야!"

"아니라고요?" 크리스는 여전히 혼란스러운 표정을 지으며 앨리슨을 돌아보았다. "무슨 말인지 또 이해가 안 가."

"이게 흥미로운 부분이야." 리가 대답했다. "내 요점은 통역에는 문제가 없다는 거야, 그러니까 기록들은 유효하다고!"

크리스는 눈을 가늘게 뜨며 리를 쳐다보았다. "어떻게 그럴 수 있죠?"

"왜냐하면," 앨리슨이 곰곰이 생각하며 말했다. "그 기록들에는 뭔가 다른 의미가 있는 거야."

"정확해!" 리가 소리쳤다.

"그러니까 그게 무슨 뜻이냐고요?"

리가 활짝 미소를 지었다. "이해하려면, 두 사람 모두 앉는 게 좋을 걸."

34

앨리슨과 크리스는 주위를 돌아본 다음 비꼬는 듯한 표정으로 리를 쳐다
보았다.

"앉으라고요, 어디에요?"

리는 두 사람을 너머로 좁고 텅 빈 복도를 바라보았다. "아, 미안. 신경
쓰지 마." 리는 웃음을 터뜨린 후, 의자에 앉은 채 몸을 빙글 돌리고 디앤과
둘세의 영상을 다시 재생시켰다. "말했듯이, 통역에서는 눈에 띄는 불일치
를 발견하지 못했어. 물론, 불일치가 나타나지 않았다는 뜻은 아니지만, 만
약 진짜 오류였다면 빈도로 봤을 때 여러 번 일시적 중단 현상을 겪어야 했
어. 단어가 틀리거나 문맥에서 조금 벗어난 경우 말이야. 하지만 지금까지
그런 멈춤 현상은 한 번도 없었어. 오히려 IMIS는 점점 더 빨라지고 있어.
이전 시스템에서 더크와 샐리를 연구했을 때랑 같은 방식이야."

앨리슨은 귀를 기울이면서도 영상을 지켜보았다. "그럼 그것들이 오류
는 아니지만 그게 뭔지는 아직도 정확히 모른다는 거네요?"

리는 묘한 미소를 지었다. "어쩌면 아는 걸 수도 있지." 그는 영상을 아주
느리게 재생시킨 다음, 화면 중앙에 있는 디앤과 둘세를 확대했다. 느린 동
작의 영상 속 얼굴 표정을 알아볼 수 있을 정도로 선명했다. 그들은 디앤이
둘세에게 어떤 질문을 하는 모습을 지켜보았다.

"마치 물엿에 빠져 있는 것처럼 보이네." 크리스가 농담을 했다.

영상의 재생 속도가 느려서 꽤 오래 기다린 끝에 앨리슨과 크리스는 통
역된 문구가 화면에 나타나는 것을 볼 수 있었다.

"너는… 다른… 놀이… 하고… 싶어?" 디앤이 물었다.

세 사람이 지켜보는 가운데 디앤의 구형 조끼에서 소리가 흘러나왔다. 둘세의 표정이 변하거나 입이 움직이는 것을 전혀 볼 수 없었지만, 컴퓨터 기록에 갑자기 빨간 글자가 나타났다.

"저기!" 리가 소리를 지르며 영상을 정지시켰다. "바로 저기! 저거야." 그가 화면에서 빨갛게 표시된 글자를 가리켰다. "여기서부터 삼 초쯤 후에 둘세가 말하는 게 보여. 하지만 IMIS는 이미 통역을 했단 말이야. 더크와 샐리랑 연구할 때는 이런 적이 한 번도 없었어."

앨리슨과 크리스의 시선은 여전히 화면에 고정되어 있었다.

"둘세의 통역이 틀리지는 않았나요?" 앨리슨이 물었다.

"내가 아는 한 이상하지 않았어."

"어쩌면 카메라의 오디오와 비디오가 일치하지 않았을 수도 있어요."

"좋은 추측이야." 리는 크리스에게 공감을 나타냈다. "하지만 그건 아니었어, 내가 확인해 봤거든. 생각해 봐, 우리는 둘세의 서식지 주변에 여러 대의 카메라를 설치해 놓았어."

"음, 만약 통역이 먼저 일어나고 또 정확하다면, IMIS가 통역될 단어들을 틀림없이 예상하고 있었다는 얘기네요."

리는 앨리슨을 쳐다보았다. "나도 같은 생각을 했어. 하지만 우리의 알고리즘은 행동을 능동적으로 예측할 수 없어. 적어도 아직까지는. 그렇다면 남은 가능성은 한 가지뿐이야. IMIS가 뭔가 다른 걸 감지한 거지."

"다른 거요? 예를 들면요?"

"좋아, 디앤이 우리에게 한 말을 떠올려 봐, 고릴라들은 조용히 의사소통을 한다고 했어. 그건 고릴라들이 차분하고 사려 깊다는 거야. 내가 그 말을 기억하는 건, 영장류 연구를 위한 새로운 소프트웨어 개발을 돕는 동안 그녀가 수없이 말했기 때문이야. 침착하고 사려 깊다고. 그 말은 비언어적이라는 뜻이고, 디앤이 늘 하는 말이기도 해. '고릴라들의 의사소통 대부분은 비언어적이라고.'"

"세상에!" 앨리슨은 리의 말을 깨닫는 순간 중얼거렸다.

"이제 알겠지," 리가 말을 이어갔다. "결코 시스템 이상이 아니었어. 오히려 그 반대였어. IMIS는 오히려 지나치게 잘 작동하고 있었던 거야. 사실 너무 잘해서 인간이 감지할 수 없는 수준으로 둘세의 언어를 통역하기 시작한 것 같아!"

* * *

앨리슨과 크리스는 리를 빤히 쳐다본 후 마침내 서로를 돌아보았다. 두 사람은 같은 표정을 지었다.

"감지할 수 없는 언어라고 하셨나요?"

"맞아!" 리는 너무 흥분한 나머지, 이 와중에도 아직 기적처럼 잠을 자고 있는 켈리를 위해 목소리를 낮추려고 애써야 했다. "들어맞는 건 딱 그것뿐이야. 둘세는 어느 수준, 즉 영장류 수준으로 의사소통을 할 수 있는데, 오직 IMIS만이 그걸 알아차린 거라고. 그것도 빠르게!"

앨리슨은 심호흡을 했다. "와우."

리는 두 사람을 빠르게 번갈아가며 보았다. "내가 밤새 잠을 자지 못한 이유가 바로 이거야."

크리스는 아직도 충격이 가시지 않은 표정으로 히죽 웃었다. "내가 들어본 변명 중 가장 훌륭하네요."

앨리슨은 손등으로 입을 가린 채 가만히 서서 생각에 잠겼다. "그럼, 그게 어떤 종류의 언어죠?" 그녀가 큰 소리로 물었다.

리는 고개를 저었다. "나도 잘 모르겠어."

앨리슨은 멍한 표정에서 벗어나 눈을 깜박거리며 아직 의자에 앉아 있는 리를 내려다보았다. "뭐 어쨌든, 소프트웨어에는 이상이 없다니 다행이네요."

"어, 그러게." 그가 동의하며 낄낄 웃었다. 잠시 후, 그는 다시 진지한 표정을 지었다. "IMIS 이 녀석은 정말 대단해. 말 그대로 엄청나."

"제 생각도 그래요. 디앤과 연락을 취해야 할 두 가지 이유가 생겼네요." 앨리슨은 시계를 보며 말했다.

크리스는 호기심 어린 눈으로 그녀를 바라보았다. "두 번째는 뭔데?"

그녀는 두 사람을 돌아보았다. "리가 방금 발견한 것을 입증하려면 디앤의 도움이 필요해. 그리고 두 번째는, 디앤도 새로운 조끼에 결국 아무런 문제가 없다는 걸 알고 싶어 할 거야."

35

새로운 아침의 첫 햇살이 멀리 보이는 푸른 수평선 위로 솟아오르더니 지구의 표면을 가로지르며 남아메리카의 해안을 비추었다. 나무들이 밝은 녹색 빛깔로 환하게 빛나며 신비로운 밀림으로 가득한 대륙의 울창함을 드러내고 있었다.

새벽의 여명이 해안 가까이 있는 모든 것을 알록달록하게 장식하며 퍼져나갔다. 알베스의 보호구역과 울타리 한쪽 구석에 웅크리고 있는 둘세도 마찬가지였다. 암컷 고릴라는 지금 뭐가 두려운지 손가락을 떨며 작고 검은 머리를 아래로 숙인 채 숨어 있었다. 둘세는 점점 불안해하면서 몹시 안달하기 시작했다. 암컷 고릴라는 디앤을 도와주고 행복하게 해주고 싶었지만, 마음속 깊은 곳에서는 무엇보다도 집에 가고 싶어 했다.

암컷 고릴라는 밤새 거의 잠을 자지 못한 데다, 점점 쌓여가는 피로감이 몸을 서서히 잠식하고 있었다. 둘세는 조용히 엄마를 기다리고 있었다.

정글이 깨어나며 서늘하고 습한 아침을 맞이하자, 근처에 있는 검은 안경을 쓴 것 같은 풍금조 무리의 울음소리가 하늘에 가득 메웠다. 다른 새들도 아침을 알리는 고유의 울음소리를 내며 동참하기 시작했다. 하지만 둘세의 관심을 사로잡은 건 조금 다른 소음이었다. 그 소리는 매우 특이했다.

둘세는 조용히 고개를 들고 뒤를 돌아보며 30미터쯤 떨어져 있는 건물 주변을 훑어보았다. 암컷 고릴라는 그 소리가 다시 들릴 때까지 계속 귀를 기울였다. 이번에는 더 크게 들렸다.

암컷 고릴라는 그 건물의 한쪽 구석진 곳으로 시선을 돌렸다. 그곳은 아래쪽 벽이 옆에 있는 구조물과 겹쳐진 곳이라서 지붕의 모서리 부분이 어둡게 그늘져 있었다. 둘세가 그곳을 계속 응시하다가 마침내 그것을 보았다. 그늘져 있는 곳에서 작은 회색 머리가 모습을 드러내더니 주위를 두리번거렸다. 작은 카푸친 원숭이는 자기 쪽을 관찰하고 있는 둘세를 발견하자마자 재빨리 다시 그림자 속으로 몸을 피했다.

둘세의 눈이 휘둥그레졌고, 손가락으로 철조망 울타리를 꽉 움켜쥐었다. 암컷 고릴라는 몇 분 동안 그늘진 구역을 계속 지켜보았고, 결국 회색 머리가 다시 모습을 드러냈다. 이번에는 회색 머리가 둘세를 호기심 어린 눈으로 빤히 바라보았다. 잠시 후 그 원숭이는 마치 암컷 고릴라를 파악하려는 듯 머리를 살짝 갸웃거렸다.

30분 후, 디앤은 바깥문을 열었을 때 둘세가 울타리 앞에 조심스럽게 서 있는 것을 보고 놀랐다. 그녀는 둘세의 시선을 따라 지붕을 올려다보았지만 둘세가 뭘 보고 있는지 알 수 없었다. 그녀가 울타리 가까이 다가갔을 때도 둘세가 여전히 자신을 외면하는 것을 보고 그녀의 호기심은 더욱 커졌다.

디앤은 어린 고릴라를 계속 관찰하면서 조심스럽게 울타리 문을 열고 안으로 들어갔다. 그녀는 문을 닫으려는 순간 갑자기 얼어붙었다. 지붕선을 따라 위를 올려다보자 그림자 속에서 뭔가 튀어나온 것이 보였다. 그녀는 천천히 숨을 내쉬었다. 그것은 덱스터의 작은 회색 머리였다. 그들이 지난 이틀 동안 애타게 찾아 헤맸던 바로 그 카푸친 원숭이. 그 원숭이는 떠난 것이 아니었다!

디앤은 눈동자를 굴렸다. *바보같이! 왜 깨닫지 못했을까?* 덱스터는 루크와 함께 많은 시간을 보낸 만큼 루크의 집이 편안했을 것이다. 더군다나 자기가 전에 살던 곳은 너무 멀리 있었다. 실제로 덱스터는 사냥을 당하고 있지 않는 한 익숙한 환경을 떠나 미지의 곳으로 가지는 않았을 것이다. 대신 공격 때문에 겁을 먹은 녀석은 숨어 있기에 가장 안전하고 가장 가까운 은

신처를 찾았을 것이다. *왜 그런 생각을 하지 못했을까?*

숙소의 바깥문이 다시 열리자 디앤은 몸을 돌렸고, 후안이 걸어 나오는 것을 보았다. 그녀는 즉시 손가락을 입술에 갖다 댄 다음 그에게 빨리 오라는 손짓을 했다.

* * *

후안이 근처의 비품 창고 주변에서 사다리를 찾는 데는 몇 분밖에 걸리지 않았다. 사다리는 지붕에 닿을 만큼 높지는 않았지만, 둘세가 그 원숭이로부터 이삼 미터 이내로 다가갈 정도는 되었다. 디앤은 둘세를 묶고 있는 가죽끈의 범위 내에서 거리를 유지하며 사다리 아래에 머물렀다. 후안은 그녀 바로 뒤에서 알루미늄 사다리가 흔들리지 않도록 바닥에 단단히 고정시켰다.

안타깝게도 그들은 사다리 꼭대기에서 둘세가 덱스터에게 무슨 말을 하는지 알아들을 수 없었다. 디앤은 조끼를 정확한 각도로 위로 향하게 할 수 없었고, 둘세는 그녀를 등지고 있었으므로 통역이 불가능했다. 하지만 암컷 고릴라는 뭔가 말을 하고 있었다. 둘세는 사다리 꼭대기에서 조심스럽게 덱스터를 살펴보면서 꽤 오랫동안 소리와 몸짓을 주고받고 있었다.

덱스터의 소리는 훨씬 더 높은 음조였는데 대화라기보다는 비명을 지르는 것처럼 들렸다. 하지만 차츰차츰 그 원숭이의 머리와 몸이 아침 햇살 속으로 모습을 드러내기 시작했다. 원숭이가 지붕 가장자리에 이르렀을 때, 디앤은 천천히 고개를 저으며 놀라움을 표했다. 이 사건의 진정한 의미는 다른 사람에게는 별것 아닐 수도 있지만, 디앤에게 있어 방금 목격한 일은 그야말로 충격적인 것이나 다름없었다.

36

철문이 벌컥 열렸고, 알베스는 그를 뒤따르는 캐롤라이나와 함께 서둘러 복도를 걸어갔다. 미구엘 블랑코는 복도 끝에서 팔짱을 낀 채 작은 창문 밖을 내다보며 기다리고 있었다. 알베스가 다가오자 그는 침착하게 몸을 돌렸다.

"말해 보게!"

"그 원숭이는 내내 이곳에 있었습니다." 블랑코가 능글맞게 웃으며 말했다. "건물 위쪽에 숨어 있었어요." 그는 바깥을 다시 가리키며 말했다. "그 놈을 가두어 놓았습니다."

"그놈이 말을 하던가?" 알베스가 흥분한 듯 엉겁결에 말했다.

"모릅니다. 그 여자가 우리들은 안에 있어 달라고 부탁했습니다. 우선은 원숭이와 서로 신뢰를 쌓아야 한다고요."

알베스는 창문을 통해 작은 공터 너머 무리지어 있는 나무들 아래 우리 몇 개가 놓여 있는 곳을 눈여겨보았다. 그들이 듣기에는 너무 멀리 떨어져 있었다. "저들이 무슨 말을 하는지 알아야 해!"

"엔리케가 그 작업을 하고 있습니다." 블랑코가 차분하게 대답했다. 그는 시계를 힐끔 보았다. "십 분 안에 영상과 음성을 들을 수 있을 겁니다."

알베스는 간절히 바라듯 고개를 끄덕였다. "알겠네." 지금 방향에서는 덱스터의 작은 골격만 보였지만, 그 원숭이가 틀림없었다. 그는 확신했다. 한참 동안 그 원숭이를 유심히 바라본 후 알베스는 블랑코에게 돌아섰다. "그 놈이 저 격리된 우리에서 빠져나오지 못하도록 해. 알아들었나? 무슨 일이 있어도 절대 안 돼!"

지붕에서의 일은 시작에 불과했다. 덱스터를 구슬려 내려오게 한 것도 놀라운 일이지만, 지면으로 내려온 덱스터에게 질문을 한 다음 그 대답을 그들에게 다시 전달하는 둘세를 지켜보며 디앤은 경외심을 느꼈다. 그녀는 리 켄우드가 꿈에도 생각지 못했던 일을 방금 IMIS가 해내는 장면을 목격했다고 확신했다.

말문이 막힐 만큼 놀란 디앤이 지켜보는 가운데, 둘세는 덱스터에게 셀러리 한 덩어리를 건네며 물었다. *배고파?*

작은 회색 원숭이는 잠시 야채를 유심히 살펴보다가 순식간에 셀러리를 움켜잡았다. 원숭이는 셀러리를 몇 초 만에 먹어치웠다. 둘세는 고개를 갸웃하고 씩 웃은 다음 또 하나를 집어 들었다.

두 영장류는 지금 격리된 구역 안에 있는 우리 속에 갇혀 있었다. 비교적 작은 구역이었고, 몇 그루의 암녹색 망고 나무들 그늘 아래에 자리하고 있었다. 디앤과 후안 두 사람 모두 격리 구역 안에 있었지만, 덱스터가 안전하다고 여길 만한 거리를 두고 철망에 기대어 있었다.

두 사람은 주의 깊게 지켜보았고, 디앤은 소형 카메라의 시야 내에 두 영장류가 모두 포착될 수 있도록 조끼 방향을 조심스럽게 맞추었다.

흥미로운 것은 지난 며칠 동안 조끼를 통한 IMIS의 통역이 디앤을 위해서는 점점 더 효율적으로 작동하고 있었지만, 둘세와 덱스터 사이의 의사소통은 제대로 통역할 수 없었다는 점이었다. 디앤은 그게 어떤 의미인지 곰곰이 생각했다. 두 영장류 사이의 의사소통에 뭔가 다른 일이 일어나고 있는 것일까?

인간의 의사소통 경우와 마찬가지로 영장류들 또한 단어, 몸짓, 문맥, 그리고 어조 등을 매우 흔하게 사용한다. 사실, 많은 영장류들은 유머가 무엇인지를 알고 있고 연구원들에게 장난치는 것을 즐겼다. 더 재미있는 것은 다양한 수준의 속임수를 연습한다는 점이었다. 또한 탐욕, 질투, 분노와 같은 인간의 특성들도 보여주었다. 그런데 왜 IMIS는 영장류들의 말을 통역하지 못하는 걸까? 돌연 어떤 생각이 디앤의 머릿속을 스쳤고, 그녀는 고개를 떨구고 생각에 잠겼다. 혹시 인간이 할 수 없는 뭔가가 있는 걸까. 아니면 인간이 진화하면서 뭔가 잃어버린 걸까.

둘세는 다시 덱스터와 이야기를 나누었고, 덱스터는 무슨 대꾸를 하는 것 같았다. 둘세는 호기심 어린 표정으로 고개를 옆으로 갸웃하며 디앤을 바라보았다. 암컷 고릴라가 말을 하자, 잠시 후 조끼의 스피커에서 단어들이 흘러나왔다. *그는 숨는다.*

디앤이 부드럽게 대답했다. "왜 숨어 있는지 물어봐."

그들은 둘세가 덱스터 쪽으로 등을 돌리는 모습을 지켜보았는데, 덱스터의 키는 둘세의 반밖에 되지 않았다. 거의 흰색에 가까운 원숭이의 털에는 군데군데 검은색이 흩뿌려진 듯 섞여 있어서 멀리서 보면 회색빛을 띠었다. 또 한 번의 모호한 소리와 동작을 주고받은 후, 둘세는 다시 그들에게 돌아섰다. *그는 나쁜 사람들로부터 숨는다.*

디앤은 눈을 크게 뜨며 후안을 바라보았다. "원숭이가 그 사람들을 봤다는 뜻일까?"

"어쩌면요." 후안이 속삭였다.

디앤이 또렷한 목소리로 말했다. "나쁜 사람들이 누구야, 둘세?"

둘세는 다시 덱스터에게 말하고 나서 기다렸다. *그는 우리에서 나가고 싶어 한다.*

"곧 꺼내줄게. 그보다 먼저, 나쁜 사람들은 누구야?"

또 한 번의 의사소통을 주고받은 후, 다시 둘세가 대답했다. *나쁜 사람들이 친구를 해친다.*

디앤이 숨을 턱 막혔다. 루크! 루크가 그 친구일까? 그녀는 심호흡을 하며 침착하려고 애썼다. "그 친구는 누구야?"

둘세는 잠시 그녀를 빤히 바라보며 그 질문을 이해하려고 애썼다. 암컷 고릴라는 돌아서서 덱스터에게 말을 걸었고, 원숭이의 대답은 짤막했다. *선생님.*

"그래, 둘세. 선생님!" 디앤은 후안의 소매를 움켜잡으며 말했다. "누가 선생님을 해쳤지?"

선생님 친구.

"그래. 선생님은 친구야. 누가 선생님을 해쳤니? 선생님은 어디 있어?"

둘세가 다시 물었다. IMIS가 통역을 하지 않았지만, 디앤은 덱스터의 이번 대답이 다르다는 것을 알 수 있었다. 그녀는 걱정스러운 눈으로 둘세를 바라보며 기다렸다.

둘세는 디앤을 바라보았지만 곧바로 입을 열지는 않았다. 그녀가 빤히 바라보며 기다리는 동안, 암컷 고릴라의 작은 얼굴이 서서히 슬픈 표정으로 바뀌었다. 암컷 고릴라의 대답은 디앤을 마치 화물열차처럼 덮쳤다. *선생님 죽다.*

후안의 눈이 휘둥그레졌고 그는 디앤을 돌아보았다. 그녀의 얼굴은 순식간에 하얗게 질렸다. 그녀의 다리가 휘청거리며 금방이라도 쓰러질 것처럼 보이자 후안은 재빨리 손을 뻗어 그녀를 붙잡았다.

둘세는 슬픈 표정으로 디앤을 바라보며 통역을 마무리했다. *친구 선생님 죽다.*

37

디앤은 눈꺼풀을 파르르 떨며 눈을 떴고, 흐릿한 시력으로 주위를 둘러 보았다. 시간이 좀 지나고 두 눈이 적응을 한 후에야, 결국 알베스의 사유지 에 있는 자신의 방을 알아보았다.

그녀는 고개를 돌리다가 후안의 얼굴이 자신을 보며 맴도는 것을 알아차 렸다. 알베스와 블랑코는 꺼림칙한 표정으로 후안 뒤에 서 있었다.

"디앤, 내 말 들려요?"

"그래." 그녀는 눈을 깜박이며 햇볕에 그을린 후안의 얼굴에 초점을 맞 추었다. "무슨 일이 있었던 거야?"

"기절하셨어요."

"기절했다고?" 그녀가 혼란스러운 듯 말했다. "내가 그랬어?"

"네." 후안은 다른 두 남자를 쳐다본 후 다시 그녀를 내려다보았다. "몸 은 좀 어떠세요?"

디앤은 다시 한 번 눈을 껌벅거렸다. "괜찮아." 그녀는 이제 완전히 정신 을 차렸고 기억을 되짚어보려고 애썼다. 한순간 기억이 되살아났고 곧바로 가슴이 찢어지는 듯한 기분에 사로잡혔다. *루크!*

그녀는 둘세가 반복해서 했던 말을 떠올렸다. 더 나쁜 것은 그 말이 뭘 뜻하는지 알고 있기 때문이었다. 루크가 아직 살아 있기를 바랐지만, 가능 성이 희박하다는 사실은 늘 생각하고 있었다. 마음속 깊은 곳에서는 루크 가 죽었다는 것을 알았지만, 스스로 그것을 믿으려 하지 않았다. 지금까지 는. 단지 말일 뿐이었다. 어떤 원숭이가 한 소리에 불과했지만 그녀는 그것 이 사실이라는 걸 알았다. 결국 인정해야만 했다. 루크는 죽었다는 것을.

그녀의 눈시울이 붉어지기 시작했고 결국 눈가에 고인 눈물이 양 뺨을 타고 흘러내렸다. 디앤은 눈을 감고 머리를 천천히 흔들었다. 도대체 여기서 뭘 하고 있었던 거지? 그녀는 그저 집에 가고 싶어 했다.

그녀는 다시 눈을 뜨고 후안의 손을 붙잡았다. "나 좀 일으켜줘."

"잠깐만요." 후안은 잡고 있는 손을 느슨하게 하고 다른 한 손을 디앤의 어깨 위에 부드럽게 얹었다. 그는 몸을 앞으로 숙이면서 그녀의 이마에 달라붙은 머리카락을 쓸어 넘겼다. "단순히 기절한 것뿐만이 아니에요. 열사병 증상도 있는 것 같아요. 땀을 꽤 많이 흘리고 있어요. 목마르세요?"

"응."

"그동안 너무 무리하셨어요, 디앤. 당분간 좀 쉬어야 할 것 같아요."

그녀는 심호흡을 한 다음 억지로 팔다리의 근육을 풀었다. "둘세와 덱스터는 어때?"

알베스가 걱정스러운 표정으로 후안의 어깨 너머로 들여다보았다. "그들에 대해선 걱정하지 마세요. 안전하게 있고 아무데도 가지 않을 겁니다. 당신은 좀 쉬어야 해요. 사실," 그는 한숨을 쉬며 말했다. "우리 모두 그래야 할 것 같아요."

디앤은 고개를 끄덕였다. "제가 그들과 함께 있지 않을 때에는 둘을 따로 분리시켜 놓아야 해요. 그리고 먹이를 잘 챙겨 주세요."

"이미 그렇게 했어요." 후안이 웃으며 말했다. "오후에는 그냥 좀 쉬도록 하죠." 그는 알베스와 블랑코를 돌아보았다. "두 분께서 괜찮으시다면."

깜짝 놀란 표정이 두 사람 얼굴에 스쳐 지나갔지만, 그들은 고개를 끄덕이며 문으로 향했다. 그들은 빠르게 뒤를 힐끗 돌아본 후 밖으로 나갔고 블랑코가 조용히 문을 닫았다.

디앤은 후안을 올려다보며 고개를 저었다. "미안해, 후안. 내가 부질없는 일에 너를 데려왔나 봐, 그러지 말았어야 했는데." 그녀는 한쪽 손을 자신의 눈 위에 얹었다. "너무 늦기 전에 루크를 도울 수 있을 거라고 생각했어. 하지만 마음속으로는 이미 늦었다는 걸 알고 있었지. 그리고 지금은 둘세가 걱정돼. 눈치 채지 못했을 수도 있지만, 둘세는 잘 견디지 못하고 있어. 게다가 나는 열사병인지 뭔지에 걸려 여기 누워 있고." 그녀는 심호흡을 한 뒤 빠르게 숨을 내쉬었다. "후안, 이 말이 냉정하게 들리겠지만 루크가 정말 죽었다면, 누가 그랬는지 우리가 알아내기는 힘들 것 같아. 적어도 빠른 시간에는 아니야. 시간이 좀 걸리겠지. 둘세가 감당할 수 있는 것보다 훨씬 더 오래 말이야." 그녀는 그를 보며 인상을 썼다. "연구소로 돌아가야겠어. 상황이 더 나빠지기 전에."

"이해해요." 후안이 고개를 끄덕이며 조심스럽게 그녀의 손을 토닥였다. "정말 괜찮은 거죠?"

디앤이 고개를 끄덕였다. "괜찮아."

"잘 생각하셨어요." 후안이 목소리를 낮추며 말했다. 이번에는 그가 심호흡을 했다. "왜냐면 문제가 좀 있는 것 같거든요."

디앤이 이마를 찡그렸다. "뭐라고?"

후안이 몸을 숙이며 거의 속삭이듯 말했다. "문제가 좀 있는 것 같다고 말했어요."

"무슨 소릴 하는 거야?"

그는 고개를 들고 방을 훑어보았다. 설령 도청장치가 있다 하더라도 그것을 발견할 수 있을까 생각하면서. "들어봐요. 바깥에서 둘세가 덱스터와 이야기를 하는 동안 뭔가 눈치 채지 못하셨어요?"

"뭐를?"

"선배가 둘세와 이야기를 나누고 있을 때, 무슨 소리가 들렸어요. 내가 올려다보니까, 알베스의 부하 한 사람이 창문을 열고 우리를 향해 비디오 카메라를 겨누고 있었어요."

"우리를 녹화하고 있었다는 거야?" 그녀가 물었다.

"제 생각엔 마지막 부분만 목격한 것 같아요, 하지만 분명해요, 녹화하고 있었어요."

"그건 좀 이상하네. 우리가 통역 내용을 어렵히 복사해서 줄 텐데."

후안은 고개를 끄덕이며 여전히 낮은 목소리로 말했다. "내 생각도 그래요. 그리고 다른 것도 있어요. 아직도 조금 머리가 어지러우신 건 알지만, 기절하기 전에 둘세가 마지막으로 통역했던 말 기억나세요?"

디앤은 잠시 생각했다. "선생님 죽다?"

"아뇨." 후안이 고개를 저었다. "둘세가 그 말 직후에 다른 말을 했어요. **친구 선생님 죽다.**"

디앤은 눈을 가늘게 뜨면서 그 말에 대해 생각했다. "친구 선생님 죽다?"

후안은 고개를 끄덕였지만 아무 말도 하지 않았다.

고심 끝에 디앤은 호기심 어린 표정으로 후안을 바라보았다. "중복 통역일까?"

"어쩌면요. 중복된 언급일 수도 있고, 아니면 문제를 일으키기 시작한 시스템 오류 중 하나일 수도 있어요. 하지만 시스템 오류였다면, 그 시점이 지극히 우연의 일치인 거죠."

디앤은 팔꿈치로 몸을 떠받쳤다. "시스템에 대해선 나보다 더 잘 알잖아. 무슨 말이야?"

후안은 고개를 돌리고 조심스럽게 문을 바라보았다. "IMIS 소프트웨어는 대부분의 불필요한 중복 통역을 걸러내요. 완벽하진 않지만 꽤 효과적이죠."

디앤의 눈이 더욱 가늘어졌다. "털어놔 봐, 후안. 무슨 말을 하고자 하는 건데?"

그는 입술을 깨물며 생각에 잠겼다. 마침내 다시 몸을 앞으로 숙였다.

"저는 그게 중복 통역이라고 생각하지 않아요. '친구'라는 단어가 제 삼의 인물을 지칭하는 말일 수도 있다고 생각해요."

디앤은 생각에 잠긴 시선으로 그를 바라보다가 갑자기 상체를 일으켜 세웠다. "세상에, **친구 선생님 죽다.** 누가 루크를 죽였는지 언급한 거라고 생각하는구나!"

"쉿!" 후안은 두 손을 들어올렸다. "저도 잘 모르겠어요. 둘세와 덱스터 사이에 정확히 무슨 말이 오고갔는지 모르겠지만, 둘세가 지금까지 해왔던 다른 통역이 얼마나 정확한지 고려하면, 그럴 가능성이 아주 높다고 생각해요."

"맙소사!" 디앤이 두 손으로 입을 가리며 다시 말했다. "'죽다'가 **죽인다**를 뜻한다고 생각해?"

"그럴 수도 있어요. 하지만 확실한지는 잘 모르겠어요."

디앤이 두 손을 다시 내렸다. "IMIS에 대해서 잘 알잖아, 그러니까 우리가 이야기하고 있는 게 얼마나 가능성 있는 거야?"

"음," 후안은 다시 문을 흘끗 쳐다보며 대답했다. "몇 분 전이었다면, 40퍼센트 정도라고 말했을 거예요. 하지만⋯."

"하지만 뭐?"

후안은 한 손을 침대 옆으로 뻗어 휴대전화를 쥐고 들어올렸다. 그리고 전화기의 화면을 그녀를 향해 돌렸다. "알베스가 이곳에 휴대전화 중계기가 있다고 했던 말 기억나세요? 우린 그걸 이용해서 통화를 해왔어요. 그런데, 선배가 기절하고 난 다음 내 휴대폰 신호가 사라졌어요."

38

온화한 남서풍이 카리브해의 깊고 푸른 바다 위로 아침 파도를 일으켰
다. 하지만 드넓은 바다에서 그 정도는 비교적 평온한 것처럼 보였다. 작은
파도 위에서 보트가 흔들거리자 앨리슨은 균형을 유지하는 데 애를 먹고
있었다. 크리스와 리는 그녀가 다시 잠수용 장비를 착용하는 걸 도와주었
다. 그녀 등 뒤로 아침 햇살이 수평선 위에 옅게 깔린 구름들 사이로 밝게
빛나고 있었다.

기온은 벌써 26도 가까이 되었다. 크리스가 밸브를 열자 앨리슨은 공기
가 잘 나오는지 한 번 더 시험하고 엄지손가락을 치켜들었다.

리가 그녀 앞에 섰다. "좋아, 다시 말하지만 이번엔 더크와 샐리의 말만
들릴 거야. 지금으로선 그게 시스템이 감당할 수 있는 유일한 방법이야."

앨리슨은 얼굴 위로 마스크를 쓰며 말했다. "알았어요."

서너 번 통역 시험을 마친 후, 그녀가 잠수용 웨이트 벨트를 착용하자 크
리스는 앨리슨이 선미 쪽으로 갈 수 있도록 도와주었다. 수십 마리의 돌고
래들이 수면 위로 머리를 내민 채 그녀를 기다리고 있었다. 작은 파도들이
지나갈 때마다 돌고래들은 파도 위로 깐닥깐닥거렸다. 앨리슨은 무리 중간
쯤에 있는 더크와 샐리를 발견하고 미소를 지었다.

이번에는 그녀도 안정감 있게 바다로 뛰어들었고 물도 훨씬 덜 튀었다.
앨리슨은 곧바로 몸을 돌려 크리스에게 괜찮다는 신호를 보냈다. 잠시 숨
을 고른 뒤, 그녀는 손을 뻗어 부력조절기에서 공기를 빼냈고 수면 아래로
미끄러지듯 들어가며 에메랄드 빛 물속으로 천천히 내려가기 시작했다.

돌고래들은 지체 없이 그녀 주위를 맴돌며 모두가 말을 걸어왔지만, 이

번에는 그녀도 침착해지려고 애썼다. 때마침 더크와 샐리가 다가왔다.

"더크, 샐리, 금속이 고장 났어. 이제 나는 너희랑만 이야기할 수 있어."

그녀는 자신이 뭘 기대하고 있는지 확신이 서지 않았다. 더크와 샐리도 정확히 끄덕거리지는 않았다. 대신, 돌고래들은 그녀를 지켜보며 대답했다. *너는 우리에게만 말한다.*

"맞아."

좋아.

수십 마리의 돌고래들은 흥분한 듯 그녀 주위를 계속 맴돌았다.

우리 모두 네가 여기 와서 행복해. 우리 대화 좋아한다.

앨리슨은 투명한 마스크 안에서 미소를 지었다. "나도 그래, 더크. 나도 좋아해." 그녀가 지켜보는 사이 더크는 쏜살같이 헤엄치며 그녀의 뒤쪽으로 가서 멈췄다. 더크는 공기탱크를 살펴보기 위해 좀 더 가까이 다가갔다.

금속 고장 없다.

그녀는 눈동자를 굴렸다. "내 말 믿어, 고장 났어." 익숙한 삐삑 소리가 귀에 들리며 통역에 실패했음을 알렸다.

앨리슨은 샐리가 몸통을 약간 돌리며 뭔가 말하는 모습을 지켜보았는데, IMIS는 그 말 대부분을 삐삑거리는 소음으로만 생성해냈다. 그 중 두 단어만 올바르게 통역되었다. *그녀 여기.*

그녀는 더크가 자신의 뒤쪽에서 나오기를 기대하며 기다렸다. 소용돌이 치듯 맴도는 돌고래 무리가 빠르게 흩어지기 시작했고, 결국 몇 마리만 남았다. 그러나 그들마저도 거리를 두었다. 앨리슨은 멀리서 희미한 형체 셋이 다가오는 것을 볼 수 있었다. 세 형체 모두 바짝 붙은 채 헤엄쳐 왔다. 그들은 꾸준하게 움직이다가 더크와 샐리 옆에서 천천히 속도를 늦추었다.

그 세 마리는 다른 돌고래보다는 눈에 띌 만큼 조금 커 보였다. 대신, 크기와 느린 움직임으로 볼 때 앨리슨만큼 나이를 먹었다는 느낌을 주었다.

샐리는 몸을 돌리고 앨리슨 가까이로 헤엄쳐 왔다. *여기 우리 머리들.*

앨리슨은 어리둥절한 표정으로 샐리를 빤히 보았다. "너의 머리?" 그게 무슨 뜻이지… 무슨 머리? 그녀는 잠시 샐리의 말을 곰곰이 생각하며 조끼 안쪽의 어깨를 으쓱했다. "나는 무슨 말인지 모르겠어."

샐리는 눈을 껌벅이며 계속 떠밀려왔다. *우리 머리들. 오래된.*

"너의 머리들이 오래되었다고? 난 도무지…." 앨리슨은 말을 하다가 중간에 멈췄다. "잠깐만!" 그녀의 눈이 번득였다. "너희 어른들을 말하는 거구나!"

그래. 오래된 머리들.

"오래된 머리들." 앨리슨은 마스크 안에서 반복했다. 그녀는 자신을 유심히 관찰하는 것처럼 보이는 세 마리의 나이 많은 돌고래들을 돌아보았다. 그 중 한 마리가 말하는 것처럼 보였지만 앨리슨은 들을 수가 없었다. 그녀는 샐리가 자신에게 전달하는 말만 들을 수 있을 뿐이었다.

당신은 어떻게 말한다.

"나는 금속을 이용해서 말합니다."

샐리가 앨리슨의 대답을 되풀이한 후, 그 어른 돌고래가 다시 말했다. *얼마나 많은 인간들이 말한다.*

앨리슨은 솟구치는 흥분을 느끼며 미소를 지었다. "지금은 나뿐입니다. 그러나 곧 많은 사람들이 말하게 될 겁니다." 그녀는 '곧'이라는 단어가 무슨 뜻인지 설명할까 생각했지만 그냥 넘어갔다. IMIS 시스템이 매우 복잡하다는 건 말할 필요도 없고 비용도 많이 든다는 사실을 잘 알고 있으니까. 그걸 설명하려면 시간이 걸릴 것이다. 꽤 많은 시간이. 하지만 언젠가는 그날이 올 것이다. 언젠가는 모든 사람이 그렇게 할 수 있을 것이다.

또 다른 어른 돌고래가 샐리에게 말을 했고, 샐리는 앨리슨에게 다시 한번 반복했다. *당신은 몇 살입니까.*

그녀가 키득거리자 마스크 안에 작은 입김 조각이 만들어졌다. 분명히 돌고래들은 인간이 나이에 대해 느끼는 심적 장애는 갖고 있지 않았다. 돌고래들은 어떤 심적 장애를 가지고 있을지 잠깐 궁금한 생각이 들었다.

"나는 서른네 살이에요."

마침내 세 번째 돌고래가 샐리를 통해 말했다. *우리는 다시 대화해서 행복하다.* 앨리슨이 대답도 하기 전에 그 나이 많은 돌고래가 덧붙였다. *당신은 여행을 온다.*

앨리슨이 고개를 잠깐 저었다. "뭐라고요?"

우리는 여행한다. 당신은 온다.

"여행? 여행을 간다고요?"

네. 당신은 온다. 우리는 아름다움으로 간다.

앨리슨은 깜짝 놀라며 돌고래들을 빤히 쳐다보았다. "여기가 당신들 고향 아닌가요?"

우리는 간다 --- 고향 지금. --- 아름다운---.

앨리슨의 이어폰이 인식할 수 없는 단어들 때문에 다시 삑삑거리는 소리를 냈다. 그녀는 손을 뻗어 조끼에 달린 빛나는 버튼을 찾아 스피커의 기능을 잠시 정지시켰다. "리, 내 말 들려요?"

리의 목소리는 맑고 또렷했다. "잘 들려."

"거기에 누구랑 있어요?"

리는 크리스와 켈리를 돌아보았다. "모두 여기 있어, 앨리."

"돌고래들이 떠난대요." 앨리슨이 돌고래들을 보며 말했다.

"그런 것처럼 보여." 그가 대답했다.

앨리슨은 당연한 질문을 하는 것이 두려웠다. 어쨌든 그들은 바다 한가운데 있었고 생각했던 것보다 육지로부터 훨씬 멀리 떨어져 있었다. 그녀는 조용히 마른 침을 삼켰다. "우리가 어떻게 해야 한다고 생각해요?"

리는 크리스를 보았고, 크리스는 다시 켈리를 보았다. 리는 미소를 지으며 마이크 가까이 몸을 기울였다. "그곳에 초대한다는 소리 듣지 못했어?"

앨리슨은 나머지 연구원들도 자신만큼 흥분한 것을 알고 안도했다. 돌고래들의 여행 목적지가 가까이 있다는 어른 돌고래의 확언 이후, 켈리는 보트는 문제없다고 자신만만해 했다. 연료와 음식도 충분했다.

보트를 타고 이동한 지 몇 시간 지났을 즈음, 앨리슨은 크리스가 심하게 흔드는 바람에 잠에서 깼다. 그녀는 간신히 잠을 좀 자긴 했지만, 눈을 껌벅거리며 그를 쳐다보았다. 크리스의 다급한 표정이 눈에 들어왔다.

"앨리! 앨리! 빨리 일어나 봐!"

그녀는 당황해하며 작은 선실 주위를 재빠르게 둘러보았다. "무슨 일이야? 보트에 무슨 문제라도 생겼어?"

크리스는 무작정 그녀의 손을 잡고 자기 쪽으로 끌어당겼다. "빨리 일어나! 네가 봐야 할 게 있어!"

앨리슨은 마음속 혼란을 떨쳐내고 침대에서 나와 차가운 나무 마룻바닥 위로 내려섰다. 여전히 크리스 손에 이끌린 채 그녀는 그를 따라 계단을 오른 뒤 객실로 들어갔다. 리의 노트북이 둥그런 탁자 위에 덩그러니 놓여 있었다.

크리스는 다시 그녀의 손을 잡아당기며 바깥의 조종실 쪽으로 끌어냈다. 그곳에서 리와 켈리 두 사람이 바닷물 너머를 응시하고 있었다.

앨리슨은 또 한 번 눈을 껌벅거리며 이제 두 눈이 맑아지자 숨이 턱 막히는 기분이 들었다. "맙소사!" 그녀는 돌아서서 선미 너머를 바라본 다음 다시 좌현 너머를 바라보았다. "이런, 세상에!"

그녀는 사방을 빙 둘러 훑어본 후 크리스와 연구원들을 돌아보았다. 그녀는 말문이 막혔다.

그들 모두 믿을 수 없다는 듯 서로를 쳐다보았다. 그날 아침, 앨리슨이 두 번째 잠수를 하는 동안, 그들은 이전에 한 번도 보지 못했던 많은 수의 돌고래들을 보았다. 수백 마리의 돌고래들.

그러나 그 숫자는 지금 보고 있는 것에 비하면 보잘것없는 수준이었다. 그들은 지금 수천 마리의 돌고래들에게 둘러싸여 있었다. 아니, 수만 마리였다! 어느 방향을 둘러보든, 친숙한 회색 형체와 등지느러미가 율동적으로 수면 위로 솟구쳐 오르고 있었다. 사방 어느 곳에서나!

앨리슨은 완전히 넋이 나간 표정을 지으며 한 걸음 앞으로 나섰다. "맙소사." 그녀는 다른 사람들에게 속삭였다. "이건 단순한 여행이 아니야. 이건 순례여행이야!"

39

디앤은 후안의 어깨 너머로 노트북 화면을 들여다보며 그가 타이핑 하는 모습을 지켜보았다. 그는 다시 시도하고 기다렸다. 결국 그는 고개를 가로 저으며 의자에 등을 기댔다.

"여전히 안 돼요. 완전히 죽었어요."

디앤은 아직도 몸을 숙이고 있었다. "일시적인 걸 수도 있잖아." 그녀가 속삭였다. "인터넷 선이 잠시 먹통이 되었다든지?"

"이런 식은 아니에요." 그가 말했다. "인터넷이 되는지 안 되는지 시험조차 되지 않아요. 그 말은 건물의 시스템 전체가 고장이 났거나 아니면…."

"아니면?"

후안은 어깨를 으쓱했다. "우리가 차단당했거나요." 그는 핸드폰을 다시 확인했다. "게다가 핸드폰 신호도 전혀 잡히지 않아요."

"두 가지가 동시에 먹통이 될 수도 있잖아?"

그가 고개를 끄덕였다. "그렇긴 하죠. 하지만 그 둘은 신호 유형이 서로 달라요. 두 개가 모두 동일한 불량 전원 회로에 연결되었을 수도 있지만, 그건 모든 걸 한 바구니에 담는 최악의 경우죠." 그는 여전히 조용한 목소리로 말했다. "게다가 알베스는 일을 쉽게 하려고 원칙을 무시한 채 대충 하는 사람 같지는 않아 보여요."

"전기가 나간 게 아닐까." 디앤이 의견을 말했다. 그녀는 탁자 위에 있는 작은 전등으로 다가간 다음, 전등의 갓 아래로 손을 뻗어 스위치를 돌렸다. 전등은 즉시 켜졌다. "들어오네, 그건 아닌 것 같아."

다른 방, 알베스와 블랑코는 숨겨 놓은 카메라 영상을 통해 그들을 지켜보고 있었다. 디앤과 후안이 영상 윗쪽에 보였는데, 후안의 방에 있는 책상 위로 몸을 웅크리고 있었다. 후안의 컴퓨터 화면은 잘 보이지 않았지만, 그들의 속삭임은 카메라에 달린 마이크를 통해 여지없이 포착되었다.

* * *

"그 사람들한테 물어보는 건 어때?"

후안이 냉소적인 표정으로 그녀를 바라보았다. "그러면 우리가 뭔가 눈치챘다는 걸 알게 될 거예요."

"그럼 어떻게 해야 하지?"

"제 생각엔 여기서 빨리 나가는 게 좋을 것 같아요. 이번 일이 모두 그 원숭이와 관련이 있다는 느낌이 들어요. 그 사람들은 원숭이를 끔찍할 정도로 찾고 싶었던 게 분명해요."

디앤은 마지못해 고개를 끄덕인 후 덧붙였다. "루크를 찾기 위해서잖아."

"그건 그들이 한 말일 뿐이에요." 후안은 심사숙고하듯 두 손을 맞잡은 채 그녀 가까이 몸을 기울였다. "하나만 물어볼게요." 그가 속삭였다. "먼저 친구분에 대한 일은 정말 유감이에요, 디앤. 진심으로요. 하지만… 제 생각에 그분은 이미… 무슨 뜻인지 알죠?"

"죽었다고?"

"네." 후안은 디앤의 차분함이 사라지는 모습을 지켜보았다.

"나도 그렇게 생각해."

그는 잠시 기다렸다가 말을 이었다. "만약 그게 사실이고, 알베스가 이미 그 사실을 알고 있었다면요?"

디앤의 눈이 즉시 휘둥그레졌다. "무슨 뜻이야?"

"둘세가 덱스터에게서 들은 마지막 통역에 대해 좀 생각해봤어요."

그녀는 멈칫한 후 그 말을 떠올렸다. "친구 선생님 죽다?"

후안은 말없이 고개를 끄덕인 다음 그녀를 똑바로 쳐다보았다. "만약 원숭이의 말이 맞는다면, 그 '친구'가 누구라고 생각하세요?"

두 사람은 말없이 서로를 빤히 쳐다보았다.

그때 문을 두드리는 소리가 크게 들렸다. 두 사람은 깜짝 놀라며 고개를 돌렸다. 디앤과 후안은 초조하게 문을 지켜볼 뿐 아무 말도 하지 않았다. 잠시 후, 또 다시 문을 두드리는 소리가 들렸다.

"어떻게 하지?" 그녀가 속삭였다.

"나도 모르겠어요!"

그들은 얼어붙은 듯 아무 소리도 내지 않았다. 마침내 문손잡이를 앞뒤로 잡아당기는 소리가 들린 다음 좌우로 돌아가는 소리가 들렸다. 후안은 문을 잠가 놓았다. 그는 벌떡 일어서며 목소리를 가다듬었다.

"네. 누구세요?"

대답이 두꺼운 문틈으로 나직하게 들렸다. "마테우스입니다. 드레이퍼 양도 같이 있나요?"

거짓말을 해봐야 소용없었다. "네. 그래요. 같이 있습니다."

"들어가도 될까요? 이야기를 나누었으면 합니다."

그는 걱정스러운 표정으로 디앤을 보며 얼굴을 찌푸렸지만 결국 주춤거리면서 문을 향해 걸어갔다. 문 손잡이의 잠금장치를 푼 다음, 손잡이를 돌리고 문을 열었다. 알베스가 문간 바로 앞에 서 있었다. 그 뒤에는 알베스보다 훨씬 더 키가 큰 블랑코가 평소와 다름없이 돌처럼 차가운 표정을 지은 채 버티고 서 있었다.

"들어가도 될까요?" 알베스가 물었다.

"아, 그럼요, 물론입니다." 후안이 환영하는 척하며 옆으로 비켜섰다.

두 남자는 곧바로 방안으로 들어갔다. 알베스는 창가에 서 있는 디앤에게 미소를 지었다. 그녀는 살짝 웃으며 초조한 듯 머리카락을 귀 뒤로 쓸어 넘겼다.

"드레이퍼 양. 몸은 좀 어떠세요?"

"괜찮습니다. 좋아요."

"정말 다행입니다. 많이 걱정했거든요."

알베스가 방을 가로질러 오는 순간 그의 모습이 뭔가 달라 보였다. 그녀는 뭐가 바뀐 건지 아니면 자신이 긴장한 탓인지 확신이 서지 않았다.

"전 괜찮습니다, 정말로요. 걱정해 주셔서 감사합니다. 그냥 휴식이 좀 필요했었나 봐요. 요 며칠 동안 정신없이 바빴잖아요."

"그렇긴 했죠." 알베스도 동의했다. "우리가 너무 재촉해서 미안합니다." 그는 방을 훑어보면서도 얼굴엔 여전히 미소를 띠고 있었다. 그는 열려 있는 후안의 노트북을 보더니 인상을 찌푸렸다. "아직도 열심히 일하시는군요." 그는 후안에게 돌아섰다. "너무 무리하지는 마십시요."

후안은 어깨를 으쓱했다. "아, 그냥 기록들을 다시 훑어보는 중입니다."

알베스가 고개를 끄덕였다. "그렇군요. 흥미로운 걸 찾으셨나요?"

"별게 없네요." 후안은 거짓말을 했다. "일반적인 것들뿐이에요."

알베스가 씩 웃으며 노트북 가까이 다가갔다. 그는 몸을 약간 앞으로 숙이고 눈을 가늘게 뜨며 노트북 화면을 보았다. "일을 막 끝낸 것 같군요." 그가 다시 몸을 돌렸다. "대단한 하루였어요, 그렇죠? 정말이지, 덱스터가 아직 여기 있을 줄은 꿈에도 생각하지 못했습니다."

디앤이 어깨를 으쓱했다. "동물들은 예측이 불가능하죠."

"정말 그래요. 오늘 아침에 알아낸 게 뭔지 몹시 듣고 싶군요. 둘세와의 의사소통은 성공적이었나요?"

디앤은 후안을 바라본 다음, 긴장한 것처럼 보이지 않으려고 애쓰면서 다시 알베스를 돌아보았다. 비참하게도 전혀 도움이 되지 않은 것 같았다.

"유감스럽게도 아주 성공적이진 않았어요. 주로 일반적인 단어들로 신뢰를 쌓으려고 노력했죠. 시간이 좀 걸리겠지만 가능성은 있어 보여요." 디앤은 극심한 공포가 밀려드는 것을 느꼈다. 돌연 후안이 했던 말이 떠올랐다. 그들이 비디오카메라를 설치하고 자신들을 녹화했다는 말. 사실이라면, 그들은 의심할 여지없이 디앤의 조끼에 달린 스피커에서 흘러나온 둘세의 말을 들었을 것이다. 그러나 알베스는 그녀가 거짓말을 하고 있다는 걸 알았지만 겉으로 내색하지는 않았다.

"그래도 나름 큰 발전이라고 봅니다." 그가 말했다. "빠른 시간 내에 진전이 있었으면 좋겠군요. 루크를 위해서."

디앤은 알베스가 말하는 동안 자신도 모르게 고개를 끄덕이는 걸 알아차리고 갑자기 동작을 멈췄다. 루크에 대한 그의 마지막 발언은 오해의 여지가 없는 말투였다. 마치 암시처럼 들렸다. 초조함이 다시 밀려들었다. 결국 알베스는 루크의 일에 대해 알고 있나? 만약 알고 있었다면, 그는 처음부터 내내 그들을 가지고 놀았다는 뜻이었다. 그녀는 알베스를 다시 한 번 살펴보았고 무엇이 달라졌는지 깨달았다.

"지팡이를 놔두고 오셨네요?" 그녀가 물었다.

진짜로 깜짝 놀란 알베스가 반사적으로 아래를 내려다보았다. 그는 동작을 멈추고 미소를 지으며 다시 고개를 들었다. "통찰력이 정말 놀랍군요, 드레이퍼 양."

디앤의 얼굴에 순간 우쭐한 기색이 어렴풋이 나타났지만, 알베스의 달라진 목소리를 듣자마자 바로 사라졌다. 포르투갈 억양이 훨씬 더 강해졌다.

후안은 블랑코를 돌아보았는데, 그는 팔짱을 낀 채 문 앞에 굳은 자세로 서 있었다.

알베스는 선 채로 생각에 잠긴 듯 멍하니 눈썹 위를 긁었다. 마침내 그가 씩 웃었다. 허울은 더 이상 아무런 의미가 없었다.

"이제 눈치챘나 보군." 그는 결국 인정했다. "탈출을 계획 중이었나?"

디앤은 후안의 반응을 확인한 다음, 두 손을 허리에 대고 알베스를 노려보았다. "루크는 어디 있죠?"

알베스는 숨을 들이쉰 다음 천천히 내뱉었다. "음, 유감스럽게도 루크 그린우드는… 너무 까다로운 친구였어."

디앤은 가슴이 철렁 내려앉는 충격을 느꼈다. 루크가 죽었다는 감정적인 확인에 눈시울이 뜨거워지기 시작했다. 그녀는 이제 루크의 죽음이 사실이라는 것을 알았다. 그럼에도 불구하고 그녀는 여전히 다른 가능성을 찾기위해 애쓰는 자신의 일부를 느낄 수 있었다. 그녀는 눈물이 뺨을 타고 흘러내리는 것을 느꼈지만 자세를 유지했다. "당신이 그를 죽였나요?"

알베스는 책상 의자를 잡아당기고 천천히 자리에 앉았다. "우리 모두 자신의 신념에 대해 입장을 취해야 할 때가 온 것 같군, 안 그런가?" 그는 아무렇지도 않은 듯 손짓을 하며 말했다. "루크가 어떤 입장을 취했는지 이제 알았겠군."

디앤은 반항을 하듯 고개를 가로저었다. 그녀의 눈은 금세 눈물로 가득 찼다. "당신이 그를 죽였군, 이 개자식."

알베스는 능글맞게 웃으며 전혀 후회하는 기색 없이 그 말을 묵살했다. "어쩔 수 없었어. 나는 루크를 설득하려고 애썼지. 하지만 그는 여전히 걸림돌로 남았어."

"걸림돌이라고?" 그녀가 소리쳤다. "뭐에 대한 걸림돌? 더 많은 힘? 더 많은 돈? 대체 뭐 때문에… 당신이 연루된 사기 행각을 그가 알아냈나?"

알베스는 갑자기 폭소를 터뜨리며 그녀를 깜짝 놀라게 했다. 그는 다시 의자에 등을 기대며 천천히 표정을 되찾았다. "드레이퍼 양, 당신은 참 순진해. 이번 일이 사업적 거래라고 믿나? 돈 때문에? 정말 단순한 세상에 살고 있군." 그는 손을 뻗어 주름진 눈가에서 폭소로 인해 흘러나온 눈물을 닦아냈다. "아니야, 그린우드는 사업 감각이 별로 없었어. 이메일을 이해하는 것도 다행일 정도였으니까." 알베스는 여전히 얼굴에 웃음기를 띤 채 고개를 저었다. "여기서 무슨 일이 일어나고 있는지 전혀 모르는군, 그렇지?"

"당신이 우리의 휴대전화와 인터넷 접속을 차단했다는 건 알아요, 그건 우리가 알아서는 안 되는 걸 알고 있다는 뜻이죠."

알베스는 다시 웃었지만 조금 전처럼 그렇게 심하지는 않았다. "그럼 당신이 알고 있는 건 뭐지?" 그가 부추겼다.

디앤은 후안을 돌아보았다. 사실 그들은 전혀 짐작 가는 것이 없었다. 실제로 그들이 유일하게 아는 것은 알베스가 루크를 죽였다는 것뿐이었다. 그 외에는 아무것도 몰랐다.

알베스는 그녀가 머뭇거리는 것을 지켜보았다. "당신은 아직도 그 이유를 묻지 않는군." 그는 그녀 너머로 블랑코를 바라보았는데, 그는 바위처럼 선 채 가만히 귀를 기울이고 있었다. 알베스의 웃음소리가 가벼운 키득거림으로 바뀌었다. "왜 내가 당신을 여기 데려오려고 애를 썼을까?"

그는 질문을 곰곰이 생각하는 그녀를 재미있다는 듯 지켜보며 그들의 순진함에 놀라워했다. "난 루크를 찾기 위해 당신을 데려온 게 아니야, 디앤."

그녀는 빈정거리는 그를 노려보았다.

"그 원숭이를 찾으려고 당신을 데려온 거지. 덱스터 말이야."

"왜지?"

"덱스터는 루크 그린우드의 입장이었어. 그의 관점 말이야. 애초에 덱스터를 탈출시킨 것도 루크였지, 영리한 친구야. 그 점은 나도 인정해. 하지만 당신도 알다시피, 그 친구의 윤리의식은 강박관념에 가까웠어. 결국 그가 자초한 일이야, 이성적인 판단을 스스로 외면해 버린 거지. 그리고 더 중요한 건, 자신이 죽을 가능성마저도 무시했다는 거야."

"그랬군." 디앤은 속이 부글거렸다. "글쎄, 당신 같은 사람은 믿기 힘들겠지만, 때로는 무고한 동물들도 목숨을 바칠 만한 가치가 있어."

알베스가 눈을 굴렸다. "이런. 그가 목숨을 바친 것은 원숭이 때문이 아니야. 덱스터는 그저 상징일 뿐이라고. 루크 그린우드는 훨씬 더 큰 것을 위해 목숨을 바쳤어. 그 점에 있어선 그가 칭찬받아야 한다고 생각해. 비록 실패하긴 했지만 말이야, 당신 덕분이지."

디앤은 여전히 혼란스러웠다. "실패했다고?"

"그래. 그가 풀어주려고 했던 원숭이를 결국 당신이 찾아냈으니까. 덱스터가 우연히 포획된 후, 루크는 그 원숭이가 뭔가 특별하다는 것을 알았지. 원숭이 치고는 대단히 영리했거든. 풍각쟁이, 당신들은 그런 원숭이들을 그렇게 부른다지. 하지만 이 원숭이는 유별나게 높은 지능과 재주를 가지고 있었어. 루크 말로는 '일반적인 수준을 훨씬 뛰어넘는다'고 하더군. 그는 그 원숭이를 연구하는 데 집착하게 되었고 결국 원숭이를 보호하려는 도덕적 신념은 더욱 광적으로 변했지." 알베스의 두 눈은 점점 음흉해지는 것 같았다. "루크에겐 덱스터가 신념의 상징이었을 수도 있지만, 루크가 마침내 발견한 것은 훨씬 더 큰 놀라운 것이었어. 아무도 예상하지 못한 비밀."

"살인도 저지를 만한 비밀이겠지." 디앤이 으르렁거리듯 말했다.

알베스의 입술이 말려 올라가며 야비한 미소를 띠었다. "정말 그렇긴 하군. 이게 다 당신 덕분이야, 그놈을 되찾은 거 말이야."

"그러니까," 후안은 거리낌 없이 말했다. "덱스터를 찾기 위해 우리를 데려온 이유가 당신이 더 교활해지는 방법을 알아내기 위해서였어?"

알베스는 갑자기 다시 웃음을 터뜨렸다. 더욱 크게. 그는 몸을 일으키며 의자에서 일어났다. "당신네 미국인들은 이해력이 둔해. 아닐세, 디아즈, 자네들이 여기 온 이유는 그게 아니야." 그가 문 앞의 블랑코에게 손짓을 보내자, 그 사내는 40구경 글록 권총을 등 뒤에서 천천히 꺼내 들었다. "전혀 아니야."

40

그것은 진정한 순례여행이었고 앨리슨이 상상할 수 있었던 어떤 것보다도 성대했다. 그들은 IMIS가 그녀를 부르는 더크와 샐리의 말을 다시 포착하기 전까지 몇 시간 동안 말 그대로 돌고래들의 바다에 둘러싸여 있었다.

태양이 수평선을 향해 서서히 기우고 있을 때 앨리슨은 마침내 다시 한 번 차가운 파도 아래로 미끄러져 들어갔다. "내 말 들려요?"

"잘 들려, 앨리." 리는 마이크를 통해 그녀를 안심시켰다. "괜찮아?"

"아직까지는요." 앨리슨은 그녀의 주위를 끝없이 빙빙 돌고 있는 돌고래 떼에 둘러싸여 있었다. 돌고래들이 그녀와 부딪치지 않도록 잘 헤엄쳐 다녀서인지 그녀는 마치 비눗방울 속에 들어 있는 것 같았다. 그 작은 공간을 유지한 채 서서히 내려갈수록 선명한 색채들이 언뜻언뜻 눈에 들어왔다.

수심 10여 미터쯤 이르자 돌고래들이 점점 흩어지기 시작했다. 수심 15미터에 이르자, 그녀는 돌고래 무리 아래로 빠져나왔다. 돌고래는 포유류라 폐로 공기를 호흡하므로 대부분의 활동을 수면 가까이에서 보낸다. 물론 훨씬 더 깊이 잠수할 수도 있었다. 하지만 그 순간 앨리슨은 마치 살아서 움직이는 천장 아래에서 헤엄치는 것 같은 기분을 느꼈다.

하지만 그녀의 얼굴이 거의 하얗게 질릴 정도로 충격을 준 것은 해저의 바닥에서 본 광경이었다. 바닥 전체가 솟아오른 듯한 해저 지형이었는데, 그녀의 시야가 미치는 곳까지 넓게 펼쳐져 있었다. 그러나 그보다 더 놀라운 것은 그 바닥 전체를 뒤덮고 있는 것 때문이었다. 해초류.

해조류와 달리, 해초류는 밝은 녹색이며 꽃, 뿌리, 잎을 포함한 다양한 형태의 수중 식물로 이루어져 있었다. 이곳의 생육은 앨리슨이 지금까지 본 것 중 가장 조밀했는데, 푸른 바닷물 배경으로 거의 빛이 날 정도로 너무나 푸르고 무성했다. 해초류 안팎으로는 셀 수 없을 만큼 불가사리, 성게, 갑각류들이 어지러울 정도로 가득했다. 또한 형형색색의 수많은 작은 물고기들을 비롯해 온갖 종류의 생명체가 살고 있어서 그 모습은 마치 거대한 수중 만화경을 같았다.

앨리슨은 큰 충격에 사로잡혀서 아무 말도 할 수 없었다. 그녀는 상상할 수 있는 모든 색깔의 바다 생명체가 가득한 초록빛 너머의 경관을 바라보며 그저 제자리에 떠 있을 뿐이었다. 그녀는 리와 연구원들이 숨이 막힌 듯 감탄하는 소리를 헤드셋을 통해 듣고 나서야 겨우 입을 뗄 수 있었다.

"모두들 이거 보고 있어요?"

"정말 놀라워!" 리가 속삭였다. 켈리와 크리스 모두 리의 어깨 너머로 모니터를 뚫어질 듯 쳐다보고 있었다.

켈리는 천천히 고개를 저었다. "지금까지 본 것 중 가장 아름다워요."

보트 아래, 더크와 샐리가 마침내 앨리슨 곁에 나타났다. 그녀는 돌고래들을 흘끗 보며 간신히 말을 했다. "정말… 믿어지지가 않아."

봐, 앨리슨. 샐리가 응답했다. *세상은 좋아. 아름다워.*

앨리슨은 고개를 끄덕였다. "진짜… 아름다워." 그녀는 모든 것이 얼마나 충만하고 생기가 넘치는지 도저히 믿을 수가 없었다. "이곳이 언제부터 여기 있었어?" 그녀가 속삭이며 물었다.

더크가 꼬리를 흔들었다. *아주 오래.*

* * *

연구원들 모두 어둠 속에서 보트 뒷좌석에 앉아 끝없이 펼쳐진 바다와, 그곳에서 즐겁게 뛰놀고 있는 수많은 돌고래 무리를 빤히 바라보고 있었다. 달빛이 없는 밤, 별빛만이 일렁이는 파도 위에 희미하게 빛날 뿐이었다.

크리스는 빈 접시를 들고 있었고, 다른 사람들은 갑판의 밝은 조명 아래에서 계속 식사를 하고 있었다. "여기 위에서 보면 너무나 평범해 보여. 아무도 우리 아래에 뭐가 있는지 상상하지 못할 거야."

모두가 식사를 멈추고 크리스의 말을 곰곰이 생각했다. 앨리슨은 미소를 지으며 접시를 내려놓았다. "내일 다함께 내려가자. 가까이서 봐야 해."

크리스는 머리 위에 놓인 금속 봉을 잡고 일어서며 동의했다. "찬성."

* * *

조시아스는 주위의 돌고래 떼 사이로 배가 조심스럽게 지나가는 동안 뱃머리에 서 있었다. 매년 이맘때쯤 여러 번 봐왔던 광경이었다.

하지만 오늘 밤 조시아스의 두 눈은 바로 앞에 집중되어 있었다. 멀리 떨어진 보트의 불빛은 수 킬로미터 밖에서도 쉽게 볼 수 있었다. 어떤 종류의 배인지는 알 수 없었지만, 불빛의 숫자로 판단하건대, 작은 개인용 보트일 가능성이 높았다. 그는 뒤에 있는 두 사내를 돌아보았다. 한 명은 조타륜을 잡고 있었고, 다른 한 명은 AK-47 소총을 바쁘게 점검하고 있었다. 세 사내 모두 검은색 옷을 입었다. 그들의 배와 같은 색깔.

조시아스는 전형적인 해적의 인상과는 거리가 있었다. 키도 작고 호리호리한 데다 단정한 검은 머리를 하고 있었다. 아무도 그를 살인자로 생각하지는 않을 것이다. 하지만 과연 그럴까? 그는 몇 명을 죽이긴 했지만 모두 의도치 않은 사람들이었다. 그들 대부분은 어쩔 수 없는 상황의 희생자들로 보통 저항하려 했던 선장이나 승무원들이었다. 납치 상황 중에는, 심지어 작은 요트에서도, 언제든 일이 걷잡을 수 없게 되는 경우가 있다. 하지만 그는 괴물은 아니었다. 양심의 가책을 느꼈으니까. 그는 사람들이 죽은 것을 안타깝게 생각했지만, 이미 오래 전에 그건 그 사람들의 어리석은 실수 때문이라고 합리화했다. 그는 결코 누구를 죽이려고 한 적이 없었다. 조시아스는 그저 가족을 먹여 살리려고 했을 뿐이었다.

카리브해 남쪽에 위치한 많은 나라들은 가난하고 굶주리는 사람들로 넘쳐났다. 부패한 정권과 대단히 파괴적인 태풍에 시달리는 섬나라 사람들의 삶은 힘들었다. 요트 소유주들이 상상하는 것보다 훨씬 더 힘들었다. 그들이 값비싼 보트를 살 정도로 여유가 있다면, 분명 보험에 가입할 여력도 있을 것이다. 그럼에도 어떤 사람들은 굳이 저항할 만큼 어리석었다.

물론, 대개는 카를로의 탓이 컸다. 조시아스는 선미에 있는 카를로를 돌아보며 그가 소총 한 자루를 내려놓은 다음 다른 소총을 집어 들고 장전이 되었는지 확인하는 모습을 지켜보았다. 조시아스와 선장인 주니어는 가족을 먹여 살리려고 했을 뿐이지만 카를로는 달랐다. 카를로는 가족이 없었다. 그는 젊은 데다 덩치도 컸고, 아이티의 거리에서 노숙하며 자랐다. 어린 나이에 출세하는 유일한 방법은 필요한 것을 찾아 빼앗으면 된다는 점을 배웠다. 상대방보다 더 많은 힘을 사용해서 말이다.

카를로는 자신을 바라보는 조시아스의 시선을 알아채고 흘끗 쳐다보았다. 그는 미소를 지으며 AK 소총을 손을 든 채 미친 듯이 굶주린 동작을 취했다. 그런 다음 소리 내 웃으면서 소총을 내려놓고 세 번째 소총을 집어 들었다. 카를로의 경우 단순히 살아남는 것만이 문제가 아니었다. 그는 사람들을 괴롭히는 걸 좋아했다. 그의 큰 체구가 그런 일을 너무나 쉽게 만들어 주었다.

선장인 주니어는 카를로 옆에 서 있었는데, 자중하듯 고개를 숙이고 있었다. 조시아스처럼 그도 습격이 빨리 끝나기를 바랐다. 그리고 카를로의 기분이 좋기를.

이 킬로미터도 채 남지 않자, 조시아스는 오래된 녹슨 구명줄을 붙잡고 조종석으로 되돌아갔다. 이번엔 꽤 짤짤할 것 같았다.

* * *

앨리슨은 큰 탁자 앞 벤치 좌석에 앉아 리가 노트북으로 작업하는 모습을 별 생각없이 관찰하고 있었다. 그녀는 등받이에 등을 기대고 켈리가 크리스를 도와 함께 설거지를 하는 모습을 지켜보았다. 크리스가 농담을 던지자, 켈리는 깜짝 놀란 척하며 장난스럽게 그를 밀쳤다.

앨리슨은 고개를 저었다. 두 사람 사이에 우정 이상의 뭔가가 있는지는 알 수 없었다. 크리스는 켈리보다 몇 살 더 많았지만, 그녀는 성숙하면서도 나름 장난기 있는 매력을 지니고 있었다. 게다가 키도 크고, 곡선미가 돋보이는 몸매는 말할 필요도 없었다.

리는 계속 타이핑을 하고 있었지만 앨리슨이 무슨 생각을 하는지 알고 입술을 비죽거렸다. 그녀가 앞으로 몸을 숙이며 말을 걸자 그는 타이핑을 멈췄다.

"리, 내일 다시 잠수할 때, 영상을 녹화해 줄 수 있어요?"

"할 수 있을 거야. 돌고래들이 방해가 되어 신호는 좀 약하겠지만, 그래도 괜찮은 화질을 얻기엔 충분할 거야."

"좋아요. 이런 거야말로 녹화할 가치가 있는 거 아니겠어요."

"두말할 필요도 없지."

앨리슨은 다시 등받이에 지그시 기댔다. 그녀는 기분이 아주 좋았다. 모든 일이 잘 진행되고 있었다. 음식과 연료는 여전히 충분히 여유 있고, 화창한 날씨도 지속되고 있고, IMIS도 잘 작동하고 있었다… 물론 몇 가지 예외가 있긴 하지만. 그럼에도 불구하고 최근 디앤에게서 소식이 없다는 점이 마음에 걸렸다. 틀림없이 바쁜 나날을 보내고 있을 거라고 믿었다.

"IMIS에 두 마리 이상의 돌고래를 구별하는 능력을 추가하는 데 대충 얼마나 시간이 걸릴까요?"

리는 그 질문을 곰곰이 생각하면서 입을 열었다. "좋은 질문이야. 시험을 포함해서 아마 몇 달 정도. 그걸 최우선으로 원하는 거 같은데."

앨리슨은 과장된 미소를 지어 보였다. "부탁드려요."

"나한테 부탁한 게 열 가지가 넘는다는 건 알고 있지, 모두 최우선 자리를 놓고 다투는 중인 것도."

"그건 당신이 정말 대단한 사람이기 때문이에요!" 그녀가 놀려댔다.

"내 아내한테 그렇게 말해줘."

앨리슨은 고개를 갸웃하며 두 팔로 맨 무릎을 감쌌다. "얘기가 나와서 하는 말인데, 아내분한테 전화해야 하지 않나요?"

"해야지. 그러면 위성전화 배터리가 남지 않아서 자네가 존과 통화할 수 없을 텐데."

"하나도 웃기지 않네요." 그녀가 눈을 가늘게 떴다.

"여기요," 크리스가 설거지를 하다가 두 사람에게 소리쳤다. "음악을 틀어도 괜찮겠죠?"

"마음대로 해." 앨리슨은 의자에서 벌떡 일어나 계단 쪽으로 걸어갔다. "난 샤워를 해야겠어." 그녀는 크리스의 음악 재생기를 집어서 그에게 건네준 후 아래층으로 향했다.

이십 분도 채 지나기 전에 연구원들은 그 소리를 들었다. 아니, 오히려 그것을 느꼈다. 음악 소리가 크게 울려서 아무도 어떤 배가 접근하고 있다는 사실을 알지 못했다. 켈리가 보트 측면에서 발생한 가벼운 충격을 느끼기 전까지는 아무도 바깥을 내다보지 않았다. 그때는 이미 너무 늦었다.

시커먼 복장을 한 세 명의 사내가 탄 낡은 쾌속정이 조용히 미끄러지듯 쌍동선 측면에 바짝 붙었다. 주니어는 손에 줄을 쥐고 있다가 카를로와 조시아스가 배에 뛰어오르자마자 두 배를 묶었다. 사내들이 객실의 미닫이문 앞에 이르렀을 때, 마침 켈리가 무슨 일인지 살펴보기 위해 밖으로 나오고 있었다.

조금의 망설임도 없이 카를로는 커다란 손으로 켈리를 붙잡고 강제로 조종실 밖으로 끌어낸 다음 그녀를 갑판으로 내동댕이쳤다.

"켈리, 무슨 일이야?" 조종실의 두꺼운 강화 플라스틱 바닥에 뭔가 부딪히는 소리가 들리자 크리스의 목소리가 안쪽에서 들렸다.

즉시 크리스는 어둠 속으로 끌려 나왔는데, 이번에는 훨씬 더 거칠었다. 그는 앞쪽으로 비틀거리다 켈리의 몸에 걸려 넘어지는 바람에 딱딱한 벤치 좌석에 머리를 세게 부딪치며 옆으로 쓰러졌다.

"대체 무슨…." 크리스가 미처 말을 다 하기도 전에 카를로가 다가와서 AK-47 소총 개머리판으로 그의 얼굴을 힘껏 내리쳤다.

"조용히 해!" 카를로가 호통치듯 말했다. 그런 다음 몸을 돌리고 미닫이 문을 완전히 열어젖혔다.

충격을 받은 표정의 리는 카를로가 안으로 들어와 그의 가슴에 총을 겨눌 때까지 얼어붙어 있었다. 동시에 바깥에서는 조시아스가 크리스를 발로 짓누른 다음 그의 등에 총구를 겨누었다.

카를로는 리에게 더 가까이 다가가서 손가락 하나를 들어 입술에 갖다 댔다. "몇 명이나 타고 있지?" 카를로는 굵은 아이티 억양으로 속삭였다.

리는 그를 빤히 쳐다보았고 거짓말이 득 될 게 없다고 판단했다. 무슨 말을 하든 배를 수색할 테니까. 눈앞에 서 있는 짐승 같은 놈을 놀라게 하는 일은 왠지 좋지 않을 것 같은 느낌이 들었다. 리는 말없이 손가락 네 개를 들어올렸다.

41

네 사람 모두 조종실 바닥에 널브러져 있었다. 연구원들은 등 뒤로 손이 묶인 채 쓰러져 있었고, 카를로와 조시아스는 귀중품을 찾기 위해 보트를 수색했다. 두 사내는 재빨리 연료통과 음식물 깡통을 찾아 한데 모았다.

조시아스가 아래층에서 IMIS 서버들을 빤히 쳐다보고 있을 때 카를로가 뒤쪽에서 다가왔다.

"저것들은 뭐야, 컴퓨터?"

조시아스가 끄덕였다. "비싼 것들이야."

"저걸 팔 수 있을까?"

"그럼. 내 사촌이 살 거야."

"좋았어." 카를로는 빠르게 객실 다른 곳을 훑어보고 밖으로 나갔다.

십오 분 후, 두 사내는 다시 선상으로 돌아왔고 몹시 화가 나 있었다. 그들은 몇 대의 전화기와 태블릿 컴퓨터보다는 훨씬 더 많은 것을 기대하고 있었다. 값어치가 나가는 것들은 다이빙 장비와 컴퓨터뿐이었다. 꽤 멋진 보트라 큰 기대를 했지만, 큰 실패작처럼 보이기 시작했다.

카를로는 앨리슨과 연구원들을 옆에서 지켜보며 화가 난 듯 씩씩거렸다. 더 많은 것이 있어야 했다. 뭔가를 숨기고 있을 것이다.

그는 리를 보더니 배를 힘껏 걷어찼다. "어디 있어?" 그가 소리쳤다.

리는 고통스러운 듯 격렬하게 몸을 떨었다. 그는 침을 토하며 말을 하려고 안간힘을 썼다. "어디라니…, 뭐?"

"돈! 가지고 있잖아, 다 알아!"

"우리는 돈을 갖고 있지 않아요!" 앨리슨이 외쳤다. "정말이에요."

조시아스는 옆으로 비켜서며 비웃었다. "헛소리 마." 그의 말투는 더욱 거칠어졌다.

"맹세코 없어요. 우리는 연구원들이에요."

카를로는 돌아서서 조시아스를 빤히 바라보았다. 그 순간 갑자기 위성전화가 그들 뒤쪽에서 울렸고 잠시 침묵이 흘렀다.

카를로는 문 안쪽으로 몸을 기울였고 카운터 위에서 울리고 있는 전화기를 발견했다. 신호음이 계속 울리는 동안 전화기의 버튼이 밝은 오렌지색으로 빛났다.

그는 몸을 돌리고 앨리슨을 내려다보았다. "누가 전화하는 거야?"

반쯤 옆으로 누워 있던 앨리슨은 몸을 비틀어 보았지만 전화기는 보이지도 않았다. "모르겠어요."

"그래?" 카를로는 안으로 들어가서 전화기를 집어든 다음, 다시 밖으로 걸어 나왔다. "모른단 말이지?"

"네." 앨리슨은 한숨을 쉬었다. "당신이 전화를 받아야 할 것 같아요."

카를로는 아직도 울리고 있는 전화기를 잠시 바라보았다. 그는 코웃음을 친 후 순식간에 전화기를 바닷속으로 던져버렸다.

* * *

스티브 시저는 저녁식사를 마치고 좁은 복도를 따라 방으로 돌아갔다. 복도 끝에 이르렀을 때, 클레이의 방문이 열린 것을 보고 안을 들여다보았다. 클레이는 작은 침상 위에 앉아 한쪽 무릎을 세우고 그 위에 팔을 올려놓고 있었다. 그 옆에는 작고 납작한 은색 육면체가 놓여 있었다.

"아직도 연구 중이야?"

클레이는 그를 향해 눈살을 찌푸린 다음 그 육면체를 내려다보았다. "그래. 아직은."

"언젠간 알아낼 거야." 시저가 윙크를 했다. "항상 그랬잖아."

클레이는 낄낄거리는 듯한 반응을 보였다. "알잖아, 이건 낱말 퍼즐이 아니라고."

"그랬나? 난 그냥 카드 한 벌인 줄 알았지."

클레이는 미소를 지었다. "그렇다면, 카드 섞기 엄청 성가실걸."

"그렇군." 시저가 짧게 웃으며 말했다. 그는 전화기를 들고 있는 클레이의 손을 향해 고갯짓을 했다. "앨리슨과 통화했어?"

클레이가 다시 돌아보았다. "아니. 전화를 안 받네."

"전화기를 계속 켜놓으라고 했어?"

"그랬지." 클레이는 천천히 고개를 끄덕이며 대답했다.

시저는 묘한 표정을 지으며 전화기를 다시 바라보았다. "몇 번이나 걸어봤는데?"

"네 번." 클레이는 고개를 저었다. "평소와는 달라."

"연구원들 마지막 위치는 어디였는데?"

"트리니다드에서 약간 동쪽."

"정말! 그 먼 남쪽 바다에서 뭘 하고 있는 거지?"

클레이는 정면의 벽을 빤히 바라보고 나서 다시 시저를 돌아보았다. "보거는 어디 있지?"

* * *

조시아스는 마침내 마지막 서버를 조종실 바닥에 '쿵' 하고 떨어뜨렸다. 세 대의 서버, 다이빙 장비들, 배에서 뜯어낸 해상 라디오, 각종 항법 장비들, 연료, 음식, 그리고 여러 전자 장비 등 물건 더미는 거의 허리 높이까지 차올랐다. 큰 포상은 아니지만, 그렇다고 완전히 손해를 본 것도 아니었다. 조시아스는 손목을 돌리며 크리스에게서 빼앗아 찬 손목시계를 힐끗 보았다. 동이 트기까지는 네 시간이 채 남지 않았고, 이 쌍동선 보트에서 가능한 한 멀리 달아나려면 그 정도 시간은 필요했다. 상황이 더 나빠되기 전에 카를로를 데리고 빨리 떠나야 했다.

바로 그때, 카를로가 그들 뒤로 몇 걸음 물러섰다. 그는 짜증을 내며 보트의 생수 제조기를 물건 더미 위로 떨어뜨렸다. 네 사람이면 이보다 더 많은 수확이 있어야 했지만, 더 이상 다른 것은 찾을 수 없었다. 두 남자를 두들겨 패보았지만, 이미 찾아낸 것 외에는 아무것도 드러나지 않았다. 하지만 한 가지 더 남은 게 있었다.

카를로는 소총을 한쪽 어깨에 느슨하게 걸치고 옆에 서 있는 조시아스를 힐끗 보았다. 주니어는 지금 그들이 타고 온 보트에 있었는데, 쌍동선의 측면을 한 손으로 붙잡고 가장자리에 몸을 기댄 채 물건들을 옮겨 싣기 위해 기다리고 있었다.

"늦었어." 조시아스가 말했다. "가야 한다고."

카를로는 손목시계를 확인했다. "아직은 아냐." 그는 으르렁거리며, 손발이 묶이고 입에 재갈이 물린 채 바닥에 널브러져 있는 네 사람을 바라보았다. 남자들 얼굴은 시퍼렇게 멍이 들기 시작했고, 그 중 한 사람은 의식이 잃은 듯 했다. 그는 자신의 발치에 가만히 꼼짝 않고 누워 있는 두 여자를 돌아보았다.

조시아스는 카를로의 얼굴이 흥분으로 꿈틀거리며 역겹게 변하는 모습을 불길한 표정으로 지켜보았다. 바닥에 누워 있는 여성들은 둘 다 유난히 매력적이었고, 그는 카를로가 그녀들을 범하려는 생각을 행여라도 주저하기를 바라고 있었다. 그러나 카를로가 바닥에 누워 있는 그녀들을 빤히 바라보는 것을 보면서 조시아스는 자신의 생각이 틀렸다는 것을 알았다.

카를로의 윗입술이 기묘하게 말려 올라가며 상태가 심할 정도로 엉망인 치아가 드러났다. 그는 돌연 손을 뻗어 켈리를 바닥에서 들어올린 후 등 너머로 들쳐 업었다. 그러고는 아무 말 없이 안으로 들어가 계단을 내려갔고 침실 한 곳으로 향했다. 일 분도 채 지나지 않아 그는 다시 돌아와서 앨리슨에게 다가갔다.

카를로는 앨리슨을 침대 위에 있는 켈리 바로 옆에 내려놓았다. 두 여자 모두 등을 대고 누워 있었고, 손이 등 뒤로 묶여 있어서 꼼짝할 수 없었다.

두 여자는 카를로가 돌아서서 객실 문을 쾅 닫는 모습을 공포에 질린 채 지켜보았다. 그가 그녀들 쪽으로 다가간 순간, 두 여자가 지금까지 왜 그렇게 차분하게 있었는지 깨달았다.

두 여자 모두 힘을 아끼고 있었고, 거의 동시에 그 힘을 한꺼번에 쏟아냈다. 그녀들은 카를로의 가슴과 얼굴을 온 힘을 다해 힘껏 걷어찼고, 그는 넘어질 듯 뒤로 비틀거렸다.

* * *

바깥에 있던 조시아스는 고개를 가로저으며 총을 내려놓았다. 그런 다음 무거운 연료통 두 개를 들고 뒤뚱거리며 배의 좌현으로 종종걸음 쳤다.

주니어는 허리를 펴고 줄을 세게 잡아당기며 두 척의 보트를 다시 묶었다. 따뜻한 바람이 불어오고 있어서 두 보트는 서로 떨어지려 하고 있었다.

그 바람은 도움이 되었다. 그리고 갑판 아래에서 몸부림치는 여자들은 물론이고, 그들 주위의 파도 소리도 도움이 되었다. 조시아스와 주니어는 그것이 그들 머리 위에 이를 때까지 그 소리를 듣지 못했다.

헬리콥터의 회전날개 소리.

42

"카를로!" 조시아스가 객실 문을 열고 불쑥 들어왔다. "문제가 생겼어!"

카를로는 깜짝 놀라며 몸을 휙 돌렸다. 조시아스는 카를로 뒤로 키가 작은 여성의 블라우스가 찢어져서 안쪽의 비키니 상의가 드러난 것을 볼 수 있었다. 카를로는 굳이 대답하지 않았다. 그는 조시아스를 따라 밖으로 나와 짧은 계단을 올라갔다. 어둠 속으로 다시 뛰어나온 그들은 보트를 돌고 있는 거대한 오션호크 헬리콥터를 발견했다.

"젠장!" 카를로가 소리쳤다. 그는 몸을 돌리며 헬리콥터를 눈으로 뒤쫓았는데, 헬기는 백 미터쯤 떨어진 채 보트 좌현을 돌아 선미 쪽으로 선회했다. "해안 경비대인가?"

주니어는 고개를 저었다. "내가 보기엔 해군인 것 같아."

"손전등을 던져봐." 카를로가 소리쳤다

주니어는 근처 비품함으로 달려가 낡은 뚜껑을 들어올렸다. 그리고 커다란 손전등을 꺼낸 다음 팔을 휘둘러 그것을 카를로에게 던졌다.

카를로는 공중에서 손전등을 낚아챈 다음, 보트 주위를 느린 속도로 다시 선회하고 있는 헬기를 계속 지켜보며 손전등의 전원을 켰다. 불빛은 헬기를 부분적으로 비출 만큼 충분히 밝았고, 큰 측면 문이 열려 있는 것이 보였다. 그 안쪽에 앉은 누군가가 M40A5 저격용 소총의 야간 조준경 뒤로 얼굴을 반쯤 내밀고 있었다.

사내들은 얼어붙은 채 헬리콥터가 보트를 세 번째, 네 번째 천천히 선회하는 광경을 지켜보았다. 다섯 번째 선회를 마친 후 오션호크 헬기는 속도를 늦추고 선미 근처에서 정지한 채 제자리를 맴돌았다. M40A5 라이플총을 어깨에 단단히 고정시킨 스티브 시저는 전혀 흔들림이 없었다.

세 사내는 AK-47 소총을 꽉 움켜쥐었다. 카를로는 쌍동선의 조종실 주변을 힐끗 보았다. 난장판이었다. 거짓말로 이 상황을 벗어날 가망은 없어 보였다. 그의 손가락이 총의 방아쇠울을 찾은 다음 방아쇠 쪽으로 꾸물꾸물 움직였다. "가만히 있어!" 카를로가 우레와 같은 회전날개 소리 너머로 소리쳤다. "놈들이 어떻게 나오는지 두고 보자고."

오랫동안 아무도 움직이지 않았다. 사내들은 여전히 공중에서 맴돌고 있는 헬리콥터를 계속 지켜보며 기다렸다.

마침내 조시아스가 카를로에게 몸을 돌렸다. "놈들이 뭘 하는 거지?"

"나도 몰라." 카를로는 계속 주시하고 있었다. 미군은 자비롭지 않았다. 그들은 그가 어떤 말을 해도 속지 않을 것이다. 그들에게 있어서 미국 배를 공격하는 것은 기본적으로 전쟁 행위였다. 해군 헬리콥터와 저격수를 머리 위에 두고 배에서 도망칠 가능성은 쉽지 않아 보였다. 그들은 스스로 탈출구를 만들어야 했다. "몇 놈이나 보여?" 그가 큰소리로 물었다.

"한 명." 조시아스가 대답했다.

"주니어?"

주니어는 헬리콥터를 비추고 있는 손전등 불빛 속을 주의 깊게 들여다보았다. "한 명밖에 안 보여."

카를로의 눈이 가늘어졌다. 주니어는 무식하지만, 숫자 정도는 셀 수 있었다. 저격수가 명사수일 수도 있지만 그들 셋이 동시에 사격하면 두 사람은 도망칠 수도 있었다. 그들 보트에 있는 로켓 발사기까지 갈 수만 있다면 가능성은 더욱 높았다. "주니어." 그가 곁눈질을 하며 말했다. "엔진에 시동을 걸어."

주니어는 움직이기 시작하다가 이내 다시 얼어붙었다. 카를로는 지시에 따르지 않는 그를 향해 으르렁거렸지만, 그 순간 주니어의 얼굴 표정이 눈에 들어왔다. 눈이 휘둥그레진 주니어는 카를로의 오른쪽 어깨 너머를 빤히 쳐다보고 있었다.

조시아스 또한 돌아서며 헉 하는 소리를 내자, 카를로는 천천히 돌아볼 수밖에 없었다. 한 남자가 쌍동선 객실의 하얀색 지붕 위에 서 있었다. 검은색 전투복 차림이었고, 흠뻑 젖어서 물이 뚝뚝 떨어지고 있었다. 카를로는 그 남자의 맨발을 잠시 주시한 뒤 그의 다리를 따라 올려다보자 M4 돌격용 소총의 총구가 보였다. 총구가 어디에 겨누고 있는지는 의심의 여지가 없었다. 카를로의 머리를 정면으로 겨누고 있었다.

존 클레이가 소총의 조준기 뒤에서 말했다. "움직이지… 마."

사내들은 꼼짝도 하지 않았다. 보트의 가벼운 흔들림에 따라 움직일 뿐 그대로 가만히 있었다. 카를로는 M4의 방아쇠에 걸려 있는 클레이의 손가락을 똑똑히 볼 수 있었다.

지붕에 서 있는 클레이는 조종석 쪽을 내려다보며 말했다. "여자들은 어디 있지?"

"아래쪽에."

"살아 있나?"

"그렇소."

클레이는 카를로를 똑바로 쳐다보았다. "부하들에게 총을 물속으로 던지라고 해."

카를로가 지시를 그대로 전달하자, 조시아스와 주니어 모두 AK 소총을 선미 너머 출렁거리는 파도 속으로 던졌다.

"이제 너도 던져."

카를로는 마지못해 그 말에 따랐다.

클레이는 오른쪽 손가락을 방아쇠에 댄 채 왼손을 귀로 가져갔다. 그는 작은 이어폰을 꾹 눌렀다. "스티브, 거기 있지?"

"물론이지."

"놈들을 비춰봐."

곧바로 시저의 조준경에서 나온 밝은 빨간색 광선이 카를로의 등에 나타났다.

클레이는 카를로와 사내들을 돌아보았다. "바닥에 엎드려. 손은 머리 뒤에 붙이고. 지금 당장."

세 사내는 동시에 바닥에 배를 깔고 엎드렸고 지시대로 머리 뒤에 손을 얹었다.

시저의 소총에서 나온 붉은 점이 카를로를 따라갔고, 그의 등에서 춤을 추듯 작은 원을 그렸다.

클레이는 한 걸음 물러서며 총구를 위로 들어올렸다. 그는 사내들이 들을 수 있을 만큼 큰소리로 시저에게 말했다. "저놈들은 자네 거야. 한 놈이라도 머리를 들면, 그대로 날려버려."

"나야 행복하지."

그 말과 동시에 클레이는 몸을 돌리고 안쪽으로 쑥 들어갔다.

클레이는 빠르게 객실을 훑어본 다음 우현 계단을 뛰어 내려가서 양쪽 선실을 수색했다. 아무도 없었다. 그는 다시 계단을 뛰어 올라서 객실을 지나친 다음 좌현 선체로 내려갔다. 그곳에서 두 여자가 침대에 묶인 채 입에서 재갈을 빼내려고 애쓰는 모습을 보았다.

클레이는 급히 선실로 들어가서 앨리슨을 붙잡고 부상 여부를 확인했다. 아무런 상처도 없는 것을 보고 손을 풀어준 다음 켈리를 돌아보았다. 그녀는 뺨에 작은 열상이 있었지만, 큰 상처는 아닌 것처럼 보였다.

"존!" 앨리슨은 재갈을 풀며 놀란 듯 다급하게 말했다.

"괜찮아요?"

"여기 어떻게 온 거예요?"

"그리 멀지 않은 곳에 있었어요." 켈리의 턱에서 재갈을 벗겨낸 그는 그녀를 부드럽게 옆으로 눕힌 다음 자신의 등 뒤에서 큰 칼을 꺼냈다. 그 칼로 접착용 테이프를 가볍게 잘랐다. "다친 데는 없어요, 켈리?"

그녀는 얼굴에 난 상처를 매만졌다. "이 정도로 끝난 게 다행이에요."

클레이는 몸을 돌리고 앨리슨을 풀어주었다. 칼을 칼집에 다시 집어넣은 그는 그녀를 붙잡고 가까이 끌어당겼다. 그녀도 두 팔로 그를 꽉 안았다.

"다시는 못 보는 줄 알았어요."

클레이는 미소를 짓고 앨리슨에게서 살짝 떨어지며 입을 맞추었다.

잠시 후, 앨리슨은 몸을 뒤로 젖히며 온화하고 촉촉한 눈으로 말했다. "백기사가 빛나는 갑옷은 잊어버린 것 같네요."

클레이는 그녀의 농담에 미소를 지은 후 다시 일어섰다. "너무 무거워서 헬기에 놓고 왔어요." 그는 두 여자를 일으켜 세웠다. "나는 크리스와 리를 살펴볼게요."

그가 문을 밀고 나가려는 순간, 시저의 목소리가 헤드셋을 통해 들려왔다. "클레이, 랭포드한테서 급한 연락이 왔어."

"메시지를 받아놔."

클레이가 선상으로 올라가 보니 크리스가 막 의식을 회복하고 있었다. 클레이는 크리스의 맥박을 확인하고 손에 묶인 테이프를 제거했다. 그런 다음 크리스의 무릎 한쪽을 부드럽게 구부리며 옆으로 눕혔다. 그리고 옆에 있는 의자에서 쿠션을 가져와 그의 머리 밑에 밀어 넣었다.

리의 얼굴은 크리스와 마찬가지로 상처투성이인 데다 멍이 들기 시작하고 있었다. 클레이는 그의 손을 풀어주고 앉을 수 있도록 도와주었다. 그리고 리의 다리를 가볍게 두드리며 다른 상처가 있는지 살펴보았다. "다친 곳은 더 없나요?"

리는 고개를 저었다. "머리만 다친 것 같아요." 그는 억지로 미소를 지으며 간신히 말했다. "당신을 보니까 정말 반갑네요, 클레이 씨."

클레이는 미소를 지으며 일어섰다. 그는 리의 어깨를 가볍게 두드렸다. "나도 그래요, 리."

그는 테이프를 찾아 가져온 다음 카를로 등에 무릎을 꿇듯 앉으며 고통스럽게 짓눌렀다. 클레이는 사내의 두 팔을 뒤로 잡아당기고 양 손목을 포개어 테이프로 단단히 감쌌다. 그런 다음 다른 두 사내 쪽으로 움직였다.

클레이가 결박을 마무리하고 일어서자, 시저가 겨누던 빨간 점이 사라졌다. 몇 분 후, 보트 바로 위를 맴도는 헬리콥터에서 시저가 밧줄을 타고 하강했다. 그는 고정장치를 풀고, 크리스 옆에 앉아 보살피고 있는 켈리를 스치듯 지나쳤다.

시저는 조종석을 가로질러 카를로 옆에 멈췄다. 그리고 한쪽 발로 카를로의 복부를 걷어차자, 그는 뒤집어지듯 드러눕고 말았다. 시저는 그 아이티인 옆에 쪼그리고 앉아 사내의 검은 눈을 들여다보았다. 뉘우치는 기색이라곤 전혀 보이지 않았다.

그는 위에서 울려 퍼지는 헬리콥터 소리 너머로 큰 소리를 말했다. "배를 잘못 골랐어, 안 그래?"

카를로는 고개를 획 들고 침을 뱉었지만, 시저의 반응은 즉각적이었다. 그는 주먹에 힘을 실어 카를로의 얼굴을 정통으로 후려쳤고, 카를로는 조종석 바닥에 머리를 세게 부딪쳤다.

시저는 카를로의 눈이 뒤집힌 것을 지켜보며 일어섰다. 그는 앨리슨이 들을 수 있도록 가까이 다가가서 출렁이는 바닷물을 향해 고갯짓을 했다. "돌고래들이 사람도 잡아먹나요?"

"그랬으면 좋겠어요."

그는 인상을 쓴 다음 클레이에게 말을 전달했다. "랭포드가 말하길 보디치호로 당장 돌아가야 한다는군."

"농담이겠지."

"급한 일이라고 했어. 나보고 앨리슨에게 미안하다고 전해 달라더군."
그는 그녀를 바라본 후 클레이를 돌아보았다. "제독에게는 드문 일이야. 걱
정 마, 존. 내가 여기 남아서 이 친구들을 데려갈게."

앨리슨은 클레이의 팔을 꽉 잡았다. "지금 당장 가야 해요?"

그는 머리 위쪽에서 계속 회전날개를 휘젓고 있는 오션호크를 빤히 바라
보았다. 조종사 한 명이 헬멧을 옆 창문에 기댄 채 아래를 내려다보며 기다
리고 있었다.

"그래야 할 것 같아요." 그가 한숨을 쉬며 말했다. "저들이 기다리고 있
잖아요." 클레이는 앞에 놓인 연료통의 크기를 가늠해 보았다. "보디치호에
도착하기엔 충분할 거예요."

그는 앨리슨을 두 팔로 감싸며 그녀가 깜짝 놀랄 정도로 긴 키스를 했다.
"스티브가 같이 있으니까 괜찮을 거예요. 늦어도 정오까지는 당신들을 배
로 데려다 줄 거예요. 그때까지 좀 쉬면서 리와 크리스를 잘 돌봐줘요."

"알았어요, 그럴게요."

그는 시저를 향해 고개를 끄덕였다. "가방은 뱃머리에 있어."

클레이는 켈리에게 미소를 지어 보인 후 갑판 위로 내려져 있는 안전벨
트를 꽉 잡았다. 그는 몸을 고정시키고 밧줄을 움켜잡은 후 자신을 들어올
리라는 신호를 보냈다.

앨리슨은 갑판에 서서 클레이가 빠르게 헬리콥터로 올라가는 것을 지켜
보았다. 헬기 안쪽 부조종사는 손을 뻗어 그를 안으로 끌어당겼고 클레이
가 발을 디딜 때까지 놓지 않았다.

헬리콥터는 앞부분이 기울어지는 동시에 가속을 시작했다. 헬기는 이내
어둠 속으로 사라졌고, 우레와 같은 회전날개 소리도 희미해졌다.

* * *

카를로는 거칠게 나동그라지며 그들이 몰고 온 쾌속정의 더러운 갑판에 얼굴을 부딪쳤다. 그 보트는 예상했던 것보다 더 컸는데, 이전 희생자로부터 빼앗았을 가능성이 높아 보였다.

"이런, 미안." 시저는 그리 말한 다음 조시아스도 똑같이 카를로 쪽으로 내동댕이쳤는데, 그 옆에는 주니어가 이미 얼굴을 처박고 있었다.

시저는 돌아서서 보트 측면으로 물러났다. 그는 그곳을 훌쩍 뛰어넘어 쌍동선의 가장자리에 착지한 다음 좌석 중 한 곳에 앉았다. 그리고 클레이의 큰 방수 가방을 열고 스프링필드 40구경 반자동 권총을 꺼냈다. 그는 쾌속정으로 되돌아가기 전에, 상황을 지켜보고 있는 앨리슨과 켈리를 어깨 너머로 힐끗 보았다. "귀를 막으세요."

그녀들은 그가 다시 쾌속정으로 풀쩍 뛰어넘는 것을 지켜보았다. 여자들은 그가 총을 아래로 겨누자 순간적으로 얼어붙었다. 그는 망설임 없이 탄창 전체를 빠르게 비웠다.

하느님 맙소사! 앨리슨은 겁에 질린 채 있었다. 두 여자 모두 말을 잃었다… 시저가 손을 아래로 뻗어 뭔가를 들어올리기 전까지. 그는 큰 판을 위로 들어올렸는데, 그곳엔 십여 개가 넘는 구멍이 깔끔하게 뚫려 있었다.

그것은 엔진실을 덮고 있는 금속판 중 하나였다. 시저는 불빛을 직접 비추지 않아도 손상된 두꺼운 호스에서 시커먼 액체가 뿜어져 나오며 엔진실 바닥에 고이는 것을 알아볼 수 있었다. 만족스러운 듯 고개를 끄덕인 그는 금속판을 떨어뜨렸고 엔진실의 문이 쾅 하고 닫혔다. "이 정도면 됐어."

여전히 보트 바닥에 엎드려 있는 사내들이 눈을 크게 뜨고 지켜보는 가운데, 시저는 다시 보트를 건너와서 줄을 풀고 쾌속정을 힘껏 밀었다.

사내들이 떠내려가는 동안, 그는 진심 어린 목소리로 외쳤다. "여행 잘 다녀와!"

43

아직 어두운 새벽, 갑판원들은 오션호크 헬기를 보디치호 착륙장으로 유도했다. 클레이는 육중한 헬기 문을 열고 천천히 도는 회전날개 아래로 뛰어내렸다. 그는 닐리 로튼이 기다리는 철제 계단 쪽으로 급히 걸어갔다.

"사람들이 우리를 기다리고 있어요." 그녀는 그에게 따라오라는 손짓을 하며 계단을 오르기 시작했다. 클레이는 그녀를 따라가며 시계를 확인했다. 오전 4시 35분.

두 사람이 화상회의실에 도착했을 때, 크룩스타드 함장과 윌 보거는 이미 탁자 앞에 앉아 있었다. 화면에는 피곤한 표정의 랭포드 제독과 멀 밀러가 보였다. 반면 캐서린 뢰케는 놀랍도록 초롱초롱한 듯 보였다.

클레이와 로튼은 모니터 위에 달린 작은 카메라 시야 안에 그들 모두가 보일 수 있도록 건너편에 앉았다.

"여러분," 크룩스타드가 말했다. "닐리 로튼 중령을 소개하죠. 우리 연구선에 상주하는 생물학 전문가이자 연구팀의 책임자입니다. 이 회의를 요청한 장본인이며, 또한 누구보다 현명하다고 장담할 수 있습니다."

로튼은 자신에 대한 소개가 조금 거북했지만, 내색하지는 않았다. 랭포드만이 그녀가 크룩스타드의 딸이라는 것을 알고 있었.

로튼이 목소리를 가다듬었다. "이렇게 이른 시간에 귀찮게 해서 죄송합니다. 하지만 제가 얻은 몇 가지 정보로 볼 때 긴급하게 연락을 드려도 이해하실 걸로 생각했습니다. 아시겠지만 저와 연구팀은 클레이 중령이 중국 트럭에서 가져온 샘플을 연구해오고 있었습니다." 그녀가 노트북의 버튼 하나를 누르자 모두가 볼 수 있도록 그 샘플 사진이 모니터에 나타났다.

"지금까지 그 샘플을 연구하는 데 48시간밖에 없었다는 점을 이해해 주시고, 따라서 모든 의도와 목적에 있어서 이것은 예비적 결론임을 고려해 주셨으면 합니다." 그녀는 질문을 받기 위해 잠시 멈추었다. 아무런 질문이 없자 말을 이었다. "우리는 그 식물의 모든 세포 기관, 즉 핵, 리보솜, 미토콘드리아 등을 검사하기 시작했습니다. 특이한 점을 발견하지 못한 터라 엽록체와 틸라코이드(엽록체나 세균 중 광합성을 하는 박테리아 안에 있는 막으로 둘러싸인 구조물) 공간을 조사하며 광합성의 특성을 측정했습니다."

"그래서요?" 랭포드가 물었다.

"그 식물의 광합성 능력은 평균 이상으로 나타났지만 그렇다고 놀라운 정도는 아니었습니다."

"그러니까, 그 식물의 광합성에 대해선 특별한 것이 없다는 겁니까?" 랭포드가 물었다.

"맞습니다. 또한 감지할 수 있을 정도의 의미 있는 석유 성분이나 합성물도 전혀 발견되지 않았습니다. 다시 말씀드리지만 이는 예비적 검사일 뿐입니다. 아직 수행해야 할 검사들이 더 있지만, 이러한 초기 측정값들이 정확하다는 건 어느 정도 확신할 수 있습니다."

밀러는 눈을 문질렀다. "로튼 중령, 적어도 이 화상 회의에서 우리가 논의해야 하는 주목할 만한 뭔가가 있을 거라고 짐작됩니다만."

"네, 장관님. 예비 검사에서 아무것도 발견하지 못한 후, 더 깊이 파고들어가 보기로 했습니다. 아시겠지만, 이미 많은 현대 식물의 유전자 지도가 완성되었지만, 여기서 완전한 유전자 지도를 만들려면 수개월이 걸릴 겁니다. 더 큰 실험실에서조차도요. 그래도 저희는 그 식물의 염색체를 연구했습니다. 염색체의 길이, 중심핵의 위치, 염색체의 무늬 형태에 대해서요. 이런 종류의 연구를 핵학이라고 합니다. 그리고 뭔가 흥미로운 것을 발견했습니다.

모두가 알다시피 인간의 체세포는 46개의 염색체를 가지고 있습니다. 오랑우탄과 고릴라는 48개의 염색체를 가지고 있고요. 곰이나 늑대 같은 동물은 60개에서 70개까지 다양합니다. 반면 식물은 일반적으로 훨씬 적은 숫자를 가지고 있습니다. 또한 이러한 체세포 수는 종마다 다릅니다."

밀러는 고개를 끄덕였다. "우리의 수수께끼 식물은 몇 개나 갖고 있는지 말해줄 것 같은 생각이 드는군?"

"열여덟 개입니다." 로튼이 대답했다. "하지만 숫자는 그리 중요하지 않습니다. 중요한 건 이 염색체들의 습성입니다. 이 회상회의를 생물학 수업으로 바꿀 의도는 아니지만, 여러분의 기억을 되살릴 가치가 있다고 생각합니다. 염색체는 DNA와 단백질의 조직화된 구조물입니다. 그것들은 본질적으로 DNA의 일부를 포장하고 다양한 기능들을 조절합니다.

기초적인 설명을 드린 이유는 클레이 중령이 가져온 식물에서 흥미로운 염색체 습성을 발견했기 때문입니다. 사실, '흥미롭다'는 단어는 적절한 표현이 아닐지도 모릅니다. 우리가 발견한 것은 다소 충격적이었고, 그것은 염색체의 아주 특정한 부분과 관련이 있으니까요."

"그게 어떤 부분인가?"

로튼은 우려스러운 기색을 보이며 화면을 힐끗 쳐다보았다. "텔로미어(Telomeres)입니다, 장관님."

랭포드는 클레이와 보거가 서로 쳐다보는 모습을 지켜보았다. "텔로미어가 뭔가요?" 그가 물었다.

"텔로미어는 우리 세포의 각 염색체 끝부분에 있는 염기서열입니다. 그것은 DNA가 복제될 때 문제들을 예방하기 위한 일종의 '캡', 즉 뚜껑 역할을 합니다. 예를 들어, 세포 분열 과정에서 염색체가 복제될 때, 우발적인 돌연변이나 서로간의 융합을 막아주는 것이 텔로미어 캡입니다. 모든 염색체는 텔로미어를 갖고 있고, 그것은 새로운 복제가 일어날 때마다 약간씩

짧아집니다."

로튼은 말을 이었다. "그것이 발견되기 15년 전, 헤이플릭이라는 남성이 이러한 세포 분열에는 유한한 한계가 있고, 그 후 세포는 복제를 멈추고 죽게 된다는 사실을 발견했습니다. 그것을 '헤이플릭 한계'라고 부릅니다. 텔로미어는 말 그대로 헤이플릭 한계를 뒷받침하는 스위치로 밝혀졌습니다. 텔로미어는 임계점에 도달할 때까지 복제를 할 때마다 점점 짧아집니다. 그 지점 또는 한계는 세포와 염색체가 더 이상 복제할 수 없도록 하는 스위치입니다. 그것은 우리들이 보통 '노화'라고 부르는 지점입니다.

지난 수십 년 동안 연구원들은 그 스위치를 끌 수 있는 방법을 찾으려고 노력해 왔습니다. 세포가 계속 복제될 수 되도록 말이죠. 현재로는 하나의 세포를 제외한 모든 유형의 세포들이 이런 한계를 가지고 있기 때문에 노령의 말기 쇠퇴를 초래하고 결국 죽음에 이를 수밖에 없는 것입니다."

모든 사람이 로튼의 설명을 받아들이는 동안 방안은 조용해졌다. 캐서린 뢰케가 가장 먼저 몸을 앞으로 기울이며 말을 꺼냈다. "그러한 한계가 없는 한 종류의 세포가 있다고 하셨죠?"

"맞습니다." 로튼이 고개를 끄덕였다. "하지만 그 세포 역시 한계가 없는 것은 아닙니다. 그 스위치가 꺼져 있어서 그런 겁니다. 다시 말해 그 세포의 텔로미어는 원래의 역할처럼 짧아지지 않습니다. 그로 인해 그 세포는 불멸의 지점까지 무한정 계속해서 분열할 수 있는 겁니다." 그녀는 잠시 말을 멈추고 한숨을 쉬었다. "제가 이야기하는 것은 바로 암 세포입니다."

모두가 놀란 표정으로 로튼을 바라보았지만 로튼은 말을 이어갔다.

"암세포는 돌연변이 과정을 통해 손상된 DNA를 갖게 되는데, 아직도 그 과정은 밝혀내지 못했습니다. 하지만 그로 인해 암세포는 아주 오랫동안 살게 됩니다. 실제로, 절대 죽지 않는 악명 높은 암세포가 하나 있습니다."

"헤라(HeLa) 세포를 말하는 거군요." 보거가 말했다.

"맞습니다." 로튼이 고개를 끄덕였다. "헤라 세포는 헨리에타 락스라는 여성의 이름에서 명명되었습니다. 그녀가 암으로 사망한 직후 주치의는 그녀의 암 종양으로 생체검사를 실시했습니다. 그리고 세포학 분야에서 가장 놀라운 발견 중 하나가 밝혀졌습니다. 그 종양에서 나온 세포들은 죽지 않았습니다. 그 세포들은 거의 모든 환경에서 무한정 복제를 계속했습니다. 오늘날에도 여전히 살아 있으며 역사상 가장 널리 분포된 세포 배양물입니다. 얼마 전에는 그것을 주제로 한 흥미로운 책도 나왔습니다."

"좋습니다." 밀러가 카메라를 들여다보며 말했다. "그게 클레이가 가져온 식물과 무슨 상관이 있습니까?"

"당연히 암세포의 습성은 전 세계 많은 연구자들의 상상력을 사로잡았습니다. 만약 텔로미어를 의도적으로 비활성화시켜서 세포 복제가 계속될 수 있도록 한다면, 암세포가 이미 해낸 일을 성취할 수 있지 않을까 하는 것이었죠. 즉 영구적인 세포 복제 말입니다. 이번에는 건강한 세포에서요."

밀러는 곰곰이 생각하듯 인상을 썼다. "질병을 막는다는 뜻인가요?"

"아뇨, 장관님." 로튼은 간단히 대답했다. "제 말은 노화 과정 자체를 막는다는 뜻입니다."

화면 속 그리고 방안의 모든 사람이 얼어붙은 듯 로튼을 바라보았다. 보거를 제외한 모든 사람이.

넬리 로튼은 질문을 기다렸지만 아무런 말이 없자 다시 말을 이어갔다. "한동안 과학자들은 세포들이 복제될 때마다 텔로미어가 자동으로 단축되는 것을 막는 방법을 찾으려고 노력해 왔습니다. 아니, 어쩌면 텔로머레이즈 과정, 즉 그것을 다시 늘리는 방법이 있는지도 말이죠. 연구원들은 점점 더 가까이 접근하고 있지만, 결국 텔로머레이즈는 개입적인 접근 방식입니다. '성배'는 훨씬 더 전체론적인 뭔가가 될 것입니다." 그녀는 고개를 돌리고 클레이를 바라보았다. "그럼 클레이 중령이 가져온 식물을 보겠습니다."

로튼은 노트북으로 손을 뻗었다. "클레이 중령이 전달한 식물 표본이 해답을 제공할지도 모릅니다. 화면에 보이는 건 우리가 전달받은 식물의 사진입니다." 그녀가 키보드에 명령을 입력하자 화면에 두 번째 사진이 나타났다. "이것은 같은 식물의 현재 사진입니다. 48시간도 채 지나지 않았죠."

"세상에." 랭포드가 중얼거렸다.

뢰케 역시 어리둥절한 표정을 지었다. "저게 같은 식물인가요?"

"네, 박사님." 로튼이 대답했다. 억지로 침착함을 유지하면서 그녀는 버튼 하나를 눌렀고 두 장의 사진 모두 확대되었다. "보시다시피 이 식물의 두 번째 사진은 첫 번째 사진보다 눈에 띄게 큽니다."

"믿을 수 없어."

로튼은 미소를 지을 수밖에 없었다. "이 식물은 암세포가 가지고 있는 것처럼 그 특성이 무력화된 텔로미어를 가진 최초의 식물입니다. 하지만 암세포와 달리 숙주를 죽이지는 않습니다."

"그런 이유로 그 식물이 자라고 있는 겁니까?" 뢰케가 물었다.

"정확히는, 아닙니다." 로튼의 목소리에 실린 흥분은 이제 분명해졌다. "이 식물에는 훨씬 흥미로운 점이 있습니다. 텔로미어가 비활성화되었을 뿐만 아니라, 유전자 서열 어딘가에서 복제 주기가 매우 빨라졌습니다. 즉 헤이플릭 한계가 없다는 의미일 뿐만 아니라 그 식물의 유전자 코드가 일반적인 식물 세포보다 훨씬 더 빨리 복제되도록 설정되어 있다는 뜻입니다. 사진을 보면 알 수 있듯이, 찢어진 잎이 스스로 재생되고 있을 뿐만 아니라 실제로 새로운 줄기와 뿌리 체계를 재생성하는 과정에 있습니다!"

이번에는 보거조차도 깜짝 놀랐다. "와우!"

"이런 일은 절대 일어나지 않을 줄 알았는데." 밀러가 놀란 듯 반문했다.

"사실, 그런 게 존재합니다. 다만 이렇게 빠르지는 않죠. 새로운 식물로 번식할 수 있는 식물 유형은 꽤 알려져 있습니다. 하지만 이렇게 빠르지 않을 뿐더러 결손 부분을 재생하지도 않습니다. 제 추측으론, 클레이 중령이 가져온 식물은 몇 주 안에 완전히 재성장할 겁니다, 더 빠를 수도 있고요."

랭포드는 오랫동안 화면 속 사진들을 응시했다. "그러니까 중국인들이 발견한 게 바로 저거란 말이군."

"그리고 그들이 왜 그렇게 비밀스럽게 굴었는지도." 밀러가 덧붙였다.

로튼은 고개를 끄덕였다. "제가 왜 여러분께 이 화상회의가 긴급하다고 했는지도 이해하실 겁니다."

"로튼 중령님," 클레이가 말했다. "이번 일의 과학적 파문은 어떨 거라고 생각하십니까?"

그녀는 심호흡을 하고 그 질문을 생각하며 고개를 저었다. "객관적으로, 파장은 꽤 클 겁니다. 제가 아는 한, 이 식물의 특성은 지구상 어느 곳에서도 본 적 없습니다. 이 식물의 세포 복제 속도를 보면 오히려 암세포가 느리게 보일 정도니까요. 이론적으로, 만약 이 과정을 활용 또는 복제할 수 있거나, 혹은 어떻게든 추출할 수만 있다면, 그 가능성은 상상조차 할 수 없습니다. 질병을 되돌리는 것도 있지만, 세포 수준에서 노화 과정을 완전히 억제할 수 있는 능력은… 뭐랄까," 그녀는 어깨를 으쓱했다. "환상의 영역으로 들어가는 겁니다."

"맙소사." 랭포드는 손 위로 몸을 기울이며 중얼거렸다.

캐서린 뢰케가 헛기침을 했다. "로튼 양, 아직 이 샘플을 완전히 검사하거나 시험할 시간이 없었다고 하셨는데요. 우리가 여기서 잘못 생각하고 있을 가능성은 전혀 없습니까? 제 말은 이 사진이 분명 그 사실을 설명하고 있긴 하지만, 그것의 원인을 잘못 진단했을 가능성은 없나요?"

"물론, 다른 요인이 있을 수도 있습니다." 로튼은 고개를 끄덕였다. "하지만 우리가 이미 실시한 검사로 볼 때, 다른 설명을 찾게 되면 매우 놀랄 것입니다. 그러나 훨씬 더 중요한 것은 이러한 염색체 속성이 다른 식물과 교배될 수 있는지 여부입니다. 장담컨대 중국 측에서 생각하는 것도 바로 그것일 겁니다. 그렇게만 된다면, 그야말로 엄청난 게임 체인저가 되니까요."

"무슨 뜻이죠?"

"제 말은 지금 우리는 지구상 거의 모든 나라가 기꺼이 전쟁에 치러서라도 얻으려 하는 뭔가에 대해 이야기하고 있다는 겁니다. 절대로 죽지 않는 식물로 이루어진 완전한 농경 시스템. 그게 얼마나 가치 있을지 상상해 보십시오. 그러나 정말로 두려운 것은 이 DNA 속성이 식물을 넘어 이전될 수 있으냐 하는 점입니다."

"그게 가능할까요?"

로튼은 화면을 응시했다. "저도 그게 가능할지 아닐지는 확신할 수 없지만, 우리가 이미 유전 공학을 통해 성취해낸 것을 고려하면, 가능성 있는 영역일 수도 있습니다."

화면 속 뢰케는 심호흡을 한 뒤 랭포드에게 시선을 돌렸다. "제독님, 이제 남은 것은 우리가 어떻게 하느냐는 문제뿐인 것 같네요."

랭포드는 곰곰이 생각했다. "밀러 장관과 내가 몇 군데 전화를 해야 할 것 같습니다. 이 문제는 내각 전체를 불러 브리핑할 필요가 있습니다, 그것도 빨리. 보거 선생, 아직 정확한 위치를 파악하지 못했나요?"

"아직까진요. 두터운 밀림 속이라 정확히 파악하기 어렵지만, 그 근원지는 가이아나 열대 우림 속 약 200킬로미터 안쪽에 있는 것 같습니다. 정남쪽이며 고도는 약 500미터. 적어도 트럭들이 멈춘 곳은 거기입니다."

랭포드는 고개를 끄덕였다. "좋아, 자네와 클레이는 그 장소에 대한 어떤 정보든 계속 수집하게. 뢰케 박사님, 소속 연구원들을 모아 팀을 준비하시되 당분간 대기하고 계십시오." 그는 심각한 표정을 지으며 몸을 앞으로 숙였다. "그리고 크록스타드 함장은 어떠한 경우라도 그 초계함이 부두 밖으로 빠져나오지 못하도록 하시오!"

44

축축한 아침의 한기가 드리워진 가운데, 알베스의 심복인 블랑코가 디앤을 데리고 헬리콥터를 향해 풀이 우거진 경사로를 올라갔다. 그녀의 팔뚝을 움켜쥔 그의 손아귀는 마치 공작 기계 같아서 혈액 순환이 끊어지기 시작하는 느낌이 들었다.

그럼에도 불구하고 그녀는 둘세를 위해 침착함을 유지하려고 애썼다. 디앤의 손은 작은 고릴라의 손을 부드럽게 감싸 쥐었고, 고릴라 역시 그녀의 손을 꼭 잡고 있었다. 그녀는 둘세의 손에서 불안감을 느낄 수 있었다.

알베스는 거대한 헬리콥터인 아구스타웨스트랜드 AW101 근처에 서 있었다. 그것은 시장에 나와 있는 가장 비싼 개인용 헬리콥터 중 하나였다. 내부를 들여다보면 그 이유를 알 수 있을 것이다. 헬리콥터라기보다는 개인용 제트기 내부와 더 흡사해 보였다.

디앤은 비행기에는 전혀 관심을 기울이지 않았다. 대신, 처음 만났을 때와는 180도 뒤바뀐 사람처럼 보이는 알베스를 분노에 찬 눈으로 노려보았다. 그는 더 이상 자신의 진짜 억양을 숨기려 애쓰지도 않았고, 눈에는 눈곱만큼의 동정심조차 보이지 않았다. 그의 얼굴은 이제 완전히 사악하게 보였다. 그 변화는 정말로 역겨웠다.

그들이 짧은 탑승용 계단 앞에 다다르자 블랑코는 지체 없이 그들을 앞으로 떠밀었고, 디앤과 둘세 모두 비틀거리며 계단을 올라 객실 안으로 들어갔다. 그들 뒤로 덱스터가 비명을 지르며 다가오는 소리가 들렸다. 블랑코의 부하 한 명이 덱스터가 갇힌 우리를 들고 언덕을 오르고 있었다.

디앤은 둘세를 다시 헬기 내부에 있는 우리에 가둬야 하는 게 싫었지만,

선택의 여지가 없었다. 그것이 둘세의 안전을 위한 일이라서 그런지, 알베스와 그의 수하들은 더 이상 도와주지 않았다. 그들은 그저 명령만 내릴 뿐이었다.

디앤은 둘세를 우리 안으로 들여보내고 철문을 닫자 철컥 소리가 났다. 그런 다음 돌아서서 옆에 있는 좌석에 앉았고, 블랑코를 쳐다보며 그의 권총집에 들어 있는 큰 총에 주목했다. 디앤은 고개를 돌리고 창밖을 내다보았고, 큰 건물 쪽으로 눈길을 돌렸다. 후안의 흔적은 전혀 보이지 않았다. 그곳에 있을 리가 있겠는가? 그녀는 그를 볼 거라고 기대하지 않았지만, 막상 보이지 않자 마음이 더욱 괴로워졌다.

나중에 안 일이지만, 알베스의 부하들은 둘세와 덱스터 사이의 의사소통 일부를 녹음했다. 그리고 그들은 덱스터가 무엇을 폭로했는지 정확히 알고 있었다. 이제는 더 이상 숨기지 않았다. 전날 저녁 알베스의 충격적인 범행 인정과 더불어, 그녀와 후안이 실제로 얼마나 감시를 받아왔는지 여실히 드러났다.

애초 그들은 어떤 목적을 위해 접근했다. 협력적인 노력처럼 보였던 모든 것은 철저히 그들을 비행기에 태워 푸에르토리코에서 벗어나게 하려는 의도였다. 알베스는 처음부터 전혀 다른 이유로 덱스터를 노리고 있었다. 그리고 디앤과 둘세는 알베스가 던진 미끼에 불과했다.

이제 게임은 목숨이 걸린 일이 되었다. 후안은 디앤과 둘세가 명령을 수행할 때까지 인질로 잡혀 있을 것이다. 알베스는 그 점을 분명히 못 박았다. 만약 명령을 거절할 경우 후안은 몇 분 안에 죽을 것이라고 경고했다.

디앤은 눈을 감고 필사적으로 마음을 다잡으려 애썼다. 둘세는 불안 장애로 발작을 일으키기 직전이고, 후안은 목숨을 위협받고 있었다. 그럼에도 불구하고 디앤은 어떻게든 덱스터를 달래서 그 원숭이 외에는 아무도 가보지 않은 곳으로 그들을 이끌어야만 했다. 밀림 속 녀석의 고향으로.

덱스터를 가둔 우리가 안으로 들어올려졌고 둘세 옆으로 밀려 들어갔다. 작은 카푸친 원숭이는 재빨리 우리에서 가장 먼 구석으로 기어갔고 겁에 질린 듯 자신의 꼬리로 입에 감쌌다.

몇 분 후, 블랑코와 덱스터를 가둔 우리를 들고 온 남자를 포함한 그의 부하 두 명이 객실 안으로 들어와서 앞자리에 앉았다. 그들은 디앤과 두 마리 영장류를 복잡하고 어두운 표정으로 지켜보았다.

알베스는 조종사들과 잠시 이야기를 나눈 뒤, 디앤 바로 맞은편에 있는 후방향 좌석에 앉았다.

"적어도 이유는 말해줄 수 있지 않나요?" 그녀가 조롱하듯 말했다.

알베스는 거의 반응을 보이지 않았다. "정확히 뭘 알아야 한다고 생각하지?"

"덱스터가 어디서 왔는지 왜 알아내려는 거죠? 저 원숭이의 뭐가 그렇게 특별해서 루크를 죽인 거죠?"

객실 창문 너머로 헬리콥터의 긴 회전날개 그림자가 나타났고, 그것은 서서히 움직이기 시작했다. 회전 속도가 점점 빨라지면서 그 그림자는 알베스의 얼굴 위로 섬뜩하게 스쳐 지나갔다.

"그걸 알게 되면 그 원숭이를 다루는 데 어떻게든 도움이 될 거라고 생각하나?" 알베스가 비꼬듯 물었다.

"그럴지도."

알베스는 짜증을 내며 고개를 저었지만 이내 누그러졌다. "당신의 무지는 끝이 없군. 루크는 그 원숭이가 특별하다는 것을 알았어. 그건 그 녀석의 지능만 봐도 분명해. 하지만 다른 것들도 뭔가 더 있다는 것을 암시했어. 녀석의 머리카락이나 이빨 같은 것들 말이야. 그런 것들을 보면 덱스터의 나이가 생각보다 훨씬 많다는 것을 알 수 있었어, 일반적인 카푸친 원숭이의 수명을 고려하면 말이야." 알베스는 헬리콥터기 지상에서 이륙하는 것을 느끼자 잠시 말을 멈추고 창밖을 힐끗 내다보았다. "그래서 루크는 DNA 검사를 실시했지. 그것을 일반적인 카푸친 원숭이의 DNA 유전자 지도와 대조해 보고 싶었던 거야. 하지만 그는 아무도 예상하지 못했던 걸 발견했어. 비교하던 다른 모든 것을 무색하게 만들어버린 뭔가를 말이야."

"그 사람이 당신보다 똑똑했다는 거네?"

이전의 알베스였다면 그런 모욕에도 히죽 웃었을 것이다. 지금의 알베스는 짜증이 솟구치는 눈빛으로 그녀를 바라보기만 했다. "그는 원숭이의 유전자 염기서열이 다르다는 걸 알아냈지. 그건 녀석이 일반적인 원숭이보다 나이가 조금 정도가 아니라, 훨씬 더 많다는 거였어!"

타고난 호기심이 그녀를 엄습하며 디앤의 얼굴에서 불쾌한 표정이 사라졌다. "얼마나 많았죠?"

"대부분의 카푸친 원숭이들은 야생에서 스물다섯 살까지 살아. 하지만 당신의 친구 루크 그린우드는 덱스터가 백 살이 훨씬 넘었다고 확신했어."

45

랭포드 제독은 승용차 뒷좌석 머리 받침대에 머리를 기대며 긴장을 풀려고 애썼다. 그는 머리를 옆으로 돌리고 짙은색 창문 밖을 내다보았다. 오전 여섯 시에도 워싱턴 D.C. 시내로 향하는 차들은 교통 체증 때문에 속도를 늦추기 시작하고 있었다. 유일한 위안은 대통령 안보 내각의 다른 사람들도 똑같은 상황을 견뎌야 한다는 것이었다.

옆 좌석에 놓인 서류철에는 화상회의 직후 로튼 중령이 보낸 사진들, 도표들, 그리고 급히 작성한 문서들이 가득했다. 각료 회의가 얼마나 급하게 소집되었는지를 고려하면, 대통령과 부통령만이 그 내용에 대해 어렴풋이 짐작하고 있을 뿐이었다. 나머지 사람들은 곧 알게 될 터였다.

랭포드의 핸드폰이 울렸다. 그는 코트 안주머니에 손을 넣어 전화기를 꺼냈다. 모르는 번호였다.

"랭포드입니다."

"제독님, 시저입니다."

"시저? 보디치호로 가는 보트에 타고 있지 않나?"

"맞습니다. 하지만 꼭 말씀드려야 할 급한 일이 방금 생겼습니다."

랭포드는 다시 창밖을 내다보았고, 교통 상황은 더욱 느려지고 있었다. "시간은 충분한 것 같군."

* * *

카 대통령은 로튼이 급하게 작성한 문서 사본에서 눈을 떼고 랭포드 제독을 다시 바라보며 눈썹을 추켜세웠다. "이게 사실입니까?"

"저희는 사실이라고 믿습니다, 대통령 각하."

"하느님 맙소사!" 그는 서류를 앞에 내려놓고 고해상도 사진들을 다시 보았다. "도대체 중국에서 이걸 어떻게 알았을까요?"

베일리 부통령도 보던 문서 사본을 내려놓았다. "게다가 그들은 무슨 수로 가이아나가 그렇게 순순히 따르도록 만들었을까요?"

밀러가 대답했다. "그들이 누구인지, 또 어떻게 그걸 발견했는지는 아직 모릅니다. 하지만 고전적인 방식으로 가이아나 정부를 설득했을 겁니다."

"돈으로 해결했다는 말이군." 베일리가 아는 척을 했다.

카 대통령이 능글맞게 웃었다. "마치 우리는 똑같은 짓을 하지 않았을 것처럼 말씀하시는군요." 그는 무심코 이마를 매만졌다. "로튼 중령이 여기서 제시하고 있는 이 함의들을 어떻게 확신할 수 있습니까? 내 말은, 매일같이 쏟아지는 과학적 발견들 가운데 결국에 가선 아무런 의미도 없이 흐지부지 끝나는 경우가 얼마나 많으냐는 겁니다. 모든 것이 다 성과를 내는 건 아니라는 거죠."

"맞는 말씀입니다." 바트만 국무장관이 회의용 탁자 건너편에서 동의했다. "제가 의학이나 기술 분야에서 획기적인 돌파구가 될 거라고 약속한 발전마다 오 센트씩 모았다면, 나는 부자가 되었을 겁니다."

밀러 옆에 앉은 랭포드가 어깨를 으쓱했다. "사실 저희도 확신할 수는 없습니다."

"이걸 검사한 지 얼마나 되었죠, 48시간?" 바트먼은 약간의 빈정거림을 담아 물었다. "보세요, 그녀가 주장하는 것이 틀렸다고 말하는 건 아닙니다. 하지만 겨우 48시간 지났을 뿐인데 이게 진짜인지 어떻게 우리가 확신할 수 있겠습니까? 다른 진보적 기술들도 몇 달, 심지어 몇 년이 지나서야 실현 불가능한 걸로 판명된 적이 많지 않습니까."

제독은 가만히 앉아서 귀를 기울이고 있었다. 그는 마침내 얼굴을 찌푸

273

리며 뺨을 긁었다. "중국인들은 수개월을 연구해 왔습니다, 어쩌면 더 오래 걸렸을지도 모르죠. 그리고 그걸 얻기 위해 전함까지 보냈습니다."

다른 사람들은 입을 다물었다.

랭포드는 어깨를 으쓱했다. "우리가 여기 앉아서 이것이 과연 실행 가능한 건지 토론할 수도 있고, 더 많은 실험들이 끝날 때까지 결정을 보류할 수도 있습니다. 하지만 그 동안 완전 무장한 중국 배 한 척이 이 식물을 트럭 분량으로 퍼 담고 있고, 최대한 조용히 움직이고 있다는 사실이 드러났습니다. 만약 우리가 그런 일을 한다면 어떤 물류가 필요한지, 동시에 비밀을 유지하기 위해 어떤 노력을 해야 하는지 따져봐야 할 겁니다. 즉 움직여야 할 요소들이 매우 많은데, 중국인들은 정말 놀라울 정도로 신속하게 행동에 옮긴 걸로 보입니다. 제 생각엔, 이게 진짜인지 여부를 따지며 현실 가능성을 토론하는 데 시간을 허비해서는 안 된다고 여겨집니다. 사실일 경우를 대비해, 그 파급 효과를 고민해야 할 때라고 생각합니다." 랭포드는 카 대통령을 바라보았다. "대비해서 크게 잘못될 일은 없지 않겠습니까?"

"만약 우리가 틀렸다면요, 제독?" 부통령이 물었다. "염두에 두신 게 있습니까, 항구 봉쇄? 중국과는 안 그래도 미묘한 관계에 있습니다. 만약 우리가 서둘러 개입해서 문제가 더 크게 확대되는 상황을 초래하면 어떡합니까? 중국과의 군사적 갈등이 시작되고 난 후에 이 거창한 '비밀' 발견이 매력적인 새로운 치약 같은 걸로 판명되면 어떡합니까?"

카 대통령은 심각한 표정으로 고개를 끄덕였다. "파문은 어느 쪽으로든 일어날 겁니다. 중국과 러시아는 계속해서 동맹을 강화하고 있습니다. 러시아의 관계를 고려하면, 그건 문제 해결에 확실히 도움이 되지 않습니다. 더 이상 관계를 악화시키지 말아야 합니다."

방안이 다시 조용해지자 바트만 국무장관이 나섰다. "이번 발견이 제독이 말대로 중요하다고 잠시 가정해 보죠. 그리고 그들을 막는 것도 쉽지 않

274

아 보이고요. 그렇다면 우리도 직접 요원들을 보내 표본을 가져오게 하는 건 어떨까요? 설령 그렇게 하지 않더라도 중국인들이 이 식물에서 얻어 낸 비밀이 뭐든 그것을 빼내올 수도 있습니다만. 만약 그들이 뭐든 기록으로 남긴다면, 어떻게든 입수할 수 있으니까요."

"경우의 수가 점점 추가되기 시작하는군요." 밀러가 지적했다.

"그럴 수도 있지만, 의도치 않게 지정학적 갈등을 일으키는 것보다는 그 편이 덜 위험하다고 생각합니다."

대통령은 조용히 앉아 있는 그리피스 국가안보보좌관을 바라보았다. "스탠? 자네 생각은?"

그리피스는 손바닥 위에 턱을 괸 채 앞으로 몸을 숙이고 있었다. 그는 눈을 깜박이며 고개를 들었다. "첩보 활동은 결코 확실한 수단이 아닙니다. 그리고 그 일은 이따금 예상했던 것보다 더 많은 장기적 피해를 야기할 수도 있습니다. 국가안보국의 감시와 염탐 활동을 보세요. 그 사건 이후 우리는 많은 신뢰를 잃었습니다. 중요한 동맹국들로부터도 말이죠. 저도 위험이라는 건 어떤 일이 일어날 가능성보다는, 그것이 가져올 최종적인 파급효과에 더 관련이 있다고 생각합니다." 그는 앞에 놓인 사진들을 집어 들고 다시 유심히 살펴보았다. "닐리 로튼 중령에 대해 얼마나 알고 있습니까?"

"그녀는 하버드대학교를 우등으로 일 년 일찍 졸업한 뒤 석사 학위를 받았습니다." 랭포드가 대답했다. "해군에 입대한 후, 한 팀의 일원으로 이 년 전 오염된 물에서 독성 금속을 기존의 알려진 방법보다 다섯 배 빨리 정화할 수 있는 해조류를 발견하는 데 일조했죠. 그 해조류는 현재 여러 기업이 상업화하기 위해 노력하고 있습니다. 그녀는 제가 이 분야에서 만난 누구 못지않게 똑똑합니다." 그는 탁자 주위를 둘러본 후 결론을 내렸다. "그리고 그녀는 중국인들이 발견한 이 식물이 엄청나게 중대한 발견이라고 생각하고 있습니다."

해병대 사령관인 샘 존스턴이 양손을 깍지 낀 채 탁자 위로 몸을 기울였다. "제가 보기에 이 발견이 궁극적으로 얼마나 중요한지 다시 추측하는 것은 필요 없는 일 같습니다. 우리는 중국인들이 무엇을 하고 있는지 정확하게 알아낼 수 있는 사람을 그곳에 파견하는 데 초점을 맞춰야만 합니다. 그 산꼭대기에서 실제로 무슨 일이 일어나고 있는지 추측들이 많습니다. 저는 관찰을 최우선 순위로 두는 걸 제안 드립니다."

"필요하다면 누구도 불안하게 만들지 않고 그 지역에 함선들을 배치할 수도 있습니다." 존스턴 옆에 앉은 해군 작전 참모가 덧붙였다.

"그게 그렇게 중요한 일이라면," 그리피스는 대통령 쪽으로 몸을 돌리며 덧붙였다. "함선으로 위험을 무릅쓸 필요 없이, 비군사적 인력으로 팀을 꾸려 현장에 투입하고 우리 쪽 권리를 주장할 수도 있습니다."

대통령은 그 문제를 곰곰이 생각했다. 그는 중국이 수년 동안 중요한 거의 모든 원자재를 비축해 왔다는 사실을 알고 있었다. 금, 은, 구리, 철광석, 그리고 수십여 가지나 더. 그들은 무언가를 준비하고 있었다. 하지만 다른 원자재들의 경우, 가이아나에서 그랬던 것처럼 그렇게 신속하게 움직인 적은 없었다. 그들은 아무도 모르는 뭔가를 알고 있었다.

"대통령 각하, 로튼 중령은 이것이 중국인들이 실제로 발견한 것에 비하면 빙산의 일각일 수도 있다고 믿습니다. 만약 그게 사실이라면, 그들이 그걸 지키기 위해 얼마나 극단적인 수단을 쓰게 될지 생각해 보셨습니까?" 잠시 침묵이 흐른 뒤 랭포드는 심각한 말투로 덧붙였다. "우리라면, 어디까지 갈 각오가 되어 있습니까?"

46

거리는 사실상 텅 비어 있었다. 베이징의 공해는 평소보다 훨씬 더 심각했고 사람들 대부분은 실내에 머물렀다. 밖으로 모험에 나선 몇 안 되는 사람들은 하얀 마스크를 쓴 채 건물에서 건물로 분주하게 걸어 다녔다.

지난 40년 동안 중국은 엄청나게 성장하면서 제3세계 지위에서 세계에서 두 번째로 큰 초강대국으로 발돋움했다. 현대 세계에서 보지 못했던 수준의 성장이었다. 번쩍이는 초고층 빌딩들과 끝없이 늘어선 쇼핑몰을 갖춘 수백 개의 새로운 도시들이 중국 동부 해안선을 따라 어지러울 정도로 들어섰다. 이제 이 나라는 미국을 포함한 세계 어느 나라보다도 더 빠르게 증가하는 백만장자와 억만장자의 고향이 되었다. 그리고 군사력 면에서도 세계에서 두 번째로 큰 러시아의 순위를 막 추월했다.

그러나 골드러시 같은 중국 현대 산업의 폭발적인 성장에는 대가가 따랐다. 전 세계 및 내국의 상품 수요 모두를 따라잡기 위해 공장들은 과열 상태로 가동되었고 멈출 줄 몰랐다. 그만큼 기준은 결여되었고 비용 절감의 꼼수에는 유인책이 주어졌다. 규제는 생산 속도를 따라가기에도 턱없이 부족했다. 더불어 공공기관 곳곳에 사기와 부패를 조장하는 유인책이 넘쳐흐르는 상황에서 외견상 안전에 관한 어떠한 조치도 없는 건 말할 것도 없다. 성장이 지속가능할 리 없었다. 뜨겁게 달아오른 경제는 결국 둔화되고 말 것이다. 그때가 되었을 때, 그 충격은 혹독할 것이었다.

웨이가 탄 메르세데스 승용차는 신동 거리의 량마허 강을 건너고 있었다. 짙은 스모그 장막 때문에 다리 구조물의 철제 난간 너머는 보이지 않았다. 대기오염은 점점 심해지고 있었다. 숨쉬기에 부적합한 날들이 점점 더 늘어났고, 이는 생산성의 현저한 손실을 가져왔다. 변화는 더 이상 피할 수 없었다. 시간문제일 뿐이었다.

웨이 장군은 시계를 보았다. 수많은 회의 중에서도 이 회의만큼은 절대 늦어서는 안 되었다. 사실, 회의라기보다는 소환이나 마찬가지였으니까.

웨이를 기다리는 일곱 명은 권위를 초월한 사람들이었다. 그들은 책임의 실질적인 정의에서조차도 벗어나 있었지만, 그럼에도 불구하고 중국에서 벌어지는 모든 일은 결국 그들의 통제하에 놓여 있었다. 그들은 중국 공산당 중앙정치국 상무위원회라는 명목의 정부 최고위층으로, 그 일곱 사람이 중국의 미래 행보를 결정했다. 그 집단은 국가수반과 군대의 거의 모든 수뇌부를 비밀리에 임명했다. 웨이를 임명한 것도 바로 그 집단이었다.

정치국 상무위원회는 일반 시민과의 근본적인 단절에도 불구하고, 중국의 미래에 대한 정치적, 경제적, 군사적 항로를 능숙한 솜씨로 이끌어 나갔다. 또한 그 손은 언제든 무자비한 철권으로 변할 수 있는 능력을 가졌다. 다른 현대 국가들에 있어서, 정의는 적어도 외관상으론 사법적 공정성과 결부되어 있지만, 중국의 지도자들은 그러한 요건에 전혀 얽매이지 않았다. 처벌은 때때로 놀라울 정도로 무자비하게 내려졌다. 대개 처형의 형태로 말이다. 신속하고 전략적인 고위 공직자들의 처형은 실제로 '정의'를 실현한다기보다는 경고의 의미로 행해지는 경우가 많았다. 실제로 상당수의 관리들이 뿌리 깊은 부패라는 구실로 처형되었는데, 웨이는 몇몇 공무원들은 전혀 연루되지 않았다고 의심하고 있었다.

칠인위원회로부터 인정을 받는 것은 축복만큼이나 저주였다. 권력과 부가 한 번의 손짓으로도 부여될 수 있지만, 한 번의 칼바람으로 훨씬 더 빨리 철회될 수도 있었다.

운전사가 우회도로로 접어들고 숨이 막힐 것 같은 갈색 스모그 사이로 웅장한 건물 단지가 모습을 드러내자 웨이의 기분은 더 침울해졌다. 메르세데스는 거대한 유리 차양 아래의 반원형 진입로로 방향을 틀었다. 차가 멈춘 후, 웨이가 미처 안전벨트를 풀기도 전에 차문이 지체 없이 열렸다.

그는 80층까지 안내되었고, 엘리베이터가 딩동 소리를 내며 은색 문을 열었다. 웨이는 널찍한 방 안으로 걸어 들어갔는데, 그곳은 맨 꼭대기 층이 었다. 사방을 둘러싼 유리벽 너머로 잿빛 도시의 경관이 내려다보였다.

그들은 그에게 타원형 탁자 맨 끝에 있는 의자를 향해 손짓했다. 그는 자리에 앉아 각자 진지한 표정을 짓고 있는 일곱 위원들의 얼굴을 올려다보았다.

탁자 반대편에 있던 쉰젠이 즉시 시작했다. 예의 따윈 없었다.

"그러니까 미국인들이 도착했다고."

"네." 웨이가 대답했다.

"대비는 되었나?"

웨이가 고개를 끄덕였다. "네. 무슨 수를 쓰든 그것을 보호할 겁니다."

"설령 분쟁으로 이어진다 해도?"

웨이는 태연한 척하려고 애썼다. "그럴 가능성을 항상 염두에 두고 있었습니다."

그 남자는 천천히 고개를 끄덕였다. 또 다른 위원이 거리낌 없이 말했다. 위원회에서 가장 거슬리는 인물.

"추출 작업은 어떤가?"

"거의 끝나 갑니다." 웨이가 안심시켰다. "곧 보시게 될 겁니다."

그 남자의 눈이 가늘어졌다. "그랬으면 좋겠군. 시간이 촉박하네, 장군."

"신중하게 조치를 취해야만 합니다, 총서기님." 웨이는 전에도 그들에게 여러 번 이 모든 것을 설명했었다. 매 회의는 첫 번째 회의 때와 거의 비슷했지만, 그럼에도 불구하고 웨이는 전혀 짜증을 드러내지 않았다.

어쨌든… 그는 위원회가 모르는 것을 알고 있으니까.

* * *

차오 대위는 초계함 갑판에 서 있었고, 이번엔 햇빛을 마주하고 있었다. 비밀 유지는 더 이상 중요하지 않았다. 미국인들이 알았으니까. 그들도 견본을 손에 넣었으니 지금쯤이면 틀림없이 그 식물의 비밀을 발견했을 것이다. 하지만 적어도 일주일 동안은 그 식물의 잠재력을 완전히 깨닫지는 못할 것이다. 그럼에도 불구하고, 차오와 그의 부하들이 지금 무슨 일을 꾸미고 있는지는 충분히 이해했을 것이다.

초계함은 초현실적일 만큼 고요하게 떠 있었고, 잔잔하게 밀려오는 파도에 부드럽게 흔들리고 있었다. 더 이상의 선적도, 깊은 밤 운송도 없었다. 다음 번 트럭 화물을 위해 상자들을 격납고로 옮기는 일도 없었다.

웨이 장군은 지금쯤 위원회 앞에 앉아서 백 번째 질문을 받고 있을 것이다. 그들은 자신들의 귀중품이 안전한지 확인하고 싶어 했다. 그 물건은 그들의 미래였다. 또한 곧 닥쳐올 경제 붕괴가 초래할 참혹한 재앙과 상관없이, 중국 최고 지배 계층과 그들의 정치 구조가 살아남을 수 있도록 보장해 줄 것이다. 적어도 그들은 그렇게 기대하고 있었다.

차오는 가이아나의 먼 산을 올려다보았다. 그 미친 탐험가 장이 진실을 말하고 있을 줄 누가 생각이나 했겠는가? 하지만 그건 인류 역사의 흐름을 바꿀 발견으로 판명되었고, 차오는 역사의 흐름에 영악하리만치 관심이 많았다. 그는 얼마나 많은 탐험가들이 이 발견을 꿈꿨는지 궁금했다. 얼마나 많은 이들이 세계에서 가장 위대한 전설 중 하나를 찾아 평생을 바쳤는가? 그런데 결국 뜻밖의 인물이 우연히 그걸 발견해 버리다니. 멍청한 놈들.

그는 쌍안경을 들고 먼 바다를 바라보았다. 미국 선박은 여전히 그곳에 머물러 있었다. 그들은 분명 지금쯤 필사적으로 이 상황을 어떻게 처리할지 머리를 싸매고 있을 것이다. 그의 굳게 다문 입술에 미소가 번졌다.

조만간 미국인들은 항상 그랬던 것처럼 잔뜩 결의를 불태우며 들이닥칠 것이다. 그러나 이번에 그들이 보게 될 것은 자신들이 너무 늦었다는 것, 사람들의 찬탄을 자아낼 만한 대단한 발견을 그 막강한 제국이 놓쳤다는 것뿐일 것이다. 그는 단지 그 순간을 직접 지켜볼 수 있기를 바랄 뿐이었다.

하지만 그는 그럴 수 없었다. 그날 저녁에 있을, 훨씬 더 중요한 문제가 남아 있었다. 그것은 그들이 산으로 돌아가는 마지막 여정이었다. 그러나 이번에는 트럭에 단지 나무 상자들만 실린 것이 아니었다.

그리고 그의 부하들 대부분은 다시 돌아오지 않을 것이다.

* * *

수 킬로미터 떨어진 바다 건너편, 클레이는 보디치호 함교 바깥의 철망 통행로 위에 서 있었다. 그는 쌍안경을 들고 꼼짝하지 않은 채 초계함을 주시하고 있었다. 한순간, 그는 뭔가로부터 반사된 반짝거린 빛을 보았다고 생각했다.

클레이 옆에 서 있는 크록스타드 함장도 자신의 쌍안경을 통해 살펴보고 있었다. 그는 해안가를 좌우로 훑어보며 혼잣말로 중얼거렸다. "저들을 부두 밖으로 내보내지 말라고 그 친구가 말하더군. 무장도 하지 않은 과학선을 가지고 대체 어떻게 하란 말이지?"

클레이는 잠시 생각에 잠겼다가 몸을 돌리며 남쪽 해안선을 훑어보았다. 그런 다음 북서쪽 지평선으로 쌍안경을 움직이며 천천히 둘러보았다. 그는 순간 얼어붙었고 잠시 멈칫한 뒤 쌍안경을 내려뜨렸다. 그러고는 미소를 지었다. "배가 보입니다."

크록스타드는 쌍안경을 든 채 몸을 돌렸다. 작고 하얀 물체는 짙푸른 바닷물 때문인지 육안으로도 선명하게 식별되었다. 머리 위로 펼쳐진 파란 하늘에는 한 줌의 구름도 보이지 않았다.

그 물체는 십이 노트의 속도로 전진해 오고 있는 쌍동선이었다.

크룩스타드는 손목시계를 확인했다. "생각보다 빨리 왔군. 잘 됐네."

보트가 보디치호에 도착하는 데 거의 한 시간 걸렸고, 마침내 선미를 빙돌아 클레이와 시저가 전에 이용했던 정비용 사다리 아래로 다가왔다. 뱃전 너머로 내려다보던 클레이는 보트의 키를 잡고 있는 시저를 보며 미소를 지었다. 시저는 티셔츠 차림에 햇빛을 가리기 위해 누군가의 야구 모자를 쓰고 있었다.

리와 크리스가 먼저 사다리를 올랐다. 어렵사리 배에 오른 그들은 보디치호 승조원들의 도움을 받으며 즉시 병실로 안내되었다. 다음으로 켈리와 앨리슨이 뒤를 이었다. 직전에 벌어진 사건을 고려하면, 두 여성의 상태는 생각보다 나쁘지 않아 보였다. 앨리슨은 뱃전에 서 있는 클레이를 발견하고 미소를 지으며 그에게 다가갔다. 클레이가 그녀의 어깨에 팔을 두르자 앨리슨은 공식적인 승조원들이 승선한 군함에서 이런 행동이 적절한지는 잘 몰랐지만 놀라면서도 기분은 좋았다.

"좀 어때요?" 그가 따뜻하게 물었다.

앨리슨은 활짝 웃었다. "이제 좋아졌어요, 당신과 스티브 덕분이에요. 우리가 어디 있는지는 어떻게 알았어요?"

"보거가 찾아냈죠."

"아, 말로만 듣던 신비스러운 보거 씨. 드디어 그 분을 직접 만나게 되는 건가요?"

클레이는 미소를 지었다. "실물로요. 선글라스를 계속 쓰고 있는 게 좋아요. 그 사람 셔츠가 눈에 거슬릴 수 있거든요." 그는 얼굴에서 미소를 거두었다. "크리스와 리는 어때요?"

"많이 좋아졌어요. 다행히 스티브에게 심각한 부상 징후는 안 보여요. 하지만 두 사람의 상처가 아물려면 시간이 좀 걸릴 거예요."

"이제는 안심해도 될 거예요." 클레이는 시저가 모습을 드러내자 사다리 쪽을 바라보았다. 그는 어렵지 않게 뱃전을 넘어 왔고 함장에게 고개를 끄덕인 후 클레이에게 다가갔다.

"고생했어, 선장." 클레이는 시저가 웃지 않는 것을 알아차리고 말끝을 잠시 멈췄다.

시저는 클레이를 진지한 얼굴로 보았다. "난 오래 머물지 않을 거야."

"뭐?"

"문제가 생겼어." 시저는 앨리슨에게 고개를 살짝 끄덕였다. "디앤 드레이퍼와 후안 디아즈가 실종된 것 같아. 둘세도 함께."

"얼마나 됐는데?"

앨리슨은 클레이를 똑바로 쳐다보았다. "며칠 동안 그들 가운데 누구에게서도 소식을 듣지 못했어요."

"CIA에 있는 친구한테 연락해 봤는데," 시저가 말했다. "상루이스 외곽에 위치한 기지국에 접속하고 있던 그들 휴대폰에 어떠한 활동도 감지되지 않았대. 나 역시 그 억만장자라는 알베스에 대해서도 좀 깊이 파고들어 봤는데, 단순한 자선 사업가는 아닌 것 같아. 브라질에서 질이 안 좋은 부류와 연루되어 있더군."

크록스타드 함장이 그들 뒤로 다가갔다. "문제가 있나?" 그가 물었다.

"그런 것 같습니다." 클레이는 대답한 뒤 다시 시저를 향해 돌아섰다. "그래서 계획은 있어?"

"물론이지, 내 계획은 그들을 찾는 거야," 시저는 단호하게 말했다. 그의 얼굴은 한층 심각해졌다. "랭포드에게 보고하고 허가를 받았어. 네가 여기 남아서 보거, 로튼 중령과 함께 일한다는 조건으로 말이야."

놀랍지는 않았지만, 클레이는 여전히 그런 소리 듣는 걸 좋아하지 않았다. 그는 뒤에 남아 있을 사람이 아니었다. "뭐 필요한 거 있어?"

"아니. 필요한 건 보트에 다 있어. 다만 네 가방만 잠시 빌려야 할 것 같아. 랭포드가 수송기 한 대의 방향을 우회시켜 줬어. 내가 도착할 때까지 조지타운 공항에서 기다리고 있을 거야. 해질녘엔 상루이스에 도착할 수 있다는 뜻이지." 시저는 크록스타드를 돌아보았다. "함장님, 승조원 한 명만 내주시겠습니까? 쌍동선을 몰고 해안으로 갈 건데 다시 가져갈 사람이 필요하거든요."

"물론이네. 자네만 준비되면 언제든지."

시저는 무슨 말을 하려 했지만 갑판 건너편에서 누군가 고함을 치며 방해를 했다. 보거였다. 그는 미친 듯 손을 흔들며 그들을 향해 달려오고 있었다. 그가 그들에게 이르렀을 때, 마치 누군가에게 막 하임리히 구명법을 받은 것처럼 몸을 굽히며 말을 내뱉었다. "자네들 빨리 와봐야 해!" 그는 한 손으로 왔던 길을 다시 가리키고, 다른 손은 무릎 위에 얹은 채 숨이 넘어갈 듯 헐떡거렸다.

"무슨 일인데요?"

보거는 대답을 할 수 없었다. 필사적으로 숨을 고르느라 애쓰고 있었다. 몇 번 더 숨을 들이쉰 후 마침내 말을 꺼냈다. "서둘러! 연구실!"

다섯 사람은 즉시 멀리 떨어져 있는 계단을 향해 뛰어갔다. 그들은 회색 철제 계단이 요란하게 쿵쾅거릴 정도로 빠르게 뛰어 올라갔다.

클레이가 제일 먼저 연구실에 도착했다. 그는 연구실 문을 힘껏 밀어젖히며 안으로 들어갔다. 그 뒤로 시저가 들어갔고, 이어서 두 여성과 크록스타드가 그 뒤를 따랐고, 보거가 맨 마지막으로 들어왔다.

깜짝 놀란 로튼 중령은 눈앞의 대형 모니터에서 고개를 홱 돌렸다. 그녀가 말을 꺼내기 직전, 그녀의 눈이 시저를 보고 번뜩였는데 앨리슨과 켈리만이 그 눈빛을 알아차렸다.

"문제가 생겼어요." 그녀가 몸을 세우며 말했다. "중대한 일이에요!"

"무슨?"

로튼은 두 여성에게 고상한 미소를 짓고 다시 화면을 돌아보았다. "이걸 보세요."

본능적으로 모두가 그녀 뒤로 바짝 다가섰다.

로튼은 화면에 뜬 창 하나를 크게 하고 확대하며 어떤 단순 생물 형태의 뒤틀린 모양을 보여주었다.

"저게 뭐죠?" 클레이가 물었다.

"박테리아. 정확히는 인간의 장내 박테리아죠." 그녀는 다시 돌아서서 그들을 바라보았다. "한 가지 시도해 보고 싶은 게 있었어요. 여러분 중 '수평적' 유전자 전달(HGT, Horizontal Gene Transfer)에 대해 아는 분 있나요?"

보거는 옆 사람들을 둘러본 뒤 얌전히 손을 들어 보이며 긍정의 뜻을 나타냈다.

로튼은 눈을 말똥거렸다. "당신을 말하는 게 아니에요, 보거 씨." 그녀는 멍한 눈빛의 다섯 사람을 보며 말을 이어갔다. "수평적 유전자 전달은 전통적인 생식 범주에 따르지 않고, 다른 유기체에 유전자를 전달하는 것을 뜻해요. 두 개의 다른 유기체 사이의 유전자 이동을 지칭하는 데 가장 일반적으로 사용되는 말이죠. 그리고 '인위적인' 수평적 유전자 전달은 본질적으로 오늘날 우리가 유전공학이라고 부르는 것입니다. 예를 들면, 발광 유전자를 물고기에 전달해서 물고기가 어둠 속에서도 빛나게 만든다든지, 뭐 그런 겁니다. 깔끔한 애완동물로 딱이죠.

하지만 인위적인 도움이 없더라도 콩이나 밀 같은 유전자 변형 식품의 일부 유전자는 실제로 박테리아 같은 다른 유기체에 '전위(jump)'하는 것으로 기록되어 있습니다. 인간의 소화 박테리아에서도 그런 현상이 일어나는 것을 관찰한 연구가 있어요. 그런 이유로 저 박테리아를 선택했죠."

로튼은 그들이 귀를 기울이는 것을 보고 말을 이어갔다.

"저는 클레이가 가져온 식물이 '전위'와 비슷한 능력을 가지고 있는지 알아보고 싶었습니다. 그래서 그 식물의 염색체 DNA를 추출해서 박테리아 세포 중 하나에 직접 주입했어요." 그녀는 뒤에 있는 화면 속 사진을 향해 손짓을 했다. "첫 번째 증거물입니다."

"어땠어요?"

"효과가 있었어요."

"인상적이군요." 클레이가 말했다.

그녀는 어깨를 으쓱했다. "그 정도까진 아니에요. 훨씬 더 효율적인 방법들이 많지만, 저는 좀 무식한 기술을 썼거든요. 하지만 박테리아는 단일 세포 유기체라서 그렇게 하는 게 그리 어렵지는 않아요. 게다가, 제가 다음 단계를 말할 때도 '인상적'이란 단어를 사용하고 싶어 할지 모르겠네요." 그녀는 몸을 돌리고 뒤쪽 탁자에서 작은 페트리 접시(세균 배양에 쓰이는 둥글넓적한 작은 접시)를 꺼내 들었다. "이것은," 그녀는 그것을 손바닥에 내려놓고 말했다. "두 시간 전의 모습입니다."

그들 모두 투명한 접시 속을 들여다보았는데, 물과 크게 다르지 않아 보였다.

"자," 로튼이 짧게 고개를 끄덕였다. 그런 다음 돌아서서 접시를 내려놓고 다른 접시를 집어 들었다. "이것은 지금의 모습입니다."

로튼 뒤에 있던 모든 사람은 일제히 숨이 막힌 것 같은 소리를 냈다. 접시의 내용물은 더 이상 물과 비슷하지 않았다. 지금은 걸쭉한 분홍색 수프처럼 보였다.

"어떻게 된 건가?" 크룩스타드가 물었다.

"성장한 겁니다, 함장님. 무척 빨리요. 이것은 제가 그 식물의 유전자를 이식한 새로운 박테리아입니다." 그녀는 접시로 손을 뻗어 손가락 끝으로 분홍색 물질의 가장자리를 부드럽게 들어올렸다. 그런 다음 그것을 다시 접시 안으로 떨어뜨리자 철벅거리는 소리가 났다.

"이 모든 것이 두 시간 만에?"

"네. 물론, 적절한 생육 배양액이 주어지면 박테리아는 빠르게 자랄 수 있습니다. 하지만 이렇게 빨리는 아닙니다."

클레이는 여전히 그 접시를 지켜보고 있었다. "이게 세포들을 죽지 않도록 해준다는 텔로미어의 결과라고 봐도 되나요?"

"아뇨." 로튼이 대답했다. "이건 또 다른 특성인 빠른 재생력 때문이에요. DNA의 어떤 조각이 그 능력을 담당하는지는 모르겠지만, 분명 그 안 어딘가에 들어 있어요."

"알겠습니다. 그러니까 그 식물에서 어떤 박테리아로 수평적 유전자 전달이 이루어졌다는 말이군요."

"인간 박테리아." 로튼이 바로잡았다. "이제 다음 단계이자 우리의 문제로 넘어가겠습니다." 그녀는 팔짱을 끼고 다시 화면 쪽으로 돌아섰다. "다행히 인간 박테리아는 자신의 유전자를 일반적인 인간 세포로 옮기지는 않습니다. 몇 년 전까지만 해도 그렇게 알고 있었죠. 그때 메릴랜드대학교 의과대학 연구팀이 그런 현상이 실제로 일어난다는 증거를 보여주는 보고서를 발표했습니다. 드문 경우지만 박테리아가 자신의 유전자를 건강한 인간 세포로 옮길 수 있다는 것을 입증했죠."

"드문 경우지만." 클레이는 호기심을 느끼고 따라 말했다.

"네, 아주 소수의 경우에서요."

"깜짝 놀랄 만한 소식이 나올 것 같군요."

로튼은 고개를 끄덕였다. "맞아요." 그녀는 손을 뻗어 다시 그 분홍색 페트리 접시를 집어 들었다. "이게 바로 그 깜짝 놀랄 만한 겁니다!"

"오, 와우." 보거가 중얼거렸다

클레이는 뭐가 뭔지 이해가 가지 않았다. "뭐죠, 뭘?"

보거는 로튼을 본 다음 다시 클레이를 돌아보았다. "이건 숫자 놀음 같은 거야, 존."

"숫자 놀음?"

"로튼 중령이 말하고자 하는 건, 박테리아가 증식하는 일반적인 속도를 감안할 때, 그 숫자는 우리 몸에 있는 다른 수조 개의 세포들에 비하면 여전히 충분하지 않다는 말이야." 보거는 그녀의 손에 여전히 들려 있는 분홍색 페트리 접시를 가리켰다. "하지만 증식 속도가 훨씬 빠를 경우에는 문제가 될 수도 있다는 거지."

"정확해요," 로튼이 말했다. "시간이 지남에 따라 증식 속도가 빨라지고 박테리아 세포가 더 이상 제때 죽지 않는다면, 이론적으로 그것들은 무한히 증식할 수 있습니다. 그 말은, 충분한 시간이 주어진다면 가끔씩만 일어나는 DNA 전위만으로도 결국 우리 몸의 모든 세포를 감염시킬 수 있다는 뜻입니다. 사실, 모든 세포에까지 도달할 필요도 없습니다. 신체가 생리학적으로 반응할 수 있을 정도의 숫자만 변화시키면 될 겁니다. 아니면 동화시키거나요."

클레이는 호기심 어린 눈으로 그녀를 바라보았다. "그러면 그렇게 되는 데 얼마나 걸릴까요?"

"저도 확실히 모릅니다." 그녀는 어깨를 으쓱했다. "세포가 죽지 않고 증식이 가속화되는 복합적인 효과가 없다면, 아마 일 년도 채 걸리지 않을 겁니다. 하지만 요점은 그 식물의 DNA를 인간의 세포에 주입하는 일이 우리가 생각했던 것보다 훨씬 더 쉬울 수도 있다는 겁니다. 특히 바실러스 코아귤런스(유산균의 보장균수를 부풀리는 포자균) 같은 친화적인 박테리아 유형을 사용한다면 더욱 그렇죠."

"충분한 시간이 주어진다면 말이죠." 클레이가 말했다.

"맞아요."

"젠장," 시저는 팔짱을 꼈다. "하루, 딱 24시간만 자리를 비워도 세상이 확 바뀌는군."

로튼은 그에게 윙크를 하고 어깨를 으쓱했다. "겨우 역사상 가장 큰 생물학적 발견일 뿐인데요, 뭘."

클레이는 크룩스타드를 바라보았다. "이건 엄청난 일입니다." 그런 다음 뭔가를 떠올리며 로튼에게 물었다. "당신이 말하려던 문제가 이겁니까?"

"전부는 아니에요." 그녀가 말했다.

"무슨 뜻이죠?"

"우리가 이 '식물'에 실제로 어떤 능력이 있는지 알고 있다면, 중국인들 역시 그것을 알고 있다는 뜻이에요."

앨리슨은 고개를 저었다. "혼란스럽네요. 이 유기체를 갖고 있는 건 중국인들뿐인가요?"

"네."

크룩스타드는 어두운 표정으로 클레이를 바라보았다. "나는 그들이 공유할 생각이 없다는 느낌이 드는군."

47

디앤은 우리의 창살 너머로 둘세의 떨리는 손을 어루만졌다. 작은 고릴라는 흐느끼기 시작했다. 덱스터는 여전히 자신이 갇힌 우리 한쪽에서 떨고 있었다. 얇은 쇠창살을 손가락으로 움켜잡은 녀석은 헬리콥터 창문들을 정신없이 두리번거리며 그 너머로 보이는 푸른 하늘을 바라보고 있었다.

알베스는 두 영장류를 흥미롭게 지켜봤지만 걱정은 거의 하지 않았다. 그의 뒤에서는 블랑코가 그들 모두를 지켜보고 있었다.

"이 일이 그만한 가치가 있었으면 하네요." 디앤이 비아냥대듯 말했다.

알베스는 마치 반응을 보일까 말까 고뇌하는 것처럼 대꾸하는 데 시간이 좀 걸렸다. "나도 그랬으면 좋겠군."

"난 당신이 믿을 수 없는 사람이란 걸 알았어."

알베스는 쓸쓸하게 웃었다. "그럼에도 불구하고 이렇게 됐지."

"내가 바보였으니까."

"동의해." 알베스가 고개를 갸웃했다. "그런데 말이야, 난 당신과 루크 그린우드 사이의 로맨틱한 관계에 대해서 알고 있어." 그는 조롱하듯 말했다. "아직도 사랑에 빠져 있는 한 여자가 자기 남자를 구하러 왔단 말이지. 아주 로맨틱해."

"지옥에나 가."

그는 여전히 웃고 있었지만 심호흡을 하며 말했다. "아주 오랫동안 그렇게 되지 않으면 좋겠구만."

"그러니까, 당신 계획이란 게 그냥 정글 속으로 날아가서 덱스터가 무엇 때문에 그렇게 오래 살고 있는지 알아내는 거로군. 아무런 근거도 없이."

그는 그녀를 빤히 쳐다보았다. "드레이퍼 양, 최고로 모순적인 게 뭔지 아나?"

그녀는 대꾸하지 않았다.

"그건 바로 부자가 되는 거야."

그녀는 어리둥절한 표정을 지었지만 여전히 대꾸하지 않았다

"알고 보니 가장 큰 욕망 또한 가장 큰 모순이더군. 부자가 되는 거 말이야. 필요한 것보다 더 많은 돈을 가지는 것. 정말 얄궂은 건 부자가 된 직후에 진짜로 필요한 걸 깨닫게 된다는 거지. 모든 사람이 필요로 하는 것, 바로 시간 말이야. 알다시피 부자인 사람은 죽기를 원하지 않아, 하지만 대다수 가난한 사람들은 죽기를 원해. 물론 예외가 있긴 하지만, 상위 계층보다는 하위 계층의 고통이 훨씬 더 크니까. 어쨌든 왕처럼 살고 있는 재력을 갖고 있는데, 누가 그게 끝나기를 원하겠어? 아무도 없을걸."

"그러니까 당신은 영원히 살고 싶은 거로군."

알베스는 웃었다. "제발, 진부하게 굴지 마. 그건 당신답지 않으니까. 그래도 당신은 상당히 똑똑한 여자 축에 속하잖아." 그는 옆 창문을 흘끗 쳐다보았다. "실용주의자들도 꿈을 꿀 수 있어, 안 그래? 우리도 꿈을 꾼다고, 다만 현실적으로 꿈을 꿀 뿐이지. 그리고 당신 말은 틀렸어, 드레이퍼 양. 난 영원한 삶에 대한 어리석은 환상을 품고 있지 않아, 하지만 내 건강을 연장시킬 수도 있는 것들은 확실히 추구하지. 그리고 건강은 시간이야. 내가 여든세 살이라고 말하면 믿을 수 있겠어?"

그녀의 얼굴에 나타난 놀라움은 분명했다.

"그럴 줄 알았어. 당신도 알다시피 우리의 건강을 연장시키기 위해 할 수 있는 것들은 많아. 쉬운 것도 있고, 어려운 것도 있지. 그리고 조금 괴상한 것들도 있고. 나는 그 모든 걸 해봤고, 지금도 그 중 많은 것들을 하고 있지. 왠지 알아?"

그녀가 대답하지 않자 그는 몸을 앞으로 기울였다. "왜냐고, 준비가 되어 있어야 하니까. 아주 짧은 기회라도 놓치지 않도록. 진짜 기회가 왔을 때."

"덱스터를 말하는 거군."

"맞아. 덱스터." 그는 겁에 질린 원숭이를 내려다보았다. "사업과 마찬가지야, 자신에게 다가올 어떤 기회에도 준비가 되어 있어야 해. 아무리 짧거나 이례적일지라도 말이지. 왜냐하면 죽음은 언제, 어느 방향에서 찾아올지 모르니까. 갑작스런 심장마비, 낙하물 사고," 그는 두 손을 펼치며 말했다. "심지어 헬리콥터 추락까지도. 인생은 예측불허라지만, 기회는 준비된 자에게 유리한 법이거든."

"그리고 부자들."

알베스는 미소를 지었다. "수단과 방법을 가리지 않고 준비하면 의심할 여지없이 확률은 높아지게 마련이지."

"가치 있는 삶을 사는 것에 대해 생각해봐야 하지 않을까?"

"아, 윤리적 선택." 그가 중얼거렸다. "황금률 말인가, 기억되고 싶은 대로 살아라, 세상을 더 나은 곳으로 남겨둬라, 같은 거." 그는 다시 크게 웃었다. "모든 현명한 조언은 평범한 사람들의 욕망에서 나와. 당신한테는 그런 고귀한 정신으로 사는 친구들이 틀림없이 많을 거야, 그렇지?"

그녀는 그를 노려보았다. "루크가 그런 사람이었어."

알베스의 얼굴에서 웃음기가 사라졌다. "맞아, 그 친구는 그랬을 거야. 또 한편으로는 그렇지 않았을지도 모르지."

디앤의 눈이 미심쩍다는 듯 가늘어졌다.

"당신의 소중한 루크가 뭔가 다른 동기 때문에 움직인다는 생각은 안 해봤나, 좀 더… 인간적인 동기?"

"절대로."

알베스는 한숨을 쉬었다. "당신 생각이 얼마나 일차원적인지 감탄스럽군. 루크 그린우드는 불쌍하고 학대받는 동물을 고약한 사람들로부터 구하는 데 평생을 보냈어. 아마 나 같은 사람들이겠지. 그는 세상을 위한 영웅이었어." 알베스가 고개를 저었다. "그 친구가 불쌍한 동물을 구출하는 것 또는 사악한 학대자들을 해치는 것 중 뭐를 더 즐겼다고 생각하나?"

"뭐가 다르지?"

"이런, 다시 일차원이군. 차이점이 뭐냐고? 복수는 누구에게 하든 인간의 한 특성이야. 그렇지 않나?"

디앤은 마지못해 대답했다. "그럴지도."

"당연히 그렇지. 그럼 당신에게 물어보지. 당신이 사랑하는 루크가 악한 자들을 해치는 일에 더 많은 즐거움을 얻고 있었다면, 그의 근본적인 동기가 과연 얼마나 도덕적일까?"

디앤은 흘러내린 머리카락 한 가닥을 귀 너머로 조용히 쓸어 넘겼다.

"당신이 알아야 할 게 있어. 인간이 동기부여를 받는 것은 자신의 이익 그 이상도 이하도 아니야. 물론 우리 모두 다른 의제를 표현하거나 자신이 더 고귀한 가치 체계 하에서 행동한다고 주장할 수 있어, 하지만 결국 우리의 모든 행동은 스스로의 동기 부여에 달려 있지. 아무리 작고 사소한 것이라도 말이야." 그는 둘세에게 손짓했다. "그건 동물들도 마찬가지야."

"그러니까 당신이 말하려는 건, 왜 싸우려고 드느냐 이거야?"

알베스는 활짝 웃었다. "그래, 왜 그러냐고."

"덱스터가 어떻게 그리 오래 살아왔는지 알아내고 그걸 따라할 방법을 찾는 것이야말로 당신의 사리사욕이야."

"간절한 바람일 수도 있잖아."

"이 모든 게, 그러니까 이 모든 기만과 속임수가 결국 어떻게 하면 그 원숭이처럼 오래 살 수 있을까였어?" 그녀는 비웃었다. "그럼 열심히 해봐. 난 오로지 후안을 위해서 하는 거니까."

이번에는 알베스가 대답하지 않았다. 어깨만 으쓱했다. 그건 중요하지 않았다. 그녀가 왜 이 일을 하고 있는지, 혹은 그녀가 자신을 어떻게 합리화하고 있는지는 아무 상관없었다. 진실은 단순했다. 이 일이 끝나면, 후안 디아즈나 디안 드레이퍼 둘 다 다시는 볼 일이 없을 테니까.

* * *

시저가 조지타운 공항에 도착했을 때, 그루먼 C-2 그레이하운드 수송기가 활주로에서 그를 기다리고 있었다. 1966년에 처음 제작된 쌍발 엔진의 은색 C-2 기는 해군에서 다양한 화물 임무를 위해 사용되었고 수백만 킬로미터를 비행했다. 그리고 수천 번의 비행 임무 중 가장 주요하고 가장 높이 평가받는 임무는 항공모함에 문서들을 전달하는 것이었다. 편지 형태의 종이들. 하지만 이제 디지털 시대로 접어들면서 이 낡은 항공기의 비행 횟수는 점점 줄어들고 있었다.

시저는 뜨거운 활주로를 가로지르며 비행기를 향해 달렸다. 등에 단단히 묶어 맨 커다란 가방이 달리는 동안 위아래로 흔들거렸다. 안에 들어 있는 다양한 장비들, 특히 소총과 탄약들이 그를 묵직하게 짓눌렀다.

그는 C-2기에 다다르자마자 훌쩍 도약하며 아래쪽에 위치한 출입문 안으로 뛰어올랐다. 한 승무원이 고개를 끄덕이고 나서 밖을 내다본 후 육중한 금속 문을 닫았다. 그 승무원은 조종사들에게 OK 손동작을 취했다. 엔진이 굉음을 내기 시작하자 조종사는 시저에게 소음 너머로 외쳤다.

"편하게 있으세요!"

검은색 전투복을 입은 시저는 고개를 끄덕이고 주위를 둘러보았다. 앉을 곳이 보이지 않자, 그는 등에 맨 가방을 벗고 수십 개의 커다란 봉제 우편물 가방 위로 몸을 던졌다.

48

불과 15킬로미터도 떨어지지 않은 곳, 초계함에서 왕차오 대위는 수석 생물학자인 호아 링의 어깨 너머로 작업을 지켜보고 있었다. 차오처럼, 링 역시 웨이 장군이 직접 뽑은 사람이었다. 링의 팀원 네 명도 마찬가지였다. 그들은 중국은 물론, 아시아를 통틀어 최고의 인재들이었다. 그들 중 누군가는 갑판 아래에서의 극심한 연구 환경에 괴로워했을지 모르지만, 그것을 드러내는 사람은 아무도 없었다.

미국인들이 모르는 사실은, 그 배가 전혀 초계함 급이 아니라는 점이었다. 적어도 지금은 전혀 그렇지 않았다. 갑판 아래쪽 내부는 완전히 비워진 상태였다. 모든 장비와 무기 체계가 제거되고 그 자리는 사실상 과학 실험실과, 그보다 넓은 저장 공간으로 대체되었다. 유일하게 유지된 부분은 배가 떠다닐 수 있도록 해주는 장치뿐이었다. 거주 공간조차도 딱 필요할 정도만 남기고 축소되었다. 최소한의 승조원과 과학자들만 승선한 이 배는, 내부를 철거한 덕분에 오 주간의 채취 결실을 서늘하고 컴컴한 뱃머리 속에 보관할 수 있었다. 차오의 배는 겉으로 보기에만 초계함일 뿐이었다.

차오와 호아 링, 두 사람 앞에는 '나노스케일 자기 토크 변환기'라고 불리는 거대한 장비가 놓여 있었다. 링의 동료들은 '나노 매그'라고도 불렀다. 그 장비는 분자생물학에서 형질도입(어떤 세포에 기생하는 박테리오파지에 의하여 그 세포의 유전 형질이 다른 세포에 옮겨지는 현상)이라고 불리는 까다로운 과정을 수행하는 데 꼭 필요했다. 1951년, 위스콘신의 연구원들은 일반적인 바이러스를 이용해 효소 반응을 유도하고, 그런 다음 한 세포의 DNA가 복제되거나 다른 세포로 '무성 생식' 될 수 있다는 과정을 입증해냈다.

그 이후 더 나은 효율성을 위해 수십 년에 걸쳐 그 과정이 연마되었지만, 기본적인 단계는 놀랍게도 오십 년 전에 기록된 첫 번째 단계와 크게 다르지 않았다.

링은 기계에서 투명한 액체가 담긴 작은 유리병 하나를 꺼내고 윗부분을 마개로 돌려 닫았다. 그런 다음 그것을 옆에 놓인 얇은 직사각형 모양의 상자에 집어넣었다. 그 안에는 두 개의 유리병이 더 들어 있었다. 상자의 내부 안감은 얼음처럼 차가웠는데, 운송 중 그 유리병들을 거의 영도에 가까운 온도로 보관하기 위해 특별히 제작되었다. 링은 상자의 뚜껑을 닫고 걸쇠를 단단히 고정시킨 뒤 상자를 차오에게 전달했다.

"다 됐습니다."

차오는 상자를 받아들고 감격한 듯 살펴보았다. 외관을 만져봐서는 차가움을 거의 느끼지 못했다. 그가 손에 들고 있는 것은 그 식물의 세포 유전 물질과 생물학적 물질을 처음으로 완전하게 추출한 것이었다. 각 유리병은 수천 개의 박테리아 세포들로 채워져 있었고, 모두 형질도입을 통해 그 식물의 염색체 DNA를 정교하게 주입한 것이었다. 그 세포들은 내부의 얼음 냉매 덕에 휴면 상태가 유지되었다. 0도 이상의 온도에서만 해동되어 활동적이 될 것이다.

차오는 가까운 연구실로 가서 두꺼운 금속 띠로 상자 주위를 감쌌다. 그런 다음 다시 두꺼운 종이로 감싸고 밀랍으로 견고하게 봉인했다. 만약 상자가 개봉되었을 경우, 받은 사람은 그 사실을 바로 알 수 있을 것이다. 물론, 그건 차오의 지나친 생각이었다. 그 상자에 손을 대는 사람은 링과 차오를 포함해서 단 네 명뿐일 테니까.

차오는 상자를 들고 곧바로 연구실을 나와 철제 계단을 올라갔다. 그는 선실을 벗어나 갑판에 이르렀다. 그런 다음 도교를 건너 부두로 내려왔는데, 그곳에는 한 군인이 차렷 자세로 대기하고 있었다. 흠잡을 데 없는 명성을 가진 또 다른 대위.

그 남자는 차오에게 경례를 했고, 경례로 답한 차오는 상자를 그에게 건네주었다. 오해할 만한 일은 전혀 없었다. 그 남자가 상자를 직접 전달하지 못한다면 그와 그의 가족은 이미 죽어 있는 것이 나을 것이다.

차오는 그 남자가 성큼성큼 트럭으로 걸어가 올라타는 모습을 지켜보았다. *저 친구가 잘 하겠지?* 차오는 문득 궁금했다. 그때 또 다른 생각이 떠올랐다. *저 친구가 신경이나 쓰고 있겠어?*

차오 역시 웨이 장군이 직접 선발했지만 이유는 무척 달랐다. 차오는 무자비했다. 무자비함이란 단어를 다시 정의해야 할 정도로.

그는 이전에 웨이 장군 밑에서 복무한 적이 있었는데, 여러 작전들 중 한 작전 이후로 그의 명성은 널리 알려지게 되었다. 특별할 만큼 지독했던 전투 끝에 차오의 중대가 승리를 거두었지만, 그가 적 생존자들에게 저지른 행동은 중대원 전체를 충격에 빠뜨렸다.

하지만 그런 그가 지금 여기 있었다. 차오는 다시 한 번 웨이 장군에게서 임무를 부여받고 감정적 방해 없이 일을 완수하라는 명령을 받았다. 그것이 진정 의미하는 바는 일말의 양심적 가책 없이 일을 처리하라는 뜻이었다.

이상하게도 차오는 이 모든 것이 어쩌면 재미있는 퍼즐 게임처럼 생각되었다. 인간의 감정과 완전히 거리를 둘 수 있다는 것은 약점이 아닌 오히려 강점이었다. 결국 자기 부하들을 기꺼이 죽이려 하는 지휘관이 세상에 몇이나 되겠는가?

차오는 작은 트럭이 동쪽으로 사라지는 것을 지켜보고 나서, 타이푼 트럭 세 대가 다가오는 쪽으로 몸을 돌렸다. 그는 잡초가 무성한 작은 경사면을 올라 트럭들이 멈춰 서 있는 흙먼지 가득한 평지에 이르렀다. 그가 첫 번째 트럭 뒤쪽으로 걸어가자, 운전병이 급히 내리며 뒤로 달려와서 그를 맞았다. 운전병은 열쇠를 꽂고 육중한 트럭 뒷문을 열었다.

차오는 그 안에 들여다보았다. 트럭 내부가 어둡긴 했지만, 칙칙한 녹색 저장통들은 웬만큼 식별할 수 있었다. 차오는 안쪽으로 들어가서 하나를 살펴보았다. 몸에 매는 장치는 낡았고 끈은 닳아 있었다. 베트남 전쟁 이후 한 번도 사용되지 않았으니 놀랄 일은 아니었다. 대부분의 국가에서는 그 것의 사용을 중단하거나 심지어는 완전히 금지했다. 물론 만일의 사태라는 게 있지만, 차오는 그것을 실제로 사용하게 되리라곤 전혀 예상하지 못했다. 특히나 이렇게 빨리는 아니었다. 그러나 결국 융통성 있는 계획이 승리하는 법이었다.

차오는 각 배낭형 저장통 뒤로 가지런히 쌓여 있는 수십 개의 추가 저장통을 훑어보았다. 각 저장통에는 액화 프로판 가스가 가득 차 있었다. 그것은 '기계적 방화 장치'라고 불렸지만, 좀 더 독특한 이름으로 알려져 있었다. 화염방사기.

최고로 모순적인 부분은 원래의 제조업자였다. 미국 군대.

* * *

20분 후, 차오는 큰 가방 하나를 좌석 위로 툭 던진 다음 첫 번째 트럭의 조수석에 올라탔다. 그는 출발 명령을 내렸다.

각 우랄 타이푼 트럭의 타이어들이 땅을 파고들며 앞으로 돌진했다. 차오는 창밖을 내다보며 트럭의 사이드 미러를 들여다보았다. 뒤에 있는 전함이 서서히 줄어들었다.

이번이 그의 마지막 여행이 될 것이다.

49

상루이스는 브라질 마라냥 주의 주도이며 브라질 주도 중 유일하게 프랑스가 건설한 곳이었다. 두 개의 주요 항구와 거의 백만 명의 주민이 거주하는 상루이스는 급성장 중인 남아메리카의 대도시였다.

호세 비에이라는 평생을 상루이스에 살아서인지 인근 공항에서 들리는 비행기 소음 따위는 전혀 신경을 쓰지 않았다. 솔직히 말해, 그는 너무 취해 있어서 알아차릴 수조차 없었다. 대신, 그는 여자친구에게 욕설을 퍼부으며 마지막 기회라며 자신의 오토바이에 타라고 떠들고 있었다.

그의 여자 친구는 팔짱을 낀 채 반항적인 모습으로 계단 맨 위에 서 있었다. 비록 그녀도 살짝 취해 있긴 했지만, 그의 오토바이에 탈 생각은 추호도 없어 보였다.

마침내 호세는 격분하며 그녀에게 고함을 질렀고, 그녀는 가운데손가락을 치켜들었다. 그녀는 돌아서서 다시 술집 안으로 휙 들어갔다.

속이 부글부글 끓은 그는 비틀거리며 오토바이의 받침다리를 내리고 시동을 다시 껐다. 그가 오토바이에서 막 내리려는 순간, 어두운 구석에서 커다란 가방을 멘 한 사내가 나타나는 것을 보았다.

그들의 대화를 지켜보던 스티브 시저가 그에게 미소를 지었다. "아무래도 신혼여행은 가기 힘들 거 같은데, 안 그런가?"

비에이라는 땀에 젖은 짙은 눈썹 아래로 어리둥절한 표정을 지었다.

시저는 어깨를 으쓱했다. 그 남자는 영어를 할 줄 몰랐다. 상관없었다. 시저는 교통수단이 필요했고, 이 친구는 그가 바라는 그런 너그러운 사람처럼 보였다.

* * *

디앤은 모닥불 불빛이 닿는 근처 작은 오두막집들 윤곽을 볼 수 있었다. 불꽃이 높이 쌓인 장작더미 위로 맹렬히 타오르며 주위의 모든 것을 비추었다. 트럭들과 멀리 있는 알베스의 하얀 헬리콥터의 희미한 형체까지도.

디앤의 몇 미터 뒤쪽 넓은 공간에는 나무와 철망으로 된 우리들이 줄지어 늘어서 있었다. 대부분 낡은 데다 녹슬어 있었고, 일부 틀은 간신히 뼈대만 붙어 있었다. 멕시코의 그 끔찍한 수용소를 떠올리게 하는 역겨운 광경이었다. 그녀는 일부러 돌아보지 않고, 대신 옆에 있는 우리 안에 갇힌 둘세와 덱스터만 계속 바라보았다.

"쟤네들을 풀어줄 수 있나요? 단 몇 분이라도요?" 그녀가 간청했다.

알베스는 점점 더 무관심해지는 것 같았다. 그는 모닥불 맞은편 나무 의자에 앉아 큰 병을 입에 대고 뭔지 모를 녹색 주스를 마셨다. 그는 병을 내리고 그녀를 쳐다보며 손수건으로 입술을 닦았다. "안 돼."

"도대체 왜 그러는 거예요?" 그녀가 소리쳤다. "당신은 쟤네들을 고문하는 거라고요!" 둘세는 지금 눈에 띄게 떨고 있고, 덱스터는 여전히 우리의 창살을 꽉 움켜쥐고 있었다. 덱스터가 반복적으로 오줌을 싸자 그녀는 두려움의 냄새를 맡을 수 있었다.

알베스는 대답하려고 하지 않았다.

"이봐요." 디앤이 계속 말했다. "당신이 뭘 하고 있는지 모르는 군요! 당신에겐 아직 그들이 필요해요, 그렇지 않나요? 둘 다 겁에 질려서 말도 못하고 있는데 그 녀석이 어디서 왔는지 어떻게 알아내겠어요?"

알베스는 숨을 한 번 들이쉬고 마침내 그녀를 돌아보았다. "풀어줬다가 도망치기라도 하면 어떻게 찾으라고?" 그는 말을 멈추고 과시하듯 기다렸다. "나는 기회를 잡고 말거야." 그는 침착하게 병을 들고 녹색 주스를 한 모금 더 들이켰다.

그 남자는 전혀 모르고 있었다. 둘세는 그들이 착륙한 이후로 말을 하지 않았고 지금은 땀을 뻘뻘 흘리고 있었다. 얼마나 많이 흘리는지 모닥불 불빛에 비친 둘세의 털은 디앤의 눈에도 번들거릴 정도였다.

더욱 끔찍한 것은 그들이 있는 장소였다. 그곳은 덱스터가 다른 원숭이들을 풀어주려다 처음으로 붙잡힌 밀렵꾼 캠프였다. 이곳에 있다는 정신적 충격만으로도 덱스터가 다시 입을 닫을지도 모르는 상황이었다.

디앤은 이제 무척 겁에 질려 있었다. 알베스가 지금도 녀석들을 전혀 신경쓰지 않는데, 만약 찾고자 하는 걸 발견한 후에는 어떻게 될지 뻔한 일이었다. 디앤의 마음속에서는 역겨운 감정이 점점 더 강해지고 있었다. 그녀는 자신이 다시는 돌아가지 못하리란 걸 알았다. 또한 후안을 떠올리며 그를 이 난장판으로 끌어들인 것을 생각하자 더욱 마음이 아팠다.

모닥불 건너편에서 어둠 속을 빤히 바라보는 알베스의 흰 머리가 불빛을 받아 번들거렸다. 그는 피곤한지 몸을 앞으로 축 늘어뜨렸다. 다른 사람들은 눈치채지 못했지만, 그의 늙은 폐는 고도 변화를 느꼈고 그걸 보완하기 위해 더 열심히 움직였다. 지난 몇 년 동안 그의 노력은 탐구라기보다는 집착에 가까웠다. 해마다 자신의 시간이 끝나가고 있다는 사실을 알고 점점 더 절박해지고 있었다. 얼마나 더 버틸 수 있을까?

알베스는 그들 주위의 광막한 어둠 속을 들여다보았고, 더 이상 정글이나 주변 사람들 소리에는 귀를 기울이지 않았다. 그에게 정말 중요한 사람들은 이미 모두 사라지고 없는데, 그는 왜 그렇게 필사적으로 살기를 원하는 걸까? 형제자매, 아내, 어렸을 때 함께 놀았던 친구들. 즐거운 기억 속 모든 사람은 사라졌다. 그는 형제자매들과 놀면서 끊임없이 웃고 뛰어다녔던 기억을 떠올렸다. 그것들은 그가 회상할 수 있는 인생의 가장 순수한 기억들 중 일부였지만, 그가 사랑하는 사람들은 하나둘씩 모두 사라졌다.

그럼에도 그는 여전히 남아 있었다. 그는 남아서 끈질기게 버티며 움켜쥘 수 있는 마지막 순간까지 매달리기 위한 방법을 찾고 있었다. *왜? 그는 왜 그렇게 필사적으로 매달릴까?* 그는 묻기도 전에 답을 알고 있었다. 그와 가까운 사람들, 떠나버린 사람들 모두가 똑같이 떠나기를 주저했기 때문이다. 그들의 얼굴은 아무리 늙었어도, 아무리 고통스러워도 게임에서 퇴장하고 싶지 않다는 표정이었다. 알베스 역시 똑같이 느꼈다. 그도 떠나고 싶어 하지 않았다. 반대편에서 자신을 기다리는 있는 것이 두려워서가 아니었다. 한번 떠나면 영원히 돌아오지 못하기 때문이었다. 그리고 영원은 매우 긴 시간이었다.

알베스 뒤에는 블랑코가 두 명의 수하와 함께 앉아 있었다. 그 두 사람은 담배를 피우며 자신들이 응원하는 축구팀이 얼마나 잘 해왔는지 떠들고 있었다. 하지만 블랑코는 전혀 관심을 기울이지 않았다.

그 소리가 들리지 않을 만큼 떨어져 있는 디앤은 그들이 무슨 말을 하는지 궁금했다. 하지만 그보다는 차갑고 음흉한 눈을 가진 블랑코가 무슨 생각을 하고 있는지가 더욱 궁금했다.

* * *

후안 디아즈는 아무것도 보이지 않는 완전한 어둠 속에 앉아 있었다. 그의 눈은 창문이 없는 방에 이미 익숙해진지 오래였다. 그에게는 단 한 줌의 빛조차도 제공되지 않았다.

그가 갇힌 곳에서는 보호구역 전체가 버려진 것처럼 들렸다. 외부로부터 아무런 소리도 들리지 않았다. 그가 들은 유일한 소리는 몇 개의 방 너머에서 그를 이곳에 감금한 사내가 이따금 내는 소음뿐이었다.

디아즈는 지금이 몇 시인지 전혀 알 수 없었다. 하지만 그는 알베스의 비서 캐롤라이나에 대해 말하던 두 사람의 목소리를 똑똑히 기억했다. 그가 알아들을 수 있었던 몇 마디에 따르면, 그녀는 알베스와 다른 사람들이 떠난 지 얼마 되지 않아 도망쳤다고 했다. 하지만 그게 네 시간 전인지, 열두 시간 전인지는 알 수 없었다. 자신이 몇 번이나 잠들었는지, 얼마나 오래 잠들었는지도 알 수 없었다. 유일하게 그를 깨운 것은 뒤로 묶인 손 때문에 오는 어깨 통증과 뱃속에서 나는 꼬르륵 소리뿐이었다.

그는 음식을 달라고 여러 차례 소리쳤는데, 블랑코의 수하가 틀림없이 들었을 만큼 큰 소리였지만 아무런 대답이 없었다. 그를 벽장 같은 곳에 가두기 전에 화장실을 사용하게 해준 것이 마지막 외부 접촉이었다. 하지만 왜지? 그들은 디앤이 자신들을 돕도록 강요하기 위해 그를 인질로 붙잡고 있어야만 했다. 그러니까 그를 살려두려면 먹을 것을 줘야 했다. 하지만 그들은 그러지 않았다. 몇 시간 동안 차갑고 냄새 나는 콘크리트 바닥에 얼굴을 대고 어둠 속에 누워 있는 동안 후안은 서서히 현실을 깨달았다. 그들이 음식을 주지 않는 데는 분명한 이유가 있었다.

끔찍한 절망감이 거세게 밀려들었다. 후안은 절망적으로 이마를 딱딱한 바닥에 대고 이리저리 굴렸고, 작은 자갈들이 피부를 고통스럽게 파고드는 것이 느껴졌다. 눈물 한 방울이 뺨을 타고 옆으로 흘러내렸다. 그는 이곳에서 빠져나갈 수 없을 것이다. 다시는 어느 누구도 만나지 못할 것이다.

그는 부모님을 떠올렸다. 부모님은 그가 좋은 대학에 입학한 것을 매우 자랑스러워하셨다. 그런 다음 여동생이 보였다. 그녀는 후안을 잘 따랐고, 그도 여동생을 끔찍이 아꼈다. 자신이 죽었다는 소식을 들었을 때 그녀의 작은 얼굴이 어떤 표정을 지을지 상상했다. 그러자 참았던 눈물이 터져 나왔고, 그는 흐느껴 울었다.

50

후안은 깜짝 놀라 잠에서 깼다. 시끄러운 소음 때문에 깨긴 했지만, 여전히 아무것도 보이지 않았다. 그는 그게 무슨 소리인지 떠올리려고 안간힘을 쓰고 있을 때 그 소리가 다시 들렸다. 다른 방에서 나는 소리였다. 시끄러운 소음. 말다툼일지도 모른다. 다음에 들린 소리는 훨씬 더 컸지만, 그게 무슨 소리인지 알 길이 없었다.

설마! 저들이 준비를 하는 건가. 저들이 나에게 오는 건가. 그들은 그에게도 루크 그린우드에 했던 것처럼 할 계획이었다.

후안은 필사적으로 묶인 손을 다시 잡아당겨 보았다. 그는 결박을 풀어보려고 온갖 힘을 썼다. 그것은 테이프처럼 느껴졌지만, 꼼짝도 하지 않았다. 그는 관자놀이의 핏줄이 불룩해질 정도로 다시 힘을 써보았다. 부질없었다.

그는 발을 차며 한쪽 발을 다른 발에서 떼어내려고 했지만 테이프는 끄떡도 하지 않았다. *맙소사! 대체 무슨 테이프야?!*

잠깐! 그는 뭔가 다른 소리가 듣고 잠시 동작을 멈췄다. *그 방의 문이 열린 건가?* 그는 이제 공포에 휩싸인 채 계속 발길질을 해대며 발악하듯 테이프를 끊으려고 노력했다. 소용없었다. 그는 몸을 뒤고 젖히고 콘크리트 바닥을 기어가며 등 뒤에 뭐라도 있는지 더듬거렸다. 손가락 끝에 뭔가 닿았다. 금속으로 된 어떤 도구 같았다.

하지만 너무 늦었다. 후안은 자신이 갇힌 곳의 문을 누군가 발로 차며 억지로 열자 얼어붙고 말았다. 불이 켜졌고, 그는 눈부심 때문에 눈을 감을 수밖에 없었다. 누군가 자신을 붙잡는 것을 느끼자, 그는 비명을 지르며 바닥에 누운 채 미친 듯 몸부림을 쳤다. 그는 그 틈을 이용해 몸을 구르며 그놈을 힘껏 걷어찼다. "아냐! 아냐!" 그놈이 비명을 질렀다. "가만히 있어!"

승리를 알리는 퍽 소리와 함께 후안의 오른쪽 발꿈치에 뭔가 닿았다. 그는 다시 발차기를 시도했지만 더 이상 목표물을 찾지 못했다. 표적은 물러나 있었다. 그는 아무것도 찾을 수 없었다. 눈부심을 무릅쓰고 눈을 뜨자 어렴풋이 사람의 윤곽이 아른거렸다. 그는 두 다리를 모아 있는 힘을 다해 그림자의 정중앙을 힘껏 찼다. 그림자는 뒤로 휘청거리며 벽에 부딪쳤다. 후안은 눈을 깜박이며 주위에 다른 사람이 없는지 둘러보았다. 곧이어 들리는 소리에 그의 심장이 철렁 내려앉았다. 그것은 웃음소리였다.

실제로 낄낄거리며 웃는 소리였다. 그림자가 앞으로 다가오자, 후안이 그놈을 향해 다시 힘껏 발길질을 했는데, 이번에는 그가 후안의 다리를 붙잡았다. 그리고 그놈이 입을 열었는데, 그의 말은 분명하고 또렷했다.

"이런, 멀쩡히 살아 있었네."

그 말은 영어였다. 후안은 쿵 소리와 동시에 다리가 바닥에 떨어지는 것을 느꼈다. 그의 시력이 적응을 마치자 마침내 눈앞에 낯익은 얼굴이 서서히 드러났다.

후안을 내려다보며 서 있는 남자는 미소를 지으며 자신의 입술을 손가락으로 슬쩍 문질렀다. 그가 손가락을 내리자 입가에 작은 핏자국이 드러났다. 그는 스티브 시저였다.

"시저 씨!" 후안은 목이 멘 듯 꺽꺽거렸다. 충격으로 이마에 주름이 잡힐 만큼 두 눈이 휘둥그레진 후안은 갑작스러운 안도감에 감정이 폭발했다. 후안은 환하게 웃고 있는 시저를 올려다보는 순간 생존 본능은 사라졌고, 그는 흐느껴 울기 시작했다.

시저는 후안 옆에 무릎을 구부리고 앉아 그의 어깨에 다정하게 손을 얹었다. "이제 괜찮아, 후안. 내가 왔잖아."

후안은 입술을 꾹 다물었고, 흐릿한 시야 때문에 간신히 시저를 볼 수 있었다. 그는 뭔가 말을 하려고 했지만 말이 나오지 않았다.

"말하려고 애쓰지 마." 시저가 그를 부드럽게 토닥였다. "잠시 쉬어." 시저는 매끄러운 동작으로 등 뒤에서 커다란 칼을 뽑았다. 그가 테이프를 자르려고 칼을 내리는 순간, 후안은 칼날에 피가 묻어 있는 것을 언뜻 보았다.

후안이 회복되는 데는 몇 분이 걸렸다. 그동안 시저는 후안 옆에 머물며 차분한 목소리로 이야기를 나누었다. 마침내 후안은 눈을 깜박이며 눈가에 남은 눈물을 흘린 뒤 깊이 숨을 들이쉬었다. 그는 천천히 몸을 가누며 엉덩이를 바닥에 대고 앉은 다음 두 팔로 무릎을 감쌌다.

"괜찮아?"

그는 코를 훌쩍이며 고개를 끄덕였다. "미… 미안해요."

시저는 미소를 지었다. "미안해하지 마. 이건 자네 잘못이 아니야. 나는 살아 있다는 사실만으로도 벅찼던 순간들을 많이 겪었어."

후안은 억지로 미소를 지었다. "정말 네이비실이 맞나 보네요."

시저는 웃으며 일어섰다. "저놈들한텐 불행한 일이지." 그는 손을 내밀고 후안이 붙잡기를 기다렸다. 후안이 손을 잡자 시저는 그를 일으켜 세웠다. "디앤과 둘세는 어디 있어?"

"알베스가 데려갔어요. 헬리콥터에 태워서요."

"데려간 지 얼마나 됐지?"

"잘 모르겠어요. 지금 몇 시죠?"

시저는 손목시계를 들여다보았다. "자정이 조금 지났어."

"오늘 아침 일찍이니까, 여섯 시쯤. 적어도 오늘 아침은 맞을 거예요."

"그들이 어디로 갔는지 알아?"

"모르겠어요." 후안은 고개를 저었다. "우리는 원숭이 찾는 걸 도우려고 여기 왔어요. 디앤의 친구에게 무슨 일이 있었는지 알아내려고요. 하지만 그건 알베스 짓이었어요. 그 사람이 디앤의 친구를 죽였고, 우리가 오게끔 거짓말을 한거죠. 그리고 그 모든 게 그 원숭이를 찾기 위해서였어요."

"그 사람은 왜 원숭이 한 마리 때문에 그런 수고를 하는 거지?"

"정확히는 몰라요. 그 원숭이한테 알베스가 노리고 있는 뭔가가 있는 것 같아요. 덱스터가 어디서 왔는지 알아내려고 기를 쓰고 있으니까요. 하지만 그곳이 어딘지, 그들이 어디로 갔는지는 모르겠어요."

시저는 고개를 끄덕이며 잠시 생각을 했다. "몇 사람이 여기서 자네를 감시하고 있었지?"

"제가 본 건 두 사람뿐이었어요."

"그래, 그건 좋은 소식이군. 일단 여기서 나가자." 그는 문을 향해 움직였고, 복도로 나가 양쪽 방향을 살펴보았다. 후안은 시저의 손에 총이 들려 있는 것을 알아차렸다. 그는 총을 빼내는 걸 미처 보지도 못했는데.

그들은 복도를 따라 나가다 어떤 문 앞에 멈춰 섰다. 후안은 그곳이 자신을 감시하던 방이라는 것을 알아차리고 움찔했다. 그리고 그를 감시하고 있던 블랑코의 부하가 지금 바닥에 엎드려 있는 이유도 한몫했다.

그는 시저를 돌아보았는데, 이미 복도를 따라 저만치 앞서가고 있었다. "당신이 저랬어요?"

대답은 없었다.

그들이 밖으로 나가는 문에 이르렀을 때, 시저는 천천히 그리고 조용히 문을 열고 귀를 기울였다. 아무런 소리도 들리지 않자 그는 문을 조금 더 열고 조심스럽게 빠져 나간 다음 후안을 위해 문을 잡아주었다. 시저는 입술에 손가락 하나를 갖다 대고 조용히 하라는 몸짓을 했다.

그들은 건물의 위쪽에 달린 조명등 불빛을 지나 울창한 나무숲 안으로 들어갔다. 삼십 미터쯤 이동하다가 시저가 갑자기 멈추는 바람에 후안은 그와 거의 부딪칠 뻔했다.

땅바닥에 블랑코의 또 다른 수하가 있었다. 그 사내는 등에 대고 누운 채 옆구리를 움켜쥐고 있었는데, 그 부분 옷은 커다란 검붉은 얼룩으로 뒤덮여 있었다. 사내는 숨을 헐떡이면서도 오른손에는 칼을 쥐고 있었다.

"칼로 뭘 하려고." 시저는 앞으로 나아가 일말의 동정심도 없이 묵직한 부츠를 사내의 오른쪽 팔뚝에 올려놓으며 팔을 꼼짝 못하게 만들었다.

"영어 할 줄 아나?"

블랑코의 수하는 도전적으로 그를 빤히 쳐다보았지만 마지못해 고개를 끄덕였다.

"그럼 잘 들어. 내가 알고 싶은 걸 말해 주면 너를 그냥 놔두고 갈게, 살 수 있는 기회를 주는 거야." 시저는 총을 들고 사내의 이마를 겨누었다. "그렇지 않으면, 기회는 없어. 알아들었어?"

사내는 고개를 끄덕이며 칼을 움켜쥔 손에 힘을 풀었다. 칼은 머리 옆 축축한 흙으로 툭 떨어졌다.

"그들은 어디로 갔지?"

블랑코의 부하가 기침을 하며 말했다. "산."

"그 산은 어디에 있어?"

"북서쪽."

시저의 턱이 움직였다. "얼마나 먼데?"

"시팔리비니(수리남 행정 구역 중 하나) 남쪽. 밀렵꾼 캠프."

시저는 후안을 향해 손짓했다. "저 친구를 여기 얼마나 오래 가둬놓고 있었지?"

대답이 어긋났다. "블랑코가 연락할 때까지."

"그 다음에 뭐?"

용병은 망설이다가 불안한 표정으로 후안을 바라보았다.

시저가 사내의 팔을 세게 밟았다. "말했잖아, 그 다음에 뭐?"

"그를 죽이라고." 그가 불쑥 말했다.

시저의 눈에 격노함이 일었다. "너한테 어떻게 연락하려고 했는데?"

사내는 얼굴을 찡그렸다. "전화기로. 사무실에 있어."

시저는 나무들 사이로 주위를 둘러보았다. "여기 다른 사람은?" 남쪽 건물 앞에 험비 두 대가 주차되어 있었다.

용병은 머리를 흔들었다. 그의 호흡은 점점 거칠어지고 있었다.

"열쇠."

사내는 시저가 밟고 서 있는 팔을 움직이려고 해보았지만 꼼짝도 하지 않았다. 대신 그는 손목을 비틀며 힘겹게 아래쪽을 가리켰다.

시저가 손을 뻗어 사내의 주머니를 더듬었다. 찾고자 하는 것을 발견한 그는 주머니 안으로 손을 넣어 열쇠 뭉치를 꺼냈다. 시저는 사내의 팔에서 부츠를 떼어내고 뒤로 물러섰다. 그런 다음 후안에게 돌아섰다. "다른 건 없지?"

"네." 후안이 말했다. 그러고는 앞으로 나서서 사내의 사타구니를 있는 힘껏 걷어찼다. 사내는 허리를 접으며 울부짖었다. 그런 다음 후안은 스페인어로 욕설을 하고 침을 뱉었다.

시저가 고개를 끄덕였다. "동감이야."

그들은 어둠 속에 누워 있는 사내를 그대로 놔두고 조용히 건물 안으로 다시 들어갔다. 두 사람은 시저가 누군가 놓쳤을 경우를 대비하며 천천히 복도를 따라 걸어갔다. 후안을 감시했던 사내는 여전히 그 방에 죽은 듯 누워 있었다. 시저는 작은 전화기를 발견하고 자기 주머니에 넣었다.

"후안, 서버가 있는 곳을 찾으면 모조리 차단할 수 있을까?"

"물론이죠!"

* * *

벨렘에 도착해서 지난번에 묵은 호텔을 찾는 데 두 시간 반이 걸렸다. 두 사람이 조명이 환한 로비 안으로 걸어 들어가자, 마리아나는 시저를 다시 보고 깜짝 놀랐다. 그녀는 그를 즉시 알아보았다. 하지만 이번에는 그의 얼굴이 유쾌해 보이지 않았다.

"또 오셨네요." 그녀는 시저 옆에 힘없이 서 있는 후안을 호기심 어린 눈으로 바라보았다. "방을 드릴까요?"

"아뇨," 시저는 고개를 저으며 오래되고 낡은 카운터 위로 몸을 기울였다. "사실은 당신 동생을 다시 만나고 싶어요."

마리아나의 입술이 약간 익살스럽게 오므라들었다. "또 밤중에 수영하시려고요?"

시저는 후안을 돌아보았고, 후안은 눈썹을 추켜세우며 시저를 바라보았다. "묻지 마."

루카스는 몇십 분 만에 도착했고, 그 동안 남자들은 로비에 서서 기다리는 있었다. 그는 호텔 출입구에 머리를 들이밀고 시저와 후안에게 밖으로 나오라며 손짓했다. 그들은 그를 따라 밖으로 나갔고 시저는 지난 번에 보았던 낡은 셰비 말리부를 보고 미소를 지었다. 시저와 클레이는 일주일 전에 그 차를 빌린 후 벨렘에서 급하게 빠져나오기 바로 직전 그 호텔에다 돌려준 적이 있었다.

루카스와, 차 건너편에 서 있던 그의 친구는 후안을 위아래로 훑어보았다. "그 사람 괜찮아요?"

"어떤 놈이 이 친구를 좀 거칠게 다뤄서 그래."

루카스는 고개를 끄덕였다. 그는 그 표현에 익숙하지 않았지만 바로 알아들었다. "오늘 밤에는 수영 안 해요?" 루카스가 씩 웃으며 물었다.

수영 농담은 왜 하는 거야? "아니." 시저가 건성으로 대답했다. "헬리콥터 한 대가 필요해."

루카스의 얼굴이 진지해졌다. 그는 난감한 표정을 지으며 차 지붕 너머로 친구를 바라보았다.

"빌리겠다는 게 아니야." 시저가 분명히 했다. "그냥 태워다만 줘."

"선생님… 그건 좀 비싼데요."

"급한 일이야."

"돈은 있으세요?" 루카스가 물었다.

"아니, 없어." 시저가 대답했다. 그는 바지 주머니에 손을 넣어 열쇠고리 하나를 꺼냈다. "하지만 새로운 험비는 어때?"

루카스는 몇 초 동안 조용히 있었다. "아는 사람이 있을 것 같네요."

"그럴 줄 알았어."

* * *

그들이 낡은 비행장에 도착하는 데는 삼십 분이 채 걸리지 않았다. 주위가 완전히 깜깜하긴 해도, 비행장이라고 알아보기 힘들 정도로 뼈대만 남은 것처럼 보였다. 대낮에 왔다고 해도 겉모습은 별 도움이 되지 않았을 것이다.

루카스는 새로 얻은 험비를 몰고 제방길을 따라 낡은 건물 앞에 도착했다. 자동차 문 네 개가 모두 열렸고, 그들이 차에서 내리는 동시에 곧바로 소리가 들렸다.

얼마 지나지 않아 두 개의 밝은 섬광이 나무 꼭대기 너머로 번쩍였고, 곧이어 대형 헬리콥터의 희미한 윤곽이 나타났다. 헬기는 접근하며 하강하기 시작했고, 마침내 그들 앞에 펼쳐진 풀밭 위로 사뿐히 내려앉았다.

시저는 그것이 브라질 군용 헬기인 것을 보고도 전혀 놀라지 않았다. 경제 사정이 좋지 않은 점을 감안하면, 누군가 부업을 하는 게 분명했다.

회색 헬리콥터의 옆문이 미끄러지듯 열렸고, 비슷한 색깔의 훈련복을 입은 사내가 그들에게 오라고 손짓했다.

시저는 무거운 가방을 어깨에 걸친 다음 후안에게 돌아섰다. "자네는 여기 있어." 그는 회전날개 소음 너머로 고함을 질렀다.

"뭐라고요?"

시저는 루카스가 들을 수 있도록 그를 가까이 끌어당겼다. "저 친구를 공항에 데려다 줘!" 그는 후안을 가리켰다. "그리고 푸에르토리코로 가는 첫 비행기에 태워줘!"

루카스는 고개를 끄덕였다. "알았어요. 바로 가죠."

시저는 루카스에게 엄한 시선을 보냈다. "만일 저 친구한테 무슨 일이 생기면, 내가 널 쫓아다닐 거야!"

"아이고, 알았어요, 문제없어요. 날 믿으세요."

그는 루카스에게 고개를 끄덕인 후 돌아서서 후안의 어깨를 토닥였다. "다 잘 될 거야. 걱정 말고 집으로 가, 알았지?"

후안은 고개를 끄덕이며 시저의 큰 몸을 껴안았다. "그들을 찾아내실 거죠, 그렇죠?"

시저는 비장한 눈을 하며 고개를 끄덕였다. "당연하지!"

서광이 비치는 가운데, 캠프 전체가 덱스터의 날카로운 비명소리 때문에 잠에서 깨어났다. 덱스터는 우리를 미친 듯이 흔들면서 털북숭이 작은 몸을 쇠창살에다 계속 부딪쳐 대는 바람에 우리가 거의 넘어질 뻔했다.

디앤이 가장 먼저 일어났다. 잠깐 동안, 덱스터가 단순히 갇혀 있는 것이 화가 나서 우리를 흔드는 것처럼 보였다. 그러나 덱스터만 그런 행동을 했고, 녀석은 완전히 이성을 잃은 것처럼 보였다. 그 녀석 옆에 있는 둘세는 자신이 갇힌 우리 안에서 눈을 크게 뜬 채 지켜보고 있었다.

"둘세, 저 녀석 왜 그러니?" 그녀가 물었다. 아무런 반응이 없었다. 그녀는 다시 물어보려다 문득 멈칫했다. 조끼를 착용하지 않은 상태라는 걸 깨달았다. "이런!" 디앤은 몸을 돌리고 큰 바위 위에 조심스럽게 놓아둔 가방을 향해 뛰어갔다.

"무슨 일이야?" 알베스가 소리쳤다. 그는 비틀거리면서도 서둘러 일어서려고 애썼다.

"모르겠어요!" 디앤은 조끼를 어깨 위로 끌어내리며 착용한 다음 옆에 달린 고정장치를 채웠다. 그리고 전원을 켜고 파란 불이 들어왔는지 확인했다.

바로 그때 그녀는 그것을 알아차렸다. 얼어붙은 그녀의 시선을 좇던 다른 사람들 모두 알아차렸다. 높이 보이는 산봉우리 너머 먼 지평선 위로 그것이 시커먼 담요처럼 하늘로 피어오르는 것을 볼 수 있었다.

연기.

그들에게는 더 이상 시간이 없었다. 해는 이미 떠올랐고, 연기는 이제 사방에서 보일 것이다. 그는 당장 빠져 나와야만 했다.

차오는 피해 상황을 살펴보았다. 사방으로 거의 20에이커 안에 있는 모든 것이 불타고 있거나 아직도 연기를 내뿜고 있었다. 그와 부하들은 남아 있는 여분의 휘발유를 아직 파내지 못한 거대한 식물들에 모두 들이부은 다음 화염방사기로 불을 질렀다. 불길 대부분은 여전히 맹렬히 타오르며 빠르게 주변 나무들과 식물들로 번지고 있었다. 머지않아 그 불길은 그 지역 전체를 뒤덮을 것이다. 암벽 면에 이르기까지.

그들이 발견한 것은 절대 공유되지 않을 것이다. 그들의 발견으로 중국은 다른 어떤 나라나 민족보다 훨씬 뛰어난 능력을 갖게 될 것이다. 그들은 단순히 차세대 초강대국이 될 뿐만 아니라, 세상이 지금까지 한 번도 본 적 없는 초강대국이 될 것이다.

물론 미국인들도 곧 그것을 알아낼 것이다. 그리고 그들 역시 이곳에 당도할 것이다. 하지만 건질 만한 건 아무것도 남지 않았다는 것을 발견하게 될 것이다. 오직 초토화된 잔해뿐. 불길이 파괴하지 못한 2, 4, 5구역마저도 끼얹어 놓은 휘발유가 끝장낼 것이다. 휘발유가 뿌리 계통에 스며들어 마지막 한 가닥까지 말려 죽일 것이다. 그 실험은 이미 해봤으니까.

차오는 부하 한 명이 화염방사기를 들고 작업하는 모습을 지켜보았다. 밝은 오렌지색 죽음의 불줄기를 그의 손길이 미치는 모든 것 위로 퍼트리고 있었다. 운이 따른다면, 불길은 충분히 멀리까지 번져서 미국인들이 이 화재가 어디서부터 시작되었는지조차 파악하지 못하게 될 것이다.

그는 트럭 쪽으로 몸을 돌렸다. 트럭에는 다시 내려가기에 충분한 연료가 남아 있었고, 게다가 지금은 화물칸도 비어 있었다. 차오는 부하들 아무도 눈치 채지 못하게 트럭으로 걸어가서 운전석 문을 열고 가방에서 45구경 권총을 꺼냈다. 그는 짧고 검은 소음기를 꺼낸 다음 총구 끝에 돌려 끼우며 달았다. 그의 총과 소음기를 가까이에서 본 사람은 아무도 없었다. 그는 탄창을 다시 한 번 확인하고 슬라이드를 뒤로 당겨 첫 발을 장전했다.

불길이 매우 높이 치솟으며 타오르고 있어서 그의 부하들 대부분은 서로를 볼 수조차 없었다. 그리고 연기가 그들 주위로 두터운 갈색 장막을 형성했다. 때가 되었다.

드디어 차오의 재능이 정말 빛을 발하는 순간이 되었다. 대부분의 사형집행자들은 적어도 미세하게나마 손이 떨리는 긴장감을 겪는다. 그러나 차오는 가장 가까이 있는 부하에게 다가가면서도 아무런 감정도 느끼지 않았다. 그를 잘 섬겨왔던 하사관. 차오와 조국에 대한 충성심이 강한 남자. 젊고 이상주의적이며 어린 두 아이의 아버지.

그 하사관이 전혀 눈치 채지 못하는 사이, 차오는 그의 등 뒤로 조용히 걸어가서 총을 들고 방아쇠를 당겼다.

그리고 열일곱 명 더.

53

디앤은 트럭이 덜컹거리며 몸이 이리저리 흔들릴 때마다 손으로 우리를 꽉 잡으며 안정을 유지할 수 있도록 애썼다. 도로는 수풀 사이로 난 오솔길에 불과했고 그녀가 뒤에서 보기에도 크고 작은 둔덕과 울퉁불퉁한 곳들이 많았다.

"서둘러!" 알베스가 소리쳤다. 그는 운전수 뒤에 앉아 운전석 등받이를 움켜잡고 있었다. 앞쪽 조수석에 앉은 블랑코는 머리 위 손잡이를 붙잡고 차량의 거친 흔들거림을 버텨내려고 노력했다.

운전사는 가속 페달을 바닥까지 밟으며 거의 전속력으로 도로에 있는 모든 장애물을 들이받으며 나아갔다. 동시에 운전대와 씨름하며 블랑코 쪽의 경사면 아래로 미끄러지지 않도록 애썼다.

디앤은 우리가 트럭의 내부 벽에 부딪치는 걸 막으려고 했지만 역부족이었다. 흔들림이 너무나 심했다. 그녀는 둘세, 덱스터와 함께 이리저리 휘둘렸다. 덱스터의 날카로운 비명은 녀석이 우리의 측면 창살에 계속해서 부딪치자 깊고 거친 신음 소리로 바뀌었다. 둘세는 섬뜩할 정도로 조용했다. 털은 땀으로 젖어 있었고 눈은 두려움으로 가득 차 있었다.

디앤은 만약 그 화재 현장이 정말로 그들의 목적지라면, 알베스는 그들 중 어느 누구도 더 이상 필요하지 않을 수도 있다는 생각을 떨쳐버릴 수 없었다.

갑자기 운전수가 브레이크를 세게 밟는 바람에 모두가 앞으로 쓰러질 듯 비틀거렸다. 길이 사라지고 없었다. 운전수는 지저분한 앞 유리창 너머를 뚫어져라 들여다보며 길을 찾아보았다.

"저기, 저기." 블랑코가 오른쪽을 가리키며 소리쳤다. 그곳은 들풀이 무성하게 덮여 있었지만 길이 간신히 보였다.

운전사는 운전대를 오른쪽으로 최대한 돌리며 천천히 앞으로 차를 몰았다. 그는 트럭 앞바퀴를 작은 바위 무더기 위로 조금씩 밀어올린 후 다시 오솔길 위로 들어섰다. 거기서부터는 속도를 늦추고 조심스럽게 오르막길을 올라갔다.

그들이 숲속의 한 개간지를 지나는 동안, 디앤은 옆 창문을 통해 산을 흘끗 올려다보았다.

이런, 그녀는 생각했다. 아직 한참 멀었군!

* * *

같은 산 반대편, 차오는 최대한 빠르게 내려가고 있었다. 트럭이 비어 있는 데다 길의 상태도 괜찮아서 디앤 일행이 산 정상에 눈길을 돌리기도 전에 그는 이미 중간 지점을 한참 지나쳐 있었다.

그는 급격하게 꺾인 모퉁이를 통과한 후 가속 페달을 세게 밟았다가 다음 모퉁이를 돌기 위해 다시 브레이크를 꽉 밟았다.

마침내 차오는 우거진 나무숲을 빠져나왔고 멀리서 반짝거리는 바다를 볼 수 있었다. 그는 빠르게 강을 따라 달리며 부두에서 조용히 기다리고 있는 칙칙한 회색 배를 힐끗 바라보았다.

차오는 얼굴 전체로 번지는 미소를 멈출 수 없었다. 그는 큰 문제없이 임무를 마쳤다. 그의 부하 몇 명이 총을 쏘는 순간 돌아서긴 했지만, 이미 때는 너무 늦었다. 다 끝났다. 모든 것이 그의 뜻대로 되었고, 이제는 출항하는 일만 남았다. 그리고 삼 개월이라는 짧은 시간만 지나면, 그는 상상을 뛰어넘는 부자가 될 것이다.

마지막 한 시간이 가장 수월했다. 도로는 더 반듯했고 산기슭의 언덕들은 완만한 내리막이었다. 차오는 운전대를 꽉 잡고 가속 페달을 더욱 깊게 밟았다.

마침내 배에 타고 있는 선원들이 부두로 이동하고 있는 모습이 보일 만큼 가까워졌다. 선원들은 초계함을 고정하고 있는 굵은 밧줄을 풀어 던지기 위해 기다리고 있었다.

차오는 본능적으로 고개를 숙이고 밝은 회색 재킷의 상태에 주목했다. 그는 욕설을 내뱉으며 타이푼 트럭의 속도를 늦추었다. 한 손으로 운전대를 잡은 채 다른 쪽 팔을 비틀어 재킷에서 빼낸 다음, 팔을 바꾸고 한쪽 팔을 마저 빼냈다. 그는 옷을 움켜쥐고 들어올린 다음 창문 밖으로 집어던졌다. 그는 양손으로 운전대를 붙잡고 다시 속도를 높였다.

여기저기 피가 튀어 있는 재킷을 입고 있는 것보다는 옷을 벗은 채 도착하는 편이 더 나았다.

54

아침 안개가 협곡에 자욱했다. 캠프 아래쪽은 훨씬 더 두텁게 내려앉았다. 높은 습기는 소리를 어느 정도 가려주는 역할을 했지만, 동시에 대형 브라질 헬리콥터가 안개 속에서 솟아오를 때 불길한 인상도 더해주었다.

헬리콥터가 안개를 뚫고 맑고 푸른 아침 하늘 속으로 나오자마자, 두 조종사는 앞 유리창을 통해 위를 올려다보며 의아한 표정을 지었다. 산꼭대기에 큰 불이 난 것처럼 보였는데, 이 지역이 얼마나 푸른 산림인지를 감안하면 매우 드문 일이었다.

그들이 다음 고원을 넘자마자 밀렵꾼들의 작은 야영지가 보였다. 판잣집 같은 구조물 몇 채와 낡은 차량들이 있을 뿐이었고, 지상에는 아무도 보이지 않았다. 한 가지 어울리지 않는 건 수백만 달러짜리 거대한 흰색 아구스타웨스트랜드 헬리콥터가 인근 개간지에 세워져 있다는 점이었다. 부조종사는 시저를 조종석 쪽으로 오라며 손짓하고 그 항공기를 가리켰다.

시저가 고개를 끄덕이며 부조종사의 어깨를 두드렸다. 시저는 손가락으로 '하강' 신호를 보내고 다시 동체로 달려가서 낙하선을 준비했다.

조종사들은 적당한 장소를 찾기 위해 야영지 주변을 낮게 날며 선회했다. 그들 뒤쪽에서는 동체의 왼쪽 문이 미끄러지듯 열렸고, 시저는 두꺼운 나일론 안전장비를 착용하고 하강용 고리 사이로 줄을 통과시킨 다음 앞으로 한 걸음 나섰다. 한쪽 어깨 너머에는 M4 공격용 소총을 메고 있었다.

헬기는 남쪽을 돌아서 천천히 속도를 줄이기 시작하자, 그는 문 양 옆에 달린 큰 강철 손잡이를 꼭 붙잡았다.

헬기는 마침내 선회를 멈추고 정지 비행 상태를 유지한 채 지상 삼 미터까지 내려갔다. 회전날개가 뿜어대는 강력한 바람 때문에 바로 아래 길게 자란 풀들이 커다란 원을 그리며 납작해졌다. 아래에 아무도 없는 것을 확인한 시저는 검은색 가방을 떨어뜨리고 루카스와 그의 친구에게 다정하게 경례를 했다.

그러나 그가 문을 향해 다시 돌아선 순간, 일이 벌어졌다. 알베스의 헬기 조종사 두 명이 소총을 들고 오두막 한 곳에서 불쑥 튀어나왔다. 순식간에 그들은 헬기를 향해 사격을 시작했다.

총알이 문 주위의 두꺼운 강철판과 시저가 서 있는 곳 바로 아래의 왼쪽 착륙 장치를 맞고 튕겨 나가자 그는 화들짝 놀라며 움찔했다. 그는 즉시 동체 안쪽 안전한 곳으로 물러섰고 조종사들은 본능적으로 사격수들로부터 멀리 떨어지기 위해 기수를 급하게 돌렸다.

"엎드려!" 시저가 쿵쿵거리는 회전날개 소리 너머로 고함을 질렀다. 시저는 가까운 좌석 손잡이로 달려들어 움켜잡았고, 옆에 있던 항공병은 바닥에 납작 엎드렸다. 루카스와 그의 친구도 따라서 엎드렸다.

헬기는 급하게 선회하며 고원 지대 가장자리를 향해 속도를 높이며 밀렵 캠프에서 벗어났다.

조종석, 조종사들은 어깨 너머로 뒤쪽을 향해 포르투갈어로 소리를 질러 대고 있었다. 시저는 그 말이 무슨 뜻인지 몰랐지만 대충은 감이 왔다. *빨리 꺼져 버려!* 그는 재빨리 몸을 일으키고 동체 문 옆에 앉은 자세를 취하고 부상을 입었는지 살펴보았다. 아무 이상 없었다. 바지 옆이 조금 찢어졌을 뿐이었다. 운이 좋았다.

조종사는 비탈면을 따라 계속 아래로 비행하다가 인근 수목선 근처에서 다시 수평을 유지했다. 항공병은 시저의 등을 두드렸고 해군 특전부대 출신인 시저는 곧바로 줄을 움켜쥐고 바깥으로 몸을 던졌다.

줄이 빠르게 풀리면서 시저는 평소보다 훨씬 빠른 속도로 낙하했다. 너무 빨랐다. 그는 부츠를 비스듬히 든 채 땅에 강하게 착지했고, 그 충격으로 몸을 튕겨 나가며 마른 흙바닥에 옆으로 세차게 부딪쳤다.

시저가 끙 하는 신음 소리를 내며 즉시 총을 내려놓았다. 그는 지체 없이 바닥에 등을 대고 돌아누우며 안전장비를 풀기 시작했다. 몇 초 만에 장비에서 빠져나왔다. 그는 안전장비를 내던지고 헬리콥터를 향해 손을 흔들었다. 줄이 즉시 공중으로 다시 올라가는 동시에 헬리콥터는 다시 한 번 방향을 틀며 먼 산비탈로 향해 속도를 높였고 다시 안개 속으로 사라졌다.

이제 그는 혼자였다. 시저는 몸을 일으켜 앉아 갈비뼈를 더듬었고 맨 아래쪽 갈비뼈를 누르자 움찔했다. 금이 간 듯했다. 또 한 번 운이 따랐다.

그는 주위를 둘러보며 나무들 사이로 언덕 위쪽을 올려다보았다. 몸을 낮춘 채 몇 분 동안 기다렸지만, 내려오는 사람은 없었다. 그는 조용히 M4를 다시 어깨에 멨다. 만약 그 두 사격수가 실력 있는 자들이라면, 그가 언덕 기슭을 돌아 후방에서 접근하리라 예상하고 있을 것이다. 그리고 만약 그에 대한 대비가 되어 있다면, 반대로 정면으로 올라오는 것도 염두에 두고 있을지도 모른다. 그렇다면, 지형이 완만한 그들 측면 중 한 곳으로 접근하는 것이 오히려 더 나을 수도 있었다.

알고 보니, 그 둘 모두 실력이 썩 좋은 편은 아니었다. 시저가 그들 뒤쪽에 있는 언덕 위로 올라갔을 때, 두 사내 아무도 경계하고 있지 않았다. 대신, 둘 모두 헬리콥터를 마지막으로 봤던 산비탈 아래를 내려다보고 있었다. 한 명이 누군가에게 전화를 거는 동안 다른 한 명은 산비탈과 동료 사이를 번갈아가며 초조하게 지켜보고 있었다. 첫 번째 남자는 손에 든 큰 전화기에 대고 욕을 해대기 시작했다. 그들은 그저 조종사들일 뿐이었다.

시저는 카빈 소총을 뺨에 바짝 댄 채 조심스럽게 그들 뒤로 다가갔다. 그들이 인기척을 들었을 때, 시저는 이미 그들 바로 뒤에 있었다. 두 사람은 시저의 발소리에 그대로 얼어붙었다.

"몇 명이야?" 시저가 낮은 목소리로 으르렁거리듯 말했다.

두 남자는 꼼짝도 하지 않고 그를 바라보았다.

시저는 크게 원을 그리듯 움직이며 낡은 픽업트럭 옆에 멈춰 섰다. 트럭의 흙받기와 문은 페인트보다 녹이 더 많아 보였다. 그는 조종사들에게 총구를 겨눈 채 야영지 주변을 힐끗 둘러보았다. "몇 명이나 더 있어?"

여전히 반응이 없었다. 젠장. "영어 알아?"

연한 황갈색 옷차림의 두 남자는 서로를 바라보았다. 다시 고개를 돌렸고, 그 중 한 사람이 한 손을 들고 검지과 엄지를 일 인치쯤 벌렸다.

"조금. 그 정도면 돼." 시저는 비꼬듯 중얼거렸다. "몇 명?" 시저는 팔로 야영지 전체를 휘저으며 다시 물었다.

시저와 말하고 있는 조종사는 다른 친구보다 키가 작고 아주 짧은 머리를 하고 있었다. "없어." 그가 말했다. 마치 우리 둘뿐이라고 말하는 것처럼 그와 동료 사이를 왔다 갔다 하며 가리켰다.

시저는 땅에 엎드리라고 손짓했고, 그들은 주저 없이 따랐다. 두 사람이 얼굴을 땅에 대고 엎드려 있는 동안, 시저는 세 채의 낡은 오두막 안을 확인했다. 오두막은 너무 부실하게 지어져서 누군가 못질을 빼먹은 게 아닌가 의심할 정도였다. 차라리 텐트를 치는 편이 더 나았을 것이다.

그는 두 번째 차량도 살펴보았다. 구형 미국산 지프였는데, 누가 봐도 상태는 좋지 않아 보였다. 고장 난 채로 몇 년 동안 방치된 듯했다.

뒤쪽에서 무슨 소리가 들리는지 귀를 기울이며, 시저는 조종사들에게 다시 다가갔다. 그들은 여전히 땅바닥에 엎드려 있었다. 그는 카빈 소총이 그들의 머리를 향해 겨누어져 있는 것이 똑똑히 보이도록 옆으로 비켜섰다. "어디야?" 시저가 소리쳤다.

키가 작은 조종사는 의아한 표정을 지으며 고개를 들었다.

"어디냐고 물었어? 그들은 어디로 갔어?"

조종사가 머리를 돌리더니, 고개를 살짝 젖히며 산 위를 가리켰다.

시저는 연기가 나는 곳을 가리키는 그의 손가락을 눈으로 좇았다. 그는 조종사들에게 총을 그대로 겨눈 채 상황을 곰곰이 파악했다.

"알베스?" 시저가 물으며 같은 방향을 가리켰다.

바닥에 엎드려 있던 남자가 고개를 끄덕였다.

"얼마나 오래 됐어?" 침묵이 오래 흐르자, 시저는 다시 소리를 지르며 자신의 손목시계를 가리켰다. "얼마나 오래 됐냐고?"

그 조종사는 손가락 네 개를 펴보였다.

시저는 앞으로 한 걸음 나서서 두 조종사가 바닥에 엎드릴 때 떨어뜨린 전화기를 집어 들었다.

네 시간.

그는 가방에서 꺼낸 나일론 끈을 이용해 낡은 지프 앞뒤에다 한 사람씩 묶었다. 그가 결박을 마치고 일어섰을 때, 두 사람 모두 한 마디도 하지 않았다. 시저 나이보다 거의 절반쯤 되어 보이는 그들은 흙바닥에 주저앉은 자세로 그를 노려볼 뿐이었다.

"내가 두 사람 모두 죽일 수도 있었어."

아무도 대답하지 않았다.

"고맙다는 말도 없네." 시저가 고개를 절레절레 흔들었다. "앞날이 참 걱정이다."

그는 야영지를 한 번 더 훑어본 후, 길게 자란 풀밭을 달려 아구스타웨스트랜드로 향했다. 그는 헬리콥터로 다가가 잠시 기체를 감탄하며 바라본 다음 계단을 올라 출입문을 당겨 열었다.

곁에서 봤을 때도 멋지다고 생각했지만, 내부를 보고는 놀라움을 금치 못했다. "끝내주네," 그는 혼잣말을 하며 화려한 실내 장식을 살펴보았다. 내벽은 은은한 백색과 연한 색의 단풍나무 장식으로 꾸며져 있었다. 흰색 가죽 의자는 우아한 분위기를 더욱 돋보이게 했다. 그러나 그의 시선은 왼편의 널따란 공간으로 빠르게 쏠렸다. 그곳에는 카펫이 깔려 있었고, 정사각형 모양의 자국들이 남아 있었다. 동물용 우리들.

시저가 곧바로 조종실로 들어갔다. 계기판은 그가 본 것 중 가장 최신식이었다. 그는 부조종석에 가방을 내려놓고 다른 쪽 좌석에 넌지시 앉았다. 잠시 후, 움찔하는 동시에 가죽 의자가 앞으로 미끄러지기 시작했다.

"죽이는데." 그는 좌석이 제자리를 잡을 때까지 두 손을 들고 있었다. 그런 다음 한 손을 조종간 위에 내려놓고 조종이 가능한지 따져보았다. 계기판을 빠르게 훑어본 후 손을 뻗어 전기 계통에 전원을 공급했다. 조종석 주위의 모든 조명이 일제히 켜졌고, 바로 앞에 있는 두 개의 커다란 화면이 깜박거렸다. 그는 몸을 앞으로 숙이고 연료계를 확인했다.

"딱 돌아갈 수 있을 만큼 있군." 그가 중얼거렸다. 그리고 악마 같은 미소가 시저의 얼굴에 서서히 번지기 시작했다.

* * *

웨이 장군은 어두컴컴한 집무실에 조용히 앉아 있었다. 아주 이른 아침이었고 건물 안에는 그가 유일했다. 그는 제복을 입은 채로 널찍하고 윤기 나는 검은색 책상 위에 손을 얹고 기다리고 있었다.

돌이켜 보면, 이런 결말은 결국 피할 수 없는 일이었는지도 모른다. 다른 결과가 도출될 수도 있는 변수가 수천 가지 있었지만, 마음속 깊은 곳에서는 결국 이렇게 되리란 걸 알고 있었다. 그는 수많은 전투를 겪어왔는데, 어떤 것들은 정치적 명분이라는 허울 뒤에 가려진 소규모 충돌들이었다. 전쟁은 어디에서 벌어지든, 어떤 제복을 입었든 결국 똑같았다.

웨이는 확고한 정치적 또는 혈연적 유대 없이 군대에서 매우 높은 지위에 오른 몇 안 되는 군인 중 한 명이었다. 사실 그는 다른 누구보다도 이례적인 인물이었다. 보잘것없는 집안에서 태어나고 자란 그는 겨우 열여섯 살에 중국 군대에 입대했는데, 당시의 중국은 현대 중국 역사상 가장 큰 정치적 변화의 진통을 겪고 있었다. 결국 말만 다를 뿐, 본질은 새로운 정권에 의한 오래된 정권의 전복이었다.

지휘관으로서의 그의 역량은 경력 초기부터 새 정부의 이념가 중 한 명으로부터 인정받았고, 그로 인해 극소수만 경험할 수 있는 출세의 길로 들어섰다. 하지만 역설적이게도, 정치적 중립을 지키는 그의 능력은 그가 중국의 가장 강력한 군 지휘관 중 한 명이 되는 데 도움이 되었다.

그러나 그는 자신의 운명이 지금 어디에 놓여 있는지에 대해 착각하지 않았다. 웨이는 중국에서 몇 안 되는 정직한 장군들 중 한 명이었고, 어쩌면 유일한 인물이었기에 '칠인 위원회'가 그를 이 임무에 발탁했을 것이다. 하지만 이번 임무가 마무리되면 그 역시 정리 대상이 될 것이다.

웨이는 단단한 나무 책상 위에 놓인 휴대폰이 진동하며 주변을 으스스한 빛으로 밝히자 깜짝 놀란 듯 움찔했다. 웨이는 전화기를 집어 들고 액정 화면을 보았다. 그가 기다리고 있었던 메시지였다. 차오의 메시지.

웨이는 문자를 읽고 전화기를 다시 내려놓았다. 그는 어둠 속에서 몇 분 동안 가만히 앉아 있었다. 마음 깊은 곳에서는 어떻게든 이런 일이 일어나지 않기를 바랐다. 아직은 빠져나갈 길이 있기를. 보이진 않았지만.

가장 어려운 결정은 가장 강한 사람이 내려야 한다는 옛 격언을 떠올리면서 잠시나마 위안을 가지려고 했다. 별 도움이 되지 않았다.

그는 책상 위 유선전화를 집어 들고 한 번호로 전화를 걸었다. 상대편은 즉시 전화를 받았다. 웨이는 명령을 내린 뒤, 수화기를 제자리에 천천히 내려놓았다.

여느 때처럼, 웨이는 죽은 아내를 생각했다. 자신이 아는 그 누구보다 아름다운 영혼을 지녔던 사람. 그녀는 지금 남편을 본다면 어떻게 생각할까?

55

앨리슨은 티백을 담갔다 빼기를 여러 번 반복한 후 옆으로 치우며 머그 잔을 입에 대고 조심스럽게 한 모금 맛보았다. 만족한 듯, 그녀는 티백을 꺼 내 접시 가장자리에 천천히 내려놓았다. 그녀는 컵을 양손으로 들고 한 모 금 더 길게 마셨다.

"그래서 오늘 일정은 뭐예요?" 그녀가 물었다.

그녀 맞은편에 앉아 있던 클레이는 오렌지 주스 잔을 내려놓았다. "윌과 함께 새로운 위성 자료를 검토해야 해요. 더 알아낼 게 있는지 보려고요."

"실험실에서요?"

"네."

"그럼 거기서 보면 되겠네요." 앨리슨이 윙크했다. "나도 로튼 중령과 약 속이 있거든요."

클레이는 궁금한 듯 눈썹을 치켜올렸다. "그래요?"

"음," 그녀는 머그잔을 내려놓은 후 포크를 쥐고 과일 접시에서 한 조각 을 골랐다. "그녀는 우리가 IMIS와 함께 진행 중인 연구에 관심이 많아요. 그래서 연구에 대해 자세히 설명해 주겠다고 했어요. 그녀도 그들이 해양 생물학 분야에서 진행해온 연구들 가운데 공유할 만한 흥미로운 내용들이 여럿 있다고 하네요."

"재미있겠는데. 나도 가서 몰래 엿들어야겠어요."

앨리슨은 웃음을 터뜨렸다. 잠시 후 그녀의 표정이 진지해졌다. "있잖아 요, 당신이 로튼 중령이랑 보거 씨와 함께 진행 중인 이번 일도 당연히 기 밀 사항일 거예요. 그렇다고 우릴 또 다시 배에서 내쫓는 건 아니겠죠?"

클레이는 미소를 지었다. 그녀는 작년에 에머슨 함장의 패스파인더 호에서 일어났던 일을 언급하고 있었고, 그때 당시 모든 민간인들을 급하게 하선시킨 적이 있었다. "그렇게 급박한 상황이 아니길 바라지만, 크리스와 리의 건강이 회복되는 대로 당신들을 육지로 보내야 할 것 같아요."

"그게 언제쯤인데요?"

"아마 며칠 후쯤."

앨리슨은 눈살을 찌푸렸다. 그녀는 입을 열긴 했지만 머뭇거렸다. "나는… 우리가 떠나지 않았으면 좋겠어요. 당신과 이곳에 함께 있는 게 어느 정도 마음에 들거든요."

클레이는 다시 미소를 지었다. "어느 정도?"

그녀는 빈정대듯 입을 벌렸다. "무슨 뜻인지 알잖아요."

그는 키득 웃고 나서 그녀의 눈을 깊이 들여다보았다. "음, 나는 당신이 여기 있는 게 매우 마음에 들어요."

앨리슨은 초조한 듯 미소를 지으며 손을 뻗어 길게 땋은 자신의 검은 머리를 만지작거렸다. 그녀는 존이 자신의 땋은 머리를 얼마나 좋아했는지 떠올렸다. "우리가 함께 보낸 가장 중 이번이 가장 긴 시간이에요. 물론 이상적인 데이트와는 거리가 멀지만."

클레이가 무슨 말을 하려는 순간 일등항해사가 식당으로 들어와 주위를 둘러보는 모습이 눈에 들어왔다. 클레이를 발견한 그는 재빨리 식당을 가로질렀다.

"클레이 중령님, 함교로 오셔야겠습니다." 그는 미안한 표정으로 앨리슨을 힐끗 보았다. "급한 일입니다, 중령님."

클레이는 앨리슨의 손을 꼭 쥐었다. "미안해. 나중에 연구실에서 봐." 그가 일어서는 순간, 오해의 여지가 없는 시끄러운 소리가 들렸다. 배의 거대한 닻사슬 소리.

밖으로 나간 두 남자는 배 중앙으로 달려가서 가장 가까이 있는 사다리를 올라갔다. 한 층계를 올라간 그들은 좁은 보행자용 통로 끝까지 달려간 후 그곳에 있는 문을 열고 함교 안으로 들어섰다.

클레이는 조타석에 서서 쌍안경으로 거대한 창밖을 응시하고 있는 크룩스타드에게 다가갔다.

"자네를 찾고 있었네." 그는 클레이에게 무덤덤하게 말했다.

클레이는 그의 시선을 따라 해안을 바라보았다. "무슨 일입니까? 닻을 올리는 건가요?"

"그렇네." 그는 클레이에게 쌍안경을 건네주었다. "중국 친구들이 떠날 준비를 하고 있는 것 같아."

클레이는 조지타운 방파제 끝 너머로 중국 초계함의 뱃머리 부분이 서서히 나타나는 모습을 볼 수 있었다. 동시에 외부에서 쿵쾅거리는 닻사슬의 박자가 빨라지는 것을 들을 수 있었다.

"함장님." 통신 장교가 크룩스타드를 바라보며 말했다. "랭포드 제독님과 연결이 되었습니다."

"좋아." 크룩스타드는 장교에서 고개를 끄덕인 후 수화기를 집어 들었다. "이쪽으로 돌려주게." 그는 초계함 쪽으로 다시 시선을 돌렸는데, 점점 시야 속으로 미끄러지듯 들어왔다. "랭포드 제독님."

랭포드는 사무실로 돌아오자마자 책상 위에 놓인 전화기 양 옆에 손바닥을 대고 몸을 숙였다. "크룩스타드 함장, 말해 보게."

"제독님, 초계함이 항구를 떠나고 있습니다."

"확실한가?"

크룩스타드는 초계함의 흐릿한 모습이 점차 뚜렷해지는 것을 볼 수 있었다. "매우 확실합니다."

"젠장." 랭포드는 짜증 섞인 표정으로 고개를 돌렸다. 백악관에서는 중국과 분쟁을 유발할 수 있다는 이유로 지원군을 보내 달라는 그의 요청을 여전히 묵살하고 있었다. 하지만 이제는 너무 늦었다! 그가 가진 권한으로는 단지 비전투함만 보낼 수 있을 뿐이었다. 사실상 아무런 권한도 없는 것과 마찬가지였다. "얼마나 빠른가." 그가 물었다.

"느립니다. 팔에서 십 노트 정도입니다."

젠장! "좋아, 그럼 그들이 빠져 나가지 못하도록 막게."

크룩스타드가 눈썹을 치켜세웠다. "빠져 나가지 못하도록 막으라고요?"

"내 말 못 들었나, 함장. 빠져 나가지 못하도록 막으라고!"

"제독님, 우리는 그 정도로 가까이 있지 않습니다."

랭포드는 낙담한 듯 이를 악물었다. 빌어먹을, 이 위태로운 상황을 어떻게 한단 말인가? "내 말 잘 들어, 크룩스타드. 자네가 어떻게 하든 상관없네, 하지만 절대로 그 배가 떠나도록 해서는 안 돼!"

"제독님, 이 배가 과학연구선이란 걸 잘 아시잖습니까? 우리한테는 무기가 없습니다."

"자네가 뗏목을 타고 있어도 상관없어, 함장!" 랭포드가 고함을 질렀다. "무슨 짓이든 해야 해! 필요하다면 들이받으라고!"

랭포드는 전화를 끊고 즉시 다른 회선을 선택했다. 비서가 수화기를 들었을 때, 그의 목소리는 분노에 차 있었다. "백악관 연결해줘!"

크룩스타드는 여전히 옆에 서 있는 클레이와 일등항해사를 묵묵히 바라보았다. 간단히 '네' 라고 대답한 그는 통화가 끊겼음을 알리는 신호음을 듣고 수화기를 다시 내려놓았다. 그는 눈을 깜박이며 생각에 잠겼다가 마침내 조타수를 바라보았다. "전속력으로."

크룩스타드는 일등항해사를 돌아보았다. "이 배에 있는 모든 사람을 즉시 선미 쪽으로 이동시키게."

일등항해사와 클레이는 서로를 바라보았다. "함장님?"

* * *

갑판으로부터 두 개의 층 아래. 켈리는 식당을 나와 과학 연구실로 향하던 앨리슨을 보고 따라갔다. 켈리는 막 의무실에서 나오는 길이었다. 크리스는 뇌진탕을 겪은 것으로 판명되어 의사는 크리스와 리 모두 24시간 더 휴식을 취해야 한다고 했다. 켈리는 떠나면서 그들이 사용할 만한 객실을 알아보겠다고 약속했다.

켈리는 앨리슨을 지켜보면서 그녀 옆으로 걸어갔다. "서둘러 떠날 생각은 없는 것 같네요."

"무슨 뜻이에요?"

"모른 척 하지 마세요? 당신 얼굴에 그렇게 쓰여 있어요, 앨리슨."

"맞아요… 인정해요. 존과 좀 더 시간을 보내면 좋을 것 같아요."

"그럴 만도 하죠. 그 사람은 너무 멋지니까." 그녀가 놀려댔다. "그럼, 그와 얘기해봤어요? 그러니까… 독점에 대해서?"

앨리슨은 한 여성 장교가 지나가자 그녀를 힐끔 보면서 옆으로 비켜서 주었다. "다른 사람 사생활에 너무 관심이 많네요." 그녀는 계속 걸어갔지만 한순간 혼자라는 걸 알아차렸다. 뒤돌아보니 켈리는 가만히 서서 팔짱을 낀 채 자신을 바라보고 있었다. 앨리슨은 눈을 굴렸다. "알았어요, 아니에요. 아직 말 안 했어요. 지금은 좋은 때와 장소가 아니잖아요."

"앨리, 지금처럼 좋은 기회는 없어요."

앨리슨은 진심으로 그녀가 그런 말을 그만했으면 좋겠다고 바랐다.

"게다가," 켈리가 다시 그녀에게 다가갔다. "혹시 모르잖아요, 그 사람도 당신과 똑같은 걸 물어보고 싶어 할지."

두 사람은 아무 말 없이 좁은 통로를 따라 계속 걸어갔고, 과학 연구실 문 앞에 이를 때까지 침묵이 이어졌다. 앨리슨이 문을 향해 손을 뻗으려는 순간 보거가 갑자기 문을 열고 밖으로 튀어나왔다.

보거의 눈이 앨리슨을 보자 휘둥그레졌다. 그는 다급한 표정으로 그들 너머를 살펴보며 본능적으로 그녀의 팔을 잡았다. "앨리슨, 클레이 어디 있는지 알아요?"

"아, 네. 방금 함교로 올라갔어요."

"고마워요." 보거는 큰 몸집으로 그들을 밀어내며 최대한 빠르게 계단으로 뛰어갔고, 클레이가 달려갔던 경로를 뒤따라갔다. 하지만 클레이와 달리 보거는 숨을 헐떡거리며 조타실 앞에 이르렀고, 마침 크룩스타드 함장의 일등항해사가 나오는 순간 조타실로 들어섰다.

"클레이!" 그가 급하게 말을 꺼냈다. "문제가 생겼어!"

클레이는 쌍안경을 다시 들어올렸다. "우리도 그걸 보고 있어요, 윌."

"뭐라고?"

크룩스타드는 보거를 엄한 눈길로 쳐다보았다. "이보게, 친구. 함교에서 나가주었으면 하는데."

보거는 듣고 있지 않았다. "이런, 맙소사." 그는 클레이와 함께 창밖을 바라보며 말했다. "그 배가 떠나는 거야?"

"보거 씨." 크룩스타드가 목소리를 높였다.

클레이가 갑자기 보거를 돌아보았다. "잠깐만요, 그럼 뭘 말하려고 했는데요?"

그는 불안한 표정으로 클레이와 크룩스타드를 번갈아가며 바라보았다. "산에 불이 났어."

"어떤 산이요?"

"바로 그 산. 중국인들이 드나들던 그 산. 그 식물의 근원지 말이야. 그 구역 전체가 불타고 있다고!"

"언제부터요?"

"오늘 아침부터. 불이 아주 크게 났어!"

클레이와 크룩스타드는 서로를 쳐다본 다음 창 쪽으로 다시 몸을 돌렸다. 초계함은 여전히 움직이고 있었다. 그리고 보디치호는 그 배를 향해 빠르게 다가가고 있었다.

"맙소사." 클레이가 말했다. "저들이 가져갈 수 없는 걸 불태운 겁니다!"

"더 나쁜 좋은 소식이 있어." 보거가 말했다. 그는 함교 안 다른 사람들이 듣지 못하도록 목소리를 낮췄다.

"더 나쁜 좋은 소식이 뭐죠?"

"포렐이 사라졌어. 그 러시아 잠수함 말이야… 사라졌다고."

"사라졌다는 게 무슨 뜻이죠?"

"없어졌어, 더 이상 그곳에 없다는 말이야. 벨렘 외곽의 부두는… 텅 비었어."

크룩스타드는 걱정스러운 기색으로 보거를 바라보았다. "언제부터죠?"

"위성 자료에 따르면 어젯밤에 떠났어요."

"어느 방향으로 갔는지 압니까?"

보거는 깊게 숨을 쉬었다. "확실하진 않아요. 한밤중에 떠났는데, 그때는 아르고스 위성이 그걸 볼 수 없으니까요. 하지만 오늘 아침 제 서버들이 어렴풋한 흔적을 포착한 것 같아요. 장담할 순 없지만."

"어디로 향한 것처럼 보이던가요?" 클레이가 천천히 물었다.

보거는 그 말을 꺼내는 것이 무척 두려웠다. "우리 쪽을 향해서."

"맙소사!" 크룩스타드가 나지막한 목소리로 욕설을 내뱉었다. 보디치호는 지금 16노트의 속도로 잔잔한 수면을 헤치며 나아가고 있었다. 멀리 있는 중국 배가 점점 더 크게 보이고 있었다.

"함장님!" 그들 앞에 있는 음파탐지병이 외쳤다. 그가 별안간 접시만큼 눈을 크게 뜨며 몸을 획 돌렸다. "음파탐지기가 물속에서 뭔가를 포착했습니다! 어뢰 같습니다."

"뭐라고?"

함교 안 모든 사람이 고개를 돌리며 음파탐지병을 응시했고, 그는 다시 화면을 돌아보았다. "오천 미터 거리입니다, 함장님, 점점 가까워지고 있습니다! 어뢰가 확실합니다, 함장님!"

"포렐!" 보거가 속삭였다.

"그건 불가능해요." 클레이가 말했다. "포렐 잠수함에는 전투 장비가 전혀 없었어요."

"그럼, 누군가 말해주는 걸 분명 깜빡했나 보군!" 크록스타드가 내지르듯 말했다. 그의 시선은 음파탐지병에게 향했다. "속도는?"

"팔 노트! 약 칠 분 후에 충돌합니다."

크록스타드는 직면할 수 있는 최악의 상황이라는 걸 알고 있었다. 보디치호는 전투함이 아니었기 때문에 레이더 교란용 물체를 보유하고 있지 않았다. 사실상 대응할 만한 수단이 전혀 없었다.

크록스타드는 통신 장교에게 돌아섰다. "전파 방해라도 해봐!" 그리고 항해사에게 내린 명령은 더할 나위 없이 분명했다. "당장 이 고철덩어리를 돌려!"

그들에게 남은 유일한 희망은 배의 대형 디젤 엔진에 달려 있었다. 좀 더 구체적으로 말하자면, 충돌하기 전까지 남은 시간을 얼마나 더 연장시킬 수 있는가였다. 어뢰를 뿌리칠 수는 없지만, 단 몇 초라도 벌 수 있다면 그 시간을 소중하게 사용할 수 있기 때문이었다. 음향 유도 어뢰라면 음향 추적을 방해할 수도 있겠지만, 만약 항적 유도 어뢰라면 아무 소용없다는 것을 크록스타드는 잘 알고 있었다.

클레이는 긴박한 표정으로 앞 유리창 밖을 내다보았다. "함장님, 오션호크!"

크록스타드는 헬리콥터와 그 헬기를 정비하고 있는 승조원들을 내려다
보았다. "조종사를 찾아!" 그는 클레이에게 소리친 다음 함교 밖으로 뛰쳐
나갔다. 보행자용 좁은 통로에서, 크록스타드는 난간 너머로 몸을 기울이
며 헬리콥터 승조원에게 소리를 질렀다. "그 헬기를 띄워, 지금 당장!"

* * *

리차드 하인즈는 보디치호의 구 년 넘게 수석 엔지니어로 복무했다. 키
는 작지만 단단한 가슴과 강인한 팔을 가진 그는 허튼수작을 용납 않는 사
람이었다. 그리고 경험이 풍부한 최고참으로서 철저하고 효율성 있게 승조
원들을 이끌었다.

하인즈는 선미 갑판 아래층에서 일하고 있을 때, 뒤에서 전화벨이 요란
하게 울렸다. 하인즈 바로 아래에 있는 엔진 구역에서는 네 개의 거대한 디
젤 엔진이 울부짖고 있었다. 엔진들은 지금 105퍼센트로 가동 중이었는데,
이 속도는 오래 유지할 수 없었다. 하지만 하인즈가 수화기를 귀에 갖다 댔
을 때 들린 말은 그의 짧고 검은 곱슬머리를 온통 곤두서게 만들었다.

즉시 그리고 아무 말 없이 수화기를 내려놓은 그는 엔진실의 확성기로
연결된 마이크를 붙잡았다. "수중에 어뢰!"

* * *

깜짝 놀란 오션호크 헬리콥터의 승조원들이 함교 쪽을 올려다보자 자신
들에게 고함을 지르는 함장이 보였다. 하지만 함장이 명령을 반복하고 나
서야 그들은 행동에 나섰다.

클레이가 아니었다면 크록스타드는 뒤늦게까지 오션호크를 간과했을
것이다. 오션호크는 시코르스키 S-70 계열의 한 변형으로 다목적 헬리콥
터였다. 각 변형은 특별하고 독특한 군사적 기능을 갖도록 설계되었다.

UH-60 블랙호크는 지상전을 위해 설계되었고, '레스큐 호크'는 해군의 수색 및 구조용 헬기였다. 하지만 오션호크는 대잠수함 헬기인 시호크의 변형이었다.

문제는 새로운 설계였다. 접이식 꼬리 부분 덕분에 헬리콥터를 훨씬 더 좁은 공간에 보관할 수 있었지만, 반대로 헬기의 비행을 준비하는 데는 시간이 더 오래 걸렸다.

그들에겐 칠 분도 채 남지 않았다. 크록스타드가 뭔가 하려고 했지만 그는 시간이 얼마나 부족한지 알지 못했다.

비행 전 점검 대부분을 생략하더라도, 꼬리 부분을 준비하고 쌍발 엔진을 작동시키는 데만 해도 아마 칠 분 이상 걸릴 것이다. 그래도 시도는 해봐야 했다.

클레이가 헬기 조종사들을 빨리 찾아야 할 텐데.

* * *

클레이가 주갑판으로 이어진 사다리를 뛰어 내려가고 있을 때 머리 위로 날카로운 사이렌이 울렸다. 배 전체에 들릴 만큼 시끄러웠기 때문에 모든 사람이 그 소리를 듣고 그 자리에서 얼어붙었다. 사이렌은 울리자마자 바로 멈추었고 대신 크록스타드의 목소리가 울려 퍼졌다.

"전원 즉시 선미로 이동하라! 반복한다, 선미로 이동하라." 다음에 이어진 짧은 말은 배 안의 장교와 승조원들의 마음에 즉시 공포를 불러일으켰다. "충격에 대비하라!"

승조원들은 즉시 행동에 나섰고, 모든 방을 들락날락거리며 동료 승조원들과 찾을 수 있는 모든 사람을 끌어냈다.

클레이는 좁은 통로를 메우기 시작한 수십 명의 사람들을 밀치며 배의 뒤쪽을 향해 황급히 달렸다. 그는 선임장교를 발견하고 불러 세웠다. "헬기 조종사들은 어디 있습니까?"

과학 실험실, 로튼 중령은 모든 사람에게 빨리 문밖으로 나가라고 재촉하고 있었다. 그녀는 앨리슨과 켈리의 등을 손으로 떠밀며, 보거와 실험실의 연구원들 바로 뒤를 따라 밖으로 나왔다. 좁은 통로는 이미 사람들로 가득 찼지만, 로튼은 인파를 뚫고 계속 나아갔다.

* * *

갑판 아래, 배의 기관팀만이 유일하게 제자리를 지키고 있었다. 기관장인 하인즈는 한 손으로 수하기를 귀에 댄 채 통제실과 통화하고 있었다. 다른 손으로는 마이크를 꽉 쥐고, 기관원들이 귀에 착용한 이중 보호 장비 너머로도 들을 수 있을 만큼 큰 소리로 명령을 외쳤다.

이것은 훈련이 아니었다. 실제 상황이었다. 거대한 펌프들은 가동 준비를 마쳤고, 펌프 양쪽에 두 명씩 배치되었다. 대원들 모두 가슴에 적외선 탐지기를 매달고 각자의 위치를 고수했다.

* * *

"사 분 남았습니다, 함장님!"

통신 장교는 고개를 저었다. "교란시킬 수가 없습니다, 함장님! 항적 유도 어뢰가 틀림없습니다."

제기랄! 크록스타드는 최신 기술을 고려할 때 교란 가능성이 낮다는 것을 알고 있었다. 그에게는 하나의 선택지밖에 남지 않았다. 그는 다시 함교의 창밖을 뚫어지게 바라보았다. 이제는 초계함이 훨씬 더 크게 보였고 조지타운 항구를 빠져 나오기 시작한 모습을 분명히 볼 수 있었다. 그리고 자신들 쪽으로 방향을 돌리고 있었다. 빌어먹을! 이런 배에 타게 될 줄이야!

이제 그에게는 선택의 여지가 없었다. 초계함은 더 이상 우선순위가 아니었다. 보디치호와 이 배에 탑승한 사람들이 더욱 중요했다. 게다가 보디치호는 초계함이나 잠수함의 상대가 되지 못했다.

이제 명령을 내려야만 했다. 그렇지 않으면 남은 시간이 충분하지 않았다. 그들에게 남은 시간 대부분을 허비하게 될 거라는 뜻이었다. 달리 그가 할 수 있는 일은 아무것도 없었다.

"전속력으로 역추진! 좌현으로 돌려… 완전히."

* * *

하인즈 기관장은 명령을 하달 받고 즉시 소리쳤다. "모든 엔진, 정지! 전속력으로 역추진! 좌현으로 완전히 돌린다!"

버스 크기만 한 엔진들을 완전히 역추진시키는 데는 삼십 초밖에 걸리지 않았다. 그러나 이 정도 크기의 배가 방향을 돌리는 데는 더 많은 시간이 걸렸다. 선체 전체를 진동시킬 정도의 천둥 같은 굉음과 함께 두꺼운 강철에 엄청난 압력이 가해졌다. 그리고 마침내 배가 방향을 틀기 시작했다.

강력한 엔진들은 물속에서 배를 어뢰가 다가오는 방향으로 끌어당기기 시작했다. 어뢰는 여전히 거의 팔십 노트의 속도로 배의 선미를 향해 돌진하고 있었다.

함교에 있는 크룩스타드 함장은 지평선이 느리게 돌아가는 모습을 고통스럽게 지켜보았다. 조지타운 도시 전체가 시야에 들어왔다. 도시의 남쪽 끝 절벽이 조금씩 보이기 시작했다.

"이 분!"

크룩스타드는 마이크를 입으로 가져갔다. "전원, 선미로! 지금 당장!"

그는 외부 스피커들을 통해 메아리치는 자신의 목소리를 들을 수 있었다. 그러나 갑판에 있는 오션호크가 회전날개의 속도를 높이고 있는 모습은 볼 수 없었다. 뿐만 아니라 두 명의 헬리콥터 조종사가 갑판을 가로지르며 헬기를 향해 질주하는 모습도 보지 못했다.

헬기 조종사들 뒤에 있던 클레이는 몸을 돌리고 선미 쪽으로 달려갔다. 그가 걸음을 내디딜 때마다 금속 통로가 쿵쾅거렸다. 그가 배의 뒤쪽에 이르렀을 때, 선미에는 승조원들과 승객들이 어수선하게 모여 있었다. 모두가 몸을 움츠리고 들어갈 만한 안전한 공간이나 팔로 감쌀 만한 단단한 뭔가를 찾아 헤매고 있었다.

클레이는 배의 측면 가까이 있는 앨리슨을 발견하고 그녀에게 달려갔다. 그녀 뒤로 켈리, 크리스, 리가 서 있었다. 모두 서로 꼭 붙어서 굵은 난간을 꽉 붙잡고 있었다. 보거도 근처에 있었는데, 기중기의 밑 부분을 붙잡고 있었다. 그의 눈은 곧 무슨 일이 닥칠지 아는 듯한 두려운 눈빛이었다.

클레이는 앨리슨을 보호하듯 두 팔로 감싸 안았고, 그녀도 그의 가슴에 몸을 바짝 기댔다. "꽉 잡아요," 그가 모두에게 소리를 질렀다. "엄청 아플 겁니다!"

배는 고통스러운 방향 전환을 계속 하고 있었고, 마침내 뱃머리가 어뢰의 진로로 들어서기 시작했다. 크룩스타드가 할 수 있는 최선의 방법은 모든 사람을 선미 근처에 머물도록 하는 것이었다. 그곳은 구명보트를 배치하기가 용이했고, 배의 앞부분이 폭발의 온전한 충격을 어느 정도 견딜 수 있기 때문이었다.

이십 초가 남았을 때, 크룩스타드의 목소리가 마지막으로 스피커 너머로 들려왔다.

"충격에…"

"대비하라!"

56

폭발은 엄청났다. 보디치호의 뱃머리는 완전히 방향 전환에 이르지 못했고, 그 결과 앞쪽 좌현에서 폭발이 일어났다.

폭발의 충격은 배 앞부분이 수면 위로 몇 미터나 솟구칠 정도로 대단했다. 상승을 멈춘 선체는 다시 수면 위로 떨어지며 요란한 소리와 함께 양방향으로 거대한 물보라를 일으켰다. 이어 엄청난 충격파가 망치처럼 보디치호를 강타했고, 거의 모든 사람이 버티던 손을 놓치며 단단한 금속 갑판에 부딪쳐 쓰러졌다. 팔들이 허우적거렸고, 손들은 새로운 지지물을 찾기 위해 필사적이었다.

그러나 크록스타드가 조타실에서 지켜보고 있던 것은 오션호크였다. 적어도 몸이 바닥에 부딪치기 몇 초 전까지는. 안타깝게도 회전날개는 충분한 양력을 얻을 만큼 최대 속도에는 도달하지 못했다.

헬리콥터는 조종사들, 승조원들과 함께 공중으로 튕겨 올랐다. 그런 다음 다시 강철 갑판 위로 내리꽂혔다. 기체는 통째로 내동댕이쳐지며 굴렀고, 빙글빙글 돌던 회전날개는 갑판에 부딪쳐 긴 파편들로 쪼개지며 날아다녔다. 순식간에 동체 아래에서 주황색 불꽃이 일었다. 곧이어 폭발이 일어나며 그 주변은 시커먼 불덩이로 완전히 휩싸였다. 불덩이는 그 안쪽으로 말려 들어가더니 공중으로 솟구쳤고, 뒤틀린 모양의 헬기는 뒤로 굴러가기 시작했다. 느린 장면을 보는 것처럼, 헬기는 계속 굴러갔고 결국 뱃머리 왼쪽 측면을 넘어갔다. 기체와 조종사 모두 배의 가장자리 너머로 사라지며 바다로 떨어진 후에도, 아직 남아 있던 회전날개 잔해는 여전히 빙글빙글 돌고 있었다. 마치 도움을 청하며 허우적대는 손가락들처럼.

아직 아무도 볼 수 없었지만, 보디치호의 좌현 선수부 쪽은 마치 배의 내장을 도려낸 듯 찢겨져 있었다. 선체의 강철을 억지로 뒤틀고 비튼 듯 고리 모양의 큰 구멍이 뚫려 있었고, 바닷물이 쏟아져 들어올 수 있는 거대한 통로가 되어 있었다. 그리고 여지없이 바닷물이 세차게 밀려들었다. 그 구멍은 보디치호의 선체 바닥까지 관통하듯 뻗어 있었고, 그 때문에 바닷물은 측면뿐 아니라 아래쪽에서도 들이닥쳤다.

배의 밑면을 떠받치던 부분이 대부분 손실되면서 뱃머리가 아래로 심하게 처졌고, 배 전체가 앞으로 기울기 시작했다.

* * *

하인스 기관장은 갑판 아래에서 비명을 지르고 있었다. 머리 위쪽에 달린 통신 장비가 고낭 났기 때문에, 이제 마스크 안에 달린 무전기끼리 직접 통신하는 방법밖에 남은 게 없었다. 그리고 그마저도 쏟아져 들어오는 바닷물 소리에 묻혀 거의 들리지 않을 만큼 소리가 크지 않았다.

앞쪽 좌현 펌프는 사라져버렸고, 우현 쪽 펌프는 수리가 불가능할 정도로 손상되었다. 남은 것은 후미 쪽 두 대의 펌프뿐이었다. 그것만으로는 역부족이었다.

선미 갑판의 앞부분도 사라져 버렸고, 나머지는 아래에 있는 엔진 플랫폼 쪽으로 마치 은박지처럼 구겨진 채 내려앉았다. 하지만 하인즈의 가장 큰 걱정은 화재였다.

그는 적외선 고글을 착용하고 있었지만, 앞쪽으로는 아무도 찾을 수 없었다. 연기가 자욱한 것도 있지만, 불길이 내뿜는 뜨거운 열기 때문에 고글은 아무 소용이 없었다. 결국 하인즈는 맨눈으로 연기와 불꽃 사이를 헤치며 수색할 수밖에 없었다.

그는 화재 진압 장치가 산소를 최대한 빠르게 빨아들이는 소리를 들을 수 있었다. 그때 누군가 뒤에서 그를 붙잡자 하인즈는 몸을 빙글 돌렸는데, 이등기관사인 다니엘 하든이었다.

"펌프 1호기와 2호기를 잃었습니다!"

하인즈는 고개를 끄덕였다. 그는 이미 알고 있었다. 밀려드는 바닷물의 양은 말 그대로 너무 많았다. 이제는 단지 시간문제일 뿐이었다.

"구멍이 너무 커! 모두 내보내! 나는 앞쪽을 수색할게." 하인즈는 소리치고 나서 자욱한 연기 장막 속으로 사라졌다.

하인즈는 무전기로 외쳤다. "아담스! 비에라! 벨라스케즈! 거기 누구 있어?" 그는 귀를 기울여 보았지만, 하든이 뒤쪽에 남아 있는 승조원들을 향해 외치는 소리뿐이었다. 하인즈는 다시 소리쳤다. "앞쪽에 누구 있어?"

오랜 침묵이 끝에 무슨 소리가 들렸다. 기침 소리 같았다. 잠시 후, 희미한 목소리가 다시 들렸다. "벨라스케스입니다. 쓰러졌어요."

* * *

함교 안. 크룩스타드와 대원들은 자기 자리로 돌아가 피해 상황을 파악하려고 애썼다.

"바닷속에 또 다른 어뢰가 있나?"

음파탐지병은 고개를 저었다. "없습니다. 함장님."

그나마 다행이군. "피해 상황을 보고하게!"

통신 장교는 수화기를 귀에 댄 채 몸을 돌렸다. "앞쪽 펌프를 잃었습니다, 함장님. 선미 갑판 앞쪽에 화재가 발생했습니다. 엔진 하나는 사라졌고 두 개는 불능 상태입니다. 두 명이 실종됐습니다." 그는 잠시 멈추었다가 심각한 표정으로 함장을 돌아보았다. "선체에 발생한 구멍이 너무 큽니다, 함장님. 펌프가 감당할 수 없답니다."

"어느 정도인가?"

"너무 빠릅니다. 하인즈의 말로는, 구멍이 생각보다 훨씬 크답니다. 십분 후에는 갑판이 침수될 걸로 추정하고 있습니다."

크록스타드는 선체가 앞으로 기울기 시작하는 것을 느꼈다. 그는 이마에서 흘러내리는 피를 손등으로 무심코 닦았다. "좋아, 조지타운으로 향하게."

"함장님, 하나의 엔진만 사용하더라도 진로를 반대로 하면 갑판 아래로 유입되는 바닷물이 더 늘어날 겁니다."

크록스타드는 눈동자를 굴렸다. "그럼 계속 후진으로 가."

"알겠습니다."

조지타운은 그리 멀지 않았지만, 엔진이 하나뿐인 데다 바닷물이 빠르게 유입되면서 배는 점점 무거워지고 있었다. 그리고 점점 빠르게 무거워지고 있었다. 배에 바닷물이 찰수록, 엔진은 점점 더 배를 움직이기 힘들어 했다. 그리고 엔진이 힘겨워 할수록 바닷물은 더 빠르게 차올랐다.

"십 킬로미터를 갈 수 있겠나?"

통신 장교는 마이크에 대고 말을 전달한 후 기다렸다. 그는 고개를 저었다. "하인즈 말로는 가능성 없답니다."

젠장. 대부분의 배는 침몰하는 데 시간이 걸렸다. 때로는 몇 시간이 걸리기도 하지만, 어떨 때는 몇 분밖에 걸리지 않았다. 그리고 그의 배는 그 중 하나가 될 참이었다.

크록스타드는 생각에 잠긴 채 탈출구를 찾기 위해 필사적으로 머릿속을 뒤졌다. 방법이 전혀 떠오르지 않았다. 그의 얼굴에는 고통스러운 체념의 기색이 역력했다. "기관장에게 빠져나오라고 해."

* * *

갑판 아래, 하인즈는 벨라스케스를 찾고 있었다. 불길은 이산화탄소 덕분에 거의 꺼졌지만, 바닷물은 빠르게 차오르고 있었다.

그는 무너져 내린 선미 갑판의 난간 잔해를 붙잡고 몸을 기울이며, 비상등의 섬뜩한 붉은 불빛 사이로 앞쪽을 보려고 애썼다.

뭔가 보였다.

그 형체는 잔해들 틈에서 물 위에 떠 있었지만 움직이지는 않았다. 거세게 밀려드는 바닷물 때문에 거무스름한 그 덩어리는 넓게 원을 그리며 돌다가 우현 선체에 부딪친 후 다시 하인즈 쪽으로 천천히 돌아섰다.

아직은 손이 닿지 않았다. 하인즈는 난간을 꽉 붙잡고 몸을 내밀며 최대한 팔을 뻗었다. 그 형체는 거의 손이 닿을 만한 거리 내에서 깐닥거렸다. 벨라스케즈였다. 다행히 그는 바로 누워 있었지만, 숨을 쉬고 있는지는 불분명했다. 하인즈는 팔을 늘이며 더 길게 뻗었다. 벨라스케스는 이제 더 가까워졌다. 좀 더 가까이. 좀 더 가까이.

물살이 갑자기 변화하면서 벨라스케스는 멀어지기 시작했다. 하인즈는 그를 끌어들이기 위해 손으로 물을 파헤쳤다. 벨라스케스가 멀어질수록, 하인즈는 앞에 있는 물을 더욱 힘차게 긁어댔다. 잠깐 동안 하인즈가 성공하는 듯 보였지만, 뭔가 이상하다는 것을 깨닫는 순간 그의 얼굴에 공포의 물결이 번졌다. 자신의 동작 때문에 벨라스케스가 다시 가까워지는 것이 아니었다. 하인즈가 서 있던 갑판 잔해가 움직이고 있었기 때문이었다. 그 순간 갑판 잔해가 바깥쪽으로 휘어지는 동시에 철망으로 된 통로가 부서지며 하인즈는 시커먼 물속으로 빠졌다.

* * *

"하인즈와 연락이 끊겼습니다, 함장님!"

"배는 아직 움직이고 있나?"

"네, 함장님. 하지만 배가 점점 무거워지며 느려지고 있습니다. 얼마나 더 갈 수 있을지 모르겠습니다."

폭발이 일어난 지 불과 몇 분 만에, 크록스타드는 선택의 여지가 없다는 끔찍한 현실을 깨달았다. 크록스타드가 마지막 명령을 심각하게 고려하는 동안 세상이 잠시 느리게 돌아가는 듯했다. 그것은 어떤 함장도 내리고 싶어 하지 않는 명령이었다. 그는 문으로 향하며 부하들에게 소리쳤다.

"엔진을 끄고 경적을 울려! 그런 다음 대피해!"

* * *

함교 밑, 주 갑판 뒤쪽에서 클레이는 사람들을 도와 일으켜 세우며 심각한 부상을 입은 사람이 있는지 살폈다. 폭발로 인해 모든 사람이 나뒹굴었지만, 큰 부상을 입은 사람은 없었다. 몇몇은 뼈가 부러지고 약간의 피를 흘렸지만 대부분은 적어도 스스로 일어설 수 있었다. 의료진은 사람들 사이를 왔다 갔다 하며 상태를 확인하고 있었다.

크록스타드는 최선을 다했다. 어뢰의 폭발 충격을 최대한 완화시켜서 인명 피해를 최소한으로 줄였다.

클레이는 갑자기 몸의 균형이 무너지는 것을 느꼈고, 동시에 배가 좌현으로 기울기 시작했다. 그는 가까이 있는 수직 기둥을 붙잡고 한 팔로 앨리슨을 감싸안은 반면, 다른 사람들은 휘청거리며 서로에게 부딪쳤다. 배는 기우뚱하며 기울기 시작했다.

바로 그때 그 소리가 들렸다. 모든 사람이 그 소리를 들었다. 실제로 반경 30킬로미터 이내의 모든 사람이 그 소리를 들었다. 귀청을 울리는 엄청난 경적 소리. 강력한 경적 소리는 너무 깊고 강하게 울려 퍼져서 모든 사람의 갈비뼈가 진동할 정도였다. 그리고 그 소리는 너무 압도적이어서 그 외에 다른 어떤 소리도 들리지 않았다.

길게 네 번 울린 경적은 누구도 놓칠 수 없는 신호였고, 뜻은 분명했다.

배에서 탈출하라.

57

훈련받은 군인들이 탑승한 배에서 발생한 비상 상황은 민간 관광객으로 가득찬 배에서 일어난 상황과는 전혀 달랐다. 관광객들의 첫 번째 본능은 보통 두려움이었고, 뒤이어 비명을 질렀다. 해군 함정의 경우, 첫 번째 본능은 훈련 과정을 기억해내는 것이었다.

15초도 채 안 되어, 승조원들은 선미 양쪽에 있는 원통형 보관 용기 앞에 도착했다. 봉인을 즉시 부수고 뚜껑을 위로 들어올리자 내부에 잘 다져진 팽창식 구명보트가 드러났다. 선미 갑판 중앙에서 메이트 일등항해사는 명령을 내지르며 배 양쪽 측면에서 구명보트를 내리기 위해 준비하는 모습을 지켜보고 있었다. 훈련 시에는 2분 안에 구명보트를 내려야 했다. 보디치호 승조원들은 1분 30초 만에 그 일을 해냈다.

클레이는 로튼 중령과 함께 앨리슨과 연구원들을 대피 행렬 앞으로 안내했다. 구명보트들이 측면 너머로 내려지자, 민간인들은 사다리를 향해 모여들었고, 배 바깥으로 내려가라는 지시를 받았다. 앨리슨은 일행 중 마지막으로 움직였지만, 측면을 넘어가다 말고 멈칫하며 클레이를 의아한 눈길로 바라보았다. 그는 움직이지 않았다.

"존?"

클레이는 사다리로 다가가 낮은 목소리로 말했다. "구명보트에 타, 앨리슨. 곧 뒤따라갈게."

그녀의 얼굴은 점점 불안해졌고, 오랫동안 그를 빤히 쳐다보았다. 그러나 사다리로 올라서려는 다른 사람들 때문에 앨리슨은 어쩔 수 없이 나아가야만 했다.

클레이는 미소를 지었다. "걱정 마."

앨리슨은 경쟁하듯 지나가는 사람들 때문에 거의 떠밀리다시피 사다리를 내려갔고 그렇게 클레이는 시야에서 사라졌다. 클레이 역시 그녀가 시야에서 사라지자마자 돌아서서 달렸다. 그는 과학 연구실에 가야만 했다.

* * *

클레이가 갑판 중앙에 있는 계단에 거의 다다랐을 때, 크록스타드 함장이 위에서 내려오는 것이 보였다. 함교에서 나온 나머지 승조원들이 그의 뒤를 바싹 뒤따라 내려왔다. 크록스타드는 클레이를 발견하고 계단을 다 내려오자마자 다른 대원들이 지나갈 수 있도록 옆으로 비켜서 주었다.

"구명보트에 타!" 크록스타드가 그들 뒤에서 소리쳤다. 그런 다음 클레이를 바라보았다. "클레이, 자네는 나와 함께 가세."

"어디로 말입니까?"

"갑판 아래에 승조원들이 있어."

클레이는 수긍한 듯 고개를 끄덕인 후 곧바로 크록스타드를 따라 달렸다. 그 식물은 잠시 미뤄 두기로 했다.

두 사람은 함께 가까운 사다리를 급히 내리고 갑판 아래로 향했다. 통로 끝까지는 단단한 강철로 되어 있었다. 우현을 따라 그들이 지나친 큰 공간 안에는 다양한 정비용 장비와 도구들이 보관되어 있었다. 가장 큰 것은 배의 응축기로, 수증기로부터 신선한 물을 만들어내는 장치였다. 크록스타드와 클레이가 그 옆을 지나갈 때도 여전히 작동되는 소리가 들렸다. 대부분의 전력은 여전히 공급되고 있었다.

선미 갑판으로 이어지는 다음 계단은 이미 물에 잠겨 있었다. 그들은 미끄러지듯 내려갔는데, 허리까지 물이 철벅거렸다.

밀려드는 시커먼 바닷물은 불길해 보였다. 파괴된 잔해들이 사방에 떠다니고 있었다. 대부분 플라스틱이나 여러 재질의 조각들이었지만 커다란 금속 조각들도 있었는데, 그것들은 끝부분만 물 위에 드러난 채 빙글빙글 돌고 있었다. 거세게 밀려드는 물살의 힘 때문에 바닥에 있어야 할 물체들이 떠 있는 모습을 보니 기분이 섬뜩했다.

"하인즈!" 크룩스타드가 소리쳤다. "하인즈, 어디 있나?"

클레이도 돌아서서 선미 쪽을 향해 외침을 반복했다. 잠깐 멈추고 귀를 기울이던 두 사람은 다시 큰소리로 외쳤다.

아무런 반응도 없었다. 들리는 소리라곤 바닷물이 무자비하게 그들 주위로 밀려들며 빠르게 차오르는 소리뿐이었다.

그들은 흐릿한 불빛 사이로 눈을 떼지 않고 계속 외쳐댔다. 두 사람 모두 공기가 희박한 것을 느낄 수 있었는데, 공기는 위쪽 갑판의 부서진 틈 사이로만 공급되고 있었다. 그들은 다시 외침을 반복하며 절박하게 수색하는 사이 차가운 바닷물은 가슴까지 차올랐다.

하인즈는 보이지 않았다.

물이 차오르며 좌현 쪽 무게가 늘어나는 바람에 배가 갑자기 다시 기우뚱거렸다. 두 사람은 즉시 사다리를 붙잡고 몸을 가누었지만, 기울어짐은 멈추지 않았다. 배는 35도를 지나 40도까지 계속 기울었다.

클레이와 크룩스타드는 엉거주춤한 자세로 사다리를 타고 위쪽 갑판으로 올라간 다음 보행자용 통로를 따라 힘겹게 이동했다. 그들이 다음 사다리에 다다른 순간, 배의 기울기가 임계점인 45도에 이르렀다. 그리고 지옥이 펼쳐졌다.

선체가 기울며 높은 측면에 가로막혀 있던 바닷물이 측면을 넘어 상부 갑판 위로 밀려들었고, 좌현과 계단 아래로 쏟아져 내렸다. 엄청나게 들이닥치는 바닷물은 갑판에 고정되지 않은 모든 것을, 심지어 일부 고정된 것들마저도 휩쓸어버렸다.

58

차오는 초계함이 일 킬로미터쯤 떨어진 보디치호를 지나쳐 가는 동안 갑판에 서서 그 광경을 침착하게 지켜보았다. 그는 배가 파괴되는 모습을 가까이서 본 적이 없었다. 그 모습은 실로 매혹적이었다.

그의 검은 눈동자가 참상이 펼쳐지는 모습을 지켜보는 동안 보디치호는 갑자기 옆으로 뒤집히기 시작했다. 좌현이 수면 아래로 기울어지며 거대한 물의 장막이 그 위로 폭포처럼 쏟아졌다. 그 파괴 장면은 환상적이었다.

몇몇 사람들이 아직 배에서 빠져나오려고 애쓰는 모습이 보였지만, 결국 밀어닥친 바닷물에 휩쓸리고 말았다. 그는 선미로부터 떠내려가는 대여섯 척의 구명보트로 눈을 돌렸다. 사람들은 눈앞에서 거꾸로 뒤집히고 있는 거대한 선미로부터 멀리 벗어나기 위해 필사적으로 노를 젓고 있었다.

차오의 시선에는 동정심이라곤 전혀 보이지 않았고, 단지 관찰적인 호기심만 담겨 있었다. 그는 그들 중 누가 살든 죽든 상관하지 않았다. 죽음은 어쩔 수 없는 현실이었다. 어떤 사람들은 다른 사람들보다 더 빨리 최후를 맞이했다. 하지만 차오는 마음속 깊은 곳에서, 세계에서 가장 큰 제국이 또다시 완전히 허를 찔린 것을 보면서 약간의 만족감을 느꼈다.

보디치호의 앞부분은 이제 더 빠르게 가라앉고 있었다. 파손된 뱃머리 안으로 흘러드는 바닷물의 속도가 배의 다른 곳으로 유입되는 속도보다 훨씬 빠르기 때문이었다. 주 갑판의 앞부분은 이미 물속에 잠겼고, 거센 파도 아래로 계속 미끄러지고 있었다. 그 배는 곧 수장되고 말 것이다. 영원히.

* * *

보디치호가 갑작스럽게 기울자 모두가 깜짝 놀랐다. 앨리슨은 바닷물이 배의 측면을 타고 넘어 아직까지 선미에 남아 있던 마지막 승조원들을 휩쓸어버리는 광경을 보고 벌떡 일어나 비명을 질렀다. "안 돼!"

앨리슨은 조금 전까지만 해도 클레이와 함장이 갑판에 나타나서 제시간에 빠져나오리라는 희망의 끈을 붙잡고 있었다. 하지만 그녀가 품었던 희망은 마지막 남은 승조원들과 함께 곧바로 씻겨 내려갔다.

그녀는 구명보트에 서서 꼼짝도 하지 않은 채, 마지막 거대한 파도가 선미 끝부분 너머로 쏟아져 내리는 것을 지켜보았다. 안 돼. 이럴 순 없어! 클레이가 아직 배에 타고 있단 말이야!

켈리가 뒤쪽에서 일어나 앨리의 어깨를 팔로 감싸자, 앨리슨의 아랫입술이 떨리기 시작했다. 눈물이 차오르기 시작했다. 그녀는 크리스와 리가 자신의 손을 슬며시 잡고 부드럽게 쥐는 것을 느꼈다.

그녀 뒤에 있던 보거는 완전히 충격에 빠진 채 지켜보고 있었다. 배의 강철 선체가 삐걱거리는 소리와 서서히 약해지는 바다의 울부짖음만 들릴 뿐이었다. 사이렌은 울리지 않았다. 경적 소리도 없었다. 도움을 청하는 어떠한 외침도. 아무것도.

압도적인 공포감이 모두를 침묵시켰고, 눈앞에서 벌어진 현실에 생존자들은 그 자리에 털썩 주저앉았다. 그것은 죽음이라는 끔찍한 느낌이었다.

* * *

보디치호의 회색 선체 끝자락이 파도 아래로 조용히 미끄러지듯 사라지기까지 십 분도 채 걸리지 않았다. 함미의 마지막 부분이 사라진 뒤 남겨진 것은 바닷속 완만한 소용돌이뿐이었다.

보거는 차오가 탄 초계함이 남쪽 저 멀리 사라지는 모습을 지켜보았다. 그 순간 앨리슨이 켈리의 어깨에 기댄 채 목놓아 우는 소리가 들렸다.

생존자들은 조지타운을 떠나서 그들을 향해 다가오는 수십 척의 소형 선박들을 침통한 표정으로 지켜보았다. 그 모습은 위안이 되긴 했지만 고통을 덜어주는 데는 아무런 도움이 되지 않았다.

잠시 후, 그들에게 도움의 신호가 들렸다. 그들 뒤에서 울려 퍼지는 큰소리. 거의 동시에 120명이 넘는 사람들의 머리가 일제히 뒤를 돌아보았고 멀리 떨어져 있는 물체를 발견했다. 앨리슨도 명확히 보기 위해 눈물을 닦았다. 그녀는 그것을 보자마자 무엇인지 정확히 알았다.

수평선 너머로, 그녀가 전에 승선한 적 있었던 배의 분명한 하얀 선체가 보였다.

보디치호의 자매선이자, 루돌프 에머슨 함장이 지휘하는 패스파인더호였다. 생존자들이 들었던 소리는 패스파인더호가 울린 길고 일정한 경적 소리였다. 엔진이 울부짖는 가운데, 에머슨 함장과 승조원들은 최대한 빠르게 남쪽으로 달려가고 있었다.

59

에머슨 함장은 침착하게 패스파인더호 함교 안에 서 있었다. 그들은 밤새 전력으로 달려왔고, 불과 몇 분 전에 보디치호의 마지막 조난 신호를 받았다. 그럼에도 에머슨은 자신이 본 광경을 보고 충격을 받았다. 멀리 파도 위로 무기력하게 흔들리고 있는 여섯 대의 구명보트들과, 그 주위를 둘러싼 엄청나게 많은 잔해들. 다른 것은 없었다.

보디치호는 사라지고 없었다.

"전 승조원에게 알린다." 그는 마이크에 대고 소리쳤다. "반복한다. 전 승조원은 주 갑판으로 나와 승객들 수용할 준비를 하라."

그는 마이크를 옆으로 내려놓고, 강인한 검푸른 눈으로 거대한 창문 너머로 구명보트들이 천천히 다가오는 모습을 내다보았다.

"랭포드 제독에게 연락하게."

* * *

랭포드는 양손을 책상 위에 올린 채 고개를 푹 숙였다. 한참 후 그는 의자에 털썩 주저앉았다. 에머슨과 통화를 마친 그는 다른 곳으로 전화를 걸었다. 그가 다시 말을 꺼냈을 때, 그의 목소리는 불과 이 분 전과는 완전히 달라져 있었다.

"대통령 각하," 랭포드의 어조는 그의 마음만큼이나 무거웠다. "보디치호가 파괴되었습니다."

통화는 몇 초 동안 침묵했다. 대통령의 목소리가 다시 흘러나왔지만, 한 단어뿐이었다.

"생존자는?"

랭포드는 고개를 끄덕였다. "있습니다. 아직 몇 명인지는 모릅니다."

백악관에서는 잘못 판단했다. 중국이 그들이 발견한 것을 지키기 위해 얼마나 많은 노력을 기울일지 과소평가를 한 것이었다. 로튼 중령은 그 발견이 국가들끼리 전쟁을 불사할 문제라고 말했고, 그녀의 판단은 옳았다. 즉, 이 새로운 식물이 가진 잠재력은 그녀의 주장만큼이나 분명하다는 뜻했다. 어쩌면 그 이상일지도 모른다. 그것은 우연도, 실수도, 대통령의 측근들이 제안했던 다른 어떤 것도 아니었다. 그것은 중국이 막 전쟁을 개시했을 정도로 강력한 것이었다. 그리고 그들이 얼마나 빠르게 행동을 취했는지 고려할 때, 그는 지구상에서 두 번째로 강력한 국가가 과연 어디까지 갈 준비가 되어 있는지 의문을 품지 않을 수 없었다.

카 대통령과 그의 측근들은 충돌을 피하기 위한 노력의 일환으로 랭포드가 아무것도 하지 못하도록 막았고 결국 너무 늦고 말았다. 그리고 그렇게 한 결과, 그들은 훨씬 더 끔찍한 상황을 초래하고 말았다.

요점은 어느 누구도 랭포드의 요청을 제대로 이해하지 못했다는 것이다. 그들은 잘못했고 보디치호에 탔던 사람들이 궁극적으로 그 대가를 치렀다.

"아직 듣고 있습니까, 제독?"

"네."

"좋아요." 대통령의 목소리는 분명하고 날카로웠다. "제 말 잘 들으세요. 지금 이 순간부터 나는 당신에게 필요한 모든 병력을 파견할 수 있는 권한을 위임합니다."

랭포드는 대답하지 않았다. 그는 여전히 벽을 응시하고 있었다. 그는 크록스타드에게 들이받는 한이 있더라도 중국 초계함을 저지하라고 명령했다. *세상에, 이 모든 것이 그의 책임이었다.*

"내 말 들었습니까, 제독?"

랭포드는 멍한 표정으로 눈을 깜박거렸다. "네."

"좋습니다." 그런 다음 카 대통령은 비서실장에게 전했다. "십오 분 내로 전체 안보 팀을 소집하세요."

* * *

구조 작업은 신속하고 순조롭게 진행되었다. 패스파인더호의 후미 갑판은 그들이 자주 실험하는 원격 조종 탐사선들 때문에 높이가 더 낮았다. 그 갑판에 설치되어 있는 두 대의 대형 크레인을 재배치한 후, 보디치호의 생존자들을 위한 승선 장소로 활용했다.

한 사람, 한 사람 구조되어 안전한 곳으로 끌어올려질 때마다 고마움의 표정이 얼굴에 가득했다. 하지만 앨리슨이 마지막 구명보트에서 올라왔을 때, 그녀는 그런 표정을 짓지 않았다. 완전히 망연자실한 표정이었다.

에머슨은 그녀를 알아보고 빠르게 늘어나는 군중을 헤치며 다가갔다. "클레이는 어디 있습니까?"

함장의 표정은 앨리슨이 울음을 터뜨리자 서서히 변했다. 그녀 뒤로 시퍼렇게 멍이 든 크리스 라미레스가 함장을 향해 눈살을 찌푸리며 고개를 천천히 좌우로 흔들었다.

에머슨은 믿기지 않는 표정이었다. *맙소사, 클레이가 죽다니!* 그는 다른 연구원들이 앨리슨에게 다가와서 에워싸고 나서야 겨우 알아차렸다. 에머슨은 여전히 멍한 표정을 지은 채 눈을 몇 번 깜박였다. 마침내 그는 두 번째 질문을 했다. "크룩스타드 함장은?" 그는 이번에도 침묵과 마주했다.

에머슨의 턱 근육이 분노로 이를 악문 듯 굳어졌다. 만약 그에게 군함이 있었다면, 그 빌어먹을 잠수함을 뒤쫓아갔을 것이다. 하지만 그에겐 군함이 없었다. 서서히 그리고 마지못해 그는 자신의 주된 임무를 받아들였다. 생존자들의 안전. 그리고 좋든 나쁘든 그 잠수함은 사라진 것처럼 보였다.

패스파인더호는 보디치호보다 조금 작긴 했지만, 승조원들은 의무실과 식당의 공간을 정리해서 가까스로 모든 사람을 수용했다. 긴박한 상황이었지만, 한 시간 만에 모든 사람의 건강 상태를 확인했다. 에머슨의 의료진은 부상자가 서너 명뿐이라고 보고했다.

그러나 들이닥친 바닷물에 익사한 보디치호 승조원들의 시신은 계속해서 수습되는 중이었고, 그들은 배로 들어올려진 후 시체 운반용 부대에 넣어지고 있었다. 고통스러울 정도로 비통한 그림이었다.

* * *

앨리슨과 연구원들이 붐비는 식당 구석에 앉아 있을 때 윌 보거가 회색 철문을 통해 들어오면서 식당을 훑어보았다. 그는 연구원들을 발견하고 군중을 헤치며 나아갔다. 그의 밝은 하와이안 셔츠는 봉화처럼 눈에 띄었다.

"쇼 양."

앨리슨은 부어오른 붉은 눈으로 그를 올려다보았지만 아무 말도 하지 않았다.

보거는 멈춰 서서 하려고 했던 말을 다시 곰곰이 생각했다. 그리고 조심스럽게 단어를 선택했다. "누가 밖에서 당신과 이야기하고 싶어 해요."

그녀는 그의 말을 듣지 못한 것처럼 고개를 숙였다. "그럴 기분이 아니에요." 그녀가 속삭이듯 말했다.

보거는 그들만큼이나 마음의 상처를 받고 있었다. 그는 클레이와 수년간 함께 일해왔고 그를 높이 평가했다. 클레이는 믿을 수 없을 만큼 훌륭한 장교였다. 똑똑하고 지략이 풍부한 데다 항상 사람들을 존중했다. 아니, 그 이상으로 놀라운 친구였다.

보거는 앨리슨이 망연자실해 있는 것을 알았지만, 그는 굴하지 않았다. "쇼 양, 중요한 일이에요."

앨리슨은 짜증스러운 표정으로 다시 고개를 들었다. 그녀가 대꾸를 하려기도 전에 보거가 말을 끊었다.

"날 믿어요."

그녀는 눈을 말똥거리며 동료들을 쳐다본 다음 천천히 일어섰다. 솔직히 그녀는 밖에 있는 사람이 대통령일지라도 관심이 없었다. 그녀는 화를 가라앉히며 보거를 따라 사람들 사이를 헤치며 나아갔다. 켈리, 크리스, 리도 한 줄로 그녀의 뒤를 따랐다.

사람들 사이를 지나가던 그녀는 비현실적인 기분을 느꼈다. 앨리슨이 지나친 사람들은 보디치호나 크록스타드 함장에 대해 낮은 목소리로 이야기하고 있었다. 하지만 어느 누구도 클레이에 대해 이야기하는 건 듣지 못했다. 대다수 사람들은 그가 배에 타고 있었던 것조차 알아차리지 못했다.

군중이 너무 붐비는 곳에 이르자 보거는 뒤로 손을 뻗어 그녀의 팔꿈치를 부드럽게 잡고 이끌었다. 그는 서두르는 듯 몸을 앞으로 내밀며 사람들 사이를 억지로 뚫고 나아갔다.

밖으로 나오자마자 앨리슨은 멈춰 서서 주위를 둘러보았다. "뭐죠?"

"이쪽으로." 보거는 그들을 안내하듯 배의 좌현을 따라 뱃머리 가까이 이르렀을 때야 돌아서서 그들에게 말했다. "에머슨 함장이 조지타운으로 향하라는 명령을 막 내리려는 순간 녀석들을 봤어요."

"누구를 봤다고요?"

보거는 활짝 웃으며 배의 측면 너머로 고갯짓을 했다. 연구원 네 명은 배의 측면 너머로 몸을 내밀고 아래를 내려다보는 순간, 모두가 깜짝 놀랐다. 더크와 샐리가 파도 속에서 올려다보고 있었던 것이었다.

앨리슨의 눈이 휘둥그레졌고 숨을 헐떡이듯 말했다. "샐리! 더크!"

두 마리 돌고래 모두 물 위로 고개를 내밀고 일련의 휘파람 소리와 혀 차는 소리를 내며 대꾸를 했다.

앨리슨은 두 돌고래를 보고 흥분했는지, 상심의 표정은 순식간에 기쁨으로 대체되었다. 그녀는 그제야 그들이 타고 왔던 쌍동선을 떠올렸다. 수평선을 훑어보았지만 아무것도 보이지 않았다. 그것 역시 가라앉은 게 틀림없었다. 공격을 받았을 당시 여전히 보디치호에 묶여 있었으니까.

"서버들." 그녀가 말했다.

리는 그녀가 바다를 내려다보는 순간 무슨 생각을 하는지 알았다. "서버들은 쌍동선에 있었어. 조끼도 마찬가지고. 녀석들과 대화할 방법이 없어."

좌절한 앨리슨은 계속해서 재잘거리는 돌고래들을 묵묵히 지켜보았다.

아무 말도 없는 크리스 역시 돌고래들을 호기심 어린 눈으로 지켜보았다. 십오 초쯤 귀를 기울인 후 그는 앨리슨을 돌아보았다. "앨리, 더크와 샐리한테서 뭔가 눈치채지 못했어?"

그녀는 생기 없이 그를 돌아보았다. "모르겠어. 뭔데?"

크리스는 다시 돌고래들을 지켜보았다. "녀석들이 너를 보고 조금 흥분한 것 같지 않아?"

"그런 거 같긴 해."

"아니, 내 말은 유난히 흥분해 보인다는 거야."

"배가 고픈 걸지도 모르지."

크리스는 눈을 가늘게 뜨고 그녀를 바라보며 어깨를 진지하게 툭 쳤다. "난 진심이라고. 쟤네들을 좀 보라고."

앨리슨은 집중하려고 애쓰며 두 돌고래를 지켜보았다. IMIS 시스템 없이는 그 소리를 이해할 수 없었지만, 그녀는 돌고래의 몇몇 소리에는 익숙해져 있었다. 그녀는 미간을 찌푸리며 바짝 귀를 기울였다.

더크가 돌연 물속으로 사라졌지만, 샐리는 계속해서 빠르게 재잘거리고 있었다. 뭔가 느낌이 이상했다.

리는 앨리와 크리스 사이의 대화를 알아차렸다. "무슨 일이야?"

"돌고래들이 우리와 대화하려고 애쓰는 것 같아요."

"진짜 그런 것 같네."

크리스는 여전히 바다 쪽을 내려다보고 있었다. "앨리슨에게 뭔가 말하려고 하는 것 같아요."

"하지만 우리한테는 서버가 없잖아."

보거는 슬슬 벗겨지기 시작하는 머리를 갸웃거렸다. "어떤 종류의 서버가 필요하죠?"

"문제는 단순한 장비가 아니에요." 리가 대답했다. "데이터가 있어야 해요. 그게 없으면 어떤 통역도 할 수 없어요."

보거는 잠시 생각했다. "데이터 복사본이 있나요?"

"물론이죠, 하지만 그건 연구실에 있는 IMIS 안에 있어요. 그 통역 시스템 말이에요."

"원격으로 접속해 본 적 있나요?" 보거가 물었다. "일종의 터널처럼요."

"항상 그렇죠. 하지만 데이터 양이 원체 커서 원격으로 복사하려면 무척 오래 걸릴 겁니다. 특히 이렇게 배 위에선 더욱 그렇죠. 위성을 통해 복사하려면, 그게 끝나기도 훨씬 전에 우린 은퇴해 있을 겁니다. 그때쯤이면 왜 그게 필요했는지도 기억 못 할 거예요."

보거는 그 농담을 듣고 씩 웃었다. "음, 상업용 위성 네트워크에서는 그럴지도 모르죠. 그러나 군사위성은 궤도가 더 낮기 때문에 결론적으로 말하면 훨씬 더 빠릅니다."

"얼마나 빠르죠?"

"굉장히 빠릅니다."

"그래도 100메가비트 정도는 가능할 것 같지 않은데요. 메인 시스템으로부터 실시간으로 정보를 주고받으려면 그 정도는 돼야 하거든요." 리는 돌아서려고 했지만 보거가 여전히 생각 중인 것을 알아차렸다.

잠시 후, 보거는 리에게 가까이 붙으며 목소리를 낮추었다. "할 수 있을 것 같아요." 그는 리에게 한쪽 눈을 깜박였다. "하지만 아무에게도 말하면 안 됩니다."

* * *

보거가 여러 위성 회선을 단일 접속 회선으로 묶어 충분한 전송 용량을 확보하는 데 삼십 분도 채 걸리지 않았다. 그런 다음 그 신호를 노트북을 통해 패스파인더호의 기술진으로부터 빌린 수중 스피커와 마이크로 전달하는 것은 그리 어렵지 않았다. 푸에르토리코에 있는 연구실과 암호화된 터널을 구축하고 더 빠른 속도의 위성 연결 덕분에, 통역에 필요한 데이터 처리 작업을 보거의 노트북에서 수행할 필요가 없어졌다. 대신, 그 작업은 거대한 IMIS 시스템 자체에서 직접 이루어졌다.

물론 단점은 있었다. 보거가 비밀리에 위성 네트워크의 처리 용량 대부분을 차지한 관계로 다른 많은 군부대 사용자들이 왜 시스템이 거의 먹통이 된 것처럼 느려졌는지 궁금해 하며 한동안 머리를 긁적일 것이다. 보거는 그때까지 작업이 끝날 수 있기만을 바라고 있었다.

바깥에서는 앨리슨과 크리스가 샐리와 더크를 패스파인더호 선미 쪽 낮은 갑판 쪽으로 데려오는 데 성공했다. 샐리는 여전히 빠르게 재잘거리고 있었고, 더크는 여러 번 자취를 감추었다가 돌아왔다. 더크는 무척 동요하는 듯 보였다.

리와, 노트북을 든 보거가 함께 다가왔다. "좋아," 리가 말했다. "우리는 준비됐어. 이걸 사용하기가 좀 불편하겠지만, 그래도 작동은 잘 될 거야. 우리는 보거 씨의 노트북을 통해서 대화를 해야 해. 위성 연결 때문에 통역도 조금 느릴 거야. 그러니까 인내심이 가져야 할 수도 있어."

앨리슨은 또 한 번 더크가 돌연 사라지는 것을 지켜보았다. 다시 돌아오는 시간은 조금씩 길어졌다. "다른 건요?"

"있어." 리가 대답했다. "천천히 말해야 해. 그리고 우리 쪽에 음성 인식 장치도 없다고 생각해야 해. 여기는 배경 소음이 너무 심하니까."

앨리슨과 크리스는 서로에게 고개를 끄덕였다. 그들 뒤로 에머슨 함장이 조용히 다가와 지켜보았다.

보거는 노트북을 배의 큰 수납함들 중 하나 위에 조심스럽게 내려놓았다. 빛바랜 금속 수납함은 거의 허리 높이였고 배의 가장자리로부터 삼 미터쯤 떨어져 있었다. 리는 보거 옆에 서서 앨리슨을 바라보았다. "시작할 준비됐어?"

앨리슨은 샐리를 다시 돌아보았는데, 여전히 몇 미터 안 되는 곳에서 흥분한 듯 재잘거리고 있었다. "시작해요."

그녀 뒤에서, 리가 소프트웨어를 실행시키자 익숙한 통역 화면이 나타났다. IMIS의 통역 과정을 알려주는 색색의 선들이 위아래로 춤을 추듯 측정 기준점들을 교차하며 화면에 표시되었다. 컴퓨터의 시스템 기록 자료가 두 번째 창에 나타났다. 응용 프로그램이 실행되자마자 '통역' 버튼이 화면에 깜박이기 시작했다. IMIS는 즉시 샐리의 소리를 받아들이며 분석했다.

그들의 연구소에서는 돌고래와의 언어 통역 대부분이 매우 빠르게 이루어졌는데, 특히 돌고래 언어의 많은 부분이 이제는 식별되었기 때문에 더욱 그랬다. 그러나 위성을 통해야 하는 새로운 지연으로 인해 IMIS가 샐리의 말을 인간의 언어로 다시 출력하는 데는 좀 더 시간이 걸렸다.

그럼에도 불구하고 샐리가 정신없이 쏟아내는 말이 첫 통역으로 노트북 스피커를 통해 흘러나왔을 때, 그들 중 어느 누구도 그들이 들을 말에 대해 준비가 되어 있지 않았다.

60

물속 소리 난다. 도움 필요해. 빨리.

앨리슨이 샐리의 말을 이해하는 데는 단 몇 초밖에 걸리지 않았다. "세상에." 그녀는 울먹이며, 화면을 집중해서 쳐다보고 있는 리와 보거에게 몸을 휙 돌렸다.

"저 말이 혹시 내가 생각하는 그 뜻일까?" 보거가 물었다.

앨리슨은 다급하게 두 남자를 밀어내고 키보드에 응답을 입력했다. "무슨 소리가 들려, 샐리?"

긴 침묵이 흐른 뒤, IMIS로부터 되돌아온 통역이 수중 스피커를 통해 흘러나갔다. 샐리의 대답을 기다리는 데는 훨씬 더 오랜 시간이 걸렸다. *아래에서 소리가 들려. 짧게 짧게 짧게 길게 길게 길게 짧게 짧게 짧게. 여러 번.*

보거의 표정이 더없이 진지해졌다. "저건 SOS 모스 신호야!"

* * *

'검비' 슈트라 불리는 구명복이 성공적으로 처음 사용된 것은 1930년 대 서양 깊숙한 곳에서였다. 그 구명복은 갑판 아래 위험한 상황에 갇힌 선원들을 위한 단 하나의 필요성 때문에 착안되고 설계되었다. 생존.

밝은 주황색을 띠고 두꺼운 밀폐형 합성고무로 만들어진 검비 슈트는 단 몇 초 만에 착용하고 지퍼를 올릴 수 있도록 앞부분이 넓게 틔인 것이 특징이다. 또한 목 부분 옷깃이 높아 입과 코를 빠르게 보호해 주는 데다, 내부 산소 탱크는 최대 두 시간 동안 숨을 쉴 수 있는 공기를 제공했다. 검비 슈트는 이미 오래 전부터 모든 해군 함정의 표준 장비로 자리 잡았다.

디자인은 엄격한 구조로 인해 그다지 볼품은 없어 보였다. 그리고 마스크가 달려 있지 않기 때문에 물속에서 그렇듯 흐릿한 형상만 볼 수 있었다. 하지만 그 구명복은 제 기능을 했다. 검비 슈트가 배의 하부 갑판에 보관되어 있지 않았다면, 클레이와 크룩스타드는 배가 침몰할 때 안으로 밀려드는 엄청난 물살의 압력을 견뎌내지 못했을 것이다.

그리고 천운이 따랐는지 파괴된 보디치호 잔해는 조지타운 앞바다의 커다란 수중 암초 위로 내려앉았고, 암초는 보디치호가 훨씬 더 깊은 심연으로 가라앉는 것을 막아주었다. 하지만 처음의 그런 행운에도 불구하고, 클레이와 크룩스타드는 이제 산소가 거의 다 떨어져가고 있었다.

검비 슈트 속에서의 움직임은 극히 제한되어 있었고, 그들은 배의 희미한 비상 조명 속에서 수중에 떠 있는 서로의 흐릿한 모습만 간신히 볼 수 있을 뿐이었다.

클레이는 크룩스타드와 의사소통을 할 수 없기 때문에 대신 신체의 자연적인 공황 반응을 극복하는 데 집중했다. 그는 과호흡이 소중한 공기를 얼마나 빨리 소모시키는지 알기에 가능한 한 침착해지려고 노력했다. 그러나 공포라는 원초적인 감정은 수그러들지 않았다. 신체의 생존 본능이 통제력을 지배하려는 것을 반복해서 느꼈고, 그때마다 그것을 강제로 물리쳐야 했다. 그는 생각을 해야 했다. 그것만이 맞설 수 있는 유일한 방법이었다. 클레이는 움직이지 않고 논리적인 생각을 하며 떠 있었다. *공기가 얼마나 있었지? 얼마나 빨리 숨을 쉬고 있었지?*

그는 가라앉는 동안 귓속의 압력 평형을 세 번 조절한 것을 기억했다. 그건 그가 있는 수심이 대략 25~35미터 사이라는 것을 의미했다. 또한 압축 공기가 오래 가지 않을 거라는 뜻이기도 했다. 다행히도 그는 신체 조건이 뛰어난 터라 호흡기 계통의 효율이 매우 높았다.

그는 조심스럽게 주변을 손으로 더듬으며 무엇이든 찾으려고 했다. 두

툼한 장갑을 낀 손이 몇 개의 작은 물건들을 스치듯 지나간 끝에, 바닥에서 파이프 하나를 발견했다. 어뢰 폭발로 뜯겨 나간 정비함 한 곳에서 튕겨져 나온 것이었다. 그는 그 파이프를 쥐고 외부 선체에 가까운 벽이라고 생각되는 곳을 두드리며 S… O… S… 신호를 계속 보냈다.

거의 한 시간 가까이 두드린 후, 클레이는 잠시 휴식을 취하며 한쪽 눈을 가늘게 떴다. 빨간 비상등 불빛이 머리 위에서 점차 희미해지고 있는 것처럼 보였다. 저 불빛이 얼마나 오래 지속될까? 저 불빛마저 사라지면 그는 아무것도 볼 수 없을 것이다.

그러나 불빛이 희미해지는 것이 아니었다. 희미해져 가는 것은 그의 뇌였다. 구명복 속 공기는 거의 고갈되고 있었다. 클레이의 뇌는 충분한 산소를 들이마시고 공급해야 하는 폐가 제 기능을 하지 못한 터라 고통을 겪고 있었다. 사고가 느려지면서 생각을 이어가는 것조차 힘들어지고 있었다.

그는 눈을 크게 뜨고 크룩스타드를 다시 바라보았다. 그의 흐릿한 형체는 더 이상 움직이지 않았다. 그는 클레이보다 나이가 많았고, 그건 그가 더 빠르게 호흡했을 가능성이 높다는 것을 뜻했다. 클레이는 발을 뻗어 함장을 툭툭 건드려보았다. 아무런 반응이 없었다. 그는 조금 떨어진 곳에 그저 조용히 떠 있을 뿐이었다.

클레이의 신체가 또 다시 떨렸다. 그는 피부에 땀방울이 맺히는 것을 느낄 수 있었다. 내부 선체를 파이프로 두드리는 일을 다시 시작했지만 이제 점점 느려지기 시작하더니 마침내 완전히 멈추었다. 그의 눈꺼풀이 감기기 시작했고 파이프가 그의 손아귀에서 떨어졌다.

그때 클레이의 눈에 그것이 보였다. 슬픈 표정으로 그를 바라보는 앨리슨의 아름다운 얼굴이 보였다. 회한의 물결이 그를 엄습했다. 그의 죽음이 그녀에게 어떤 영향을 미칠지에 대한 회한이었다. 그녀는 살아가면서 더 이상의 슬픔을 겪을 필요가 없었다. 앨리슨의 형상은 그의 부모님으로 바꿰었다. 두 분은 이혼하기 전, 젊은 모습으로 함께 서 계셨고, 자랑스럽게 그를 바라보며 미소를 짓고 있었다. 회한의 감정이 서서히 사라지며 따스하고 위로가 되는 뭔가로 대체되었다. 그것들은 그를 기다리고 있었고 그를 영원한 품으로 맞이할 준비를 하고 있었다.

남은 공기가 점점 고갈되는 사이, 클레이의 마지막 명확한 생각은 기분 좋은 것이었다. 한 마리 돌고래의 모습. 그는 구부러진 입과 영원히 웃는 듯한 미소를 가진 녀석이 얼마나 행복해 보였는지 늘 기억할 것이다.

* * *

더크는 심하게 파손된 배의 미로 같은 통로를 네 번이나 헤매고 다니며 그 소리가 어디에서 나는지 찾아다녔다. 더크가 막 찾아낸 순간, 쿵쿵거리는 소리가 갑자기 멈췄다.

그곳에는 두 사람이 있었는데, 커다란 게를 닮은 이상한 형체 속에 둘러싸여 있었다. 그리고 둘 다 움직이지 않았다. 더크는 인간이 물속에서 움직이지 않을 경우 매우 위험하다는 걸 알고 있었다. 더크는 둘 가운데 가까이 있는 형체를 이빨로 물고 뒤로 끌어당겼다. 그런 다음 뒤로 돌아가서 형체 안쪽에 축 늘어져 있는 몸에 코를 대고 앞으로 밀었다. 그들은 함께 미로 같은 통로를 통과하고, 뒤틀린 금속 파편들과 부서진 갑판을 지나 잔해 더미가 가득 떠다니는 공간을 헤치며 나아갔다.

* * *

짐 라이트풋은 에머슨 함장이 믿고 맡기는 수중 잠수 전문가였다. 라이트풋은 연구팀의 일원으로 190센티미터의 키에 젊고 강건했다. 더 중요한 것은 예전에 선수권대회에 출전했던 수영선수라는 사실이었다.

푸른색 수영복만 입은 채, 라이트풋은 선미에 있는 벤치 의자로 달려갔고, 그가 앉자마자 승조원들은 급히 그에게 잠수 장비를 착용시켜 주었다. 두 사람이 그의 발에 오리발을 끼우는 동안 다른 두 사람은 무거운 공기탱크를 그의 등으로 들어올렸다. 라이트풋은 재빨리 호흡조절기를 시험해 보고 고개를 끄덕인 다음, 그을린 얼굴 위로 마스크를 썼다.

그가 일어서자 앨리슨은 보거의 노트북에서 고개를 돌리고 라이트풋을 올려다보았다.

"샐리를 꽉 붙잡으세요. 돌고래가 당신을 데려다 줄 거예요!"

"네." 라이트풋은 고개를 끄덕이고 호흡조절기를 입에 물었다. 그는 주저 없이 오리발을 낀 발로 몇 걸음 내디딘 후 푸른 바다로 뛰어들었다.

짧게 장비를 점검한 후, 라이트풋은 샐리가 기다리는 있는 곳으로 헤엄쳐 갔다. 그가 오른손으로 샐리의 커다란 등지느러미를 감싸고 꽉 붙잡자마자 샐리는 힘차게 꼬리를 차며 물속으로 잠수했다. 그들은 함께 반짝이는 푸른 바닷물을 가르며 어둠 속으로 내려갔다.

라이트풋은 왼손으로 코를 잡고 샐리가 곧장 내려가는 동안 계속해서 귓속의 압력 평형을 맞추었다. 침몰한 보디치호의 선미가 빠르게 시야에 들어왔는데, 마치 익사한 듯 옆으로 기운 채 불길하게 떠받쳐져 있었다. 샐리는 선체 밑면을 따라 계속 나아가다 중간쯤에서 수평을 유지했다. 수면으로부터 비치는 빛은 이제 짙은 푸른색 외에는 어떤 색도 반사하지 않아서, 그들이 지나갈 동안 배의 측면을 따라 기이한 그림자가 드리워졌다.

뱃머리에 가까워졌을 때, 라이트풋은 거대한 구멍이 시야 너머 깊숙이 뚫려 있는 것을 보았다. 왜 그렇게 빨리 가라앉았는지 이해가 되었다.

구멍에 다가갔을 때 라이트풋은 그들이 찾고 있는 것을 보았다. 거대한 구멍에 비해 왜소해 보이는 두 번째 돌고래가 모습을 드러냈고, 인간 형체 하나를 구멍 바깥으로 밀어내고 있었다. 샐리가 속도를 올리는 바람에 라이트풋은 손을 놓칠 뻔했다. 그는 오른손으로 마지막 압력 평형을 맞추고

나서 뒤로 손을 뻗었다. 그는 두 번째 공기 호스를 찾아 그 끝에 달린 예비
용 호흡조절기를 움켜쥐었다. 그런 다음 그것을 앞으로 가져와 위에 달린
버튼을 누르자, 공기 방울이 폭발하듯 배출되었다. 준비는 되었다.

샐리가 가까이 다가가자, 라이트풋은 지느러미를 놓고 오리발을 차며 앞
으로 나아갔다. 그는 손을 뻗어 두터운 검비 슈트를 붙잡고 그 사람을 가까
이 끌어당겼다. 아무런 움직임도 없었다.

라이트풋은 즉시 그 사람의 얼굴을 보호하고 있는 후드를 손으로 더듬으
며 예비용 호흡조절기를 힐끗 보았다. 그 전환 작업은 매우 빨라야만 했다.

* * *

패스파인더호 선미의 모든 사람은 숨을 죽이며 초조하게 기다렸다. 뱃전
에 기댄 앨리슨은 두 손으로 난간을 붙잡고 물속을 뚫어질 듯 내려다보았
다. 아무것도 보이지 않았다. "제발," 그녀는 간절하게 애원했다. "제발!"

고통스러운 침묵이 흐른 뒤, 리가 사람들 뒤에서 긴장감을 깨뜨렸다. "올
라오는 것 같아!"

앨리슨은 노트북 화면으로 달려가서 샐리의 마지막 메시지를 응시했다.
우리 돌아간다. 그녀는 서 있기 힘들 정도로 다리가 후들거렸다. 간신히 난
간으로 되돌아간 그녀는 다음 과정들을 애써 예상해 보았다. 라이트풋은
감압 때문에 매우 천천히 상승해야 했다. 별다른 문제가 없다면, 질소 가스
를 몸에서 배출하기 위해 아마 칠 미터쯤 아래에서 다시 멈출 것이다. 그녀
는 손목시계를 힐끗 보았다. 그들은 이미 몇 분이나 물속에 머물러 있었다.
그것은 좋은 소식일 수도 있고, 아주 나쁜 소식일 수도 있었다.

하지만 그게 좋은 소식이라면, 어떻게 사람이 그렇게 오랫동안 물속에서
생존할 수 있었을까? 갑자기 불길한 생각이 그녀의 머릿속에 스쳤다. 돌고
래들이 들었다는 소리가 단순히 금속들끼리 서로 부딪치는 소리였다면?

더크가 끌어올리려고 했던 것이 그저 누군가의 유해라면?

앨리슨이 비틀거린 순간 켈리가 옆으로 다가와서 그녀의 어깨를 팔로 감싸 안았다. "진정해요, 앨리." 그녀가 속삭였다.

그러나 앨리슨은 그녀의 말이 귀에 들어오지 않았다. 더크가 데려오는 것이 실제로 무엇일지 모른다는 두려움 때문에 그녀는 숨이 멎을 것만 같았다.

* * *

라이트풋은 어떤 기미도 없이 수면 위로 불쑥 모습을 드러냈다. 그는 패스파인더호 바로 아래에서 올라오고 있었으므로, 그가 수면 위로 떠오르자마자 승조원들이 바다로 뛰어들었다. 승조원들은 라이트풋과, 그와 함께 떠오른 주황색 형체를 힘겹게 배로 끌어올렸다.

그 형체를 끌어올리고 선미 갑판 위에 눕히자마자 배의 전속 의사가 사람들을 밀치며 다가왔다.

"물러서요!" 의사는 소리치며 의식 없는 남자 위로 무릎을 꿇고 앉았다.

뒤쪽에 있던 앨리슨은 그 남자의 얼굴을 얼핏이라도 보려고 사람들을 밀치며 앞으로 나섰다. 하지만 앞에 몰려 있는 승조원들과 검비 슈트의 커다란 머리 보호구 때문에 얼굴은 보이지가 않았다.

칸나 박사는 그 사람의 가슴을 여러 번 압박한 다음 뒤로 몸을 뒤로 젖혔다. "옆으로 눕혀요!"

승조원들이 그 말에 따라 그를 옆으로 눕히자, 그의 입과 폐에서 바닷물이 흘러나왔다. 물이 더 이상 나오지 않자 승조원들은 그를 재빨리 다시 바닥에 눕혔고, 칸나는 심폐소생술을 실시했다. 일 분쯤 지났을까, 칸나 박사는 무슨 소리를 듣고 뭔가 기대에 찬 듯 무릎을 꿇은 채 몸을 뒤로 젖혔다.

마침내 격렬한 경련과 함께 존 클레이는 기침을 토해냈다.

61

클레이의 눈이 밝은 태양 아래에서 파르르 떨리다 힘겹게 떠졌고, 그는 머리를 좌우로 빠르게 흔들었다. 여러 사람의 흐릿한 윤곽들이 그를 내려다보고 있었고, 마치 모두 한꺼번에 말하는 것 같았다. 그의 머릿속은 마지막으로 떠오르는 기억들을 끼워 맞추기 위해 정신없이 돌아가고 있었다.

그는 갑판 아래에 있었다… 크룩스타드와 함께. 두 사람은 승조원 누군가를 찾고 있었는데, 그때 배가 흔들렸다. 무척 격렬하게. 바닷물이 밀려드는 소리를 들을 수 있었다. 검비 슈트가 근처에 있었다. 정말 행운이었다.

그의 기억은 앞쪽으로 건너뛰었다. 그는 물속으로 가라앉았다가 다시 떠올랐다. 밀려드는 바닷물 소리가 사방에서 들렸고, 그는 구명복 속에서 숨을 쉬고 있었다. 하지만 천천히 숨을 쉬어야 했다. 숨이 가빠지고 있었다.

클레이는 갑자기 경련을 일으키며 머리 위로 희미하게 보이는 누군가의 팔을 꽉 움켜잡았다. *슈트에 공기가 떨어졌어! 숨을 쉴 수가 없어!*

하지만 지금 그는 숨을 쉬고 있었다. 클레이는 공기를 깊이 들이마셨다. 그리고 눈부신 빛은 태양이었다. *그는 살아 있었다.*

클레이는 이제 완전히 의식을 되찾고 머리를 똑바로 가누었다. 그는 팔을 두 눈 위로 덮으며 눈부신 햇살을 막았다. 마침내 희미한 윤곽들이 서서히 얼굴들로 바뀌었다. 그는 그들 가운데 한 사람을 알아보았다. 칸나. 클레이는 머릿속 기억 공간을 뒤적거렸다. 칸나는 의사였다. 그런데 그 사람이 여기서 뭘 하고 있는 거지? 그는 에머슨 함장의 배에서 복무하는 의사인데. 그래, 패스파인더호. 그는 눈을 몇 번이고 껌벅거리며 다른 얼굴들을 바라보았다.

그가 알아본 얼굴은 오직 한 사람뿐이었다. 그리고 그 순간 그가 신경 쓰였던 유일한 사람. 앨리슨.

그녀는 간절한 표정으로 선원 한 명의 어깨 너머로 들여다보고 있었다. 그녀는 클레이가 자신을 알아보는 모습을 보고 미소를 지으려 했지만 마음대로 되지 않았다. 대신 감정을 주체하지 못하고 사람들 사이를 뚫고 들어가 클레이 옆에 주저앉았다.

클레이는 손을 뻗어 그녀를 자신의 가슴 위로 끌어당겼다. 그는 그녀가 우는 소리를 듣고 두 팔로 그녀를 꼭 감싸 안았다. 한참 후, 그는 앨리슨의 어깨를 밀어 올리며 그녀를 바라보았다. 그녀의 두 눈이 글썽글썽했다.

클레이의 매력적인 얼굴에 불안감을 없애 주는 미소가 번졌다. "휴, 정말 아슬아슬했어."

앨리슨은 고개를 가로저으며 두 손으로 자신의 얼굴을 감쌌다. "제발 그런 짓 좀 그만해요!"

칸나 박사는 안도의 숨을 쉬며 두 사람을 위해 조금 뒤로 물러났다.

클레이는 일어서는 칸나에게 물었다. "크룩스타드는 어디 있습니까?"

의사가 이맛살을 찌푸렸다. "승조원들이 그를 데리러 다시 내려갔네."

깊은 숨을 들이쉬며 클레이는 손바닥으로 한쪽 눈을 가렸다. 그는 아직 저 아래 있어. 그때 기억이 되살아났다. 크룩스타드는 클레이의 공기가 다 떨어지기 훨씬 전부터 움직임을 멈췄다. 그는 슬픔에 잠겨 고개를 저었다.

"보거는 어디 있죠?" 그는 여전히 무릎을 꿇고 앉아 그를 둘러싸고 있는 사람들의 얼굴을 두리번거렸다. 아무도 클레이가 누구를 지칭하는지 알지 못했다. 마침내 앨리슨이 눈물을 닦고 일어서며 주변을 훑어보았다. 그녀는 사람들 뒤쪽에 있는 그를 발견하고 가까이 오라고 손짓했다.

보거는 클레이 앞으로 다가온 다음 그의 시선에 맞춰 고개를 옆으로 기울였다. "괜찮나, 클레이."

"월, 무슨 일이 있었던 거죠?"

보거는 심호흡을 했다. "어, 그게. 보디치호가 침몰했어. 그리고 자네도 배와 함께 가라앉았을 뻔 했지."

클레이는 고개를 끄덕였다. "날 찾아줘서 고마워요."

"그래, 뭐, '천만에'라고 말할 수 있으면 좋으련만. 하지만 자네를 찾아낸 건 우리가 아니야." 보거는 앨리슨을 보고 씩 웃었다.

"더크가 당신을 발견했어요." 그녀가 훌쩍이며 말했다.

"더크가?"

"당신이 선체 두드리는 소리를 더크가 들었어요."

클레이는 이마를 찌푸렸다. 그 부분은 기억이 나질 않았다. "그럴 수가!"

"자네는 더크한테 생선 한 트럭분은 빚진 거야." 보거가 농담을 했다.

"정말 그렇군요." 클레이의 표정이 진지해졌다. "누가 우리를 공격했죠?"

"그 어뢰? 모르겠어. 하지만 자네가 전에 한 말은 맞아. 포렐 잠수함은 무기용으로 설계된 게 아니었어. 나중에 변경한 거라면 모를까."

"고위층에서도 아마 그렇게 생각하고 있을 겁니다."

클레이는 앨리슨과 보거 모두에게 손을 내밀었다. "나 좀 일으켜 줘." 그는 일어서자마자 두 사람의 어깨 위에 손을 얹고 몸을 가누었다. 그는 자신을 향해 다가오는 에머슨 함장을 발견했다.

에머슨은 미소를 지으며 고개를 저었다. "자네는 목숨이 몇 개 되는 것 같군." 그러고는 손을 내밀었다. "이제 얼마나 남았는지 궁금한데."

클레이는 그가 내민 손을 잡고 악수했다. "구하러 와줘서 감사합니다."

"당연한 일 아닌가." 에머슨은 승무원들을 흘끗 쳐다보며 침울한 표정을 지었다. 그들은 여전히 뱃전에 기대서서 크룩스타드를 기다리고 있었다. 아마도 크룩스타드의 시신일 가능성이 더 크지만. "랭포드에게 전화해야 하는데," 에머슨이 말했다. "하지만 자네가 대신 하는 게 낫겠군."

* * *

랭포드는 첫 번째 전화벨이 울리자마자 전화기를 들었다. 클레이의 목소리를 듣고 안도한 그는 곧바로 크룩스타드에 대해 물었다. 아직 기다리고 있다는 소식을 들었을 때 그의 목소리는 조용해졌다. 그는 해군 출신이었고, 그 말이 무얼 뜻하는지 알았다.

클레이가 화제를 바꾸었다. "제독님, 대응책은 뭡니까?"

랭포드는 그것이 군사적 대응을 묻는 것임을 알았다. "아직 결정된 바 없네. 상황을 파악하고 있는 중이야. 여러 요인을 감안해야 하니까."

"러시아 쪽은 아닌 것 같습니다, 제독님. 그리고 포렐 잠수함의 설계를 대대적으로 손본 것 같습니다."

"우리도 그 잠수함 일부를 개조했다는 건 이미 알고 있네. 이제는 얼마나 많이 변경했는지 파악하고 있고, CIA가 그 일을 하고 있는 중이야. 그동안 우리는 선택지를 고려하고 있을 걸세."

"알겠습니다. 그러나 또 다른 문제가 있습니다." 클레이는 말을 꺼내며 보거를 바라보았다. "보거 말로는, 우리가 주시하는 그 산 정상에 불이 났다고 합니다. 중국인들이 무얼 가져갔는지 추적하던 그 근원지 말입니다. 꽤 큰 불이랍니다."

"젠장." 랭포드는 생각을 하며 몸을 돌렸다. 그가 있는 곳은 대통령 상황실 한쪽 구석이었다. "몸은 좀 어떤가, 클레이?"

"전 괜찮습니다." 그는 거짓말을 했다.

"필요한 게 뭔가?"

클레이는 앨리슨과 보거를 바라보며 말했다. "이동 수단이 필요합니다."

"몇 군데 전화를 해보겠네."

62

그들이 산 정상에 도착하기까지는 몇 시간이 걸렸다. 차량의 강력한 엔진이 가파른 경사를 오르느라 쉴 새 없이 굉음을 냈기 때문에 디앤은 도저히 생각에 집중할 수 없었다. 그녀 옆, 둘세와 덱스터는 여전히 우리에 갇힌 채 두려움에 떨며 쇠창살 사이를 내다보고 있었다. 디앤은 그들을 안심시키려고 했지만, 소음이 너무 커서 조끼는 어떤 말도 통역할 수 없었다. 의심할 여지없이 그녀의 인생에서 가장 긴 여정이었다.

화재로 인한 연기는 정글의 습한 공기 탓에 꽤나 무거워졌다. 갈색 연기층 일부는 위로 올라가지 못하고 산허리를 따라 아래로 퍼져나갔다. 그 짙은 연기를 뚫고 마지막 언덕을 넘어선 그들은 큰 충격을 받았다. 그들 주변은 온통 격렬하게 춤추는 듯한 화염 장막 속에서 타오르는 불길뿐이었다. 그 때문에 일부 지역에서는 시커먼 연기가 진홍색처럼 빛났다.

전경이 완전히 드러나자, 알베스의 운전사는 차를 멈춰 세웠고 모두 입을 다물지 못했다. 파괴의 규모는 엄청났다.

알베스의 기적을 바라던 희망은 순식간에 증발했고, 동시에 덱스터는 길길이 날뛰었다. 그 원숭이는 작은 폐로 낼 수 있는 최대의 소리로 비명을 지르며 우리의 창살을 더욱 거세게 잡아당겼다. 녀석은 손은 바깥 자물쇠를 필사적으로 더듬으며 그것을 열어보려고 발악하듯 애를 썼다.

둘세는 덱스터를 지켜보면서 눈에 띄게 몸을 떨고 있었다. 디앤은 어느 영장류도 도와줄 수 없다는 사실을 깨닫고 무력감에 휩싸였다. 두 녀석 모두 완전히 공황 상태에 빠졌고, 수없이 한 훈련도 지금은 아무런 도움이 되지 않았다.

절망에 빠진 알베스는 차 문을 밀어 젖히고 타들어가는 대지 위로 뛰어내렸다. 그는 충격에 얼어붙은 듯 그대로 서서 갈색 하늘로 치솟는 불길을 지켜보았다. 안 돼! 안 돼!

시커먼 대지 저 멀리까지 살아 있는 생명체는 전혀 보이지 않았다. 알베스는 불에 타기 전 그 땅 위에 원래 무엇이 있었는지조차 알아볼 수 없었다. 그는 주머니에서 하얀 손수건을 꺼내 입을 대고 기침을 참으려 했다.

덱스터는 여전히 비명을 지르고 있었고, 블랑코의 부하가 차량 뒤에 실린 우리를 꺼내어 땅에 내려놓았다. 디앤은 카푸친 원숭이가 쇠창살을 격렬히 흔들어댄 탓에 녀석의 자그마한 손 주위의 털들이 붉은 피로 흥건히 젖은 것을 알아차렸다. 원숭이의 까만 눈동자는 두려움 때문인지 크게 확장되어 있었다.

"저들을 꺼내줘요!" 디앤이 소리를 질렀다.

하지만 알베스는 그 말을 듣지 못했다. 그와 수하들은 완전히 넋을 잃은 채 눈앞에 펼쳐진 파괴 현장을 바라보고 있었다. 특히 알베스에게 그 광경은 죽음이라는 속이 뒤틀릴 듯한 고통을 불러일으켰다. 그의 머릿속은 어떻게 이런 일이 가능한지 이해하려고 애썼다. 이 깊은 아마존 산속에서.

그때 알베스와 블랑코가 동시에 뭔가를 발견했다. 50미터도 채 떨어지지 않은 곳, 불타 버린 땅 위에 놓여 있는 장화 한 켤레. 그것은 큰 바위 무더기 뒤로 튀어나와 있었다. 검은색 장화 한 짝은 서 있었고, 다른 한 짝은 땅에 옆으로 뉘어져 있었다. 두 남자는 그을린 땅을 급히 가로질러 갔는데, 알베스는 지팡이 없이도 놀라울 정도로 빠르게 움직였다.

그들이 거대한 큰 바위를 돌아갔을 때, 땅 위에 누워 있는 전신이 온전히 드러났다. 군데군데 불에 탄 회색 제복을 입은 그 남자는 옆으로 뒤틀린 채 누워 있었고 큰 기계식 장비를 등에 메고 있었다. 그 장비에는 금속 탱크가 두 개가 붙어 있었고 긴 고무호스가 땅에 늘어져 있었다. 죽은 듯한 남자는 고글을 쓴 채 오른쪽 뺨을 땅에 대고 미동도 하지 않았다. 알베스와 블랑코 모두 당혹해하며 그 생기 없는 시체를 빤히 바라보았다.

그 병사의 얼굴은 고통스러운 표정으로 굳어 있었고, 피부 일부는 검게 그을려 있었다. 생김새로 볼 때 분명 중국인처럼 보였고, 검은색 눈동자는 하늘을 올려다보고 있었다. 시체의 왼팔에는 여전히 한쪽 배낭끈이 걸려 있었는데, 마치 그가 영원의 영역으로 들어갈 때 짐을 벗으려고 애썼던 것처럼 보였다. 블랑코는 시체의 등 뒤로 가서 시신을 발로 밀어 보았다. 제복 뒷면에 커다란 핏자국이 있었다.

"등 뒤에서 총을 맞았어요."

알베스는 화염방사기를 알아보고 어이가 없어 하며 고개를 가로저었다. 그는 여전히 손수건으로 입에 대고 있었다. "왜? 왜 이런 짓을 한 거지? 이들이 이곳에 먼저 왔다면, 왜 그것을 파괴한 거지?"

블랑코는 기침이 나오자 소매로 입을 가렸다. 그는 주변을 자세히 훑어보았고 더 멀리 떨어져 있는 또 다른 시체를 발견했다. 그 시체 또한 땅에 누워 있었다. "아마 이들은 자신이 뭘 하고 있는지 몰랐을 겁니다."

알베스는 블랑코의 시선을 따라 두 번째 시신을 바라보았다. "이용당한 걸 수도 있어."

"아니면 둘 다거나요."

알베스는 뒤로 물러서다 땅에 떨어진 그을린 초목 조각 하나를 주워들었다. 손가락으로 그것을 비벼대자 가루로 부서지며 바람에 흩날려갔다.

경사면을 따라 더 아래로 내려간 그는 불길이 전혀 닿지 않은 훨씬 더 넓은 구획을 볼 수 있었다. 큼직한 흙무더기가 보였는데 마치 파헤쳐진 것 같았다. 그게 무얼 뜻하는지 깨닫자 그의 눈이 휘둥그레졌다. 발굴!

그들 뒤에서 덱스터의 비명이 돌연 멈추었다. 두 사람은 급히 돌아섰고 알베스의 얼굴은 공황에 빠진 듯 창백해졌다. "안 돼!" 그가 소리쳤다.

디앤은 가까스로 우리의 빗장을 풀었다. 알베스는 덱스터가 달아나며 소용돌이치는 연기 속으로 사라지는 것을 먼발치에서 속수무책 지켜보았다.

알베스는 격분했다! 이 지역이 파괴되었으므로 그 원숭이의 유전자는 마지막이자 유일한 희망이었다. "그놈을 잡아!" 그는 달아나는 원숭이를 멍하니 쳐다보고 있는 블랑코의 부하에게 소리쳤다. "녀석을 잡으라고!"

그 부하는 고개를 끄덕이며 원숭이를 뒤쫓아 연기 속으로 사라졌다.

알베스는 나지막한 경사면을 다시 쏜살같이 올라갔다. 두 번째 우리에서 둘세를 꺼낸 디앤은 고릴라의 손을 꼭 잡은 채 반항적으로 서 있었다.

"대가를 치르게 될 거야!" 알베스가 으르렁거렸다. "반드시 말이야!" 숨을 헐떡이던 그는 디앤으로부터 몇 발자국 떨어진 곳에 멈춰 섰다. 블랑코의 또 다른 부하가 디앤 뒤로 재빨리 접근해 그녀의 목덜미를 움켜잡았다. 그녀는 충격으로 앞으로 쓰러질 뻔했지만 간신히 둘세를 붙잡고 버텼다.

알베스의 입은 증오로 일그러졌고 얼굴은 시뻘겋게 변했다. "고릴라에게 가서 그놈을 찾으라고 말해!"

디앤은 대답하지 않았다..

"말해, 고릴라에게 그놈를 찾으라고!"

디앤은 계속 빤히 쳐다보다가 마침내 명확히 한 단어를 말했다. "싫어."

알베스의 두 눈이 마치 눈구멍에서 튀어나올 것만 같았다. 그는 블랑코를 향해 돌아섰다. "저놈을 죽여, 디아즈. 죽이라고! 당장!"

"그래, 어차피 우리를 죽일 거였잖아."

알베스 옆에 서 있던 블랑코의 검은 눈이 디앤을 쏘아보며 유심히 살폈다. 동시에 그의 험악한 얼굴에 음산한 미소가 번지며 디앤의 등골을 오싹하게 만들었다. 그는 이 상황을 즐기고 있었다.

블랑코는 아무 말 없이 디앤 곁으로 다가가서 부하의 손을 대신해 그녀의 목을 강철 같은 손으로 꽉 움켜쥐었다. 둘세는 낑낑거리는 소리를 내며 디앤의 다리 뒤로 쏜살같이 피했다.

"가서 전화기 가져와." 블랑코가 손짓했다. 그 부하는 말없이 고개를 끄덕이고 그들 뒤쪽에 있는 차량으로 향했다. 그 차는 옅은 연기 장막에 서서히 둘러싸이고 있었다.

"젠장, 멍청한 여자 같으니라구!" 알베스가 호통치듯 말했다. 그는 블랑코를 힐끗 보고 고개를 끄덕였다. "조끼를 벗겨내."

블랑코는 즉시 두꺼운 팔을 디앤의 어깨 너머로 뻗어 조끼를 그녀의 가슴 아래로 내렸다. 두 번의 재빠른 동작으로 그가 조끼를 벗겨내자, 조끼는 땅바닥에 털썩 떨어졌다.

알베스는 앞으로 나서서 조끼를 집어 들었다. 그런 다음 팔을 안쪽으로 밀어 넣고 벨트를 조였다.

"그러면 내가 저놈에게 말하지. 녀석은 틀림없이 네 목숨을 구하고 싶어 할 테니까." 그는 디앤 뒤에 숨어서 엿보던 둘세를 향해 조끼의 방향을 돌렸다. "둘세," 알베스가 엄한 목소리로 명령했다. "가서 덱스터를 찾아."

둘세는 움직이지 않았다.

알베스는 장비를 내려다보았다. 스피커에서 아무런 소리도 나오지 않았다. 그는 전원 버튼을 위아래로 반복해서 움직여 보았다.

아무런 반응이 없었다.

그는 디앤을 노려보았다. "이걸 어떻게 한 거야?"

디앤은 말없이 고개만 저었다.

"말해!" 알베스가 소리쳤다.

그녀의 대답은 영리했다. "멍청한 운전사가 속도를 줄였어야 했어. 조끼가 망가진 거야."

알베스의 눈이 가늘어졌다. 그는 조끼를 다시 확인한 다음 한 번 더 말을 해보았다. 반응은 없었다.

"끝났어." 디앤이 말했다. "불멸에 대한 당신의 미친 집착은 끝났다고."

놀랍게도 알베스는 웃음을 터뜨렸다. "끝났다고? 이게 끝이라고 생각해? 아무것도 끝나지 않았어. 그 원숭이는 아직 저곳에 있어, 아마 비슷한 놈들이 더 많이 있을 거야. 설령 그놈들을 찾을 수 없다고 해도, 여기 있던 게 뭐든 그냥 파괴된 게 아니야. 그 중 일부를 발굴해서 어딘가로 가져간 거라고." 그는 섬뜩한 미소를 지었다. "그건 내가 찾아낼 수 있다는 뜻이야. 나는 네가 상상하는 것보다 훨씬 더 많은 재력을 가지고 있어. 수십억 달러의 돈과 수하들 말이야. 나는 여기서 가져간 것을 찾기 위해 마지막 한 푼까지 다 쓸 거야. 그러니까 아직 끝난 게 아니라고. 이제 시작일 뿐이야!"

디앤이 믿을 수 없다는 표정으로 알베스를 쳐다보고 있을 때, 블랑코의 신체 무게가 그녀 뒤에서 미묘하게 움직이는 것을 느꼈다. 그녀는 자신의 어깨 너머로 총이 나타난 순간 너무 놀라서 숨이 턱 막혔다.

알베스도 디앤을 지켜보다가 별안간 그 상황을 알아차렸다. 그는 어리둥절한 표정으로 블랑코를 바라보았다. 총구가 겨눈 곳은 바로 알베스였다.

"뭐 하는 거야?"

블랑코는 여전히 디앤의 목을 조르고 있었지만, 그의 총구는 알베스의 가슴을 똑바로 겨냥하고 있었다. "당신의 미친 짓거리에 이제 질렸어."

알베스는 완전히 혼란에 빠졌다. 그의 머릿속은 지금 눈으로 보고 있는 상황을 이해하지 못하고 혼란을 겪고 있었다.

"당신은," 블랑코는 비난하듯 말했다. "대부분의 사람들이 상상할 수 없을 만큼 많은 돈을 가지고 있어, 그리고 당신은 자신의 운명을 피하려고 발버둥치는 데 마지막 한 푼까지 다 써버리겠지. 당신이 부를 노리고 내 조국을 착취한 것도 모자라서, 이제는 그 피로 얼룩진 돈을 이용해 죽음마저 어떻게든 모면하려고 하다니. 너 때문에 희생을 치른 수많은 사람들이 그 운명을 맞이한 걸 모른단 말인가."

알베스의 표정은 혼란에서 걱정으로 바뀌었다.

"당신이 가진 돈이면 얼마나 많은 가정이 풍요로운 삶을 살 수 있는지 아나?" 블랑코는 말을 이어갔다. "내 가족 같은 사람들 말이야. 그런데도 당신은 이미 왕처럼 살아온 한 사람의 수명을 연장시키기 위해 가진 돈을 모조리 써 버리려고 작정했어."

"무슨 말을 하는 거야?" 알베스가 흐느꼈다. "내가 자네한테는 섭섭하지 않게 많이 주고 있어. 자네도 알잖아!"

블랑코는 미소를 지었다. "알지, 그리고 이제 당신은 나한테 훨씬 더 많은 돈을 줄 거야. 왕좌를 다른 사람에게 넘길 때가 됐거든."

"그렇게는 안 될 걸." 알베스가 맞서듯 말했다. "전부 내 명의로 되어 있으니까. 나를 죽이면 아무것도 얻지 못할 텐데."

"모든 게 다 당신 이름으로 된 건 아니지. 캐롤라이나도 충분히 접근할 수 있는 권한을 갖고 있으니까."

"캐롤라이나?" 알베스의 두 눈이 공포에 질린 듯 휘둥그레졌다. 그의 말이 옳았다. 캐롤라이나도 충분한 서명 권한을 갖고 있었다. 블랑코가 모든 걸 얻지는 못하겠지만, 그래도 부자가 되기엔 충분할 것이다. "그녀가 절대 그럴 리 없어."

블랑코는 조롱하는 듯한 미소를 지었다. "사랑에 빠진 여자의 충성심을 과소평가하는군. 그녀는 이미 그렇게 했어."

"자네가 이럴 순 없어."

블랑코는 냉정하게 고개를 저었다. "죽음은 어디에서 찾아올지 모른다고 당신이 그랬던가?"

그것은 알베스가 들은 마지막 말이었다. 그가 대답도 하기도 전에 블랑코는 방아쇠를 당겼고, 한 발의 총알이 알베스의 심장 오른쪽 심실에 큰 구멍을 뚫으며 관통했다. 그 노인은 땅에 쓰러지기도 전에 이미 죽어버렸다.

디앤은 총 소리와 동시에 마테우스 알베스가 즉사하자, 비명을 지르다 망연자실한 듯 얼어붙었다. 그녀는 둘세가 꽥꽥 소리를 지르며 갑자기 산비탈 아래로 달아나는 모습을 무기력하게 쳐다보았다.

블랑코는 옆에서 비틀거리는 디앤을 붙잡고 앞으로 걸어갔다. 그는 알베스를 내려다보며 그 노인의 가슴에 두 번째 총알을 발사했다. 그런 다음 돌아서서 연기가 자욱한 쪽을 돌아보았다. *부하들은 어디 있지?* "루이스! 마르코! 여기서 빠져 나가자!"

그는 디앤을 홱 잡아당기며 쓰러뜨렸다. 그런 다음 그녀의 얼굴을 힘껏 가격했고, 그녀는 정신을 잃고 땅바닥에 쓰러졌다. 그는 그녀의 셔츠를 이용해 총을 깨끗하게 닦은 다음 그녀의 오른손을 잡고 총의 손잡이를 감싸 쥐도록 했다. 마지막으로 그녀의 손가락을 억지로 방아쇠울 안으로 밀어넣고 방아쇠 위에 올려놓았다.

"여기서 나가자고, 젠장!" 블랑코는 어깨 너머로 더 크게 소리쳤다. 디앤은 눈을 여러 번 깜박이며 무슨 일이 벌어진 건지, 그리고 다음에 무엇을 해야 할지 생각하려고 애썼다.

블랑코는 연기 속에서 한 인물이 나타나자 마침내 고개를 들었다. 그는 뭔가 고함을 치려고 입을 벌리려다 멈췄다. 그 인물은 그의 부하들처럼 보이지 않았다. 근육질에다 어깨가 넓었고 온통 검은색 옷을 입고 있었다. 블랑코는 멈칫하며 연기 때문에 자신이 잘못 본 게 아닌가 궁금해했다. 그 인물이 다가오자, 그는 누구인지 확인하려고 눈을 크게 떴다.

디앤은 겉모습만 보고도 그를 즉시 알아보았다. 검은 머리와 콧수염은 틀림없었다. 곧바로 안도감이 물밀듯 밀려들었고 디앤은 울기 시작했다.

스티브 시저는 걸음을 멈추고 상황을 살피며 주시했다. 그의 오른손에는 윤곽으로 보아 큰 총 같은 것이 들려 있었다. 그는 블랑코에게 미소를 지었다. "루이스와 마르코는 그다지 실력이 좋지 않던데."

"넌 누구야?" 블랑코가 내뱉었다.

"백기사라고 해두지."

블랑코는 디앤의 힘없는 손아귀에서 재빨리 총을 낚아채서 쥐었다. 그리고 왼손으로 그녀의 목 앞쪽을 붙잡고 그녀의 뺨에 총을 들이댔다. "한 발짝만 더 다가오면 이 여자는 죽어."

시저는 침착하게 총을 들어올리고 어깨 너머로 고갯짓을 했다. "어쩌나, 저 지프로 가려면 나를 지나쳐야 하는데."

블랑코는 총을 디앤의 얼굴에 더 바짝 들이대며 호통치듯 소리쳤다. "이 여자를 데리고 갈 거야."

시저는 거만하게 미소를 지었다. "너는 그 여자를 어디로도 못 데려가."

"과연 그럴까?" 블랑코는 그녀를 자신 쪽으로 끌어당기며 똑바로 일어섰다. "총을 버려, 안 그러면 지금 이 여자를 죽일 거야."

"뭐야, 영화 찍어?" 시저가 조롱하듯 말했다. "보아하니 자네는 앞날을 깊이 생각하지 않는 것 같아. 자네가 그 여자를 죽이면 나도 자네를 죽일 거야. 정말이라니까, 내 방식이 마음에 들지 않을 텐데."

블랑코는 점점 긴장하고 있었다. 그는 디앤에게서 총구를 거두고 시저를 겨누었다. "그러면 너도 죽어."

"같이 죽지 뭐." 시저의 눈은 차갑고 매서워졌다. "그건 약속하지."

블랑코는 대답하지 않았다. 대신 안절부절못하며 주위를 힐끔 살폈다.

"그 여자를 죽이면 너도 죽어. 날 죽이면 너도 죽어. 그러니까 네가 여기서 살아 나갈 수 있는 유일한 방법은 그녀를 놓아주는 것뿐이야."

"난…." 블랑코는 어떤 소리를 듣고 말을 끊었다. 뭔가가 그들을 향해 다가오고 있었다. "저게 뭐지?"

시저는 귀를 기울이더니 미소를 지었다. 그는 희미한 요동 소리를 쉽게 알아차렸다. "저건 감옥의 소리야."

* * *

둘세는 30미터쯤 떨어진 바위 뒤에 숨어 있었다. 암컷 고릴라는 바위 옆으로 조심스럽게 고개를 내밀며 경사면 위를 유심히 살펴보았다. 나쁜 사람들이 오고 있나? 암컷 고릴라는 어떻게 해야 할지 몰랐다.

암컷 고릴라는 하늘로 가늘게 피어오르는 연기를 지켜보며, 귀를 기울이고 기다렸다. 울음소리는 멈췄지만 나쁜 남자들이 그녀의 엄마를 데리고 있었다. 그때 다른 소리가 들렸다. 다른 목소리. 더 깊은 목소리. 둘세의 눈이 부릅떠졌다. 그것은 암컷 고릴라가 아는 목소리였다.

그 목소리가 다시 들리자, 둘세는 바위 뒤에서 뛰어나와 풀이 무성한 경사면을 허둥지둥 다시 올라갔다. 암컷 고릴라가 경사면 위에 올라섰을 때, 연기 사이로 시저의 모습이 똑바로 보였다. *그가 여기 있어! 그가 여기 있어!*

* * *

시저는 블랑코를 뚫어지게 쳐다보며 기회를 기다리고 있었다. 그때 언덕 위로 뭔가 껑충껑충 올라오는 것을 알아차렸다. 그는 블랑코에게 총을 겨눈 채 그쪽을 흘끗 쳐다보았다. 그것은 둘세였다! 시저는 순간적으로 안심이 되었지만 암컷 고릴라가 자신을 향해 전속력으로 달려오고 있다는 것을 깨달았다. 그는 손바닥을 내밀었다. "둘세, 안 돼!"

암컷 고릴라는 멈추지 않았다. 겁에 질려 있던 둘세는 자신을 안전하게 지켜줄 수 있는 몇 안 되는 사람 중 한 명인 그를 향해 달려갔다.

"안 돼!" 시저는 힘껏 소리쳤지만, 둘세는 거리를 좁히며 다가오다가 그의 품안으로 뛰어들었고 그 바람에 시저는 뒤로 넘어지고 말았다.

시저가 기회를 엿보고 있었듯, 블랑코 역시 마찬가지였다. 고릴라와 시저가 부딪치자마자, 블랑코는 총을 발사했다.

63

총알이 오른쪽 옆구리를 뚫고 들어가서 허리 밑으로 빠져나가자, 시저는 또 다시 비틀거렸다. 블랑코는 다시 조준했지만 총을 쏘지 않았다. 대신 조금 전까지 희미하게 들리던 소리가 순식간에 굉음으로 바뀌며 헬기 한 대가 그들 머리 위로 요란하게 지나가자 몸이 얼어붙고 말았다.

시저는 한쪽 무릎이 주저앉은 상태로 간신히 한 발을 쏘았고, 그 총알은 블랑코의 노출된 어깨를 명중시켰다.

블랑코는 비명을 지르며 디앤을 바닥으로 팽개쳤다. 그는 비스듬한 방향으로 재빨리 달아나며 엄호를 위해 두 발을 더 발사했다. 두 발 모두 딱히 표적을 겨눈 건 아니었고, 단지 떠돌고 있는 자욱한 연기 속으로 몸을 숨기는 데 필요했을 뿐이었다. 순식간에 블랑코는 연기 속으로 사라졌다.

시저는 총에 맞은 순간, 둘세가 그의 품 안에서 축 늘어지는 것을 느꼈다. 암컷 고릴라는 비명을 지르려 했지만 그럴 수 없었다. 총알이 암컷 고릴라의 몸을 꿰뚫은 후 시저마저 관통한 것이었다. 그는 암컷 고릴라를 품에 안고 등을 부드럽게 쓰다듬었다. 둘세는 그를 부드럽게 바라보며 무슨 말을 하려 했지만 아무런 소리도 나오지 않았다. 총알은 고릴라의 폐를 관통했다. 고릴라의 손이 시저를 잡으려 했지만 움직일 수 없었다. 대신 암컷 고릴라는 그의 품에 안긴 채 고개를 뒤로 떨구며 마지막 눈물을 흘렸다.

* * *

존 클레이는 급선회하며 소형 헬리콥터를 최대한 빠르게 착륙시켰다. 땅에 닿자마자, 그는 전원을 끈 다음 문을 열고 밖으로 뛰어내렸다. 옆 좌석에 타고 있던 앨리슨이 문을 열고 내렸고 윌 보거가 그 뒤를 따라 내렸다. 연기 때문에 앞을 분간하기 힘들었지만, 디앤의 비명 소리 덕분에 그들은 다른 사람들이 어디 있는지 정확히 알 수 있었다.

사람들의 모습이 시야에 들어왔을 때, 시저는 큰 바위에 등을 기대고 앉아 두 손으로 자신의 상처 양쪽을 압박하고 있었다. 디앤은 그 옆에서 둘세를 끌어안고 미친 듯이 흐느끼고 있었다. 다른 사람들이 불에 타버린 들판을 가로질러 그들 쪽으로 달려오는 것도 모른 채, 디앤은 무릎을 꿇고 둘세를 땅바닥에 눕혔다. 그녀는 둘세의 턱을 들어올리고 입으로 숨을 불어 넣었다. 그런 다음 두 손을 모으고 둘세의 가슴을 압박하기 시작했다.

핏발이 선 시저의 두 눈이 클레이가 다가오는 모습을 올려다본 다음 다시 둘세를 내려다보았다. "그녀를 도와줘, 존!" 그가 이를 악물며 말했다.

클레이는 무릎을 꿇고 앉으려다가 갑자기 멈췄다. "내 가방 어디 있어?"

시저는 눈을 깜박이며 생각했다. "저쪽 30미터쯤 뒤에."

클레이는 시저를 지나쳐 짧은 경사면을 뛰어 올라갔다. 그는 바퀴 자국으로 보아 차량이 주차되었던 곳 근처에서 땅에 놓인 가방을 발견했다. 그는 급히 달려가서 가방을 열어젖혔다. 그는 안에 들어있는 작은 주머니를 발견하자마자 그가 찾던 것을 꺼낸 후 뒤돌아서 다시 달렸다.

그가 돌아왔을 때, 앨리슨은 둘세의 입에 공기를 불어넣고 있었고 디앤은 그 옆에서 둘세의 가슴을 계속 압박하고 있었다. 효과는 없어 보였다.

클레이는 그들 앞에 멈춰 섰고, 묘한 눈길로 그를 바라보는 시저와 눈이 마주쳤다. 클레이는 손을 벌리고 손바닥에 놓인 은색 육면체를 유심히 바라보았다. 일 년 전, 그 장치는 눈 깜짝할 사이에 역사를 바꾸어 놓았다.

클레이는 시저의 발치에 무릎을 꿇고 앉아서 그의 힘겨운 호흡을 지켜보았다. 한 번 더 시저를 바라본 후 그는 둘세에게 눈길을 돌렸다. 그런 다음 암컷 고릴라의 털이 수북한 가슴에 그 육면체를 갖다 대고 눌렀다.

아무 일도 일어나지 않았다.

그는 그것을 둘세의 몸에 대고 꾹 눌렀다. "어서, 제발!"

디앤과 앨리슨은 동작을 멈추고 그 물체를 바라보았다. 클레이의 손 아래, 둘세의 몸은 압박감에 그저 처져 있을 뿐, 헝겊 인형처럼 꼼짝도 하지 않았다. 몇 차례 시도 후, 클레이는 손을 떼고 일어나 한 걸음 물러섰다.

두 여자 모두 클레이가 뭘 하고 있는지 의아해하며 바라보고 있었다. 바로 그때였다. 은색 직육면체에서 밝고 푸른 섬광이 뿜어져 나오더니 둘세의 작은 신체를 따라 물결치듯 퍼져 나갔다.

육면체 내부의 요소들이 활성화된 것이었다. 밝은 섬광과 함께 그 육면체의 신비한 요소가 강력한 원형 자기장을 일으켰고, 즉시 중수소핵을 융합하기 시작했다. 처음에는 동그란 자기장 안쪽이 밝은 파란색으로 빛나더니, 갑자기 모든 빛이 빨려 나가듯 검은색으로 변했다. 그리고 포털, 즉 시간과 공간을 초월한 차원의 문이 연결을 위해 뻗어나갔다.

앨리슨과 디앤, 그녀들 뒤에 서 있던 보거는 차원의 관문인 포털이 열리자 모두들 깜짝 놀라 말문이 막힌 듯 멍하니 있었다. 클레이와 시저는 전에도 이미 그것을 본 적이 있었다.

눈부시게 빛나는 관문은 이제 타원형으로 크게 늘어났고, 그 포털 안쪽에서 사람의 형체가 나타나기까지는 불과 몇 초밖에 걸리지 않았다. 그 인물은 평균보다 키가 조금 작았고 당혹스러운 표정을 지으며 눈앞에 보이는 불에 탄 땅을 내다보았다.

그 사람은 매끈한 대머리에 짙푸른 색 눈을 가지고 있었다. 그는 포털 밖으로 걸음을 내딛으며 무척 침착한 표정으로 여자들을 바라보았다. 그런 다음 그녀들의 팔을 따라 둘세에게 눈길을 돌렸다.

페일린은 둘세의 몸에서 고개를 들고 클레이로 바라보았다. 그 순간 그의 뒤쪽 포털에서 두 명의 인물이 더 나타났다. "당신은 깨닫고 있군요."

다른 두 인물이 둘세를 진찰하는 동안, 페일린은 바닥에 주저앉아 있는 시저를 묘한 표정으로 살펴보았다. "당신은 자주 총에 맞는군요."

시저는 웃으려고 했지만 그럴 수 없었다. 대신 피가 섞인 기침을 했다.

잠시 후, 페일린의 동료 한 사람이 둘세를 붕대로 빠르게 감싼 후 작은 고릴라를 품에 안고 일어나서 포털로 향했다. 두 번째 인물은 시저에게 다가가 그의 상처를 살펴보기 시작했다.

페일린은 가만히 지켜보다가 클레이에게 시선을 돌렸다. "오랜만이군요, 존 클레이. 다시 만나게 되어 기쁩니다."

클레이도 씩 웃었다. "오랜만입니다, 페일린. 저 역시 반갑네요."

두 사람은 시저가 고통에 신음하자 뒤를 돌아보았다. 의사로 보이는 페일린의 동료는 시저의 아랫배와 등에 얇은 은색 패치를 대고 압박했다. 그가 시저를 일으키려고 하자 클레이가 재빨리 나서서 도와주었다. 그 의사는 일어선 뒤 시저의 팔 아래로 머리를 넣어 부축했다. 그리고 아무 말 없이 동료가 둘세를 데리고 간 것처럼 시저를 데리고 포털로 걸어 들어갔다.

페일린은 뒷짐을 쥐고 웃음기 띤 표정으로 앨리슨, 디앤, 보거를 향해 눈썹을 치켜올렸다. 세 사람은 한 치도 움직이지 않았다. "친구들한테는 우리의 첫 만남에 대해 말해주지 않았나 보군요?"

"아," 클레이는 잠시 생각했다. "직접 보는 것만큼 좋은 건 없으니까요."

페일린은 고개를 끄덕이며 미소를 잃지 않았다. 그는 빛의 관문 쪽으로 발길을 돌리려다 다시 클레이와 다른 사람들에게 돌아섰다. 그는 호기심 어린 눈빛으로 그들을 바라보았다. "함께 가시겠어요?"

빛의 관문인 포털에 들어서면서 느낀 온도 변화는 충격적이었다. 덥고 습하고 매캐한 공기는 금세 시원하고 상쾌한 분위기로 바뀌었다. 클레이의 마음속에는 오래된 기억이 떠올랐다. 뜨거운 욕조에서 나와 시원한 수영장으로 뛰어들었던 기억.

그들이 페일린을 따라 들어간 곳은 넓고 깨끗했다. 조명은 살짝 어두워서 클레이는 실내라는 것을 알 수 있었다. 그는 그곳이 가로 30미터, 세로 20미터쯤 되는 공간이라고 짐작했다. 그리고 화강암과 비슷한 연한 색깔의 큰 바위 안쪽을 직사각형 공간으로 완벽하게 잘라놓은 것처럼 보였다. 벽을 살펴보던 중 클레이는 본능적으로 앨리슨을 향해 돌아섰는데, 그녀는 조심조심 걸음을 내딛고 있었다. 그녀 뒤로 놀란 기색의 디앤과, 완전히 내료된 윌 보거가 따라 들어왔다.

앨리슨의 손을 꼭 잡은 클레이는 다시 페일린과, 낯선 공간으로 눈길을 돌렸다. 그곳은 앞뒤로 분주하게 뛰어다니는 사람들로 가득했다. 그들을 눈여겨보는 사람은 거의 없는 것 같았다. 그들은 다른 언어로 말하고 있었다. 시저와 둘세는 어디에도 보이지 않았다.

그리 멀지 않은 곳에서 또 한 번 밝은 빛이 공중에서 번쩍이며 터졌고 두 번째 포털이 열렸다. 연푸른색 옷을 입은 남녀 한 쌍이 클레이 옆을 황급히 지나치며 그 포털의 컴컴한 중심부 안으로 사라졌다.

"우리가 어디 있는 겁니까?" 클레이가 물었다.

"이곳은 우리의 행성입니다."

클레이의 시선이 급하게 지나가는 몇몇 다른 사람들을 좇았다. "여기는 뭐 하는 곳이죠?"

페일린은 공간 전체를 완전히 넋을 잃고 바라보는 보거를 지켜보며 미소를 지었다. 돌로 된 벽들은 머리 위로 우뚝 솟아 있었고, 각 돌벽 아래쪽으로는 넓은 복도들이 나 있었다. "병원입니다."

"병원?"

클레이는 조금 전 다른 포털로 나갔던 두 사람이 의식 잃은 인물을 데리고 다시 들어오는 모습을 지켜보았다. 곧이어 세 번째 사람이 바닥 위로 떠다니는 들것을 밀며 도착했고 그 인물을 조심스럽게 그 들것 위에 눕혔다. 그런 다음 세 사람 모두 복도 한 곳으로 사라졌다.

디앤이 앞으로 한 걸음 나섰다. "둘세는 어디 있죠?"

페일린은 잠시 그녀를 살펴보았다. "둘세가 당신의 고릴라입니까?"

"네."

"그 고릴라는 간호를 받고 있는 중입니다. 시저 씨도 마찬가지고요."

"간호를 받는다고요? 그게 무슨 뜻이죠?"

"보살핌을 받고 있다는 뜻입니다."

디앤의 눈이 휘둥그레졌고, 페일린을 붙잡기 위해 앞으로 나가려다가 가까스로 참았다. "잠깐만요, 고릴라가 살아있나요?"

"아마도요."

"하지만… 그 암컷은….."

페일린은 디앤이 말을 마치기도 전에 대답했다. "죽었다고요? 그랬을지도 모릅니다. 곧 알게 될 겁니다. 클레이 씨가 재빨리 포털을 활성화시킨 덕분에 그 고릴라는 이제 훨씬 더 나은 가능성을 갖게 되었습니다." 그는 클레이를 돌아보았다. "시저 씨도 부상에서 살아남을 거라고 확신합니다."

"그러니까 그게 생명을 구하는 장치였군요."

"맞습니다. 그건 에너지원과 컴퓨터가 결합된 장치로, 소유자가 치명적으로 무력화되었을 때 융합되도록 설계되었습니다. 예전에도 본 적이 있을 겁니다."

"어, 그래요." 클레이가 웃음을 터뜨릴 뻔했다. *어떻게 잊을 수 있겠는 가? 그때는 페일린의 장치가 활성화되었다.* 클레이는 문득 뭔가 생각났다. "아까 거기서 '당신은 깨닫고 있군요'라고 말했는데, 무슨 뜻이었나요?"

"내가 준 장치를 고릴라를 구하기 위해 사용했지요?"

"맞아요."

"그리고 딱 한 번만 사용할 수 있다는 것도 알았을 겁니다."

"어렴풋이요."

페일린의 얼굴이 부드러워졌다. "아까 내가 말한 그대로입니다. 당신은 깨닫고 있습니다, 존 클레이. 삶에는 단순히 먹이사슬의 최상위에 서는 것보다 더 많은 의미가 있다는 것을 당신은 깨닫고 있는 겁니다."

보거는 공간의 한쪽 끝에서 세 번째 포털이 출현하고 많은 사람들이 그 것을 향해 서두르는 모습을 목격했다. "모든 사람이 그 장치를 가지고 있나요?"

"모두는 아닙니다." 페일린이 대답했다.

"어떻게 작동하는 겁니까? 얼마나 많은 에너지를 필요로 하죠?"

"이 장치를 작동시키기 위해선 굉장히 큰 에너지를 필요로 합니다. 이런 장치의 도움으로 먼 거리에서도 양방향 터널을 활성화시킬 수 있습니다. 하지만 일방통행 터널은 거리와 에너지 면에서 훨씬 더 제한적입니다."

앨리슨이 놀란 듯 말했다. "그렇게 해서 그를 구한 거군요!"

페일린은 고개를 갸웃했다. "누구를 구했다고요?"

"더크. 우리의 돌고래요. 당신들이 지구에 있었을 때!"

"맞습니다." 그가 고개를 끄덕였다. "큰 대가를 치러야 했지만, 다행히 당신의 연구 시설이 일방 터널의 적합한 범위 내에 있었습니다."

"큰 대가요?"

"이 포털은 매우 복잡합니다. 터널을 형성하는 데는 엄청난 양의 에너지가 필요합니다. 양방향 터널은 우리의 휴대용 에너지원에서 시작되기 때문에 더 효율적이고 에너지 소모도 적습니다. 하지만 일방통행 터널은 별도의 시작점이 없기 때문에 그 과정이 훨씬 더 어렵습니다. 에너지원이 없으면 한쪽에서 엄청난 양의 에너지를 필요로 하는 터널을 강제로 뚫어야 하기 때문입니다. 우리에겐 그렇게 할 만한 에너지가 거의 남지 않았습니다."

"하지만 그럼에도 불구하고 해내셨어요."

"두 번 해냈죠, 쇼 양." 페일린이 바로잡았다. "첫 번째는 폭발물에 묶여 있는 돌고래를 빼내는 것이었습니다. 두 번째는 그 돌고래를 다시 당신에게 돌려보내는 것이었죠. 돌이켜보면, 우리가 얼마나 많은 에너지를 잃었는지 고려할 때 그리 현명한 결정은 아니었습니다."

"그럼 왜 그렇게 한 거죠?"

"감사했기 때문입니다. 당신의 돌고래가 우리를 구했고, 말했듯이, 먹이사슬의 최상위에 서는 것보다 삶에는 훨씬 더 중요한 것들이 있으니까요."

디앤이 끼어들었다. "미안합니다만, 둘세를 만나고 싶습니다. 그 암컷이 괜찮은지 알고 싶어요!"

페일린이 고개를 끄덕였다. "알겠습니다."

그는 그들을 또 다른 복도로 안내했는데, 그 복도 역시 이전 공간처럼 돌을 깎아내서 만든 듯 보였다. 걸어가는 동안 보거는 조명이 켜진 것처럼 보이는 낮은 천장을 살펴보았지만 어떤 발광체도 찾을 수 없었다. 마치 공기 자체가 빛을 발하는 것 같았다. 그들은 몇 개의 문을 지나면서 건조하고 시원한 공기 같은 상쾌한 바람이 땀에 젖은 피부에 와 닿는 것을 느꼈다. 페일린은 다섯 번째 문 앞에서 걸음을 늦추고 조용히 문을 밀어 열었다. 안에는 연기로 뒤덮인 정글에서 둘세를 안고 나왔던 의사가 있었다.

움직임 없는 둘세의 몸은 매끄러운 진찰대 위에 누워 있었고, 암컷의 몸 위로는 낯선 장치들이 여럿 매달려 있었다. 의사는 그 중 한 장치의 평평한 면을 털이 수북한 작은 고릴라의 몸을 대고 앞뒤로 움직이고 있었다.

"저건 뭐죠?"

"우리 몸속에 있는 세포들은, 여러분과 마찬가지로 에너지로 움직입니다. 그리고 에너지는 주파수를 따라 이동합니다. 저분이 사용하고 있는 장치는 세포 활동을 자극하는 특정 주파수를 방출하는데, 지금 경우는 치료를 하는 겁니다."

"고릴라는 살아 있나요?"

"삶 또는 죽음에 대한 정의는 현재 여러분의 세상에서 이해하고 있는 것 이상으로 포괄적입니다. 신체 내부의 생명은 세포 구조에 따라 구성됩니다. 그리고 세포는 여러분이 생각하는 것보다 훨씬 더 오래 사용 가능한 상태를 유지합니다." 페일린은 둘세의 몸에서 디앤에게로 시선을 돌렸다. "죽음은 당신이 생각하는 것처럼 그렇게 빨리 찾아오는 것은 않습니다."

"세포는 얼마나 더 오래 사용 가능합니까?" 보거가 물었다.

"그리 오래는 아닙니다만, 여러분의 세상에서 누군가를 죽음에서 되살리는 것처럼 보일 만큼 충분히 오래 지속됩니다. 실제로 저 고릴라의 신체는 아직 완전히 죽지는 않았습니다."

페일린은 의사를 돌아보았고 의사는 고개를 들고 끄덕였다. "고릴라는 살 수 있을 것 같습니다."

디앤은 숨을 들이쉬며 두 손으로 자신의 벌어진 입을 가렸다. "아, 하느님 감사합니다. 고릴라가… 기억할까요?"

"고릴라의 세포는 기억할 겁니다." 페일린은 고개를 끄덕였다. "우리가 시저 씨를 확인하는 동안 여기 계셔도 괜찮습니다."

"네, 그럴게요."

잠시 후, 페일린은 나머지 세 사람을 근처의 다른 방으로 안내했고, 그곳에는 시저가 비슷한 진찰대 위에 편안히 누워 있었다. 셔츠는 벗겨져 있었고, 각 상처에는 깨끗한 반창고가 붙어 있었다. 그의 복부에는 낯선 작은 장치가 가까이에서 반창고 중 하나에 밝은 빛을 비추고 있었다.

그들이 들어오자 시저는 살짝 고통의 흔적이 담긴 미소를 지었다. "왜 이렇게 오래 걸렸어?"

"입원 서류를 작성하느라."

시저가 얼굴을 찡그렸다. "둘세는 어때?"

"페일린 말로는 호전되고 있대."

"잘 됐네." 그는 클레이를 보고 씩 웃었다. "결국 그 은색 장치의 용도를 알아냈나 보네."

"사실 네가 알아낸 거나 마찬가지야."

"무슨 뜻이야?"

"네 말이 맞았어, 스티브. 내가 알아낼 수 있는 게 아니었어. 나는 이게 단순히 생명을 구하는 장치일 수도 있다는 걸 깨달았거든. 그러니까 수동으로 활성화되는 게 아니란 뜻이지. 쉽게 말해, 누군가와 짝을 이루면, 그 사람이 의식을 잃었을 때 아마도 정말 필요한 일을 하는 것 같아."

"그러니까 그 장치가 알아서 한다는 거로군. 스스로 말이야."

페일린은 그들을 흥미롭게 바라보았다. "그러면 말해보세요, 클레이 씨, 불타는 정글에서 뭘 하는 중이었나요?"

클레이는 가이아나에서의 놀라운 생물학적 발견과 그것을 가지고 종적을 감춘 중국 군함에 대해 설명하며 이야기를 했다. 또한 중대한 지정학적 사건을 일으킬 위험을 감수하면서도 그 군함이 달아날 수 있도록 보디치호에 대한 공격도 설명했다. 페일린은 클레이의 이야기를 듣고 놀랐지만 겉으로 드러내진 않았다. 대신, 클레이가 말하는 동안 귀를 기울였다. 클레이가 이야기를 마치자, 페일린은 고개를 저었다.

"당신들이 발견한 건 매우 위험한 겁니다."

클레이와 시저가 서로를 바라보는 사이 잠시 침묵이 흘렀다. 열망 가득한 보거가 손을 내밀며 침묵을 깼다. "페일린 씨, 저는 윌 보거입니다."

페일린은 미소를 지으며 그의 손을 잡았다. "당신이 누군지는 알고 있습니다, 보거 씨. 클레이와 시저 두 분에게 제공해 주신 도움에 감사드립니다. 정말 반갑습니다."

약간 당황한 보거는 심호흡을 했다. "어, 저는… 궁금한 게 많습니다. 포털이 어떤 방식으로 작동하는지? 은색 육면체 안에 있는 미지의 원소는 무엇인지? 그리고 치유를 위해 사용하는 세포 주파수는 무엇인가요? 궁금한 게 너무 많―,"

페일린은 손을 들어 보거의 말을 막았다. "보거 씨, 우리는 같은 탄소를 기반으로 탄생했습니다. 탄소 진화의 일반적인 양상으로 볼 때, 우리는 당신이 알고 있는 것보다 훨씬 더 비슷합니다. 우리 둘 다 인간형 두뇌를 가지고 있고, 또한 도구와 지식을 다루는 존재입니다. 그리고 지식에 대한 갈증은 끊이질 않죠." 그는 클레이에게 고개를 끄덕였다. "클레이 씨 또한 지난 번 우리가 대화했을 때 많은 질문을 갖고 있었습니다."

클레이는 보거에게 인상을 써보였다. "윌, 그 사람 대답이 마음에 들지 않을 거예요."

"제 대답은 뭐였죠, 존 클레이?"

"한 종족이 너무 빨리 지식을 얻는 것은 현명하지 못하다고 했죠."

"잘 기억하고 있군요." 페일린이 대답했다. "하지만 이해하나요?"

"이해는 합니다. 하지만 동의하는지는 잘 모르겠습니다."

페일린은 한숨을 쉬었다. "제 대답은 얼버무리거나 진부하게 굴려는 시도가 아니었습니다. 당신들의 성취를 방해하려는 것도 아니고요. 그것은 인간으로서의 진실입니다. 우리는 언제나 답을 알고 싶어 하죠, 그 답을 감당할 능력이 부족할 때조차도요. 지식은 우리의 지혜만큼만 안전한 법입니다. 우리 종족도 다르지 않습니다. 조금 앞서 있을지 몰라도 근본적으로는 그렇게 다르지 않습니다. 여러분만의 역사와, 여러분만의 독창적인 기술 안에서 이뤄낸 발전을 떠올려 보세요. 화약, 핵분열, 화학무기와 같은 것들 말입니다. 이러한 발견은 진보에서 비롯된 것이지만, 여러분 행성의 역사 흐름을 근본적으로 바꾸어 놓았습니다. 결국 그것들은 상상할 수 없는 힘의 도구가 되었죠."

"하지만 그것들은 좋은 점도 가져다주었습니다."

"그렇긴 하죠." 페일린은 알고 있다는 듯 눈살을 찌푸렸다. "하지만 좋은 점과 나쁜 점 중 어느 것이 더 중요할까요? 우리들의 역사는 많은 유사점을 가지고 있습니다. 상황은 다르지만 교훈은 같습니다. 대격변적인 사건을 겪으며 우리 종족의 거의 멸종 위기에 처했을 때 마침내 우리 종족은 서로의 차이점을 극복했습니다. 진정한 지혜는 옳고 그름에 관한 것이 아니라, 우리의 결정이 초래한 의도치 않은 결과를 이해하는 데 있다는 것을요." 그는 잠시 멈추고 보거를 바라보았다. "이제 포털이 가능하고 나아가 실용적이라는 걸 아셨습니다. 당신들도 언젠가는 포털을 형성하는 데 사용되는 요소를 발견할 것입니다. 하지만 그와 더불어 상상할 수 없는 수준의 에너지를 활용할 수 있는 능력도 생길 겁니다. 현재 핵분열과 핵융합 장치를 어떻게 사용하는지 고려할 때, 당신들이 진정한 지식의 도약을 얼마나 잘 감당할 수 있으리라 믿습니까? 치유뿐만 아니라 해를 끼칠 수 있는 주파수를 얼마나 잘 관리할 수 있을까요? 보거 씨, 독창성은 인류의 궁극적인 재능입니다. 그리고 정복은 궁극의 저주이기도 합니다. 그 둘은 분리될 수 없습니다. 아직은 아닙니다. 여러분의 행성 존립에 가장 심각한 위협에 직면하기 전까지는 아닙니다. 개별 집단이 아니라 온 인류가 대규모 죽음에 직면할 때까지 말이죠. 오직 그때가 되어서야 비로소 진정한 지혜를 엿볼 수 있을 겁니다."

방안은 조용해졌고, 페일린은 윌 보거가 시선을 아래로 떨구는 것을 지켜본 후 계속 말을 이었다. "우리는 우리 자신을 구하기 위해 여러분 행성으로 갔습니다. 문제와 위험이 가득한 여행이었죠. 우리를 구할 수 있는 유일한 자원, 즉 물을 얻기 위해서였어요. 여러분은 풍부하게 갖고 있는 자원이기에 이해할 수 없을 겁니다. 물은 우주에도 드물지 않지만, 그렇게 많은 물로 덮인 행성은 극히 드뭅니다. 그리고 당신들은 아직까진 여러분이 가진 것에 감사할 지혜를 갖고 있지 않습니다. 하지만 가지게 될 겁니다. 당신들이 가진 물은 너무나 눈에 잘 띄기 때문에 그렇게 될 것입니다. 우리가 그것을 볼 수 있다면, 다른 존재들도 볼 수 있을 겁니다. 당신들의 물은 여러분의 행성인 지구를 볼 수 있는 모든 존재에게 봉화 역할을 하니까요."

클레이의 눈이 가늘어졌다. "다른 종족이 얼마나 많습니까?"

"당신이 상상하는 것보다 더 많습니다. 당신 종족이 우리보다 더 빨리 성숙해지기를 바랍니다."

"잠깐만요." 앨리슨이 소리쳤다. "그게 바로 우리와 지식을 공유해야 할 이유 아닌가요?"

"앨리슨 쇼, 당신은 현명한 사람입니다. 그러나 세계적 차원의 지혜는 매우 오랜 시간이 걸립니다. 당신과 연구원들은 인류를 위해 위대한 걸음을 내딛었습니다. 오랫동안 고립되어 있던 소통의 장벽을 허물어뜨렸습니다. 여러분은 한때 본래 타고났지만 언제부터인가 잃어버렸던 능력을 되찾은 겁니다. 당신의 획기적인 발전은 여러분의 주변 세상을 이해하는 데 있어 인류에게 가장 중요한 전환점이 될 수 있습니다. 여러분의 세상이 단순한 자원의 행성에 그치지 않는다는 것을 깨닫게 될 것입니다. 삶이란 단순히 숨을 쉬고 사고를 하는 문제가 아닙니다. 삶은 행성 차원의 연결성입니다."

앨리슨은 충격을 받았는지 갑자기 어안이 벙벙해진 채 페일린을 바라보았다. "세상에!"

클레이와 다른 사람들이 그녀를 돌아보았다. "왜요?"

"바로 그거야." 그녀는 거의 혼잣말처럼 중얼거렸다. "바로 그거야. 그래서 지금까지 내 얼굴을 똑바로 쳐다보고 있었던 거야!"

"무슨 말이에요?"

"모르겠어요?" 그녀는 흥분한 채 사람들을 번갈아 바라보았다. "샐리가 나한테 한 말이 바로 그거예요! 샐리는 돌고래들이 다시 '이야기할 수 있어서 기쁘다'라고 말했어요! 나는 샐리의 말이 무슨 뜻인지 전혀 이해하지 못했어요. 단지 통역 문제라고만 생각했는데 그게 아니었어요. 샐리는 알고 있었어요! 샐리와 더크는 우리가 예전에 서로 소통할 수 있었다는 것을 알고 있었어요! 그러니까 IMIS 시스템 덕에 지금 우리가 처음으로 돌고래와 의사소통을 하게 된 것이 아니라, 우리는 돌고래들과 다시 의사소통을 하고 있는 거라고요!"

진찰대에 누워 있던 시저도 눈을 번쩍 떴다. "와우!"

"사실이에요!" 앨리슨이 소리쳤다. "둘세가 그걸 증명했어요." 그녀는 클레이의 팔을 붙잡았다. "당신한테는 아직 말하지 않았는데, IMIS에 오류가 일어난 걸 발견했어요. 그런데 리는 그게 전혀 오류가 아니라는 사실을 밝혀냈어요. 오류인줄 알았지만, 그건 인간의 언어를 초월한 진정한 통역이었어요. 우리는 이해하지 못하는 수준이지만, 둘세는 이해했어요! 그리고 IMIS가 그걸 알아챈 거라고요!" 앨리슨은 다시 페일린에게 휙 돌아섰다. "당신이 말하는 게 바로 그거예요!"

페일린은 미소를 지었다. "앨리슨 쇼, 당신 덕분에 세상은 언젠가 다시 하나가 될 겁니다. 우리 종족도 좀 더 일찍 깨달았더라면 좋았을 교훈이죠."

66

전면 벽은 바닥에서 천장까지 통유리라서 주황색 암벽 안에서 바깥을 내다볼 수 있었다. 그 방은 훨씬 더 넓고 깎아지른 듯한 절벽의 표면을 도려내서 만든 공간이었는데, 그 절벽들은 시야가 닿는 끝까지 이어져 있었다.

클레이는 거대하고 투명한 유리창이라고 여겼던 것을 통해 밖을 내다보았다. 하지만 자세히 살펴보니 유리가 없다는 사실을 깨달았다. 그들과 외부 세계 사이의 투명한 벽은 단지 공기일 뿐이었다. 그리고 그 너머로는 작은 푸른 바다가 펼쳐져 있었다.

"물은 이게 전부 입니까?" 클레이가 물었다.

"네. 지금은요. 우리 행성을 황폐화시킨 충격은 상상할 수 없을 정도였습니다. 그로 인해 우리 종족과 우리 행성에 서식하는 다른 생물들 대부분이 죽었습니다. 우리의 가장 큰 두 바다도 대부분의 물을 우주로 날려 보낼 만큼 강력한 힘 때문에 증발해 버렸습니다."

"그럼 다시는 되찾을 수 없다는 뜻인가요?"

"언젠가는 되찾을 겁니다. 현재 우리 바다 대부분은 얼음 결정의 형태로 대기권 밖을 떠다니고 있습니다. 매년 우리 행성이 그 구름떼를 지나갈 때, 행성의 중력이 조금씩 끌어당기고 있고, 그 영향으로 얼음 결정이 해빙되어 다시 지표면으로 떨어지고 있습니다. 애초에 물이 우리 행성에 도달한 방식이지만, 모든 물을 되찾는 데는 오랜 시간이 걸릴 것입니다. 그 동안은 지금 우리가 가지고 있는 물만으로도, 여러분 덕분입니다만, 복잡한 생태계의 재건을 시작하기에 충분합니다. 우리는 아직 갈 길이 멉니다."

클레이는 대답을 하려다 그들 뒤로 한 여성이 방 안으로 걸어 들어오는 바람에 말을 멈췄다. 그녀는 키가 큰 데다 금발 머리는 어깨 너머까지 흘러내렸다. 그는 예전에 그녀를 한 번 만난 적이 있었다.

라아나는 긴 파란색 드레스를 뒤로 늘어뜨린 채 바닥을 미끄러지듯 우아하게 움직였다. 그녀가 그들 네 사람에게 상냥한 미소를 짓자 페일린은 고개를 끄덕이고 한 걸음 뒤로 물러섰다.

"환영합니다." 그녀가 부드러운 목소리로 말했다. "다시 만나 반갑습니다, 클레이 씨."

"라아나." 클레이는 그녀의 직함이나 지위를 알지 못했으므로 정중하게 고개를 끄덕였다.

앨리슨은 그 여성이 자신들을 훑어보는 걸 지켜보았고, 자신과 클레이를 유심히 살펴보는 라아나의 눈빛이 유난히 반짝거린 걸 확실히 알아차렸다.

라아나는 붕대로 감싼 시저의 옆구리를 살펴보았다. "몸은 좀 어떠세요, 시저 씨?"

시저는 깜짝 놀란 표정을 지었다. "괜찮습니다, 감사합니다."

"다시 만나게 될 줄 몰랐는데 깜짝 놀랐습니다." 그녀는 클레이에게 눈길을 돌리며 말했다. "하지만 우리는 당신의 결정에 만족합니다."

"그때는 그렇게 큰 결정이란 생각은 들지 않았습니다."

"그건 그 결정이 옳았다는 뜻이에요." 그녀는 돌아서서 반짝이는 물 위를 바라보았다. 거대한 태양에서 나오는 짙붉은 빛이 수면에 반사되었다. "페일린이 여러분에게 관광을 시켜주고 있었나 보군요." 그녀는 한쪽 팔을 들어 바깥을 가리켰다. "이곳은 우리 행성의 마지막 도시에요. 이 거대한 절벽의 바위 속 깊숙한 곳에서 보호를 받고 있죠." 라아나는 그림 같은 지평선 너머를 바라보았다. "오래 전 이곳에서 위대한 전투가 벌어졌어요. 지금만큼 중요하진 않지만, 우리 역사에선 의미 있는 장소죠. 이곳은 영원히 신성시되고 기억될 거예요, 우리 종족의 최후를 구한 도시로 말이죠. 그리고 여러분의 물이 단순히 한 종족을 넘어 하나의 행성을 살린 곳으로도요."

라아나는 다시 돌아섰다. "여러분 덕분에 우리는 다시 성장하고 있습니다. 느리긴 하지만 성장하고 있습니다."

"페일린이 결국 물을 되찾을 거라고 했어요." 앨리슨이 말했다.

"네, 언젠가는요. 그때까지 우리는 이전에 결코 상상도 못했던 규모의 인내심을 배우고 있을 겁니다." 라아나는 멀리 있는 절벽 한 곳을 유심히 바라보며 밝은 목소리로 말했다. "저 지점 근처에서 여러분의 행성으로 향하는 우주선을 발사했어요. 그러는 데 몇 년이 걸렸죠. 물론, 그때 페일린과 저는 훨씬 더 어렸어요. 정말 두려운 시기였어요." 그녀는 숨을 깊게 들이쉰 다음 내쉬었다. "우리는 여러분에게 많은 빚을 졌어요."

"에⋯," 시저가 활짝 웃으며 말했다. "은혜는 갚으셔도 됩니다."

라아나는 호기심에 찬 눈으로 그를 바라보다가 웃음을 터뜨렸다. "당신의 용기에 감사드리고 언젠가 보답할 수 있는 날이 오기를 바랄게요."

앨리슨은 시저의 농담에 아직도 미소를 짓고 있었다. "글쎄요, 그럴 필요가 없기를 바라야죠."

라아나는 고개를 끄덕이고 그들 뒤쪽을 바라보았다. 디앤이 의료진의 호위를 받으며 방으로 들어왔다. 둘세는 온몸에 붕대를 감고 의식을 잃은 채 그녀의 품에 안겨 있었다.

"둘세는 어때요?" 시저가 다가오는 디앤에게 물었다.

"좋아졌어. 며칠 푹 자고 나면 괜찮을 거래."

여러 발소리가 들린 후, 윌 보거가 페일린의 부탁을 받은 기술자 한 명과 함께 방으로 들어왔다. 그 기술자는 보거가 헬리콥터에서 내리자마자 채취한 토양 샘플을 지난 한 시간 동안 보거와 함께 분석하고 있었다.

보거는 환하게 웃었다. "로튼 중령이 흙에 대해 했던 말이 옳았어."

"뭘 알아냈어요?" 클레이가 물었다.

"사실, 그녀가 생각했던 것보다 더 옳았어. 중령은 토양에 뭔가 있다고 의심하고 내게 화재 현장 근처에서 샘플을 채취해 달라고 부탁했거든."

"그 흙에서 뭔가가 나왔나요?"

보거는 고개를 끄덕였다. "흙 자체는 아니야. 흙 속에 들어 있는 거지." 그는 마치 다른 사람들이 추측해보기를 기다리듯 그들을 빤히 바라보았다. 아무도 반응을 보이지 않자, 그가 불쑥 말했다. "그건 물이야!"

"물?"

"그래. 물속에 우리 누구도 본 적 없는 효소가 포함되어 있어. 그리고 그 효소가 식물 속에서 특별한 DNA 돌연변이를 일으키고 있는 것 같아!"

클레이가 눈썹을 치켜올렸다. "어떤 종류의 효소죠?"

"확실하진 않지만 합성된 것처럼 보여. 그리고 빛을 내고 있어."

"어디서 나온 건지 혹시 아시겠어요?"

"아니. 하지만 여기 친구들 덕분에," 보거는 주머니에서 작은 장치 하나를 꺼냈다. "이제 그 근원을 찾는 데 사용할 만한 뭔가가 생겼어."

클레이는 페일린을 바라보았다 "떠날 때가 된 것 같군요."

"그렇게 보입니다." 그가 대답했다. "어차피 포털도 더 이상 오래 열어둘 수는 없으니까요."

라아나와 페일린은 여러 공간을 지나 포털이 아직 희미하게 빛나고 있는 중심 구역으로 그들을 안내했다. 그들은 한 사람씩 라아나와 페일린에게 감사를 표하며 컴컴한 타원형 속으로 다시 걸어 들어갔다.

마지막으로 클레이가 떠나려 할 때 페일린이 그를 불렀다. "존 클레이."

클레이는 포털의 밝고 푸른빛에 휩싸인 채 뒤를 돌아보았다. "네?"

페일린이 한 걸음 앞으로 나섰다. "탐색으로 무엇이 드러날지 혹은 어떤 지식을 얻게 될지 나는 알 수 없습니다. 그러나 기억하세요, 위대한 지식은 위대한 지혜를 필요로 한다는 걸. 도약을 경계하세요."

67

습기와 연기가 즉시 그들을 압도했다. 열기까지 더해져 그들은 마치 축축한 용광로 속으로 다시 걸어 들어간 것처럼 느껴졌다. 연기가 일부 흩어져서 숨을 쉬기에는 조금 편안해졌다. 그러나 산비탈 대부분은 여전히 연기가 자욱한 상태였다.

클레이는 기침을 하며 보거를 바라보았다. "윌, 어디로 가죠?"

보거는 주위를 둘러보았다. 그들이 찾는 게 물이라면, 논리적으로 방향은 단 한 곳뿐이었다. 언덕 위. 그는 느리게 움직이는 연기구름 사이로 산꼭대기를 유심히 바라보았다. 그리 크지 않은 암벽이 있었는데, 그 봉우리 일부는 오랜 침식으로 사라져버린 것 같았다. 오후의 태양 아래, 그곳은 한쪽 면이 깎여 나간 반구형 모양처럼 보였다.

클레이는 경사면을 올라가기 전에 그들 앞을 막아섰다. "먼저 둘세를 쉴 수 있는 곳으로 데려가야 해."

"내 생각도 그래." 시저가 대답했다. "일단 세 사람은 먼저 가. 내가 저들을 데려갈게."

"어디로 갈 건데?"

시저는 기침을 한 후 특유의 악마 같은 미소를 지었다. "나한테 저들이 머물 만한 비싸고 꽤 편안한 헬리콥터가 있거든."

클레이는 고개를 끄덕이고 앨리슨, 보거와 함께 바위투성이 언덕을 터벅터벅 올라가기 시작했다.

* * *

세 사람은 주기적으로 멈추었고, 그 사이 보거는 기구를 땅에 박아 넣고 판독 결과를 기다렸다. 그가 짐작했던 대로, 물속의 효소 빈도는 경사면 양쪽으로 이동할수록 감소했지만 더 높은 곳으로 올라갈수록 증가하였다. 근원지는 그들 위쪽에 있었다.

효소의 농도는 산꼭대기와 반구형 모양의 암벽에 가까워질수록 급격히 증가했다. 그리고 그들이 그 암벽 기슭에 다다랐을 때, 측정값은 한도 끝까지 치솟았다.

"와우!" 보거가 소리쳤다. 그는 머리 위로 거의 30미터쯤 솟아 있는 가파른 암벽을 올려다보았다. 암벽 면을 따라 가느다란 물줄기가 흘러내리고 있었다. 클레이와 앨리슨이 지켜보는 가운데 보거는 일어서서 흘러내리는 물줄기에다 장비를 갖다 대보았다.

장비의 계기판 화면은 0으로 바뀌었다. 보거는 다른 지점에서 다시 시도를 해보았다. 여전히 아무런 반응도 나타나지 않았다.

"이상하네. 효소 수치가 금세 사라졌어."

앨리슨이 그의 어깨 너머로 들여다보았다. "어떻게 사라질 수 있죠? 같은 물인데."

보거는 흘러내리는 물줄기를 따라 바닥까지 손가락으로 더듬어 내려갔다. "분명 같은 물인데." 그는 센서를 다시 들어올리고 금속 침을 물에 다시 갖다 대었다. "어떻게 된 거지?"

"다른 물줄기가 있을지도 몰라요."

그들은 흩어져서 흐르는 물이 더 있는지 찾아 나섰다.

"여기 하나 있어요."

보거는 앨리슨 쪽으로 달려가서 여러 군데 측정을 해보았다. 아무런 반응이 없었다. 그들은 두 군데 물줄기를 더 찾았지만 효소는 없었다.

"이해할 수 없네." 보거는 한 발 물러서서 암벽 꼭대기를 올려다보았다.

클레이는 그들 뒤로 움직이며 암벽 표면을 살펴보았다. 암벽은 그들이 서 있는 바위처럼 이상하리만치 매끄러워 보였다. 그는 원래의 물줄기를 따라 암벽 꼭대기에서 그들 발밑의 단단하고 회색 반점이 섞인 바위 바닥까지 눈으로 좇았다.

그때 불현듯 뭔가 깨달았다.

클레이는 암벽 가까이 다가가서 다시 암벽 바닥을 살폈다. "그 효소는 꼭대기에서 내려오는 게 아니야." 그는 두 사람 모두를 바라보며 말했다. "암벽 바위 안쪽에서 나오고 있어."

두 사람은 클레이가 있는 암벽 하단으로 달려갔는데, 그는 검은색 부츠 끝 너머로 물이 새어나오는 것을 지켜보고 있었다. 보거는 그곳의 좌우를 측정했고, 양쪽 모두에서 강한 신호를 발견했다.

"자네 말이 맞아. 안쪽에 뭔가 있는 것 같아."

클레이는 한 걸음 물러나서 다시 암벽 면을 살펴보았다. 그는 오른쪽과 왼쪽을 번갈아가며 반복해서 바라보았다. 그들 바로 위쪽의 암벽 표면은 뭔가 매우 다른 점이 있었다.

"내가 전문가는 아니지만, 두 사람도 이 부분이 다르게 보이지 않아?"

앨리슨과 보거도 뒤로 물러나서 클레이와 함께 그 부분을 빤히 바라보았다. "좀 더 평평해 보이는 것 같은데"

"맞아, 그래 보여."

"저길 봐." 클레이는 암벽 면에 미세한 홈 자국이 위로 곧게 나 있는 것을 가리켰다. 물줄기 건너편에 또 하나가 있었다. 그는 몇 걸음 뒤로 물러나서 발밑의 바위를 살펴보았다. "이 바위, 이상할 정도로 평평해 보이지 않아?"

"정말 그러네."

클레이는 다시 앞으로 걸어가서 암벽 면을 손으로 만져보았다. "이 안쪽에 뭔가 있어."

68

실내 조명등이 자동으로 켜지자, 객실로 들어온 모든 사람이 본능적으로 고개를 들었다. 태양은 지평선 너머로 거의 넘어가고 있었고 저녁이 찾아오고 있었다. 창문과 통풍구가 모두 닫혀 있었기 때문에 깔끔한 객실 안으로는 연기가 거의 들어오지 않았다. 헬리콥터의 보조 시스템이 에어컨을 제외한 모든 장비에 전원을 공급하고 있어서 실내는 약간 따뜻할 뿐이지만 충분히 편안했다.

짐을 바닥에 내려놓은 보거는 탁자에 기대 노트북 화면에 집중했다. 클레이는 그 뒤에서 어깨 너머로 지켜보았다. 객실 뒤편에서는 앨리슨과 디앤이 작은 주방을 뒤지며 몇 끼 식사를 할 만한 음식을 찾아냈다. 또한 어느 정도의 생야채도.

"이 사람은 건강에 집착하는 게 아니라… 건강에 미친놈이네요."

"훨씬 더 끔찍했어." 디앤은 둘세를 힐끗 쳐다보았다. 여전히 부드러운 가죽 의자 중 하나에 편안하게 누워 있었고, 스티브 시저는 그 옆에서 졸고 있었다. 알베스의 시신이 바깥 어딘가에 누워 있다는 생각에 그녀는 소름이 돋았다.

몇 분 후, 두 여성이 음식을 가져와서 보거의 컴퓨터 바로 맞은편에 차려놓았다. 두 남자는 노트북 화면 속 그 산의 위성 사진을 함께 들여다보고 있었다. 그들은 암벽을 확대해서 보았다.

보거가 키보드 하나를 누르자 그 사진은 천천히 회전했다. "공중에서는 별로 볼 게 없군."

"네, 별거 없네요." 클레이가 고개를 갸웃하며 사진을 보았다. "암벽 면이 보이지 않으니까."

"그리고 암벽 뒤쪽에도 별로 눈에 띄는 게 없어."

클레이는 다시 허리를 펴고 팔짱을 꼈다. 그들은 오후 내내 산의 뒤쪽 경사면을 걸으며 둘러보았지만, 아무것도 찾아내지 못했다. 합성 효소의 흔적을 찾는데 도움을 될 거라며 받은 장비도 아무 소용이 없었다. 그 암벽에서 나오는 것이 뭐든 간에, 그것은 암벽 안쪽에서 나오고 있었다.

그는 한숨을 쉬며 잠시 휴식을 취했고, 앨리슨이 연어 몇 조각을 얹은 샐러드 한 접시를 건네주자 고맙다고 말했다. 그는 한 입을 베어 물며 뒤에 있는 좌석 팔걸이에 기대어 생각에 잠겼다. 그 신비한 효소가 거대한 식물과 그 식물의 특별한 복제 능력의 진짜 근원이라면, 중국인들은 섣부르게 행동했다. 그들은 정말 놀라운 뭔가를 확보했지만, 그것은 그들이 믿었던 근원이 아닐 수도 있었다. 그리고 그 식물이 그렇게 가치가 있다면, 그 효소 자체로는 무엇을 할 수 있는지 궁금해졌다.

* * *

클레이는 보거가 자신의 팔을 흔드는 바람에 어둠 속에서 눈을 떴다. 객실 조명은 모두 꺼져 있었고, 보거의 노트북 불빛만이 탁자에서 가장 가까운 하얀 의자를 비추고 있었다.

"클레이!" 보거가 속삭였다. "깼어?"

그는 눈을 깜박이며 억지로 눈을 떴다. "네, 무슨 일이에요?"

"이리 와봐."

클레이는 옆에서 편안하게 자고 있는 앨리슨이 깨지 않도록 조심하며 조용히 의자에서 몸을 빼냈다. 그는 보거를 따라 컴퓨터로 다가가서 눈을 가늘게 뜨고 밝은 화면을 쳐다보았다. 화면에는 여전히 그 산을 공중에서 내려다본 위성 사진이 나타나 있었다.

보거는 클레이 앞으로 앉았다. "뭔가를 찾은 것 같아. 이건 우리가 아까 보고 있던 사진이야, 맞지?"

"맞아요."

보거는 고개를 끄덕였다. "좋아, 뭔가 다른 게 보여?"

클레이는 미간을 찡그리며 화면을 좀 더 가까이 들여다보았다. "아뇨."

"정확해." 보거는 재미있다는 듯 어깨 너머를 돌아보며 속삭였다. "미안, 장난이었어. 사진을 다시 봐, 암벽 하단부 주변에 나무나 식물이 보여?"

"아뇨."

"맞아. 뭔가 이상하다고 생각하지 않아?"

"네. 그러네요."

"생각해 봤는데… 그 물속에 들어 있는 요소가 그 식물을 그 정도로 자라나게 했다면, 그럼 왜 암벽 면 가까이에서는 아무것도 자라나지 않은 걸까? 모든 게 한 30미터쯤 자라나 있어야 하지 않을까, 그렇지?"

클레이는 흥미롭게 보거를 내려다보았다. "맞아요, 지형이 너무 바위투성이예요."

"나도 그 생각을 했어." 보거의 속삭임은 점점 커지고 있었다. "근데, 이 물로도 뭔가 자라나지 않으려면 얼마나 바위투성이여야 하는 거지? 뭐, 용암 지대 정도는 돼야 하지 않을까?" 보거는 다시 클레이를 돌아보았다. "그런데 만약… 애초에 거기서 아무것도 자라나지 않아야 한다면?"

클레이는 보거를 바라보다가 다시 화면을 돌아보았다. "그러니까, 의도적인 경우란 말인가요?"

"맞아. 바닥이 얼마나 평평한지 떠올려봐, 그리고 암벽을 따라 위로 곧게 뻗은 그 선들도. 게다가, 우리가 한 번도 본 적 없는 뭔가가 암벽에서 나오고 있어. 이젠 그 바로 앞에 아무것도 자라지 않는 지역이 있는 것도 알아. 그 엄청난 물에도 말이야. 이 모든 게 너무나 우연의 일치라고 생각해?"

"인공적이라는 거네요." 클레이가 보거의 생각을 마무리지었다.

"바로 그거야! 그리고 가장 큰 단서가 있어. 난 계속 생각했어, '왜 그곳에는 아무것도 자라지 않는 걸까? 왜 바위들만 있는 걸까?'"

클레이가 갑자기 보거의 어깨를 붙잡았다. "바위들."

"바위들." 보거가 고개를 끄덕였다. 그는 사진을 확대하고 클레이가 볼 수 있도록 뒤로 기댔다. "이제 이 사진을 봐. 산꼭대기나 암벽은 무시하고 오로지 바위들만 봐. 화면에서는 그것들이 바위처럼 보이겠지만, 실제로는 표석이라는 걸 염두에 두고 말이야."

클레이는 몇 초 동안 화면을 집중해서 보았다. "어떤… 형태 같네요?"

"정말 그렇게 보이지, 그렇지?" 보거는 키보드를 두드렸다. "이제 사진 속 색상을 반전시킬 테니까 어떻게 되는지 잘봐."

사진의 색상이 순식간에 바뀌었다. 어두운 부분이 이제 하얀색으로 나타났다. 그리고 바위를 포함한 밝은 부분은 검게 보였다.

클레이는 즉시 보거를 쳐다보았다. "저건 확실히 어떤 형태예요!"

"내 생각에 저 거대한 바위들은 '배치된' 것 같아 보여."

클레이는 말없이 검은 형태를 유심히 살펴보았다. 정확히 알아보긴 어려웠지만, 곡선과 각도는 분명해 보였다. 표석 무리들은 암벽 주변에서 완벽한 삼각형을 형상하며 세 곳의 분리된 위치에 배치된 것처럼 보였다.

"내 생각에 저건 상형문자인 것 같아." 보거가 속삭였다.

"저런 상형문자는 본 적이 없어요." 어떤 여성의 목소리가 들렸다.

보거는 의자에 앉은 채 화들짝 놀랐고, 두 남자가 고개를 휙 돌리자 앨리슨이 그들 뒤 어둠 속에 서 있는 것이 보였다.

"이런, 앨리슨! 깜짝 놀랐잖아!"

클레이는 별로 놀라지 않았지만, 그녀를 보고 씩 웃었다. "인상적인 등장이네."

앨리슨은 장난스럽게 어깨를 으쓱했다.

그들은 어둠 속에서 빛나고 있는 보거의 노트북 화면을 다시 돌아보았다. "상형문자에 대해서 좀 알아?" 클레이가 물었다.

"그렇진 않아요. 대학에서 몇 강좌를 들었을 뿐이에요." 그녀가 조용히 말했다. "하지만 이런 모양은 본 적이 없어요." 그녀는 두 남자 사이로 몸을 기울였다. "흠."

"뭔데?"

"마야의 상형문자와 조금 유사한 것 같아요. 하지만 확신할 수 없어요. 오래 전에 배웠던 거라."

"이집트 상형문자는 어때?"

앨리슨은 고개를 저었다. "아뇨. 그것과는 꽤 다르게 생겼어요. 이집트인들은 긴 줄의 문자를 썼어요. 이건 중앙아메리카에서 사용되었던 그림 문자와 더 비슷해요."

"번역이 가능하다고 생각해?"

앨리슨은 그 질문에 대해 생각한 후 다시 고개를 저었다. "잘 모르겠어요. 다른 그림 문자가 어딘가에 문서화되어 있다면 그럴 수도 있지만, 그건 어림도 없는 일이에요. 상세한 일대일 번역이 담긴 로제타석조차도 수년이 걸렸어요. 우리한테는 여기 세 개의 그림 문자밖에 없잖아요. 그것만으로는 부족해요."

보거는 좌절감에 팔짱을 끼고 의자에 등을 기대었다.

"아니면…."

앨리슨과 보거는 클레이를 바라보았다. "아니면 뭐?"

"뭔가 다른 방법을 써보는 거지." 클레이는 그들을 돌아보며 씩 웃었다. "아주 우연히 어떤 아름다운 여성을 알게 되었는데, 그녀한테 언어들을 통역하기 위해 특별히 고안된 엄청난 컴퓨터 시스템이 있거든요."

69

거대한 패스파인더호는 카리브해 서쪽을 가로지르며 출렁거리는 파도 위에서 부드럽게 흔들리고 있었다. 하얀색 선체의 배는 조지타운에서 1.5킬로미터쯤 떨어진 곳에 정박해 있었다. 머리 위 깜깜한 하늘은 북반구에서부터 남반구까지 밝은 별들로 가득했고, 달빛은 은은하게 비치고 있었다. 경계근무병을 제외하면, 어떤 움직임이나 소리도 전혀 없었다. 누군가의 손이 리 켄우드를 흔드는 바람에 그는 깜짝 놀라며 잠에서 깼다.

리는 침대에서 벌떡 일어나 어둠 속을 뚫어지게 바라보자 에머슨 함장의 희미한 모습이 보였다.

"켄우드 씨." 함장은 옆 침상에 누워 있는 크리스 라미레스가 깨지 않도록 조심스럽게 속삭였다.

리는 눈을 비비며 가늘게 떴다. "에머슨 함장님?"

"저와 함께 가시죠."

"네?"

"저와 함께 가야 합니다. 당신한테 전화가 왔어요."

"저한테요?"

"그래요." 흐릿한 함장의 윤곽이 똑바로 일어섰다. "서둘러 줘요."

리는 침상에서 허겁지겁 기어 나와 수영복 반바지 차림으로 그를 따라 밖으로 나섰다. 그들은 철문 세 곳을 통과한 후 따뜻한 카리브해 바닷바람을 마주했다. 에머슨은 멈춰 서서 리를 돌아보며 전화기를 건넸다.

그는 잠시 머뭇거렸지만 결국 전화기를 귀에 갖다 댔다. "여보세요?"

"리, 앨리슨이에요."

"앨리? 어디 있는 거야? 거긴 지금 몇 시야?"

"걱정하지 마세요. IMIS에 관해 중요한 질문이 있어서 물어보려고요."

"뭔데?"

"어떤 문자 언어를 다른 언어로 번역하는 게 얼마나 어려울까요?"

리는 혼란스러운 표정을 지었다. "IMIS로? 그거야 식은 죽 먹기지."

"오래된 언어는 어떨까요? 고대 언어처럼 아주 오래된 거라면요?"

"글쎄, 잘 모르겠는데. 어떤 언어인가에 따라 다르겠지. 라틴어나 뭐 그런 걸 말하는 거야?"

"상형문자요."

리는 깜짝 놀라며 고개를 들었다. 에머슨 함장은 여전히 옆에 서서 지켜보고 있었다. "상형문자? 이집트 문자 같은 걸 말하는 거야?"

"마야 문자와 좀 더 비슷해요."

리는 뒤통수를 긁으면서 생각했다. "어, 가능할 것 같아. 많은 자료들을 입력하고 프로그래밍을 좀 해야겠지만, 뭐, 가능할 거 같아."

"그렇게 하는 데 얼마나 걸릴까요?"

"자료 입력만 놓고 보면 오래 걸리진 않을 거야. 하지만 프로그램을 짜는 데 시간이 좀 걸릴 거야. 그런 다음에는 시험을 하면서 오류를 수정해야 하니까, 아마 몇 주 정도는 걸리겠지."

"몇 시간 안에는 안 될까요?"

"뭐라고?"

"우리에겐 몇 시간밖에 시간이 없어요."

"농담하는 거지?"

전화기 건너편에서 앨리슨은 클레이를 힐끗 쳐다보았다. 그들은 주변 국가들이 그 산불에 대응하는 건 시간문제일 뿐이라는 사실을 알고 있었다. 그리고 클레이 말에 따르면, 랭포드 제독이 그것을 지연시키려고 노력하고 있지만, 그의 잘못된 지시가 그리 오래 먹히지는 않을 것이라고 했다. "아뇨, 리, 농담이 아니에요."

리는 숨을 내쉬며 헝클어진 머리카락을 손으로 쓸어 넘겼다. "그 시간 안에는 불가능할 것 같아, 앨리. 대충 빠르게 프로그래밍을 하고 시험 과정이나 오류 수정을 건너뛴다 쳐도, 기존 정보들을 IMIS에 수동으로 입력할 방법이 없어. 더군다나 이 배에서는 그 작업을 그렇게 빨리 할 수 없다고."

"알았어요." 그녀가 암울하게 대답했다. "잠깐만요."

앨리슨은 마이크 부분을 손으로 가리고 클레이를 바라보았다. "리는 그게 가능할 수도 있다고 생각하지만, 현지 연구센터에 있는 누군가의 도움 없이는 불가능하대요. 지금 당장은 우리를 도와줄 사람이 없어요."

클레이와 보거는 동시에 얼굴을 찌푸렸다.

"어, 내 생각엔 있을 것 같은데." 시저는 잠에서 깨어나 편안하게 누워 있던 안락의자의 등받이를 천천히 세웠다. 그는 씩 웃으며 일어나 불빛 속으로 걸어 들어왔다.

"우리가 뭘 할 수 있다는 거예요?"

"현지에 누군가 있을 수도 있어."

* * *

그 싱글 침대는 그에겐 작았다. 하지만 그는 개의치 않았다. 솔직히 그는 그 상황을 오히려 즐겼고, 특히 지금은 더욱 그랬다. 밤새 한숨도 못 잔 데다 왼팔에 감각이 점점 사라지고 있었지만, 후안 디아즈는 신경 쓰지 않았다. 대신 여섯 살 된 여동생의 잠든 얼굴을 사랑스럽게 내려다보았다.

그녀의 작은 얼굴은 올리브색 피부와 검은 속눈썹을 가지고 있었고, 그녀가 자신 옆에서 조용히 숨을 쉬는 모습은 마치 천사 같아 보였다. 이건 그의 생각은 아니라, 여동생이 오빠에게 자기가 자는 동안 곁에 있어 달고 간청했기 때문이었다. 디아즈는 12시간 전에 고향에 도착했고 곧바로 부모님 집으로 향했다. 안젤리나는 오빠를 보고 매우 기뻐하며 즉시 그의 품으로 뛰어들었다. 그가 잘 몰랐다면, 자신이 브라질에서 얼마나 죽음에 가까이 다가갔는지 그녀가 어떻게든 알았을 거라고 의심했을 것이다. 그 일 직후, 그가 가장 바라던 것은 오직 가족을 보는 것뿐이었다.

디아즈는 거실에 놔둔 자신의 휴대전화가 울리는 소리를 듣고 급히 고개를 들었다. 그는 조심하면서도 빠르게 안젤리나의 침대 옆으로 미끄러지듯 빠져나와 복도를 따라 가볍게 뛰어갔다.

그는 어둠 속에서 전화기를 들고 번호를 들여다보았다. 모르는 번호였다. 그는 낮은 목소리로 전화를 받았다. "여보세요?"

"후안! 앨리슨이에요!"

"앨리?"

"후안, 지금 어디 있어요?"

"돌아와서 지금 부모님 집에 있어요. 어디세요?"

"내가 말해도 아마 믿지 않을 거예요. 어쨌든 우리가 긴급한 상황에 처했는데 당신 도움이 필요해요!"

"알겠어요, 앨리. 뭐든 말만 하세요."

"좋아요. 잘 들어요."

* * *

1970년대 양식의 회색 건물은 삼 층짜리였고, 정문 위로 유난히 길게 돌출된 처마가 있었다. 자동 이중문은 잠겨 있었고, 유일하게 보이는 빛은 유지 관리를 위해 밤새 켜둔 몇 개의 작은 조명에서 나오는 불빛뿐이었다.

푸에르토리코 대학교는 1900년 이 섬 최초의 고등 교육 센터로 설립되었다. 그 이후로 이 대학은 카리브해 전역을 통틀어 가장 뛰어난 대학 체제

410

로 성장했다. 하지만 새벽 네 시, 대부분의 대학 건물들은 문을 닫은 상태였다. 삼 층짜리 마야귀에즈 캠퍼스 도서관도 예외는 아니었다.

23년 만에 처음으로 이례적인 일이 발생했다. 호세 미그누치 교육감은 한밤중 푸에르토리코 주지사의 전화 때문에 잠에서 깨어났고, 15분 뒤 그는 도서관 건물 앞에 서서 참을성 있게 기다리며 도대체 무슨 일인가 하고 궁금해 하고 있었다.

멀리서 한 쌍의 전조등이 교정 진입 도로 쪽으로 방향을 틀었는데, 그 도로는 드넓은 잔디밭을 빙 돌고 나서 도서관을 지나 대학 본관으로 향해 있었다. 자동차 엔진 소리가 들리는가 싶더니 어느새 그 차는 완만한 곡선 도로를 빠르게 돌았고 교차로에 접근하면서 속도를 급하게 줄였다. 끼익 소리를 내며 급하게 우회전을 한 소형 도요타는 도서관으로 향하는 진입로로 들어섰고 마침내 도서관 앞에서 미끄러지듯 멈춰 섰다.

미그누치가 호기심을 가지고 지켜보는 가운데 한 남자가 운전석에서 급히 내린 다음 긴 산책로를 따라 그를 향해 달려왔다.

"안녕하시오." 미그누치는 약간 빈정거리듯 그 남자를 맞았다.

후안 디아즈는 짧게 손을 흔들었고 숨을 고르기 위해 허리를 구부렸다. "안녕하세요!"

미그누치는 차분하게 돌아서서 열쇠를 자물쇠에 꽂았다. 열쇠를 돌리자 철문 내부의 빗장이 풀렸고, 그는 한쪽 문을 손으로 잡아당겨 열었다. 그는 열린 문을 붙잡고 디아즈를 향해 들어가라는 손짓을 했다.

후안이 도서관의 검색용 컴퓨터를 발견하고 그쪽으로 달려가는 동안, 미그누치는 모든 실내조명을 켰다. 후안은 뒤에서 층 전체가 밝아졌는데도 눈치채지 못했다. 대신 화면을 훑어보고 검색 창에 '고고학과 상형문자'를 입력했다. 그 결과 수십 권의 책들이 나열되었다. 그는 목록을 인쇄하고 다시 자리를 떴다. 이번에는 카펫이 깔린 계단을 뛰어올라 이층으로 향했다.

35분 후, 디아즈는 무거운 책들을 한 아름 들고 끙끙대면서 도시 반대편에 자리한, 그와 연구원들이 일하는 연구센터의 행정실 안으로 뛰어 들어갔다. 그는 방을 가로질러 디지털 스캐너 옆에 있는 긴 나무 탁자 위에 그 책들을 내려놓았다. 그리고 가장 가까이 있는 책을 재빨리 집어 들고 마치 속독을 하듯 페이지를 휙휙 넘겼다. 그는 그림 문자들과 그에 대한 번역이 실려 있는 첫 페이지를 발견하자마자 즉시 멈췄다.

디아즈는 책을 뒤집어서 스캐너의 투명 유리에 대고 평평하게 누른 다음 녹색 '스캔' 버튼을 눌렀다. 스캐너 장비가 이미지를 기억장치에 저장하자마자, 디아즈는 그 책을 다시 집어 들고 다음 페이지로 넘어갔다.

* * *

컴퓨터가 한 페이지에 있는 그림과 문자를 구별하는 방법을 알려주는 데 흔히 사용되며, 소스 프로그램이 공개된 컴퓨터 코드 알고리즘은 여러 개가 있었다. 하지만 어느 것도 효과가 없었다. 리 켄우드는 좌절감에 신음하며 자신의 코드 오류를 찾고 있었다. 코드 일부를 바꾼 뒤 화면에 있는 '실행' 버튼을 클릭하고 결과를 기다렸다. 또 다른 오류가 나타났다.

젠장, 내가 뭘 놓치고 있는 거지? 그는 탁자를 두드리며 다시 프로그램 코딩 창을 열었다. 문제를 일으키는 줄을 찾아낸 그는 또 다른 변화를 시도했다. 여전히 진전은 없었다.

"이런!" 그는 옆에 있는 책상을 손바닥으로 내리쳤고, 그로 인한 통증 때문에 그게 왜 나쁜 행동인지 즉시 깨달았다. 리는 손바닥을 문지르고 화면을 더 가까이 들여다보며 추가한 변수 목록을 살펴보았다. 그는 또 다시 수정을 하고 저장한 다음, 다시 '실행' 버튼을 클릭했다.

이번에는 오류가 일어나지 않았다.

리는 허공으로 주먹을 휘둘렀다. "됐어!" 그는 현지 연구센터의 데이터 저장소를 재빨리 훑어보았고 후안이 업로드한 수백 개의 삽화 자료를 발견했다. 도서의 스캔 작업을 마친 후안은 벌써 그 목록에 웹사이트 링크를 추가하기 시작했다. 이 모든 것이 IMIS가 일정한 유형을 찾고 각 자료를 서로 교차 참조하면서, 마지막으로 윌 보거가 보낸 위성 이미지와 비교해 보는 데 사용하기 위한 자원들이었다.

리는 심호흡을 한 뒤 손가락을 꼬며 행운을 빈 다음, 자신이 수정한 프로그램 코드를 IMIS 서버에 업로드하고 그것을 실행시켰다.

* * *

세 시간이 지난 후에도 앨리슨은 여전히 보거의 노트북 앞에 앉아 이미지 속 바위 모양을 연구하고 있었다. 그녀는 헬리콥터의 객실 지붕 위로 비가 떨어지기 시작하는 소리를 듣고 힐끔 고개를 들었다. 비는 조금씩 내리기 시작하다가 금세 굵어졌고 이내 강한 폭우로 변했다. 그녀는 창가로 갔지만 밖에 있는 남자들은 보이지 않았다.

클레이, 시저, 보거는 일 킬로미터쯤 떨어진 곳에서 멀리 산맥 너머로 새벽이 밝아오는 동안 계속 타오르고 있는 산불을 살펴보고 있었다. 다행히도 밀림의 습기가 마침내 맹렬한 불길을 이겨냈다. 이제 불의 고리는 더 이상 번지지 않고 빠르게 사그라지고 있었다. 비는 최후의 결정타가 되었다.

세 사람이 알베스의 대형 헬리콥터로 돌아왔을 때에는 흠뻑 젖어 있었고, 태양은 어느새 아침 하늘 위로 떠오른 상태였다. 디앤은 한 손으로 둘세의 구부정한 등을 다정하게 감싼 채 여전히 잠들어 있었다. 남자들은 조용히 그들 곁을 지나 앨리슨이 앉아 있는 탁자 주위에 둘러앉았다.

"다시 시작한 공부는 어떻게 잘 되고 있어?" 클레이가 속삭였다.

"그럭저럭요." 그녀는 뒤로 기대며 잠시 눈을 비볐다. "교수님 중 한 분이라도 이야기를 나눌 수 있으면 좋겠어요."

"뭐 좀 알아냈어?"

"그 모양들은 마야 상형 문자, 어쩌면 올멕(멕시코 중남부에 살았던 고대 인디오) 상형 문자와 분명히 몇 가지 공통점을 가지고 있어요. 하지만 기호가 세 개뿐이라, 그것만으로는 알아낼 수 있는 게 별로 없어요. 얼마나 오래 되었는지라도 알면 좋을 텐데." 그녀는 세 개 중 하나를 가리켰다. "이 모양은 마야의 새와 가장 비슷해요. 그리고 이쪽 것은 안쪽으로 향한 화살표가 있는 원이 분명한데, 그게 무슨 뜻인지는 전혀 모르겠어요. 비슷한 예시도 발견하지 못했거든요. 그리고 세 번째 모양은 전혀 추측하지도 못하겠어요."

"그러니까 마야 문자인지 아닌지도 알 수 없단 얘기네."

앨리슨은 대답하지 않았다.

"앨리?"

그녀는 마지못해 그들을 올려다보며 한숨을 내쉬었다. "뭐라 말하기 어렵네요. 연대로 알 수 없으니…." 그녀는 잠시 말을 멈추었다. "마야인들은 정말 놀라운 사람들이었어요. 그들은 현재 과학으로도 설명이 불가능한 것들을 알고 있었어요. 예를 들어, 마야인들이 계산한 하루의 길이는 현대의 원자시계가 계산한 것과 1000분의 2밖에 차이가 나지 않았어요. 무려 이천 년 전에 말이에요. 천문학과 수학에 대한 그들의 이해는… 음, 불가사의 할 정도죠. 문제는… 그들이 이렇게까지 남쪽으로 오지 않았다는 거예요." 그녀는 팔짱을 끼며 답답한 표정으로 뭔가 말하려다 멈췄다.

"뭔데 그래요?"

"미친 소리처럼 들리겠지만, 만약 이 모양들이 충분히 오래되었다면, 이것들은 마야나 올멕 언어의 영향을 전혀 받지 않았을 수도 있어요. 오히려, 그 언어들이 이것의 영향을 받았을지도 몰라요."

"와우." 시저가 말했다. "놀라운 얘기네."

클레이의 전화기가 윙윙거리자 그들은 대화를 중단했다. 그는 재빨리 전화기를 주머니에서 꺼냈다. 번호를 확인하고 나서 전화기를 앨리슨에게 건 넸다. "리의 전화야."

그녀는 전화기를 받아 귀에 갖다 댔다. "저에요, 리."

"어, 앨리." 그가 대답했다. "좋은 소식이 있어. IMIS가 두 개의 기호를 번역한 거 같아."

"두 개요?"

그는 어깨를 으쓱했다. "그런 것 같아. 준비됐어?"

앨리슨은 자신을 둘러싼 세 남자를 흘끗 보았다. "계속 말하세요."

"IMIS는 중간에 있는 모양, 즉 새처럼 생긴 것을 '크다' 또는 '강하다'는 뜻으로 해석했어. 그 아래, 오른쪽에 있는 것은 '약하다'는 뜻이고."

앨리슨이 그대로 받아 적었다. "크다 또는 강하다… 그리고 약하다. 그게 다에요? 세 번째 것은 전혀 못 알아냈나요?"

"응, 원에 대해서는 아직 아무것도 없어."

"정확도는 어때요?"

"54퍼센트와 58퍼센트. 그리 높지는 않아."

앨리슨이 고개를 끄덕였다. "알겠어요. 고마워요, 리. 계속 연락주세요."

"그럴게."

"아, 그리고 리." 앨리슨은 전화를 끊기 전에 그를 불렀다.

"왜?"

"대단하세요!"

그는 낄낄 웃었다. "고마워, 앨리. 나중에 보자고."

그녀는 통화를 끊고 전화기를 클레이에게 돌려주었다.

"그러니까 강하다 그리고 약하다?" 보거가 말했다.

"네. 하지만 리의 말로는 정확도가 50%를 겨우 넘었대요. 얼마나 더 나아진 건지 잘 모르겠어요."

"아무것도 모르는 것보다는 훨씬 낫지."

그녀는 동의한다는 듯 고개를 끄덕이고 계속 화면을 응시했다.

"어쩌면 삼각형 모양 자체에 어떤 의미가 있는지도 몰라. 뭔가를 가리키는 것일 수도 있어." 보거는 앨리슨 어깨 너머로 손을 뻗어 화면을 확대했다. "다시 생각해보니, 물론 아닐지도 있지만. 암벽에서 멀어지는 세 방향을 가리키는 것처럼 보이지 않아?"

클레이는 앨리슨 뒤에 서서 화면을 뚫어져라 쳐다보았다. "IMIS가 그 모양을 잘못 번역했다고 가정하면, 우리에겐 아무것도 없어. 그러니까 그 해석이 맞는다고 가정해 보자고. 그럼 우리가 뭐를 알고 있는 거지?"

"하나의 삼각형, 세 개의 기호, 세 개의 방향 가능성 지점, 그리고 두 개의 단어, 즉 강하다와 약하다."

"그리고," 앨리슨은 생각나는 대로 말했다. "만약 이 모양들이 하나의 단어를 정의하는 거라면, 우리는 찾고 있는 건 문장이 아니에요. 이들 세 가지 사이의 어떤 관계를 찾아야 해요."

"어쩌면 3이라는 숫자에 수학적 의미가 있는지도 몰라."

"소수?"

"소수는 너무 많아. 2나 5도 있잖아?"

클레이는 화면의 세 번째 모양을 계속 빤히 바라보았다. 안쪽을 가리키는 화살표들이 있는 원. 강하다와 약하다. 강하다와 약하다. 그리고 하나의 원. 무언가 안쪽으로 이동하는 원. 안쪽으로 이동한다. 안쪽으로 이동한다. 사방으로 안쪽으로 들어온다. 하지만 뭐가? 그리고 어디서?

시저는 그것을 전술적으로 생각했다. "저것들이 표석이라고 했지?"

"맞아."

"표석이 커?"

"그래."

"그렇다면, 만약 네가 표석들 옆에 서서 수평으로 바라봤다면, 어쩌면 그게 무엇인지 구별하지 못했을 수도 있어."

"맞아," 보거가 말했다.

"그러니까 그 모양을 제대로 보려면 암벽 꼭대기에서 아래를 내려다봐야 한다는 거지. 높은 곳에서 말이야."

"일리가 있어!"

"아니면 공중에서요." 앨리슨이 덧붙였다.

갑자기 클레이가 돌아섰다. "바로 그거야!"

"뭐?"

"공중에서! 공중이나 아니면 하늘에서 이것들을 볼 수 있는 거야." 그는 보거를 돌아보았다. "아니면 우주에서!"

"맞아. 그렇다면 삼각형이 무얼 뜻하는 거지?"

클레이의 눈이 번뜩였다. 그는 뭔가를 찾기 시작하다가 보거의 가방에서 삐져나온 종이 한 장을 발견했다. 그는 그 종이를 잡아채 펼치며 탁자 위에 올려놓았다. "펜이 필요해."

"여기 있어." 보거가 가방 깊숙이 손을 넣어 펜 하나를 꺼냈다.

클레이는 펜을 받고 주름진 종이를 곧게 폈다. 그런 다음, 세 개의 상징을 비슷한 모양으로 대충 그렸다. 하나는 왼쪽, 다른 하나는 오른쪽, 또 다른 하나는 오른쪽 것 위에. 그는 탁자에 기대며 다른 사람들을 바라보았다. "만약 삼각형이 아니라면 어떨까?" 그는 잠시 말을 멈추었다. "다시 말해서, 만일 셋이 아니라면 어떻게 될까?"

"무슨 말인지 이해를 못하겠어."

"생각해봐. 우리가 뭘 놓치게 있는 거지?"

그들은 종이를 바라보았다. 앨리슨이 먼저 알아차렸다. "암벽. 암벽을 놓치고 있어요."

"맞아." 클레이는 세 개의 기호들 오른쪽에다 암벽을 대충 그려 넣었다. "삼각형이 아니야." 그는 그것들을 직선으로 연결시키며 말했다. "사각형이라고!"

보거는 고개를 끄덕였다. "세 점이 아니라 네 점이란 말이지."

"그리고 네 가지 의미." 클레이는 두 개의 기호 아래에 '강하다'과 '약하다'라는 단어를 썼다. 나머지 두 기호인 원과 암벽은 공백으로 남아 있었다. "네 개 중 두 개. 강하다와 약하다!"

보거는 고개를 끄덕였다. "좋아. 그럼 나머지 두 개는 무슨 뜻일까?"

"네 개의 의미요, 윌. 우주에서만 볼 수 있고!" 그는 기다렸다. 결국 그는 웃으며 보거의 등을 살짝 때렸다. "천체물리학을 떠올려 봐요, 윌!"

한 삼사 초 흘렀을까, 문득 뭔가 번쩍 떠올랐다. "네 가지 힘!"

앨리슨은 두 사람 번갈아가며 바라보았다. "뭐요? 뭔데요?"

보거는 재빨리 컴퓨터 앞으로 다시 돌아갔다. "자연의 네 가지 힘! 천체물리학에서는 네 가지 주요한 힘이 모든 것을 지배한다고 했어. 강력, 약력, 중력… 그리고 전자기력." 그는 세 번째 모양을 가리켰다. 그것은 네 개의 화살표가 안쪽을 향하고 있는 원이었다. "중력!"

"그럼 마지막 것은 전자기력이라는 뜻이겠네." 시저가 덧붙였다.

"그러니까 그게 무슨 뜻이에요?" 앨리슨이 물었다. "암벽이 전자기력이라고요?"

"무슨 뜻인지 말해줄게." 클레이가 시저를 똑바로 바라보며 말했다. "암벽 면이 벽이 아니라는 뜻이야. 그건 문이야!"

70

디앤은 뭔가 부서지는 소리에 잠에서 깼다. 그녀는 가만히 잠들어 있는 둘세를 확인한 뒤 정신없이 주위를 둘러보았다. 소음은 객실 뒤쪽에서 들려오고 있었다. 시저와 클레이 두 사람이 커다란 찬장을 부수는 중이었다.

시저는 여러 개의 전원 플러그 전원을 차단하고 내부 벽 하단을 따라가며 발로 차서 구멍을 냈다. 그는 전기가 흐르는지 않는 것을 확인한 후 안으로 손을 집어넣어 전기 배선을 끌어당겼다. 전선들이 끝까지 다 나오자, 그것을 꽉 잡고 힘껏 잡아당기면서 벽 안쪽에서 전선들을 뜯어냈다

시저 뒤쪽, 클레이는 알베스가 특별히 개조한 내부 동력 시스템의 일부를 제거했다. 그는 객실에 있는 여러 12볼트 배터리 중 하나에서 두꺼운 전선 뭉치를 분리한 다음, 배터리를 저장 공간에서 들어올렸다.

시저는 목이 긴 싱크대 수전에 시선을 고정한 채 클레이를 지나쳐 갔다. 그는 즉시 큰 손으로 수전의 위쪽을 감싸쥐고 확 잡아당겨 뜯어냈다.

앨리슨과 보거는 조용히 문 앞에 서서 기다리고 있었다.

"무슨 일이에요?" 디앤이 물었다.

"우린 다시 나갈 거예요." 시저가 그녀를 스쳐 지나가며 대답했다. "둘세를 보살피고 계세요. 곧 돌아올게요."

그녀는 눈을 깜박이며 한 사람씩 문 밖 쏟아지는 빗속으로 나가는 모습을 지켜보았다. "조심해요!"

* * *

그들은 함께 암벽을 향해 다시 언덕 위로 걸어 올라갔다. 암벽 전체가 폭

우로 인해 쏟아져 내리는 빗물에 뒤덮여 번들거리고 있었다. 그들은 암벽이 있는 곳에 이르렀고, 두 개의 미묘한 홈이 서로 삼 미터쯤 떨어진 채 나란히 위쪽으로 곧게 뻗어 있는 곳으로 다가갔다.

클레이는 배터리를 내려놓고 시저에게 금속 수전 파이프를 내밀었다. 시저는 한손으로 파이프를, 다른 손으로는 전선의 한쪽 끝을 잡았다. 그리고 팔 근육에 힘을 주면서 파이프에 두꺼운 전선을 한 줄씩 돌려가며 감았다. 몇 분 만에 전선 대부분을 파이프 겉에다 감았다. 그는 파이프 양쪽 끝에 달랑거리는 전선 끝을 고리 모양으로 만든 다음, 큰 배터리를 들어올리고 전선의 양쪽 끝을 배터리의 양극과 음극 단자에 연결했다.

앨리슨은 비에 젖은 머리카락을 눈가에서 쓸어 넘겼다. "그게 뭐죠?"

클레이가 한쪽 눈을 깜박였다. "전자석." 그는 고개를 끄덕이는 시저를 바라보고 나서, 전선이 감긴 막대를 들어 암벽에 갖다 대고 눌렀다.

아무 일도 일어나지 않았다.

클레이는 막대를 암벽에 댄 채 몇 걸음 옮겨갔다. 여전히 아무 반응이 없었다. 그는 구역별로 나누어 암벽 면 여러 군데에 전자석을 갖다 대보았다.

한순간 묵직하게 '쾅' 하는 소리가 들렸고, 클레이와 시저는 서로를 쳐다보았다. 잠시 후, 암벽이 흔들리기 시작했고 수직으로 나 있는 홈 위쪽에서 느슨한 돌조각들이 떨어져 나갔다. 낮고 굵은 그르렁 소리와 함께, 홈 사이의 절벽 면이 바깥쪽으로 밀려나오기 시작했다.

암벽 면은 계속 앞으로 미끄러져 나왔고 마침내 크고 컴컴한 입구가 나타났다. 네 사람 모두 비를 맞으며 함께 서 있었다… 아무런 말없이.

앨리슨이 고개를 저었다. "이건 절대 마야인들이 만든 게 아니에요."

클레이는 전자석을 내리고 어깨 너머로 시선을 돌렸다. 그는 조심스럽게 컴컴한 입구로 다가갔다. 충분히 가까이 다가간 후, 그는 안쪽으로 한 걸음을 내딛고 주위를 둘러보았다. "와우!"

71

나머지 세 사람도 클레이를 따라 안으로 들어갔다. 그들 뒤에서 불어오는 가벼운 산들바람에 안쪽에 있던 퀴퀴한 공기가 밖으로 밀려나가며 그들을 스쳐 지나갔다. 내부 공간은 꽤 넓었고 그들 머리 위로도 높이 뻗어 있었다. 깊이와 너비는 어둠 속에 묻혀 있어서 크기를 가늠하기 어려웠다. 하지만 그들이 입을 쩍 벌릴 정도로 놀란 것은 그 안에 자리 잡고 있는 내용물 때문이었다.

공간은 밝은 초록빛으로 빛나고 있었다. 그 색깔은 거의 형광 빛을 띠었다. 하지만 가장 충격적인 것은… 시험관들이었다. 삼 미터쯤 높이의 굵고 투명한 시험관들이 줄지어 늘어서 있었다. 수백 개의 관들. 그리고 각 시험관 안에는 밝게 빛나는 녹색 액체 같은 것들로 가득 차 있었다.

네 사람 모두 나란히 서서 경이로움에 압도된 채 천천히 훑어보았다.

"내가 지금까지 본 것 중 거의 가장 놀라워." 시저가 중얼거렸다.

"이게 도대체 뭐지?" 보거가 속삭였다.

그들은 좀 더 안쪽으로 들어가 가장 가까운 시험관으로 다가갔다. 그 안에는 빛이 나는 액체가 들어 있었고 천천히 소용돌이치듯 돌고 있었다.

클레이는 유리관 색조 때문에 녹색으로 보이는 매끄러운 돌바닥을 내려다보았다. 그는 오른쪽 부츠를 앞으로 내밀어 눈앞에 있는 바닥을 살며시 밟아보았다. 다시 부츠를 들어올리자 그 아래에 깊은 발자국이 드러났다.

앨리슨도 아래를 내려다보며 같은 동작을 따라했는데, 두터운 먼지층에 좀 더 작은 발자국이 만들어졌다. "여긴," 앨리슨이 속삭였다. "정말 오래된 곳이에요."

"이것들은 뭘까?"

클레이는 보거의 질문에 멍하니 고개를 저었다.

은은한 초록 빛깔 때문에 시험관들 위로 몇 미터나 높이 있는 돌 천장의 모습이 드러났다. 시험관들의 투명한 용기는 두꺼운 유리처럼 보였다. 보거가 손을 내밀어 유리관 하나를 만지자, 유리에서 빛의 물결이 터지듯 퍼져 나갔다. 그는 재빨리 손을 뒤로 끌어당겼다. "이크!"

"뜨거워요?"

"아니, 얼음처럼 차가워."

클레이는 앞으로 나아가며 거의 몇 인치 앞까지 가까이 다가갔다. 초록 빛으로 빛나는 액체는 분명히 움직이고 있었다. 하지만 그 액체 속에 들어 있는 뭔가는 느리게 소용돌이치듯 돌고 있었다.

"이 유리관 가운데에 뭔가가 들어 있어."

다른 이들이 클레이 곁으로 다가와서 함께 그 안을 들여다보았다. "기포들처럼 보여요." 앨리슨이 말했다. 그녀의 목소리는 두꺼운 벽에 반사되어 부드럽게 메아리쳤다.

"그래, 아주 작은 공 모양이야." 시저는 고개를 들어 그 구체들이 나선형으로 가닥을 형성하며 유리관 꼭대기까지 뻗어 있는 모습을 눈으로 좇았다. "수천 개도 넘겠는데."

보거는 한 발 물러서며 옆에 가까이 있는 다른 유리관을 살펴보았다. "다른 유리관 안에도 그런 것들이 들어 있어." 그는 자세히 들여다보았다. "잠깐만, 그 구체 안에 뭔가 들어 있는데. 작은 점들처럼 보여."

"크기가 다 달라요." 클레이는 첫 번째 유리관 기둥을 천천히 빙 돌며 반대편 쪽에서 그 줄기들을 유심히 바라보았다. "크기가 다 제각각이야."

보거는 안경 너머로 뚫어질 듯 응시하며 더 자세히 들여다보았다. "자네 말이 맞아. 어떤 것들은 더 커 보여."

"이것들이 뭐라고 생각하세요?"

보거는 클레이를 돌아보았다. "내 생각엔 일종의 씨앗들이 아닐까 싶어."

* * *

네 사람은 공간 안쪽으로 더 깊이 들어갔다. 모든 유리관 안에는 그 구체들이 줄처럼 이어지며 감겨져 있었는데, 그 줄들이 꼬여 있는 모습을 보고 클레이는 DNA 이중나선형 구조를 떠올렸다. 각각의 유리관에는 열 가닥 이상의 그 줄기들이 들어 있었다. "여기에는 기계장치가 하나도 안 보여." 클레이가 다른 사람들에게 말했다.

"나도 아무것도 보지 못했어. 벽 뒤에 숨겨 놓았다면 모를까."

"아무 소리가 안 들려. 벽 뒤에 있다면 무슨 소리라도 날 텐데."

시저는 그 점을 곰곰이 생각했다. "기계장치가 하나도 없다면, 전원은 어디 있지? 모든 걸 뭘로 이렇게 차갑게 유지하는 거야? 또 어떻게 빛나게 하는 거지? 화학 반응인가?"

"화학 반응이 이렇게 오래 지속될 수 있을까? 그러려면 화학 물질을 계속 보충해줘야 하는데, 이 유리관은 양쪽 끝이 모두 밀폐된 것처럼 보여."

네 사람은 조용히 흩어져서 좀 더 많은 유리관들을 살펴보았다. 몇 분 후, 공간 한쪽에서 보거의 호출하는 소리가 들렸다. 다른 이들은 암벽 출입구 근처에 있는 그를 발견하고 뛰어갔다.

"이걸 좀 봐!"

그들은 보거 발치의 바닥을 내려다보았다. 먼지 속에 희미하게 보이는 들쭉날쭉한 자국이 입구 쪽으로 이어져 있는 것을 볼 수 있었다.

"무슨 자국이지?"

보거는 손가락으로 그곳에 만져본 다음, 손을 들어 냄새를 맡아보았다. "물인 것 같아."

그들은 돌아서서 가느다란 물줄기를 따라 거슬러 올라가며 가까운 유리관들 중 하나로 향했다.

"새고 있는 건가?"

클레이는 몸을 낮추며 유리관 표면을 확인했다. "그건 아닌 것 같아요." 그는 몸을 일으키며 유리관 상단까지 죽 올려다보았다. "이 액체 때문이 아니에요." 그는 천정 근처에서 아주 작은 반짝임을 발견했다. "물이 이 동굴 안으로 스며든 것 같아요, 그리고 이 유리관으로 떨어진 후 관을 타고 흘러내린 다음 입구 쪽으로 흐른 거죠."

"자네 말이 맞는 것 같군." 보거가 목을 뒤로 젖히고 천장을 살펴보던 중 물방울 하나가 떨어지면서 똑같은 반응을 보였다. "그렇게 해서 다시 바깥으로 스며들어 토양을 변화시키는 것 같아."

클레이와 보거는 물방울이 유리관에 부딪칠 때마다 유리관 상단 주위에서 아주 작은 섬광이 방출되는 것을 관찰했다.

앨리슨은 가장 가까운 유리관 속을 빤히 쳐다보았다. "그러면 이 빛나는 액체가 일종의 에너지원일지도 몰라요. 아니면 일종의 영양소거나."

"둘 다일지도 모르지."

"이봐." 시저가 그들 뒤에서 외쳤다. "와서 이것 좀 봐."

그들은 유리관 몇 줄 건너에서 유리관 속 구체를 살펴보고 있는 시저를 발견하고 다가갔다. "이 기포들 좀 봐. 바로 여기, 가장자리에서 가장 가까이 있는 거. 어떻게 생겼는지 봐봐."

그들은 시저가 가리키는 것을 보자마자 모두 얼어붙었다.

"세상에." 앨리슨이 속삭였다. "일종의 배아처럼 보여요!"

"내 생각도 그래요."

본능적으로, 그들 모두 한 걸음 뒤로 물러섰고, 각자 전혀 다른 표정을 지으며 빛나고 있는 그 공간을 둘러보았다. 그들은 한 사람씩 뒷걸음질하며 입구 쪽으로 물러났다. 입구에 다다르자, 그들은 출입구가 아직 열려 있는지 확인하고 그 근처에 머물렀다.

"앨리슨." 클레이가 속삭였다. "이곳이 얼마나 오래 되었다고 생각해요?"

"전혀 모르겠어요."

"그냥 대략적으로."

그녀는 어깨를 으쓱했다. "글쎄요, 바깥의 표석들이 얼마나 마모되었는지 그리고 내부에 쌓인 먼지의 양으로 판단해 보면, 굉장히 오래된 것 같아요. 이 출입구는 수백 년, 어쩌면 수천 년 동안 열리지 않았을 거예요."

"윌, 개인적인 생각으로 우리 인간이 이런 것을 만들었을 가능성이 조금이라도 있을까요? 스티브, 자네 생각은 어때?"

시저는 보거를 쳐다보고 나서 고개를 저었다. "농담하는 거지?"

클레이는 생각에 잠긴 듯 고개를 끄덕였다. "그럼, 이곳에 엄청난 양의 DNA 물질이 보관되어 있는 게 아니라고 믿는 사람은?"

"저 DNA는 우리 인류의 것이 아니야." 시저가 덧붙였다.

보거가 돌연 놀라며 숨이 막힌 듯 말했다. "이런! 이건 또 다른 저장고야!"

"'또 다른' 저장고라니 무슨 말이에요?"

"종자 저장고를 말하는 거야. 노르웨이의 그 섬에 있는 거!" 보거는 그들의 어리둥절한 표정을 보고 비꼬는 듯한 눈빛을 보냈다. "종자 저장고에 대해 모른다고? 국제 종자 저장고! 노르웨이의 한 섬에 있는 거대한 시설에 수년 동안 전 세계에서 거둔 씨앗들을 저장해 왔단 말이야."

"왜요?"

"대재앙이 발생할 경우를 대비해 종자들을 보호하기 위해서지. 그곳에는 모든 대륙에서 가져온 수십만 개의 다양한 씨앗들이 보관되어 있어. 그 시설은 수백 년 동안 지속될 수 있도록 지어졌고." 보거는 강조하듯 양팔을 휘저으며 말했다. "이게 바로 그거야! 또 다른 저장고라고!"

"누구의 저장고죠?"

보거는 클레이를 돌아보았다. "글쎄, 분명 우리 것은 아니야. 다른 누군가. 어떤 외계 종족."

"또 다른 외계 종족?"

"안 될 게 뭐가 있어?" 보거가 물었다. "페일린이 한 말을 떠올려 봐. 지구가 가지고 있는 물의 양이 흔한 건 아니라고 했어, 그래서 우리를 볼 수 있는 어떤 종족의 눈에 띈 거라고. 마치 봉화처럼 말이야."

앨리슨은 눈살을 찌푸렸다. "하지만 외계 종족이 왜 그들의 씨앗들을 지구에 두었을까요?"

"우리와 같은 이유겠지." 보거가 대답했다. "대재앙을 대비해서 말이야. 하지만 지금의 우리로선 우주 멀리 갈 수 없어. 그들은 할 수 있겠지. 그리고 만약 우리가 종자 저장고를 어디에 만들지 찾는다고 가정해 봐, 나 같아도 내가 살 수 있을 만한 어떤 행성에다 만들고 싶을 거 같은데."

모두 그들 앞에 보이는 유리관 기둥 쪽으로 다시 돌아섰다.

앨리슨이 침묵을 깨며 속삭였다. "그럼 이제 어떻게 하죠?" 그녀는 세 사람을 번갈아가며 쳐다보았지만 아무도 대답하지 않았다. "여러분?"

그녀 오른편에 있는 시저와 보거는 어깨를 으쓱했다. 그녀는 왼편을 바라보았다. "존?"

클레이는 눈을 깜박였지만 멍하니 바라보고만 있었다.

"존?"

그는 말없이 숨을 들이쉰 다음, 시선을 떼지 않은 채 낮은 목소리로 말했다. "도약을 경계하라."

"뭐라고요?"

"도약을 경계하라." 그는 큰 소리로 반복했다.

"뭔 도약?"

"우리가 되돌아오기 전에 페일린이 내게 한 말이야."

시저는 호기심 어린 눈으로 그를 바라보았다. "그게 무슨 뜻인데?"

"우린 그 식물들이 무엇을 할 수 있는지 봤어. 그 물 자체에 비하면 그 식물은 아무것도 아니었을 거야." 그는 다른 사람들을 향해 돌아섰다. "그리고 그 물은 여기 있는 유리관에 그냥 닿았을 뿐이야. 저 유리관 안에 있는 용액으로는 무얼 할 수 있을까?"

아무도 대답이 없었다.

"우리는 현재의 우리 능력을 훨씬 뛰어넘는 무언가에 대해 이야기하고 있을지도 몰라. 그것이 마치 마법처럼 보일 수도 있겠지." 클레이는 그 공간 전체를 다시 한 번 훑어보았다. "로튼 중령은 그 식물의 DNA에 너무나 놀라서 모든 나라가 그것을 놓고 전쟁을 벌일 거라고 확신했어. 그런 나라들이 여기 있는 이걸 보고 그냥 넘어갈까?"

시저는 눈을 가늘게 뜨고 클레이를 보았다. "무슨 짓이든 벌이겠지."

클레이는 생각에 잠겼다. "네 말이 맞아. 그렇다면, 얼마나 많은 목숨이 달린 일일까? 수천? 수백만?"

"훨씬 더 많을 걸." 보거가 말했다.

"그럴 만한 가치가 있을까요, 윌?"

보거는 어깨를 으쓱했다.

"목숨을 잃은 이들이 과연 이게 그럴 만한 가치가 있었다고 생각할까?" 클레이는 한숨을 쉬었다. "수많은 발전들이 진보에 따른 희생으로 정당화되고 있어. 하지만 생존자들한테만 물어보는 건 쉬운 질문이야, 안 그래?"

그들은 클레이를 계속 지켜보며, 각자 조용히 생각에 잠겼다.

"이것들이 어떤 결과를 불러일으킬지 누가 알겠어. 아니, 저것들 속에 보관되어 있는 DNA가 말이야."

"깨우지 말아야 할 잠자는 거인이란 말이군." 시저가 말했다.

클레이는 진지한 표정으로 그들을 바라보았다. "우리가 꼭 알아내야 한다고 생각하는 사람?"

아무도 손을 들지 않자, 그는 가장 가까이 있는 유리관을 올려다보았다. 빛나는 초록빛 혼합물을 보니 묘한 아름다움을 지니고 있다는 인상을 받았다. 결국, 페일린은 그들이 발견할 수도 있는 무언가에 대해 경고하려고 했다. 지혜에 대해서 말이다. *인간은 실제로 얼마나 자주 깨우쳤을까? 정부는 어떨까?*

"그럼 우린 어떻게 해야 할까요?" 앨리슨이 물었다. "머지않아 사람들이 나타나기 시작할 텐데."

클레이의 목소리는 거의 속삭일 정도로 줄어들었다. "내 생각엔 그냥 내버려두는 게 좋을 것 같아."

"다른 누군가가 찾을 거예요, 존."

"우리가 묻어버리면 돼."

시저가 눈썹을 치켜올렸다. "묻어? 뭐로 묻어?"

클레이는 몸을 돌리고 바깥쪽을 내다보았다. 비는 여전히 퍼붓고 있었다. "중국 친구들이 불도저를 좀 남겨놓지 않았나?"

시저가 그를 빤히 쳐다보았다. "존, 우리가 암벽 전체를 묻을 순 없어."

"그럴 필요 없어." 그는 여전히 바깥을 응시하며 대답했다. "표지판만 묻으면 돼. 아니, 아예 표석들을 치워버리는 게 낫겠어."

"그럼 저걸 여기 갖다 놓은 누군가가 다시 찾으러 돌아왔을 때, 저걸 어떻게 찾으라고?"

클레이는 얼굴을 찌푸렸다. "만약 우리가 저걸 숨기지 않으면, 그들이 돌아올 이유가 없을지도 몰라."

72

그 일은 오래 걸리지 않았다. 두 대의 불도저는 여전히 작업 중이었다. 세 군데의 표석 무리에서 각각 몇 개의 바위를 옮기자, 그 모양은 다른 바위들과 마찬가지로 무작위인 것처럼 보였다.

물이 새어나오는 방향을 바꿔놓은 후, 임시변통 전자석을 암벽 면에 대고 다시 누르자 육중한 돌문이 철컥 하는 소리를 내며 제자리로 부드럽게 밀려들어 갔다. 암벽의 수직 이음새는 분리 과정에서 떨어진 들쭉날쭉한 작은 조각들만 빼면 거의 변하지 않은 것처럼 보였다. 역설적이게도 암벽 면은 예전보다 더 자연스러워 보였다.

네 사람이 헬리콥터로 돌아왔을 때, 그들 모두 흠뻑 젖어 있었다. 헬기 안으로 들어갔을 때, 둘세가 깨어난 채로 디앤에게 기대어 누워 있는 것을 발견하고 그들 모두 미소를 지었다. 작은 고릴라는 피곤한 상태였지만, 시저를 보자마자 온순해 보이는 두 눈이 더욱 크게 떠졌다.

아무도 말을 하지 않았다. 디앤은 의자에 앉은 채 다른 사람들의 얼굴을 관찰하며 밖에서 무엇을 하고 있었는지 묻지 않기로 마음먹었다. 그녀는 그냥 떠나고 싶었다.

그녀는 지옥 같은 일을 겪었다. 하지만 그녀 곁에는 여전히 둘세가 있었다. 그리고 그녀와 후안 두 사람 모두 살아 있었다. 그것만으로도 충분했다. 이제 그녀는 그저 집에 가고 싶어 했다.

그녀는 보거가 노트북 앞에 앉는 것을 지켜보았다. 클레이가 뒤따라서 보거의 뒤에 섰다. 몇 분 후 보거는 몸을 뒤로 젖히며 클레이와 화면을 공유했다.

"웬만해서는 알아볼 수 없을 것 같아."

"그러기를 바라야죠."

앨리슨과 시저도 다가와서 살펴본 후 동의하듯 고개를 끄덕였다.

시저는 손목시계를 들여다보았다. "이제 여기서 나가고 싶지 않아? 연료는 충분하니까 산 반대편으로 내려가면 조지타운까지 갈 수 있을 거야."

클레이가 바깥으로 손짓을 했다. "좋아, 내가 너를 따라갈게. 다른 헬기 한 대도 돌려줘야 하니까."

"나는 당신과 같이 갈게요."

클레이는 앨리슨을 보고 미소를 지었다. "내가 가장 좋아하는 부조종사를 어떻게 마다할 수 있겠어?"

보거는 마지막 작업에 빠르게 몰두했다. 그는 ARGUS 위성 시스템에 접속해서 녹화된 영상 자료를 삭제하고 있었다. 모든 걸 삭제하는 건 아니었고, 인공위성 발사일까지 산꼭대기가 포함되어 있는 자료만 삭제했을 뿐이었다. 실제로 자료를 삭제한 것도 아니었다. 당연히 NSA에서는 방대한 양의 데이터를 계속 백업해 두었다. 그는 자료를 삭제하는 대신, 자료를 손상시킨 후 제자리에 그대로 두었다. 보거가 조금만 더 손을 보면, 손상시킨 자료들은 곧 백업에 남아 있는 해당 자료들을 대체할 것이고, NSA 저장소에는 사용 불가능한 자료만 남게 될 것이다. 그들이 문제를 인식할 때쯤이면 너무 늦었을 것이다. 그리고 보거는 누가 그런 짓을 했는지에 대한 모든 흔적도 지울 것이다.

운이 따르면, 보디치호의 침몰 사고로 정신이 팔린 덕분에 작업을 끝마칠 충분한 시간을 얻을 수 있을 것이다.

십오 분 후, 두 대의 헬리콥터 모두 이륙했고 나란히 왼쪽으로 방향을 틀었다. 두 헬리콥터는 산 북쪽 면을 순조롭게 내려갔고 지평선 위로 멀리 가늘게 보이는 푸른 바다를 향해 나아갔다.

73

웨이 장군은 두 손을 등 뒤로 모은 채 사무실 큰 창가에 서 있었다. 창문 밖으로 보이는 스모그는 많은 시민들이 다시 외출을 할 수 있을 만큼 충분히 옅어졌다. 그가 어린 시절 기억했던 맑고 푸른 하늘은 이미 사라진 지 오래였다. 모든 것이 변해버렸다. 이제 베이징을 비롯한 다른 많은 도시들은 독성을 품은 스모그를 그저 발전에 따른 대가라고 여겼다. 이 나라의 산업 발전은 자연이 따라잡기에 너무 과도했고 너무 빨랐다. 그리고 지금 그 대가를 치르고 있었다.

그의 뒤쪽에서 문을 두드리는 소리가 났다. 그가 대답하고 돌아서자 비서가 젊은 대위를 데리고 들어오는 것이 보였다. 웨이는 그 대위를 단지 명성만 들어서 알고 있었기에 그 사내의 강인하고 젊은 얼굴을 살펴보았다. 많은 이들이 여전히 지니고 있는 얼굴이었다. 조국과 군대에 대한 변함없는 사랑의 표정. 웨이는 자신에게도 그런 표정이 아직 남아 있기를 바랐다.

웨이의 비서는 자리를 피해주며 문을 닫고 나갔다. 웨이는 대위와 그의 주름진 군복을 계속 살펴보았다. "이걸 본 사람이 또 있나?"

대위의 검은 눈동자는 마치 돌처럼 단단했다. "아닙니다, 장군님! 차오 대위에게서 직접 받아 가져왔습니다." 그는 두 팔을 뻗으며 작은 상자를 웨이에게 내놓았다.

봉인은 뜯어지지 않았다. "수고했네, 대위. 자네는 이 일에 대한 개인적인 표창을 받게 될 걸세."

웨이는 어정쩡한 표정이 드러나지 않도록 조심했다. 몇 시간 내로, 웨이 장군의 이름이 새겨진 표창은 그 대위의 경력에 도움이 되기보다는 오히려

해를 끼칠 가능성이 더 컸다. 그럼에도 불구하고 웨이는 경례를 받고 그에게 물러가도록 명했다.

문이 다시 닫히자 웨이는 상자를 책상 위에 올려놓았다. 그는 잠시 상자의 정교한 외관을 감탄스럽게 바라본 후 밀랍 봉인을 풀고 자물쇠를 열었다. 그 안에는 투명하고 얼어 있는 액체가 담긴 세 개의 큰 유리병이 들어 있었다. 가이아나에서 최초로 확보한 그 식물들 일부에서 채취한 DNA였다. 그는 유리병 하나를 집어 들고 들여다보았다.

조작되었거나 바뀌었을 가능성이 있을까? 물론이다. 방법은 항상 있게 마련이니까. 하지만 결국 웨이에게는 현실적인 측면 외에는 기댈 것이 거의 남지 않았다.

그는 유리병을 다시 제자리에 놓고 뚜껑을 닫았다. 그런 다음 손을 뻗어 전화기를 집어 들었다. 웨이는 중국에서 가장 많은 훈장을 받은 장군 중 한 명으로서 마지막 명령을 내리려 하고 있었다.

그는 오래 전부터 자신이 정치 지도자들의 희생양이 되리라는 사실을 알고 있었다. 하지만 그가 곧 하려는 일은 그의 이름이 중국 역사상 가장 공개적으로 증오를 받는 이름 중 하나로 남게 만들 것이다.

그들의 희생양이 지도자들을 완전히 깜짝 놀라게 할 참이었다.

74

차오 대위는 초계함 갑판에 서 있었다. 육지의 흔적조차 보이지 않을 만큼 멀리 떨어진 바다 한가운데였다. 그의 등 뒤로 지는 태양이 수평선 너머 바다를 물들이고 있었다. 그는 석양을 거의 알아차리지도 못했다.

이제 그에게 시간이 거의 없었다. 미국과 브라질이 의심할 여지없이 그들을 추적하고 있었으므로, 바다 한가운데 멈춘 그의 행동은 최대한 신속해야만 했다.

초계함과 러시아 잠수함 포렐호는 두 함정 사이에 임시로 만든 건널 판자를 놓고 나란히 떠 있었다. 두 함정을 남쪽에서 호위하던 두 척의 중국 잠수함은 그들이 멈춘 것을 알고 있었고, 그들 눈에 띄지 않게 주변에서 기다리고 있었다.

포장된 식물들을 초계함에서 포렐호로 옮기는 일은 신속하게 이루어졌다. 그들은 많은 양을 가져가지 않았다. 그 식물을 재배한 다음 DNA를 암시장에다 판매할 만큼만 가져갔다. 그것은 궁극적인 부로 향하는 차오의 승차권이었다.

러시아 동업자의 도움을 받아 그는 완전히 사라질 계획이었다. 그것만이 유일한 방법이었다. 물론 언젠가 그 DNA 구조 공식이 세상에 널리 알려지면, 그는 중국으로, 그것도 귀족 사회로 다시 돌아갈 방도를 돈으로 살 수 있을 것이다. 그건 역사적으로 변하지 않는 진리 중 하나였다. 유전무죄.

스무 개의 상자. 그 정도면 충분했다. 젠장, 귀중한 화물을 옮기는 것보다 배를 묶는 데 더 오래 걸렸다. 마지막 상자가 포렐호로 옮겨지는 사이, 차오도 함께 건너갔다. 이제 그의 은둔생활이 막 시작되려던 참이었다.

차오는 두꺼운 건널 판자를 밀어냈고 그것이 두 함정 사이로 요란하게 떨어지며 바닷물이 첨벙 튀는 것을 지켜보았다. 그 시끄러운 소리 때문에 처음엔 누군가 고함치는 소리를 듣지 못했다. 그러나 건널 판자가 수면 아래로 가라앉자, 갑판 아래에서 누군가 고함을 지르며 미친 듯이 사다리를 뛰어오르는 소리가 들렸다. 차오가 돌아보니, 잿빛 얼굴로 그를 바라보는 러시아 함장이 보였다. 함장은 목청껏 한 단어를 외쳤다. 그의 강한 억양에도 불구하고 차오는 그 말을 즉각 알아들었다.

"어뢰!"

차오의 두 눈이 번쩍 뜨였고 그는 몸을 휙 돌렸다. 멀지 않은 물속에서 네 개의 뚜렷한 물살이 그들을 향해 빠르게 다가오는 것을 똑똑하게 볼 수 있었다. 그의 마지막 생각은 혼란스러움이었다. *우리에게 어뢰를 발사할 수 있을 만큼 가까이 있는 잠수함은 아군밖에 없는데.*

네 발의 어뢰 모두 몇 초 간격으로 정확히 명중했다. 초계함과 포렐 잠수함은 모두 이중으로 폭발했다. 두 함정의 선체는 눈 깜짝할 사이에 파괴되었다. 내용물과 승조원들도 함께. 여러 개의 불덩어리가 공중으로 치솟았고 불타는 금속 조각들이 바닷물 위로 날아다녔다. 폭발의 충격으로 두 함정은 잠시 들어올려졌다가 다시 수면 아래로 곤두박질쳤다.

바닷물은 지체 없이 선체의 벌어진 상처 안으로 곧바로 밀려들었다. 물속으로 완전히 잠긴 선체들은 서서히 뒤틀리기 시작했고 익사하듯 빠르게 가라앉았다.

***

폭발은 엄청났지만, 리오 데 자네이로의 하얀 백사장에서 보기에는 너무나 멀리 떨어져 있었다. 날씬한 몸매의 캐롤라이나는 백사장 위를 발끝으로 살금살금 걸으며 그들의 의자로 되돌아갔다.

블랑코는 편안하게 앉아 눈앞에서 반짝거리는 푸른 바다를 바라보고 있었다. 잔잔한 파도 소리가 시원한 바람을 타고 그를 홀리듯 들려왔다.

캐롤라이나는 넓은 나무 의자의 팔걸이 위에 맥주병을 내려놓고 옆에 놓인 의자에 앉았다. 블랑코는 아무 말 없이 맥주병을 들고 한 모금 마셨다.

제한적인 권한에도 불구하고, 캐롤라이나는 알베스의 재산을 평생 사용해도 될 만큼 확보할 수 있었다. 그 억만장자의 재산 대부분은 여전히 회사 소유였지만, 그게 문제가 되진 않았다. 욕심을 부리지 말고 지나친 관심을 끌지 않는 편이 최선이었다. 블랑코 역시 누군가의 유언장을 수정하는 일이 생각보다 얼마나 쉬운 일인지 알고 의외로 놀랐다. 특히 그 과정에 관여한 당사자들이 막대한 이익을 보게 된다면 말이다.

예상대로 수사는 한동안 계속될 예정이었다. 산에서 중국인들과 싸웠다는 블랑코의 해명과 그로 인한 알베스와 그의 부하들의 죽음은 별다른 이의에 부닥치지 않았다. 그리고 지금은 해명을 그대로 유지하기에 충분한 돈도 가지고 있었다. 밀렵꾼 야영지에서 두 명의 조종사를 발견했을 때 그들을 죽여야 했던 것은 블랑코에게도 유감스러운 일이지만, 그것이 유일한 방법이었다. 아니면 해명하기에 불편한 사실들이 너무 많았으니까.

알베스에 대해선, 블랑코는 거의 양심의 가책을 갖지 않았다. 그 양반은 너무 많은 적을 만들었음에도 불구하고 대부분의 사람들이 꿈꾸는 부유한 삶을 오래 누렸으니까. 남미의 길고 격동적인 역사를 감안할 때, 알베스는 누구보다 더 나은 삶을 누렸다. 그는 좀 더 겸손하게 살았어야 했다.

블랑코는 자세를 바꾸다 어깨에 타는 듯한 통증을 느꼈다. 그는 산에서 도망치기 전에 자신이 총을 쐈던 검은 옷을 입은 사내를 떠올렸다. 그 사내는 아마도 죽었을 것이다. 다행히 블랑코의 사격이 더 좋은 결과를 낳았지만, 그 낯선 사내의 총알이 그의 어깨만 맞힌 건 그야말로 행운이었다.

블랑코는 살짝 어깨를 으쓱했다. *나보단 실력이 좀 낫긴 했어.*

75

웨이 장군은 중국 북부의 깊은 산속으로 차를 몰고 가는 동안, 창밖으로 지나쳐 가는 키 큰 나무들을 바라보며 걷잡을 수 없는 상실감을 느꼈다. *왜 마지막 순간이 되어서야 비로소 주변에 있는 사소한 것들의 진가를 온전히 인식하게 되었을까? 왜 아무도 알려주지 않았을까?*

몇 시간 후, 그의 차는 오래된 도로를 벗어나 자갈이 깔린 작은 병원의 주차장에 들어섰다. 그곳은 베이징에서 수백 킬로미터 떨어진 작은 시골 마을이었고, 국가의 무분별한 산업 확장이 그 마을을 잊어버린 듯했다. 그는 차를 세우고 변속기를 밀어 올린 다음, 곧바로 문을 열고 나왔다.

뒷좌석에서 아이들이 어깨에 메는 책가방을 꺼낸 웨이는 낡고 빛바랜 이중문을 향해 빠른 걸음으로 걸어갔다. 한쪽 문을 당겨 열고 좁은 복도를 따라 걸었다. 복도 끝에 있는 문 앞에 다다르자, 그는 걸음을 멈추고 슬며시 문을 밀어 열었다.

그녀는 그가 떠날 때 모습 그대로였다. 침대에 누운 채 눈을 감고 있는 모습. 그녀는 정말 아름다웠다. 매끄러운 얼굴과 가냘픈 손은 그의 기억 속 모습처럼 여전히 연약해 보였다. 그녀의 병세를 드러내는 것은 가쁜 호흡 뿐이었다. 그는 그녀의 침대 위로 몸을 숙이고 자신의 주름진 손을 그녀의 손 위에 올려놓았다.

그녀가 퇴행성 심장병 진단을 받은 것은 그녀의 어머니가 세상을 떠난 후였다. 그의 마음 한 구석에서는 그나마 다행이라고 여겼다. 딸이 서서히 죽어가는 모습을 지켜보는 것만도 고문이나 다름없었지만, 아내를 부둥켜 안은 채 딸을 지켜보고 있는 건 생각만 해도 참을 수 없는 일이었다.

웨이는 몸을 일으킨 다음 돌아서서 낡은 탁자 위에 책가방을 내려놓았다. 그는 책가방을 열고 작은 갈색 종이봉투를 꺼냈다. 종이봉투를 아래로 기울이자 첫 번째 주사용 유리병 하나가 손바닥 안으로 미끄러져 나왔다. 그는 유리병을 들고 흔들었다. 안에 든 액체는 이제 완전히 해동된 상태였다. 그는 주사기의 바늘을 유리병 윗부분에 꽂아 넣고, 작은 밀대를 뒤로 당겨 투명한 액체를 뽑아냈다.

그는 잠시 천사 같은 딸의 얼굴을 지긋이 바라본 후 마침내 정맥주사 관에 바늘을 꽂고 그 박테리아 용액을 주사했다. 그런 다음 침착하게, 그러나 빠르게, 두 번째 유리병에서 용액을 뽑아내기 시작했다.

* * *

일이 마친 웨이는 종이봉투와 빈 유리병들을 코트 주머니에 집어넣었다. 나머지 내용물은 책가방 속에 그대로 놔두었다.

그는 딸의 침대에 다시 걸터앉아 마지막으로 딸의 손을 잡았다. 세상에, 딸은 정말 아름다웠다. 정말 완벽했다. 마치 그녀의 어머니처럼. 그녀의 두 눈은 언제나 밝고 순수했다. 마치 암흑 같은 세상에서 그에게 비치는 햇살처럼.

이제 그녀의 심장은 마지막 단계에 이르렀고, 마지막 선물은 그가 해줄 수 있는 전부였다. 가이아나에서의 놀라운 발견 소식을 들었을 때, 그는 그것이 자신의 마지막 희망임을 알았다. 그의 유일한 희망. 그리고 그는 그 희망을 실현시키기 위해 온갖 수단과 방법을 다 동원했다.

이제 그의 소중한 열일곱 살 딸은 자신의 몸을 급속히 망가뜨리는 질병에 맞서 무력하게 누운 채 싸우고 있었다. 왜 가장 아름다운 이들을 그렇게 자주 먼저 데려가는 걸까?

웨이는 그 DNA 용액이 딸에게 도움이 될지는 결코 알 수 없을 것이다.

지금은 그렇게 되기를 간절히 기도하는 수밖에 도리가 없었다. 만약 그렇게 된다면, 언젠가 자신의 아버지가 왜 스스로 목숨을 끊었는지에 대한 진실을 알게 되기를 바랐다. 그녀에게 마지막 한 번의 기회를 주기 위해 모든 것을 희생한 한 남자의 행동이라는 것을.

처음부터 그는 누군가 알아채지 못하게 그 식물을 채취할 가능성이 거의 없다는 것을 알았다. 또한 그것을 지키기 위해서 싸워야 할 수도 있다는 것을 알았다. 하지만 미국인들이 나타났을 때, 웨이는 자신의 운명이 이미 결정되었다는 것을 깨달았다.

그럼에도 불구하고 미국에 대한 선제공격은 결국 문제만 불러일으킬 뿐이었다. 특히 미국의 과학선을 파괴한 잠수함이 러시아가 아니라 중국 것이라는 사실이 드러나면 더욱 그럴 것이다. 그리고 미국의 분노를 피하기 위한 가장 분명한 해결책은 그 공격의 책임을 사악한 장군 탓으로 돌리는 것이었다. 그렇게 할 수 있을 만한 권한과 황폐한 정신을 모두 가진 사람. 어차피 그 남자는 아내와 딸을 모두 잃은 상태니까. 일단 신원이 밝혀지면, 정부는 당연히 그를 본보기로 삼아 가혹한 처벌을 내릴 것이다.

하지만 웨이에게는 다른 계획이 있었다. 딸이 위독한 상태임에도 불구하고 그는 딸을 안전한 장소로 옮겼다. 지배자들이 결코 찾아볼 생각도 하지 못할 어딘가로. 장례식을 끝낸 후, 그는 딸의 이름을 바꾸고 진심으로 믿을 수 있는 남자에게 도움을 청했다. 시골 의사이자 하나님께 충실한 사람.

그 의사는 웨이의 딸을, 언제가 될지 모르는 마지막 날까지 돌봐줄 것이다. 책가방 속에 가득한 돈이면 그가 자신의 민족을 돕는 데 필요한 모든 자원을 제공할 수 있었다. 그리고 언젠가는 웨이의 딸에게 진실을 말할 수 있을지도 모른다. 웨이는 정신병자가 아니었다고. 그는 미치광이가 아니었다고 말이다. 그는 삶을 살면서 너무 많은 일을 겪었고, 또한 인간의 참된 모습을 너무 많이 보아온 도덕적인 사람이었다. 그는 죽음이라는 불가피함

앞에서만 온당한 가치를 찾는 인간에게 결코 불멸의 힘을 허락할 생각이 없었다. 세속적인 참회가 전혀 없는 데도 손쓰지 않고 그대로 놔둔다면, 인간의 영혼이 정말 끔찍한 무언가로 변하리라는 사실은 의심의 여지가 거의 없었다.

그러나 결국 그도 한 사람의 아버지였다. 딸을 자신의 생명보다 더 사랑했던 아버지. 그는 통치자들의 귀중한 화물을 파괴할 수도 있었지만, 자신의 어린 딸을 구하기 위해 할 수 있는 모든 것을 다하지 않고는 결코 그녀를 떠나보낼 수 없었다.

만약 그녀가 살아남는다면, 훗날 언젠가 인간의 영혼이 더 현명해졌을 때 그녀의 특별한 DNA가 발견될 것이다. 하지만 지금은 때가 아니었다.

그는 미국 측에서 그 발견을 책임진 사람이 누구든 간에 자신과 똑같은 믿음을 가지길 바랐다.

76

그건 그의 잘못이었다.

랭포드 제독은 열 걸음쯤 떨어져 있는 크룩스타드의 묘비를 내려다보며 감정을 억누르려 애썼다. 목숨을 바쳐야 하는 명령을 내리는 것은 결코 마음 약한 사람이 담당할 수 있는 일이 아니었다. 그럼에도 불구하고 그 대상이 친구라면, 그 감정적 고통을 피할 수 있는 사람은 아무도 없을 것이다.

그는 크룩스타드에게 전투 능력이 전혀 없는 배로 어떤 희생을 치르더라도 중국 군함을 저지하라고 명령했다. 그러나 러시아의 어뢰 공격 이후, 크룩스타드는 피할 수 없는 일을 지연시키는 것 외에는 아무것도 할 수 없었다. 그는 여러 선원들과 함께 목숨을 잃었다. 그게 다 무슨 소용이었을까? 중국 초계함은 포렐 잠수함의 보호를 받으며 그 화물을 싣고 탈출했다. 러시아와 중국은 내내 손을 잡고 있었던 것처럼 보였다.

미국의 대응이 조만간 있을 것이다. 그리고 랭포드는 일이 어디까지 번질지 점점 불안해졌다.

중국은 이제 역사상 가장 위대한 발견 중 하나를 손에 넣었고, 미국은 빈손이었다. 보디치호에 실린 샘플을 찾을 수 없었다. 선박과 과학 실험실의 엄청난 손상을 고려하면 그리 놀라운 일은 아니었다.

랭포드는 여전히 묘비 앞에 웅크리고 있는 크룩스타드의 아내와 가족을 슬픈 눈으로 바라보았다. 로튼 중령은 옆에 있는 어머니의 어깨에 팔을 두르고 있었다. 그들이 알고 있는 것은 로저 크룩스타드가 무고하게 공격을 받았고, 그는 마지막까지 배에 남아서 탑승한 대부분의 생명을 구하기 위해 애썼다는 사실뿐이었다. 그들은 남편이자 아버지가 아주 단순한 이유로 죽었다는 사실을 알지 못했다. 그리고 그 이유는 그들로부터 불과 몇 미터 떨어진 곳에 서 있었다.

랭포드는 비가 보슬보슬 내리기 시작하자 마침내 떠나기 위해 몸을 돌렸다. 그는 근처에서 기다리고 있던 클레이를 침통한 표정으로 바라보았다.

"괜찮은 추모식이었어요."

랭포드는 고개를 끄덕였다. "로저와 내가 사관학교에 함께 들어간 거 알고 있었나?"

"네."

"그는 대단히 뛰어난 함장이었어."

"정말 그랬죠."

랭포드는 눈을 가늘게 뜨고 먹구름을 올려다보며 한숨을 쉬었다. "러시아 쪽에서는 모든 것을 부인하고 있어. 포렐 잠수함이나 그 임무에 대해서 전혀 몰랐다고 주장하면서 말이야." 그는 비웃었다. "다음엔 누군가 그 빌어먹을 잠수함을 훔쳐 갔다고 하겠지." 그는 클레이를 돌아보았다. "그리고 브라질 쪽에서는 포렐 잠수함과 중국 초계함 둘 다 자국 남쪽 해안에서 침몰했다고 주장하고 있어. 그러니 이제 중국에서는 그들의 '관련 사실 부인'을 정당화시키겠지."

"누가 침몰시켰죠?"

"좋은 질문이군."

"이제 어떻게 되는 겁니까?"

"누가 알겠나?" 그는 클레이를 바라보았다. "가서 좀 쉬게, 존. 자네는 그럴 자격이 있어. 이번에는 자네를 귀찮게 하지 않도록 최선을 다하지."

에필로그

시저가 마지막 보고서 작성을 거의 끝내갈 즈음 보거가 사무실 문을 열고 안으로 들어왔다. 그는 조용히 문을 닫고 시저가 일을 마칠 때까지 기다렸다. 기다리는 동안 보거는 눈으로 방을 매우 주의 깊게 훑어보았다.

"도청장치 같은 건 없어요, 윌." 시저는 고개도 들지 않은 채 말했다.

"확실해?"

"장비를 가져와서 다시 살펴보시던가요?" 보거가 행동을 잠시 멈추고 그 질문을 고려하던 중 시저가 그를 바라보았다. "무슨 일인데요?"

보거는 조용한 어조로 말했다. "자네한테 하고 싶은 말이 있어. 그게… 가이아나에 대한 거야."

시저는 문서를 저장하고 닫은 다음 몸을 앞으로 숙였다. 그는 보거가 방에 있는 유일한 의자를 붙잡고 책상 건너편으로 끌고 오는 모습을 지켜보았다. "뭔데 그래요?"

보거는 바로 입을 열지 않았다. 대신, 눈을 두 번 깜빡인 후 숨을 들이쉬고 속삭이듯 말했다.

"생각해봤는데…."

"그 말부터 시작할 거라고 추측했는데 맞았네요."

"그 산에 관한 거야. 우리가 발견한 그것 말이야." 그는 또 말을 멈췄다. "우리 둘 다 그게 다른 어딘가에서 온 것이라는 데에는 동의해, 그렇지?"

"맞아요."

"그리고 '다른 어딘가'는 꽤나 멀리 있는 곳일 거야. 어쩌면 정말 굉장히 멀리 떨어져 있을지도 몰라."

"그렇겠죠."

"그러니까… 그거에 대해서 생각해봤어. 효율성."

"효율성?"

"우주를 여행하는 데는 에너지가 필요해, 그렇지? 그리고 여행을 빠르게 하기 위해선, 더 많은 에너지가 필요할 거야. 그건 우리도 이미 알고 있어. 그렇기 때문에 우리의 우주선과 탐사선도 가능한 한 작게 만드니까."

"맞아요."

"화성이나 목성으로 가는 데는 시간이 좀 걸려. 그리고 상대적으로 보면 그 행성들은 그렇게 멀리 있는 건 아니야, 그렇지? 그러니까 별과 별 사이처럼 아주 먼 거리의 여행하는데 있어서, 가까운 미래 어느 시점에 도착하려면 매우 빨리 여행해야 해. 내 말은, 거기에 도착하는 데 만년을 기다려야 한다면 누가 그런 걸 보내려고 하겠어?"

"뭔가 이야기의 진척이 없는 거 같은데요, 윌?"

"어, 미안. 내가 정말 하고 싶은 말은, 그 암벽 안에 그 공간을 누군가가 만들었어야 한다는 거야, 그렇지?"

"분명하죠."

"그러니까 그들이 유리관들과 DNA를 가져가기 위해 여기로 여행을 하려고 했다면, 비교적 짧은 시간 안에 도착해야 했을 거야. 그들도 수명이 한정되어 있을 테니까, 그렇지?"

시저는 생각에 잠긴 듯 고개를 끄덕였다. "그렇겠죠."

"신체가 노화를 멈추었다 하더라도 영원히 살아남는다는 뜻은 아니야. 그러니까 어쨌든 누가 그 유리관들을 여기로 가져왔든 간에, 그 임무를 끝내기에 충분히 짧은 기간 안에 와서 그 일을 마쳤어야 했다는 거지."

"그 말은 빠르게 여행했다는 뜻이네요."

"정확해. 그리고 빠르게 여행하는 데는 많은 에너지가 필요해. 그리고 그건 효율성을 의미하고."

"알겠어요. 다시 말해, 필요 없는 건 가져가지 않는다는 거군요." 시저가
말했다.

"그래! 필요 없는 건 가져가지 않아야 이곳에 더 빨리 도착할 수 있으니
까. 다른 어떤 형태의 교통수단도 다를 바 없어."

"정말 그러네요."

"그러니 그게 누구든 간에, 화물, 식량 그리고 여러 가지 필요한 물품들
이 있었을 거야. 그리고 그들이 오는 곳이 더 멀리 떨어져 있을수록, 속도를
내기 위해 더 많은 연료가 필요했을 테고. 그러니까 요점은… 그들이 여기
까지 오는 데 그 모든 것이 필요할 뿐만 아니라, 돌아가는 것까지 감안하면
거의 두 배가 필요했을 거라는 뜻이야."

시저는 생각에 잠긴 채 그를 바라보았다. "얘기인 즉슨, 그들이 수명 내
에 이곳에 왔다가 되돌아가려면, 훨씬 더 빨리 가야 한다는 뜻이네요."

보거가 고개를 끄덕였다. "그리고 그건 연료의 양이 다시 두 배는 있어야
한다는 의미야, 그리고 빛의 속도에 가까워지기 시작하면 필요한 에너지도
무한대에 근접할 거야."

시저는 의자에 등을 기대고 두 손을 입 앞에 모았다. "그렇다면 결국 편
도 여행이었다는 거군요."

"그래, 편도 여행이었어." 보거는 의기양양하게 따라했다. "왕복 여행이
었을 가능성도 있지만, 그건 확률과 물리학을 크게 벗어나는 일이거든. 어
떤 추진 시스템을 사용하든 상관없이. 물론 영화에나 나오는 환상적인 기
술이 아니라는 전제 하에 말이지. 어떤 에너지원도 수학이나 경제학으로부
터 자유로울 수는 없으니까."

보거는 계속했다. "그리고 그들은 분명히 화물을 운송해야 했으니까, 우
주선 같은 운송수단을 이용했을 거야. 그러니까 내 질문은 이거야… 그 우

주선은 어디 있을까?"

시저는 이제 손끝 너머로 그를 바라보고 있었다. "음, 그들이 자신들의 화물을 숨겨 놓았다면, 분명 우주선도 숨겨 놓았겠죠."

보거는 고개를 끄덕이며 동의했다.

"그러면… 어딘가에 묻었거나 바닷속에 버렸겠죠."

"기본적으로 그렇게 요약되겠지."

"그럼 그게 어디 있을까요?" 시저가 물었다.

보거는 다시 한 번 심호흡을 했다. "나도 전혀 모르겠어."

시저는 의자에 그대로 앉은 채, 그 문제를 한참 생각했다. 마침내 고개를 저으며 일어섰다. "정말 좋은 지적이에요, 윌."

그가 일어서자, 보거는 시저 뒤쪽 바닥에 놓인 커다란 검은 가방을 발견했다. "어디 가려고?"

"네." 시저는 가방을 집어 들다가 옆구리 쪽 통증으로 움찔했다.

"아직 다 낫지도 않았잖아."

"알아요, 하지만 마냥 기다릴 순 없어요."

"어디로 가는데?"

시저는 미묘한 미소를 지었다. "미구엘 블랑코를 찾으러요."

"클레이도 알아?"

"클레이는 바빠요."

***

허큘리스 C-130 수송기는 앤드류스 공군 기지 활주로에서 시저를 기다리고 있었다. 그가 탑승했을 때 수송기의 엔진 네 개는 이미 부드럽게 공회전을 하고 있었다. 그는 동체 양쪽에 줄지어 있는 특수부대원들의 얼굴을 보고 미소를 지었다.

수송기의 문이 닫히는 사이 그는 금속 벤치에 앉아 있는 군인 중 한 명의 옆자리에 앉았다. 그는 감탄 어린 표정으로 줄지어 앉은 군인들을 바라본 뒤, 뒤에 있는 금속 벽에 조심스럽게 몸을 기댔다.

그것은 시저가 가장 좋아하는 비행 자세였다.

그리고 브라질로 날아가는 비행시간이면, 뇌리에 떠도는 보거의 질문을 생각할 시간은 충분했다.

우주선은 어디에 있을까?

* * *

클레이는 밧줄을 풀어 주돛을 활대까지 내린 다음 돛을 겹겹이 접기 시작했다. 그런 다음 재빨리 끈을 둘러 감싸고 제자리에 고정시켰다. 그는 잠시 일손을 멈추고 접힌 돛 위에 팔을 얹은 채 수평선 너머를 감탄하며 바라보았다.

"이런 건 처음 봐."

앨리슨은 씩 웃으며 활대 끝자락에 마지막으로 끈을 감고 나서 그와 함께 바다를 바라보았다. "이렇게 본 사람은 거의 없을 거예요."

그는 앨리슨은 갑자기 헛기침을 하자 그녀를 돌아보았다.

"뭐 좀⋯ 물어봐도 돼요?"

"물론이죠."

"있잖아요," 앨리슨은 긴장한 듯 고개를 갸웃했다. "지금이 이상적인 시간과 장소는 아니란 건 알지만⋯ 이제 일 년이 지났어요. 그리고 지난 서너 달 동안 우리가 함께할 시간이 많지 않았다는 것도 알아요."

클레이는 그녀의 말에 계속 귀를 기울였다.

"내 말은, 우리가 원하는 만큼은 아니란 뜻이에요." 그녀는 잠깐 숨을 골랐다. "당신이 나와 얼마나 많은 시간을 함께 보내고 싶어 하는지는 잘 모르겠지만….” 그녀는 눈을 굴렸다. “말이 이상하게 나오네.”

그녀는 클레이의 파란 눈을 바라보다가 황급히 시선을 돌렸다. “그냥…
내가 원하는 건, 음… 좀 더 많은 시간을 함께 보내는 거예요. 행여나 당신
이 다른 사람을 만나고 있는지도 모르겠고. 내 말은, 왜 안 그러겠어요? 당
신은 너무 멋지니까. 나는 당신을 정말 좋아하고 있는데 혹시나-.”

“앨리슨.” 클레이가 침착하게 말하며 그녀의 말을 끊었다. 그녀는 흠칫
놀라며 말을 멈췄다. 그는 그녀를 향해 따뜻한 미소를 지으며 활대를 따라
걸어간 다음 그녀 바로 맞은편에 섰다. “앨리슨, 솔직하게 말할게요.”

그녀의 심장이 쿵 내려앉았다.

“나는 우리가 첫 데이트를 한 이후 누구에게도 관심을 갖지 않았어요.”

앨리슨의 표정이 녹아내렸다. “정말요?”

“정말이에요.” 그는 그녀의 손을 감싸 쥐었다. “당신이야말로 정말 멋진
사람이에요. 당신은 믿을 수 없을 만큼 지혜롭고 아름답고 인정도 많아요.
멋진 점들이 너무 많아서 이루 다 헤아릴 수조차 없어요. 긴장할 때 엄청나
게 귀여운 건 말할 것도 없고.”

그녀의 눈빛이 부드러워졌고 입술을 살짝 오므렸다. 그는 활대 아래로
몸을 숙이고 그녀에게 바짝 다가갔다. 클레이는 망설임 없이 앨리슨의 어
깨를 감싸 안고 그녀에게 깊은 키스를 했다.

* * *

지금 와, 지금 와.

“잠깐만!” 앨리슨은 한숨을 내쉰 다음 돌아서서 수면 위로 머리를 내민
채 재촉해 대는 더크를 향해 얼굴을 찌푸렸다.

보트의 조종실 안, 그녀는 크리스로부터 수중 마스크를 받은 다음 자신
의 머리카락 너머로 조심스럽게 끈을 잡아당겼다.

크리스는 잠시 기다렸다가 물었다. "공기는?"

앨리슨은 엄지손가락을 치켜세웠다.

그들 옆에 있던 리는 클레이가 마스크 쓰는 것을 도와주고 있었다. "어때요, 클레이 씨?"

클레이는 씩 웃었다. 그는 리에게 성 대신 자신의 이름을 부르라고 시도하는 일을 결국 포기했다. 그는 마스크의 바깥쪽을 흔들며 단단히 밀착되었는지 확인했다. "좋아요."

그는 방수용 이어폰을 귀에 꽂고 돌아서서 앨리슨을 바라보았다. "내 말 들려요?"

"똑똑하게 잘 들려요."

두 사람은 부력조절기와 공기탱크를 어깨 뒤로 들어올렸다. 그런 다음 팔을 끼우고 넓은 조절용 띠를 고정시켰다.

앨리슨은 마스크를 통해 클레이에게 말했다. "이걸 정말 좋아할 거예요."

"틀림없이 그럴 거예요."

앨리슨을 따라 보트의 선미로 향하던 클레이는 걸음을 멈추고 다시 바다를 바라보았다. 그는 아직도 놀라워했다. 수만 마리의 돌고래들이 한꺼번에 모여 있었고, 보트 주위를 수 킬로미터에 걸쳐 에워싸고 있었다. 도대체 이곳이 뭐길래?

클레이는 앨리슨이 가위차기를 하며 물속으로 뛰어든 후 수면 위로 머리를 내미는 모습을 지켜보았다. 그녀는 몸을 돌리고 그를 기다렸다.

그는 정확히 이런 종류의 장비를 착용한 적은 없었지만, 클레이는 다이빙 장비가 자신의 피부인 것처럼 익숙했다. 그는 따뜻한 카리브해 물속으로 차분하게 뛰어들었고 조금 떨어진 곳에서 불쑥 떠올랐다.

더크와 샐리 두 마리 모두 뒤쪽에서 원을 그리며 돌다가 부리를 물 밖으로 내밀었다.

우리 지금 간다. 우리 지금 간다.

그녀는 존을 바라보았다. "준비됐어요?"

"넵."

돌고래들은 곧바로 수면 아래로 사라졌고, 앨리슨과 클레이는 오리발을 차며 앞으로 나아갔다.

화창한 날이라 햇볕이 강렬하게 내리쬐었고, 그들 아래에 있는 아름다운 산호가 눈부시게 빛나고 있었다. 얼마 가지 않아서 클레이의 목소리가 스피커를 통해 들렸다.

"와우, 앨리슨!"

그녀는 그와 함께 바닷속으로 내려가며 고개를 돌렸다. "내 말 맞죠?"

그는 그들 아래에 펼쳐진 광경을 넋을 잃고 바라보았다. 산호의 짙은 색깔과 생동감은 거의 상상할 수 없을 정도였다. "이런 건 본 적이 없어요."

"저도요. 돌고래들이 매년 순례하는 이유가 이거 때문인가 봐요."

클레이는 좀 더 아래로 내려가는 동안 경외감을 감추지 못했다. 바다 생물들의 숫자와 다양성은 믿을 수 없을 정도였고, 그는 이렇게 광범위한 수중 식물들을 본 적이 없었다. "엽서에서도 이런 건 본 적이 없어."

앨리슨은 소리 내어 웃었다.

* * *

수면 위, 리와 크리스는 모니터를 선명하게 볼 수 있도록 작은 탁자 위로 몸을 구부리며 강렬한 햇빛을 가리려고 애썼다. 공간이 그들의 쌍동선 보트보다는 비좁긴 했지만, 그래도 썩 괜찮은 보트였다.

그들이 스피커를 통해 클레이와 앨리슨의 대화를 듣고 있던 중, 리가 크리스를 돌아보았다. "또 안으로 들어가는 거야?"

"헐, 맞아요!"

리는 웃으며 하얀색 섬유 유리로 된 보트의 조종석을 둘러보았다. "클레이 씨의 요트도 꽤 좋은 편이야, 그렇지?"

"정말 괜찮아요. 하지만 커피머신이 없는 게 아쉽네요."

* * *

보트 아래, 클레이는 손을 뻗어 앨리슨의 손을 잡았다. 그는 그녀를 곁으로 끌어당겼고 힘껏 발차기를 하며 속도를 높였다. 더크와 샐리를 계속 따라가던 그들은 산호초가 아래로 경사져 있는 곳을 미끄러지듯 지나가자 잠시나마 날아가는 듯한 느낌을 받았다.

그들 뒤로 수백 미터 떨어진 곳, 아주 큰 수중 식물들이 잔잔한 해류를 따라 율동적으로 흔들리고 있었다. 수중 식물들 아래에 자리한 산호초 사이에 작고 좁은 틈이 보였다. 아주 서서히 그리고 거의 눈에 띄지 않게, 겨우 일 밀리미터 너비의 갈라진 틈 사이로 작은 무언가가 모습을 드러냈다. 밝게 빛나는 초록색 기포는 천천히 자유롭게 떠다니다가 몇 인치쯤 떠오른 다음 퐁 하고 터지며 소용돌이치는 바닷물 속으로 녹아들었다.

만약 클레이와 앨리슨이 공중에서 그 암초를 볼 수 있었다면, 이상할 정도로 대칭적인 모양을 알아차렸을 것이다. 마치 그 아래에 큰 무언가가 묻혀 있는 것처럼.

끝.

A Breakthrough Story · **LEAP**

도약을 경계하라

초판 1쇄 2025년 5월 30일

지은이 마이클 그럼리　**옮긴이** 이상훈　**펴낸이** 허승혁　**펴낸곳** 화산문화기획
출판등록 제2-1880호(1994. 12. 18.)　**주소** 서울시 종로구 자하문로 55, 201호
전화 02)736-7411　**팩스** 02)736-7413　**전자우편** hwasanbooks@naver.com

ⓒ 화산문화기획, 2025

ISBN 978-89-93910-68-1　03840